Le Temps des Carbec

BERNARD SIMIOT

Ces Messieurs de Saint-Malo

LE TEMPS
DES
CARBEC

roman

Albin Michel

© Éditions Albin Michel S.A., 1986
22, rue Huyghens 75014 Paris
ISBN 2-226-02504-9

Pour Frédérique, Laurent et Gilles.

Marie-Léone savait que, si elle ne revenait pas tout de suite dans leur chambre et n'y couchait pas cette nuit-là, elle n'en franchirait plus jamais le seuil. Elle y entra, patron de pêche dans la tempête, et s'activa aussitôt avec sa servante à en réparer le désordre, retourner le matelas, mettre des draps propres. Tire bien la toile, mieux que cela, encore, l'oreiller au milieu, tu ne sauras donc jamais faire un lit ? Elle avait toujours été maîtresse dans sa maison, après Dieu, avant le capitaine. Aujourd'hui, il lui fallait durcir son autorité pour que personne ne puisse en douter, enfants ou gens de service, familiers, commis ou n'importe quels autres Malouins soucieux de l'aider pour mieux mettre le nez dans ses comptes.

C'était en 1715, pendant l'équinoxe d'automne, le jour même de l'enterrement de son mari. Il y avait juste une semaine que Jean-Marie Carbec, grelottant de fièvre et plus faible qu'un marmot, s'était mis au lit. La bête qui lui crochait la poitrine ne l'avait plus lâché. Cela n'avait pas duré huit jours. Quand tout avait été fini, Marie-Léone avait voulu demeurer seule auprès de lui, mais, fuyant les derniers devoirs, elle avait quitté la chambre en titubant dès qu'elle n'avait plus reconnu Jean-Marie. Elle s'était sauvée parce que Jean-Marie, c'était la peau tiède, la voix sonore, les yeux clairs, les épaules larges, une odeur forte, le rire éclatant, un homme, le capitaine-armateur Carbec, un de ceux qui avaient doublé le cap Horn, pêché la morue à Terre-Neuve, fait la course aux Anglais et aux Hollandais, vendu de la toile à Cadix. Ça n'était pas ce visage marqué de taches bleues, ces doigts pleins d'os qui avaient si vite pris la couleur des chandelles éteintes, ni cette roide immobilité, ni cette senteur fade qui soulève le cœur.

Cela n'était pas Jean-Marie, pas même un mort, cela était un cadavre qui donnait à Marie-Léone davantage envie de vomir que de pleurer. Pour lui demander pardon de n'avoir pas eu le courage de le veiller jusqu'au moment de le livrer aux hommes noirs qui l'emporteraient au cimetière, Mme Carbec, contre tous les usages bourgeois, venait de décider qu'elle coucherait ce soir dans le grand lit à baldaquin qui avait bercé leur amour.

Le vent hurlait autour des remparts de Saint-Malo et jetait des paquets d'eau sur la grande maison, moitié forteresse, moitié hôtel d'armateur, construite avec les piastres ramenées du Pérou. Au moment de l'habiter, Jean-Marie avait décidé que leur chambre serait installée au dernier étage de la demeure, comme une dunette. Les nuits de grande marée, il voulait toujours ouvrir les fenêtres, n'y voyant goutte mais prenant son plaisir à recevoir en pleine figure une énorme bourrasque qui le faisait rire tel un garçon à peine délié de l'enfance. Marie-Léone ne l'entendait pas ainsi, la pluie et le vent eussent dévasté le décor qu'elle avait ordonnancé avec soin : les rideaux blancs à longues rayures, le baldaquin tendu de damas rose, la cheminée de marbre ornée de fragiles porcelaines, les murs blancs rehaussés de filets d'or. Bonne Bretonne encore que moitié Nantaise, elle estimait qu'il faut avoir la tête malouine pour rester immobile, face à la mer et au ciel, pendant des heures, sans rien regarder, sans même rien voir, tel un pieu. Par jeu, Jean-Marie faisait mine de se lever. J'ouvre la fenêtre ? Non, répondait Marie-Léone, vous savez bien que j'ai peur ! Elle se blottissait alors contre son mari qui la mignotait un peu pour la rassurer. La semaine dernière, il l'avait prise ainsi dans ses gros bras. A ce souvenir elle sanglota. Mon Dieu, j'ai commis un sacrilège en refusant de rester auprès de lui, alors que toutes les autres femmes veulent garder le plus longtemps possible celui qu'elles ont aimé. C'est peut-être qu'elles l'aiment encore ? Moi, Seigneur, je n'ai pas pu. Lorsque mon père est mort, vous savez que je demeurai près de son lit, j'aidai même à l'ensevelir. Lui, la mort l'avait embelli, on aurait dit une statue de pierre. Vous savez comme je l'aimais, mais un père cela n'est pas la même chose qu'un mari qui vous a fait quatre enfants. Écoutez-moi, Seigneur ! Un homme, vous avez voulu qu'il soit une âme et un corps, vous l'avez voulu ainsi. Lorsque vous reprenez l'âme, pourquoi le corps devient-il si vite cette chose horrible qu'on appelle un cadavre ? Je sais que nous ressusciterons un jour avec des corps glorieux. On me l'a appris. Mais le corps de Jean-Marie n'était-il pas déjà glorieux avant que vous me le repreniez ? C'était un bel homme. Vous qui connaissez le poids de ma peine, pensez-vous qu'il soit possible d'aimer un mort ? Les veuves racontent des mensonges. On n'aime jamais que les vivants. N'est-ce pas vous qui avez dit un jour : « Je suis la résurrection et la vie » ? Pour moi, Jean-Marie c'était la terre et le ciel, l'eau et le soleil.

Femme de marin, il était arrivé plus d'une fois à Mme Carbec de dormir solitaire, rongée d'inquiétude mais ne doutant jamais du retour du capitaine, même lorsqu'il était parti pour Rio de Janeiro avec les autres Malouins. Cette fois encore, il allait revenir, son retour effacerait le cauchemar qui lui nouait le ventre, et elle permettrait à Jean-Marie d'ouvrir les hautes fenêtres, face au vent, les cheveux ébouriffés. Épuisée, Marie-Léone se sentit glisser vers le sommeil. C'était l'heure où les piailleries des mouettes rayent l'aube au bord des toits. La vision d'un cadavre tuméfié la retint éveillée, tandis que bourdonnaient à ses oreilles toutes les bonnes paroles prodiguées depuis deux jours : ma pauvre Marie-Léone, maintenant il a trouvé le repos au ciel, c'était un si bon gars, nous partageons votre deuil, il vous reste vos quatre enfants, la prière vous sera d'un grand secours... et tant d'autres honnêtetés qui imitent si bien la compassion. On lui avait même dit : « Courage ! Le temps apaisera votre chagrin ! » Quel bélître lui avait donc asséné une telle sottise ? Une vieille pétasse, un cagot hypocrite, un prêtre radoteur, un commis de l'Amirauté ? Ils ignoraient donc tous qu'elle titubait dans la nuit, qu'elle ne souffrait pas encore tout son soûl ? Elle était seule à savoir que la première bourrasque une fois passée, une eau sourde allait l'envahir lentement, traîtrise insidieuse, jour après jour, nuit après nuit, et qu'elle ne la lâcherait plus. Nouveau compagnon, il lui faudrait vivre désormais avec son chagrin et tenter d'arracher le masque horrible sous lequel elle retrouverait peut-être le visage heureux qui l'aiderait à élever et établir ses enfants selon les dernières recommandations du capitaine Carbec : « Jean-Pierre doit me succéder, c'est l'aîné, tu en feras un armateur. Jean-François, il faudrait l'envoyer aux gardes-marine. Puisque j'ai acheté une charge qui me fait écuyer, l'un de mes fils peut devenir officier dans le Grand Corps, non ? Mon petit Jean-Luc, tu devrais le pousser vers le Parlement, en faire quelque commis d'État pour qu'il ait des oreilles dans les antichambres afin d'aider ses deux aînés. Quant à notre Marie-Thérèse, jolie comme elle est déjà, et la dot que lui fera sa marraine Clacla, elle ne sera pas en peine de trouver un vrai marquis. J'ai idée que c'est ainsi qu'on bâtit une grande famille... »

Jean-Marie avait prononcé lentement son discours interrompu

de pauses de plus en plus fréquentes pour lui permettre de reprendre souffle. Tous ces mots, Marie-Léone les avait d'abord recueillis en affectant de sourire, oui Jean-Marie nous les établirons ensemble et ils nous feront de beaux petits-enfants. Elle refusait de connaître ce que son mari n'ignorait plus. Il avait ajouté, écarquillant ses yeux brûlés par la fièvre : « Le chevalier de Couesnon m'a dit un jour que le temps des Carbec allait commencer. Qu'en penses-tu, Marie-Léone ? Tu vas être bien seule pour un si grand établissement. » Après un long moment de silence, il avait encore répété : « le temps des Carbec ». Cette fois, elle avait répondu, sans la moindre fêlure dans le timbre de sa voix :

— Soyez tranquille, si le temps des Carbec doit arriver je prendrai soin de tout.

Elle s'endormit enfin quand la première nuit de son veuvage s'achevait. Elle crut entendre dans le cri des goélands soulevés par le vent d'équinoxe, les derniers mots murmurés par Jean-Marie « le temps des Carbec, le temps des Carbec, le temps des Carbec ». Les grands oiseaux blanc et gris battaient des ailes dans la tempête et tournaient autour de la maison.

Mme Carbec se leva de bonne heure, ni plus tôt ni plus tard que les autres jours, se vêtit d'une robe de deuil et posa sur sa tête le petit voile noir que les veuves devaient porter toute leur vie, quelle que soit leur condition, même en toilette de cour. Sa servante monta aussitôt le dur escalier de pierre et arriva les yeux noyés de larmes, une fille au franc visage, basse du cul, pommettes rouges sous des cheveux noirs serrés dans un bonnet. On l'appelait Solène. Elle était de Saint-Jacut, petit village de pêcheurs au fond d'une crique. Engagée pour être la nourrice du premier-né, elle n'avait plus quitté la maison Carbec.

— Pourquoi pleures-tu ? dit Marie-Léone avec une voix qui grondait.

— Notre pauvre monsieur…, fit Solène étouffée d'un sanglot.

— Tu l'aimais donc tant que cela ? demanda Mme Carbec plus doucement.

— Dame ! c'était notre maître !

— Si tu l'aimais, il faut faire comme moi. Cache-toi pour pleurer. Tu sais que j'ai éloigné les enfants, ils vont bientôt revenir. Je ne veux pas que nous ayons les yeux rouges, ni moi ni toi. Même devant moi, tu ne dois pas pleurer. As-tu vu maman Paramé, ce matin ?

On appelait ainsi Rose Le Moal, la vieille nourrice du capitaine Carbec : ignorante des livres mais savante de la vie, elle l'avait élevé comme une chienne fait avec son chiot préféré. Sur ses jambes gonflées de varices et qui ne la soutenaient plus guère elle était montée tous les jours dans la chambre du malade, trois étages, pour lui apporter des draps frais lavés qu'elle avait voulu changer elle-même, ses grosses tétasses bringuebalantes. Quand on lui avait dit que le capitaine avait passé, elle s'était couchée sans un mot, pas même une plainte, laissant bien ouverts ses yeux pâles où tremblait un peu d'eau salée.

— Elle est comme engourdie, répondit la fille de Saint-Jacut.

— J'irai la voir tout à l'heure. Maintenant, tu vas m'aider à approprier la maison.

Les convenances exigeaient qu'on voilât les tableaux, les glaces, les petits meubles de la salle à manger et du salon pendant trois mois, et que les murs lambrissés de la chambre conjugale fussent recouverts de tentures grises pendant un an. À cette besogne de tapissier les deux femmes s'activèrent, taillant et épinglant, grimpant sur des chaises ou une échelle pour masquer les guirlandes d'ébène qui entouraient des peintures hollandaises, les menuiseries de bois précieux, les cadres dorés à la feuille, les lustres de cristal scintillant sous les hauts plafonds, tout le luxe que les bourgeois de Saint-Malo étalaient volontiers avec la bonne conscience de l'avoir gagné par leur audace sans trop se soucier de connaître si leurs écus sentaient la cannelle, le nègre, la morue, la ruse, parfois la fraude. Dans la besogne ménagère qu'elle venait de s'imposer, Marie-Léone Carbec mettait une sorte d'emportement de gestes mais économisait ses paroles et ne s'adressait plus à sa servante que pour lui donner un ordre précis, monte sur l'escabeau, laisse pendre un peu plus de toile, encore qu'il y eût dans sa voix une douceur qu'on ne lui avait jamais entendue. À un moment, elle dit tout bas, non à Solène mais à elle-même :

— Dans mon couvent, j'aidais la mère spirituelle à voiler de violet les stations du chemin de Croix, la veille de la semaine sainte.

Des six années qu'elle avait passées dans une pieuse maison de Dinan où des religieuses bien nées éduquaient les demoiselles de qualité et quelques rares héritières de la bourgeoisie régionale, Mme Carbec conservait des souvenirs d'encens et de cantiques dont elle se rappelait encore le parfum, les airs et les rimes, où s'effilochaient quelques robes de jeunes filles aimées d'une tendresse passionnée. À Dinan, toutes les filles se conduisaient, sinon se considéraient, d'égales à égales les unes envers les autres, même si les mères religieuses ne manquaient pas de témoigner une indulgence non dissimulée à celles qui se glorifiaient d'appartenir à la branche aînée d'une famille dont le nom avait brillé avec éclat au temps de la duchesse Anne et qui n'évoquait plus aujourd'hui qu'un lieu-dit perdu dans la campagne bretonne. Ses compagnes préférées, qu'étaient-elles devenues ? Marie-Laure, Annik, Sigolène, Claire ? Et Isabelle qui écrivait son nom avec un Y ? Elles avaient juré de toujours s'aimer, mais la porte du couvent à peine ouverte elles s'y étaient précipitées pour retrouver l'espace clos de leur condition où Marie-Léone n'était pas encore admise bien que son père, Yves Le Coz, un riche armateur malouin, eût acheté une charge de conseiller secrétaire lui donnant accès à la noblesse. Mlle Le Coz de la Ranceraie avait regretté, peut-être un peu souffert, d'avoir perdu si vite ses amies.

Avant de voiler le miroir installé sur sa coiffeuse, Marie-Léone s'y regarda l'espace d'une seconde. C'était le cadeau de noces offert par sa marraine, la bonne Mme Trouin, tête sage d'une famille intrépide, qui l'avait tenue, il y avait trente-trois ans de cela, sur les fonts baptismaux, assistée d'un gentil compère nommé Jean-Marie Carbec. Qui aurait pu prévoir que ce jeune parrain épouserait un jour sa filleule sous la protection de l'évêque de Saint-Malo ? Avec son gros nez, ses mains plus larges que des battoirs et ses poignets de forgeron, sa gaieté bruyante et sa démarche un peu lourdaude, Jean-Marie n'avait jamais eu la tournure des héros décrits dans les romans de chevalerie tolérés par la mère supérieure du couvent de Dinan. Ses longues absences, ses retours imprévus, ses poches toujours remplies de brimborions comme sa gorge était pleine de chansons, sa gentillesse et sa carrure rassurante en avaient fait une sorte de personnage à la fois familier et admirable qui avait enchanté l'enfance de Marie-Léone. Jean-Marie, elle l'avait toujours aimé sans se poser la moindre question, sans même savoir ce que l'amour peut contenir de joies et de chagrins, d'amitié ou de passion, de certitude et de jalousie. Une fois mariés, la trame de leur vie s'était tissée lentement autour d'eux, tapisserie de jours et de nuits emmêlés, bonheurs minuscules et soucis partagés qui attachent deux êtres l'un à l'autre davantage que les plaisirs.

— La chambre est en ordre, dit Marie-Léone après y avoir jeté un dernier coup d'œil de maîtresse. Nous allons maintenant recouvrir les tableaux, les glaces et les petits meubles du bas. Cet après-midi, nous aurons de la visite. C'est toi qui ouvriras la porte. Tâche de te tenir droite.

Face à tous ceux qui se présenteraient la bouche farcie de

condoléances chuchotées, elle était bien décidée à porter témoignage qu'une petite bourgeoise, même anoblie de fraîche date, était capable de maîtriser ses sentiments avec autant de savoir-faire qu'une dame Magon. Toutes les deux descendirent le grand escalier aux marches de granit par où on eût pu passer aisément à cheval.

— Pour bien te tenir, dit encore Marie-Léone, il faut faire comme si tu étais en colère contre Dieu !

Comme beaucoup d'autres Malouins, les Carbec pouvaient, eux aussi, ajouter à leur nom celui d'une petite terre, à peine quelques journaux, héritée de grands-parents qui naguère tenaient boutique rue du Tambour-Défoncé. Il en avait coûté dix mille livres au capitaine pour devenir écuyer et s'appeler Carbec de la Bargelière, à une époque où la guerre de Succession d'Espagne vidait trop vite les coffres de l'État pour que le roi barguignât sur le moyen de les remplir. Trois générations avaient suffi pour que d'une souche regrattière s'élancent aujourd'hui des rameaux porteurs d'écussons tout neufs. La prévoyance et la lésine de la première, l'imagination et la hardiesse de la seconde, l'énergie d'entreprendre et la volonté de réussir de la troisième avaient abouti à ce but suprême vers lequel un Malouin de bonne race tendait toujours ses efforts et son courage en mêlant curieusement son goût du resserrement sordide à celui de la dépense fastueuse. Tandis que les dernières années du règne de Louis XIV avaient appauvri la France continentale, les provinces maritimes, de Dunkerque à Bayonne, s'étaient enrichies avec les armements et les retours de la Compagnie des Indes, les prises ramenées par les corsaires, grâce surtout aux navires interlopes qui remontaient la mer du Sud jusqu'au Pérou pour y remplir leurs cales de piastres, sans tenir compte des protestations adressées à son grand-père français par le petit roi espagnol qui, fidèle à la loi de ceux qui l'avaient précédé sur le trône de Madrid, entendait interdire à quiconque le droit de trafiquer avec ses colonies d'Amérique. A Saint-Malo plus qu'ailleurs, cette course au trésor avait provoqué la naissance d'une nouvelle génération de capitaines-armateurs, nouveaux riches et nouveaux nobles, décidés à prendre la relève des Nicolas Magon, Noël Danycan et autres personnages assez considérables pour être parvenus à traiter d'égal à égal avec le banquier Samuel Bernard ou à introduire discrètement le ministre Pontchartrain dans leurs propres affaires et que le Grand Roi lui-même avait appelés « ces messieurs de Saint-Malo ».

Mme Carbec faisait désormais partie de cette société d'hommes née du commerce lointain et de la guerre où chacun se jaugeait au poids de ses lingots avoués, au nombre de ses navires, à la masse de granit élevée sur les remparts et à la valeur vénale de sa charge anoblissante. Sachant d'instinct que le monde est dur aux veuves, elle n'en attendait ni secours ni galanterie, décidée à y garder cependant sa place jusqu'au moment où ses garçons seraient établis. Avant même de recevoir le notaire, il lui fallait d'abord s'enfermer chez elle, tous volets clos, pour y accueillir les visites de condoléances conformes aux usages de sa condition et pour respecter en même temps un code de convenances prohibant toute sortie avant le délai d'une semaine, sauf à déroger à des principes d'autant plus rigoureux que sans tradition familiale. On la vit cependant franchir la porte de sa demeure trois jours après les obsèques de son époux. Une sorte de capuche protégeait son visage de la pluie sinon des regards indiscrets.

Ce matin-là, tôt levée selon son habitude bien qu'elle ne se fût endormie qu'à l'aube, Mme Carbec s'était aussitôt rendue dans la petite pièce attenant à la cuisine où, vieux chien au fond de sa niche, maman Paramé surveillait tous les bruits familiers de la maison depuis qu'elle s'y était installée avec son lit clos tout démantibulé, c'est là que je suis née, c'est là que je mourrai. Appelé la veille, il n'avait pas fallu longtemps à M. Broussais pour constater l'état de paralysie dans lequel elle était définitivement tombée en apprenant la mort du capitaine. Donnez-lui du bouillon, Dieu s'occupera du reste. Il avait ajouté, prenant congé de Marie-Léone, « ces femmes de Cancale sont encore plus dures que nos Malouines », et le meilleur médecin de Saint-Malo était reparti d'un pas noble dont la lenteur conférait à son sacerdoce une majesté rassurante qui valait bien une saignée.

Pour l'obliger à boire, Solène dut soutenir maman Paramé tandis que sa maîtresse appuyait un bol de soupe sur le menton crevassé. « Tu préférerais un peu de rikiki, n'est-ce pas ? » voulut plaisanter Marie-Léone. Ni pour boire ni pour répondre, la vieille ne desserra les dents. Parvenue à ce moment où, juste avant de basculer, les moribonds regardent derrière eux, elle ne voyait plus les deux femmes penchées sur elle. « Sois raisonnable, insista la maîtresse, que ferions-nous sans toi ? » C'est alors qu'elle s'aperçut que les yeux de maman Paramé, plus écarquillés et noyés d'eau que jamais, fixaient un coin de la petite chambre, contre la porte, où posée sur un escabeau se dressait la cage de Cacadou, un mainate rapporté autrefois des Indes dont la vieille nourrice était devenue la compagne ronchonneuse.

— Cacadou ? appela Marie-Léone.

Selon son humeur, il était capable de siffler une mélodie, chanter une gaudriole, prononcer un discours, dire l'angélus, ou garder un silence immobile pendant plusieurs jours. L'oiseau ne répondant rien, « il a de la peine comme nous tous », songea Marie-Léone jusqu'au moment où, comme si elle eût deviné cette pensée, maman Paramé sortit de sa torpeur, un bref instant, et branla la tête de droite à gauche.

— Prends soin d'elle, dit Marie-Léone en tendant le bol de bouillon à Solène, et répétant avec une douceur inquiète : Cacadou..., tandis qu'elle s'approchait de la cage.

À côté de quelques graines de chènevis et d'une feuille de salade fanée, le mainate gisait inerte. Marie-Léone ouvrit vite la porte de la cage, saisit l'oiseau dans ses deux mains qu'elle pressa contre elle et dit d'une voix blanche :

— Cacadou est mort !

Sans plus s'occuper des deux femmes, elle monta en courant les trois étages de la maison, entra dans sa chambre et s'abattit sur le lit en sanglotant. Toutes les cordes nouées pendant trois jours et trois nuits pour qu'elle se tînt roide devant les autres, étaient tombées d'un coup. Cette petite boule emplumée qu'elle tenait dans sa paume, à peine moins légère qu'une feuille d'ormeau, c'était Cacadou, le magicien de son enfance que Jean-Marie avait hérité de son oncle Frédéric, un maître charpentier parti aux Isles avec les premiers Malouins de la Compagnie des Indes. Mme Carbec se revoyait petite fille tirer la robe de sa mère, l'impérieuse Mme Le Coz, pour qu'on la menât dans la maison de son parrain, rue du Tambour-Défoncé, chez l'oiseau qui parlait, et il lui sembla entendre sans pouvoir en retenir l'air la romance au clair de lune sifflée par un invisible flûtiau le soir où, pour la première fois, Jean-Marie avait osé baiser ses lèvres avant même de demander à son père la permission de l'épouser. Allez savoir si Cacadou n'avait pas manigancé toute cette affaire ? Celui-là, il savait tout et comprenait tout sans avoir besoin de regarder ou d'écouter, il annonçait les visiteurs, il souhaitait la bonne nuit à l'heure où l'on éteint les lampes et bon appétit au moment de se mettre à table, il veillait sur les berceaux et chantait « Les filles de Cancale elles n'ont point de tétons... », pour faire sourire Marie-Léone quand elle s'inquiétait d'une longue absence de Jean-Marie, ou bien il improvisait des arabesques amoureuses, pour fêter le retour du capitaine. Avec les années, sans qu'on osât trop s'interroger sur ses origines ou sa nature, car le mystère convient aux elfes et aux dieux, Cacadou était devenu le génie protecteur de la maison. Seule maman Paramé semblait n'en rien ignorer, et les enfants ne se lassaient pas de lui poser mille questions comme s'il eût été le dépositaire de tous les secrets de la terre et du ciel. À eux seuls, même quand il faisait semblant de dormir, l'œil mi-clos et une aile pendante, il répondait toujours. Oiseau parleur ou oiseau magique né d'une légende familiale liée au souvenir d'un oncle funambule retour des Indes avec une cargaison d'abracadabras ? Personne n'aurait pu le dire, ni ceux de Saint-Malo ni ceux de L'Orient qui depuis un demi-siècle brodaient et rebrodaient la fable de Cacadou avec une soif de merveilleux où se confondaient leur foi chrétienne et leurs vieilles croyances païennes, la Vierge, les fées, les sirènes, les saintes, la licorne, les martyrs, et tous les chevaux à la crinière écumeuse qui galopent sur la mer les jours de tempête.

Mme Carbec sécha ses larmes. Elle s'en voulait de s'être émue à ce point sur le cadavre d'un petit animal alors qu'elle venait de perdre son mari. Un animal ? Était-il seulement un oiseau ? Même s'il n'en avait que l'apparence, elle ne pouvait le garder plus longtemps dans le creux de sa main. Elle pensa d'abord que Cacadou devait être enterré au cimetière près de la tombe de son maître auquel il n'avait pas survécu. La crainte de commettre un sacrilège la retint parce qu'un cimetière est terre bénite. Il convenait mieux de faire un trou dans une des caves de la maison et d'y enfouir le petit elfe qui continuerait ainsi, sait-on jamais, à protéger les enfants. Les enfants ? Que diraient-ils à leur retour devant la cage vide ?

Les chandelles funéraires à peine éteintes, Mme Carbec avait confié ses quatre enfants à la tante Clacla qui les avait emmenés aussitôt dans sa malouinière, sur la route de Dol. Elle voulait être seule en face d'elle-même pendant les premiers jours. Les trois garçons, Jean-Pierre, Jean-François, Jean-Luc, seraient bientôt de jeunes hommes, surtout l'aîné qui à treize ans sentait plus fort que les autres, regardait déjà les femmes et attendait avec impatience de quitter le collège de Saint-Malo pour entrer à l'École des cadets de la Compagnie des Indes à L'Orient. Pour ceux-là, la notion de la mort, si confuse fût-elle encore dans leur esprit, correspondrait désormais à l'image du cadavre qu'on les avait obligés à veiller une nuit entière, et serait associée au rôle qu'ils avaient tenu tous les trois à la cathédrale, empruntés dans leurs habits de deuil qui faisaient d'eux des petits messieurs de Saint-Malo. À Marie-Thérèse qui n'avait guère plus de trois ans, on dirait que son père s'était embarqué pour un long voyage aux

Isles. Il serait possible de l'en consoler. Mais Cacadou avec lequel elle engageait d'interminables conversations d'oiseaux ? Sa disparition risquait de la plonger dans un de ces désespoirs qui suffoquent les petites filles et que les grandes personnes sont incapables d'apaiser avec des mots parce que leur langage n'appartient plus au vocabulaire du monde enchanté. A cette pensée, Mme Carbec décida tout à trac que Cacadou ne serait enterré ni à la cave ni au cimetière. Elle entoura l'oiseau mort d'un petit mouchoir brodé qu'elle enfonça doucement dans la bourse qui pendait à la ceinture de sa robe, jeta sur ses épaules une cape noire, descendit rapidement l'escalier, passa devant son valet toutes-mains sans dire un mot et fut bientôt dehors. Sachant où elle allait, elle marchait d'un pas décidé à travers les ruelles où s'engouffrait le vent de la grande marée, une capuche un peu rabattue sur le front pour ne point braver les regards embusqués derrière les fenêtres. C'était l'heure des femmes, les ménagères allaient au marché aux herbes et les marchandes de poisson remontaient du port vers la ville haute, ventre bombé et voix sonore. Dans les yeux de quelques-unes, Marie-Léone crut voir comme une lueur de surprise : où donc se hâtait Mme Carbec de si bon matin, trois jours après l'enterrement de son mari, alors qu'elle aurait dû attendre derrière ses volets clos qu'on lui rendît visite ? Elle ne se détourna pas pour si peu, comme toutes les Malouines de ce temps-là on la savait de mœurs irréprochables et n'en faisant qu'à sa tête, continua son chemin et se revit soudain petite fille le jour où son parrain l'avait emmenée chez lui pour la protéger contre la contagion de la variole dont son frère Hervé venait d'être frappé. J'avais alors sept ans, pensa-t-elle, et je suis restée un bon mois rue du Tambour-Défoncé. Maman Paramé m'appelait « pauvre petite sainte », Jean-Marie jouait du violon accompagné par Cacadou posé sur son épaule, ou faisait disparaître et réapparaître des pièces d'or sous une timbale d'argent couverte d'un foulard de soie, en disant galigala. Comment s'y prenait-il ? Même plus tard, lorsque nous avons été mariés, il n'a pas voulu me le dire. Oui, j'avais sept ans, jamais je n'ai été plus heureuse. Aujourd'hui, j'en ai trente-trois. Mme Carbec se raidit contre un sanglot qui risquait de la démâter et frappa à la porte d'une maison devant laquelle elle venait d'arriver.

C'était une maison en bois, fraîchement repeinte en vert sombre et de modeste apparence. M. Kermaria y habitait, vieux chirurgien qu'on disait habile homme et auquel les médecins de Saint-Malo accordaient cette sorte de protection hautaine que les hommes de science distribuent volontiers aux gens de métier. Bien

que ses connaissances anatomiques fussent supérieures à celles de
ses confrères, il n'exerçait guère son talent que pour des actes
mineurs où quelque barbier du siècle précédent eût déjà fait
l'affaire, percer un apostume, pratiquer une saignée, réduire une
dislocation, car les armateurs, capitaines et autres marchands
malouins estimaient que, dans les cas graves, leur condition les
obligeait de consulter au moins à Rennes et mieux à Paris où
brillaient des maîtres du bistouri, des tenailles, de la sonde et de la
scie, renommés dans toute l'Europe. Déçu de ne pouvoir manifester
davantage ses talents, plus secrètement humilié par l'attitude
protectrice des médecins, M. Kermaria se consolait en embarquant
de temps à autre sur un navire de la Compagnie des Indes dont le
règlement exigeait la présence d'un chirurgien à bord, et si au cours
de la traversée il ne trouvait pas l'occasion de couper un bras ou une
jambe, il rapportait toujours de ses voyages aux îles d'Amérique
ou des Indes orientales, des oiseaux multicolores, colibris et perru-
ches, toucans, papegais, oiseaux-mouches et bengalis qui à peine
arrivés à Saint-Malo mouraient avec les premiers froids. Faute de
Malouins à tailler, M. Kermaria leur ouvrait aussitôt le ventre et les
naturalisait selon des méthodes apprises dans de très vieux livres.
De sa maison, il avait fait ainsi une volière immobile et silencieuse,
lui-même vieil oiseleur emperruqué et solitaire.

— Monsieur, dit Marie-Léone d'une voix mal assurée, tous les
Malouins connaissent votre habileté à conserver les oiseaux.
Pourriez-vous m'en empailler un d'ici deux jours ? Le prix importe
peu, vous le fixerez vous-même.

— Madame, répondit M. Kermaria sur le ton d'un homme qui
relève une offense, je n'empaille pas les oiseaux, je ne suis pas un
empailleur !

Elle s'efforça de sourire et de faire la gracieuse :

— Nous savons aussi que vous êtes le meilleur chirurgien de la
ville, mais… ? interrogea-t-elle en désignant une dizaine d'oiseaux
immobiles et dressés sur des perchoirs autour de la pièce où elle
venait d'entrer.

— Il est vrai, convint M. Kermaria, que je suis aussi taxidermiste : du grec *taxis* arrangement, et *derma* peau. Pour vous servir,
madame.

— Ma visite doit vous surprendre, dit alors Marie-Léone. Je sais
qu'elle enfreint les usages, mais je suis pressée par l'événement
parce que mes enfants, que j'ai éloignés après l'enterrement de leur
père, doivent revenir après-demain.

Elle avait sorti de sa bourse le morceau d'étoffe où elle avait
enseveli Cacadou.

— Je l'ai trouvé mort tout à l'heure dans sa cage.

Le vieil homme prit doucement l'oiseau et le caressa du bout des doigts qu'il avait maigres et longs.

— C'est bien le fameux mainate des Carbec ? Celui que l'oncle du capitaine avait rapporté autrefois des Indes ?

— Oui, souffla Marie-Léone, c'est Cacadou.

— Je comprends, fit gravement M. Kermaria.

— Êtes-vous sûr qu'il soit mort ? demanda-t-elle.

— Hélas, madame. Il est encore souple, ce qui permettra la taxidermie, mais déjà froid. Tenez, mettez votre doigt là où j'ai posé le mien, vous ne sentirez plus battre son petit cœur.

— Non ! Je ne peux pas, dit Marie-Léone.

Les larmes lui brouillaient les yeux. Elle ajouta, manière d'excuser une telle faiblesse de la part d'une veuve en face de la mort d'un oiseau :

— Mes enfants l'aimaient beaucoup, surtout la plus petite qui a trois ans, vous comprenez ?...

— Je comprends, je comprends, répéta plusieurs fois M. Kermaria avec un lent balancement de perruque. Eh bien, nous allons nous mettre tout de suite au travail. Lorsque vos enfants seront de retour, Cacadou aura retrouvé sa cage et sera installé sur un perchoir. Son plumage sera aussi brillant qu'avant et tout le monde croira qu'il dort.

Comme Marie-Léone allait s'en aller, il dit encore avec un sourire de sorcier débonnaire :

— Peut-être se réveillera-t-il un jour, allez donc savoir ?

Après avoir passé de longues années à perfectionner son art, approfondir ses connaissances anatomiques des oiseaux et être passé maître dans la préparation des drogues qui assurent la bonne conservation des peaux et des rémiges, M. Kermaria ne voulait plus se contenter de l'immobilité de ses mannequins emplumés. Avec l'aide et la patience d'un horloger de Saint-Servan habile à construire ces minuscules machines qui, par l'effet d'un ressort caché, imitent les mouvements des créatures vivantes, il était parvenu à faire tourner une perruche rose sur son perchoir et à faire claquer du bec un petit toucan du Brésil noir et vert, à la gorge tachée de rouge. Chaque soir, il ne manquait jamais de remonter les fragiles automates à l'aide d'une petite clé qui déclenchait à la fois leur mécanique et les rêves d'un vieil homme parvenu à l'âge où ne retenant plus la vie entre des doigts féroces on la ranime encore sous ses paupières.

La visite et les paroles de Marie-Léone avaient ému M. Kerma-

ria. Pour qu'une dame Carbec eût manqué aux convenances qui
réglaient les gestes d'une personne de sa condition, il fallait qu'elle
fût elle-même saisie d'un grand trouble qui la frappait au-delà du
chagrin causé par la mort de son mari, ce brave capitaine Carbec
dont tous les Malouins savaient que, jeune corsaire, il avait sauvé
la ville d'une machine infernale lancée par les Anglais contre les
remparts. Et cet oiseau qu'il tenait maintenant dans le creux de sa
main n'était-il pas lié lui-même à tous ces souvenirs ? Sa décision
prise, M. Kermaria ajusta sa perruque, noua sur son ventre un
tablier de cuir et retroussa ses manches.

Il avait posé délicatement le mainate devant lui, sur une table
où étaient alignés des petites lames d'acier et autant de petits pots
de faïence. Il considéra l'animal pendant quelques secondes, sans
le moindre geste sauf à froncer les sourcils, écarta enfin les plumes
de la ligne médiane qu'il maintint écartées entre le pouce et l'index
de la main gauche, puis de sa main droite armée d'un scalpel, il
incisa la peau de Cacadou, d'un trait précis, du sternum jusqu'à
l'anus. Un peu de sang jaillit de la plaie qu'il saupoudra aussitôt
avec du plâtre fin.

— Les autres doivent me prendre pour un nécromant, pensa-
t-il en souriant.

Ce genre de besogne, M. Kermaria n'en aimait pas beaucoup le
début mais au fur et à mesure qu'il avançait dans le travail, les
grandes précautions qu'exige le dépouillement d'un oiseau sans
provoquer la moindre déchirure lui apportaient une sorte de joie
diffuse que multipliaient ses gestes devenus plus adroits. Il décolla
la peau du corps, continua jusqu'aux cuisses, détacha les deux
ailes, désarticula les membres, saupoudra, nettoya les os avec du
savon arsenical, dégraissa à l'alun, et s'arrêta enfin au bout de
trois heures, sans avoir pris le temps de déjeuner. La sueur
mouillait son front, des taches de sang et de plâtre maculaient ses
mains et sa figure, la fatigue alourdissait ses épaules mais, cette
fois, il était aussi satisfait que s'il s'était vu confier le soin de
broyer la pierre qui encombrait la vessie du connétable de Saint-
Malo. Pauvre Cacadou ! Il gisait là, sur une table, au milieu des
pinces, des flacons, des poinçons, des grattoirs, des bistouris et des
ciseaux, le ventre ouvert, saupoudré de blanc, désarticulé, énucléé
et vidé de ses entrailles. On lui avait même enlevé la cervelle et la
langue avec une égale détermination, encore qu'au moment de
décoller les bronches, M. Kermaria eût tenté, presque avec
tendresse, de prélever le syrinx pour essayer de percer le mystère
du chant des oiseaux. Mais autant chercher une âme au bout d'un
scalpel... La première partie de l'opération achevée, le plus

difficile restait à faire : rendre à Cacadou sa forme, voire l'attitude
qu'il avait pendant sa vie, travail d'artisan précautionneux, habile
à manier le fil de fer, la ficelle, la scie et les petits couteaux,
l'étoupe et le bois. M. Kermaria but un coup de rikiki au goulot
d'une bouteille à moitié pleine, à ta santé Cacadou ! et se remit vite
au travail. Même pour un montage au repos, les ailes repliées, il
n'est pas si facile d'introduire des tiges de métal ou des petites
pièces de bois dans les quatre membres et la tête d'un oiseau, et de
les réunir entre elles avec de minces fils de fer pour reformer la
carcasse du corps en y ménageant une cavité destinée à recevoir
une mécanique horlogère. Tandis qu'il coupait, tordait, nouait,
ficelait, sciait, suait à grosses gouttes, redonnait forme à Cacadou
et du lustre à son plumage avec un pinceau trempé dans une
solution aromatique pour le préserver de la vermine, M. Kermaria pensa qu'un bon chirurgien devait être à la fois menuisier,
ébéniste, tailleur et serrurier. Le soir venu, il alluma deux grosses
chandelles pour coller à la place des yeux deux perles noires ornées
d'un point blanc, choisies dans une boîte pleine de rassades ainsi
qu'on appelle ces verroteries multicolores fabriquées à Venise et
offertes, en manière de cadeau, aux chefs africains qui vendent
leurs nègres aux marchands chrétiens. Satisfait de son travail, il
enveloppa soigneusement le mainate dans un linge propre pour
qu'il puisse bien sécher pendant la nuit, fit griller sur la braise un
poisson qu'il mangea de bon appétit, et se glissa sous la couette,
après avoir accordé un dernier regard à Cacadou disparu sous un
pansement. Dors, Cacadou, demain matin je te réveillerai de
bonne heure. Mme Carbec ne se doute pas de la surprise que je lui
prépare.

Une idée était venue à M. Kermaria. Non seulement il
redonnerait au mainate l'apparence de la vie mais aussi le
mouvement au moyen d'une mécanique. Parmi les nombreux
oiseaux dépouillés par le chirurgien qui décoraient les murs de sa
maison, un petit toucan du Brésil, un aracaris, de la taille d'un
gros merle noir et vert, orné de belles taches rouges et jaunes sous
la gorge, était demeuré le plus intact : la fixité de ses yeux de verre
gardait encore un éclat qui mettait mal à l'aise plus d'un visiteur
lorsque, M. Kermaria ayant tourné une petite clef dissimulée sous
la queue du brésilien, celui-ci pivotait à droite et à gauche en
faisant claquer son gros bec. Le chirurgien, connaissant le secret
des ressorts ignorés des autres, y prenait moins garde, encore qu'il
lui fût arrivé, l'espace d'une seconde, de croire qu'il avait été
capable de redonner la vie à un oiseau mort, pensée qui l'étouffait
de joie pour le plonger aussitôt dans l'épouvante et faire naître des

odeurs sulfureuses dont trois signes de croix le débarrassaient. Parce qu'il l'avait ramené du Brésil à bord d'un navire commandé par le capitaine Carbec lorsque les Malouins étaient allés mettre le feu à Rio de Janeiro, M. Kermaria tenait beaucoup à son petit toucan aracaris dont il avait fait un automate plus précis que tous les autres. Il venait pourtant de décider qu'il le sacrifierait pour redonner à Cacadou les apparences de la vie.

M. Kermaria posa sur sa table de travail les deux oiseaux côte à côte. Levé avant le jour, il avait verrouillé sa porte avec soin et allumé quatre grosses chandelles pour éclairer le travail minutieux qu'il allait entreprendre. Cette fois, plus d'instruments de chirurgie mais des outils, des pièces d'horlogerie, et de l'étoupe pour bourrer la cavité qui apparaîtrait dans le corps du toucan lorsqu'il lui aurait retiré sa mécanique pour la transplanter dans le corps de Cacadou. La pensée lui était venue de demander le secours de son compère de Saint-Servan, celui qui l'avait aidé à agencer cette minuscule machine, il s'était vite ravisé préférant ne partager avec personne l'instant prodigieux où la vie s'étant arrêtée selon sa volonté il l'entendrait renaître au bout de ses doigts au moment qu'il en déciderait. Sa main ne trembla pas lorsqu'elle mit à nu la mécanique du toucan, mais il fut pris de saisissement devant tous ces minuscules organes d'acier, ressort spiral, cylindres, crémaillère, qui brillaient tous d'un éclat dur. Il voulut les regarder de plus près, se pencha trop sur une chandelle, y grilla ses sourcils, sentit comme une odeur de diablerie envahir son cabinet, se recula effrayé, mon Dieu si je vous offense faites-moi un signe ! L'appareil était relié à un réseau de fils de fer dont la forme épousait la cage thoracique du patient. Ayant retrouvé son calme, M. Kermaria dénoua tous ces fils jusqu'au moment où il put tenir enfin dans sa main un petit bloc de rouages dont l'agencement rappelait celui d'une montre. Une montre ? Allez savoir... Il but une large rasade d'eau-de-vie, rien de meilleur pour décaper les brumes du matin, recousit le toucan, le dépoussiéra avec soin et le reposa sur son perchoir. Vide, l'oiseau n'était plus un automate mais paraissait plus étincelant que tout à l'heure. M. Kermaria avait l'habitude de penser tout haut. Après un bon coup de plumeau, dit-il entre ses gencives, personne ne peut faire la différence entre celui qui a perdu son âme et celui qui l'a préservée soigneusement tout au long d'une vie vertueuse. Moi, avec trois ou quatre tours de clef, je vais redonner un cœur de métal à un cadavre, autant dire la vie. Un jour, allez savoir, les chirurgiens deviendront peut-être des sortes de mécaniciens horlogers qui feront avec les hommes ce que je fais aujourd'hui avec ces deux oiseaux. Mais leur redonneront-ils pour autant la vie ? La vie ou l'apparence de la vie ? Et si la vie n'était elle-même qu'une apparence ? Ce Descartes qui ne voulait accepter pour vrai que l'évidence aura tôt fait de nous entraîner à nier tout ce qui est invisible. Se fier aux seules apparences, quelle sottise ! Ma bouteille de rikiki est-elle seulement réelle ?

M. Kermaria en but une nouvelle goulée. Il avait besoin de se rassurer. Si son esprit s'embuait, ses mains demeuraient agiles quand il entreprit d'accrocher la mécanique du toucan aux fils de fer qui tapissaient la cage thoracique du mainate. Un tour de vis par-ci, un coup de lime par-là, l'affaire exigeait autrement de doigté et de précision qu'un coup de lancette dans une fistule. Combien de temps l'opération dura-t-elle ? Seul, le nombre des chandelles allumées les unes après les autres aurait pu en donner la mesure. La peau de Cacadou fut enfin recousue et l'oiseau fixé sur un petit perchoir par le moyen d'une tige mince et ronde. M. Kermaria contempla son œuvre. Un peu de plâtre séché maculant encore les plumes il le fit disparaître en les lustrant avec une douceur qu'il se savait incapable d'accorder à un être humain, et ne fut satisfait qu'au moment où il lui sembla que le mainate avait enfin repris l'aspect d'un oiseau vivant, encore qu'il demeurât immobile.

L'instant attendu et le plus redouté était arrivé. Ayant relevé la queue de Cacadou, M. Kermaria découvrit une clef minuscule à laquelle il donna quelques tours, cric crac à peine perceptible qui fit battre son pouls plus vite, d'abord de contentement, bientôt d'inquiétude car l'oiseau demeurait inerte. Comme il l'avait vu faire si souvent par M. Broussais ou tel autre médecin de Saint-Malo, M. Kermaria appuya son oreille sur la poitrine de Cacadou : elle battait régulièrement la mesure, comme une montre. Comme un cœur, pensa-t-il tout bas. L'oiseau cependant restait immobile sur son perchoir. Impatient, le chirurgien secoua légèrement la fragile mécanique emplumée, sans plus de résultat. La sueur mouillait son front et humectait ses doigts devenus malhabiles, son souffle se faisait plus court. Il s'efforça de ne pas trépigner, autant de signes qui ne le trompaient pas et disaient son échec. D'où lui vint cette idée qui le perça soudain ? Puisque ses instruments, ses outils et son habileté n'avaient pas réussi à animer le mainate, il ne lui restait plus qu'à tenter l'ultime recours, souffler sur Cacadou pour lui communiquer un peu de sa propre vie comme Dieu l'avait fait au commencement des temps avec la première argile. C'était quasi sacrilège. M. Kermaria prit peur mais n'en souffla pas moins sur la petite tête noire et blanche jusqu'à ce que le miracle se produisît. Cacadou finit en effet par exécuter deux tours sur lui-même, l'un de droite à gauche, l'autre de gauche à droite, ouvrant et fermant le bec de temps à autre, s'arrêtant et reprenant sa ronde, d'abord à petites saccades puis sur un rythme de plus en plus rapide qui ne pouvait plus s'arrêter. A ce moment, une odeur de roussi envahit la pièce. Saisi d'une frayeur qui l'épouvantait sans effacer son contentement, M. Kermaria tomba à genoux, pardonnez-moi Seigneur, et se signa sans s'être aperçu qu'il venait de griller une autre mèche de sa perruque après une chandelle. Sur son perchoir, Cacadou tournait toujours sa ronde accompagné d'un bruit de crécelle mécanique que le vieux chirurgien ne parvenait plus à arrêter. Pour se donner du courage et fêter en même temps sa réussite, M. Kermaria voulut boire une dernière lampée de rikiki. La bouteille était vide depuis longtemps.

La dépouille de Cacadou remise à M. Kermaria, Marie-Léone s'était rendue rue du Tambour-Défoncé. Jeune épousée, elle y avait vécu les premières années de son mariage jusqu'au moment où, ayant entassé assez de piastres pour imiter les bâtisseurs d'orgueilleux hôtels de granit dressés sur les remparts, le capitaine avait demandé à M. Garangeau de lui construire une grande demeure face à la mer, dans le vent et la fierté. Malgré la capuche qui protégeait son visage, Marie-Léone fut reconnue par quelques passantes au moment qu'elle entrait dans la vieille maison Carbec. Elles s'en étonnèrent, pensèrent que, le chagrin l'emportant sur les convenances, la malheureuse n'avait pu résister à l'élan qui entraîne les veuves vers les lieux où elles ont aimé leur homme, et poursuivirent leur chemin chuchoteur, « pauvre Marie-Léone, son Jean-Marie c'était un bon gars, dame oui... », sans se douter qu'elles se trompaient. Mme veuve Carbec ne revenait pas rue du Tambour-Défoncé pour s'émouvoir sur le décor qui avait enchanté sa jeunesse liée au souvenir de son mari, de maman Paramé et de Cacadou, mais pour affirmer par sa présence immédiate sa volonté de diriger désormais les affaires d'armement et de commerce, à l'exemple de plusieurs veuves de Saint-Malo toutes plus roides que ne l'avaient jamais été leurs défunts, à faire respecter les clauses d'un contrat. Celles-là, on en parlait jusqu'à Rennes, Nantes, Rochefort, Rouen ou Bordeaux, partout où l'on armait au négoce ou à la course. Les cercueils à peine cloués, elles avaient ouvert les livres de comptabilité, demandé aux commis des explications utiles à la bonne intelligence des opérations en cours, ramené à la lumière tel point litigieux laissé dans l'ombre, et exigé que soient honorées sur-le-champ les créances douteuses passées déjà par profits et pertes. Hier, leurs maris les avaient souvent consultées pour le calcul des mises hors où elles se montraient plus habiles que les hommes, mais elles n'avaient pas eu toujours accès à ces comptes compliqués où n'apparaît jamais clairement le bénéfice ou le déficit d'une entreprise. Aujourd'hui, elles prenaient des décisions impérieuses, parfois impitoyables, qui contentaient le goût féminin pour l'ordre, l'autorité, les chiffres.

Penché sur un gros registre, M. Locmeur fut surpris par l'arrivée de Marie-Léone.

— Ne vous mettez pas en peine pour moi, dit-elle aussitôt. Je voulais seulement vous dire que je compte sur vous, autant que le capitaine vous faisait confiance. Rien ne sera changé.

Était-ce signifier au premier commis de l'armement Carbec qu'elle entendait prendre la barre en main sans délai ? Pour éviter tout malentendu, elle précisa :

— Il ne faut pas que nos affaires souffrent de la mort de M. Carbec. J'ai quatre enfants à établir, comprenez-vous cela, monsieur Locmeur ? Après-demain nous examinerons ensemble les marchés et les contrats en cours.

Pour un premier commis malouin, il n'y avait pas d'offense à recevoir les ordres d'une femme lorsque de telles circonstances l'exigeaient. Encore qu'il eût trouvé un peu rapide la démonstration de Marie-Léone, M. Locmeur répondit avec bonne grâce :

— Dans l'usage du commerce, il faut à la tête d'une entreprise un homme qui ait la direction de tout. Si l'homme disparaît, sa femme le remplace et tout est dit. Madame Carbec, je suis votre serviteur.

Soudain ému et cherchant ses mots, il dit aussi : « La mort du capitaine m'a beaucoup... » mais il n'eut pas le temps de terminer sa phrase, Marie-Léone lui avait coupé la parole.

— La mort du capitaine nous a tous frappés, monsieur Locmeur. Moi, avant tous les autres. Voulez-vous me laisser seule quelques instants ?

Elle avait dit tout cela d'une voix brève, mal posée, avec un sourire mince qui adoucissait à peine ce ton à la fois autoritaire et maladroit auquel peu de femmes échappent lorsqu'elles tiennent une occasion de commandement.

M. Locmeur s'inclina. Homme d'âge et de bonnes manières dont la pratique des affaires maritimes et l'expérience du négoce lointain valaient un baril d'écus, il avait été, comme tant de Malouins, mousse sur les bancs de Terre-Neuve avant de devenir patron pêcheur et plus tard, lieutenant en second à bord d'un navire marchand. Deux voyages aux Indes lui ayant appris que la responsabilité commerciale d'une cargaison enrichit davantage son homme que le commandement à la mer, il avait viré de bord et étudié la comptabilité pour devenir subrécargue. Un jour, après avoir longtemps fréquenté les comptoirs de plusieurs compagnies, acheté ou vendu pour leur compte et trafiqué pour le sien, il avait dû mettre coffre à terre, brûlé par la fièvre des Isles. Plus audacieux, M. Locmeur fût sans doute devenu lui-même armateur, mais il était de ceux qui pèsent leurs actes sur des balances d'apothicaire, préférant la sécurité du gage au risque du profit, et font les agents indispensables à la réussite des grandes entreprises. C'était le moment où, devenu un des messieurs de Saint-Malo, Jean-Marie recherchait la collaboration d'un premier commis. Vite d'accord, les deux hommes s'étaient trouvés d'autant plus à l'aise dans leur arrangement que les retours de la mer du Sud avaient assuré des primes appréciables à M. Locmeur et permis à son maître d'étaler volontiers, sans même y prendre garde, la légère vanité qui lui faisait bomber un peu le torse depuis qu'il avait acheté un titre d'écuyer.

Marie-Léone était entrée dans le cabinet où se tenait le plus volontiers son mari pour recevoir ses confrères : armateurs, négociants, capitaines, avitailleurs. Aux premiers temps de leur mariage, c'était la salle où les Carbec prenaient leurs repas, une grande pièce sombre et humide avec des meubles épais, de couleur foncée, dont Marie-Léone était parvenue difficilement à modifier le rude décor. Maintenant les murs aux pierres rejointoyées disparaissaient sous des boiseries de chêne clair où s'alignaient quelques livres et les gros registres tenus naguère par le regrattier qui avait eu l'audace d'acheter trois actions de la Compagnie des Indes orientales au moment de sa fondation en 1664. Sur une carte marine marouflée au-dessus de la cheminée, un trait rouge partant de Saint-Domingue, longeant la côte orientale du continent sud-américain, doublant le détroit de Magellan et remontant au nord le long de la Cordillère jusqu'au Pérou, rappelait que le capitaine Jean-Marie Carbec avait été le premier Malouin à s'aventurer jusqu'à Lima où les colons espagnols démunis de tout sauf de métal précieux payaient à prix d'or les navigateurs qui leur apportaient des chemises, des souliers, des chapeaux, des vêtements ou des bas de soie. C'est au retour de ce voyage que Jean-Marie avait, pour la première fois, regardé sa filleule avec des yeux qui n'étaient plus tout à fait ceux d'un parrain. Les filles, même très jeunes et qu'on dit innocentes, perçoivent ces choses avec un flair infaillible. Cela s'était passé à Nantes, pendant une

vente de la Compagnie des Indes. Tout s'était joué ce jour-là.
Marie-Léone s'en souvenait, avec tous les détails, comme on peut
se rappeler un événement de la veille. En acceptant de devenir
l'épouse d'un homme plus âgé que moi, je savais à quoi je
m'exposais, non ?

Elle se dirigea vers un angle de la salle où était encastré un petit
coffre de bois cerclé et clouté de fer auquel Jean-Marie tenait
autant qu'à la balance de cuivre étincelant sur un bureau plat,
parce que l'un et l'autre étaient liés à tous ses souvenirs d'enfance
eux-mêmes baignés dans des odeurs de morue salée et de cannelle
que les peintres et les tapissiers n'avaient jamais réussi à faire
disparaître tout à fait. Si Jean-Marie avait rédigé un testament,
elle devait le trouver dans ce coffre sauf s'il avait été déposé chez
le notaire. Marie-Léone hésita pendant un court instant à l'ouvrir,
comme si elle allait détrousser un cadavre. Quelles que fussent la
confiance et l'intimité qui les liaient l'un à l'autre, le capitaine n'en
avait jamais confié la clef à sa femme, même quand il était parti
pour Rio de Janeiro avec l'escadre de Duguay-Trouin, non qu'il y
cachât des secrets ou un trésor mais parce que sa nature d'homme
exigeait qu'un domaine lui fût réservé.

Du coffre enfin ouvert, Marie-Léone retira d'abord un petit sac
de toile et un minuscule sachet. Il y avait de la poudre d'or dans le
premier et, dans le second, un peu de varech séché autour d'une
perle collée au creux d'un coquillage. Elle les remit à leur place et
tira quelques rouleaux de papier ainsi qu'un petit cahier recouvert
de toile cirée qu'elle reconnut aussitôt pour être le carnet
d'observations faites aux Indes sur les procédés des tisserands et
des teinturiers pour préparer leurs toiles peintes. « Ce petit livre,
c'est peut-être ce que je te laisserai de plus précieux », avait dit le
père Le Coz à son gendre. Déroulés, les papiers firent apparaître
l'acte de baptême de Jean-Marie, son brevet de capitaine marchand, leur contrat de mariage, les trois actions de la Compagnie
des Indes achetées par Mathieu Carbec, enfin la lettre de noblesse
signée d'une royale majuscule qui conférait au fils du regrattier de
la rue du Tambour-Défoncé et à ses descendants le titre d'écuyer
et lui permettait d'ajouter à son nom celui de la Bargelière. Rien
ne manquait à ce dernier document sauf le prix que le nouveau
gentilhomme avait dû payer pour obtenir sa savonnette à vilain et
contribuer du même coup à l'extraordinaire des guerres perdues.
Mme Carbec pensa que son notaire, convoqué chez elle pour le
lendemain, lui apporterait le document qu'elle était venue chercher et elle regagna sa maison en emportant le parchemin qui
situait sa famille sur un nouveau barreau de l'échelle sociale. Elle

venait de décider de passer désormais la plus grande partie de son temps rue du Tambour-Défoncé, jusqu'au moment où ses enfants auraient atteint l'âge de gérer leurs propres biens. N'est-ce pas ainsi qu'agissaient d'autres Malouines, les veuves Fouchon, La Mettrée Aufray, Montperroux, Beauséjour, Sauvage, Onfroy, Duclos, Despré, Lefèvre, parmi d'autres auxquelles on cédait le pas en ville, qui occupaient les meilleurs bancs à la cathédrale, et dont on disait qu'elles avaient plus de biens, un peu au soleil et beaucoup à l'ombre de leurs caves, que du temps de leurs maris ?

Ce soir-là, Marie-Léone Carbec monta se coucher de bonne heure. Pendant tout l'après-midi elle avait dû recevoir dans son salon d'apparat les visites de condoléances auxquelles ne pouvait pas échapper une personne de sa condition. À ce ballet funèbre et mondain elle s'était prêtée avec bonne grâce et modestie, ses bonnes manières effaçant les traces de son chagrin sinon celles de sa fatigue sur son beau visage lisse et mat, plus aigu que la veille, où s'étoilait un regard bleu. Les dames Magon, celles qu'on voyait partout les premières aux mariages et aux enterrements, n'avaient pu taire quelques réflexions indulgentes :

— Elle se tient aussi bien que l'une des nôtres, c'est à ne pas croire ! avait sifflé l'une d'elles.

— S'il faut vivre avec son temps, avait dit une autre, mieux vaut cette Marie-Léone que la comtesse Clacla...

La dernière visiteuse partie, Mme Carbec s'était aussitôt rendue avec sa servante dans la petite chambre, à côté de la cuisine, où maman Paramé gisait toujours immobile et muette. Une odeur infecte empestait la pièce.

— Elle a encore fait sous elle ! dit Marie-Léone en se bouchant le nez.

Comme si sa courtoisie de l'après-midi se fût brusquement enfuie, elle avait presque crié. Éteints, les yeux de maman Paramé avaient alors eu l'expression d'un enfant pris en faute, honte et frayeur confondues, toujours fixés sur Marie-Léone qui se reprochait trop tard sa vivacité.

— Montez donc vous coucher, dit Solène. Vous devez vous reposer.

— On ne peut pas la laisser dans cet état !

— Laissez donc, c'est mon affaire.

— Toi ? Toute seule ? Tu ne pourras jamais, elle est trop lourde.

— Ne vous mettez pas en peine, j'ai l'habitude. À Saint-Jacut, cela arrivait à ma grand-mère plusieurs fois par jour. C'est moi qui la frottais.

— Quel âge avais-tu donc ?
— Douze ans.
— Ta grand-mère ? Cela a duré longtemps ?
— Quatre ans, dame !

Mme Carbec monta dans sa chambre et se jeta sur son lit sans même prendre le soin de se déshabiller. Les vieilles prières apprises dans l'enfance et dont le ronron finit par vous endormir ne parvenaient plus à l'apaiser. Désormais, il lui faudrait trouver des mots à elle, ne plus répéter des formules pour calmer son désarroi, nourrir son chagrin, confesser ses péchés. Seigneur, pardonnez-moi, je fais l'aumône mais mon cœur n'est pas charitable... Disparu dans le sommeil, un cauchemar, toujours le même, la réveilla quelques heures plus tard : le cadavre de Jean-Marie, tuméfié, horrible avec ses meurtrissures bleues et roses, était allongé à ses côtés. Elle poussa un cri et sortit du lit. La tempête s'étant apaisée, elle ouvrit la fenêtre comme Jean-Marie l'aurait fait pour prendre un bon coup de vent dans la figure, et entendit sonner quatre coups. C'était la Noguette, ainsi qu'on appelait la cloche ramenée du Brésil par le capitaine Carbec et les compagnons de M. Trouin avec quelques millions de piastres enlevés aux Portugais.

La solitude souhaitée par Marie-Léone lui était devenue insupportable et l'envahissait, marée montante contre laquelle il n'est point de digue. Plus orpheline qu'au moment de la mort de son père, elle ne souhaitait pas la présence de sa mère. Sans amies de son âge auxquelles confier sa détresse, elle se sentait isolée et abandonnée de Dieu.

Contrats de mariages ou d'armements, séparations de biens, douaires, testaments, donations, prêts à la grosse aventure, chartes-parties et les plus humbles écritures faites pour tous ceux qui ne peuvent signer leur nom qu'en traçant une croix, Me Huvard, fils et petit-fils de notaire, aurait pu raconter l'histoire de trois générations malouines. Respectueux des secrets de famille et d'argent, il les devinait avec une perspicacité de vieux recteur qui sait entendre tout ce que son pénitent tait mal. Les nobles le traitaient de haut et oubliaient de rémunérer ses services, les grands bourgeois ne l'acceptaient pas toujours dans leur société, tous sollicitaient sa pratique du droit et son habileté à trouver des expédients pour tourner les lois. Se frottant à ceux-ci et à ceux-là, Me Huvard était cependant parvenu à leur prendre quelques manières de tenue et de langage sans parvenir pour autant à farder la filiation du grand-père tabellion mort en joignant ses gros doigts toujours tachés d'encre.

Vêtu de noir ainsi que l'exigeaient son état et les circonstances, le notaire se présenta à l'hôtel Carbec à l'heure fixée par Marie-Léone. On le fit entrer dans le salon. Bien que de nombreux actes où figuraient les noms des Carbec et des Le Coz eussent été rédigés par ses soins, il n'avait jamais franchi le seuil de cette maison. Devant les objets précieux et les tableaux recouverts d'étoffes sombres, Me Huvard ne se retint pas d'imaginer ce qu'il ne voyait pas, d'en supputer la valeur, voire de compter le nombre des fauteuils cannés et des bergères tapissées au point de Hongrie installés dans cette pièce où il se tenait debout avec un visage solennel, une perruque démodée et un portefeuille sous le bras. L'arrivée de Mme Carbec le tira de son inventaire.

— Monsieur Huvard, je dois m'entretenir avec vous de la succession de mon mari. Je ne pense pas qu'elle soit difficile à régler pour ce qui concerne les biens immobiliers. Je m'inquiète davantage de nos contrats d'armement, de négoce ou de commission dont vous avez eu à connaître.

— Madame, il est vrai que le capitaine Carbec me faisait l'honneur de sa confiance. Feu son père, Mathieu Carbec, de même que le vôtre, M. Yves Le Coz de la Ranceraie, fréquentaient également mon office. J'ai donc gardé dans nos archives toutes les minutes des actes qui intéressent votre famille. Dans ce portefeuille, je me suis permis d'apporter les actes de propriété concernant la maison sise rue du Tambour-Défoncé, l'hôtel que vous habitez présentement, la petite terre de la Bar...

— Asseyez-vous, monsieur Huvard, coupa Marie-Léone. Aujourd'hui, j'ai d'autres préoccupations. Je me contenterai d'entendre la lecture du testament de mon mari. Je vous écoute, monsieur Huvard.

— Mais, madame, le capitaine ne m'a jamais confié le moindre testament. S'il en rédigea un, il doit se trouver ici.

— Non, monsieur Huvard. J'ai déjà cherché. Le coffre de nos papiers de famille est vide. C'est le seul endroit où le capitaine aurait pu le déposer.

— Eh bien, madame, nous nous en passerons, fit le notaire sans plus s'émouvoir. Les Malouins qui meurent *ab intestat,* comme nous disons dans notre langage, sont plus nombreux que ceux qui prennent des dispositions testamentaires.

Marie-Léone, elle non plus, n'était pas autrement étonnée. Elle connaissait assez Jean-Marie pour savoir que, semblable à tous les grands vivants, il ne pensait jamais à la mort que pendant les cérémonies funèbres auxquelles il ne pouvait se dérober. Le glas à peine éteint, il retrouvait vite sa gaieté naturelle, mise en sourdine par décence au moment du *Dies irae,* parce qu'il avait la tête toujours pleine de projets, à cinquante ans plus qu'à trente. Marie-Léone lui avait parfois reproché son insouciance malouine, mais c'est peut-être cet élan vers la vie qui l'avait le plus enchantée parce qu'elle était elle-même la solidité — au moins en apparence.

— L'absence d'un testament ne va-t-elle pas compliquer la succession ? s'inquiéta-t-elle.

— Au contraire, tout se trouve simplifié. Il y aurait eu complication si le *de cujus,* pardonnez notre jargon, madame, je veux dire si le capitaine avait commis l'imprudence de vous coucher sur son testament sans prendre conseil d'un homme de loi.

— Pourquoi donc, monsieur Huvard ?

— Parce qu'un mari, sauf en pays de droit écrit, ne peut rien laisser à sa femme par testament. Ici, en Bretagne, pays de droit coutumier, la disposition serait nulle.

— Un mari ne peut donc rien laisser à sa femme ?

Il était arrivé plusieurs fois à Me Huvard de savourer une sorte de plaisir honteux, un plaisir de procureur, quand il observait la désillusion des veuves auxquelles il assenait le droit d'une voix incolore.

— Dans nos pays de droit coutumier, poursuivit-il, tout l'avantage qu'homme et femme conjoints par mariage se peuvent faire l'un à l'autre, c'est un don mutuel entre vifs. Encore faut-il qu'il n'y ait point d'enfants. Cela ne pourrait donc vous concerner, même si le capitaine vous avait consenti une donation.

Marie-Léone haussa légèrement les épaules.

— Les hommes font les lois pour eux, monsieur Huvard, vous devez le savoir mieux que d'autres. Celle-là qui est inique ne m'atteint pas parce que je possède en propre ma dot, l'héritage de mon grand-père Lajaille, et celui de mon père. C'est d'ailleurs vous qui détenez les minutes de ces actes. Cependant j'ai disposé d'une partie de mes biens pour participer aux entreprises de mon mari. Vous aurez à débrouiller tout cela pour présenter à mes enfants, le moment venu, une situation claire. Je ne me préoccupe que d'eux.

— Trois garçons et une demoiselle, n'est-ce pas, madame ? Voilà la postérité des Carbec assurée ! dit le notaire qui s'évertuait maintenant à prendre un ton de société.

— Monsieur Huvard, la postérité des Carbec dépendra moins
du nombre de mes enfants, et de mes petits-enfants si Dieu le
veut, que de leur capacité à maintenir leur héritage.

— J'entends bien, madame, nous allons connaître des temps...

— Oui, nous les connaissons déjà. C'est pourquoi mon mari
s'inquiétait de l'établissement de ses fils. Avant de mourir, il me
recommanda d'élever l'aîné, Jean-Pierre, de telle façon qu'il
puisse un jour assurer la direction de nos affaires d'armement et
de commerce. Il nous faut donc prévoir, dès à présent, que sa part
d'héritage sera supérieure à celle des autres. On m'a dit que vous
étiez habile homme à arranger ces choses.

— C'est le rôle des notaires, madame. En l'espèce, cela ne sera
pas si facile. Hors de dispositions testamentaires, je ne sais pas
comment votre fils Jean-Pierre pourrait bénéficier d'un préciput.

Comme pour signifier que la conversation avait assez duré,
Marie-Léone s'était déjà levée. Elle dit avec sa voix brève où
tremblait un peu de cette impatience qui lui jouait souvent des
tours :

— Qui vous parle de préciput, monsieur Huvard ? Il s'agit
simplement de droit d'aînesse.

Tournant avec maladresse son chapeau dans ses grosses mains
tabelliones, Me Huvard était devenu tout rouge.

— Je comprends tout cela, madame. Mais, comment vous le
dire ? Oui, comment vous le dire ? Vous n'ignorez pas que le droit
d'aînesse est un privilège réservé à la noblesse.

— C'est donc que vous ignorez que nous sommes nobles,
monsieur Huvard. Tous les Malouins savent pourtant que le Roi
accorda au capitaine Carbec et à ses héritiers le titre d'écuyer.
Faudra-t-il que je vous montre la lettre signée de sa main ?

Me Huvard ne savait plus quelle contenance prendre et
pétrissait toujours son chapeau, si bien que son portefeuille glissé
sous son bras étant tombé à terre il n'osa même pas le ramasser. Il
fallait cependant qu'il éclairât Mme Carbec sur la situation où elle
se trouvait. Raclant le fond de sa gorge, mauvais orateur au début
d'un ennuyeux discours, il avança sur un ton prudent :

— Madame, une personne aussi éclairée que vous...

— Reprenez donc votre chapeau et ramassez ces papiers !

Le notaire s'exécuta avec un sourire humble, la sueur coulait le
long de son nez.

— Eh bien ? interrogea Marie-Léone.

Après un bref moment de silence, Me Huvard bredouilla :

— Madame, il est de mon devoir de vous rappeler, sinon de
vous faire connaître...

Il lâcha le reste tout à trac :

— Un décret royal a récemment révoqué toutes les lettres de noblesse accordées depuis l'année 1689.

Le léger feu d'impatience qui colorait les joues de Marie-Léone depuis quelques instants disparut d'un coup.

— Que chantez-vous là ? D'où tenez-vous de telles sottises ? Notre titre est irrévocable et perpétuel, cela est écrit en toutes lettres, signé par le Roi et contresigné par M. d'Hozier.

— Madame, ce décret ne date que de quelques semaines. Il vient d'être porté à notre connaissance. J'en ai lu une expédition.

— Alors, s'emporta-t-elle, les Magon, les Trouin, les Maupertuis, les Danycan... et tous les autres, ne sont plus nobles ? Allons donc !

Mᵉ Huvard pensa qu'il lui fallait prendre un ton doucereux s'il ne voulait pas risquer d'être mis à la porte.

— Les choses ne sont pas si simples. Pour ce qui est de M. Danycan de l'Épine le problème ne se pose pas puisqu'il ne reçut jamais de lettre de noblesse mais qu'il acheta une charge de secrétaire conseiller d'ailleurs revendue à l'un de ses gendres. Ceux que vous avez nommés sont de trop grands Malouins pour que ce décret leur soit appliqué. Quant aux autres, tous les autres, je pense qu'ils devront faire confirmer leur titre d'écuyer... Cela s'est déjà produit trois ou quatre fois au cours du siècle précédent. Ce qui est réputé perpétuel et irrévocable ne tient pas toujours devant les besoins du Trésor. Je ne pense pas, foi de notaire, que cela vous coûte plus de quelques milliers de livres pour obtenir une lettre de réhabilitation.

— Non, monsieur Huvard, non ! Je ne distrairai pas un sol de notre patrimoine pour un titre qui nous appartient. Lorsque mes fils seront majeurs, ils agiront comme ils l'entendront et pourront le relever si cela leur convient. En attendant, ils se contenteront de porter le seul nom du capitaine Carbec.

Elle lui faisait signe qu'il pouvait s'en aller. Comme il se dirigeait vers la porte, elle dit encore :

— Puisque nous voici revenus à l'état de roture et qu'il n'y a point de testament, il vous sera facile d'établir un partage égal entre mes quatre enfants. Je vous reverrai bientôt, monsieur Huvard.

Heureux d'en avoir fini, le notaire sortit à reculons. Dans la rue, il se rappela que son père lui avait raconté s'être trouvé plusieurs fois dans un semblable embarras au moment de la grande réformation de 1668, lorsque Colbert avait poursuivi quarante mille nobles d'usurpation ou de fraîche date. Dénoncés, les uns avaient versé les épices indispensables pour faire authentifier leurs titres douteux et préserver leurs privilèges fiscaux, les autres avaient laissé passer l'orage sans rien modifier de leur patronyme ou de leur mode de vie. « Ces derniers, disait volontiers le père Huvard, ont été les plus habiles : devenus nobles par imposture, ils le sont demeurés par habitude. Va donc savoir qui s'en avisera dans deux ou trois générations, à part les maniaques de la généalogie et les notaires ? » À ce souvenir, Mᵉ Huvard petit-fils sourit avec l'indulgence que confère une longue pratique des dossiers familiaux. Il ne doutait pas que la postérité des Carbec ne devînt, quelque jour, plus pointilleuse sur les questions de gentilhommerie que la descendance du duc du Maine.

Mme de Morzic n'ignorait pas que les dames de Saint-Malo l'appelaient la comtesse Clacla pour rappeler le temps où, marchande de poisson, maquereau frais qui vient d'arriver, la hardiesse de ses yeux et la courbe de ses hanches avaient fait tourner la tête de leurs hommes. Jeune veuve d'un marin du Roi péri en mer, elle s'était remariée une première fois avec le petit armateur Mathieu Carbec qui, plus âgé qu'elle, était mort dans ses bras. Elle avait alors disparu de Saint-Malo et s'était établie à L'Orient où, devenue avitailleuse de la Compagnie des Indes elle avait sauvé de la ruine un vieux gentilhomme en l'épousant. Veuve pour la troisième fois, elle régnait maintenant sur le domaine de la Couesnière, à quelques lieues de Saint-Malo sur la route de Dol. Avec les années, les portes de la société malouine avaient fini par s'entrouvrir, mais ni les femmes les plus titrées ni celles dont les récents fleurons sentaient le nègre et la morue n'avaient oublié les modestes origines de la comtesse Clacla, alors que leurs maris s'étaient montrés moins sourcilleux. Qu'un gentilhomme épouse une ancienne harengère pour effacer ses propres embarras, si tout le monde en avait bien clabaudé quelque temps, les gens du commerce lointain, les armateurs, les capitaines, tous ceux qu'on appelait les messieurs de Saint-Malo avaient fini par admettre cette union. Dans le secret de leur cœur, ces bourgeois en tiraient même une sorte de satisfaction et aimaient en parler entre eux. Tu te rappelles la Clacla ? Tiens donc ! Dieu qu'elle était plaisante avec le bruit de ses petits sabots, claclacla, qui avaient l'air de danser la dérobée. Rien que d'en parler, pour sûr que ça me donnerait encore des idées. Dites donc, vous autres, quel âge peut-elle avoir maintenant, la Clacla ?

Dame, ça doit lui faire dans les soixante. Paraît qu'elle sonne encore le carillon ? Ça ne m'étonnerait point, elle a dépucelé plus d'un mousse ! Moi, je vais vous dire une chose : les veuves c'est pas ce qui manque par chez nous mais il n'y en a pas d'autres que la Clacla pour l'avoir été trois fois... ! De la part de ces hommes, c'était plus bavardage et occasion de rire que méchanceté. Si la pensée qu'une femme malouine soit parvenue à entasser autant de piastres qu'eux-mêmes, peut-être davantage, leur mordait un peu le ventre comme une jalousie inavouée, il leur fallait bien admettre que depuis quelques années les veuves d'armateurs conduisaient les affaires de leurs défunts d'une main aussi audacieuse, souvent plus sûre, toujours plus dure que ceux-là ne l'avaient jamais fait de leur vivant. A la fin, tout en rechignant, quelques épouses de ces messieurs avaient fini par accepter que leur ancienne marchande de poisson, maquereau frais qui vient d'arriver, fût devenue riche et noble à son tour. Ne vivait-on pas dans une époque où tout ce qui était interdit hier semblait permis ?

Au lendemain de la mort du vieux gentilhomme, la comtesse de Morzic avait songé un moment à venir s'installer à Saint-Malo. Elle avait amassé assez d'écus pour demander elle aussi à M. Garangeau de lui étudier les plans d'une belle demeure de granit face à la mer. Quelle revanche ce serait d'y accueillir les vieilles Malouines cousues d'or qui l'avaient méprisée naguère quand elle avait épousé Mathieu Carbec ! Une prudence pay-sanne, le souvenir des coups reçus sur le nez, et, acquise on ne sait où, une réserve naturelle dans le comportement l'avaient avertie de n'en rien faire. Décidée à opposer une certaine discrétion à l'ostentation souvent dérisoire des messieurs de Saint-Malo et de leurs épouses, elle s'était contentée d'embellir son manoir où elle entendait mener la vie d'une personne de qualité qui surveille ses récoltes, range avec soin ses terriers, arrondit son domaine, gourmande ses valets, entretient de bons rapports avec ses voisins et se fait respecter par son curé.

Mme de Morzic ne venait guère à Saint-Malo que pour répondre à quelque dîner prié ou s'enquérir auprès de son notaire et de son procureur de l'état des nombreux procès intentés par les neveux de son mari dans l'espoir de mettre la main sur la Couesnière en faisant proclamer la nullité du testament de leur oncle. Elle descendait alors chez les Carbec auxquels l'attachaient des sentiments dont la ferveur confortait des liens de parenté authentiques et compliqués puisque non contente d'avoir épousé naguère Mathieu Carbec elle avait déniaisé son fils Jean-Marie et s'était plus tard prise d'amitié pour Marie-Léone dont la dernière-née était devenue sa filleule : toute la famille l'appelait « tante Clacla ». Il lui arrivait aussi de se rendre à L'Orient où elle s'était associée à une ancienne concurrente, la Jacquette, qui s'entendait elle aussi à l'avitaillement et à la vente des apparaux. Les bonnes langues disaient que pendant ses absences, la dame de la Couesnière consentait volontiers aux lieutenants démunis des avances de solde ou de pacotille en échange d'une nuit de leur jeunesse. Personne n'en apportait la moindre preuve mais chacun imaginait qu'à soixante ans passés, avec sa taille un peu alourdie, son visage demeuré mince sous ses cheveux noirs niellés d'argent, ses pommettes hautes, et le bleu insolent de ses yeux, la comtesse Clacla pouvait encore se payer du bon temps en prenant soin d'éteindre les chandelles.

Les enfants Carbec revinrent à Saint-Malo une semaine après l'enterrement de leur père. Tante Clacla les accompagnait. Marie-Léone accueillit son monde avec le sourire paisible auquel chacun était habitué. Même lorsque Jean-Marie était parti avec l'escadre de Rio, elle n'avait pas montré son inquiétude.

— Avez-vous été sages ?

La petite fille s'était déjà jetée dans ses bras, les trois garçons demeuraient silencieux, ne savaient quelle contenance prendre, observant leur mère qui mêlait son rire et ses baisers à ceux de Marie-Thérèse. Marie-Léone les embrassa à leur tour et les félicita de leur bonne mine.

— Ils ont été très sages, dit Clacla. Vous savez qu'à la Couesnière je ne leur demande que d'être heureux.

Dès leur première rencontre, les deux femmes avaient senti qu'un sentiment d'amitié, instinctif et confiant malgré leur différence d'âge, les poussait l'une vers l'autre, comme si le fait qu'elles aient aimé le même homme les eût rapprochées bien que la plus jeune ignorât l'histoire de Clacla et de Jean-Marie. Le capitaine Carbec avait bien manifesté quelque mauvaise humeur devant cette amitié pour une femme dont le souvenir l'inquiétait encore de temps à autre après tant d'années, mais bon père de famille soucieux de l'établissement de ses enfants, sa faiblesse l'avait emporté sur ses scrupules lorsque Mme de Morzic, le prenant à part, lui avait dit :

— Notre petit secret est enterré depuis longtemps.

— Sans doute, mais...

— Mais quoi ? Parce que tu m'as fait l'amour comme un oiseau quand tu étais à peine un homme ? En voilà une affaire ! Veux-tu que tes trois gars et ma filleule soient mes seuls héritiers ou préfères-tu que je lègue tous mes biens à l'hospice de Saint-Malo ?

Dans la vie de Clacla où les zones d'ombre demeuraient nombreuses, Jean-Marie avait été un épisode parmi d'autres, mais, plus qu'une brûlure sur la peau, elle en gardait une mémoire attendrie parce que destinée à n'avoir jamais d'enfant elle avait connu alors la révélation des jeunes corps maladroits et lisses qu'on tient dans des bras maternels au moment des gros orages de la chair.

Tandis que le valet toutes-mains emportait les portemanteaux, Solène prit la petite fille par la main pour la mener dans sa chambre. Marie-Thérèse retira sa main et dit :

— Je veux dire bonjour à mon papa et à Cacadou.

Marie-Léone n'avait pas prévu la rapidité de cette demande. Le sourire qui ourlait son visage disparut soudain, lumière qu'on éteint, et les trois garçons baissèrent les yeux. Frappant du pied, Marie-Thérèse répéta :

— Je veux dire bonjour à mon papa et à Cacadou.

Il sembla à Marie-Léone qu'elle ne parviendrait pas à articuler le moindre mot. Clacla, elle-même, dont on savait que dans les pires situations sa vivacité et son énergie à redresser la barre ne faisaient jamais défaut, demeurait silencieuse. Marie-Léone dit enfin, sur un ton plus roide qu'elle ne l'eût voulu :

— Les petites filles ne doivent pas frapper du pied. Votre papa est parti en voyage. Cacadou dort, vous ne devez pas le réveiller. Solène va vous conduire dans votre chambre et vous mettre une autre robe. Allez.

Au valet :

— Portez les affaires de Mme de Morzic dans ses appartements habituels.

Et à Clacla :

— Nous nous verrons tout à l'heure. Remettez-vous de votre voyage. Je dois m'occuper de ces garçons.

Elle les fit entrer dans le grand salon où, pendant la semaine qui s'achevait, elle avait reçu tous les après-midi des dames malouines de sa condition, quelques religieuses qui avaient l'habitude de la quêter, et plusieurs inconnues, sorties on ne sait d'où, qui avaient du goût pour les cérémonies funèbres et ne manquaient jamais une visite de condoléances.

— Vous aussi, mes enfants, vous direz à votre petite sœur que votre père est parti pour un long voyage. Disant cela, vous ne mentirez pas puisqu'un jour Dieu nous réunira tous. Quel que soit votre âge, même vous Jean-Luc qui n'avez que neuf ans, vous devez vous conduire comme de grandes personnes parce que la mort de votre père a fait de vous des hommes. Chacun de vous est devenu un M. Carbec. Soyez fiers du nom que vous portez, vous n'en aurez jamais de plus beau.

Devant leur mère assise dans un large fauteuil, les trois garçons se tenaient debout, parés de gravité et regardant les tentures sombres qui voilaient le lustre, les tableaux, les ors de la pièce. Ils hochèrent la tête pour dire qu'elle pouvait compter sur eux. Fiers de leur nom, ils l'étaient autant que tous leurs compagnons d'école l'étaient de leurs pères, chacun d'eux s'étant illustré pendant les longues guerres de course contre les Anglais, les Espagnols ou les Hollandais, mais les trois Carbec étaient les seuls à pouvoir s'enorgueillir d'un capitaine dont l'audace avait sauvé Saint-Malo lorsque les Anglais avaient tenté de détruire la ville avec leur brûlot infernal pendant l'année 1693.

— Avant de mourir, dit encore Marie-Léone, votre père me confia ses derniers souhaits. Il aurait voulu que son fils aîné, vous Jean-Pierre, devînt armateur et prît, le moment venu, la direction de nos affaires. Vous, Jean-François, vous honoreriez la mémoire du capitaine Carbec en devenant officier dans la marine du Roi. Quant à vous, Jean-Luc, votre père vous voyait déjà maître des requêtes. Vous ne savez ce que cela veut dire ? Moi non plus, nous verrons cela de plus près. Ce que nous savons tous, c'est ce que du haut du ciel votre père attend de vous trois : la bonne volonté et l'ardeur au travail ! Vous venez de passer une semaine à la Couesnière chez tante Clacla, demain vous devez retourner à l'école, et moi je me rendrai rue du Tambour-Défoncé pour y remplacer votre père. Ainsi, nous travaillerons tous ensemble comme l'ont toujours fait nos parents et nos grands-parents, ceux de Saint-Malo et ceux de Nantes, les Carbec, les Le Coz et les Lajaille. Lorsque vous aurez vingt ans vous pourrez disposer librement de la fortune gagnée par ceux-ci et par ceux-là.

Elle parlait lentement, pas un mot plus haut que l'autre, ainsi qu'on lui avait appris au couvent de Dinan. Une imperceptible vibration fêla sa voix quand elle dit :

— Il faudra toujours bien nous aimer. Embrassez-moi, mes enfants.

Parce qu'ils ne pouvaient plus étouffer leurs sanglots, elle retint ses trois garçons dans ses bras jusqu'au moment d'annoncer :

— J'ai une mauvaise nouvelle à vous apprendre. Cacadou est mort.

— Non, pas Cacadou ! s'exclamèrent les trois garçons en s'éloignant de leur mère avec brusquerie.

— Cacadou était très vieux, reprit-elle doucement, mais je pense qu'il n'est pas mort seulement de vieillesse ! Il n'aura pas pu supporter la mort de son maître. Vous savez que cela arrive aussi aux vieux chiens.

— Où l'avez-vous enterré ?

— Je n'ai pas voulu l'enterrer, je l'ai fait empailler par M. Kermaria. C'est pourquoi j'ai dit à votre petite sœur qu'il dormait.

— Où est-il ?

— Dans sa cage, à côté de maman Paramé. Elle aussi croit qu'il dort. La pauvre femme a perdu conscience, ne reconnaît personne et ne se souvient plus de rien. Il faut laisser Cacadou auprès d'elle, c'est peut-être la seule mémoire qui lui reste.

Mme Carbec dit aussi à ses enfants que le vieux chirurgien de la marine avait placé dans le ventre du mainate un ressort qu'on remontait avec une petite clé cachée sous sa queue pour le faire tourner à droite et à gauche.

— À ce moment-là, on jurerait qu'il est encore vivant, il ne lui manque que la parole !

Émerveillés, ils battaient des mains. Marie-Léone les contempla avec un tendre sourire. Ceux-là, ses trois gars, guériraient de leur chagrin. C'était bien ainsi. Avec eux, viendrait le temps des Carbec.

— Allez voir maman Paramé. Si elle ne vous reconnaît pas, ne soyez pas surpris et faites attention à ce que vous dites, elle entend peut-être.

Ils étaient déjà sortis du salon en se bousculant lorsqu'elle leur recommanda :

— Ne remontez pas trop la clé de Cacadou, la mécanique est fragile.

Mme de Morzic et Mme Carbec entendirent plusieurs fois la Noguette sonner les heures de la soirée. Les deux veuves s'étaient installées dans un petit cabinet du rez-de-chaussée contigu au salon de réception, l'une et l'autre retardant le moment de gagner leur chambre. Liées par une sorte d'accord tacite elles évitaient de prononcer le nom de Jean-Marie et celui de Mathieu Carbec. C'était leur secret, pour Clacla un double secret, mais leurs silences les rapprochaient autant que leurs paroles. Toutes les deux, malgré leur différence d'âge, appartenaient à ces nouvelles générations nées sur la frange littorale du royaume qui en quelques décennies avaient accaparé les meilleures places du commerce et de l'armement, voire du Parlement et de la finance et étaient bien décidées à les garder dans leurs mains solides. Plus que dans d'autres villes maritimes, les femmes de Saint-Malo avaient tenu leur rôle dans cette brutale ascension dont l'éclat irritait le second ordre breton, surtout les petits nobles, ceux qu'on appelait « les épées de fer », mécontents de tout sauf d'eux-mêmes et dont l'Intendant redoutait toujours quelque agitation.

— Clacla, je suis heureuse de vous voir près de moi. J'espère que vous resterez parmi nous plus longtemps que d'habitude ?

Semblable à ces vieux soldats qui ne visitent pas volontiers les lieux de leurs batailles perdues, Mme de Morzic s'était toujours donné pour règle de limiter la durée de ses séjours malouins. Pudeur ou embarras, crainte d'imposer une présence indiscrète à un couple dont l'accord physique la troublait davantage qu'elle n'osait se l'avouer, elle n'était jamais demeurée plus d'une semaine chez les Carbec où les enfants réclamaient cependant la présence de tante Clacla. Sans rougir de son passé, maquereau frais qui vient d'arriver, elle le fuyait avec autant de précautions qu'elle mettait de bravade à le rappeler. Comme tous les Malouins, elle aurait aimé faire son tour de remparts quotidien, les yeux pleins de vent, le visage râpé, les reins courbés, se serrant craintive et rieuse contre l'épaule de quelque voisin à l'arrivée d'une trombe d'eau, attrape ça mon gars ! qui les aurait trempés tous les deux. Elle avait dû y renoncer. À Saint-Malo où tout le monde est plus ou moins cousin, quelle aubaine pour les pétasses ! Vous ne l'avez donc point reconnue ? Qui donc ? Dans les temps, c'était la femme de Mathieu Carbec ! La comtesse ? Oui, la Clacla quoi ! C'est pas Dieu possible ! Pourtant, un soir du dernier mois de mai, elle n'avait pas pu résister à ce vieux besoin si longtemps refoulé de faire la promenade traditionnelle avant de regagner la Couesnière. Dans la rue étroite qui la ramenait vers sa carriole de campagne, croisant une marchande qui vendait des cancales elle lui avait acheté tout son panier, d'un coup, au triple de sa valeur. Un peu plus loin, voyant venir un jeune garçon qui jouait déjà les matelots et roulait des épaules, elle lui avait mis le panier d'huîtres dans les bras en lui disant, grondeuse et tendre :

— Tiens, mon gars, porte donc ça à ton père. Il n'y a pas d'*r* dans le mois mais elles sont bonnes tout de même !

Le garçon avait rougi jusqu'aux oreilles, ne sachant quoi répondre.

— Je parie que tu t'appelles Jean-Marie, non ? avait-elle demandé.

— Dame oui ! Comment vous le savez ?

— J'en étais sûre. Approche-toi voir un peu que je t'embrasse. Maintenant, déhale-toi !

Clacla était repartie pour la Couesnière, moitié heureuse moitié tristote, tournant le dos à la mer et aux remparts, laissant derrière elle une brise ensoleillée qui faisait tourner les ailes des moulins de Saint-Servan.

Mme de Morzic aimait se rappeler ce léger souvenir du dernier printemps. Ce soir, elle y pensait encore devant Marie-Léone qui lui demandait de prolonger cette fois son séjour.

— Si ma présence vous apporte quelque secours, répondit-elle, vous pouvez compter sur elle autant qu'il vous plaira. Cependant...

Elle s'était tue, paraissant gênée, comme si elle avait dit un mot de trop.

— Vous savez que vous êtes ici chez vous et que vous le serez toujours, insista Marie-Léone.

— Je sais que vous le pensez, mais il y a autre chose.

— Parlez, tante Clacla !

— Votre mère...

— Eh bien ?

— Ne l'attendez-vous pas ?

— Non.

— Vraiment ? Elle ne va pas quitter Nantes pour venir auprès de sa fille et de ses petits-enfants dans une telle circonstance ?

— Non. Je lui ai écrit pour lui annoncer la nouvelle et je lui ai demandé de rester quai de la Fosse. Ma mère, vous la connaissez, elle est de ces personnes qui, jeunes ou âgées et davantage quand elles sont vieilles, veulent être les premières partout où elles se trouvent. Lorsque mon père mourut, Jean-Marie désirait qu'elle vienne habiter ici. Je m'y suis opposée. Ça n'est pas aujourd'hui que je changerai d'avis.

Mme de Morzic ne savait quelle contenance prendre et crut entendre comme une sorte d'avertissement lorsque Mme Carbec ajouta :

— Moi aussi, tante Clacla, j'aime bien être la première, surtout dans ma maison, cela va de soi.

Elles entendirent enfin la Noguette frapper dix coups et, tout de suite, le galop hurleur des dogues lâchés autour des remparts.

— Rien n'a changé, dit Mme de Morzic. Lorsque j'étais enfant, les aboiements de ces chiens me tiraient du sommeil et me tenaient éveillée. J'avais peur !

— Moi, dit Mme Carbec, j'imaginais qu'ils avaient surpris des voleurs en train de piller des navires affourchés sur la vase. J'étais ravie !

L'heure de se coucher était venue. Marie-Léone accompagna Clacla jusqu'à la porte de sa chambre et lui souhaita une bonne nuit. Au moment de monter au deuxième étage, elle se ravisa, redescendit au rez-de-chaussée et se dirigea vers la petite pièce où était couchée maman Paramé. Naguère, le moindre bruit réveillait la nourrice de Jean-Marie. Cette nuit-là, rien ne la sortit de la torpeur où elle était ensevelie. Râle ou léger ronflement, Marie-Léone eût été incapable d'apprécier l'un ou l'autre tandis qu'elle approchait une chandelle près du visage crevassé et ramenait doucement un drap sur les épaules découvertes. Dans sa cage posée sur un escabeau, Cacadou un peu plus raide que lorsqu'il était vivant paraissait veiller sur sa vieille amie. Tout cela semblait à la fois si irréel et si familier que Marie-Léone se demanda si son arrivée dans la petite chambre n'avait pas interrompu un de ces interminables caquets que la Cancalaise et le mainate échangeaient depuis tant d'années.

À pas comptés, elle remonta le grand escalier de pierre, écoutant le silence de la demeure dont elle était maintenant la seule maîtresse et la gardienne. Parvenue au deuxième étage, un mince sanglot aussitôt reconnu fit battre son cœur plus vite. Elle traversa vite sa chambre et entra dans celle où Marie-Thérèse et Solène couchaient, selon la coutume, dans le même lit. Émergeant de quelque mauvais rêve, la petite fille gémissait, sa figure ronde et rose mouillée de larmes. À ses côtés, enfouie dans le sommeil, la fille de Saint-Jacut dormait, bouche ouverte et bras lourds.

— Là, là... c'est fini. Votre maman est auprès de vous, chuchota Marie-Léone. Pourquoi pleuriez-vous ?

— Parce que mon papa est parti sans me dire au revoir, répondit la petite fille entre deux hoquets.

— Vous savez bien que tous les papas qui sont capitaines partent sur la mer et vont aux Isles.

— Oui, répondit gravement Marie-Thérèse. Et aussitôt : « Est-ce que moi aussi j'irai aux Isles quand je serai grande ? »

Mme Carbec baissa la tête. La semaine passée, quelques orphelines de l'Hôpital général avaient été embarquées pour la Louisiane où les hommes réclamaient des femmes. Qui les avait désignées ? Le financier Crozat dont le nom apparaissait de plus en plus dans tous les contrats malouins ou Jérôme Pontchartrain qui préférait agir dans l'ombre pour mieux protéger la source de ses pots-de-vin ? On savait seulement qu'elles étaient parties avec deux chemises, deux robes, deux bonnets et un pécule guère plus gros qu'une aumône distribuée le dimanche. On les appelait les « filleules du Roi ».

— Chantez-moi ma chanson, maman.

C'était une romance que Marie-Léone avait apprise de son grand-père Lajaille, qu'on chantait dans les salons de Nantes et en balançant les berceaux. Souvent, Marie-Thérèse la réclamait.

— Alors, promettez-moi de dormir tout de suite.

D'une voix très douce, à peine étranglée, Mme Carbec murmura : « *Adieu, je pars aux isles — Adieu, je pars aux isles — Y viendrez-vous ma belle, y viendrez-vous ? — Non, non, ce me dit-elle — Car les filles qui vont aux isles ne reviennent pas — Car les filles qui vont aux isles meurent là-bas.* »

La petite fille avait fermé les yeux.

Il avait fallu six mois à Mme Carbec pour mener à bonne fin l'examen de la succession laissée par son mari. Le notaire Huvard l'avait aidée avec un empressement discret et un plaisir non dissimulé en face d'heureuses découvertes, sachant par expérience qu'un bon héritage n'aggrave jamais un chagrin inconsolable. Elle-même avait passé la plupart de ses journées rue du Tambour-Défoncé en compagnie du premier commis qui connaissait sans doute mieux que le capitaine les affaires en cours : armement ou négoce, change ou assurances, commission ou avitaillement. Appliquée à lire les grands livres, les journaux, les expéditions, les mémoriaux, les livres de magasin et les copies de lettres, elle avait admiré la masse de tous ces documents dont la bonne tenue ne ressemblait guère à l'insouciance apparente de Jean-Marie. Elle s'en étonna. Le capitaine Carbec exigeait que la comptabilité fût en ordre, répondit l'ancien subrécargue. Lui qui avait tout dans la tête n'en avait guère besoin, mais c'était pour sa femme et ses enfants afin qu'ils y voient clair après lui.

— Regardait-il souvent tous ces registres ?

— Dame oui ! Tous les jours. Il disait même que c'était Mme Le Coz, votre mère, sa future belle-mère quoi ! qui lui avait appris, quand il était jeune homme, la comptabilité en partie double telle qu'on commençait à la pratiquer à Nantes.

Marie-Léone était demeurée stupéfaite : jamais Jean-Marie ne lui en avait parlé, sa mère non plus. Jeune mariée, elle s'était intéressée aux entreprises de son époux, aidant moins à la rédaction d'un contrat à la grosse aventure ou au calcul d'une mise hors qu'à la découverte d'une clause dangereuse ou au redressement d'une erreur d'appréciation. Avec le temps, la naissance des enfants, la construction de la grande demeure, les obligations de société et la nouvelle dimension des armements Carbec, le capitaine avait peut-être moins associé sa femme aux détails mais n'avait jamais cessé de l'en entretenir. Au moins, elle l'avait cru, pensant que moins finaud qu'elle, Jean-Marie ne pouvait pas se passer de son jugement. Aujourd'hui, après avoir étudié toutes ces liasses dont la plupart étaient déjà reliées, elle s'apercevait que son mari ne lui avait pas révélé la moitié des opérations maritimes, commerciales ou financières. Sans doute, elle n'avait jamais ignoré les parts d'armement à la morue, au cabotage et au commerce lointain où l'on trouvait toujours les mêmes associés, Biniac, Le Fer, Trouin, Séré, Dessaudrais, La Chambre, Legoux, Hérisson, Magon et Danycan, elle avait toujours su que Jean-Marie s'était associé avec Prosper Renaudard de Nantes pour acheter des grains à la Hanse ou des nègres en Guinée, comme elle avait eu connaissance des contrats passés avec les commissionnaires de Cadix ou de Séville, sans parler des navires interlopes retour de la mer du Sud avec leurs cargaisons de piastres clandestines. Tout cela, elle le savait pour en avoir été souvent la conseillère et parfois la complice, mais elle ignorait que M. Carbec, armateur et capitaine de Saint-Malo, entretenait des relations d'affaires avec les Mendez Dacosta de Londres, les Gradis de Bordeaux, les Temminck d'Amsterdam et les Hogguer de Stockholm ou de Genève pour réaliser des opérations de change sur la variation des monnaies à une époque où le prix des espèces ne dépendait que du bon plaisir du Roi. Elle apprit aussi que son mari dirigeait les placements de nombreux particuliers, gens d'importance vivant à Rennes, Rouen, Paris ou Lyon qui préféraient rester anonymes, sauf ce comte de Fontainieu nommé par Pontchartrain directeur du commerce maritime qui, sans souci de dérogeance, achetait aux manufactures d'Amiens, pour le compte du capitaine Carbec, des milliers de chapeaux blancs destinés aux nègres des plantations antillaises sur lesquels il touchait de grasses commissions.

Pourquoi Jean-Marie ne lui avait-il jamais parlé de cet aspect de ses affaires ? D'abord étonnée, elle en avait conclu que les hommes les plus clairs et les plus confiants — pouvait-on être moins sournois que Jean-Marie ? — ne dédaignent pas le mystère et dissimulent volontiers les choses les plus simples, peut-être pour mieux se convaincre de leur importance ou de leur liberté, comme le secret conforte l'indépendance et l'autorité d'un monarque. Elle avait été plus surprise de voir apparaître plusieurs fois dans la comptabilité du capitaine le nom de Mme de Morzic. Bientôt interrogée, Clacla avait répondu :

— La discrétion envers quiconque, même envers sa femme, est la condition des affaires. Sachez cela, chère Marie-Léone, puisque vous avez désormais le soin des vôtres.

C'est vrai que Mme Carbec était bien décidée à assumer le commandement de son entreprise et qu'elle y prenait goût. Pendant ces six derniers mois qui la séparaient maintenant de la mort de son mari, elle avait passé des jours entiers à lire et relire des gros registres où avaient été consignés depuis plus de cinquante ans tous les comptes Carbec, au moins tous ceux qui n'étaient pas en contradiction flagrante avec les décrets royaux ou les règlements de feu M. Colbert. Le premier de ces registres portait au dos la date de 1664, l'année de la fondation de la Compagnie royale des Indes orientales. Il avait été ouvert par le père de Jean-Marie, ce fils de marchand de chandelles qui après avoir acheté trois actions de la Compagnie avait eu l'audace, au moment de la guerre contre les Hollandais, de prendre une petite part dans l'armement d'un corsaire malouin, risquant d'un coup tout le petit bien amassé par plusieurs générations de regrattiers. Tout était parti de là. Avec Jean-Marie, les opérations étaient devenues plus diverses, plus nombreuses, plus compliquées, parfois relevant davantage de la banque que du commerce. Des vocables nouveaux étaient apparus, noms de pays du bout du monde sentant le musc et mêlant leur odeur de vanille à celle de la morue qui suintait des vieilles pages. Au gribouillage laborieux du regrattier avaient succédé l'écriture encore maladroite de son fils et bientôt le graphisme appliqué des commis, tandis que la simplicité des premiers comptes se compliquait et faisait bientôt place à une comptabilité plus savante. À force de les lire et de les relire, Marie-Léone connaissait par cœur certaines de ces pages. Il lui était même arrivé, au milieu de ses nuits d'insomnie, d'en réciter par cœur quelques-unes, par exemple celles où était détaillée la cargaison de *La Chercheuse,* une flûte de deux cent cinquante tonneaux qui avait débarqué à Saint-Malo du poivre des Malabar, de la cannelle de Ceylan, des toiles peintes de Coromandel, des taffetas et des mousselines du Bengale... Ces images dont elle avait rêvé, petite fille, ne lui apportaient pas aujourd'hui le sommeil, elles se superposaient à celles de sa peine sans effacer cependant la plus terrible qu'elle ne parvenait pas encore à chasser, qui la poursuivait au bout de ses longues veilles et la conduisait haletante au bord de l'aube où elle s'engloutissait d'un coup. Ayant ouvert par devoir les livres de comptes du capitaine, elle y avait pris de l'intérêt, bientôt du plaisir, et un jour de l'orgueil lorsque M. Locmeur lui avait apporté le Grand Livre de cette nouvelle année 1716 où, sur la page de garde, flamboyaient les boucles d'une calligraphie emphatique : Armement de Mme Veuve Carbec, Saint-Malo.

La joie, c'était bien le sentiment éprouvé, avait coloré ses joues. Marie-Léone avait même remercié le premier commis d'un ton enjoué où vibrait un peu de l'écho des jours disparus. Sur le même ton, M. Locmeur avait dit alors que n'ayant plus rien à apprendre elle pouvait lui donner son congé.

— Vous n'allez pas nous quitter, monsieur Locmeur ? Je ne m'arrangerais jamais toute seule au milieu de toutes ces affaires !

— Si fait, madame. Vous vous y entendrez tantôt mieux que moi. Je suis vieux et fatigué.

— Je vous en prie, monsieur Locmeur, au nom du capitaine Carbec !

Elle dit ces derniers mots d'une voix soudain altérée. La présence du vieux commis, c'était un peu celle de Jean-Marie. Mme Carbec avait confiance en lui, ponctuel, dévoué, plus habile qu'un vieux notaire à flairer les anguilles cachées dans les pièges des sous-seings privés, marmonnant des chiffres à longueur de journée comme un prêtre son bréviaire, chétif, un peu égrotant, sans femme et cependant sans mystère.

— Je comptais beaucoup sur vous pour apprendre le métier d'armateur à l'aîné de mes enfants.

— Vous l'enverrez à Cadix ou à Amsterdam.

— Sans doute. Moi, j'ai besoin de vous.

M. Locmeur ne répondant rien, elle lui avait alors proposé :

— Il y a dix ans que vous travaillez avec nous ?

— Oui, madame, mais j'étais mousse à douze ans. Voilà donc cinquante ans que je travaille. Un demi-siècle, c'est beaucoup.

— Eh bien, à partir de cette année, je vous attribuerai une part de dix pour cent sur les bénéfices de toutes nos affaires d'armement.

M. Locmeur avait protesté : il n'avait pas besoin d'argent, il était fatigué, sa fidélité au capitaine et son attachement à Mme Carbec pourraient seuls le décider à accepter. L'œil soudain allumé, il avait cependant demandé si sa participation aux bénéfices serait calculée sur les seules affaires d'armement ou l'ensemble des opérations entreprises. Cela devait être précisé pour que tout soit en ordre. Multipliant mille grâces, Marie-Léone avait fini par l'emporter, mais ce soir-là elle avait été partagée entre la satisfaction de s'être attaché son premier commis et l'inquiétude bourgeoise de lui avoir aiguisé l'appétit. Quand elle était petite fille, son grand-père lui avait raconté la fable d'un vieux chien qui, après avoir gardé fidèlement la pâtée de son maître pendant dix ans, avait fini par y mordre.

Dans l'inventaire dressé par Me Huvard, ne figuraient pas les cent soixante mille livres héritées du grand-père nantais : le capitaine Carbec avait toujours refusé de les utiliser à des fins commerciales et avait placé cette somme chez un banquier genevois pour protéger la dot de sa femme des mutations monétaires décrétées par le Roi dans les moments de grand embarras pécuniaire. Cet argent appartenait en propre à Marie-Léone. Pas davantage ne figuraient les petits sacs bourrés d'écus, piastres, rixdales et florins entassés dans le deuxième sous-sol de sa maison pour échapper à la curiosité des commis de l'Amirauté, comme tant de prises de courses et de retours clandestins étaient cachés dans les autres caves malouines. De ce numéraire elle n'avait soufflé mot à Me Huvard, silence que le notaire avait suspecté et respecté avec une égale discrétion. Pour apprécier la somme totale de ces espèces, il aurait fallu mettre un banquier dans le secret, au moins en connaître la valeur nominale ou le cours sur les places étrangères, par exemple à Amsterdam où les Malouins entretenaient des correspondants. Encore trop ignorante de ces opérations pour vouloir les entreprendre, elle n'allait pas pour autant se rendre à Rennes faire estimer son magot à l'hôtel des Monnaies où l'on n'aurait pas manqué de la soumettre à un interrogatoire serré pour en connaître l'origine. Pas davantage elle n'en avait soufflé mot à M. Locmeur mais celui-ci dont le nez était long lui avait conseillé un jour de craindre les agents fiscaux. Ces maudits congres, méfiez-vous-en, madame Carbec, ils n'aiment ni les armateurs, ni les négociants, ni ceux qui ont un peu plus d'argent que les autres, et ils vous mettent joyeusement à la question sous prétexte que les caisses du Trésor sont vides.

Tout le monde pensait la même chose. Trop nombreuses et trop longues, les guerres d'un règne éclatant avaient saigné le pays, le ruinant du même coup et faisant disparaître le numéraire. Quelques semaines après la mort du vieux Roi, le Contrôleur général avait fait connaître que les dettes de l'État atteignaient cinq cent cinquante-trois millions sans compter les soixante-douze millions de rentes annuelles assignées sur l'Hôtel de Ville. Les gens de robe ou d'épée n'étaient plus payés, les créances des négociants plus honorées et les rentiers craignaient d'être ruinés. A travers le royaume, le bruit courut que l'État allait décréter la banqueroute générale au lendemain d'une déclaration placardée sur les murs de toutes les villes : « Il n'y a pas le moindre fonds, ni dans notre Trésor royal, ni dans nos recettes, pour satisfaire aux dépenses les plus urgentes. Nous avons trouvé le domaine de notre couronne aliéné, les revenus de l'État presque anéantis par une infinité de charges et de constitutions, les impositions ordinaires consommées par avance, des arrérages de toute espèce accumulés depuis plusieurs années, le cours des recettes interverti, une multitude de billets, d'ordonnances et d'assignations anticipées de tant de natures différentes et qui montent à des sommes si considérables qu'à peine en peut-on faire la supposition. » À Saint-Malo où les hommes importants entretenaient d'assez étroites relations avec des personnages aussi bien informés que Pontchartrain ou des gens d'argent tels que Samuel Bernard ou Crozat, cette déclaration faite au nom d'un roi âgé de cinq ans jeta le désarroi. Grâce aux yeux et aux oreilles qui traînaient pour le compte de ces messieurs dans les antichambres, ils étaient même parvenus à calculer le capital de la dette constituée et celui de la dette à court terme. On était loin de la première estimation du Contrôleur général. L'ensemble dépassait trois milliards dont les intérêts ne pouvaient même plus être payés par les recettes ordinaires.

Naguère, il n'y avait pas si longtemps, lorsque les armées de Marlborough et du prince Eugène tentaient de s'ouvrir la route de Paris, le roi de France n'avait pas fait appel en vain à la générosité de ses sujets pour pouvoir enrôler quatre-vingt-dix nouveaux bataillons. Toujours magnifiques, aussi habiles au savoir-faire qu'au faire-savoir, les Malouins avaient été assez fastueux pour que le bruit courût qu'ils avaient prêté trente millions à fonds perdus. Munificence ou légende ? L'une et l'autre enrageaient les Nantais. Maintenant que les ennemis avaient été refoulés et des traités de paix signés à Utrecht et à Rastadt, les caves malouines ne manquaient pas du numéraire qui faisait le plus défaut au Trésor et chaque armateur savait bien que ce qui avait été prêté ou donné à Louis XIV, quel qu'en soit le montant, ne serait pas pris de force par le duc d'Orléans. Risquer une telle entreprise, c'eût été risquer de provoquer les plus graves troubles dans une province aussi généreuse qu'indocile.

Marie-Léone connaissait elle aussi des semaines inquiètes : la barre du navire Carbec à peine tenue en main, elle se trouvait menacée par une dure tempête. Fallait-il suspendre les opérations d'un armement en cours destiné à la mer du Sud ? Elle demanderait conseil à Noël Danycan qui y était intéressé. Était-il sage de garder dans ses caves les barils de numéraire cachés par Jean-Marie ? Ne vaudrait-il pas mieux les vider et en diriger le contenu vers Amsterdam ou Genève par les filières sûres que lui avait révélées le bon M. Locmeur ? Sans qu'elle connût exactement les conséquences qu'entraînerait une banqueroute générale, cette seule idée mettait en déroute ses vertus bourgeoises. La visite que lui rendit Joseph Biniac apaisa son angoisse. C'était un des plus anciens compagnons de Jean-Marie, capitaine et négociant, homme de guerre et de finance comme de nombreux Malouins. Il arrivait de Paris avec René Moreau qui, lui aussi, avait gagné assez d'argent pour se payer un titre d'écuyer, ajouter à son nom celui de Maupertuis, et représenter Saint-Malo au Conseil du Commerce.

— J'ai tenu à vous faire connaître tout de suite qu'il n'y aura pas de banqueroute générale. Soyez rassurée, le Régent s'y refuse absolument.

— Il a donc un moyen de trouver de l'argent immédiatement ?

— Oui, chère Marie-Léone. Il paraît que ce moyen est le plus sûr, le plus populaire, et que tous les princes, à ce qu'on m'a dit, l'ont employé dans tous les pays, un jour ou l'autre. Dès que l'État a besoin d'argent, il s'en prend aussitôt aux gens de finance. Qu'ils soient étrangers ou non, lombards ou juifs, hier décorés et mignotés par le pouvoir, les voilà aussitôt expulsés après confiscation de leurs biens ou maintenus dans leur office en échange d'un lourd tribut.

— N'est-ce pas une sorte de vol ?

— Point ! Comme vous y allez ! L'État impose, saisit, retient, confisque, prélève, taxe, accable, grève, pressure. Il ne vole jamais. Les voleurs, ce sont les autres, tous les autres, vous ou moi par exemple ! Voici ce que le Régent a décidé : tous ceux qui se sont enrichis pendant les dernières guerres avec des contrats pour les fournitures de terre et de mer, devront passer devant une Chambre de Justice chargée d'examiner les comptes des soumissionnaires depuis 1689.

Écoutant Joseph Biniac, Marie-Léone avait éprouvé une sorte de soulagement : la banqueroute était évitée. Quant à l'examen des papiers de Jean-Marie, il ne permettait pas de prouver que le capitaine Carbec ait été jamais munitionnaire. Cela ne la concernait pas. Elle regarda Joseph Biniac avec amitié. Elle l'aimait bien, il était veuf comme elle était veuve, elle pouvait compter sur lui dans toutes les circonstances.

— Le renoncement à la banqueroute est une bonne chose, avait dit encore Joseph Biniac, mais, de vous à moi, je pense que vous devriez prendre quelques précautions si vous voulez préserver l'héritage de vos enfants. Je ne connais pas vos affaires, sauf quelques-unes où j'ai constitué des parts, mais je sais qu'il n'est pas bon que les commis de l'État plongent un nez indiscret dans nos livres. On commencera par frapper quelques traitants, pas les plus gros, et si nous n'y prenons garde tous les gens du négoce y passeront.

Dès le mois de mars de cette année 1716 on apprenait en effet que des Parisiens aussi importants que MM. Bourvalais, Hénault, Brissard et Miotte venaient d'être enfermés à la Bastille, et que le vieux Pontchartrain lui-même avait été invité à venir en personne devant le procureur général pour dresser un état de ses biens qui se montaient à trente-deux millions de livres. Si quelques Malouins s'étaient plus ou moins associés aux entreprises des munitionnaires, tous les messieurs de Saint-Malo avaient contribué à édifier la fortune de l'ancien ministre de la Marine. Aucun n'en rougissait, beaucoup s'en flattaient. Un jour, au cours d'une réunion d'armateurs, l'un d'eux avait admis sans vergogne : « C'est vrai que nous avons couvert d'épices le Pontchartrain pour lui acheter des permissions, et que nous avons accordé à nos actionnaires des parts de prises jamais déclarées à l'Amirauté, mais qui donc a permis la fin des guerres contre les Hollandais et les Anglais sinon les corsaires malouins ? » Un autre avait presque menacé : « Si le Régent veut nous chercher des poux dans la tête, il apprendra vite qu'il vaut mieux s'accorder avec les Bretons que les brimer ! »

Nommé Intendant de Bretagne quelques mois après la mort de Louis XIV, M. Feydeau de Brou ne méconnaissait cet état d'esprit pas plus qu'il n'ignorait les masses de numéraire cachées dans les resserres malouines ou nantaises. Nouveau venu à Rennes, il avait tout de suite senti que les Bretons les plus loyaux demeuraient très attachés aux libertés définies par le contrat qui les liait au royaume, et unis les uns aux autres par des coutumes, des modes d'habitation et de vie en commun, des légendes et des pratiques religieuses. Clercs, nobles ou membres du tiers, la vie quotidienne les avait souvent opposés, il était même arrivé que des paysans révoltés brûlent des châteaux, voire des presbytères, mais des éléments mystérieux, demi-sentimentaux et demi-mystiques finissaient toujours par les ressouder les uns aux autres en face de l'Intendant ou du Gouverneur militaire.

De tous ceux-là, les petits nobles, parce que plus insatisfaits, se montraient les plus rétifs en face du pouvoir. Les terres et l'épée, maigres terres et épée de fer, ils n'avaient pas d'autres biens et s'étaient souvent endettés à servir le Roi à la guerre, non à la cour. Corsetés dans leur misère autant que dans leur certitude d'appartenir à une race d'hommes supérieurs, leur loyalisme ne leur interdisait pas de regretter le temps des ducs et tenir pour responsables de leur pauvreté les négociants, armateurs, gens de lois et autres profiteurs du tiers état qui s'étaient enrichis pendant que le sang bleu coulait à Hoeschtaedt et à Malplaquet. M. Feydeau ne les mésestimait pas. Il professait même que leurs traditions étroitement mêlées à leurs rancunes n'allaient pas sans grandeur, mais il s'en méfiait et pensait volontiers que si quelque agitation troublait un jour la Province, les responsables devraient être recherchés parmi les petits hobereaux, non dans la grande noblesse bretonne, épée ou robe, encore moins dans la bourgeoisie marchande, l'une et l'autre plus soucieuses de courtiser ou de trafiquer que de fronder. C'est sur celles-ci qu'il entendait s'appuyer. Cependant un dragon était venu à la Couesnière, porteur d'un ordre intimant à la comtesse de Morzic d'avoir à se présenter à Rennes, dans un délai d'un mois, avec l'état certifié par notaire de tous les marchés de fournitures passés par elle ou ses commis avec la Marine, à L'Orient ou ailleurs.

D'où venait ce coup qui pouvait détruire la toile tissée maille après maille pendant tant d'années depuis les jours du maquereau frais qui vient d'arriver jusqu'au moment de son mariage avec le vieux comte de Morzic ? La Jacquette, son associée de L'Orient, pour mettre la main sur toutes les affaires d'avitaillement devenues plus rares ? La Jacquette, elle doit bien avoir fraudé elle aussi et n'a pas intérêt à ce qu'on y regarde de trop près. L'un des commis ? Ou les deux ? La prime d'une dénonciation ne balancerait pas la perte de leur état. Un des avitailleurs de la Compagnie des Indes qu'elle avait dû évincer pour mieux se tailler la part du lion ? C'était à voir... Non, le mauvais coup ne venait pas d'un concurrent malheureux. Entre eux, les gens du commerce n'agissaient pas de cette sorte. Nous tirons d'autres ficelles pour parvenir à nos fins. Pendant toute la nuit, Mme de Morzic se posa cent questions sans trouver une réponse qui la satisfît. Qui pouvait lui en vouloir au point d'être amené à se conduire tel un laquais chassé pour friponnerie ? Elle était mariée depuis cinq ans, veuve depuis trois, tout le monde la connaissait dans le pays de Dol, même à Dinan, et les paysans l'appelaient la dame de la Couesnière. Parce que les villes ouvertes sur la mer sont plus promptes que les autres à accepter les temps nouveaux, les portes malouines réputées hier infranchissables s'étaient lentement déverrouillées devant son nouveau nom, ses bonnes manières, sans doute son argent, mais dans les terres, dans le pays du Clos-Poulet, des vieilles jacasses cuirassées de titres et de blasons irréprochables n'avaient pas encore ouvert à Clacla la porte de leurs malouinières. Le coup venait-il de ce côté-là ? Elle rejeta cependant cette pensée. Besogneux et cagots bénits, ils me méprisent mais je les connais, aucun d'eux, aucune d'elles, ne serait capable d'une telle bassesse. Soudain, une idée simple lui éclaira l'esprit. Le coup lui avait été porté par la famille Morzic, les neveux de son mari, ceux-là mêmes qui ne s'étaient jamais souciés du vieux gentilhomme quand il vivait aux lisières de la pauvreté et qui, au lendemain de sa mort, avaient revendiqué la propriété du domaine de la Couesnière et attaqué en nullité le testament de leur oncle. Comment n'y avait-elle pas songé plus tôt ? Autant ses voisins, les petits hobereaux faméliques, elle les savait incapables d'une telle vilenie, autant ces Morzic qui avaient ruiné leur famille et celle de leur épouse pour parader à la cour et tricher dans les tripots pouvaient avoir imaginé une telle machination dont la bonne fin paierait leurs dettes de jeu. Maudits congres ! S'ils bénéficient de hautes protections, je vais leur montrer que je n'en suis point dépourvue.

Mme de Morzic ne dormit que quelques heures. Réveillée par les oiseaux du mois de mars menant tapage amoureux dans les arbres de la grande allée bordée de chênes qui s'ouvrait sur la Couesnière, elle se leva tôt et agita plusieurs drelins pour faire sortir du lit tout son monde. Elle avait décidé de se rendre à Saint-Malo où elle expliquerait son affaire à l'évêque, Mgr Desmarets, dont la proche parenté avec le Contrôleur général pouvait être utile. Naguère, le prélat avait entretenu un commerce cordial avec le comte de Morzic dont les propos libres, non libertins, le débarbouillaient des pieux commérages. Il avait même participé à sauver de la ruine le vieux gentilhomme en consentant à bénir personnellement son union avec la Clacla. Aujourd'hui, ne se faisant plus guère d'illusions sur les sentiments charitables professés par ses diocésains les plus dévots, il accordait à l'ancienne marchande de poisson, dont il appréciait le courage et la générosité, une protection à la fois épiscopale et amicale, non exempte de malice, qui lui faisait multiplier, au-delà de la bienséance, les « madame la comtesse », chaque fois qu'il parlait d'elle à l'une des grandes dames malouines.

Simple et belle demeure entourée de minuscules jardins où végétaient quelques fleurs jaunes ébouriffées au vent des marées, l'évêché était situé dans la ville haute. Mgr Desmarets écouta Mme de Morzic avec bonté. Parvenu prince de l'Église à une époque où les hauts dignitaires du clergé n'étaient recrutés que dans la noblesse traditionnelle, il n'oubliait pas que sa famille vendait du drap à Reims il n'y avait pas si longtemps. Une génération ayant suffi pour placer une demi-douzaine de Colbert aux plus hauts postes du royaume et faire trois duchesses, pourquoi une Clacla ne serait-elle pas devenue comtesse ?

— Madame, j'ai bien compris votre affaire, dit-il la tête légèrement penchée sur l'épaule droite et les mains jointes. Elle ne me surprend pas. Comme tous les évêques, j'ai reçu la recommandation de prescrire à mes recteurs de faire connaître les noms de tous ceux de leurs paroissiens qui leur auraient paru s'être trop enrichis pendant ces dernières années. La même recommandation étant faite, au nom de la morale, aux laquais et autres gens de service, je n'ai pas voulu en tenir compte.

Mgr Desmarets avait prononcé ces derniers mots avec détermination.

— On a demandé cela aux laquais, monseigneur ? Au nom de la morale ?

L'évêque écarta ses mains jointes, redressa la tête et dit sur un ton doucereux :

— La morale, madame, sait trouver des accents vertueux pour remplir les caisses de l'État. Quant à l'opinion, vous devez savoir qu'elle est toujours enchantée d'apprendre qu'on va faire rendre gorge aux riches. Pour l'heure, on veut mobiliser les valets contre leurs maîtres, les paysans contre leurs seigneurs, on promet même aux communes une part des biens qui seraient confisqués à la suite des délations. C'est là un jeu dangereux qui se retournera un jour contre le pouvoir. Pour ce qui est de votre affaire, je ne pense pas que nous nous trouvions en face d'une dénonciation de ce genre ou même d'une vengeance. Oui, je le sais bien, certaines dames de la noblesse et quelques grandes bourgeoises vous dédaignent, vous ne l'ignorez pas. Vous le leur rendez bien, non ?

— Sans doute, monseigneur, répondit Clacla rougissante.

— Je ne connais ni un Malouin ni une Malouine qui vous veuille du mal. Vous avez toutefois raison de marcher au canon, comme disait M. de Turenne. Ces choses-là ne s'arrangent jamais toutes seules. Ma protection et mon amitié vous étant acquises, en quoi peuvent-elles vous aider, madame la comtesse ?

— J'avais pensé que votre proche parenté avec le Contrôleur général des finances vous permettrait peut-être d'intervenir en ma faveur...

— En votre faveur ? interrompit le prélat. Nous ne sommes pas au confessionnal, mais j'ai besoin de tout savoir. Auriez-vous quelque chose de grave à vous reprocher ?

Clacla rougit une autre fois, se ressaisit vite, et dit bravement :

— Monseigneur, il m'est arrivé de prêter de l'argent à des capitaines qui n'avaient pas les moyens d'acheter leur pacotille, je n'ai pas toujours déclaré à l'hôtel des Monnaies les piastres de la mer du Sud ou à l'Amirauté les parts de prises qui me revenaient, il m'est arrivé aussi de verser des pots-de-vin à certains commissaires de la Compagnie des Indes pour mieux enlever un marché d'avitaillement. Est-ce pour cela qu'on m'a envoyé un dragon ? Si on devait me mettre en prison, il faudrait alors y mettre aussi tous les Malouins ! Je serais en bonne compagnie. Vous, monseigneur, pensez-vous que j'aie commis des crimes qui relèvent d'une Cour de Justice ? Je m'en remets à votre jugement.

L'évêque fit le geste las d'un homme qui en a entendu d'autres, et haussa les épaules :

— Admettons que ce soient là des peccadilles. La morale doit se méfier des scrupules, la religion aussi. Avez-vous entendu parler de mon ami Dufresnoy ? Non ? Nous en parlions souvent avec le comte. C'est une sorte de bel esprit qui écrit des comédies où sous le couvert de la drôlerie on peut découvrir une philosophie pratique de la vie quotidienne qui n'est pas à dédaigner. Non, ça n'est pas du Molière mais écoutez plutôt ces deux vers : « La probité d'accord, doit marcher la première, — Notre intérêt après, les scrupules derrière. » Qu'en pensez-vous, madame ? Ce n'est pas à vous que je révélerai l'intérêt que je pris moi-même à certains voyages pour la mer du Sud puisque vous en étiez la principale ordonnatrice, je me contenterai de vous rappeler que si les retours furent appréciables, ce sont nos pauvres qui en ont le plus profité.

Où voulait en venir M. de Saint-Malo ? Avec ses airs de chattemite il parlait d'abondance comme pour se dérober.

— Connaissez-vous personnellement M. Crozat ? poursuivit-il. Vous savez que c'est le banquier des Malouins, et peut-être l'homme le plus riche de France après Samuel Bernard. Je crois qu'il approche de près le Régent. Il faudrait pouvoir agir de ce côté.

Pressée d'en finir, Mme de Morzic lâcha ses chiens.

— Je connais la place occupée par M. Crozat à Saint-Malo, mais je ne le connais pas lui-même. Monseigneur, vous oubliez que je ne suis ni financier, ni banquier, ni traitant, ni fermier, ni caissier. Venons-en sans plus tarder au but de ma visite. Pensez-vous que M. Desmarets puisse intervenir utilement auprès du Procureur général de la Chambre de Justice pour me tirer d'embarras ?

— Hélas, madame ! soupira le prélat en levant les yeux au ciel.

De quel cœur nous l'eussions fait si nous étions encore en place !
Vous semblez ignorer que mon frère n'est plus Contrôleur général,
et que tous les anciens ministres ont été révoqués pour être
remplacés par un Conseil de Régence où le duc de Noailles tient
les finances. La nouvelle n'en est peut-être pas parvenue à la
Couesnière mais nous savons bien à Saint-Malo que le Tribunal
d'exception qui vous menace a été institué par ce même Noailles.
C'est à lui que nous devons tout ce branle-bas.

Mme de Morzic sentit le sol se dérober sous ses pieds, et
balbutia :

— Alors, je suis perdue. Les neveux de mon mari étaient très
liés avec le duc de Noailles. À présent, je suis sûre qu'ils ont monté
cette cabale contre moi.

Mgr Desmarets parut troublé, se leva, alla vers elle, lui prit les
mains dans les siennes.

— Remettez-vous, madame. Allons, Clacla, dit-il plus doucement, ne vous laissez pas aller, cela ne ressemble pas à ce que je
sais de vous. Dieu va sûrement nous aider à trouver le moyen de
vous tirer d'affaire. Nous autres, gens d'Église, on ne nous prend
pas si facilement au dépourvu. Réfléchissons ensemble... L'oncle
du duc de Noailles est archevêque de Paris... Je peux le faire
approcher... Non, ce serait trop long et ces sortes d'interventions
doivent être directes. Il faut trouver une autre parade. Réfléchissons. Dieu nous éclairera.

— Non, monseigneur. Personne ne pourra empêcher la famille
Morzic de me faire condamner et de récupérer ainsi la Couesnière
devenue par mes soins un beau domaine et une belle demeure.

Elle ajouta, après un bref silence :

— Eh bien, c'est dit. J'en subirai les conséquences, et vos
pauvres aussi !

— Cela n'est pas sérieux ?

— Si, monseigneur. Comme vous le souhaitiez, je pense que
Dieu m'a éclairée. De ce pas, je vais aller faire ma déclaration
chez Me Huvard qui était aussi le notaire de mon mari. Ne vous
mettez pas en peine, j'ai tout dans la tête pour lui faire dresser un
état de mes armements et autres contrats. Bien entendu, il
convient d'être tout à fait sincère, je n'omettrai pas de citer les
noms de ceux qui y ont participé, tous les Magon, Danycan, Le
Fer, La Chambre, Saudrais, Porée... Vous ne serez pas surpris,
monseigneur, que j'y mêle le vôtre car vous pensez certainement
que le mensonge par omission est un péché détestable ?

— C'est selon ! dit prudemment l'évêque en caressant sa croix
pectorale.

— Bah! conclut Clacla, plus on est de danseurs plus le bal est réussi.

Fin joueur, Mgr Desmarets remarqua en souriant :

— Je vous retrouve enfin telle que vous êtes, et plus malouine que jamais. Bravo! Vous avez trouvé vous-même la meilleure parade. De vous à moi, notre nouvel intendant, M. Feydeau de Brou, vit dans l'angoisse quotidienne que quelque agitation ne vienne troubler cette région difficile et têtue qu'est votre Bretagne. Je puis vous assurer qu'il agira en sorte qu'aucun de ses administrés, en particulier ces messieurs de Saint-Malo, ne soit déféré à la Cour de Justice. À bien réfléchir, je ne pense pas cependant qu'il vous soit nécessaire ou utile d'établir cette déclaration. Faites donc comme si vous n'aviez jamais reçu la visite d'un dragon et accordez plutôt confiance à votre pasteur. J'interviendrai personnellement auprès de M. Feydeau et je pense qu'on vous laissera en paix.

— Je savais bien que nous finirions par nous entendre, fit Mme de Morzic. Feu le comte, mon mari, m'avait dit peu de temps avant de mourir : « Clacla, s'il vous arrivait, lorsque je ne serai plus là, d'avoir à vous débattre dans quelque affaire, n'hésitez pas à demander conseil à l'évêque. »

— Vous avez eu raison de suivre son conseil. À présent, vous devez me dire où en sont vos procès avec la famille du comte de Morzic.

— Ils durent depuis trois ans, monseigneur. Je suis dans la main des procureurs et des avocats. Quant aux juges, ils n'arrivent même pas à se mettre d'accord sur la compétence du tribunal qui doit connaître de notre affaire. Même si cela doit me ruiner, je n'en démordrai jamais. La Couesnière est à moi.

— Ne vous plaignez pas de trop plaider, sourit M. de Saint-Malo, les longs procès qui n'en finissent pas sont la marque d'une très bonne noblesse.

Comme il la raccompagnait jusqu'à la porte de son cabinet, Mme de Morzic tendit une bourse dont le seul poids embua le bel œil bleu de Mgr Desmarets.

— Je ne sais comment vous remercier. Savez-vous que vous êtes une exception dans la ville ?

— Comment cela ? Vous ne courez pas après les aumônes ? Tous ces Malouins sont beaucoup plus riches que moi.

— Sans doute, sans doute. L'argent ne manque pas à Saint-Malo, ni celui qu'on montre ni celui qu'on resserre, dit l'évêque en baissant la voix comme s'il eût craint d'être entendu, mais ici comme ailleurs, à part Nicolas Magon et Noël Danycan dont la générosité est peut-être un peu trop voyante, ce ne sont pas les plus riches qui sont les plus généreux.

Encore plus doucement, il dit aussi, détachant chaque mot :

— Heureusement pour les pauvres, qu'il y a d'autres pauvres. Dieu vous bénit, madame.

Mme de Morzic baissa le front sous le signe de croix mi-religieux mi-mondain esquissé par l'évêque. Quand elle releva la tête, un charmant sourire illuminait son visage, celui qui avait toujours valu à Clacla l'amitié des hommes, qu'ils fussent de mer ou de terre, de robe ou d'épée, d'artisanat ou de négoce, voire d'Église.

Le temps de rendre les visites imposées par sa condition, gourmander son notaire, secouer son procureur, passer quelques jours avec Marie-Léone et les enfants, Mme de Morzic était restée une semaine à Saint-Malo. Aux armateurs avec lesquels elle entretenait de bons rapports, elle n'avait pas caché l'entretien accordé par Mgr Desmarets sans rien omettre de ses propres conclusions afin de faire mieux comprendre à tous les messieurs que leur sort était désormais lié au sien. Agissant ainsi, elle savait que l'écho en parviendrait aux quelques nobles de tradition, les Vauvert, La Beilleissue, La Vigne-Buisson, Montigu, du Colombier, La Villelande, ou d'autres qui se donnaient les apparences de dédaigner le monde du commerce pour rendre plus discrètes leurs prises de participation à la course, à la morue et aux nègres. Confidences pour confidences, elle avait appris de Nicolas Magon qu'à Paris, Lyon et Marseille, quatre mille personnes avaient fait l'objet de visites domiciliaires, d'amendes, d'embastillages, ou d'expositions au pilori. Noël Danycan lui avait fait d'autres révélations à ne pas croire : la condamnation de Crozat à verser six millions au Trésor, la fuite du financier Pléneuf, la décision de se taxer lui-même prise par Samuel Bernard qui avait remis dix millions au duc de Noailles.

— Et en Bretagne ? s'était-elle inquiétée.

— À ma connaissance, personne. J'en aurais été le premier informé, n'oubliez pas que le père de mon gendre La Bédoyère est procureur général au Parlement de Rennes.

L'homme le plus riche de Saint-Malo lui avait alors rappelé :

— Il y a quelques années, lorsque vous étiez en compte à demi avec Carbec vous m'aviez devancé de quelques semaines dans la mer du Sud. Je vous en ai voulu pendant longtemps. Plus tard je me suis réconcilié avec Jean-Marie et nous nous sommes associés plusieurs fois, par exemple pour l'affaire de Rio de Janeiro avec

Trouin. En ce moment, j'ai même une part importante sur un de ses navires qui ne devrait pas tarder à rentrer du Pérou, et sur un autre qui va bientôt y partir. On m'a dit que le trafic en mer du Sud ne vous intéressait plus. Pourquoi donc ?

— Vous savez bien que le commerce interlope avec les colonies espagnoles de l'Amérique du Sud est passible de la peine de mort ! Je ne vais pas risquer la tête d'un capitaine.

Un grand rire avait secoué le ventre de M. Danycan de l'Épine :

— La peine de mort ? Vous voyez un de nos messieurs pendu haut et court, ou la tête sur le billot, pour avoir contribué à sauver l'État de la banqueroute ? Ces sanctions, voilà des années qu'on nous en menace, depuis que notre duc d'Anjou est devenu roi d'Espagne par la volonté de son grand-père. Elles sont peut-être bonnes pour les autres, pas pour les Malouins.

— Les temps ne sont plus les mêmes...

— C'est vrai, ils sont pires. Écoutez, ma bonne Clacla, tout à l'heure je vous ai dit que Crozat avait été taxé pour six millions, mais je ne vous ai pas dit qu'il en avait fourni trois le mois dernier au Trésor grâce au retour du *Griffon* qui arrivait de Callao avec une cargaison de piastres espagnoles. Comment voulez-vous qu'on lui réclame le paiement de son amende ? Et qui vous parle de navigation interlope ? On voit bien que vous n'êtes pas vous-même armateur. Demandez plutôt à la veuve Carbec comme elle s'y prend. Elle est de vos amies, n'est-ce pas ?

— C'est ma famille, monsieur Danycan !

— C'est vrai, pardonnez-moi, il y a si longtemps... Vous devez savoir que la Marie-Léone a obtenu de l'Amirauté un permis de découverte ?

— De découverte ?

— Oui, de découverte et non de négoce. Dame ! cela coûte cher, nous en savons tous quelque chose à force de distribuer des épices à monsieur et des épingles à madame. Mais une fois munis de cette sorte de sauf-conduit, personne ne vous inquiète au départ, et les commis de la Monnaie sont bien heureux de vous voir rentrer avec des barres de métal. Sans doute, les bénéfices sont aujourd'hui moins importants qu'hier, je ne pourrais plus aujourd'hui donner deux cent mille livres de dot à chacune de mes trois filles comme je l'ai fait hier, mais voyez-vous, ma bonne Clacla, la poule aux œufs d'or n'est pas encore morte. Entre nous deux, il n'y a pas de place pour la ruse, non ?

Mme de Morzic fut surprise d'apprendre ainsi que l'armement Carbec se préparait à envoyer un navire au Pérou alors que le Régent paraissait décidé, cette fois, à faire respecter cette clause du traité d'Utrecht qui interdisait à tous les navires battant pavillon français de trafiquer avec les colonies espagnoles. Elle s'en ouvrit le soir même à Marie-Léone.

— Cet armement a été décidé par Jean-Marie, répondit Mme Carbec. Le capitaine et les officiers majors avaient été engagés par lui, et les marchandises étaient en cours d'achat au moment de sa mort. Tout abandonner m'aurait contrainte à payer d'importants dédits, mais ça n'est pas cette raison qui m'a décidée à maintenir cet armement. Mon souci n'est pas de devenir plus riche pour que mes caves soient plus garnies, c'est de permettre à mes quatre enfants de tenir et, si Dieu leur en donne le courage, d'élever notre rang.

— Alors, ne compromettez pas leur héritage, osa répondre Mme de Morzic.

L'autre n'y prit garde.

— Connaissez-vous, tante Clacla, le nombre des navires malouins partis pour Callao depuis le premier départ de Jean-Marie auquel vous étiez vous-même associée ?

— Plus de cinquante peut-être ?

— Plus de quatre-vingts. Ils sont tous rentrés. Après Jean-Marie, tous les autres, armateurs ou capitaines, ont voulu aller là-bas. Vous les connaissez aussi bien que moi : Danycan, Magon, Bourdas, Porée, Jolif, Legoux, Le Fer, La Chapelle, Eon, Goret, Chapdelaine, La Franquerie, des Ormes... Ils y vont encore. Si je ne prenais pas la même part de risques, ils ne m'accepteraient pas tout à fait parmi eux et je ne respecterais plus l'héritage de mes enfants. Aujourd'hui, l'armement Carbec, c'est moi.

— N'est-ce pas prendre un trop gros risque ? Regardez ce que font les autres veuves de Saint-Malo.

— Chère Clacla, les autres veuves font ce qui leur convient. Elles ne s'appellent pas Carbec. Je comprends votre sollicitude, elle m'est nécessaire, mais vous me laisserez diriger mes affaires toute seule.

Ces mots, Marie-Léone les avait dits avec une voix unie où vibrait autant d'autorité que dans celle d'un commandant militaire. Clacla la regarda en souriant : sous le petit bonnet de dentelle noire deux grands yeux bleus donnaient au visage de Mme Carbec une implacable douceur.

— Rassurez-vous, tante Clacla. Après celui-ci, je n'armerai plus d'autres navires pour la mer du Sud. J'ai examiné de près les comptes de M. Locmeur et j'ai constaté que les derniers retours n'ont laissé apparaître qu'un bénéfice de 80 %. C'est trop peu pour les risques que nous prenons. Il nous faudra sans doute suivre bientôt l'exemple des Nantais qui s'intéressent aux Antilles et à la traite. Le dernier voyage au Pérou, vous avez compris que nous allons l'entreprendre comme un geste de fidélité adressé à Jean-Marie. C'est aussi pour qu'on sache bien à Saint-Malo et ailleurs qu'il faut compter désormais avec l'armement de la veuve Carbec.

À la fin de son séjour, Mme de Morzic emmena avec elle les trois garçons Carbec à la Couesnière. C'était la période des vacances de Pâques, l'air de la campagne leur ferait du bien et leur mère viendrait les retrouver dans quelques jours avec leur petite sœur. Clacla venait de comprendre tout ce qui la séparait de sa jeune amie. Femme d'un matelot du roi, marchande de poisson, épouse d'un petit regrattier devenu modeste marchand d'apparaux, elle-même avitailleuse et prêteuse sur gages, enfin veuve d'un gentilhomme dont l'authenticité du titre ne pouvait être contestée par personne, elle était une des images vivantes du bouleversement qui, depuis quelques années modifiait l'ordre social en provoquant la naissance d'une aristocratie bourgeoise, courageuse, imaginative, avide d'honneurs, d'argent et de lectures. Elle avait participé à des armements, elle n'avait jamais été armateur en titre, ni à L'Orient ni à Saint-Malo, et toute comtesse de Morzic qu'elle fût devenue, un Danycan de l'Épine qui avait acheté sa savonnette à vilain avec l'argent de la morue pouvait se permettre de l'appeler « ma bonne Clacla » sur un ton familier et protecteur. Il lui faudrait se contenter d'être la bonne dame de la Couesnière et la tante Clacla. Maintenant, la veuve Carbec, c'était Marie-Léone.

Cette pensée lui pinça le cœur tandis que la berline où elle avait pris place avec ses trois « neveux » la ramenait vers son domaine. Être devenue la bonne dame de la Couesnière ne lui suffisait pas et ne la satisfaisait plus. À soixante ans passés, malgré les vapeurs qui de temps à autre lui coupaient un peu le souffle et l'étourdissaient, elle se savait encore vigoureuse et prenait sans déplaisir sa poitrine dans ses mains pour en caresser la rondeur soyeuse. Elle n'était pas sûre de remporter une victoire définitive sur les neveux de son mari, elle savait seulement qu'elle se battrait s'il le fallait contre M. Feydeau, voire le duc de Noailles, qu'elle en appellerait au Parlement, mais que personne ne lui prendrait la Couesnière de son vivant, et qu'elle en ferait don à sa filleule Marie-Thérèse. Les garçons se partageront le surplus de mes biens, s'il en reste encore. Ils étaient là tous les trois, dans la berline cahotante qui traversait la campagne du Clos-Poulet où s'étoilaient les premiers ajoncs d'un printemps précoce. Assis à côté d'elle, le plus jeune, Jean-Luc, s'était endormi sur son épaule. Les deux autres se tenaient en face, à l'aise comme il convient à des petits maîtres, fiers, non étonnés de rouler en carrosse sur la route de Dol avec la comtesse de Morzic. C'est à ne pas croire, se dit-elle. Les voilà déjà installés dans la vie. Jean-Pierre aura bientôt quatorze ans, à son âge je vendais la marée, un marin-pêcheur m'avait dépucelée au fond de sa barque. Tout en faisant mine de s'assoupir, elle les observa. L'aîné, avec ses cheveux bouclés, son gros nez, ses patoches rougeaudes, son regard honnête et l'air buté qu'il prenait de temps à autre, c'était le portrait de son père au même âge, plus un enfant, pas encore un homme. Elle avait toujours aimé l'odeur de la jeunesse. Aujourd'hui, bien qu'elle préférât encore la brutalité maladroite aux bagatelles qui n'en finissent pas d'aboutir, elle ne parvenait pas à comprendre comment elle avait pu se saouler autrefois d'un jeune garçon après l'avoir déniaisé à l'abordage. Ce souvenir lui déplaisait, fardeau encombrant qu'elle aurait voulu déposer au bord d'un chemin, au moins confier à quelqu'un de sûr. À Marie-Léone ? C'était impossible. Au curé ? Non, il exige toujours trop de détails. Elle regarda le second Carbec dont le visage gardait encore le modelé de l'enfance : celui-là paraissait plus fin, plus élancé, peut-être plus nantais que malouin et ressemblait à sa mère, un jour il serait le plus beau des trois. Que feraient-ils quand ils seraient devenus tout à fait des hommes ? Le spectacle des centaines de traitants qu'on avait sollicités pendant tant d'années et que le pouvoir jetait aujourd'hui en prison, inquiétait Clacla. Elle n'était pas du bois dont sont faits ceux qui sont toujours prêts à recommencer. Un jour riche, le lendemain pauvre ? Aujourd'hui tout cela va trop vite et change d'un jour à l'autre comme la valeur du numéraire. Il va falloir de bonnes jambes à ces garçons pour courir après tout ce train.

— Alors mes gars, vous êtes contents de venir à la Couesnière avec votre tante Clacla ?

La berline venait de s'engager dans la grande allée bordée de chênes, au fond de laquelle brillaient au soleil couchant les longues fenêtres de la malouinière.

Ce soir-là, c'était le premier jour du printemps, Mme Carbec rentra chez elle plus tôt que d'habitude. Pressée de quitter les salles du Tambour-Défoncé où le soleil n'entrait jamais elle avait marché d'un pas rapide, dans la jolie lumière de la semaine qui précède Pâques, fuyant du même coup les comptes d'armement, l'ombre de la rue étroite, son chagrin.

— Tu coucheras Marie-Thérèse, dit-elle à Solène. Ce soir, je ne descendrai pas souper, je n'ai pas faim.

À la tombée du jour, elle ne manquait jamais de monter dans sa chambre et d'y demeurer seule jusqu'au moment où le tintement de la Noguette marquait l'heure du repas du soir. Assise dans un large fauteuil au dossier raide tapissé de petites fleurs, elle se tenait devant la fenêtre et regardait le ciel, la mer, le retour des barques de pêche à la marée, le vol des grands oiseaux blanc et gris, elle s'engourdissait doucement, peut-être avec des délices inavouées, dans une sorte de torpeur née des images qui lui étaient le plus familières et dont elle se déhalait avec regret au son de l'angélus pour rejoindre dans la salle à manger ses trois garçons, debout derrière leur chaise, qui l'attendaient.

Les garçons partis la veille pour la Couesnière, elle se sentait soudain plus libre de ses mouvements, désirait demeurer seule, refusait même d'aller dire bonsoir à maman Paramé toujours muette et grabataire dans son réduit. Elle ouvrit la fenêtre, s'installa dans son fauteuil, croisa ses mains. Depuis six mois, Marie-Léone n'avait jamais été si paisible. C'était comme si elle se fût baignée tout entière dans la mer immense où couraient des franges de lumière à la crête des vagues sous le soleil suspendu comme un lampion rouge. Toutes ces masses rocheuses dressées

devant elle comme un décor de théâtre, elle les connaissait.
D'abord son père, plus tard son mari lui avaient appris leur nom :
le Petit-Bé, le Grand-Bé, Cézembre, la Conchée, les Grands-
Pointus, les Petits-Pointus, Harbour, les Herbiers, la Queue-des-
Rats... vieille comptine qu'elle aimait encore fredonner comme au
temps où elle tournait des rondes et grimpait sur les genoux
innocents de Jean-Marie. À sa gauche, quelque part dans le ciel,
peut-être au-dessus de Saint-Jacut, le soleil descendait maintenant
plus vite et enflammait les rives de la Rance. Saisie par la beauté
du tableau, Marie-Léone se leva, s'accouda à la fenêtre et
demeura immobile, le visage ardent, inquiète de voir s'effacer la
dernière goutte de lumière comme elle avait voulu recueillir une
dernière lueur dans les yeux de Jean-Marie. Quand le soleil eut
disparu, la mer s'assombrit d'un seul coup, les rochers furent plus
noirs, le granit des bastions et les murs plus gris. Comme frappé
d'un charme, tout s'était immobilisé sous un ciel d'étain nu et
tragique où le cri des mouettes avait lui-même disparu. Le Petit-
Bé, le Grand-Bé, Cézembre, les Petits-Pointus... la ronde enfantine était devenue un chant funèbre dans la gorge de Marie-Léone.
    L'appel de la Noguette la tira de sa torpeur. Elle se leva, se
signa, croisa son fichu sur sa poitrine, laissa la fenêtre entrouverte. Ce soir, il fait presque tiède, l'air me fera du bien. C'était
l'heure du souper, le moment où elle rejoignait d'habitude ses trois
garçons dans la salle à manger, les questionnait sur leur journée,
leurs devoirs et leurs leçons, s'intéressait à leurs jeux et ne
manquait pas de participer à ces fous rires soudains qui appartiennent au domaine réservé de l'enfance. Elle regretta leur absence,
tourna inutile dans sa chambre drapée d'étoffes sombres, se sentit
mal à l'aise, but un grand verre d'eau. J'ai peut-être faim ? Elle
descendit dans la cuisine, ouvrit un placard, croqua une pomme
de l'automne dernier dont l'odeur lui rappela celle d'un vieux
flacon rapporté naguère des Isles d'Amérique par Jean-Marie. La
nuit était maintenant tout à fait tombée. Mme Carbec alluma une
chandelle qui fit briller des casseroles de cuivre, tourtières et
autres bassines qu'elle regarda de plus près, jusqu'à y passer
l'examen d'un doigt soupçonneux.
    — Je ne m'occupe plus assez de ma maison, pensa-t-elle.
Maman Paramé ne faisait plus grand-chose mais elle surveillait
tout cela.
    Prise d'un remords, elle remplit une tasse de lait, y fit fondre
deux cuillerées de miel, ouvrit la porte derrière laquelle elle venait
d'entendre un gémissement et s'approcha du lit clos en souriant
malgré l'odeur infecte qui empuantissait la petite pièce. À croire

que la mort avait déjà tué ses yeux, la vieille Cancalaise ne cilla pas les paupières à la lumière de la chandelle dont le reflet flamba au fond de deux billes de verre qu'on eût dites trempées d'eau. Elle ne dormait pas. Marie-Léone s'assit auprès d'elle et entreprit de la faire boire avec des gestes doux auxquels elle enroulait des paroles puériles que l'autre ne comprenait plus mais dont elle sentait peut-être la tendresse berceuse.

— Allez, maman Paramé! Encore un peu de lait... tu aimes bien le lait avec le miel. Non? Tu préférerais du rikiki, n'est-ce pas? Les Cancalaises, ça aime bien la goutte, dame! Faut pas t'endormir sur le rôti, ma fi...

Tous les mots avec lesquels maman Paramé avait tant bercé ses nourrissons en les serrant sur la tiédeur de ses tétasses. Marie-Léone les savait par cœur, Jean-Marie les lui avait si souvent contés avant même qu'ils servent à ses propres marmots. C'était à son tour de les chuchoter, non par jeu, avec la gravité d'un sourire maternel penché sur une très vieille femme qui n'avait jamais tout à fait perdu le monde enchanté des petits enfants. Une très vieille femme? Quel âge peut bien avoir maman Paramé? La question posée à Jean-Marie, il avait répondu : « Elle n'est guère plus âgée que ta mère. » Était-ce possible? La dernière fois que j'ai vu ma mère elle ne ressemblait pas à une vieille femme. Mme Le Coz, elle a toujours joué à la dame, c'est le genre nantais avec une âme aussi empesée que ses jupons. Là-bas, elle doit aller encore plus souvent à la messe qu'ici et faire retraite au couvent. Comment peut-on répandre la médisance avec la même ferveur qu'on égrène un chapelet? Mme Le Coz, c'est ma mère, Seigneur pardonnez-lui et pardonnez-moi en m'aidant à devenir une bonne chrétienne selon l'Évangile.

— Allez, maman Paramé, encore une cuiller!

Maman Paramé avait fermé ses paupières et respirait à peine. Marie-Léone contempla les joues labourées de vieilles fatigues et le visage cependant si calme, si semblable à celui de ces bonnes sœurs où n'apparaît même pas l'écume des tempêtes où elles ont failli sombrer corps et âme.

— Toi aussi, tu as dû avoir tes chagrins, dit-elle en l'embrassant sur le front. Mais toi, tu as tout donné.

Comme Mme Carbec se dirigeait vers la porte, la lumière de sa chandelle éclaira la cage du mainate empaillé. Elle approcha le bougeoir et vit que l'oiseau avait perdu deux grosses plumes, tombées de la queue. Intriguée, elle ouvrit la cage, voulut donner un tour de clé au mouvement de l'automate, n'y parvint pas. Ni dans un sens ni dans l'autre, la clé ne pouvait plus tourner.

— Pauvre Cacadou! À force de vouloir te faire danser, les enfants auront détraqué ta mécanique. Dès demain matin nous irons consulter M. Kermaria. Cette nuit, je t'installe auprès de moi.

À peine remontée au deuxième étage, Marie-Léone eut l'impression que quelque chose d'étrange, elle eût été bien en peine de le définir, se passait dans sa chambre. Chuchotements ou bruissements de feuilles? Rassurée en entendant des petits rires étouffés qui ressemblaient à ceux de Marie-Thérèse, elle croisa les mains derrière le dos et sentit sur son poignet le baiser humide d'une petite bouche d'enfant. Elle se retourna en riant, ne vit personne mais s'aperçut que les deux grands chandeliers étaient allumés, les tentures grises avaient disparu des murs, le voile qui recouvrait le miroir vénitien au-dessus de la cheminée avait été enlevé, et le grand lit s'offrait, béant, sous le baldaquin tendu de damas rose. Marie-Léone passa sa main sur son front, se frotta les yeux, se pinça le bras, froissa la toile peinte des rideaux à fleurs, posa même un doigt sur la flamme d'une bougie. Non, elle ne rêvait pas, tout cela était réel. Le décor de sa chambre était redevenu celui des jours heureux.

Mme Carbec fut soudain frappée d'une illumination : Jean-Marie allait revenir tout à l'heure du long voyage entrepris au-delà des horizons perdus. Elle n'en fut pas surprise. Tout allait recommencer parce que la vie répète toujours la vie. Comment annoncerait-elle au capitaine l'état de maman Paramé, et la mort de Cacadou? Vite installée devant sa coiffeuse, Marie-Léone entreprit d'étudier son visage. Elle le jugea sans complaisance, pâle, amaigri, un peu fané sous le petit bonnet de dentelle noire qui aggravait le cerne des yeux. Que faisait ce bonnet sur sa tête puisqu'elle n'était plus veuve? Elle l'ôta, secoua ses cheveux qui descendirent sur ses épaules, et pensa qu'elle avait plus mauvaise mine encore. C'est cette robe sombre qui me fait ressembler à un parchemin. Peut-on accueillir le retour d'un capitaine dans une telle tenue? Je ne suis pas une nonne. Affairée, Mme Carbec se leva, il me faut être prête à temps, et découvrit derrière une tapisserie les robes auxquelles elle n'avait jamais jeté le moindre regard depuis six mois. À côté de deux robes un peu lourdes et brodées d'or, portées à de rares occasions, déjà démodées, il y avait là des formes plus légères, aux tons plus vifs, ces nouvelles robes volantes qui semblaient ne tenir qu'aux épaules, sans ceinture ni garniture de passementerie, amples et très décolletées. De passage à Saint-Malo, l'an dernier, Mme Le Coz avait dit à sa fille avec une petite voix sèche : « Vous avez l'air de sortir du

lit ! », mais Marie-Léone avait lu au même moment dans les yeux
de sa mère que cette robe lui allait bien et qu'elle plaisait à Jean-
Marie. Il y avait aussi des robes sévères, avec leur corps à baleines
en pointe sous le large manteau orné de volants plissés, faites pour
l'église ou les visites de deuil, mêlées à des étoffes plus légères
ramenées en fraude de Pondichéry par quelque capitaine pacotilleur de la Compagnie des Indes orientales, et aussi des tissus de
grisette ou de droguet, inusables, dont la rude modestie demeurait
rassurante. Tout entière, la garde-robe de Mme Carbec disait la
réussite des audaces bourgeoises parties à l'assaut du luxe, des
titres, du Parlement, comme elle proclamait sous ses aspects les
plus charmants la victoire remportée par l'argent, gagnée sur la
naissance irresponsable. Les unes après les autres, Marie-Léone
les toucha, les caressa, jusqu'à appuyer sa joue contre l'étoffe de
celle-ci ou de celle-là. Chacune lui rappelait un souvenir, son
dernier souper prié chez Magon de la Chipaudière, sa dernière
grossesse, et cette petite robe de jardin parsemée de fleurs
minuscules qu'elle avait portée à la Couesnière le dernier été pour
la fête des moissons. Elle choisit un taffetas flambé, orné de petits
rubans vert pâle. C'est le premier jour du printemps, non ? La tête
lui tournant un peu, elle s'assit un instant, posa la main sur sa
poitrine, comme mon cœur bat fort ! se releva, enleva la robe triste
qui lui montait au ras du cou, passa l'autre, les bras levés, et
s'installa devant sa coiffeuse où plusieurs petits pots étaient
alignés. Un peu de crème rose sur le front et les joues, sous les
yeux, lui éclaira tout de suite le teint. Sur les pommettes, elle
ajouta une touche de fard rouge qu'adoucit un nuage de poudre de
riz. Lents au départ, ses gestes, devenus plus vifs, bientôt adroits,
presque gais, faisaient disparaître les lignes aiguës du visage et
naître des rondeurs rieuses. Nouant ses mains derrière la tête, elle
avait rassemblé et relevé ses cheveux en boule et tenait son cou
plus droit. Il paraît qu'à Paris la mode est désormais aux cheveux
courts et bouclés, cela m'ôte dix ans. Tiré d'un petit meuble, elle
se coiffa d'un léger bonnet de dentelle garni de roses minuscules
avant que le diable signe tout à coup son chef-d'œuvre en piquant
une mouche en forme de lune au coin gauche de la lèvre
inférieure. Ravie, la veuve Carbec se regarda dans son miroir,
sourit à l'image de Marie-Léone et, lui tendant les bras, alla à sa
rencontre.

Elle était maintenant étendue sur son lit, immobile. Ses yeux
grands ouverts suivaient les courbes du baldaquin tendu de damas
rose qui ce matin disparaissait sous des tentures grises. Par la
fenêtre entrouverte elle entendait la respiration profonde de la mer

et voyait quelques étoiles incrustées dans la nuit. Tous ses souvenirs s'étaient soudain effacés : plus de Jean-Marie, ni de Jean-Pierre, de Jean-François, de Jean-Luc ou de Marie-Thérèse, plus de maman Paramé, plus de tante Clacla, plus de Cacadou, plus de M. Locmeur. Plus de vivants, plus de morts, plus rien. C'était comme si la mer s'était retirée derrière l'horizon, ne laissant sur le sable ni un coquillage, ni un goémon, ni une épave, encore moins l'empreinte d'un pas d'homme. Plus lisse que le miroir où elle avait vu naître tout à l'heure un sourire, elle était là sans joie, sans chagrin, sans mémoire, page blanche qui attendait la première ligne d'un conte de fées. Combien d'heures demeura-t-elle ainsi ? La petite pendule de bronze doré s'était arrêtée de battre tout à l'heure, au moment de l'angélus. Évadée de ses souvenirs, Marie-Léone était passée de l'autre côté de son miroir et avait franchi les frontières mystérieuses derrière lesquelles les horloges ne mesurent plus le temps inutile.

Bien que sa chambre fût située au dernier étage de la maison à plus de trente pieds du sol, Marie-Léone ne fit pas le moindre geste de surprise quand elle vit un homme passer par la fenêtre et s'avancer vers elle avec autant d'aisance que s'il se fût trouvé chez lui. Tête nue, il était vêtu d'un gilet à manches, moiré d'argent, ouvert sur une chemise à cravate de dentelle et boutonné à la taille. C'était un homme jeune, long et mince comme ces petits cigares que les capitaines rapportaient des Isles, avec de grands yeux bleus illuminant un visage rieur orné d'une fine moustache. Il y avait dans ses gestes cette sorte de grâce, d'élégance et d'adresse qui, toutes les trois réunies, n'appartiennent qu'aux danseurs d'opéra. Prévenant le cri qu'elle allait peut-être pousser, l'homme posa un doigt charmant sur ses lèvres, chut ! et dit avec un sourire émerveillé :

— Bella !

Marie-Léone lui rendit son sourire et lui fit signe de s'approcher.

— Vous m'attendiez, dit-il déjà courbé vers elle.

Le timbre de sa voix était lui-même étrange, plus proche de la musique que du langage humain.

— Oui ! répondit-elle dans un souffle.

— Je le sais, reprit le visiteur, parce que tout à l'heure, tandis que je me promenais sur les remparts, je vous ai entendue m'appeler. Comme il fait doux ce soir ! Vous savez que c'est la première nuit du printemps ?

En même temps, il caressait de ses deux mains étroites le visage de Marie-Léone, d'abord le front, les cheveux, puis les joues, les oreilles, le cou, les paupières comme s'il eût voulu en prendre l'empreinte et l'emporter avec lui dans le pays d'où il venait. Consentante, le cœur à peine plus rapide, elle le laissait faire et répéter :

— Bella ! Bella !

Il avait posé maintenant ses lèvres sur celles de Marie-Léone, cherchant le fond de sa bouche tandis que ses mains enveloppaient la rondeur des seins gonflés sous le taffetas flambé, descendaient plus bas, remontaient sur le ventre, s'y attardaient. Attentive à ne rien perdre du flot de joie venu de si loin qu'elle sentait monter comme une marée, elle n'avait pas fermé les yeux. Elle le regarda sans ciller pour lui rendre son baiser, et ses yeux devinrent plus grands encore lorsque, leurs bouches mêlées, comprenant qu'il relevait sa robe, elle écarta d'elle-même les cuisses, croisa ses jambes sur·celles de l'homme et noua ses mains sur ses reins pour le maintenir plus profond. Au même moment, un air de flûte dessina quelques arabesques autour de la lumière des deux candélabres, un air de flûte limpide et doux, insaisissable, chant d'oiseau qui semblait passer entre les barreaux de la cage de Cacadou pour célébrer la première nuit du printemps. Marie-Léone ferma les yeux et écouta l'étrange mélodie dont le dessin apaisait la tornade qui venait de l'emporter. Il lui semblait qu'elle avait entendu cet air de musique, autrefois, il y avait bien longtemps. Quand elle rouvrit les yeux, la flûte s'était tue et l'homme, arraché de ses bras et de ses jambes pourtant serrés comme des étaux, avait disparu sans qu'elle s'en fût aperçue. Elle était seule, étendue sur son lit saccagé, sa robe de taffetas retroussée sur son ventre, les cheveux défaits. Interdite, elle se leva, courut à la fenêtre grande ouverte, se pencha sur la nuit. La meute des dogues de Saint-Malo passa en hurlant au bas des remparts. « Il va se faire dévorer, pensa-t-elle, tremblant de peur. Mais non, cela est impossible, j'ai fait un rêve... » Elle regarda son lit de plus près. Il était dévasté. Jamais Jean-Marie ne l'avait conduite à travers une telle tempête vers un port aussi merveilleux, jamais elle n'avait croisé ses jambes sur celles de son mari ni crié comme une bête lorsque la foudre l'avait frappée. Non, j'ai rêvé, j'en suis sûre, la preuve c'est que j'ai cru entendre chanter Cacadou alors que sa mécanique est cassée. Pour en avoir le cœur net, Marie-Léone ouvrit la cage afin de vérifier que la clé de l'automate était bien bloquée, mais à peine l'eut-elle touchée du doigt qu'elle entendit le déclic d'un ressort et vit Cacadou exécuter les trois pirouettes imaginées par M. Kermaria. Troublée, elle releva sa robe et passa sa main sur ses cuisses. Elle la retira humide de la bonne rosée, tandis qu'il lui semblait entendre une voix d'homme appeler à l'aide, mêlée aux aboiements furieux des chiens.

Marie-Léone tomba à genoux et confessa à Dieu avoir commis le péché de la chair comme une fille de mauvaise vie et y avoir pris du plaisir. Elle pria longtemps, ardente dans sa foi comme dans tout ce qu'elle entreprenait, aimait ou détestait. Revenue devant sa coiffeuse, elle se débarrassa de ses fards, jeta la mouche piquée au coin de sa lèvre, remplaça sa robe volante par un sage manteau de nuit et jeta un dernier coup d'œil à son miroir. Un petit air de fête, non de remords, brillait dans ses yeux et il lui sembla entendre tout à coup une voix trop charmante qui lui disait « Bella ! » Elle se boucha les oreilles, éteignit les candélabres et se jeta sur son lit où elle se signa plusieurs fois pour être protégée des maléfices de la nuit. Ou bien elle avait pris plaisir à un rêve démoniaque, ou bien un passant lui avait fait l'amour. Possédée ou catin, j'ai trompé Jean-Marie, j'ai trompé un mort. Pour sûr que j'en serai punie toute ma vie durant !

Lorsque Mme Carbec sentit venir le sommeil, elle eut juste le temps de penser qu'elle allait être bientôt réveillée par l'horrible vision qui ne lui permettait pas de repos. Tant mieux, punissez-moi, Seigneur ! Mais elle dormit d'une seule traite, telle une souche, pendant toute la nuit. Cela ne lui était pas arrivé depuis six mois. Elle se leva, ouvrit la fenêtre, respira fortement. De grands oiseaux blanc et gris traçaient les courbes d'une géométrie enchantée dans la lumière du petit printemps. Elle comprit alors qu'elle était enfin délivrée du cauchemar qui hantait toutes ses nuits depuis la mort du capitaine, fut prise de fringale, je n'ai pas soupé hier soir, et demanda qu'on lui apporte du lait, du pain, du beurre.

— Vous qui ne dormez guère, avez-vous entendu cette nuit ? interrogea Solène.

— Non. Tu as entendu quelque chose, toi ? balbutia Marie-Léone.

— Moi quand je dors, vous me connaissez, le tocsin peut toujours sonner ! Mais, c'est les autres...

— Qui ? Quoi ? Les autres ?

— On a entendu appeler à l'aide l'autre nuit, sur les remparts. Dame, c'était après le couvre-feu !

— C'est tout ce que tu as à me raconter ?

— Oh dame non ! Ce matin, ceux de la milice ont trouvé un homme à moitié dévoré par les chiens.

Marie-Léone n'eut pas le temps de s'appuyer sur le dossier d'un fauteuil.

— Jésus Marie! s'écria Solène en s'élançant vers elle, voilà notre maîtresse qui se trouve mal!

En bas de la grande maison, dans le lit clos dont elle n'avait jamais voulu se séparer, c'est là que je suis née c'est là que je mourrai, maman Paramé avait laissé filer la dernière goutte de sa vie solitaire, sans même la présence du Cacadou empaillé.

Cette première nuit de printemps qui l'avait éblouie et terrifiée, il arrivait encore à Marie-Léone de se la rappeler, après deux années. Elle y pensait sans déplaisir, encore qu'elle craignît de s'attarder à ce souvenir, partagée entre un double sentiment d'inquiétude et de bonheur comparable à celui des enfants qui jouent à frôler la flamme d'une chandelle avec un doigt assez rapide pour en éprouver la chaleur sans s'y brûler. Aventure vécue ou rêvée, si l'inconnu qui était entré dans la chambre de Marie-Léone en avait définitivement chassé le cadavre du capitaine Carbec, il avait laissé intact le souvenir de Jean-Marie vivant : l'empreinte de son corps, son odeur, son rire, jusqu'aux battements plus rapides de son cœur quand il faisait l'amour, multiples brimborions de la vie nocturne de deux êtres qui dorment dans le même lit, côte à côte, pendant des années et ont acquis la merveilleuse habitude l'un de l'autre en dehors de laquelle il n'est que de brefs plaisirs. Cela, c'était la seule certitude de la nuit ensorcelée que, pendant des semaines et des mois, Marie-Léone s'était efforcée de reconstituer sans jamais parvenir à démêler les parts de l'imaginaire et du réel, sauf que cette nuit-là un homme avait été certainement dévoré par les dogues lâchés sur les remparts. L'affaire avait fait grand bruit.

— Si vous voulez mon avis, ça n'est peut-être point des écoutilles qu'il voulait déverrouiller, ce pauvre gars ! Ce serait plutôt quelque galant qui n'aura point entendu la Noguette ?

On en parlait encore avec des avis finauds, au Marché aux Herbes ou rue des Mœurs, dans les salons ou les boutiques, sur les quais et les chantiers, mais, après deux ans, lorsque les bourgeois étaient tirés de leur sommeil par les hurlements de la meute, ils se rendormaient bientôt dans la certitude apaisante que leurs coffres et leur honneur étaient également gardés par les molosses du maître-chien municipal. Ces nuits-là, Marie-Léone demeurait longtemps éveillée et essayait de mettre un peu d'ordre dans ses souvenirs les plus récents, ceux qui dataient de l'époque où, devenue subitement la veuve Carbec, il lui avait fallu prendre les dispositions nécessaires pour diriger une entreprise de commerce et d'armement, élever quatre enfants, demeurer pieuse sans verser dans la dévotion, gouverner sa maison, se défendre des hommes et éviter les pièges tendus par les femmes, tenir son rôle dans une société qui n'était pas insensible aux remous provoqués par ce gouvernement de Régence dont les orientations financières et politiques paraissaient aussi déconcertantes que le nouveau style de vie surgi au lendemain de la mort du vieux Roi.

Mme Carbec avait assez vite marqué sa place dans le milieu des armateurs-négociants pour ne pas être la dernière à savoir que les mesures prises par la Cour de Justice avaient été plus bruyantes qu'efficaces. Le montant des restitutions n'atteignait pas deux cents millions, résultat si dérisoire en face du montant de la dette publique que, dès le mois de mars de l'année 1717, il avait fallu arrêter toutes les poursuites engagées. Le Trésor n'en demeurait pas moins vide de numéraire, et l'État ne pouvait plus se permettre d'abaisser le titre de la monnaie, émettre des bons à court terme, multiplier les loteries, vendre des offices ou des titres de noblesse. À Saint-Malo, où les caves étaient pleines de piastres ramenées de la mer du Sud, les difficultés financières qui étranglaient le royaume paraissaient moins visibles qu'ailleurs, chaque armateur affectant de commander à M. Garangeau et à ses commis les plans d'une orgueilleuse demeure dont la construction, la décoration et l'ameublement apportaient du travail à quelques centaines d'ouvriers et d'artisans sans emploi depuis le retour de la paix. Point dupes de leur luxe ou d'eux-mêmes, les messieurs de Saint-Malo n'ignoraient pas que ces dépenses somptuaires ne seraient plus compensées au décuple comme au temps des retours de la mer du Sud ou même de la course. Si fiers fussent-ils de surveiller l'état des travaux de leur demeure et d'en apprécier l'épaisseur des murs, la qualité du granit ou la finesse des ardoises, ils regrettaient le temps où ils se rendaient sur les chantiers des Tallards, de Rocabey ou de Solidor, lorsque surgissaient dans la fumée des étoupes enflammées les formes de quelque nouveau navire destiné au commerce et à la guerre. Chacun d'eux proclamait que la paix est nécessaire au développement du négoce et pensait tout bas que la guerre nourrit bien le commerce. Dans le fond de leur cœur,. et tous comptes faits, ils préféraient encore les maîtres de hache aux tailleurs de pierre, même si quelques-uns d'entre eux avaient perdu le goût du risque et abandonné le soin de l'aventure à des hommes plus jeunes qu'eux pour aller s'installer dans un joli manoir du Clos-Poulet où, les jours de tempête, le vent marin tourmentait leur solitude et secouait leurs souvenirs. Ceux-là qui entendaient vivre désormais en gentilshommes, nobles sans sabots et non démunis, venaient de temps à autre à Saint-Malo pour y retrouver ce qui manquait le plus à leurs poumons, cette odeur faite de sel et d'algues, de goudron, de fumée et de poissons grillés, sans doute semblable à celle d'autres ports bretons et pourtant si particulière que n'importe quel Malouin revenu du bout du monde, les yeux bandés, l'eût reconnue. On les voyait faire leur tour de remparts, la tête dans les épaules, les yeux plissés, la démarche lente, jambes un peu écartées pour parer au roulis, répondant avec une humeur cordiale et bourrue au salut des vieux capitaines qui n'entendaient pas déserter leur rocher.

— Bonjour, monsieur l'écuyer! Vous voilà revenu pour la marée?

— Dame oui!

— Ça va-t-il comme vous voulez à la Picaudais? On m'a dit que vous plantiez des choux à c't'heure? C'est pas Dieu possible!

— Veux-tu te taire, maudit gars!

— Y a point d'offense, notre gentilhomme! répondait l'autre avec un air goguenard.

L'ancien armateur et le vieux capitaine autrefois mousses sur les bancs de morue et qui avaient parcouru les mers du monde, s'en allaient boire un coup de raide à La Malice, avant de se rendre au siège de la Compagnie des Indes pour connaître les dernières nouvelles de Paris où d'importants Malouins se flattaient d'entretenir des relations qui leurs confiaient des secrets d'État susceptibles de bien orienter leurs affaires avant ceux de Nantes, de Rouen ou d'ailleurs.

Lorsque en 1715 la Compagnie fondée par Colbert avait été contrainte de céder tous ses privilèges à de nouveaux associés, les messieurs de Saint-Malo s'étaient taillé des parts de lion; à eux seuls ils détenaient 85 % du capital souscrit et onze des douze sièges de directeur. Cette victoire remportée sur les Nantais candidats à la succession, ils l'avaient due autant à leur imagination, leur goût de la responsabilité et leur sens du risque contrôlé, qu'à leurs qualités marines et commerciales. Leur poids financier et leurs protections politiques n'avaient pas été étrangers à cette affaire où l'on retrouvait les noms des Malouins, toujours les mêmes, qui depuis un demi-siècle réussissaient tout ce qu'ils entreprenaient, pêche, course, négoce lointain, trafic interlope, opérations monétaires, autant de pratiques dont ni le ministre Pontchartrain ni le banquier Crozat n'avaient été absents. C'étaient MM. Magon de la Balue, Magon de la Lande, Beauvais Le Fer, Duval Baude, Tocquet de Grandville, La Saudre Le Fer, Jean Gaubert, du Fougeray, de Carman Eon, du Coulombier Gris, de la Chapelle Martin, qui avaient aussitôt redistribué la plus grande part de leurs actions initiales mais en gardant les postes de commandement qui leur assuraient ainsi, aux moindres frais, la direction de la Nouvelle Compagnie des Indes orientales de Saint-Malo comme on l'appelait maintenant. Frères, beaux-frères, oncles, neveux, gendres ou cousins, une parentèle plus ou moins proche les attachait peu ou prou les uns aux autres, encore que ni le nom de Nicolas Magon de la Chipaudière, ni ceux de Blancpignon ou de Danycan n'aient été cités parmi les action-naires de cette Compagnie. Personne ne s'en était étonné, chaque Malouin sachant d'expérience que les réseaux familiaux sont aussi des réseaux d'affaires où le jeu de la concurrence est plus âpre qu'ailleurs.

Parmi les femmes d'armateurs qui avaient pris la direction des affaires tombées des mains de leurs défunts, Marie-Léone Carbec bénéficiait à l'hôtel Dufresne d'une considération particulière d'où n'étaient pas exclus quelques hommages masculins. Pour discrets qu'ils fussent, ceux-ci s'adressaient autant à la veuve d'un des premiers directeurs de la Compagnie malouine qu'à la jeune femme à la fois charmante et un peu hautaine qui savait apprécier aussi bien qu'eux la valeur d'une mise hors, et connaissait le prix d'une assurance négociée à Nantes, Londres ou Amsterdam. Elle y retrouvait les autres veuves d'armateurs et y rencontrait sans déplaisir d'anciens compagnons de Jean-Marie, ceux qui l'avaient connue petite fille et l'appelaient toujours Marie-Léone. Tous n'avaient pas gravi les mêmes échelons ni rempli leurs caves avec un égal bonheur mais ils avaient tous violenté la chance avec assez d'opiniâtreté pour qu'elle ne leur demeure pas longtemps cruelle. Faute de Chambre de Commerce, ils venaient là pour connaître le mouvement des navires, le cours des marchandises, les manipula-tions monétaires ou les variations des changes, les offres des uns et les demandes des autres, et toutes ces sortes de bruits chuchotés qui permettent aux plus prompts de prendre des positions avantageuses. C'est à l'hôtel Dufresne qu'ils avaient appris, dès le mois de mars 1717, que M. de Noailles fermait la Cour de Justice, et aussi que le financier Crozat condamné à verser six millions de livres au Trésor était parvenu à échanger le montant de son amende contre sa renonciation à un privilège commercial qui n'avait pas répondu à ses espérances. Fins connaisseurs, ces messieurs de Saint-Malo n'avaient pas été les derniers à apprécier la manœuvre de leur protecteur.

— Le Crozat, grognait Noël Danycan, il est plus fort que nous tous réunis. Il ne s'est pas contenté de faire annuler sa condamnation, il s'est débarrassé de la Louisiane !

— À ce qu'on dit, avançait un autre, il y a envoyé de jeunes orphelines prises dans les hôpitaux. Elles étaient si laides que les coureurs des bois leur ont préféré les femmes Peaux-Rouges !

— Savez-vous à qui il a revendu sa Louisiane ?

— Il ne l'a point vendue ! Il l'a rendue à l'Orléans qui l'a aussitôt concédée à son Écossais, un fameux drôle, celui-là !

Les langues allaient bon train. En Bretagne, plus que dans les autres provinces, on se méfiait du financier dont le nom étrange s'écrivait avec une lettre qui n'existait pas dans l'alphabet. Qui donc était ce John Law qu'on prononçait Jone Lass allez savoir pourquoi ? Les uns racontaient que le lieutenant de police l'avait naguère chassé de Paris pour avoir trop souvent gagné aux cartes, les autres assuraient qu'il avait tué un homme à Londres, les mieux renseignés prétendaient qu'après avoir été éconduit à Amsterdam et à Vienne, il était parvenu à faire croire au Régent que tous ses embarras financiers disparaîtraient le jour où la monnaie d'or et d'argent serait remplacée par la monnaie de papier : le Trésor serait ainsi renfloué à peu de frais, tous les Français deviendraient riches. Aucun des grands Malouins n'avait consenti à souscrire au capital de la Banque générale créée par l'Écossais, mais lorsque celui-ci avait distribué à ses actionnaires un dividende de 7,5 % pour un seul semestre d'exploitation, plus d'un s'était demandé s'il n'avait pas manqué le coche dans un moment où le mouvement des affaires n'avait jamais été si calme. Habiles à balancer le risque et la précaution avant d'entreprendre, ils s'inquiétaient de savoir si les réserves de métal accumulées dans leurs caves n'étaient pas menacées de dépréciation faute d'avoir été réemployées à temps ?

Soucieuse de gérer des écus qu'elle entendait multiplier avant de les remettre à ses enfants le jour de leur majorité, Mme Carbec ne savait pas quelle décision arrêter, hésitant toujours à demander conseil aux anciens compagnons ou associés de son mari, voire au notaire, même à tante Clacla, comme si elle eût craint de violer un secret familial ou parce que sa gorge était nouée par ce mal nouveau, la pudeur hypocrite de l'argent, né en France avec l'ascension de la bourgeoisie. Marie-Léone se rappelait aussi les paroles dites par Mme de Morzic quelques semaines après la mort du capitaine Carbec : « La discrétion envers quiconque est la condition première des affaires. » Elle n'ignorait pas pour autant, parce qu'elles n'en faisaient pas mystère, que certaines veuves d'armateurs, plus hardies que les hommes, avaient acheté des actions de la nouvelle Compagnie d'Occident, et elle essayait de démêler les embrouillaminis financiers que chacun appelait maintenant le système de M. Law ou le Système tout court. Plus encore elle se demandait si l'aventure malouine n'avait pas vécu ses plus beaux jours avec la génération des capitaines qui avaient vidé les cales des *Indiamen* retour des Indes et doublé le cap Horn pour aller au Pérou échanger leur pacotille contre le métal des mines de Potosi. En signant un contrat d'alliance, l'Angleterre, la France et la Hollande venaient de proclamer du même coup que le temps de la course était révolu. Dès lors, ses enfants ne devraient-ils pas emprunter d'autres voies pour consolider et arrondir l'héritage du capitaine Carbec ?

Un jour que Marie-Léone s'était rendue à l'hôtel Dufresne pour assister à l'assemblée générale des actionnaires de la Compagnie de Saint-Malo, elle y apprit le prochain retour des *Deux Cou-ronnes,* une flûte de trois cents tonneaux partie pour Pondichéry trois ans auparavant sous la responsabilité de son frère, le capitaine Hervé Le Coz de la Ranceraie, dont c'était le premier commandement à la mer. Elle en éprouva une joie profonde. Ce frère aîné n'avait cependant partagé ni ses jeux ni ses rêves d'enfant, encore moins ses secrets de petite fille. Mousse à douze ans sur les bancs de pêche, il avait embarqué six ans plus tard, enseigne en second, sur un navire de la Compagnie des Indes où, bon navigateur, il avait gagné ses grades un à un, crochant rarement à terre, toujours pressé de reprendre la mer. Frère et sœur parce que nés du même père et de la même mère, ils n'avaient aucun de ces souvenirs communs qui lient davantage que le sang. Marie-Léone se rappelait seulement l'épisode de la petite vérole, le soir où, pendant le souper, Hervé brûlant de fièvre et le visage cramoisi s'était écroulé sur son assiette. Le médecin avait prescrit d'éloigner aussitôt la petite fille de la maison familiale pour lui éviter la contagion. « Ce serait dommage ! » avait-il dit d'une voix très douce en caressant le visage de Marie-Léone.

L'arrivée des *Deux Couronnes* fut saluée par les batteries malouines et les acclamations de la foule massée sur les remparts comme pour le retour des terre-neuvas. Son capitaine, qui avait fait hisser le grand pavois, répondit par une bordée d'honneur, donna l'ordre d'amener la toile et se tint à la coupée pour recevoir le Commissaire de l'Amirauté et les directeurs de sa Compagnie qu'accompagnait Mme Carbec. Le même soir, Hervé Le Coz avait transporté son coffre chez sa sœur où il s'était aussitôt installé, surpris d'éprouver une joie paisible à redécouvrir les visages de ses neveux et nièce qu'il connaissait à peine.

— Comment s'appelle donc ce grand gars ?

— C'est Jean-Pierre, l'aîné, il va sur ses seize ans. Il est à l'École d'hydrographie.

— Alors tu veux être marin ?

— Dame oui, mon oncle !

— As-tu seulement déjà navigué ?

Marie-Léone prévint la réponse de son fils :

— Pas encore. Il ne demande que cela, c'est moi qui m'y suis opposée. Vous savez que je n'ai plus qu'eux, Hervé. C'était d'ailleurs dans les idées de Jean-Marie. Il pensait qu'aujourd'hui il est plus important de s'instruire que de faire le mousse sur des bancs de pêche, surtout pour devenir armateur.

Hervé Le Coz haussa les épaules. Il y avait dans sa tournure une épaisseur lourde qu'il tenait de son père, moins la bonhomie, et dans ses gestes une brusquerie qui avait souvent heurté l'ancienne élève des dames de Dinan.

— À son âge, gronda-t-il, j'étais déjà allé quatre fois sur les bancs, à Terre-Neuve, ça ne m'a jamais empêché de devenir capitaine. Moi aussi, je suis allé à l'école ! De mon temps, elle s'appelait le Collège de Marine, non pas l'École d'hydrographie. Écoute-moi bien, fils, ça n'est pas là que tu apprendras la mer.

— Les temps ont changé, capitaine ! répondit en souriant Marie-Léone.

C'est vrai que les temps avaient changé. La veille de son départ pour Pondichéry, Hervé Le Coz était venu dire au revoir à sa sœur, à son beau-frère, aux enfants. Il s'en souvenait à présent comme si cette soirée se fût passée hier parce qu'on venait d'apprendre à Saint-Malo une nouvelle, la mort du vieux Roi, qui avait attristé tout le monde, même que les convenances avaient contraint le jeune Dupleix, prié lui aussi à souper, à laisser dans son étui sa viole de gambe. Et voilà qu'après trois années passées aux Indes et en mer, il retrouvait sa sœur veuve entourée de trois grands garçons et d'une petite fille. La France était devenue l'alliée de l'Angleterre, les jeunes hommes ne portaient plus ni perruque ni barbe, les femmes avaient des cheveux courts et frisés, Cacadou était empaillé, et, avant même qu'il eût mis pied à terre le capitaine Hervé Le Coz avait appris d'un des directeurs de la Compagnie monté à bord des *Deux Couronnes* que les billets de banque allaient remplacer le numéraire de métal.

Quand ils furent tous les deux seuls, avant de monter dans leurs chambres, Hervé dit d'une voix hésitante :

— Nous ne nous connaissons pas beaucoup tous les deux, ma sœur, mais je crois que je vous aime bien parce que j'ai éprouvé du tourment lorsque j'ai appris là-bas la mort de Jean-Marie. Lui aussi, je l'aimais bien. Je crois cependant, je ne sais pas comment vous expliquer cela, que votre chagrin m'a causé plus de peine encore que sa mort. Je voulais vous dire cela, et aussi que vous avez quatre beaux enfants. Je suis heureux que vous m'ayez demandé de poser mon coffre chez vous.

— Chez moi ? Vous êtes ici chez vous, Hervé.

— Je ne pense pas qu'il existe meilleur témoignage d'amitié. De toute façon je ne vous importunerai pas longtemps.

— Vous songez déjà à un autre départ ?

— Où voulez-vous que j'aille ?

— De vous à moi, puisque c'est la première fois que nous nous trouvons en confiance tous les deux, pourquoi ne vous mariez-vous pas ?

— Vous n'y pensez pas ! dit-il en affectant de rire. Qui voudrait d'un tel barbon ?

— Ne riez pas, Hervé, je connais votre âge. Vous avez quatre ans de plus que moi.

— C'est vrai, mais j'ai le visage d'un vieil homme. Vous savez bien qu'il est tout grêlé, même si vous faites semblant de ne pas vous en apercevoir. Les autres ne sont pas si charitables. Non, ne protestez pas ! Savez-vous que les hommes se servent eux aussi de miroirs ? Il est vrai que nous n'avons pas eu l'occasion de parler en confiance. Ou bien vous étiez trop petite, ou bien j'étais embarqué et vous au couvent. Plus tard, vous vous êtes mariée. Le temps où nous aurions pu nous faire des confidences a disparu avec vous.

— Pourquoi, Hervé ?

— J'ai idée qu'une sœur qui se marie devient d'abord une épouse et cesse un peu d'être une sœur. En tout cas, elle ne raconte plus rien à son frère. Raconte-t-elle davantage à son mari ? Je l'ignore. Puisque vous voilà devenue veuve, je veux vous confier un secret. Lorsque j'ai été guéri de la petite vérole, je me suis trouvé si laid que j'ai pensé me jeter à l'eau du haut du Grand-Bé.

— Hervé !

— Laissez-moi continuer, Marie-Léone, cela n'est pas grave puisque je suis là et que j'en fus quitte pour être ridicule avec moi-même. Je n'étais pas le seul à avoir été malade de la petite vérole, c'est vrai, ça n'a pas empêché les autres, à l'école, de ne m'appeler jamais autrement que « foutu grêlé ! ». Avec les années, les cicatrices s'étaient à peine effacées, certains jours elles ne me paraissent même plus apparentes, mais figurez-vous que je m'y étais habitué si bien qu'un jour j'ai osé demander à une jeune personne dont j'étais tombé amoureux de devenir ma femme. C'était une fille honnête et franche, digne d'être malouine. Je pense qu'elle m'aimait bien, me trouvait gai compagnon, bon danseur et me savait bientôt promu capitaine. J'étais aussi le fils de notre père Yves Le Coz, armateur et conseiller secrétaire du Roi. Tout cela mis ensemble faisait une jolie corbeille de noces, n'est-ce pas, ma sœur ? Eh bien, à la pensée que je lui demandais de partager ma vie, c'est-à-dire tout ce que vous savez, à votre âge je puis vous parler de ces choses, le regard de cette jeune personne fut si terrifié que je n'ai plus jamais recommencé avec une autre. Les femmes, comprenez-moi à mi-mot, ces choses-là ne sont pas si faciles à dire à une sœur, je les prends en dehors de la société. Ce sont celles qu'on n'épouse pas.

Les yeux brouillés de larmes, Marie-Léone avait posé sa main sur le bras de son frère.

— Je vous comprends, Hervé. Êtes-vous cependant si sûr de ne pas vous être mépris ? Vous êtes grêlé, c'est vrai. Il en est des centaines, des milliers, qui le sont beaucoup plus que vous. Cela ne les empêche pas d'être mariés, pères de famille, aimés de leurs femmes et de leurs enfants, d'être heureux !

— Heureux ? Qu'en savez-vous ?

— N'étiez-vous pas heureux, tout à l'heure, pendant le souper, à côté de moi, entouré de vos neveux ?

— C'est vrai. Seulement, lorsque j'ai voulu embrasser ma nièce pour lui souhaiter la bonne nuit, elle a détourné la tête.

— Oh, non !

— Mais si, ma sœur. Quel âge a Marie-Thérèse ?

— Six ans. C'est une enfant.

— Les enfants sont peut-être plus sensibles que les grandes personnes à la jeunesse et à la beauté. Croyez-moi. Les marins ont le temps de réfléchir à toutes sortes de choses au cours des longues traversées. Je ne sais plus qui a dit qu'il n'y avait pas de petites filles mais rien que des petites femmes. Eh bien, ma nièce est une petite femme.

Hervé Le Coz regardait sa sœur avec un mince sourire au fond de ses yeux clairs tout écarquillés. Le ton rude, presque dur de ses premiers propos, était devenu plus fraternel. Après un bref silence, il dit doucement :

— Ne vous mettez pas en peine pour moi, je ne suis pas malheureux. Parlons plutôt de vous, si vous le permettez. Vous entendez-vous mieux avec notre mère ? Avant de quitter Pondichéry il y a six mois, j'ai reçu une longue lettre d'elle où elle me disait sa joie de vous attendre à Nantes. Vous lui amenez donc ses petits-enfants de temps à autre ?

— C'est vrai, je vais à Nantes de temps en temps. Ça n'est pas seulement pour amener des petits-enfants à leur grand-mère, c'est aussi pour passer quelques jours auprès d'elle. Comme je vous l'ai dit à bord des *Deux Couronnes,* notre mère se porte bien et se plaint toujours de sa santé ou de ses voisins, toujours bon bec, vous la connaissez. Depuis six mois, elle me répète à chaque occasion sa volonté de quitter sa maison pour se retirer dans un couvent où l'on n'accepte que des dames de qualité, mais nous savons tous qu'elle n'abandonnera jamais le quai de la Fosse !

— Je vous retrouve là toutes les deux, telles que je vous avais laissées, dit Hervé en riant de bon cœur, ma sœur toujours un peu railleuse, ma mère toujours entichée de noblesse !

— N'êtes-vous pas vous-même gentilhomme, monsieur Le Coz de la Ranceraie ?

— N'ayant pas d'enfants, j'attache sans doute moins d'importance à notre titre d'écuyer que vous ne devez le faire vous-même, madame Carbec de la Bargelière !

— Vous vous trompez, Hervé.

Marie-Léone expliqua à son frère que pendant son voyage aux Indes, un décret royal avait supprimé toutes les lettres de noblesse accordées depuis 1689.

— Je ne suis donc plus écuyer ?

— Ce décret ne vous concerne pas, Hervé. Notre père tenait son titre de sa charge de conseiller secrétaire et non pas d'une lettre de noblesse. Vous en avez donc hérité ! Moi, il faudrait que je verse dix mille livres pour faire confirmer le nôtre. Je m'y suis refusée parce que je n'aime pas ces procédés et parce que je suis fière de porter le nom de Jean-Marie Carbec.

— Vous êtes bien celle que j'imaginais, Marie-Léone. Toutefois, je suis bien aise que notre mère n'ait point été concernée par ce décret, sa vieillesse en eût été assombrie. M'accompagnerez-vous à Nantes ? Notre mère serait heureuse de nous voir tous les deux.

— C'est entendu. Je demanderai à tante Clacla de venir s'installer ici pendant mon absence. Elle surveillera les enfants.

— J'espère qu'elle est demeurée comtesse de Morzic, notre Clacla ? demanda Hervé avec une pointe d'ironie.

— Oui, mais les neveux de son mari lui chantent pouilles et lui intentent procès sur procès pour tenter de récupérer le domaine de la Couesnière sur lequel ils n'ont aucun droit.

— La comtesse Clacla…, dit pensivement Hervé Le Coz. Voilà bien un autre signe de notre temps. Lorsque j'étais enfant, le chevalier de Couesnon, qui ne s'appelait pas encore comte de Morzic, venait à la maison où il poursuivait de longs conciliabules avec notre père. Je le considérais comme une sorte de personnage fabuleux, hautain et fier, appartenant à peine à la race humaine, j'entends la nôtre avec qui nous vivons tous les jours. J'étais fort impressionné par sa petite épée de parade. Entre nous, nous pouvons bien dire qu'en se faisant épouser, elle a réussi un fameux coup la Clacla, non ?

— Vous vous trompez, Hervé. Il n'y eut aucune duperie dans cette union, plutôt une sorte d'affaire heureusement conclue où aucune des parties ne fut lésée. Je suis même sûre du désintéressement de tante Clacla et je prie Dieu qu'elle l'emporte sur les rapaces qui veulent la piller. N'oubliez pas que vos neveux seront un jour ses héritiers, et plus encore votre nièce qui est sa filleule.

— C'est là un argument ! convint Hervé. Voilà bien des nouvelles qui me replongent dans le milieu de ces messieurs de Saint-Malo, comme on les appelait.

— On les appelle toujours ainsi.

— Je vous prie de me pardonner de vous avoir retenue si longtemps.

Ils montèrent jusqu'au premier étage et s'arrêtèrent sur le large palier.

— Voici votre chambre. J'aimerais que vous y veniez souvent comme vient tante Clacla dans celle qui est à côté. Hervé, je n'ai pas connu une aussi douce soirée depuis très longtemps.

Avant que son frère ait esquissé le moindre geste, Marie-Léone avait posé ses lèvres sur les joues criblées de petites cicatrices.

— Moi non plus. Bonne nuit, ma sœur.

— Dormez bien.

Comme elle allait monter au second étage, elle se retourna :

— Dites-moi, Hervé, savez-vous ce qu'est devenu ce jeune homme qui embarqua avec vous sur les *Deux Couronnes*?

— Un jeune homme? Ils étaient nombreux à mon bord.

— Je veux parler de cet enseigne en second qui vint souper avec vous la veille de votre départ. Il dut laisser sa viole de gambe dans son étui parce que le Roi était mort.

— M. Dupleix?

— Je ne me rappelais plus son nom. Je pense que c'est lui.

— Il est rentré avec moi sur les *Deux Couronnes*.

— S'intéresse-t-il toujours autant aux finances?

— Plus que jamais. De vous à moi, il me paraît plus doué pour le calcul, le commerce et la musique que pour la marine.

— Priez-le donc de ma part à souper un de ces prochains soirs avant qu'il ne quitte Saint-Malo. Je voudrais qu'il nous dise ce qu'il pense de ce M. Law dont toute la ville vous parlera demain. Qu'il vienne avec sa viole, j'espère que rien ne nous empêchera cette fois de jouer quelque musique.

Elle ajouta, un pied déjà sur la première marche de l'escalier :

— Même si nous apprenions la mort du Régent! Ne me regardez pas avec de tels yeux, monsieur de la Ranceraie, dit-elle en riant. Figurez-vous, Hervé, que je me délecte depuis quelques jours à la lecture des *Mémoires* du cardinal de Retz qui viennent d'être publiés. Cela est passionnant. Si j'en crois ce qu'on raconte ici et là, il se pourrait bien que la Fronde recommence. Toutes les malouinières du Clos-Poulet en sont agitées.

Plus que n'importe quelle autre province, la Bretagne se défiait du duc d'Orléans. Nées à Paris, d'abominables calomnies répandues à travers le royaume trouvaient toujours des oreilles complaisantes ou crédules entre Nantes et Saint-Malo. Athéisme, débauche, sorcellerie, assassinat, inceste, plus les accusations portées contre le Régent étaient infamantes, plus elles trouvaient audience auprès des petits hobereaux courbés sur les mancherons de leur charrue, vivant chichement, prisonniers de leurs titres que tous prétendaient tenir d'un duc de Bretagne, courageux et honnêtes autant qu'envieux des prospérités bourgeoises, remâchant au long des saisons la rancune des hommes dont la vanité l'emporte sur les mérites. Le traité d'alliance signé récemment entre Londres et Paris leur apparaissait être une trahison et les disposait du même coup à suivre les plus passionnés d'entre eux, les Bonamour, Lambilly, Noyant, Du Groesquer qui entraînaient la noblesse à se dresser contre l'autorité de l'Intendant en refusant de payer l'impôt. D'autres allaient plus loin encore en dépêchant des émissaires à Philippe V pour le décider à prendre la tête d'une insurrection qui, partie de Bretagne, s'étendrait bientôt à tout le royaume et en chasserait le duc d'Orléans. Porteurs de messages très secrets, des hommes, voire des femmes, reliaient Madrid à Paris où la duchesse du Maine et l'ambassadeur Cellamare tenaient les fils du complot, tandis que d'autres conjurés parcouraient les évêchés de Nantes, Vannes, Rennes, Quimper et Saint-Malo où des têtes folles méditaient de rétablir les Stuarts à Londres et, du même coup, confier la régence au petit-fils espagnol de Louis XIV.

Patient et diplomate, sachant surtout que la fièvre bretonne n'empourprait ni la haute noblesse ni la bourgeoisie, encore moins le peuple, l'Intendant Feydeau répugnait à heurter ses administrés et se contentait de tenir informé le garde des Sceaux. Plus soucieux d'ordre que de politique, le vieux maréchal de Montesquiou, gouverneur militaire de la province, craignait en revanche que le feu n'embrasât soudain tout le pays comme au temps de la révolte du papier timbré en 1675. Militaire solide et sans nuances, il avait mis ses dragons en alerte et assigné vingt gentilshommes à résidence forcée loin de la Bretagne, sans même imaginer les réactions que cette dernière mesure pouvait provoquer. Quelques semaines plus tard, une sorte de manifeste appelait la noblesse à se réunir pour défendre les institutions et les privilèges qu'elle tenait du contrat passé entre le roi de France et la duchesse Anne. Aussitôt des messagers se rendirent de manoirs en châteaux afin d'y récolter le plus grand nombre d'adhésions.

Désigné pour visiter le pays et l'arrière-pays malouin parce que son oncle y avait été naguère chef de la noblesse, Louis de Kerelen avait déjà recueilli une vingtaine de signatures quand il se rendit chez la comtesse de Morzic. C'était à la fin du mois d'août, par un bel après-midi d'été, l'heure où la campagne s'immobilise sous le ciel bleu pâle où glissent quelques nuages blancs. M. de Kerelen appartenait à une famille où, sans jamais déroger, les hommes partageaient leur vie entre le service du Roi et la gestion d'un modeste patrimoine terrien. Lui-même, ni hobereau ni homme de cour, avait passé dix ans aux armées, jusqu'au jour où on l'avait tiré de sous son cheval avec une jambe fracassée qu'on était parvenu à réparer assez bien, sans pouvoir toutefois éviter une légère boiterie qui faisait dire au rescapé avec un sourire qui ne contentait pas davantage les généraux que les chirurgiens : « Le miracle de Denain, ça n'est pas seulement la victoire, c'est ma jambe non amputée ! » Éclopé, capitaine rayé des cadres, la main sur une canne et la croix de Saint-Louis sur sa poitrine, Louis de Kerelen n'avait retrouvé dans la demeure familiale ni son père ni sa mère morts tous les deux pendant un hiver qui avait tué plus de Français que la guerre. Le premier soir de son retour, point mécontent de tourner le dos aux tueries d'Hoechstaedt et de Ramillies, de Malplaquet et d'Oudenarde, champs de bataille où l'on se fusillait à bout portant, il avait plié avec soin son uniforme dans une armoire, rangé sa médaille dans un tiroir, suspendu par la bélière son épée à un clou, et s'était retrouvé tout seul, isolé dans une maison silencieuse aux murs humides et aux meubles raides, où des portraits sans grâce le regardaient avec des yeux inexpressifs. Encadrés de moulures écaillées, il n'y avait là que des hommes, tous militaires et porteurs de colichemardes énormes, parfois cuirassés et casqués. C'étaient ses ancêtres. Il se rappela que son père connaissait par cœur leur histoire : elle remontait au duc Arthur qui avait rendu hommage lige au roi Philippe Auguste. Louis de Kerelen allait-il se satisfaire de leur compagnie immobile après avoir demandé à quelque peintre nantais d'y ajouter le portrait de son père ? Ce soir-là, il s'était contenté de dormir paisiblement dans des draps frais lavés sans être réveillé par un ordre pressant suivi bientôt d'un contrordre aussi arbitraire.

Quelques semaines avaient passé. Louis de Kerelen savait maintenant que malgré sa boiterie, il lui fallait s'occuper de ses terres, faire réparer le toit et recrépir les murs lézardés de la demeure familiale, rajeunir tout ce décor si souvent paré de ses souvenirs d'enfance et qui lui paraissait aujourd'hui délabré. Le jour de son arrivée, il avait été accueilli avec des marques de respect familier qui lui avaient fait du bien au cœur. Il y avait cependant deviné une sorte d'inquiétude, dont la cause lui était apparue en faisant le tour du domaine pour en connaître les parcelles, les modes de faire-valoir, les rendements. Ça va-t-il comme vous voulez ? Les bêtes sont-elles en bon état ? La moisson sera-t-elle bonne ? À toutes ces questions posées sur un ton trop cordial, on avait toujours répondu avec une prudence paysanne, hochements de tête, gestes inachevés, phrases qui tournaient court à croire que ces hommes du pays nantais auraient pu en remontrer à tous les Normands : « Pour une bonne année on ne peut pas dire que c'est une bonne année, mais pour une mauvaise année il y a eu pire. Disons que c'est une bonne demi-année, quoi ! » Quelques jours plus tard il avait demandé au plus vieux métayer :

— Qui a tenu les comptes depuis la mort de mon père ?

L'autre l'avait regardé avec des yeux innocents.

— Quels comptes ? Nous ne savons point écrire.

Cette fois-là, l'ancien capitaine perdit patience :

— Ne t'avise pas de ruser avec moi ! Vous savez tous compter, sans doute mieux que moi. Vous avez fait deux moissons. Où sont engrangés le blé, le sarrasin, l'orge ? Vous les avez mangés ? Vendus ? Où sont-ils ? Réponds-moi.

— Dame ! répondit le vieux. On allait pas se laisser périr devant les sacs de grains ! Notre défunt seigneur, votre père, nous l'avait bien dit avant de passer. Vous pouvez le demander au recteur.

— Les comptes, je veux les comptes ! s'entêta M. de Kerelen.

Le métayer baissait la tête, tournant dans ses mains un gros bonnet de laine, la gorge embarrassée d'un aveu sur le point d'être exprimé et que la crainte, peut-être la pudeur, retenait. Il finit par dire :

— Les comptes ? Il faudrait les faire, c'est vrai, il faudrait les faire. Je ne suis point contre. J'ai tout dans la tête. Seulement, il se pourrait bien, sauf votre respect, que ce soit vous qui nous deviez de l'argent !

Furieux, haussant les épaules, Louis de Kerelen avait tourné le dos à son métayer. Les comptes, il ne s'en était jamais embarrassé. Ajoutée à la modeste pension que lui faisait tenir le notaire familial, sa solde avait toujours suffi à régler ses dépenses d'uniforme, de cheval, de table et de jeu. Comme tous les autres, quand il lui arrivait de perdre sur parole un mois de solde au pharaon sans avoir devant lui un écu vaillant, il trouvait toujours un moyen de s'acquitter, quitte à laisser courir ici et là quelques-unes de ces dettes que les bourgeois disent criardes mais qui savent demeurer silencieuses pour les gentilshommes. De fait, il n'avait jamais disposé d'argent mais n'en avait jamais manqué parce qu'un officier au combat, au milieu des troupes, ne mène pas si grand train. Même en retard et si mince soit-elle, la solde finit toujours par arriver : c'est là un des aspects essentiels de la condition militaire. M. de Kerelen ne s'en était jamais avisé. Il ne lui était pas davantage venu à l'esprit que le commandement des hommes devient vite une routine familière dès lors qu'on l'exerce à partir d'un uniforme authentifié par un brevet d'officier. Quelques semaines après son retour, il savait maintenant qu'il est plus facile de donner des ordres à un soldat qu'à un métayer. Le notaire rural devait le surprendre encore davantage en lui faisant connaître que compte tenu des divers contrats passés avec les uns et les autres ses valets, journaliers, métayers et autres fermiers qui vivaient sur le domaine étaient à la fois ses débiteurs et ses créanciers. Un soir, ayant achevé la lecture des livres de raison tenus par son père avec un soin scrupuleux, il avait été stupéfait d'apprendre que le revenu total de ses métairies ne devait pas dépasser deux mille livres dans les meilleures années. Comment ses parents avaient-ils pu se contenter d'une aussi maigre provende, et lui faire tenir cependant quelque argent ? Sans doute, Louis de Kerelen n'igno-rait pas que les gentilshommes de cette génération passaient trois mois aux armées et revenaient passer le reste de l'année dans leur manoir où ils vivaient des produits de leur terre avec très peu d'argent frais. Faudrait-il donc qu'il devienne à son tour un noble en sabots ?

Cette idée, Louis de Kerelen l'accepta sans détours et y puisa même d'honnêtes satisfactions pendant quelques mois. La fin des servitudes militaires, la blessure qui lui interdisait de faire carrière, le fait d'avoir sauvé sa peau et de s'en être tiré à bon compte malgré cette boiterie alors que des milliers de jeunes nobles étaient morts sur les champs de bataille, l'émotion non feinte d'avoir retrouvé la maison où il était né, l'avaient conduit, par une pente naturelle, à la volonté d'appliquer à son domaine certaines méthodes nouvelles de culture dont il avait entendu parler. Le manque de numéraire autant que la solitude où il se trouvait soudain plongé altérèrent bientôt son dessein d'entreprendre. Pour un jeune officier, autant le quotidien de la caserne risque de l'engluer dans la routine du service intérieur, autant la guerre lui apporte des possibilités d'agir, de se distinguer, d'obtenir grades et décorations, plus encore de partager avec quelques-uns ce merveilleux trésor qu'est une amitié d'hommes sans laquelle la condition militaire serait peu acceptable. S'il n'avait jamais été démuni d'argent, Louis de Kerelen n'avait pas davantage manqué de compagnons toujours prêts à s'entraider, rire, ou endurer ensemble la misère quotidienne du soldat, partageant d'un cœur léger leur jeunesse, les dangers, les beuveries, les femmes de rencontre ou leur solde, et ne s'attardant guère sur le souvenir de ceux qui restent en route parce que la foudre ne tombe jamais que sur les autres. Ici, ce qui lui manquait le plus, c'étaient quelques amis avec lesquels jouer aux cartes, boire un verre, refaire le monde avant d'aller se coucher, alors qu'il en était réduit à retarder chaque soir le moment de rentrer au manoir pour ne pas se retrouver seul devant la longue table de chêne où, faisant face à tous ces Kerelen qui avaient l'air de le surveiller, il souperait sans appétit avant de se retirer dans sa chambre sans même le secours de la moindre fille de ferme pour l'aider à trouver le sommeil.

Il avait tenu bon pendant trois ans. Plus tôt sorti du lit que pendant les dix années passées dans son régiment, il interrogeait tous ceux qui vivaient sur le domaine, s'intéressait à leur vie familiale et partageait leur repas les jours de fête carillonnée, mettait de l'application à comprendre pourquoi ces vieux travaux du monde, labours, moissons, élevage, si simples en apparence, demeurent aussi pénibles à entreprendre que difficiles à réussir. Tantôt à pied, aidé d'un bâton de paysan taillé dans quelque haie, tantôt à cheval où il se tenait bien, il parcourait ses terres, décidait de varier les cultures courantes, de défricher des surfaces incultes ou même de reconstituer le vignoble détruit par le terrible hiver de 1709. Le soir tombé, il lisait des traités d'agronomie découverts dans la petite bibliothèque paternelle au milieu de quelques auteurs latins et de plus nombreux missels. De ces pensées, promenades, projets ou lectures, rien ne pouvait remplir la vie quotidienne d'un homme qui avait quitté l'armée avant d'être devenu paresseux ou ivrogne. La vie rurale qu'il découvrait, ça n'était pas seulement les travaux des champs, les comptes, la chasse ou la pêche, c'étaient aussi les voisins, quelques vieux hobereaux connaissant par cœur leurs terriers et les clauses de leurs baux, fiers de leur blason et convaincus de leur valeur séminale, tournant le dos à Nantes où, disaient-ils, il n'y a plus de place pour les Bretons depuis que la ville a été envahie par les Espagnols, les Irlandais, les Hollandais et les nègres. Louis de Kerelen leur rendait bien de temps à autre des visites de voisinage, voire de cousinage mais, incapable de prendre part toute une soirée au souci de leurs droits seigneuriaux, de partager leurs préoccupations généalogiques et de s'intéresser à leurs pucelles sorties du couvent depuis plusieurs années et demeurées intouchables, il y étouffait, rentrait vite chez lui et, dès le lendemain matin, attelait pour Nantes où l'attendaient maintenant des hommes de son âge avec lesquels il taillait d'interminables parties.

Ceux-là s'appelaient Cornulier, Becdelièvre, Charette, La Musse, La Tulaye, Monti de Rezé, Boux de Casson, Saint-Pern, de Guer, tous appartenant comme Louis de Kerelen à la noblesse ancienne, mais aussi Michel, Montaudouin, Bouteiller, Grou, Chaurand et quelques autres bourgeois qui entendaient prouver aux messieurs de Saint-Malo, Rouen ou Bordeaux qu'ils réussissaient aussi bien qu'eux à la morue, à la course, à la traite et au négoce lointain. Gentilshommes ou roturiers, ils avaient tous appris le même rudiment au Collège des Oratoriens et ne dédaignaient pas de se fréquenter même si chaque groupe social demeurait secrètement convaincu de sa supériorité. Beaucoup plus que les souvenirs communs de leurs disciplines scolaires, le prodige nantais les liait les uns aux autres parce qu'ils avaient vécu ensemble les années pendant lesquelles leur cité était devenue le premier port du royaume avec ses vastes entrepôts, ses nombreux quais, ses chantiers de construction navale, sa Bourse, les ventes de la Compagnie des Indes, ses quinze cents barques et navires et ses soixante mille habitants. Eux aussi, ils étaient fiers de leurs corsaires, Cassard, Crabosse ou Jean Vié, dont les exploits ne le cédaient en rien à ceux des Malouins, de leurs navigateurs prompts à s'engouffrer dans le détroit de Magellan, de leurs aventuriers installés aux Antilles, de leurs marchands plus habiles que tous les autres à troquer des nègres contre du sucre

Protégée des incursions ennemies, ouverte à la fois sur la mer et sur un arrière-pays viticole, reliée au cœur du royaume par un fleuve sillonné de barges et de coches d'eau, Nantes n'avait pas souffert des longues guerres. Elle était même devenue si riche qu'il n'était pas rare d'entendre un de ses habitants prétendre « Nous faisons en plus grand ce que les Malouins font en plus petit », avec cette superbe des hommes chez qui la volonté d'entreprendre pour réussir est inséparable de la vanité et de l'argent facile.

Louis de Kerelen avait été d'autant plus sensible à toute cette agitation nantaise qu'il se morfondait dans son manoir. Après avoir fait la guerre en Hollande, en Italie et en Espagne, comment aurait-il pu limiter sa vie aux besognes quotidiennes qu'exige la gestion d'un petit domaine agricole ? Les armes demeurant désormais interdites, il lui fallait chercher une issue dont sa condition n'aurait pas à rougir. Se marier ? C'est la première question qu'un homme ayant à peine dépassé trente ans peut se poser dans une telle circonstance. Bien qu'il fût beau cavalier, d'agréable visage et décoré de l'ordre de Saint-Louis, M. de Kerelen ne s'y était pas longtemps attardé. Sans doute, il ne lui aurait pas été difficile de trouver une fille de bonne noblesse, honnête, pieuse, point sotte, peut-être agréable à regarder et à mignoter pendant quelques années, le temps qu'elle devienne acariâtre et difforme à force d'avoir fait des petits Kerelen. Un tel mariage, c'était s'engloutir dans ses terres et se condamner à n'en plus sortir, alors qu'à Nantes on voyait des navires venus de l'autre côté du monde avec des cargaisons de café, de porcelaines, d'indigo, de sucre et de cannelle. Déceler la pucelle dont la dot permettrait de payer les services d'un fermier et de s'installer en ville ? Une telle affaire n'était pas si facile à conclure. Les héritières se faisaient rares : ou bien les filles étaient l'ornement d'une noblesse de cour qui s'étant à peu près ruinée à Versailles cherchait à se redorer, ou bien elles appartenaient à ces familles bretonnes demeurées sur leurs fiefs et qui émiettaient leur plus solide patrimoine pour établir leurs nombreux enfants. Quant aux héritières des nouveaux messieurs, il ne fallait guère y songer. À Nantes, les armateurs ouvraient volontiers les portes de leur hôtel aux jeunes nobles pour leur offrir à souper mais ne leur donnaient pas leurs filles. Les gens du commerce se mariaient entre eux. C'était la coutume. Louis de Kerelen avait donc décidé de demeurer célibataire, au moins quelques années encore, et de se contenter des femmes qui, déjà mariées, lui faisaient l'amour sans l'arrière-pensée d'épouser.

École d'énergie pour les uns, l'armée risque d'être une école de légèreté pour beaucoup d'autres. Où trouver meilleure position pour développer la précaution ou l'insouciance, le zèle ou la paresse, la modestie ou la vanité, l'humilité ou l'insolence, la franchise ou la flatterie ? Les dix années que M. de Kerelen y avaient passées en avaient fait un homme courageux, c'est le plus facile, mais insaisissable et charmant à un âge où les dés d'une vie sont jetés. Ses trois années paysannes venaient de lui apprendre que la gestion de son petit domaine n'était décidément pas compatible avec la vie nantaise. Tant s'en faut, le revenu des terres n'y suffisait pas. Quant à la pension que lui valaient ses états de service, sa blessure et sa médaille, les bureaux la lui faisaient parvenir avec trop d'irrégularité pour qu'il puisse compter sur elle lorsqu'il devait payer quelque créancier sans indulgence. Entre officiers du même régiment ayant l'habitude de tailler ensemble, le lessivé pouvait sans perdre son honneur attendre l'arrivée de sa solde, personne n'en faisait une affaire et chacun y trouvait son compte. À Nantes, il fallait toujours payer comptant une dette de jeu. Louis de Kerelen pensait souvent à cette période de son existence où il n'avait guère risqué que la mort mais où les commis de M. Louvois avaient pris soin de sa vie quotidienne et du picotin de son cheval, alors qu'il n'en finissait jamais, depuis qu'il était devenu son maître, d'être harcelé par un charpentier, un maçon, un valet ou un métayer, sans parler des Nantaises de la société qui lui coûtaient plus cher que les bonnes filles de garnison. « Où voulez-vous que je prenne de l'argent ? Vous savez bien que je n'en possède point. Pour faire des économies, il faut être riche ou avare. Dieu a voulu que je ne sois ni l'un ni l'autre ! » répondait-il à ceux qui le pressaient trop. Seuls, ses deux domestiques ne réclamaient rien, vieux couple qu'il avait toujours connu et n'avait jamais reçu un sol, sauf cent livres laissées par testament à d'aussi bons et loyaux serviteurs avec la recommandation de prier Dieu pour le repos de ceux qui ne s'étaient jamais préoccupés de les payer.

Bien qu'il sût depuis longtemps qu'il lui faudrait un jour vendre son domaine, Louis de Kerelen ne prit la décision de consulter son notaire familial que trois mois après avoir appris la mort de Louis XIV. Ce jour-là, M. de Kerelen jeta peut-être un regard honteux aux portraits de ses ancêtres dont la sévère immobilité disait à elle seule le sens de l'honneur, le culte du nom, l'attachement à la terre, la liaison indissoluble entre le privilège et le service, mais il lui parut que ces mots d'ordre auxquels sa famille avait obéi sans tricherie ne pesaient plus tout à fait le même poids puisque le duc d'Orléans avait fait lui-même modifier les dispositions testamentaires du vieux Roi son oncle.

De tous les notaires nantais, Me Bellormeau était le seul à pouvoir se targuer d'être un grand bourgeois. Trois générations s'étaient employées à faire de son office le premier du pays. Adroit à démêler les exigences du texte écrit et les particularismes de la coutume, il était devenu le maître incontesté des assurances maritimes, des chartes-parties, des prêts à la grosse aventure, et réglait avec une lenteur profitable les affaires du haut négoce sans dédaigner pour autant les plus modestes conseils dont le profit assurait la paye de ses six grossoyeurs. Il n'y a pas de petits contrats, il n'est que de petits notaires, assurait-il avec assez de componction pour faire croire à chacun de ses clients qu'il s'occuperait de son affaire avec un soin particulier. M. Bellormeau n'était pas un petit notaire et portait son nom avec l'assurance d'un homme qui a du lingot dans sa bedaine. Autant ses confrères ruraux et autres procureurs fiscaux ressemblaient à quelque faquin habillé de friperie sombre, tous rompus aux détours et experts en cautèle, autant sa prestance, sa perruque et sa barbe blanche disaient déjà le Droit avant même qu'il n'eût ouvert la bouche. D'un portrait réussi on dit parfois qu'il est vivant, de Me Bellormeau on aurait pu affirmer qu'il ressemblait à un portrait. Aussi bien, lorsque Louis de Kerelen se trouva en face de lui il fut surpris de ne pas voir son visage entouré d'un cadre doré, mais fut charmé par sa manière de comprendre les choses avant même qu'on les lui eût expliquées par le menu.

— Ne m'en dites pas davantage, monsieur de Kerelen. Votre souci devient désormais le mien. En dépit du vieil adage latin, l'épée et la charrue ne font pas toujours bon ménage. Cela était peut-être vrai pour vos grands-parents et pour votre père qui ne s'absentaient que pendant quelques mois pour satisfaire le service du Roi et se hâtaient de rentrer chez eux pour faire fructifier leurs terres, mais les temps ont bien changé ! Qui le saurait mieux que moi, placé où je suis ? Puis-je me permettre cependant de vous demander si vous avez bien réfléchi avant de vouloir vendre votre domaine. Il s'agit bien du Bernier, n'est-ce pas ? La confiance que voulut bien accorder votre famille à notre office, et l'attachement que je vouais moi-même au comte de Kerelen, votre père, me font un devoir de vous le demander.

— Trois ans, monsieur Bellormeau, j'ai réfléchi pendant trois ans, non pas pour comprendre qu'il est plus facile de commander une compagnie que de faire pousser du blé ou de la vigne, cela je m'en suis tôt rendu compte, mais pour savoir que je n'étais pas fait pour vivre dans un manoir, au milieu des champs, à regarder passer les saisons. Ça n'est pas une affaire d'argent qui m'a fait prendre la décision de me séparer du Bernier. D'ailleurs je ne suis pas pressé de vendre.

« Ils sont tous les mêmes », pensa tout bas le notaire qui dit tout haut :

— Sans doute, sans doute… Vendre est un mot qui ne me plaît pas beaucoup ! Disons plutôt que vous voudriez trouver un acquéreur qui ait à la fois du répondant et une position dans la société. Vendre à n'importe qui votre Bernier ne serait-ce pas une sorte de dérogeance, monsieur le comte de Kerelen ?

— Vous me comprenez tout à fait, je m'en remets à vous.

— Cela ne sera pas si facile.

— Si cela était facile, monsieur Bellormeau, pensez-vous que je me sois adressé à vous ? Mon notaire rural y aurait suffi.

— Cela ne sera pas si facile, poursuivit le notaire comme s'il n'avait rien entendu, parce que les grandes familles sont pourvues de terres et n'en achètent plus, et que les autres seraient plutôt tentées de vendre pour se procurer un peu du numéraire qui leur fait le plus défaut. J'ai dans mes cartons les terriers d'une vingtaine de domaines qui ne trouvent pas preneurs. Vous n'êtes pas le seul gentilhomme de votre génération, monsieur de Kerelen, à ne plus vouloir s'enterrer au fond d'une campagne.

— Le Bernier n'est pas si loin, interrompit Louis de Kerelen, à peine cinq lieues de Nantes. N'y êtes-vous jamais venu ?

— Si fait, votre père m'invita même à y tirer quelques coups de fusil.

— Je me suis laissé dire que certains armateurs achetaient ce genre de domaine. Est-ce vrai ?

— On ne vous a pas trompé. Ce ne sont plus les nobles qui achètent aujourd'hui, ce sont les armateurs et les négociants, mais ils exigent certaines conditions. Vous me dites bien que le Bernier est situé à moins de cinq lieues d'ici ?

— Pas davantage.

Me Bellormeau fronça légèrement les sourcils et inclina sa tête sur le devant pour se donner l'apparence de la réflexion juridique. Sachant d'expérience que cette attitude plaît aux consultants, il savourait la légère attente qu'il leur imposait avant de formuler la proposition à laquelle sa méditation avait abouti depuis quelques instants.

— Connaissez-vous M. Renaudard ? finit-il par dire.

— L'armateur ?

— Armateur, c'est trop peu dire, monsieur le comte. Alphonse Renaudard est armateur, négociant, banquier, manufacturier, colon, que sais-je encore ? C'est un homme en passe de devenir un des premiers personnages de la ville. Il n'existe pas une affaire nantaise où il n'ait quelque intérêt. Sans être peseur d'or et sans rien dévoiler des contrats qui me sont confiés, je puis vous affirmer que cet homme vaut déjà plus d'un million de livres. Tout ce qu'il entreprend lui réussit, au moins les affaires car il perdit sa femme il y a quelques années. Oui, la petite vérole. Avec tout son argent, un bel hôtel quai de la Fosse, un nombreux domestique, deux jeunes enfants, six navires marchands dont deux négriers, et une plantation à Saint-Domingue, notre Alphonse Renaudard n'est pourtant pas un homme heureux.

— Je comprends, s'apitoya Louis de Kerelen. Il ne se sera pas consolé de son veuvage.

— Vous n'y êtes pas, monsieur le comte. Renaudard a certainement été très éprouvé par la mort de son épouse mais il n'est pas homme à se noyer dans un chagrin. Aujourd'hui, son souci est ailleurs. Figurez-vous qu'il négociait l'achat d'une lettre de noblesse lorsque, au moment où on ne l'attendait plus, la paix survint pour gâcher son affaire et miner ses espérances de devenir un gentilhomme ! Eh oui, monsieur le comte ! La dernière guerre a coûté très cher, il a bien fallu que notre pauvre Roi la nourrisse en puisant l'argent où il se trouve. Bien sûr, cela n'a duré qu'un temps. Aujourd'hui que la paix est signée, il n'est plus question de vendre des titres de noblesse, et, de ce fait, Alphonse Renaudard est malheureux.

Me Bellormeau sourit, croisa sur son ventre deux belles mains plus faites pour bénir que pour grossoyer et ajouta sur un ton suave :

— Il n'est plus question de vendre des titres de noblesse, mais la noblesse peut toujours vendre ses titres de propriété !

— Vous pensez que ce Renaudard ?

— Je pense que notre homme est arrivé à ce point de la prospérité où la possession d'une terre devient indispensable pour être tout à fait installé dans la société.

— D'où vient-il, ce Renaudard ? Ce n'est pas un Nantais.

— Il l'est devenu, monsieur de Kerelen. Deux générations y ont suffi. Le père était un petit cordonnier parisien, le fils est juge-consul. Voilà ce qui compte aujourd'hui. Cet acquéreur vous conviendrait-il ?

— Je ne comprends plus, s'étonna le gentilhomme. Ne m'avez-vous pas dit tout à l'heure que vingt domaines à vendre ne trouvaient pas d'acheteurs ?

— Sans doute, mais ceux-là ne sont pas situés à cinq lieues de Nantes. Pour un Renaudard et tous ces messieurs du commerce il est important d'être propriétaire d'un domaine assez proche de la ville pour pouvoir y traiter la société. Si le Bernier lui plaît, il marchandera son prix plus par habitude que par avarice mais il n'aura de cesse d'en devenir le maître. Pardonnez-moi de vous poser une question à la fois indiscrète et nécessaire : à combien estimez-vous votre domaine, monsieur le comte ?

Rougissant comme une demoiselle, Louis de Kerelen avoua que si la lecture attentive des comptes paternels et l'étude des terriers ne lui avaient pas permis d'évaluer la superficie de son domaine, il pouvait en revanche assurer que le revenu du Bernier ne dépassait pas deux mille livres. L'aveu d'une somme aussi dérisoire fit penser au notaire que son client était demeuré innocent à moins que le jeune gentilhomme n'ait pas encore eu le temps de devenir un rapace. Il le contempla avec amitié. Cela le changeait de tous ces Nantais avides qui le visitaient.

— Partons donc de ce revenu, admit Me Bellormeau, pour trouver le principal. Nous autres notaires avons l'habitude de ces calculs car nous estimons toujours en revenus la grande majorité des partages qu'on nous confie. L'intérêt de l'argent placé en terres de culture étant souvent fixé au denier vingt, j'en conclus que si le Bernier rapporte deux mille livres sa valeur en capital atteint quarante mille livres. Il conviendrait que nous en obtenions dix mille de plus. La proximité de Nantes, la situation sur les bords de l'Erdre, la valeur des murs, surtout si vous laissez quelques meubles, doivent nous permettre d'y parvenir honnêtement. Cette somme de cinquante mille livres vous paraît-elle trop faible ?

— À dire vrai, je m'en remets à vous.

— Imaginons donc que cette affaire soit conclue. Il va nous falloir en imaginer aussitôt une autre si nous ne voulons pas manger notre capital en quelques années. Avez-vous l'intention de vous fixer à Nantes ?

— Je voudrais y louer un appartement.

Me Bellormeau griffonna quelques chiffres rapides et dit :

— Pour vivre dans une honnête aisance, un homme de votre rang doit pouvoir disposer d'un revenu de cinq mille livres, s'il veut faire face de façon convenable aux dépenses courantes : logement, table, domestique, écurie, tailleur et, bien sûr, quand on a votre âge, toutes ces sortes d'imprévus dont on est le seul juge sinon le maître. Si je me permets de vous énumérer ces détails, monsieur le comte, c'est que j'entretiens encore mon fils qui est auditeur à la Cour des Comptes.

— Moi-même, je ne dispose guère que de la pension due à ma croix de Saint-Louis, encore que le Roi oublie souvent de la verser.

— Dans ces conditions, seriez-vous d'accord pour que j'expose à M. Renaudard la possibilité d'acquisition du Bernier sur les bases dont nous sommes convenus?

— Cinquante mille livres?

— Ce serait un maximum, fit prudemment Mᵉ Bellormeau. Je pense toutefois y parvenir avant la fin de la semaine. Je connais notre homme. Vous paraissez surpris? Hier encore, l'achat d'une terre se débattait longtemps, cela pouvait durer plusieurs années. Nous n'en sommes plus là. Les nouvelles habitudes nées du grand négoce ont changé ces vieilles coutumes. Il arrive même à certains notaires de ne plus se contenter de rédiger des actes mais de participer eux-mêmes aux affaires qu'ils instruisent.

Quelques jours plus tard MM. Bellormeau et Renaudard s'étaient en effet rendus chez Louis de Kerelen pour lui demander la permission de visiter son domaine. Autant le notaire paraissait à l'aise dans son vêtement de drap noir et de bonne coupe, autant l'armateur paraissait emprunté avec sa longue canne à pommeau d'or, la petite épée que ses fonctions de juge-consul lui permettaient de porter, et la belle veste brodée qu'il avait cru devoir arborer non pas tant pour se présenter au maître du Bernier que pour se montrer aux métayers, valets et journaliers dont il avait déjà décidé de devenir le maître. La visite terminée, il dit au propriétaire :

— Venons droit au but sans perdre plus de temps. En fait, je ne me suis déplacé que pour mesurer moi-même le temps nécessaire pour venir de Nantes jusqu'ici. Je suis d'accord sur le prix que vous demandez. Le notaire va faire le nécessaire, il m'a accompagné pour cela.

Mᵉ Bellormeau rougit légèrement devant la grossièreté de son client et pensa que la prochaine génération des Renaudard donnerait sans doute à Nantes des modèles de la plus exquise politesse, tandis que M. de Kerelen répondait :

— Puisque nous sommes d'accord, vous me permettrez donc de considérer votre venue comme une visite de courtoisie dont vous me voyez ravi.

Alphonse Renaudard était trop intelligent pour ne pas sentir, sinon comprendre, qu'il avait commis d'entrée de jeu un impair.

Comme tous les hommes sans manières il affectait de n'en point avoir, partagé entre un mépris populaire à l'encontre des gentils-hommes inutiles et une volonté implacable de parvenir jusqu'à une position sociale marquée par l'argent et la considération. Il possédait déjà celui-là, on lui témoignerait bientôt celle-ci. Pour l'instant, il lui manquait encore les bonnes façons qu'on n'achète pas plus avec des écus qu'on ne les acquiert avec ses mérites. Le sachant, il y suppléait par quelque brusquerie dont il comprenait aussitôt l'inconvenance et qu'il croyait effacer par une autre rudesse de ton et de langage.

— Le notaire, dit-il en s'efforçant cette fois de faire le gracieux, m'avait bien dit que le Bernier est un beau domaine. Me promenant sur l'Erdre, il m'était arrivé plusieurs fois, avec Mme Renaudard, de regarder votre maison et de penser que nous pourrions peut-être en acquérir une semblable. Le site me plaît autant que la demeure. Pour ce qui est des métairies, j'enverrai un homme les regarder de plus près. Que vaut votre vin ? De la piquette, non ? Cela n'a guère d'importance. Je suis décidé à conclure dès aujourd'hui, sans plus barguigner car je ne doute pas, monsieur le comte, que votre temps soit aussi précieux que celui d'un négociant. Voici ce que je vous propose. J'achète le Bernier dans sa totalité, c'est-à-dire les biens meubles et immeubles du domaine y compris les droits seigneuriaux ou autres qui y affèrent, pour la somme de cinquante mille livres, sur laquelle je vous verse immédiatement dix mille livres, soit six cent soixante-sept louis, suivant le cours d'aujourd'hui, que j'ai là dans une sacoche. Les voici.

Louis de Kerelen n'avait jamais vu ni entendu carillonner tant de métal. Surpris, il dit cependant :

— Fort bien. Mettons-nous d'accord pour le versement du reste.

— Le reste ? Quel reste ?

— Ne m'avez-vous pas donné votre accord pour une somme de cinquante mille livres ?

— Ne craignez rien, monsieur le comte, intervint le notaire. Il n'est pas dans les usages que ces sortes de transactions se payent comptant. Les délais sont toujours plus ou moins longs.

— Je pensais qu'un négociant comme M. Renaudard disposait de numéraire, hasarda M. de Kerelen.

Piqué au vif, l'autre répliqua :

— On voit bien que gens de la noblesse et anciens militaires, vous entendez peu de chose aux affaires. A ce qu'on dit, les Malouins auraient des barils de piastres cachés dans leurs caves, nous autres Nantais nous préférons utiliser et faire circuler le numéraire plutôt que le resserrer. Pour nous, l'argent c'est comme une charrue pour un laboureur, nous en avons toujours besoin et nous n'en avons jamais assez. Vous ne trouverez personne ici pour vous verser comptant cinquante mille livres.

Ne sachant quel parti prendre, Louis de Kerelen lança un regard inquiet à Me Bellormeau.

— M. Renaudard va vous faire une proposition que je vous conseille d'accepter, dit le notaire.

— Le notaire et moi, déclara l'armateur, nous avons réfléchi à votre affaire. Je suis plus riche que vous, c'est vrai, mais j'ai plus besoin d'argent frais. Si vous acceptiez de placer dans mes affaires le solde de votre créance, soit quarante mille livres au taux de 20 %, cela vous ferait un revenu de huit mille livres.

— Je m'en porte garant, assura Me Bellormeau.

M. de Kerelen fit mine de réfléchir. Il savait déjà qu'il accepterait cette offre inespérée mais cela le gênait de vendre son domaine familial comme du bétail. Après quelques instants d'hésitation, il donna son accord, priant secrètement le ciel que le Renaudard ne lui dise pas « Tope là ! »

L'affaire avait cependant failli rater au dernier moment parce que si le comte de Kerelen voulait bien laisser au Bernier quelques meubles, il tenait à garder les portraits de ses ancêtres. L'autre exigeait les six tableaux. J'ai tout acheté, je garde tout. Chacun s'entêtant, Me Bellormeau avait finalement convaincu l'armateur :

— Allons ! Allons ! Monsieur Renaudard ! Les hommes tels que vous, je pense aux Danycan et aux Magon de Saint-Malo, aux Montaudouin, aux Grou ou aux Michel de Nantes, eh bien, ces hommes-là n'ont pas besoin de suspendre des portraits d'ancêtres dans leurs salons, parce qu'ils sont eux-mêmes des fondateurs de grandes familles ! Laissez donc aux autres le passé et prenez l'avenir. Un jour, c'est vous qui serez un ancêtre. Vous avez deux enfants, eh bien, quand ils seront devenus vos descendants j'imagine quelle sera leur fierté de contempler le portrait que vous n'aurez pas manqué de commander à M. de Largillière.

Touché par de si nobles paroles, Alphonse Renaudard avait abandonné les six tableaux.

Tandis que sa berline s'engageait sur la route de Dol, Louis de Kerelen se prit à penser aux derniers jours passés au Bernier. Il y avait trois ans de cela, et il lui arrivait encore de revivre le moment où il était allé s'incliner sur la tombe de ses parents scellée dans la chapelle du manoir, avant de faire ses adieux à ses gens. Il revoyait alors les yeux sans regard de ses métayers, la tête baissée des femmes, le sourire effronté de la dernière fille qu'il avait troussée, la gravité du curé, l'inquiétude du chien. À tous, sachant qu'il ne tiendrait pas sa promesse, il avait promis de revenir les voir. Trois ans ! Était-ce Dieu possible ? Autant les derniers mois passés au Bernier lui avaient paru aussi interminables que des semaines de collège chez les oratoriens, autant ces trois dernières années avaient été rapides. Avec les dix mille livres versées par le Renaudard, bientôt installé selon le goût du nouveau siècle marqué déjà par quelques ébénistes et tapissiers qui avaient l'air d'inventer une manière de vivre dont la légèreté lui convenait, il s'était engouffré dans un monde enchanté, sans même en soupçonner les duretés, parce que l'argent y coulait librement tels les petits vins blancs des bords de Loire, et que les gens de la noblesse, épée ou robe, et du grand négoce, se rendaient des politesses qu'on eût jugées impossibles dans n'importe quelle autre ville située à l'intérieur des terres. Ici, sur la courbe de la rivière ouverte sur la mer, arrivaient les porcelaines et les idées, les épices et les libelles, les toiles peintes et les philosophies nouvelles, les sucres antillais et les bois du Nord, les banquiers de Londres et d'Amsterdam, les soieries de Chine et les papiers dorés de Coromandel, tout ce qui donnait à la vie quotidienne une coloration imprévue dont l'éclat effaçait les dernières années d'un règne trop long commencé dans la gloire et achevé dans la tristesse. Soucieux de devenir un véritable citoyen de Nantes, l'ancien officier des armées du Roi aurait voulu connaître de plus près les secrets du commerce lointain ou les projets d'extension de sa ville qui faisait déjà craquer le corset de ses remparts. Il s'y était même appliqué avec autant d'intérêt que le permettait sa nature indolente, mais sans y parvenir. Homme de bonne compagnie dont la famille était solidement implantée dans le pays depuis trois siècles, Louis de Kerelen avait été accueilli à Nantes avec une égale sympathie par les maisons nobles et par les maîtres du négoce lointain, mais quand il avait demandé à ceux-ci de lui faire connaître, sinon lui apprendre, la machinerie invisible qui ordonnait le mouvement des navires, le cours des marchandises, la variation des changes des monnaies, il s'était heurté à un mur assez épais pour lui faire comprendre qu'entre les marchands de Nantes et les gentils-hommes, les relations ne se situaient guère au-delà d'une courtoisie apparente qui cachait de façon fort civile le dédain des uns et les brocards des autres. Quand Alphonse Renaudard lui avait remis son premier intérêt annuel de huit mille livres, Louis de Kerelen avait été curieux de savoir ce que cette somme représentait : indigo, toiles peintes, nègres, morues ?

— Les choses du commerce ne sont pas si simples, avait répondu le négociant, et les comptes d'un armement demandent plusieurs années pour être apurés. Cet argent vous est dû d'après nos conventions. Je vous le remets, prenez-le. Quant à savoir s'il représente le bénéfice de telle ou telle opération commerciale, je n'en sais rien moi-même. Contentez-vous de toucher vos revenus.

Semblable à ces anciens militaires qui affectent de mépriser les gens d'affaires mais dont les oreilles demeurent aussi sensibles au tintement des écus que celles d'une vieille jument de cavalerie au son de la trompette, Louis de Kerelen savait aussi bien compter qu'un marchand. Chrétien de tradition il donnait sans arrogance, gentilhomme de vieille souche il prenait avec dignité sans trop se soucier d'où venait l'argent. Il avait donc empoché ses huit mille livres sans faire autrement d'embarras dès qu'il s'était rendu compte qu'il convient de laisser à l'argent le soin de travailler pour soi. Dans le même moment, saisi d'un goût inattendu pour la spéculation, il s'était même empressé d'acheter quelques actions de la Banque Générale fondée par M. Law, et de négocier clandestinement deux mille livres à Amsterdam pour bénéficier du change favorable qu'offrait le marché extérieur au moment où les cours français baissaient par voie d'autorité. Surpris de sa découverte, il avait alors coulé des mois heureux dans un logis loué dans une maison de bonne apparence située derrière la place du Bouffay : rez-de-chaussée en lanterne, ouvert sur cour et jardin pour permettre les entrées furtives et les sorties discrètes, composé de quatre pièces dont une de réception ornée des six portraits d'ancêtres, une salle réservée aux repas selon la nouvelle mode, un cabinet de lecture bourré de livres, enfin une chambre à aimer meublée d'un grand lit à baldaquin tendu de soie bleu pâle où venaient basculer quelques-unes des vertus nantaises réputées les plus solides et soudain lasses d'être farouches. Trop insouciant pour le négoce, trop boiteux pour l'armée et trop pauvre pour la cour, trop paresseux pour l'agriculture et trop ignorant pour le Parlement, que restait-il à un gentilhomme de son âge ? L'amour, le jeu, l'agiotage, la lecture et ces inutiles bavardages souvent inséparables des intrigues politiques où se complaisent si souvent les retraités. Louis de Kerelen s'y était jeté sans trop réfléchir et sans jamais regarder derrière soi avec l'impétuosité et l'incons-

cience qui naguère avaient fait de lui un héros. Il y avait écorné
quelques illusions, perdu ou gagné un peu d'argent, chopé une
galanterie heureusement soignée par un médecin habile à prescrire
les pommades mercurielles, et lu beaucoup d'ouvrages anglais
auxquels il devait la découverte d'un certain John Locke dont
l'*Essai sur l'entendement humain* l'avait jeté dans le plus grand
trouble. Pour mieux distraire son oisiveté, il avait surtout
participé aux conciliabules plus ou moins secrets où la noblesse
nantaise ne se contentait plus d'accuser le duc d'Orléans des
crimes les plus abominables, mais se réjouissait d'apprendre qu'à
Madrid, Philippe V n'avait pas renoncé à réunir les deux
couronnes de France et d'Espagne sous un même sceptre.

Ça n'était pas la première fois que Louis de Kerelen se rendait à
la Couesnière. Quelques mois auparavant, lorsque les États de
Bretagne s'étaient réunis à Dinan, Mgr Desmarets avait pris
l'ancien officier sous sa protection et, eu égard à sa boiterie, lui
avait offert une place dans son carrosse pour le ramener à Saint-
Malo.

— J'ai promis à ma vieille amie, la comtesse de Morzic, de lui
rendre visite. Cela nous fera faire un léger détour, mais je vous
promets que vous ne le regretterez pas. Mme de Morzic n'est pas
seulement la plus généreuse de mes administrées, c'est aussi un
personnage qui piquera votre curiosité. Son mari fut le meilleur
ami de votre oncle.

Mgr Desmarets avait alors raconté l'histoire de la Malouine,
maquereau frais qui vient d'arriver, ses deux premiers mariages,
son extraordinaire réussite à L'Orient dans l'avitaillement des
navires de la Compagnie des Indes, enfin son union avec M. de
Morzic qui avait fait d'elle la comtesse Clacla. Prenant garde de
ne pas témoigner une satisfaction trop manifeste devant le prélat
qui lui faisait l'honneur de la visiter, la dame de la Couesnière
avait reçu les deux voyageurs sans le moindre embarras, accordant à l'évêque et au gentilhomme les mêmes marques d'intérêt.
Le souper s'étant prolongé, c'était l'hiver, elle n'avait eu cesse
qu'elle ne leur eût offert l'hospitalité de la nuit, et le lendemain
matin Mgr Desmarets avait donné sa bénédiction épiscopale à
toute la Couesnière, maîtresse, filles de cuisine, métayers, valets,
animaux et végétaux.

— Que pensez-vous de notre comtesse Clacla? demanda
l'évêque à son jeune ami tandis qu'ils roulaient vers Saint-Malo.

— Son histoire est incroyable! Je me demande si elle eût été
possible à Nantes, et si les Nantais auraient accepté votre
protégée?

L'évêque répondit :

— Oh! Cela n'a pas été facile.

Poursuivant sa pensée, il dit aussi :

— Pourquoi voulez-vous que les Nantais aient moins bon cœur que les Malouins? Les hommes sont les hommes.

— Sans doute, mais les femmes? interrogea M. de Kerelen.

— Là, je ne suis pas grand clerc, répondit Mgr Desmarets. Mon état m'en dispense. Si vous avez l'occasion de revoir ma protégée, posez-lui donc votre question. À son âge, elle ne manque pas d'expérience. Qu'elle connaisse bien les hommes, je l'imagine volontiers. Cela la regarde. À vrai dire, je n'en sais rien. Dieu qui nous observe la jugera avec des balances qui ne sont pas les nôtres. En revanche, je crois qu'elle connaît très bien les femmes parce qu'elle eut à en souffrir.

La berline s'engagea enfin dans la grande allée qui menait droit à la Couesnière. La première fois que Louis de Kerelen s'était rendu au manoir, les grands chênes dépouillés jetaient dans le ciel sombre des branches noires qu'on eût dites tordues par le vent d'hiver. Aujourd'hui, la fin d'un beau jour d'été donnait aux mêmes lieux une noblesse silencieuse où se gravaient seulement les cadences de son attelage. Prévenue de la visite, Mme de Morzic apparut sur le seuil de sa demeure et vint sans façon à la rencontre du jeune homme au moment qu'il descendait de sa voiture.

— Soyez le bienvenu, monsieur, puisque vous n'avez pas perdu le chemin de la Couesnière.

— Je suis confus, madame, de venir vous importuner.

— Taisez-vous, coupa-t-elle, les beaux hommes n'importunent jamais les vieilles dames!

Elle avait dit cela avec un sourire de bon aloi, non provocateur, celui d'une vraie dame parvenue à l'âge d'une douairière où l'on peut se permettre quelque liberté de langage.

— Je vous attendais, ajouta-t-elle.

— Ne vous avais-je pas fait prévenir de ma visite?

— Quand bien même vous ne l'eussiez point fait, je vous aurais attendu.

— Comment cela?

— On m'a dit que vous vous trouviez à Saint-Malo pour vendre la maison de votre oncle et que vous profitiez de votre passage dans la région pour rendre visite à tous ceux qui avaient connu naguère le comte de Kerelen. N'était-il pas naturel que vous veniez à la Couesnière?

Ils étaient maintenant installés dans un petit salon dont une porte s'ouvrait sur une plus grande salle de réception. C'était une pièce de forme carrée, haute de plafond, aux boiseries claires décorées de porcelaines chinoises, meublée de quelques fauteuils, d'un bureau plat et d'une bibliothèque où s'alignaient de gros registres numérotés. À la fois boudoir et cabinet de travail, son décor était à l'image de la femme qui l'avait voulu ainsi quand elle avait entrepris d'effacer du manoir du chevalier de Couesnon devenu comte de Morzic les raideurs d'une vie besogneuse. Une servante avait apporté un plateau laqué où s'étoilaient d'étranges fleurs d'or, avec un flacon de vin d'Espagne et deux verres.

— À vrai dire, dit Louis de Kerelen, ma visite ne se réfère pas à la mémoire de mon oncle. Je suis venu à la Couesnière pour vous seule, madame.

Elle le regardait avec un air mi-amusé mi-encourageant, ne doutant pas d'avoir devant elle un de ces jeunes gentilshommes perdus de dettes de jeu qui venaient parfois frapper à sa porte et à sa bourse, sûrs de trouver une générosité indulgente chez la comtesse Clacla qui, une fois les chandelles éteintes, pouvait encore faire sonner le carillon. Maternelle, elle demanda :

— Est-ce au pharaon ou au lansquenet ? Combien vous faut-il, mon enfant, pour sauver votre honneur ?

Rouge de honte, Louis de Kerelen s'était levé :

— Madame, vous m'offensez !

— Allons, dites-moi plutôt la somme qui vous est nécessaire.

— Mais...

— On ne triche pas avec moi ! dit-elle alors sur un ton moins aimable.

Toujours debout, dressé sur ses talons, Louis de Kerelen répondit lentement, détachant chacun de ses mots pour leur donner plus de poids :

— Madame, c'est à la comtesse de Morzic que j'ai l'honneur de rendre visite pour une affaire de la dernière gravité. Je vous le jure sur ma croix de Saint-Louis.

— Remettez-vous ! dit-elle, troublée. Je vous écoute.

Louis de Kerelen avait retrouvé le calme qui convenait à sa mission. Il en exposa l'objet avec une ardeur mesurée : décidés à ne plus supporter le poids des impôts dont ils étaient accablés en violation des accords passés entre le roi de France et la duchesse Anne, un parti de gentilshommes bretons avaient décidé de s'unir en une association secrète pour défendre les droits et privilèges de leur province. Les désordres personnels du Régent, poursuivit-il, et la politique confiée à un mauvais prêtre, ce Dubois dont nos recteurs n'osent plus prononcer le nom, avaient fait éclater un incendie qui couvait depuis longtemps. Enfin, la peine d'exil prononcée par le duc d'Orléans contre vingt gentilshommes commandait à tous les Bretons de souder leur solidarité, quoi qu'il advienne, et d'exiger la convocation des États Généraux.

— Un Acte d'Union sera signé par tous les nobles de la province. En voici le texte, madame. J'ai déjà recueilli dix-sept signatures pour le pays malouin. Il m'en manque encore, dont la vôtre, parmi les plus représentatives.

Pendant qu'il parlait, Clacla observait plus qu'elle n'écoutait son visiteur. Ce jeune homme a belle allure et beau visage. Loin de le déparer, sa légère boiterie ajoute même quelque chose d'émouvant à son charme. Il doit ravager les cœurs des bords de Loire. Quelle rage emporte donc les hommes, à un moment de leur vie, à se mêler des affaires de l'État qu'ils ont la prétention de mieux connaître que ceux qui en ont la charge ? C'est donc de l'agitation de la noblesse qu'on voulait m'entretenir. Quel dommage ! Celui-ci se fût trouvé dans l'embarras que je lui eusse tenu volontiers la main jusqu'à demain matin. Il se serait peut-être endormi contre mon épaule, ces petits-là ne tiennent pas longtemps contre le sommeil.

Elle lut avec application le manifeste, répétant parfois à voix haute telle phrase qui réclamait une explication ou provoquait ses commentaires :

— « *Nous nous promettons de nous garder un secret inviolable.* » Il s'agit donc d'une conspiration ?

— N'employons pas ce mot, dit-il d'un air gêné. Il s'agit plutôt d'une action qui doit demeurer pour l'instant clandestine si nous voulons protéger nos partisans.

Mme de Morzic poursuivit sa lecture à mi-voix :

— « *... Nous déclarons sans foi et sans honneur et comme dégradés de la noblesse les gentilshommes de la province qui ne voudront pas signer le traité d'union.* » Peste ! dit-elle en élevant le ton, c'est à la fois une mise en demeure et une véritable mobilisation, n'est-ce pas ?

— Oui, madame, c'est un appel au ban et à l'arrière-ban de toute la noblesse bretonne !

— Hum ! Combien avez-vous donc réuni de signatures ?

— Lorsque j'ai quitté Nantes, la semaine dernière, nous en comptions plus de cinq cents.

— Cinq cents ? fit-elle étonnée. C'est déjà un joli nombre. Voulez-vous me permettre de vous poser une autre question ?

— Je vous en prie.

— Vous qui avez été officier, pensez-vous franchement que cinq cents personnes puissent tenir un secret inviolable ?

— Certainement. L'honneur, madame...

— Quel âge avez-vous, monsieur de Kerelen ?

— Trente-quatre ans.

— Au même âge que vous, dit Clacla d'un air songeur, j'avais sans doute perdu beaucoup plus d'illusions que toutes celles qui vous restent encore à perdre.

Elle demanda, écarquillant les yeux comme elle en avait l'habitude quand elle tentait de leur donner un regard innocent :

— Je ne comprends pas pourquoi vous êtes venu me demander ma signature ?

Louis de Kerelen, surpris, s'efforça de bien choisir les termes de sa réponse :

— Je serais venu la demander au comte de Morzic. N'êtes-vous point sa veuve ? Eh bien, vous êtes des nôtres. Si vous en doutiez encore, madame, ou même si quelque seigneur du Clos-Poulet vous avait fait l'injure de ne pas vous y admettre, le fait d'apposer votre signature au bas de ce Traité d'Union authentifierait...

Elle l'interrompit une autre fois, non par inconvenance, mais parce qu'il s'empêtrait dans des explications confuses où il risquait de perdre pied.

— Ne vous donnez pas tant de peine ! L'évêque ou quelqu'un d'autre vous aura conté mon histoire, non ?

— Oui, admit-il en rougissant.

— Eh bien, vous devez savoir que pour les Malouins, je demeurerai toujours l'ancienne Clacla du maquereau frais qui vient d'arriver. Est-ce que cette signature conviendrait à votre manifeste ? Non, n'est-ce pas ! Si j'avais été plus jeune, surtout si j'avais donné un enfant au comte de Morzic, il aurait bien fallu que la noblesse bretonne m'acceptât, et j'aurais sans doute joué, moi aussi, à la comtesse. Sans héritier, je ne suis rien du tout pour la noblesse, encore moins pour la famille Morzic qui conteste même mes droits sur la Couesnière.

— Vos droits ? s'étonna Louis de Kerelen. Ils contestent vos droits ? Vous avez cependant sauvé le chevalier de Couesnon en l'épousant. Cela compte, madame !

— Non, monsieur, cela ne compte pas. Lorsqu'un roturier rend un service d'argent à un noble, celui-ci, loin de se trouver débiteur, se considère aussitôt comme un créancier et exige qu'on lui consente un nouveau prêt en paiement du service qu'il a bien voulu vous demander. À votre âge, vous ignorez donc encore cela ?

Elle avait dit ces mots sur un ton assez plaisant et proche de la comédie pour qu'ils soient acceptés. Ce qui suivit fut autrement grave.

— Bien que bonne Malouine, ça n'est pas pour me parer d'un titre que j'ai épousé le comte. C'est pour prendre une revanche sur quelques-uns. Mon titre, les hobereaux du Clos-Poulet ont été les premiers à le tourner en dérision en m'appelant la comtesse Clacla, mais je le détiens, je le garde, je le défendrai. Je n'en démords pas. Quant à signer votre Acte d'Union, n'y comptez pas. Ah çà! Vous êtes donc tous demeurés des enfants, dans vos manoirs, pour croire que l'Intendant ignore les ficelles de toute cette intrigue? Non, ça n'est pas par précaution que je ne veux point signer, encore qu'il me déplairait de voir arriver ici un officier de police et quatre dragons pour m'arrêter. Je ne me dérobe pas, je refuse.

— Vous m'en voyez désolé, madame. Me permettez-vous, cependant, de vous dire que je ne comprends pas vos raisons?

— Vous autres nobles, vous avez vos raisons de toujours comploter et de passer sans vergogne d'un camp à un autre. Toute bonne famille a son traître, non? C'est votre affaire. Vous aimez qu'on vous coupe la tête, c'est votre droit. Nous autres les manants, il nous arrive de nous révolter contre le Roi mais nous ne trahissons jamais.

Louis de Kerelen s'était levé, raide. Il voulut prendre congé.

— Madame, il me faut retourner à Saint-Malo.

— Je ne vous dirai pas mon âge, dit alors Clacla, mais seulement que vous pourriez être mon fils. Cela m'autorise peut-être à vous affirmer que vous vous êtes engagé fort imprudemment dans une sorte de conjuration qui risque de tourner très mal pour vous tous. Promettez-moi une chose...

— Dites, madame.

— S'il arrivait que vous fussiez obligé, un jour, de vous cacher, la Couesnière pourrait être pour vous un refuge sûr où vous demeureriez aussi longtemps qu'il serait nécessaire.

Elle dit encore, dévisageant son hôte :

— J'ai toujours aimé la jeunesse. Asseyez-vous. Il est trop tard pour que je vous laisse repartir, votre bagage est déjà porté dans votre chambre. Vous repartirez demain matin. Croyez-moi, ne perdez plus votre temps à recueillir des signatures dangereuses pour vous. Moi-même, je dois aller demain à Saint-Malo où je m'installerai pendant quelques jours pour garder les enfants d'une amie qui part justement pour Nantes y visiter sa mère. Nous allons souper tous les deux. Reprenez de ce vin d'Espagne. Moi, j'en bois un flacon par semaine. Dites-moi, monsieur de Kerelen, fait-il toujours bon se promener en barque sur l'Erdre au coucher du soleil ?

— Vous connaissez donc Nantes ?

— Oh, il y a tant d'années de cela que j'en ai oublié le nombre, dit-elle en riant. Ce sont des souvenirs de vieille dame.

Vieille dame ? Le soleil de cette belle journée d'été se couchait au bout de la grande allée de chênes, faisait flamber les petits carreaux des longues fenêtres blanches sur la façade grise de la Couesnière, dorait le visage de Mme de Morzic qui redevenait un beau fruit mûr. Sortilège de la lumière, légère ivresse due à trois verres de vin d'Espagne, Louis de Kerelen dit à soi-même : « Je dois l'avoir un peu troublée ! Soyons lucide, elle est trop vieille ! » Dans le même instant Clacla pensait, le cœur un peu rapide : « L'aurais-je troublé ? Soyons raisonnable, il est trop jeune ! »

Ils se retrouvèrent le lendemain matin, au moment de prendre place dans leur berline.

— Ne m'aviez-vous pas dit hier soir que votre amie partait pour Nantes ?

— Si fait. Elle part visiter sa mère.

— J'ai pensé que pour lui éviter les embarras de la poste, je pourrais lui offrir une place dans ma voiture. Qu'en pensez-vous ?

— C'est là une grande honnêteté de votre part, car vous croyez sans doute qu'il s'agit d'une personne de mon âge. Eh bien, vous allez être récompensé : Marie-Léone Carbec est une jeune veuve, elle a le même âge que vous et ferait une très charmante compagne de voyage. Ne vous réjouissez pas tout de suite, vous ne tenez déjà plus en place ! Marie-Léone est aussi agréable à regarder qu'à entendre mais, comment vous expliquer cela ? elle est parfois un peu raide et toujours imprévue. Rien ne dit qu'elle accepte ou refuse votre offre. Présentez-vous donc chez elle demain, dans l'après-midi. Je lui aurai parlé de vous et je vous attendrai. Son mari, le capitaine Carbec, connaissait certainement votre oncle : c'est une raison suffisante pour justifier votre visite.

Comme une bourrasque, la nouvelle tomba sur Saint-Malo, courut par les rues, fit le tour des remparts, envahit les maisons. D'où arrivait-elle? Un voyageur l'avait rapportée de Rennes. Non, c'était de L'Orient. Erreur, elle provenait d'une frégate entrée ce matin dans le port. En êtes-vous sûr? M. Marin, le commissaire ordonnateur de l'Amirauté me l'a confirmée lui-même. C'est pas Dieu possible! Quatre navires, vous dites bien qu'ils nous ont pris quatre navires? Non, cinq! Comment cela? Où? A Arica, un port du Pérou.

Marie-Léone Carbec refusa de s'attarder auprès des groupes rassemblés sur les placîtres où les Malouins commentaient la nouvelle sans vouloir y croire. Elle pressa le pas, remonta la rue du Tambour-Défoncé en courant, poussa enfin la porte de la vieille maison où étaient installés les bureaux de l'armement. Le salut discret des commis et la mine funèbre de M. Locmeur n'étaient guère rassurants. Elle passa devant eux en leur souhaitant un bonjour aimable selon son habitude, s'enferma dans son cabinet, attendit que les battements de son cœur se calment et agita un petit drelin pour appeler son premier commis.

— Que raconte-t-on en ville? Que savez-vous sur toute cette agitation?

M. Locmeur, dont les gestes étaient d'habitude si mesurés et le ton si calme, ne parvenait à maîtriser ni le tremblement de ses mains ni celui de sa voix. Serrant les doigts à en faire craquer les jointures devenues toutes blanches, il bégaya :

— J'ai appris à l'Amirauté que cinq navires malouins avaient été enlevés dans la mer du Sud par les Espagnols.

— Ce sont là des sottises, monsieur Locmeur, vous savez bien que les Espagnols n'ont pas de vaisseaux capables de se mesurer avec nos navires !

— Oui, madame, je sais cela, mais c'étaient des vaisseaux français commandés par un capitaine français, un certain Martinet qui avait reçu mission de mettre fin au commerce interlope dans la mer du Sud. Les nôtres ont été pris au mouillage dans le port d'Arica. Ils n'ont même pas pu se défendre.

— Connaissez-vous leurs noms ?

— Pour sûr : d'abord notre *Brillant*, puis le *Jacques*, le *Vainqueur*, le *Prince des Asturies* et le *François*. Ils ont pris aussi la *Fidèle*, plus au sud, à Codidja.

— Le *Brillant* ? Nous sommes bien en compte à demi avec Nantes ?

— Oui, madame, avec l'armement Renaudard.

— Si l'affaire s'est passée à Arica, je suppose que c'est à l'aller, non au retour ?

— Dieu soit loué, madame ! Les cargaisons n'ont pas la même valeur.

— Donnez-moi le livre d'armement de l'an dernier pour que je vérifie le montant de la mise hors du *Brillant*.

M. Locmeur prit sur une étagère un grand cahier relié de toile noire. Marie-Léone en feuilleta les pages, s'arrêta à celle qui portait en titre Armement du *Brillant*, 250 tonneaux, appareillage le 15 janvier 1717, lut attentivement des colonnes de chiffres et en griffonna d'autres sur une feuille de papier. Absorbée dans ses calculs, elle paraissait avoir oublié la présence du commis. Elle dit à mi-voix, comme pour elle seule :

— En ajoutant à la valeur du navire celle de la cargaison, le montant des soldes, le prix des vivres, la somme des pots-de-vin promis aux officiers de l'Amirauté de Callao, j'obtiens 96 452 livres, soit 48 226 pour Renaudard et autant pour moi. Voilà une grave mésaventure. Ça n'est pas la mer à boire, mais il va falloir se montrer plus prudent à l'avenir. On ne rattrape pas si facilement 50 000 livres.

Relevant la tête, Mme Carbec regarda le premier commis comme un lieutenant criminel l'eût fait avec un tire-laine pris sur le fait.

— Dites-moi, monsieur Locmeur, combien perdez-vous dans cette affaire ?

— Rien, madame, à part la participation aux bénéfices que vous voulez bien m'octroyer.

Le premier commis avait dit ces mots avec un sourire mince dont Mme Carbec n'aimait pas l'humilité.

— Ne rusez pas avec moi, monsieur Locmeur. Je vous sais gré
de votre dévouement et j'apprécie assez vos services pour fermer
les yeux sur la pacotille que vous confiez aux capitaines de nos
navires pour votre compte personnel. Ne protestez pas ! Ces
habitudes de la marine marchande, je les admets mais je ne veux
pas que vous vous déconsidériez en me cachant celles qui sont trop
visibles. Je connais toutes ces sortes de ficelles, mon père et mon
mari étaient capitaines pour le commerce.

Le vieil homme avait baissé la tête et gardait un silence têtu de
jeune garçon pris en faute.

— Cinq mille livres, avoua-t-il. Pour moi, la perte est importante.

Il dit aussi, la voix soudain colère :

— Que des Malouins se fassent pirater par des Espagnols, on
n'avait jamais vu cela. C'est une infamie !

— C'est vrai, répondit Marie-Léone avec une lueur de malice
au fond des yeux. Lorsque vous étiez jeune, c'est même le
contraire qui arrivait, non ? Voilà une affaire qui fera clabauder
en Angleterre et en Hollande, peut-être même à Nantes et à
Bordeaux, partout où on nous jalouse.

Trois générations avaient suffi aux Malouins pour bâtir des
fortunes souvent considérables. À l'avènement de Louis XIV,
pour un Magon qui entretenait des relations d'affaires avec
Samuel Bernard et payait des agents à Amsterdam, Londres ou
Séville, les autres ne s'intéressaient encore qu'à la pêche à la
morue, au commerce des toiles et au petit cabotage, sauf quelques
plus audacieux hauturiers découvreurs de terres nouvelles. On ne
les appelait pas encore « ces messieurs de Saint-Malo ». Produc-
trice de richesses non négligeables, la course elle-même avait
davantage brodé leur légende que rempli leurs caves. Bourgeois
nantis, ils n'étaient devenus opulents qu'à partir du moment où, à
l'abri de très hautes protections, ils avaient tourné les ordonnances
royales qui interdisaient à tous les navires français de commercer
avec les colonies espagnoles d'Amérique. Risquant leur fortune et
leur vie, ils avaient doublé le cap Horn, soudoyé les officiers de
l'Amirauté péruvienne, et ramené en France trois cents millions
de piastres d'argent, passant toujours sains et saufs à travers les
tempêtes, se moquant de la flotte espagnole et bénéficiant de
multiples complicités pour déjouer les pièges tendus par les agents
du Trésor. Vingt années de commerce interlope avec le Pérou les
avaient davantage enrichis, quelques Nantais aussi, qu'un siècle
de pêche à la morue sur les mers grises. Tout le monde y avait
trouvé son compte, les armateurs et leurs actionnaires, les

capitaines et leurs équipages, les avitailleurs et les marchands de toile, les charpentiers, cloutiers, cordiers et autres métiers de la marine, les architectes eux aussi comme les maçons, menuisiers et peintres, tous les artisans qui avaient bâti et décoré les fières demeures dressées au garde-à-vous, sur les remparts, face à l'océan, comme pour la dernière parade du Roi. Marie-Léone Carbec faisait partie d'une génération de Malouins qui avaient été à la fois acteurs et témoins de cette course aux piastres dans la mer du Sud où l'audace d'entreprendre l'emportait sur le scrupule. Depuis qu'elle avait pris la direction des affaires, son bon sens féminin lui avait dicté de prendre quelques sûretés parce qu'elle s'était aperçue que les retours du Chili ou du Pérou devenaient moins fructueux, même s'ils assuraient encore 50 % de bénéfices. Cet armement du *Brillant,* elle ne l'avait mené à bonne fin que parce que le capitaine Carbec l'avait commencé, mais elle s'était promis de ne plus tenter le diable.

Ce jour-là, tandis qu'elle rentrait chez elle où l'attendait Mme de Morzic arrivée à Saint-Malo depuis quelques jours, Mme Carbec se rappela ce que la dame de la Couesnière lui avait dit à propos du commerce interlope en mer du Sud : « Je ne veux vous donner aucun conseil, je crois seulement qu'il ne faut pas tirer trop longtemps la queue du chat ! » Ce souvenir la fit sourire et lui donna à penser. Ai-je trop tiré la queue du chat ? Voilà un propos qui convient à merveille à tante Clacla. Qui fut plus qu'elle à la fois audacieuse et prudente ? Je ne serais pas étonnée qu'elle ait manigancé de me faire proposer par ce Kerelen une place dans sa berline pour me mener à Nantes. Cela est bien galant mais je m'en tiendrai à mon refus, les Malouines sont trop bonnes langues, ces pétasses en feraient un charivari. Je le dirai tout à l'heure à M. de Kerelen qu'il m'a bien fallu convier à souper avec le jeune Dupleix, Joseph Biniac et mon frère Hervé. Hervé, c'est avec lui que j'irai à Nantes, je ne nous vois pas encaqués tous les trois dans la berline de ce Nantais ! Celui-là, il faut cependant que je lui fasse bonnes manières. Non, je n'ai pas eu tort de le prier pour ce soir avec les autres. Nous devons penser davantage à Nantes pour développer nos affaires vers les Antilles. Pourvu que cette aventure d'Arica ne précipite pas dans la ruine trop d'imprudents qui auront placé tout leur avoir dans des parts d'armement ! Ne mettez jamais toutes vos piastres dans le même baril, mon père répétait souvent cela. Il aimait les phrases en forme de proverbe, comme beaucoup de gens qui prennent de l'âge. Cinquante mille livres perdues, cela n'est pas facile à remplacer, il va falloir que j'utilise le numéraire resserré dans la cave pour payer la prochaine campagne de pêche à Terre-Neuve. Savoir comment changer ces piastres ? Depuis que le Régent donne des primes aux valets pour dénoncer leurs maîtres, il n'y a plus ni sécurité ni morale. Où le taux est-il meilleur aujourd'hui ? À Amsterdam, Genève, Francfort ? M. Locmeur doit le savoir, j'hésite à le mettre dans le secret, il en connaît assez. Il n'y a guère que Joseph Biniac pour négocier cette affaire. Celui-là est au courant de toutes ces sortes d'opérations financières, je puis me fier à sa discrétion, comme à son dévouement, même qu'il m'est arrivé de penser qu'il éprouvait pour moi un tendre sentiment. Que vais-je imaginer ? Joseph Biniac ne m'a jamais manqué, il est pour moi un autre frère et un conseiller sûr. N'empêche qu'il est veuf lui aussi et qu'il a l'air parfois de quelqu'un qui n'ose pas parler, comme s'il était emprunté ou avait peur de me regarder. Voilà ! il a l'air emprunté devant moi qu'il a pourtant connue lorsque j'étais encore une petite fille. Ces anciens corsaires sont tous les mêmes. Chez nous, les femmes sont plus hardies que les hommes. Si je lui demande d'aller à Genève ou à Amsterdam, il le fera certainement. Je suis bien aise de l'avoir prié ce soir avec les autres. Depuis la mort de Jean-Marie, c'est la première fois que je prie à souper des personnes étrangères à ma famille. À Paris, il paraît que les deuils ont été réduits à la moitié du temps prescrit jusqu'ici, et qu'on a donné des bals costumés le lendemain de l'anniversaire de la mort du Roi. Cher Jean-Marie, il y aura tantôt quatre ans que vous m'avez laissée seule. Je fais pour le mieux pour préserver le patrimoine de vos enfants. Comment eussiez-vous supporté la perte de notre *Brillant* ? Mon père en eût été frappé de congestion. Cette mésaventure, je craignais qu'elle n'arrivât un jour ou l'autre. Si de là-haut vous me voyez agir, vous savez que je ne donnai l'ordre d'appareiller que pour exécuter vos dernières volontés. Vous avez toujours aimé le risque d'entreprendre, moi je suis trop prudente. C'est mon côté nantais comme c'était votre nature malouine. M'en voulez-vous pour ce souper ? Je devais bien fêter un peu le retour de mon frère, non ? Clacla m'en a donné l'idée à cause de ce Kerelen qui veut m'offrir une place dans sa berline jusqu'à Nantes où je me rends avec Hervé pour visiter notre mère et voir où sont nos comptes avec l'armement Renaudard. J'ai invité aussi M. Dupleix, ce jeune homme dont les idées sur la finance vous intéressaient tant que vous l'aviez prié à souper.

Le repas s'achevait dans la salle à manger de la maison Carbec, une grande pièce de forme ovale lambrissée d'acajou et moulurée d'ébène selon le goût des armateurs qui depuis un demi-siècle trafiquaient avec les Indes. Marie-Léone avait placé à sa droite Louis de Kerelen et à sa gauche M. Dupleix. En face d'elle, tante Clacla entourée d'Hervé Le Coz et de Joseph Biniac. Des jolies assiettes ornées de dessins floraux, des cristaux taillés et une nombreuse argenterie brillaient doucement à la flamme des chandelles sur une nappe brodée. Solène et le valet toutes-mains avaient assuré un service sans cérémonial tout en respectant quelques règles d'élémentaire bienséance ainsi qu'il convient à une maison de solide bourgeoisie qui a déjà franchi les premières étapes et où demeure encore la vanité de posséder. La chère avait été bonne, non exquise, ce qui avait amené Mme de Morzic à penser tout bas « ma vieille Aline est meilleure cuisinière que la sienne », et quelques flacons de vieux vin de Bordeaux avaient eu vite fait de délier les langues, encore que le dé de la conversation eût surtout été tenu jusqu'à présent par M. Dupleix dont c'était le premier retour des Indes. Le jeune homme avait rapporté de son voyage des observations politiques et financières si peu conformes aux idées qu'on se faisait encore à Saint-Malo sur la façon de pratiquer le commerce lointain, et si inattendues chez un enseigne âgé de vingt et un ans, que tout le monde l'avait écouté avec attention, même Joseph Biniac dont la maturité acceptait mal l'intérêt suscité par ce discoureur trop sûr de lui.

— Croyez-moi, dit Dupleix, autant votre façon de trafiquer avec les Indes d'Amérique était raisonnable, autant celle que vous pratiquez avec les Indes orientales me paraît mauvaise. Au Pérou, vous avez troqué des objets de petite valeur marchande contre de l'argent en barre ou monnayé : voilà du bon commerce. A Pondichéry, vous envoyez des écus d'argent pour acheter des épices ou des toiles peintes : c'est du mauvais commerce parce que vous videz le royaume de son métal pour le remplir de produits destinés à être consommés, donc disparaître, à peine débarqués. On me dit que la monnaie de métal est devenue introuvable en France ? Est-ce seulement à cause des guerres trop longues, du numéraire resserré, des sacs d'écus transportés en secret à Genève, en Lorraine ou à Amsterdam ? Je serais curieux de connaître le total des espèces envoyées aux Indes depuis ces cinquante dernières années. Nous savons seulement que les dépenses de la Compagnie ont dépassé largement ses profits.

— Il est exact que la Compagnie des Indes a multiplié des bilans déficitaires, convint Joseph Biniac, n'oubliez pas cependant que les Malouins ont renfloué cette affaire avec leurs deniers. Vous ne semblez ni connaître ni apprécier leurs efforts ?

— Si fait, monsieur, je pense seulement qu'en fin de compte ces efforts risquent d'être inutiles, mais je sais aussi les Malouins assez bons négociants pour refuser de prolonger trop longtemps une entreprise déficitaire. Tout le monde rend justice au savoir-faire malouin, même les Nantais, n'est-ce pas, monsieur de Kerelen ?

— Sans doute, sans doute…, répondit le Nantais sur le ton d'un homme bien élevé qui, parvenu aux limites de la lassitude, entend encore ce qu'il n'écoute plus.

Après avoir vainement tenté d'engager la conversation sur des sujets moins sévères, Louis de Kerelen avait abandonné la partie aux péroreurs pour mieux observer ses voisins les uns après les autres, leur visage, leurs mains, leur nez, très important le nez, leurs gestes, le timbre de voix, leurs regards, leur façon de se vêtir, pour tenter de deviner les traits essentiels de leur caractère.

Encore que je ne sois pas dupe des conclusions auxquelles j'aboutis parce que les hommes, même les imbéciles, ne sont jamais comme ceci ou comme cela, j'aime me livrer à ce jeu solitaire dès que je m'ennuie en société. Cette Mme Carbec est agréable à regarder, point sotte, de beaux yeux, certainement autoritaire, une vertueuse chaude au lit, des manières apprises au couvent mais un peu raides, peut-être hypocrite, surtout pas de scandale, ce genre de bourgeoise confond encore l'éducation avec la distinction. Voyons un peu Mme de Morzic, celle qu'on appelle la comtesse Clacla à qui je dois ma présence ici ce soir. Celle-là éclaire un des aspects les plus nouveaux de ce siècle, elle me semble même en avance sur la mode. Ce qui paraît aujourd'hui surprenant dans son aventure, on le considérera banal dans vingt ans. Quand on a vu un fils du duc de Bouillon épouser la fille d'un marchand de nègres comme Crozat on ne voit pas pourquoi un petit comte breton comme Morzic n'aurait pas pu donner son nom à une Clacla, bonne calculatrice et bon cœur, généreuse de partout, peut-être plus franche que notre hôtesse. En face de moi, avec sa face grêlée, c'est le frère de Mme Carbec, capitaine à la Compagnie des Indes de Saint-Malo. On ne sait jamais tout ce qui se passe derrière un visage disgracié. Il s'appelle Hervé Le Coz, et de la Ranceraie depuis que son père acheta une charge de conseiller secrétaire, c'est à mourir de rire. Serviteur, monsieur l'écuyer ! Ah, voici du nouveau. Clacla n'écoute plus le jeune phénix et pose sa main sur celle de Joseph Biniac qui est son voisin de gauche, un brave capitaine-marchand à l'ancienne mode

malouine qui m'a dit avoir connu mon vieil oncle Kerelen, il a l'air
d'un homme rude et doux, visiblement il ne partage guère l'intérêt
que paraît prendre ma voisine au discours du savantasse, on dirait
même que cela l'indispose. Il n'a pas retiré sa main mais ses yeux
ne sont que pour notre hôtesse. Ah ! Clacla appuie davantage sa
main, Biniac se tourne vers elle et la regarde avec un amical
sourire. Quant au brillant jeune homme, il ne se soucie que de lui-
même, il va son train, sûr de lui, convaincu d'avoir raison, il sait
tout, marine, finance, astronomie, commerce, mathématiques et
musique. Avec son gros nez et son cou de taureau, il doit sauter
sur les femmes, vite fait mal fait, autoritaire, à la fois maréchal de
camp et bas officier, imaginatif, intelligent mais jongleur d'idées
fausses, naïf autant que retors, séduisant pour dix minutes et déjà
insupportable. Promis au pinacle ou aux galères ?

— Le commerce, disait maintenant M. Dupleix, c'était hier du
troc. Aujourd'hui, c'est d'abord de la finance, surtout dès qu'il
s'agit du négoce lointain. Prenez l'exemple des Anglais ou des
Hollandais : au lieu d'envoyer en Asie des sommes considérables
destinées à remplir les coffres des banians, ils achètent aux
Malabar ce qu'ils revendent à Coromandel, à Chandernagor ou
même à Sumatra. C'est ce qu'on appelle à Londres le *country
trade,* le commerce d'Inde en Inde.

— Avec quel argent achètent-ils donc leurs marchandises ?
demanda Marie-Léone.

— Avec de l'argent anglais cela va de soi, mais en petite
quantité. Le bénéfice de la première opération finance la seconde,
répondit sans hésiter M. Dupleix.

Il ajouta avec l'autorité d'un grand commis qui s'écoute parler,
convaincu d'éblouir son auditoire :

— L'Inde est un gouffre où l'argent entre sans cesse et dont il ne
sort jamais faute d'y pouvoir commercer par échanges. L'expérience anglaise est elle-même trop étroite. La seule parade serait
de posséder là-bas des domaines assez étendus pour en tirer un
profit constant. Il y a, en Inde, quantité de nababs qui passent
leur temps à s'entre-dévorer. Si nous mettions à la disposition de
ceux-ci ou de ceux-là les armes nécessaires pour réaliser leurs
ambitions, les vainqueurs deviendraient assez riches pour nous
concéder des territoires dont les revenus constitueraient un fonds
suffisant pour faire face aux dépenses administratives de la
Compagnie des Indes.

— Et notre argent ne servirait qu'au commerce au lieu de se
disperser on ne sait où ! conclut Marie-Léone.

A coup sûr, la démonstration de M. Dupleix la séduisait.

Tourné vers lui, son visage avait pris ce feu qui les anime toutes dès qu'elles s'intéressent à un homme sans se soucier de savoir si on les observe. Autant que sa sœur, Hervé Le Coz buvait les paroles de son protégé dont l'amitié le flattait. Quant à Clacla, elle se contentait de sourire comme si elle eût assisté au début d'une comédie lorsque l'auteur noue les premiers fils d'une situation et met en place des personnages encore ignorants de leur destin. Elle jeta un coup d'œil à Kerelen qui le lui rendit aussitôt, brève connivence de deux spectateurs qui s'intéressent davantage au jeu des acteurs qu'au texte.

— Je ne partage pas vos illusions, dit Joseph Biniac d'une voix brève où tremblait un peu d'impatience. Une compagnie de commerce ne doit songer qu'au négoce, non à la politique. Vos théories, si elles étaient appliquées, nous obligeraient à prendre le parti d'un prince et nous entraîneraient dans des guerres interminables où nous risquerions de tout perdre. Vous raisonnez comme un jeune homme, monsieur Dupleix.

— Raisonneriez-vous comme un homme de l'ancien temps, monsieur Biniac ? Je vous disais tout à l'heure que le négoce lointain était d'abord de la finance, je suis sûr que c'est aussi de la politique.

— Gardez vos convictions, monsieur Dupleix, mais n'espérez pas que notre Compagnie vous confie jamais quelques-uns de ses intérêts en Inde !

— Je préfère y négocier pour mon propre compte.

— Eh bien, bonne chance !

Les répliques avaient été échangées sur un ton vif, à la limite de la courtoisie. Un léger malaise crispa un instant les six visages. Mme Carbec se devait de le dissiper au plus tôt, sans témoigner davantage pour l'un que pour l'autre. Comme Solène venait de poser sur la table deux corbeilles de pommes et de poires, elle dit sans plus de façons :

— Regardez comme ces fruits sont beaux ! Ce sont les premiers de la saison. Mme de Morzic les cueillit elle-même dans son verger de la Couesnière pour me les apporter. Servez-vous comme vous l'entendrez et tâchons d'imaginer des propos moins graves.

— Pelez une poire, Hervé, demanda Clacla, et donnez-m'en la moitié. J'ai pensé à vous en les cueillant.

— Est-ce vrai ?

— Pourquoi pas ? Viendrez-vous me voir à la Couesnière ? Vous me conteriez tout ce que vous avez vu à Pondichéry. Je m'ennuie parfois dans ma campagne.

— A notre retour de Nantes, je vous le promets.

— J'y compte, dit Clacla en posant sa main sur celle d'Hervé Le Coz comme elle avait fait tout à l'heure avec celle de Joseph Biniac.

Louis de Kerelen s'était légèrement incliné vers sa voisine pour lui parler à mi-voix :

— Quelle jolie robe, madame ! Si vous ne me permettiez pas de vous dire qu'elle vous sied à ravir, je pense que j'oserais passer outre.

— Seriez-vous impertinent ?

— Il paraît que cela m'arrive. Ici tout me surprend et tout m'est agréable. On ne m'avait pas dit à Nantes que je trouverais tant de charme à Saint-Malo !

— Cela n'est pas étonnant.

— Pourquoi donc ?

— Pour la raison que les Nantais ne nous aiment pas beaucoup. Non, ne protestez pas ! Je les connais bien, je suis à moitié nantaise par ma mère. Soyez franc, monsieur de Kerelen, et dites-nous ce que les Nantais pensent des Malouins.

— A vrai dire, je serais moins embarrassé si vous me demandiez ce que je pense des Malouines.

Les autres convives s'étaient tus pour ne pas perdre un mot de la conversation engagée.

— Parlez-nous donc des Malouines ! dit Clacla.

— Il m'est arrivé d'en connaître quelques-unes, dit Louis de Kerelen. Je les crois honnêtes, loyales, franches, plus emportées que patientes, à la fois rêveuses et solides, peut-être un peu vindicatives, économes mais plus volontiers dépensières. Les Malouines ont aussi la réputation d'être fidèles, ce qui rassure leurs maris et désespère les autres hommes !

Jamais un Malouin n'aurait osé parler à Mme Carbec sur ce ton de badinage. Elle sentit que tout le monde la regardait avec curiosité et que les yeux de Clacla la fixaient comme s'ils eussent voulu deviner la raison de cette rougeur qu'elle sentait lui monter aux joues. Veuve depuis plus de trois ans, elle savait que des hommes commençaient à l'observer, la guettant sans illusions et se méfiant de ses airs de princesse. Elle seule se connaissait vulnérable depuis la nuit où le corps d'un cavalier inconnu avait été trouvé sur les remparts, déchiqueté par les chiens du guet. Était-elle si fidèle, alors qu'il lui arrivait de plus en plus souvent, au moment de s'endormir, de souhaiter des rêves dont Jean-Marie serait absent ? Un jour, tante Clacla qui devait se douter de ses tourments nocturnes lui avait dit négligemment : « Marie-Léone, vous avez sous les yeux des cernes qui feraient jaser plus d'une

pétasse si on ne vous savait pas si vertueuse. » Clacla ignorait
donc que les nuits solitaires sont les plus épuisantes ?

— Votre portrait est assez flatteur, finit-elle par répondre à
M. de Kerelen. Nous l'acceptons volontiers, n'est-ce pas, tante
Clacla ? C'est vrai, les Malouines sont souvent pleines de contra-
dictions, économes et prodigues, rêveuses et laborieuses...

— Et fidèles ? interrogea Kerelen.

— Comme vos Nantaises, je pense ! dit-elle en riant.

Autant Mme Carbec avait voulu tout à l'heure donner un ton
plus léger à la conversation générale, autant elle redoutait
maintenant le tour équivoque que Kerelen tentait de donner à ses
propos. Le repas terminé et les convives installés dans le salon de
réception, Joseph Biniac vint à son secours en prenant à partie le
jeune M. Dupleix.

— Vous qui savez tout et pour qui la finance paraît sans
secrets, que pensez-vous des théories de M. Law ?

— Je n'ai débarqué que depuis quinze jours mais il est vrai que
chacun m'en rebat les oreilles. Franchement, le Système de
l'Écossais ne me paraît pas si difficile à comprendre, surtout pour
des marchands tels que vous. Considérez ce qui se passe à
Londres. Croyez-vous que les négociants payent avec des sterling ? Point. Toutes les affaires se traitent par des jeux d'écriture.
Chacun est à la fois créancier et débiteur. Le papier contre le
papier, la foi contre la foi, n'est-ce pas la plus noble forme du
commerce ? Si vous admettez qu'avec cent mille livres, un
négociant peut engager un million d'affaires lorsque son crédit
vaut neuf cent mille livres, il vous faut admettre que le crédit d'un
État peut être lui aussi dix fois plus grand que le numéraire de son
Trésor.

— Monsieur Dupleix, dit Joseph Biniac, nous n'avons pas
attendu M. John Law pour utiliser les lettres de change, elles sont
vieilles comme le monde, mais nous ne tirons jamais que sur des
négociants avec lesquels nous avons l'habitude de travailler et en
qui nous avons confiance.

— N'auriez-vous pas confiance dans l'État ?

— Jeune homme, les Malouins sont de bons sujets du Roi, cela
ne les empêche pas, quand il s'agit de leurs intérêts particuliers, de
savoir compter. Lorsque l'ennemi menaçait le royaume nous
avons prêté ou donné à l'État tout l'argent dont il avait besoin,
aujourd'hui que la paix est revenue nous entendons mener nos
affaires à notre guise.

— Qui vous en empêche ?

— À ce que nous savons, que vous paraissez ignorer, ce John

Law voudrait réunir dans une seule administration tous les commerces, toutes les manufactures, toutes les compagnies, toutes les fermes générales. Il est déjà parvenu à mettre la main sur la Compagnie du Mississippi, à diriger celle du Sénégal, à se rendre adjudicataire de la Ferme des Tabacs, et on affirme que le Régent va transformer son établissement privé en Banque royale. Vous verrez que demain, il voudra s'emparer de notre Compagnie des Indes. Pour l'instant, il essaie de nous faire croire qu'en remplaçant le numéraire métallique par une valeur dix fois supérieure de billets, la France sera dix fois plus riche. Voilà bien des chimères !

— Il y a peut-être là un grand dessein, dit pensivement M. Dupleix. S'il est vrai que la foi en Dieu soulève des montagnes, pourquoi la foi dans un grand établissement financier ne pourrait-elle pas soulever des montagnes d'or ? Après tout, la richesse est peut-être elle aussi une création de la foi, c'est-à-dire de la confiance.

— Cela me gêne de vous entendre assimiler la foi religieuse au crédit. Avez-vous déjà entrepris une petite opération commerciale, quelque pacotille par exemple, avec votre propre argent, monsieur Dupleix ?

— Non, pas encore. Quand je suis parti pour Pondichéry avec le capitaine Le Coz, j'étais très démuni, mon père avait refusé de m'avancer un liard. En revanche, j'ai appris que M. Law avait engagé sa propre fortune dans sa banque, et vous devez savoir qu'il a distribué un dividende de 7,5 % pour un seul semestre. Cela ne vous donne-t-il pas confiance ?

— Cela prouve seulement que M. Law croit en son système comme vous croyez en vos théories sur l'Inde. Retenez que je ne suis pas l'adversaire d'une banque privée pour faciliter les échanges, suppléer au transport des espèces, ou faire cesser l'usure. Quand une banque privée fait faillite, elle n'engage guère que les deniers de ses imprudents clients. Mais qu'adviendrait-il avec une Banque royale devenue dépositaire de tout l'argent français, maîtresse du négoce, des manufactures et de l'impôt ? Non, monsieur. Si votre John Law était un charlatan, il n'y aurait que demi-mal : on l'enverrait aux galères. Hélas, c'est l'homme d'un système. Il n'y a ni gibet, ni prison, ni maison de fous pour ce genre de personnage.

Générale quand les six convives étaient rassemblés autour de la table de la salle à manger, la conversation s'était apaisée dans le salon de réception. Comme il était de bon ton de s'intéresser aux coutumes anglaises depuis que l'abbé Dubois faisait des séjours prolongés à Londres et que l'ambassadeur Stairs fréquentait la haute noblesse installée à Paris, Mme Carbec avait fait servir du vin de Porto après le souper. Sur un ton presque cordial Joseph Biniac disait au jeune Dupleix qu'il ne demeurait pas indifférent à son idée de commerce d'Inde en Inde mais persistait à se méfier des intrigues qui opposaient tel nabab à tel autre. « Croyez-moi, jeune homme, nous finirions par payer tous les frais de ces luttes intestines. Les Malouins ne sont certes pas les derniers à savoir que les guerres ne sont pas ruineuses pour tout le monde, faut-il encore que leur bonne fin conduise au profit. » Prudente, Clacla n'avait pas voulu intervenir dans la discussion qui opposait les deux hommes à propos de John Law parce que, par des cheminements connus d'elle seule, elle avait participé au capital de la banque de l'Écossais dont les souscripteurs demeuraient mystérieux. Assise à côté d'Hervé Le Coz et faisant mine de ne s'intéresser qu'à lui, elle lui demanda s'il n'avait pas l'intention de se fixer à Saint-Malo, y devenir armateur, aider sa sœur à diriger une entreprise difficile qu'assombrissaient les derniers événements survenus à Arica ?

— N'as-tu pas assez navigué ? Tu es en âge de te marier, non ?

Hervé essayait de sourire, répondait que Marie-Léone était très capable de diriger seule l'armement Carbec, expliquait qu'il n'avait pas l'intention de retourner à Pondichéry ni même de naviguer.

— Je préférerais partir pour Saint-Domingue où mon grand-père Lajaille m'a légué une plantation et sans doute m'y fixer.

— A Saint-Domingue ?

— Ne le dites pas à Marie-Léone, elle ne sait encore rien de ce projet.

— Ce sera dommage pour les filles à marier, dit Clacla. Fort comme tu es, mon gars, tu ferais de beaux enfants !

— Qui vous dit que je n'en ferai pas là-bas ?

— À des négresses ?

— Pourquoi pas ?

Près d'une fenêtre, derrière le fauteuil où Marie-Léone était assise, Louis de Kerelen se tenait debout et se penchait autant que les convenances le permettaient pour apprécier le décolleté de la robe dont il avait fait compliment tout à l'heure. Charmé de ce souper imprévu, il avait été surpris par la qualité de l'hôtesse et des autres convives, le ton de la conversation, la délicatesse de la chère. Pour son goût, on avait peut-être un peu trop parlé d'argent, le décor du salon avec ses tentures de soie rose, ses fauteuils dorés et le ventre de ses commodes marquetées flambaient trop neuf mais, à tout bien considérer, il s'y était senti plus à son aise que dans la maison héritée de l'oncle Kerelen au fond d'une ruelle où il fallait se tordre le cou pour voir le ciel. C'était donc cela, les messieurs de Saint-Malo? Ces bourgeois ont voulu vivre comme les nobles, mais en travaillant, pensa-t-il, si cela continue pendant une autre génération ce seront les nobles qui voudront vivre comme des bourgeois.

— Quel est donc ce curieux oiseau que vous gardez empaillé dans une si belle cage? demanda Louis de Kerelen à Mme Carbec.

— C'est Cacadou.

— Cacadou?

Marie-Léone raconta l'histoire du mainate qui avait été le témoin enchanteur de sa jeunesse, de toute sa vie, et des premières années de ses enfants.

— Est-ce un conte de fées?

— Non, monsieur, c'est la vérité! Je peux même vous affirmer que Cacadou veille encore sur notre famille. Nous ne le laissons jamais seul, car s'il venait à se réveiller il aurait trop de peine. Vous ne croyez donc pas aux prodiges?

— J'y croirais si vous acceptiez mon offre de vous conduire à Nantes. Accordez-moi, madame, cette occasion de vous remercier pour cette soirée.

— Vous savez bien que mon frère m'accompagne. À nous trois, avec nos bagages, nous serions trop à l'étroit.

Il osa répondre, la regardant tout droit :

— Partons tous les deux, votre frère prendra la poste!

— N'insistez pas tant, dit-elle en souriant et ravie du jeu.

— Nous reverrons-nous à Nantes?

— À moins d'un hasard, j'en doute. Les Nantais avec lesquels nous avons affaire ne doivent pas être ceux que vous fréquentez. À Saint-Malo qui est une petite ville...

— ... De grande renommée!

— À part quelques rares et vieilles familles nobles qui tiennent encore leurs portes verrouillées, tout le monde se connaît et se rend visite. Chez vous, à Nantes, les relations ne sont pas si faciles.

— À qui la faute, madame? Pas aux jeunes gentilshommes, mais aux armateurs et aux négociants qui vivent entre eux, comme à l'intérieur d'un clan fermé, et ne se soucient de la noblesse que pour racheter nos terres lorsque l'un de nous se trouve dans le besoin! Sans doute, on s'invite à des bals, on se reçoit à des dîners priés, on joue au trictrac, on fait de la musique, on va même déjeuner sur l'herbe. Je pense que c'est davantage pour étaler ses titres, son rang ou son argent que pour se lier d'amitié.

— C'est bien ce qui se passe à Saint-Malo, croyez-moi! lança Mme de Morzic avec la voix trop sonore des anciens jours, celle du maquereau frais qui vient d'arriver.

— Hier peut-être, répondit vite Mme Carbec qui se méfiait toujours un peu de la langue de tante Clacla. Les temps ont bien changé, vous le savez bien! Nous aussi nous avons tous changé.

Mme de Morzic avait vite retrouvé le sourire qui convenait à sa position sociale mais l'orage qui l'avait soudain secouée comme un brusque coup de vent laissait encore au fond de ses yeux vert marine le frémissement d'une beauté ardente.

— Vous avez raison, dit-elle apaisée. Vous seule, chère Marie-Léone, n'avez pas changé. Regardez-la. Quoi qu'elle subisse, chagrin, deuil, inquiétude, son visage demeure toujours aussi lisse que celui d'une jeune fille. Messieurs, il y a deux miracles dans cette maison : celui de notre hôtesse et celui de Cacadou dont on ne sait pas s'il se réveillera un jour de son sommeil. Maintenant, mon âge me permet sans doute de dire qu'il est l'heure d'aller dormir. La Noguette va bientôt sonner et les chiens vont être lâchés. N'allez pas vous faire dévorer comme ce galant dont on parle encore!

Louis de Kerelen s'inclinant pour prendre congé, souffla à Marie-Léone : « A bientôt ? — Dieu seul le sait! » répondit-elle. Il dit alors : « Et si c'était le diable ? »

Les invités en allés, tante Clacla félicita très bourgeoisement Marie-Léone de son dîner réussi.

— Tout était bon, le poisson, le rôti, les vins, et les hommes! Quatre cavaliers pour deux femmes, c'est merveille dans une ville où l'on compte tant de veuves!

Elle ajouta après un soupir exagéré :

— La comédie est finie, il va falloir maintenant dormir seule! Bonne nuit, Hervé. Approche voir un peu que je te baise, capitaine.

Chaque soir avant de se coucher, Mme Carbec entrait dans la chambre où dormait Marie-Thérèse, posait doucement ses lèvres sur les joues roses de la petite fille et la regardait un long moment. Au milieu de la nuit, il lui arrivait de se lever et d'aller embrasser ses garçons engloutis dans leur sommeil d'adolescents. Ceux-là, elle les admirait avec quelque orgueil et entendait demeurer fière d'eux, quel que soit leur âge. Devant Marie-Thérèse endormie, une tendresse protectrice l'inondait, faite d'inquiétude et de complicité féminine. Il n'y a pas de petites filles, il n'y a que des petites femmes, m'a dit Hervé l'autre jour. C'est vrai, Marie-Thérèse est coquette, capricieuse, colère, comme je l'étais à son âge. Il faudrait qu'elle demeure toujours un petit enfant. Encore quelques années, et les hommes la regarderont. J'ai connu au couvent des filles de quatorze ans qui partaient se marier, d'autres qui à seize ans avaient eu des amants et me racontaient comment elles arrivaient à tromper leurs maris. Mon Dieu, se peut-il qu'un ange devienne un jour une femme avec laquelle les hommes feront tout ce que je sais ?

C'était la pente qui la conduisait chaque soir vers la prière, à genoux au pied de son lit, en face d'un petit Christ tout maigre fixé sur un fond de velours rouge. Par obéissance à des principes inculqués dès son enfance et aussi parce qu'elle en recevait du secours, Marie-Léone ne s'endormait jamais sans prier quelques instants le Père, le Fils, le Saint-Esprit, la Vierge Marie, les apôtres ou quelques saints. Elle croyait en Dieu comme elle savait que le soleil brille, que l'eau coule, que les oiseaux volent, que la nuit est noire, et que saint Suliac a jadis changé en pierres les ânes envoyés par le diable brouter dans les récoltes de son monastère sur les bords de la Rance. Ce soir-là, elle demanda au ciel de l'éclairer pour mieux gérer les intérêts de la famille Carbec, car elle ne doutait pas non plus des interventions divines dans la réussite des affaires commerciales. Une fois couchée, elle attendit paisiblement le sommeil. Le galop hurleur des dogues passant sous ses fenêtres ne la troublait plus. Aujourd'hui, elle s'était conduite comme une vraie Malouine, maîtresse à son bord, tenant ferme la barre en face des mauvaises nouvelles et présidant quelques heures plus tard un souper chez elle. La présence du jeune Dupleix et de Louis de Kerelen lui avait apporté comme un coup de vent frais, gonflé d'idées nouvelles, tantôt graves tantôt légères, discussions ou badineries, qui naguère ne franchissaient jamais le seuil de sa maison, même lorsque Jean-Marie conviait quelques bons compagnons à boire la goutte, et qu'ils s'attardaient jusqu'à la Noguette à raconter leurs histoires toujours les mêmes, la morue sur les bancs, le sel de Sotubal, la machine infernale des Anglais, la prise d'un Hollandais, les tourbillons du cap Horn, les piastres qu'on faisait frire dans une poêle, toute l'aventure malouine confondue avec leur propre vie. C'est vrai que les temps avaient changé ! Jamais elle ne s'en était aperçue comme ce soir. A côté des autres, Joseph Biniac avait l'air d'un barbon. Sans doute, a-t-il raison de ne pas faire confiance à ce John Law. N'est-ce pas plutôt parce que les vieilles personnes ont toujours vite fait d'appeler chimères les idées nouvelles ? Cependant je ne serais pas surprise que tante Clacla ait des lumières sur ce fameux Système. Elle prétend que mon visage demeure toujours lisse, mais l'âge a laissé sur le sien quelques marques qui troublent encore les hommes. Tout à l'heure, ils la regardaient plus que moi. Même Hervé n'y était pas insensible. Quant à ce Kerelen, il me paraît bien hardi. Ces Nantais qui ont la réputation de se méfier des autres ne doutent jamais d'eux-mêmes. Tante Clacla ne m'a pas dit comment elle l'a connu. Il y a toujours un peu d'ombre dans la vie de Clacla. Je demanderai à M. Renaudard s'il connaît cet ancien officier. Lorsque tante Clacla prétend que j'ai toujours l'air d'une jeune fille, croit-elle se rajeunir du même coup ? Moi, j'ai quatre enfants, trois garçons et une fille qu'il me faut établir. Je ne dois pas penser à autre chose. Seigneur, protégez-les ! Vous savez que je suis pieuse, c'est le plus facile, aidez-moi à devenir charitable.

Jeune fille, Marie-Léone était venue quelquefois à Nantes avec ses parents pour rendre visite à son grand-père qui habitait sur le quai de la Fosse une maison dont le rez-de-chaussée était occupé par des magasins qui sentaient bon le poivre et la cannelle. De ces voyages elle gardait de chers souvenirs, surtout celui d'une certaine promenade nocturne dans les rues de la ville en fête au bras du capitaine Carbec. Il y avait dix-huit ans de cela. Jean-Marie venait de rentrer des mers du Sud et Hervé de Pondichéry. Ils s'étaient tous retrouvés à Nantes à l'occasion d'une vente de la Compagnie des Indes orientales qui avait attiré sur les bords de la Loire des marchands venus de Paris, Lyon, Genève, Amsterdam, Bordeaux et autres grandes cités, tous curieux d'apprécier la cargaison de l'*Amphitrite,* premier navire français retour de la Chine. Après dix-huit années, Marie-Léone y pensait encore. Dix-huit ans, est-ce Dieu possible ? La moitié de mon âge. J'entends encore mon grand-père Lajaille nous dire à la fin du souper « Allez vous amuser belle jeunesse » et je me revois chaperonnée par mon frère et par mon parrain au milieu des danseurs et faiseurs de tours venus eux aussi à Nantes pour cette circonstance. Le jour de notre arrivée, mon grand-père m'avait demandé en me serrant un peu le bras : « Tu dois être heureuse d'être sortie du couvent et de retrouver ta famille ? T'entends-tu bien avec ta maman ? » Il avait prononcé cette dernière phrase avec la voix inquiète d'un aveugle qui voit tout.

Alors qu'elle aurait dû demeurer à Saint-Malo près de sa fille et de ses petits-enfants, Mme Le Coz avait préféré revenir à Nantes quelques mois après la mort de son époux. Le mariage l'avait faite malouine, le veuvage l'avait refaite nantaise parce que des intérêts familiaux difficiles à démêler exigeaient, assurait-elle, sa présence quai de la Fosse. Marie-Léone ne l'avait retenue que du bout des lèvres, l'une et l'autre étant incapables de simuler des sentiments qu'on dit naturels mais qu'elles n'éprouvaient pas. D'un commun accord, soucieuses que leur mésentente ne devienne pas un morceau de choix dans les conversations de la société malouine, elles avaient mis cinquante lieues entre elles, la mère pas fâchée de revenir dans sa ville natale sous le nom de Mme de la Ranceraie, la fille pas mécontente de demeurer à Saint-Malo le seul représentant de la famille Le Coz et d'y diriger ses affaires d'armement et de négoce selon son gré. De temps à autre, pour le respect des bienséances et pour que les enfants n'ignorent pas leur grandmère, elles se rendaient de courtes visites, juste le temps de faire ensemble le tour de quelques salons et de se décocher deux ou trois traits.

Mme Carbec venait aussi à Nantes pour entretenir, consolider, voire développer les relations d'affaires que son père et son mari y avaient nouées naguère sans se soucier des rivalités qui opposaient les citoyens des deux villes. À chacun de ses voyages, elle ne manquait pas de visiter les dames Grou, Brian, Chastain, Montaudouin, Walsh ou O'Neil qui occupaient sur le quai de la Fosse une situation comparable à la sienne sur les remparts de Saint-Malo, élevaient de nombreux enfants, s'entendaient à calculer le montant d'une mise hors, surveillaient de près le domestique de leur maison, et jouaient du clavecin. Avant la mort de son mari, Marie-Léone ne s'était jamais inquiétée de vivre dans une ville close, ceinturée de gros murs, isolée du continent dès que la haute marée recouvrait le Sillon. Semblable à toutes les Malouines elle était accrochée à son rocher comme une bernique. Les ruelles, les maisons entassées les unes sur les autres, les odeurs de la morue séchée et du goudron, les grands coups de vent qui emportaient dans le ciel les cris rouillés des oiseaux blanc et gris, l'énorme respiration de la mer étale, les remparts de granit où s'alignaient les longs museaux fleurdelysés des canons du Roi, Marie-Léone s'était toujours trouvée à son aise dans ce décor, ces bruits, ces relents, ces voix sonores qu'elle entendait depuis trente-six ans, bonjour ma fi, je vous salue bien madame Carbec! Sans même savoir qu'elle en avait besoin, elle s'y sentait protégée. Pourtant, depuis qu'elle était devenue veuve, ce qui la rassurait hier l'étouffait un peu. Contrainte à un métier d'homme, elle devait en assumer toutes les responsabilités sans en connaître les menus plaisirs, voyages lointains, repas de compagnons, honneurs et autres vanités masculines qui accompagnent le succès, fredaines allégrement confessées à la veille de Pâques. Ici, à Nantes, les rues étaient aussi tortueuses qu'à Saint-Malo mais il y soufflait comme un air de liberté, et Marie-Léone ne rencontrait pas à chaque instant une commère bon bec qui prétendait cousiner, elle se sentait plus légère, moins surveillée peut-être, rendait visite à des armateurs, des négociants, des capitaines : des hommes. Au bout de quelques jours il lui tardait de retrouver l'odeur des maquereaux grillés, le tintement de la Noguette, le cri des goélands, la raideur pailletée du granit, le retour des barques de pêche piquant du nez dans l'écume crémeuse autour des chicots. La jolie promenade le long de la Loire en face des prairies humides où le soleil tremblait dans les ormeaux, ne parvenait jamais à retenir Mme Carbec plus d'une semaine.

Mme Le Coz pressa Hervé sur sa poitrine et demeura un long moment muette, incapable de prononcer la moindre parole tant elle était émue de revoir son fils parti depuis trois ans sur un navire de la Compagnie des Indes. Pour mieux le contempler, elle l'éloigna un peu et, bouleversée, éclata en sanglots.

— Pardonnez-moi de me conduire ainsi, dit-elle en s'essuyant les yeux avec un petit mouchoir brodé à ses armes. Je n'ignore pas que les gens de notre condition ne doivent pas montrer leurs sentiments, je n'ai pas pu me contenir.

Femme dure et pieuse, elle avait toujours éprouvé une faiblesse pour son aîné, un bon gars facile à gouverner, qui ne l'avait jamais bravée les yeux dans les yeux comme le font les mousses l'année de leurs premières démangeaisons. Sa fierté l'emportant sur ses inquiétudes maternelles, elle avait été heureuse de le voir partir pour Terre-Neuve, fréquenter le Collège de Marine, embarquer enfin sur les navires de la Compagnie des Indes où il avait obtenu rapidement un commandement à la mer. Le voir aujourd'hui quai de la Fosse, retour de Pondichéry et capitaine des *Deux Couronnes* la comblait d'orgueil.

Lasse de son voyage en chaise de poste, Marie-Léone était allée vite se reposer. Mme Le Coz ne voulut pas lâcher sitôt son fils.

— Je suis si heureuse de vous voir, Hervé ! J'ai mis de côté un vieux marc qui attendait votre retour, nous allons en boire une goutte tous les deux. Laissez-moi donc vous regarder encore. Depuis quarante ans que je vous connais vous n'avez pas changé !

— Eh ! ma mère, j'ai pourtant vieilli comme tout le monde ! dit-il en riant pour cacher une émotion à laquelle il ne s'attendait pas.

— Non, Hervé, vous n'avez pas changé. Pour moi, vous serez toujours un petit enfant, mon seul petit enfant, un vrai Le Coz.

— Mais, il y a Marie-Léone...

— Non, Marie-Léone, c'est une fille. Vous, vous êtes un garçon. Vous ne pouvez pas comprendre. Une fille, à ce qu'on dit, c'est le plus beau cadeau que le ciel puisse offrir à une mère. Cela est peut-être vrai quand elles s'entendent bien toutes les deux. Pensez-vous que j'aie quitté de gaieté de cœur notre maison de Saint-Malo pour venir ici ? Écoutez-moi, Hervé. Lorsque vous étiez un jeune garçon et plus tard un jeune homme, même s'il m'est arrivé de vous gourmander vivement, je suis sûre qu'il n'y eut jamais de place, ni dans votre cœur ni dans le mien, pour le moindre ressentiment.

— Jamais, ma mère, je vous le jure !

— Avec votre sœur, il en allait autrement. Il m'a fallu plusieurs années pour comprendre qu'elle ne m'aime pas.

— Vous vous abusez, ma mère !

— Non ! coupa Mme Le Coz. Non, Hervé, je sais ce que je dis. Vous ne vous êtes aperçu de rien. Ces sortes de sentiments ne peuvent être compris que par ceux qui les subissent. Votre sœur aimait sans doute trop son grand-père, son père et plus tard son mari. Il ne restait plus de place pour sa mère. Nous nous sommes affrontées pour des brimborions, me direz-vous ? C'est vrai. Ce qui est plus grave, c'est qu'elle n'eut jamais confiance en moi. Dites-moi la vérité, Hervé, n'ai-je pas été une bonne mère ?

Émeline Le Coz avait pris une main de son fils et la tenait fermement. Troublé, Hervé ne savait quoi répondre. Il dit après un long silence :

— Qu'il s'agisse de vous, de mon père ou de ma sœur, je conserve de bons souvenirs. Je suis heureux de me retrouver avec vous deux dans la maison de mon grand-père.

Cette nuit-là, comme il ne parvenait pas à s'endormir, Hervé ouvrit une fenêtre et se pencha sur la nuit. Au cours de ces trois dernières années, à bord des *Deux Couronnes,* il lui était arrivé de s'enfermer dans sa chambre de commandement et d'y passer de longues heures, accablé de solitude, devant un flacon d'alcool, et se promettant de ne plus jamais réembarquer quand il serait de retour à Saint-Malo. Là-bas, l'attendaient une vieille mère, une sœur, trois neveux et une nièce, une bonne affaire de négoce et d'armement. Qu'irait-il faire encore aux Indes, dans ce pays immense où il s'était tout de suite senti mal à l'aise, environné de maléfices, terrifié d'être peu à peu englouti, sans même s'en apercevoir, par la douce odeur de cadavre que traînait derrière soi le pullulement humain ? Était-il fait pour autre chose que pour le commandement à la mer ? Autant le jeune Dupleix paraissait à l'aise dans la compagnie des chiffres, habile à convertir avec l'intelligence rapide d'un changeur juif des écus en riksdales ou des piastres en pagodes, et à rédiger les clauses d'un contrat de vente ou d'achat, autant Hervé Le Coz avait peu de goût pour toutes ces choses du commerce. L'armateur-négociant de la famille, ça n'était pas lui, c'était sa sœur. Il s'en était rendu compte dès le premier jour de son retour : Marie-Léone connaissait mieux que lui les cours de la cannelle, le change des roupies ou le prix du poivre pratiqués à Pondichéry ou à Sumatra. Avec elle, la tradition familiale et l'héritage Carbec se trouvaient placés dans des mains plus adroites que les siennes. La sagesse exigeait de laisser à sa sœur le soin d'un négoce auquel elle s'entendait mieux que lui et qu'elle gouvernait avec un plaisir non dissimulé. Si Marie-Léone n'avait pas trois garçons, pensa Hervé Le Coz, je lui aurais peut-être demandé de m'associer avec elle, mais les voilà bientôt en âge de se diriger eux-mêmes. M'installer à Nantes ? C'est vrai que le port paraît l'emporter sur celui de Saint-Malo. Notre mère a raison. Pourquoi veut-elle donc m'opposer à ma sœur ? Que s'est-il passé entre elles deux ? Quoi qu'elles en pensent, elles se ressemblent peut-être trop pour se supporter tous les jours. L'une et l'autre entendent être maîtresses à bord. Moi non plus, je n'aime pas qu'on me régente.

Haute dans le ciel, une lune toute ronde éclairait les prairies nantaises étendues sur la Loire, et, le long du quai de la Fosse, quelques navires venus du bout du monde gémissaient comme s'ils eussent rêvé aux Isles-sous-le-Vent.

Comme tous les négociants nantais dont la fortune était née du commerce avec les Antilles, Alphonse Renaudard avait acheté sur le quai de la Fosse une maison où il avait installé ses magasins, ses commis et sa famille. Pour aller des grandes caves voûtées du rez-de-chaussée, pleines de caisses, ballots, sacs et barils, aux salles du premier étage où il se tenait avec ses comptables, il ne lui fallait que quelques instants, pas davantage, pour gagner ses appartements privés. La porte de la maison ouverte, il se trouvait aussitôt au milieu de ses confrères, à deux pas de la Bourse, là où l'on n'apprenait pas seulement le cours de l'indigo ou du café, le départ ou le retour de tel armement, mais aussi les dernières nouvelles rapportées de Paris par un de ces messieurs du commerce et aussitôt chuchotées de bouche à oreille en attendant qu'un roulement de tambour les avertît que la séance allait commencer. Alphonse Renaudard aimait ce moment de la matinée où vêtu de drap fin dont il accordait la couleur aux saisons, coiffé d'un tricorne galonné et tenant à pleine main une haute canne à pommeau d'or, son importance ne le cédait en rien à celle des hommes nouveaux qui avaient fait de Nantes, en quelques décennies, le premier port du royaume et qui paraissaient bien décidés à en faire la plus belle ville de la Province. Avec les Michel, Luynes, Espivent, Bouteiller, Montaudouin, Grou, Chaudran, Deurbroucq, Stapleton, Walsh ou Mac Namara, rarement bretons mais tous devenus d'authentiques Nantais, il pouvait parler d'égal à égal, entreprendre et bâtir, imaginer des associations et envisager des alliances qui permettraient d'additionner des titres de rentes sur un contrat à défaut d'inscrire des titres nobiliaires sur un arbre généalogique.

Conscient de son poids et de sa place dans une société de marchands et d'armateurs qui détenaient tous les postes consulaires, Alphonse Renaudard connaissait aussi ses faiblesses. En tuant sa femme, la petite vérole avait porté un rude coup sinon à son ascension au moins à sa vie sociale, inséparable à Nantes plus qu'ailleurs de la vie familiale. Adieu les soirées de musique et de comédie auxquelles il n'entendait rien lui-même mais qu'il aurait volontiers ordonnées parce qu'il en pressentait l'intérêt quelque frustes que fussent demeurées ses manières. Il lui faudrait attendre que sa fille ait dix-huit ans pour donner à souper et à danser. À ce moment-là, dans onze ans, il retirerait Catherine du couvent, donnerait en son honneur un grand bal où serait convié tout ce qui compte dans la société nantaise, noblesse et grande bourgeoisie, et lui confierait dès le lendemain le gouvernement du Bernier acheté au comte de Kerelen. Marier Catherine ? Pour l'instant elle avait sept ans. À Nantes, où l'on ne perdait jamais une occasion de railler les Malouins, on avait assez brocardé le Noël Danycan qui, pour ne pas manquer un gendre inespéré, avait fait authentifier par acte notarié les fiançailles de sa fille, alors âgée de cinq ans, avec le fils du procureur général auprès du Parlement de Bretagne, qui en avait neuf ! Bien qu'il eût gardé son aspect extérieur un peu austère, le manoir du Bernier était devenu une jolie demeure décorée par un architecte qui avait le goût des boiseries claires et des meubles marquetés. Alphonse Renaudard avait acquis ce domaine parce que sa position exigeait qu'il devînt propriétaire d'une terre, une vraie terre, avec des métairies et des droits seigneuriaux. Il ne le regrettait pas, faisait des projets de cultures nouvelles, invitait quelques chasseurs et s'y ennuyait entre Pâques et la Toussaint. Au vrai, il ne se sentait à l'aise que dans sa maison du quai de la Fosse, une vieille maison à colombage qu'il faudrait bientôt démolir pour respecter l'alignement des nouvelles bâtisses mises en chantier entre la Chézine et la place du Bouffay. Il aimait circuler dans ses magasins où s'entassaient les mauvais fusils destinés aux rois nègres et qui n'étaient guère dangereux que pour ceux qui s'en servaient, passait de longues heures dans son cabinet de travail, et, assis sur son lit, dans sa chambre, il regardait si longtemps les mâtures se balancer dans le vent d'ouest qu'il se surprenait à hocher la tête doucement de droite à gauche et de gauche à droite.

— Tel que vous me voyez, madame Carbec, je ne suis vraiment à mon aise qu'ici, dans mon cabinet de travail, au milieu de mes livres de comptes. Je suis sûr que vous me comprenez.

— Je vous comprends, monsieur Renaudard. Lorsque mon mari a fait bâtir sur les remparts, il n'a pas voulu quitter la rue du Tambour-Défoncé. Moi-même, je ne le pourrais pas. Je souhaite que mon fils Jean-Pierre garde cette tradition.

— C'est votre aîné, si j'ai bonne mémoire ?

— Oui. Il naviguera quelques années puis prendra la direction de nos affaires.

Marie-Léone était assise dans un large fauteuil canné, face au Nantais qui se tenait derrière son bureau plat où brillaient les coupelles d'une petite balance de peseur d'or. Elle connaissait bien ce cabinet semblable à ceux qu'elle avait vus chez Magon, Danycan, la veuve Onfroy, partout où l'on armait, trafiquait, avitaillait, à Saint-Malo ou à Nantes, à Bordeaux ou à Rouen, Londres, Cadix ou Amsterdam : rayonnages de chêne clair ou d'acajou où s'alignaient de gros registres numérotés, coffres cloutés et cadenassés, cartes marines vivement coloriées. Sauf que Jean-Marie avait toujours témoigné de la rectitude et de la rapidité apportées par Renaudard dans la liquidation de leurs comptes, Marie-Léone connaissait peu le personnage. À Saint-Malo, les relations d'affaires se nouaient plus facilement qu'ailleurs parce qu'on parvenait toujours à se trouver des cousins, capitaines ou simples matelots, orfèvres ou charpentiers, regrattiers ou aubergistes, médecins ou calfats, prêtres ou armateurs, dont tout le monde avait connu les parents dans les temps, et dont on pouvait dire sans trop se tromper l'âge et le saint patron. À Nantes, avec tous ces Parisiens, Gascons, Espagnols, Italiens, Hollandais ou Irlandais, on s'y perdait. Allez savoir d'où ils sortaient ? Entre Marie-Léone et Alphonse Renaudard, les relations ne s'étaient pas débarrassées rapidement d'une certaine

gravité conventionnelle estimée de bon aloi par l'un et l'autre. Les
visites rendues par la Malouine aux dames du quai de la Fosse ou
à l'armateur lui-même avaient peu à peu assoupli cette raideur
bourgeoise, et l'ascendance nantaise de Mme Carbec avait fait le
reste, si bien qu'ils pouvaient parler aujourd'hui librement de
leurs soucis familiaux.

— Que deviennent vos autres enfants? demanda Alphonse
Renaudard.

— J'ai l'intention d'envoyer le second passer quelques mois en
Espagne. Qu'en pensez-vous?

Alphonse Renaudard fit la moue :

— Pour nous autres Nantais, Amsterdam est plus indiqué,
mais les Malouins ont leurs raisons qui ne sont pas les nôtres.

— Vous semblez oublier que mon grand-père avait épousé une
Espagnole!

— C'est vrai, pardonnez-moi. A cette époque, il existait entre
Nantes et Séville des réseaux d'affaires et d'amitiés qui sont
aujourd'hui moins nombreux et moins serrés. J'ai bien connu
votre grand-père, le père Lajaille, comme nous l'appelions. Il a été
un des premiers Nantais à comprendre que notre avenir se situait
davantage du côté de la Martinique et de Saint-Domingue qu'à
Pondichéry ou à Surate. Ne faisait-il pas de l'indigo et du sucre au
Cap Français?

— Mon frère a hérité de sa plantation

— En est-il satisfait?

— A vrai dire, je pense qu'il n'en reçoit pas beaucoup de
nouvelles. Il navigue.

Alphonse Renaudard ne put réprimer un gros rire, et donna du
plat de la main sur la table.

— Ah, il navigue! Eh bien, ce sont ses gérants qui empochent
le bénéfice des récoltes!

— N'êtes-vous pas vous-même propriétaire à Saint-Domingue?

— Écoutez-moi, madame Carbec, vous autres les Malouins
vous vous imaginez que les Nantais édifient des fortunes
immenses avec leur tabac, leur sucre, leur indigo, leur coton et
leurs esclaves. Détrompez-vous bien. Neuf fois sur dix, ils sont
volés par leurs commis qui ne leur rendent jamais de comptes,
falsifient les livres, trichent sur la valeur des récoltes, et font
passer pour morts les nègres qu'ils ont revendus à d'autres colons.
Si votre frère veut que la plantation du père Lajaille devienne
prospère, il faut qu'il mette coffre à terre et s'en occupe lui-même,
sur place, la trique à la main.

Mi-narquois mi-compatissant, il ne put s'empêcher d'ajouter :

— Cela ne doit pas être si difficile pour un capitaine de demeurer à terre. À ce qu'on m'a dit, les affaires de la Compagnie ne seraient pas très florissantes...

— Ne vous mettez pas en peine pour notre Compagnie! répliqua Marie-Léone. Je ne crois pas que mon frère soit près de mettre coffre à terre, mais je pense qu'il devrait, entre deux armements aller reconnaître ses plantations. Voulez-vous le conseiller, et pourriez-vous faciliter son voyage sur un de vos navires ?

— Comment ne pas obéir à madame Carbec ? Dites donc au capitaine Le Coz de venir jusqu'ici, nous causerons de tout cela. Peut-être parviendrons-nous même à faire affaire tous les deux. S'il voulait s'établir là-bas, nous pourrions associer les intérêts que nous avons aux Antilles. En seriez-vous satisfaite ?

S'efforçant de faire le gracieux, Alphonse Renaudard découvrait peu à peu une veuve encore jeune dont le visage et la tournure ne manquaient pas plus d'attraits que les biens meubles et immeubles de l'armement Carbec. Il s'attarda sur ce visage un peu plus que la bienséance l'eût permis et baissa les yeux, pris soudain de timidité devant le regard qui le fixait. Marie-Léone n'avait pas été insensible à cet échange muet. Ce fut à son tour d'observer l'armateur-négociant. Il ne ressemblait pas aux beaux cavaliers dont rêvent les jeunes filles dans les couvents, mais son air dominateur d'homme riche et entreprenant ne lui déplaisait pas. « Il lui faudrait, pensa-t-elle, un peu moins de ventre et un peu plus de manières. Est-ce que Jean-Marie avait des manières ? Non, mais il s'appelait Jean-Marie. Comment peut-on s'appeler Alphonse ? »

— Parlez-moi à votre tour de vos enfants, dit-elle.

— Je ne m'occupe pas assez d'eux, je n'ai pas le temps.

Il haussa légèrement les épaules, l'air résigné, et dit plus lentement sans quitter le regard de Marie-Léone :

— C'est un grand malheur pour des enfants d'être privés d'une mère!

Il s'empressa d'ajouter, baissant cette fois les yeux :

— Il en est sans doute de même pour ceux qui sont privés de leur père.

Marie-Léone n'avait pas bronché.

— Mon garçon vient d'avoir dix ans, poursuivit-il. Je ne sais pas ce que j'en ferai, il n'entend rien aux chiffres. Moi, à son âge, c'était le contraire. L'état de négociant réclame aujourd'hui des connaissances plus nombreuses et surtout plus solides que le Roi

n'en demanda jamais à ses ministres. Il ne me donne aucun souci,
c'est un enfant très sage, un peu triste peut-être. Il m'arrive de le
quereller parce qu'il ne sait pas faire une addition sans fautes, je
m'en veux et je dors mal.

— Et votre petite fille ?

— Celle-là, je ne me mets pas en peine pour elle ! Avec la dot
que je lui donnerai, elle se mariera vite. Pour le moment, elle
obtient tout ce qu'elle désire en grimpant sur mes genoux et en me
regardant avec des yeux de biche. Dans trois ans, je l'enverrai au
couvent où on en fera une demoiselle. N'avez-vous pas vous-
même une fille du même âge, madame Carbec ?

— Si fait, Marie-Thérèse a sept ans elle aussi.

M. Renaudard dit aussitôt .

— La prochaine fois que vous viendrez à Nantes, ne manquez
pas de l'amener ! Catherine et Marie-Thérèse pourraient devenir
deux amies, presque deux sœurs. Songez-y, madame Carbec, dans
nos milieux il n'est point de bonnes associations d'affaires sans
bonnes relations amicales ou familiales. Les Carbec alliés aux
Renaudard ! J'entends déjà les Malouins et les Nantais clamer leur
surprise ! Il faut faire cesser cette sotte rivalité qui nuit à la fois
aux uns et aux autres. Qu'en pensez-vous ?

— Monsieur Renaudard, ma famille s'y employa toujours. Ma
mère, une Lajaille nantaise, a épousé un Le Coz malouin, mon
mari était en affaires avec vous, et nous avons tout à l'heure étudié
ensemble les clauses d'un nouveau contrat d'armement pour un
navire négrier. Nous ne pouvons, ni vous ni moi, rien faire de
plus.

— En êtes-vous sûre, madame Carbec ?

Marie-Léone sentit le sol se dérober sous ses pieds. Elle savait
l'importance que représentait pour elle une association avec
l'entreprise Renaudard et entendait la sauvegarder, voire la
développer. Elle aimait moins la façon dont la regardait depuis
quelques instants Alphonse Renaudard.

— J'en suis sûre, dit-elle en riant, au moins pour l'instant mais
je serais très heureuse que nos deux filles deviennent un jour des
amies.

— Pourquoi attendre ? Envoyez donc votre Marie-Thérèse
passer la fin de l'été chez sa grand-mère. J'irai l'y chercher, avec
votre permission, et je la conduirai moi-même au Bernier où se
trouve ma Catherine en ce moment.

— Qu'entendez-vous par le Bernier ?

— Un petit manoir situé sur les bords de l'Erdre que j'ai acheté
à un gentilhomme qui, après avoir été officier pendant dix ans, se

sentait peu de goût pour vivre retiré dans ses terres. Je lui assure une rente qui lui permet de vivre en noble homme, c'est-à-dire sans travailler. Je ne le regrette pas. Entre nous, j'ai fait une bonne affaire, tous ces terrains vont prendre de la valeur.

Alphonse Renaudard avait dit cela en se frottant les mains comme un maquignon. Il dit encore :

— Je le regrette d'autant moins que mon vendeur fut brave militaire, blessé à Denain, décoré de l'ordre de Saint-Louis, et qu'il vient de temps en temps faire sa partie chez moi.

— Ne parlez-vous pas de M. de Kerelen ?

— Vous le connaissez donc ?

— Il soupa chez moi la semaine dernière à Saint-Malo où il était venu pour régler je ne sais quelle affaire. C'est un charmant cavalier.

À la question posée par Renaudard, Marie-Léone avait répondu tout d'un trait sans même se rendre compte qu'elle rougissait. L'autre, qui s'en était aperçu, renard rôdant autour d'un poulailler, mit un point final à la conversation par une plaisanterie dont il rit tout seul :

— Vous autres Malouins vous priez les nobles à souper, nous autres Nantais nous achetons leurs terres, ha ! ha ! ha ! Au revoir, madame Carbec, n'oubliez pas ma proposition pour ce qui concerne votre fille. Elle sera chez elle au Bernier, et si vous me faites l'honneur de venir la chercher vous serez pareillement chez vous !

Marie-Léone savait qu'elle ne quitterait pas Nantes sans rencontrer Louis de Kerelen. Elle n'en fut donc pas surprise et en éprouva même quelque contentement sans s'avouer pour autant qu'elle aurait été déçue de ne pas revoir le capitaine. L'événement se produisit la veille de son départ. Ses dernières visites terminées, elle s'était rendue chez Me Bellormeau pour signer le nouveau contrat qui associerait pendant une période de trois années, pour les affaires de traite, l'armement Carbec à l'armement Renaudard, et elle se dirigeait maintenant vers la Fosse pour y préparer ses bagages et passer une dernière soirée avec Mme Le Coz. Parvenue au bout de la rue de la Poissonnerie, elle s'attarda quelques instants à regarder la longue file des ponts qui enjambaient les bras du fleuve jusqu'à la rive de Pirmil, et poursuivit son chemin vers la place de la Bourse où, à ce moment de la journée, se rassemblaient toujours des groupes de Nantais. Quelqu'un la salua. C'était Louis de Kerelen. Selon les convenances, elle répondit d'une très légère inclinaison de la tête, sans la moindre grâce, sans hâter le pas non plus. Quelques instants plus tard, il se trouvait devant elle et s'inclinait fort courtoisement.

— Me permettrez-vous, madame, de vous accompagner pendant quelques pas ?

À Saint-Malo, Marie-Léone eût certainement refusé. À Nantes où tout paraissait plus léger, les manières autant que la lumière, ces sortes de libertés étaient admises par tous les milieux de la société.

— Il n'y a point d'offense, monsieur, répondit-elle tout en continuant de marcher. D'ailleurs, nous voici bientôt arrivés devant la maison où habite ma mère.

— Je la connais ! dit-il.

— Vraiment ?

— Oui, je vous y ai guettée, en vain, tous ces jours. Ne pouvons-nous pas nous promener pendant quelques instants ?

C'était le moment où le soleil descend sur l'horizon, l'heure douce des bords de Loire lorsque l'ombre des ormeaux s'allonge sur les prairies humides et que le ciel tinte de tous les angélus carillonnés. Louis de Kerelen avait déjà offert son bras. Marie-Léone y posa une main hésitante. Sans s'y arrêter, ils passèrent devant la demeure familiale où derrière une fenêtre du second étage un rideau bougeait.

— Combien de jours resterez-vous encore à Nantes ? demanda Kerelen.

— Il faut que je parte demain matin.

— Est-ce si important ?

— Mes enfants m'attendent.

— J'aurais été heureux de vous recevoir à souper chez moi. Nous pouvons arranger cela demain soir. Cela vous conviendrait-il de connaître quelques personnes de la noblesse nantaise ?

— Seriez-vous le diable, monsieur de Kerelen ?

— Je suis un homme, et je pense quelquefois à vous.

— Il faudra donc vous contenter de cela.

— Pas plus ?

Il parlait en affectant un ton détaché, presque railleur, elle répondait d'une voix brève, mal assurée, sans jamais tourner la tête et regardant droit devant elle, roide mais légèrement balancée entre l'inquiétude et la tentation du péché.

— Votre séjour à Nantes a-t-il été agréable ?

— J'ai rencontré quelqu'un qui vous connaît fort bien.

— Bah ! Un homme ? Une femme ?

— M. Renaudard.

— Est-il de vos amis ? s'inquiéta aussitôt Kerelen.

— Sans doute, répondit Marie-Léone avec une pointe de coquetterie. Il m'a même invitée au Bernier.

— Y êtes-vous allée ?

— Je n'en eus pas le temps, mais j'ai promis de m'y rendre la prochaine fois que je viendrai à Nantes. Je vous y rencontrerai peut-être ?

— Non, je n'ai pas encore eu le courage de retourner au Bernier.

Ils firent quelques pas sans prononcer un seul mot.

— Méfiez-vous de cet homme! dit soudain Louis de Kerelen.

— Pourquoi ? M. Renaudard est un négociant établi dont chacun connaît les mérites et dont je n'ai jamais eu à me plaindre.

— Moi non plus, madame. Je reconnais volontiers sa parfaite rectitude en affaires. Je sais seulement qu'il briserait n'importe quoi et n'importe qui pour arriver à ses fins.

Le ton de M. de Kerelen n'était plus tout à fait le même. Mme Carbec en fut surprise et tourna légèrement la tête vers son compagnon, les yeux étonnés :

— J'ai de nombreuses raisons de croire que M. Renaudard me veut du bien.

C'était à son tour de badiner et d'y prendre plaisir, comme si elle fût devenue soudain sa propre spectatrice.

— Justement! gronda Kerelen.

— Je n'y comprends goutte.

— Êtes-vous si innocente ? Pas avec ces yeux-là, madame. Ne savez-vous point que Renaudard est veuf et qu'il pourrait songer à se remarier ?

— Ce serait là une intention très louable. Croyez-vous aussi honnêtes tous les hommes qui font leur cour à une femme? Franchement, qu'en pensez-vous, monsieur de Kerelen ?

Dans ce genre d'escrime où les pointes, esquives, feintes et ruptures sont plus nombreuses que les coups droits, le gentil-homme était le plus fort. Il para la botte en riant :

— Heureusement que les hommes vertueux sont les plus rares! Sinon, la vie serait un plat sans épices.

Ils avaient longé le bord du fleuve gonflé par la marée, où hautes sur l'eau étaient amarrées les lourdes gabares amenant jusqu'à Nantes les balles de coton, sacs de café et de sucre roux, barils d'indigo, caisses de poivre ou de cannelle déchargés à Paimbœuf par les navires arrivés des Antilles. Occupée, tantôt à surveiller sa garde, tantôt à entrer dans le jeu d'une aimable comédie, Marie-Léone ne s'était même pas rendu compte qu'ils avaient quitté le quai de la Poterne et traversé la place du Bouffay.

— Nous voici arrivés, dit Louis de Kerelen.

— Où sommes-nous donc ?

— Devant la maison où je loge par la grâce de votre Renaudard. Me ferez-vous l'honneur ?... poursuivit-il en s'effaçant pour la laisser entrer.

— Y pensez-vous vraiment ?

Il la regardait en souriant, à la fois sûr de lui et courtois.

— Je voulais seulement vous présenter à ma famille. J'ai là six portraits de Kerelen qui seraient ravis de vous connaître.

— Monsieur de Kerelen, vos ancêtres ni vous-même n'avez que faire d'une petite bourgeoise de Saint-Malo. Je vous remercie de votre compagnie.

— Laissez-moi au moins vous raccompagner ?

Marie-Léone était déjà partie, pressant le pas, courant presque, pour qu'il ne puisse pas la suivre. Elle arriva essoufflée et les joues en feu au quai de la Fosse où la table était servie depuis longtemps.

— Vous ne connaissez donc plus l'heure du souper ? fit Mme Le Coz.

— Ma mère, répondit Marie-Léone sans le moindre trouble, je vous en demande pardon. J'ai été retenue chez le notaire plus longtemps que je ne l'aurais cru.

— Vous êtes donc excusée, ma fille, susurra Mme Le Coz qui attendit d'avoir dit le bénédicité pour ajouter, je m'étais sottement imaginé je ne sais trop quelle rencontre imprévue qui vous aurait retardée. La prochaine fois que le notaire vous retiendra, ne vous pressez pas tant, vous êtes toute rouge. Cela ne vous va pas.

Pour installer son petit-fils sur le trône espagnol, Louis XIV s'était battu contre l'Europe. Bien qu'elle se fût ruinée dans cette aventure dynastique, la France s'était félicitée de voir les Bourbons régner sur deux royaumes désormais unis par les liens du sang, mais le dernier soupir du vieux Roi à peine rendu on s'était avisé à Paris qu'il y avait toujours des Pyrénées. Devenu Philippe V d'Espagne, l'ancien duc d'Anjou entendait ni jouer un rôle de comparse, ni s'incliner devant les dispositions des traités signés à Utrecht et à Rastatt qui l'excluaient de la succession au trône de France et le dépossédaient des territoires extérieurs situés aux Pays-Bas et en Italie au profit des Habsbourg et du duc de Savoie. Aussi bien, il se préparait à récupérer ceux-ci par la force tandis qu'il animait secrètement la conspiration ourdie contre le Régent par le duc du Maine et les hobereaux bretons.

Soucieux de garantir la paix menacée, les adversaires de la veille, Paris, Londres, La Haye, auxquels Vienne s'était jointe, avaient alors conclu un pacte d'alliance, mais le nouveau roi d'Espagne, devenu plus espagnol que ses sujets et non content de s'être fait la main sur les navires malouins capturés à Arica, s'était emparé de la Sardaigne et de la Sicile. En représailles, une escadre anglaise avait envoyé par le fond du détroit de Messine la flotte de Madrid, et, quelques semaines plus tard[1], la France, seule puissance alliée susceptible d'intervenir efficacement sur des frontières communes, déclarait la guerre à l'Espagne. Dans n'importe quelle autre circonstance, une telle rupture entre les deux monarchies catholiques n'eût pas manqué de provoquer une

---

1. Janvier 1719.

certaine stupeur, sans doute quelques protestations. Six mois
auparavant, elle fût au moins apparue comme un acte démentiel,
chaque Français, du plus humble au plus grand, n'ayant pas
oublié que la dernière guerre avait duré neuf ans pour permettre
une union familiale. Les circonstances n'étaient cependant plus les
mêmes. Avant d'envoyer ses troupes sur les Pyrénées, le Régent
avait attendu de réunir dans sa main tous les fils du complot qui
reliaient Philippe V au duc du Maine, et l'ambassadeur d'Espagne
aux conspirateurs bretons. Frappant comme la foudre, l'homme
qu'on disait plus préoccupé de ses maîtresses et de ses roués que
des affaires de l'État avait reconduit à la frontière le prince
Cellamare, contraint à résidence surveillée le duc et la duchesse
du Maine, exilé le cardinal de Polignac, et embastillé une
trentaine de hauts personnages parmi lesquels le jeune duc de
Richelieu pour s'être vanté trop haut de vouloir livrer à l'Espagne,
le moment venu, le port de Bayonne avec la garnison qu'il
commandait. En retour, le Régent avait reçu du pays une
approbation quasi unanime.

Apprenant ces nouvelles, de nombreux conjurés avaient aussitôt quitté leur demeure pour chercher refuge tantôt en Hollande
ou en Espagne, tantôt dans des communautés religieuses, souvent
dans des manoirs dont les maîtres s'étaient tenus en dehors de la
sédition mais qui ne refusaient pas de se compromettre pour
abriter des gentilshommes pourchassés dont ils se sentaient
solidaires au nom de l'honneur breton. Officiers sans troupes, les
plus entêtés n'entendaient pas renoncer à leurs chimères et
s'imaginaient que la Bretagne tout entière se soulèverait à leur
appel dès qu'une flotte espagnole apparaîtrait au large des côtes.
Errant de cache en cache, poursuivis par des limiers venus de
Paris, parfois dénoncés pour trente deniers, quelques-uns avaient
même franchi le fossé qui sépare la sédition de la trahison : pour
ceux-là, il ne s'agissait plus d'obtenir le rétablissement des
privilèges dont leur province jouissait au temps de la duchesse
Anne, mais de renverser le duc d'Orléans, régent de France, et de
lui substituer Philippe V, roi d'Espagne.

Sauf à ne plus vouloir participer aux conciliabules de ceux qui
l'avaient entraîné dans une aventure où il s'était fourvoyé avec la
légèreté d'un vieux militaire devenu factieux à l'heure de la
retraite, Louis de Kerelen n'avait rien changé à sa vie quotidienne. Tant que ses amis ne l'avaient pas autrement sollicité que
pour les aider à défendre des privilèges fiscaux en recueillant des
signatures sur un cahier de revendications où était demandée la
convocation des États généraux, il ne s'était jamais dérobé.

Officier rayé des cadres pour blessure grave, si les soucis de carrière n'orientaient plus sa vie, les années passées sous les armes et sa croix de Saint-Louis le maintenaient malgré qu'il en eût dans le cadre d'une stricte discipline avec laquelle il se refusait de transiger à partir du moment que la France se trouvait être encore une fois en état de guerre, quel que fût l'ennemi désigné. Parmi ses amis nantais, certains avaient long-temps hésité sur le choix du devoir et étaient partis rejoindre les troupes espagnoles plutôt que d'avoir à tirer l'épée contre le petit-fils du vieux Roi dont le bruit immense avait entraîné leur jeunesse : pour ceux-là, la légitimité se trouvait dans le camp de Philippe V et l'usurpation dans celui du Régent. Chagrin d'avoir perdu des compagnons qui agrémentaient ses longues soirées de célibataire, il ne les avait pas blâmés, et, convaincu de sa bonne conscience, avait repris sa vie insouciante, partagée entre la lecture, les salons de musique, les réceptions organisées par les magistrats de la Cour des comptes ou les messieurs du com-merce, les promenades sur l'Erdre, les parties de pharaon où son goût du risque l'emportant sur celui du gain, il lui arrivait de plumer Alphonse Renaudard, et les femmes que sa réputation d'amant infidèle rendait plus vulnérables.

Le bruit avait bien couru que quelques gentilshommes se trouvaient en prison, mais Louis de Kerelen ne s'inquiétait pas. Si l'on devait me reprocher d'avoir protesté contre les mesures fiscales imposées par le Régent, il faudrait alors arrêter tous les Bretons, sinon tous les Français. Encore qu'il fût enclin à se méfier de tous ses administrés pour mieux exercer ses pouvoirs de police, M. Mellier, subdélégué à Nantes de l'Intendant Feydeau, en convenait lui-même avec un sourire mi-faux mi-bienveillant au cours des conversations mondaines où il n'était pas le dernier à commenter telle ou telle page des *Mémoires* du cardinal de Retz qui faisaient tourner plus d'une tête solide. Partie cette fois de Bretagne, une nouvelle Fronde allait-elle ébranler le royaume ? M. Mellier ne le pensait pas mais, précau-tionneux, il avait fait venir des troupes réglées dans sa région, cavaliers et fantassins, dont un régiment où Louis de Kerelen avait servi naguère. Des officiers qui avaient survécu aux affaires d'Hoechstaedt, Ramillies, Malplaquet ou Denain, il restait encore un vieux lieutenant, ancien bas-off qui devait sa promotion à cette interminable guerre où l'on s'était fait massa-crer pour qu'un prince français devienne roi d'Espagne. Les autres officiers de ce régiment avaient disparu, morts, infirmes ou rayés des cadres actifs. Heureux de retrouver un survivant de

ces années sanglantes, le capitaine de Kerelen avait accueilli chez
lui le lieutenant La Fleur et passait maintenant ses soirées à
évoquer le bon temps en sa compagnie.

— Foutu métier ! dit un soir le vieux militaire. Foutu de foutu
métier ! J'en ai honte !

— Calmez-vous, La Fleur, on n'a jamais honte sous l'uniforme.

— Je sais ce que je dis. J'ai honte, j'ai honte !

Répétant les mêmes mots avec dégoût, le lieutenant déboutonna
sa tunique pour tirer d'une poche intérieure une feuille de papier
qu'il tendit à son hôte. C'était un mandat de recherche concernant
une dizaine de nobles et signé par le gouverneur militaire de la
Bretagne. Kerelen lut la liste à mi-voix : Gabriel Polduc Madec,
Louis Célestin Lattay de Saint-Pern, Armand de Lantillac,
Auguste François de Groesquer, Hélène Céleste Magon de
Lambilly... « Même les femmes ! » murmura-t-il et, continuant sa
lecture il découvrit son nom : Louis de Kerelen, capitaine hors
cadres. Stupéfait, la colère ensanglantant ses yeux, il était
persuadé d'avoir été joué par ce drôle qui ne devait ses galons
qu'au trop grand nombre de gentilshommes tués dans les combats.
« La roture restera toujours la roture, pensa-t-il. Celui-là aura
attendu qu'il devienne familier de ma maison pour mieux
satisfaire ses rancœurs de bas-off. »

Retrouvant le tutoiement du capitaine qui s'adresse à un
homme du rang, il l'interrogea avec mépris :

— Depuis combien de jours as-tu cette liste ?

L'autre répondit simplement :

— Depuis ce matin.

— Je pense que tes hommes sont dans la rue et attendent ton
signal pour m'arrêter ?

— Non, mon capitaine ! fit La Fleur en tordant une grosse
moustache grise.

— Cesse de jouer cette comédie ! s'emporta Kerelen. Je vous
connais tous bien. Un ancien bas-off, même s'il a été promu, ne
plaisante jamais avec la discipline. Quand as-tu l'intention de me
conduire en prison ?

Respectueux, presque au garde-à-vous, le vieux était devenu
tout rouge. La tête bien droite et la voix enrouée, il dit :

— Pas avant demain, midi.

Il dit aussi, plus bas, d'un ton ferme.

— Je dois vous laisser le temps de prendre le large.

Kerelen comprit alors le rôle tenu par le vieux compagnon de
guerre et s'en voulut de l'avoir méprisé. Il n'allait tout de même

pas s'abaisser, lui un Kerelen, à présenter des excuses à un La Fleur, devant les six portraits qui le regardaient comme les juges d'un tribunal de la noblesse !

— As-tu pensé que tu risques ta carrière, malheureux ? se contenta-t-il de dire en affectant la rudesse.

Raidissant son maintien, l'autre répondit :

— Ma carrière ? Trente ans de service, quatre blessures, ni médaille, ni gratifications. Dans trois mois, la retraite. À vos ordres, mon capitaine.

— Que dira ton colonel, si tu me laisses partir ? insista encore Kerelen.

— C'est lui qui m'a dit de vous prévenir. J'exécute les ordres comme un bon bas-off, monsieur.

Il salua et sortit avant que Louis de Kerelen ait pu le retenir.

Cette guerre d'Espagne ne choquait pas les Malouins. La plupart s'en réjouissaient même. Au cours de leur vie, les plus vieux en avaient trop vu pour s'émouvoir de ce renversement : hier rivaux à abattre, les Hollandais étaient aujourd'hui des associés, et les Anglais, ennemis irréconciliables, devaient être traités comme des amis. Le plus clair dans cette rupture, c'est qu'on allait pouvoir reprendre le chemin de la mer du Sud avec la bénédiction de l'Amirauté et courir sus aux galions pour venger les capitaines malouins pris à Arica. Engourdis par quelques années de paix, les chantiers de Solidor, Rocabey ou des Tallards avaient cru revivre aussitôt les plus beaux jours de la grande course. Frappe des maillets, grincement des poulies, crépitement des étoupes enflammées dont la fumée enveloppait les calfats aux visages noircis, Saint-Malo retrouva ses bruits, ses odeurs, ses voix sonores, son humeur gaie, ses charrois sur le Sillon, ses badauderies et ses bavardages, son labeur, ses coups de rhum et ses coups de vent, toute l'agitation des cités maritimes toujours ouvertes à l'aventure.

Encore échaudés par les interdictions qui avaient fini par décourager les plus audacieux, rendus circonspects par le comportement des grands commis qui un jour encourageaient les fraudeurs les plus notoires, et le lendemain les menaçaient du pilori, de la prison, voire de l'échafaud, les messieurs de Saint-Malo n'entendaient pas être floués. L'affaire d'Arica leur crispait toujours le ventre. Pour une Mme Carbec et quelques autres gros armateurs qui s'étaient tirés sans trop de mal de cette mésaventure, de nombreux anciens capitaines s'étaient retrouvés ruinés parce qu'ils avaient placé tout leur magot dans cet armement avec l'espoir de tripler leur mise. Pour ces malheureux qu'on voyait déambuler sur les remparts, jambes lourdes, épaules de forgerons, regard perdu, la déclaration de guerre à l'Espagne avait retenti comme le coup de sifflet du maître d'équipage qui avait tant de fois rythmé leur vie quotidienne. N'espérant plus un commandement à la mer, ils se seraient contentés d'un poste de lieutenant si quelque armateur avait consenti à les inscrire sur leur rôle. Le plus souvent, ils étaient éconduits : « Je te connais bien, mon gars, tu es un bon capitaine, pour sûr que je remets mes barques en état mais je ne suis point encore décidé à armer, il faut attendre. » Les messieurs répondaient tous la même chose. Attendre quoi ? « Ouvre bien tes oreilles, mon gars. Nous avons demandé au duc d'Orléans qu'il nous donne l'assurance par écrit que nous pourrons en toute liberté nous emparer des navires espagnols et de leur cargaison qui nous tomberaient sous la main, et que nous ne serons jamais inquiétés à nos retours de la mer du Sud. »

Une telle audace avait surpris le Régent mais il avait fini par accorder la sûreté réclamée par les Malouins. Les rôles d'équipage s'étaient alors couverts de noms. Mousses, novices ou gabiers, maîtres, lieutenants ou capitaines, ils étaient dix fois plus nombreux que les postes à pourvoir. A prendre tous les candidats, il n'y aurait eu bientôt plus un seul matelot à la morue.

— Au temps de la grande course, lorsque nous étions jeunes, les vaisseaux du Roi prenaient tous les bons matelots et nous laissaient le reste. Il fallait ruser avec l'Amirauté, parfois changer de nom. Pour embarquer avec votre Jean-Marie, Porée, Trouin ou Le Fer, les mousses de treize ans prétendaient qu'ils en avaient seize. Bâtis comme ils étaient, allez savoir !

— Vous regrettez ce temps, n'est-ce pas, Biniac ?

— Dame oui, dame ! Il n'y avait point de belles maisons sur les remparts mais nous étions de fameux compagnons ! Si un jour on raconte que des mauvaises barques à quatre canons commandées par des capitaines de dix-huit ans ramenaient à Saint-Malo des prises de deux cents tonneaux retour des Indes, personne ne voudra le croire !

Joseph Biniac était venu demander à Mme Carbec de participer pour un dixième à l'armement du *Sage Salomon* destiné au Pérou et dont le départ était prévu pour le mois de mai, dans trois mois. Elle s'était récusée, ne voulant plus entendre parler de la mer du Sud.

— La mésaventure d'Arica n'est plus à craindre, insista Biniac, nous avons reçu des assurances écrites du Conseil de Marine. N'est-ce pas pour vous une occasion de vous refaire ?

— Je n'ai pas à me refaire, Biniac ! Ce que j'avais perdu avec le *Brillant*, je l'ai à peu près retrouvé avec le café du *Marquis de Maillebois* où j'étais en compte à demi avec ma commère Lefèvre-Despré. Pour tout vous dire, je n'ai pas confiance dans les promesses du Régent.

— Vous n'allez pas donner dans les calomnies de la noblesse et des cagots, non ? Savez-vous que René Moreau, notre député au Commerce, tient le duc d'Orléans en grande estime ? Je partage cette opinion.

— Que Dieu vous entende. Donnez-moi plutôt un conseil au sujet de mes garçons. Les deux aînés me donnent du souci.

L'ancien compagnon du capitaine Carbec rendait souvent visite à Marie-Léone, et il trouvait toujours quelque prétexte pour retarder le moment de rentrer chez lui où personne ne l'attendait. De toutes les veuves qu'il rencontrait, celles-ci par courtoisie, celles-là pour affaires de négoce, la Carbec était la seule à lui témoigner des sentiments d'amitié qu'il savait désintéressés. Parmi les autres, quelques-unes lui avaient fait comprendre qu'elles ne seraient pas fâchées d'envisager la possibilité d'une association financière susceptible d'être nouée un jour par des liens moins précaires que des répartitions de bénéfices. Toujours prêt à rendre ce genre de service qui lui permettait d'ajouter quelques petites touches personnelles au tableau de la société malouine léguée par deux générations de notaires, M^e. Huvard s'était même entremis auprès de Joseph Biniac. L'armateur s'était alors contenté de répondre en riant :

— Si je mettais une femme dans mes affaires, je n'en serais bientôt plus le maître. Laissez cela !

Enhardi par la bonne humeur du barbon, le tabellion avait osé dire :

— Eh ! qui vous parle de mettre une femme dans vos affaires ?

— Où la mettrais-je donc ?

— Dans votre lit, monsieur Biniac !

Joseph Biniac en était demeuré coi. Décidément, tout changeait trop vite. Voilà que les notaires eux aussi se permettaient des propos gaillards qui eussent brûlé les lèvres de leur père. Il prit le parti de rire plus fort.

— Vous n'y pensez pas ! A leur âge ?

Les veuves qu'on lui avait proposées étaient ses contemporaines. Habituées à gérer leurs biens, âpres au gain et habiles aux

chiffres, franches du collier, dédaigneuses, fières des initiales
gravées sur leur banc à la cathédrale, convaincues que tous les
pauvres sont des fainéants, elles parlaient maintenant aux
hommes avec autant d'autorité qu'elles avaient filé doux devant
leur mari. Le veuvage, c'était la liberté. Installer une de ces
pétasses dans sa maison, l'entendre gourmander tout son monde
dès le lever du soleil ou lui poser des questions sur ses mises hors,
la voir deux fois par jour s'asseoir en face de lui pour le dîner et le
souper, et la regarder en bonnet de nuit dans son lit ? Joseph
Biniac préférait encore vivre seul et se contenter de la maritorne
qu'il besognait de moins en moins souvent, sans embarras
préliminaires, muet, juste un grognement au bon moment, et
bonne nuit dors bien ! La jeunesse ? Il savait bien qu'il n'était plus
jeune depuis longtemps. La lourdeur qui l'écrasait à la fin des
repas, le poignard qui lui perçait parfois la hanche droite, le
brouillard qui voilait ses yeux ne l'inquiétaient pas davantage que
ses tempes grises et son front dégarni : lorsqu'il se sentait soudain
las, un coup de rikiki lampé à la malouine ou trois bolées de petit
cidre le remettaient d'aplomb. La certitude d'avoir parcouru le
plus long chemin ne lui venait ni de ses assoupissements ni de ses
douleurs, mais d'un sentiment confus qu'il eût été bien incapable
de préciser et qui lui pinçait cependant le cœur lorsqu'il croisait
sur les remparts un couple de promis que le vent serrait l'un contre
l'autre. De ses trois compagnons de jeunesse l'un avait été égorgé
par un flibustier sur un navire chargé de piastres qui revenait de la
mer du Sud, le second avait eu les poumons étouffés par la fièvre,
le troisième avait fait huit enfants à sa femme et commandait
maintenant une compagnie de la milice municipale, autant dire
qu'ils étaient morts tous les trois. Lui-même était veuf d'une
Malouine emportée quelques mois après leur mariage par les
coliques de miséréré. Capitaine déjà devenu armateur, il avait
tout de suite repris un commandement à la mer et trafiqué pour
son propre compte. Corsaire plus adroit qu'audacieux, il avait
ainsi entassé des barres de métal, fait construire une maison en
pierre, développé un réseau de relations commerciales, et était
considéré comme un des messieurs de Saint-Malo.

Ce nouveau bourgeois de cinquante ans dont la cassette et les
trois navires valaient bien une jeunesse, on avait voulu le marier
dès qu'il avait renoncé à la navigation pour le seul négoce. Joseph
Biniac avait fait la sourde oreille, non qu'il fût insensible au
charme des Malouinettes proposées mais parce qu'il les avait
jugées trop charmantes et trop jeunes. Il pensait pouvoir hisser
encore son pavillon haut pendant une dizaine d'années. Après,

qu'adviendrait-il ? Passé ce temps, pour fidèle que soit la nouvelle Mme Biniac, elle ne lui en ferait pas moins subir la classique infortune que seuls les gens de la haute noblesse peuvent se permettre de supporter glorieusement. Les années avaient passé, et voilà qu'il se retrouvait cet après-midi une fois de plus devant Mme Carbec, inquiète au sujet de ses garçons. « Celle-là, je l'aurais bien épousée, pensa Joseph Biniac, en l'écoutant d'une oreille distraite. Elle a trente-six ans, j'en ai vingt de plus qu'elle et je suis sûr qu'elle a pour moi autant d'amitié que j'en éprouve pour elle. Ça n'est pas la première fois que j'y pense, à la Marie-Léone. Jusqu'ici, il y avait les convenances, aujourd'hui Jean-Marie est mort depuis quatre ans. Sûr que là où il est maintenant, il ne demanderait pas mieux que je m'occupe d'elle. Une femme seule avec trois gars et une petite demoiselle, cela n'est bon ni pour les enfants, ni pour la mère, ni même pour l'armement Carbec. Tais-toi donc, mauvais cagot, ne fais pas l'hypocrite ! L'avenir des enfants de Jean-Marie ne te préoccupe pas, ils ont assez de biens au soleil ou dans leurs caves pour assurer leur position. Ce que tu voudrais, maudit gars, c'est mettre la Marie-Léone dans ton lit comme dirait le notaire ! Mais voilà qu'avec ses airs de princesse, la Marie-Léone t'intimide. Ce serait peut-être bien parce que tu l'as connue quasi dans les langes ? Regarde donc comme elle est devenue belle ! Elle est encore plus avenante que du temps de Jean-Marie. Avenante ? Non, elle n'est pas avenante. Savoir si elle est froide ou chaude au lit ? Les femmes ont-elles seulement besoin d'un homme comme nous avons besoin d'elles ? Marie-Léone, c'est le contraire d'une coquette, avec elle je serais bien tranquille. Pas coquette ? Voire... Il y a quelques mois, au cours d'un souper chez elle, en a-t-elle donné des sourires, à ce Dupleix qui sait tout mieux que personne et à cet ancien officier tout juste bon à dire des fadaises, même que la Clacla qui s'y connaît en paraissait gênée. Il faut pourtant que je me décide, sinon il sera trop tard, un autre aura pris ma place. Allons-y mon gars ! Oui, mais c'est vite dit, et cela risque d'être vite fait. La Marie-Léone, je la connais. Elle aussi, c'est une sacrée pétasse. Si elle me rit au nez et m'embrasse sur le front comme si j'étais son grand-père, je serai Gros-Jean comme devant. »

— Quel âge ont donc les aînés ?

— Jean-Pierre bientôt dix-sept ans et Jean-François seize, répondit Marie-Léone.

— C'est un moment difficile à passer, convint Joseph Biniac.

Il hasarda après un bref silence :

— Peut-être auraient-ils besoin d'un homme pour les gouverner. A leur âge, si mon père ne m'avait pas serré, je ne sais pas ce que je serais devenu. Sûrement pas capitaine.

— C'est pourquoi je compte sur vous, mon cher ami.

— Que puis-je faire ? Demandez-le-moi.

— Pour obtenir de la Compagnie un brevet d'enseigne en second, mon Jean-Pierre doit passer encore une année à l'École d'hydrographie. Il travaille bien, je pense qu'il fera un bon capitaine marchand. C'était la volonté de Jean-Marie.

— D'où vous viennent donc vos soucis ? Jean-Pierre est encore trop jeune pour avoir fait des dettes. Les filles ? Pardonnez-moi d'aborder ce sujet.

— Dieu merci, Jean-Pierre ne fréquente pas la rue des Mœurs. Solène pourvoit à cette chose. Nous n'en parlons jamais ni l'une ni l'autre. Cela s'est fait le plus honnêtement du monde, et c'est bien ainsi. Vous paraissez surpris ? Mon pauvre Biniac, on voit bien que vous n'avez pas d'enfants. Que deviendraient les parents, surtout les mères, si les servantes ne les aidaient pas ? L'objet de mon inquiétude est plus grave. Jean-Pierre veut interrompre ses études pour embarquer à bord d'un navire qui arme pour la course en mer du Sud.

— Laissez-le faire ! Votre père, votre mari, moi-même, nous en avons tous fait autant. Votre fils, c'est un Malouin !

— Non, Biniac. Je ne le permettrai pas. La course, c'était bon pour les hommes de votre temps. Moi, je veux faire de mon fils un capitaine marchand et le pousser dans la Compagnie. Il y aura toujours assez de jeunes fous pour courir après les Espagnols. Faites-lui entendre raison afin que je ne sois pas contrainte à lui refuser mon consentement.

Marie-Léone n'avait pas osé dire que son gars aimait trop la goutte et qu'il se conduisait parfois comme un matelot qui vient de recevoir sa prime à la morue. La veille encore, on l'avait ramassé fin soûl. S'il embarquait avec des novices, avant d'être promu enseigne, il risquait d'être perdu.

— Puisque vous me le demandez, je le ferai, Marie-Léone. Vous savez que j'aime vos enfants autant que je... que j'ai de l'amitié pour vous. Croyez-vous que Jean-Marie eût pensé de la même manière que vous ?

Elle répondit véhémente :

— Jean-Marie aurait certainement donné à son fils l'autorisation d'embarquer. Il en eût été très fier, moi aussi. Nous aurions été tous les deux à attendre son retour, lui et moi, le jour autant que la nuit, toujours tous les deux. Aujourd'hui, je suis seule, Biniac, je suis seule ! Vous me comprenez, non ?

Le moment était-il arrivé de dire à Mme Carbec qu'il ne tiendrait qu'à elle de rompre cette solitude ? Joseph Biniac en eût sans doute décidé ainsi, s'il n'avait pas vu une flamme bleue s'allumer dans le regard de Marie-Léone quand elle avait dit, parlant de leur couple : « lui et moi, le jour autant que la nuit, toujours tous les deux ». Sans courage, il dit bêtement :

— Attendre les hommes, c'est le lot des Malouines. Écoutez-moi, Marie-Léone, puisque c'est votre idée de garder votre gars dans vos cottes, je vais faire le tour des capitaines et des maîtres pour qu'il ne soit pas inscrit sur un rôle.

— Comprenez-moi, dit encore Mme Carbec, je ne veux pas que mon fils aîné aille courir sus aux Espagnols, lorsque son frère doit partir dans quelques mois pour Cadix où il rejoindra des Malouins de son âge, Guillaume et Nicolas Magon de la Chipaudière. Nous avons là-bas des correspondants qui sont aussi des amis, et n'oubliez pas que ma grand-mère Manuella était sévillane avant de devenir nantaise. Aidez-moi, j'ai tant besoin de vous !

Elle dit ces derniers mots sur un ton plus doux, presque tendre. Ses yeux qui tout à l'heure s'étaient assombris étaient redevenus clairs. Joseph Biniac en fut bouleversé.

Les réseaux commerciaux qu'ils tissaient laborieusement depuis l'apparition du métal blanc dans la péninsule, les Malouins entendaient bien les préserver. Il y avait bientôt deux siècles que leurs navires apportaient à Bilbao et à Cadix les toiles de Vitré, Morlaix, Quintin, Laval ou Dinan, les dentelles de Tours et de Lyon, les draps de Reims et d'Amiens. Tissées au fond des campagnes sur des rouets chansonniers, les plus fines toiles étaient bientôt réembarquées pour Porto-Bello, Mexico, Lima, Bogota où des créoles impatientes attendaient l'arrivée des galions de la *Carrera de Indias*. Parallèlement aux navires interlopes qu'ils armaient pour la mer du Sud, les armateurs et les négociants malouins n'avaient jamais cessé d'entretenir des correspondants en Espagne et d'y envoyer leurs fils. Le Régent pouvait s'allier aux Anglais et envoyer une armée de quarante mille hommes camper devant Fontarabie, rien ne renverserait les habitudes commerciales des MM. Magon, Danycan, Porée, ou de Mme Carbec.

— Croyez-moi, ça n'est pas sur la course qu'on assoit solidement son négoce, mais sur la présence continue de ses agents dans les pays étrangers, surtout pendant la guerre.

Joseph Biniac s'en alla après avoir promis son secours. Perplexe, il hésitait à donner aux cajoleries de Marie-Léone, « j'ai tant besoin de vous !... », la valeur d'un encouragement, au moins d'une espérance. Il croyait seulement que la maîtresse de l'armement Carbec avait tort de refuser à son fils aîné l'expérience irremplaçable de la course. La course, tous les Malouins l'avaient dans le sang, même si la source de leurs plus grands profits coulait ailleurs. Faute d'avoir obtenu un commandement à la mer, des capitaines venaient de se placer sous pavillon espagnol pour courir les vaisseaux anglais! Pour ceux-là, il n'y avait jamais eu de Pyrénées.

Inscrit sur la liste des conjurés recherchés par l'Intendant de la province, Louis de Kerelen devait disparaître rapidement s'il ne voulait pas être conduit au château de Nantes où quelques gentilshommes qui n'avaient pu être prévenus à temps étaient déjà interrogés par un lieutenant de police. Tandis que les escadrons accordés au maréchal de Montesquiou battaient l'estrade entre Le Croisic et La Roche-Bernard, des filières d'évasion étaient organisées par de nombreux prêtres, officiers et hobereaux campagnards qui s'entendaient à déjouer les pièges du vieux gouverneur militaire. Toutes les maisons du pays nantais lui étant ouvertes, Kerelen aurait pu frapper à la porte de l'une d'elles. Il s'y était refusé parce que la cause à laquelle il avait adhéré hier avait pris des dimensions nouvelles depuis que la France et l'Espagne se trouvaient en état de guerre. Tout autant, cela lui répugnait d'avoir à quitter son propre logis, au petit matin, avec la complicité de cet ancien bas-off qui exécutait les ordres d'un colonel dont il devenait le compère. Il avait donc pris le temps de préparer les bagages d'une longue absence, et dit avec désinvolture au lieutenant ancien sur le ton de la camaraderie familière soudain retrouvée :

— Dites-moi, La Fleur, vous n'êtes pas si pressé ! Présentez mes compliments à votre colonel, il est de mes cousins, et dites-lui que je ne lui ferai aucun embarras.

Quelques jours plus tard, une berline chargée de porte-manteaux, de malles et de livres s'engageait dans la grande allée bordée d'une double rangée de chênes qui menait au manoir de la Couesnière : M. de Kerelen s'était rappelé l'offre de Mme de Morzic de venir y chercher refuge. Pour ne pas être inquiété pendant son voyage par quelque dragon subalterne, l'ancien officier avait revêtu son uniforme de capitaine de cavalerie où s'étoilait sa croix de Saint-Louis. La route avait été claire. Parvenu à Rennes, il avait dépêché un courrier pour annoncer son arrivée le lendemain en fin de matinée. L'été dernier, quand il était venu à la Couesnière, il avait admiré les grands arbres dont le feuillage laissait à peine entrevoir, au bout de l'allée, la façade de la demeure. Cette fois, les rameaux du petit printemps laissaient intacte la perspective et soulignaient la noblesse d'une architecture un peu austère qu'apaisait la blanche gaieté des hautes fenêtres aux menuiseries fraîchement repeintes. Sur le sol reverdi, serrées les unes contre les autres comme pour se protéger du frisquet qui retroussait un peu leurs robes, des primevères avaient l'air de rire. Derrière les chênes, à droite et à gauche de l'allée, Kerelen, penché à la portière de la berline, vit des pommiers aux branches tordues, couvertes de lichen, qui s'entêtaient à fleurir encore, et il s'attarda à regarder des oiseaux qui se poursuivaient dans le ciel avec les mêmes cris aigus des enfants dans une cour de collège.

Mme de Morzic guettait l'arrivée de son hôte. Elle vint à sa rencontre et, avant même qu'il eût le temps de la saluer, roucoula :

— Quel bel officier vous faites !

C'est la première fois qu'elle le voyait en uniforme : justaucorps bleu à parements blancs, culotte de peau, bottes à larges revers, tricorne galonné d'argent. Conscient de sa tournure, il savait que si la cavalerie n'était plus la reine des batailles les cavaliers n'avaient rien perdu de leur souveraineté. Aujourd'hui, la meilleure façon d'exercer celle-ci auprès d'une vieille dame qui, semblable à ses pommiers, ne devait pas demeurer insensible au retour du printemps, même si elle s'appuyait sur une canne, n'était-ce pas, sinon de considérer la Couesnière comme un pays conquis au moins de ne pas y arriver comme un fugitif ? S'étant refusé à demander asile à ceux qui avaient signé l'Acte d'Union, il lui semblait à la fois logique et piquant de venir loger chez celle qui avait refusé sa signature. Agissant ainsi, Louis de Kerelen était même persuadé de rendre à la comtesse Clacla un service inappréciable. S'inclinant avec grâce, il dit donc sur le ton le plus naturel du monde qu'il avait choisi la Couesnière pour refuge parce que la comtesse de Morzic avait refusé de signer l'Acte d'Union.

— Je n'osais pas espérer votre venue, fit-elle. Vos appartements sont prêts et vous attendent. La maison est assez grande pour que nous ne nous gênions ni l'un ni l'autre. Personne ne vous dérangera et personne ne s'étonnera de votre présence. Les valets et les métayers sont tout à moi. La Léontine qui l'an dernier montait l'eau dans votre chambre est toujours là comme au temps du comte. D'une souillon, vous verrez que je suis parvenue à faire une servante convenable. Pour le service à l'étage, j'ai engagé sa fille Gillette qui fera votre lit et s'occupera de votre linge. A votre âge, il est toujours plus agréable d'avoir une jeune servante.

Elle l'avait accompagné jusqu'à la porte de sa chambre, une grande pièce carrée aux boiseries claires, située à l'angle du premier étage et éclairée par deux fenêtres en lanterne, l'une au levant, l'autre au couchant.

— Mes appartements, dit Mme de Morzic, sont situés au bout de cette galerie. Je vous ai logé dans le corps de logis réservé à ma famille. Oui, lorsque Mme Carbec vient à la Couesnière, elle occupe une chambre à côté de la vôtre et une plus petite où dort sa fille. Les garçons sont à l'étage au-dessus. J'espère qu'ils ne vous dérangeront pas. Pour l'instant, remettez-vous, et descendez dîner. Après-midi, je dois me rendre à Dol. Nous nous retrouverons pour le souper à six heures. Je vais souvent à Saint-Malo et à L'Orient où je reste quelques jours. Pendant mes absences, vous serez le maître de la Couesnière.

Ce premier soir, comme ils venaient d'achever leur repas, assis devant un guéridon installé au milieu d'un petit salon où Mme de Morzic se tenait le plus volontiers, la servante enleva, sur un signe de sa maîtresse, assiettes, verres, nappe et bientôt la table ronde elle-même. C'était Léontine, une Bretonne sans âge et courtaude, visage cuit et œil clair, femme de bonne humeur dont on devinait les mains travailleuses plus à l'aise à empoigner le manche d'une fourche qu'à distribuer un couvert.

— La Léontine, je l'ai toujours connue ici. Lorsque je suis arrivée à la Couesnière, il y a juste dix ans, elle faisait la cuisine, donnait à manger aux poules et bassinait le lit du comte avec ses fesses. Monsieur de Kerelen, ne prenez donc pas cet air offusqué qui vous va très mal ! Vous êtes un ancien militaire, non ? La Gillette, il se pourrait bien qu'elle soit un petit peu Morzic père ou fils, allez savoir ? En ce moment, occupées à la vaisselle, elles doivent se poser des questions sur la nature exacte de nos relations. Cela ne vous gêne pas, au moins ?

— Me gêner, madame ? Je trouverais cela très flatteur autant pour vous que pour moi.

Elle ne releva pas le propos dont la pointe insolente la ravissait en lui prouvant qu'elle pouvait toujours tenir sa partie en face d'un homme d'esprit, se contenta de plisser les yeux, et dit, tout à coup plus grave :

— Dès ce soir, il me faut vous poser une question importante même si elle est indiscrète.

— Allez, madame ! Vous me voyez entre vos mains.

— C'est bien parce que vous vous êtes mis entre mes mains que je dois vous demander de me dire la vérité sur le rôle joué par vous dans toute cette affaire pour laquelle on vous inquiète.

— Aucun autre, madame, que celui que vous connaissez. Il s'agissait alors de protester avec tous les Bretons contre les impôts dont on nous accable sans demander notre accord. Dès que j'ai su que cette affaire risquait de cacher un complot, je m'en suis retiré.

Mme de Morzic avait posé une telle question parce que les bruits les plus extraordinaires couraient dans l'arrière-pays malouin, à Dol et à Dinan, de manoir en château où l'on croyait que la Fronde allait recommencer. Moins capables de garder un secret que de lancer au galop leur imagination, quelques hobereaux avaient pris feu en écoutant les harangues du marquis de Pontcallec, ancien officier de dragons qui s'était lui-même proclamé colonel et avait distribué des grades autour de lui. Parmi les conjurés les plus enthousiastes, quelques gentilshommes qui avaient quitté l'armée après vingt ou trente ans de loyaux services trouvaient là une occasion de manifester leur rancœur jamais pardonnée de n'avoir pas obtenu les promotions dont ils s'estimaient dignes. Légers autant que crédules, convaincus de ne pas trahir, ils attendaient les vaisseaux de Philippe V gorgés d'or et d'armes.

— Je suis heureuse, dit Mme de Morzic, que vous vous soyez tiré vous-même de ce pas. Vous vous seriez couvert de ridicule.

— Comment connaissez-vous tous ces détails que j'ignore moi-même ?

— Monsieur le capitaine, vous paraissez ignorer que les hommes sont plus bavards que les femmes, les anciens militaires davantage que les autres. Ne me posez pas de questions, je n'y répondrais pas. Il est temps de monter dans nos chambres. Demain, dimanche, vous m'accompagnerez à la messe. La cloche sonne à 8 heures.

— Pensez-vous que cela soit prudent ?

— Si vous vous cachiez, cela risquerait d'éveiller les soupçons. Il faut que tout le village vous voie à mon bras.

— J'en serai fier, madame, mais qu'en pensera-t-on ?

— On en pensera ce qu'on voudra. Dites donc, jeune Kerelen, savez-vous que j'ai encore des amoureux ?

Se rendant compte trop tard qu'il commettait une maladresse, il balbutia :

— Bien sûr... il n'y a pas d'âge pour le sentiment.

Avec ce petit rire qui paraissait parfois lui remonter du ventre, la comtesse Clacla répliqua :

— Oh, non ! Vous n'y êtes pas. Quand on a plus de soixante ans, le sentiment, mon cher, cela n'existe pas. C'est le reste qui est important !

Marie-Léone Carbec n'était pas parvenue à faire comprendre à son fils aîné la sottise qu'il commettrait en s'embarquant sur un navire armé pour la course. Pour arriver à ses fins, il lui fallut l'aide et la complicité de Joseph Biniac. Avertis discrètement, les capitaines auxquels s'adressait le garçon prenaient tous une mine consternée : « Tu t'y prends trop tard, mon pauvre gars, le rôle est complet ! » Un soir, l'un d'eux lui ayant dit avec un air trop goguenard : « Cette foutue guerre ne fait que commencer, termine donc ton Hydrographie ! » il avait compris que sa mère l'avait devancé. Rentré chez lui, enfermé dans sa chambre, il refusait de descendre souper et rabrouait son frère venu le chercher.

— Toi, tu n'es pas un marin ! Tu ne comprends rien, à part ton foutu latin !

Jean-François avait insisté.

— Viens donc ! Tu vas faire de la peine à notre mère.

Empourpré d'une de ces colères subites qui le secouaient comme une toile dans la bourrasque, Jean-Pierre l'avait jeté dehors, claquant la porte sur son dos, va-t'en dans les jupes de ta mère !

Interne au collège de Rennes, Jean-François était venu passer le temps des vacances de Pâques dans sa famille, heureux de retrouver tous ceux qu'il aimait, sa maison, la chambre dont la fenêtre s'ouvrait face à la mer et qu'il avait longtemps partagée avec ce frère d'un an son aîné auquel l'attachaient tant de souvenirs, jeux, chagrins, rires et larmes, parties de pêche au bas de l'eau, flâneries, querelles, réconciliations, et ces coups de vent qui les suffoquaient lorsque leur père les emmenait autrefois faire un tour de remparts les jours de grande marée. Longtemps confondue, la vie des deux frères s'était divisée le jour où Marie-Léone, pour respecter les dernières volontés du capitaine Carbec, avait décidé que le premier entrerait à l'École d'hydrographie de Saint-Malo et l'autre au Collège de Rennes. Aucun d'eux n'avait renâclé. Jean-Pierre, une tête ronde sur des épaules larges, était bâti pour être marin, toi tu es comme ton père, tu as la mer dans le sang ! Tout Malouin qu'il était, l'autre n'avait jamais pu supporter la moindre houle sans être pris d'abominables vomissements. Celui-ci comprenait d'instinct la manière de se servir des instruments qui déterminent la latitude, celui-là se promenait à l'aise dans le jardin des racines grecques. Jean-Pierre roulait des épaules et buvait la goutte en cachette, Jean-François affectait de soigner son vêtement autant que son langage. Plus patient et moins solide, le cadet se rebiffait contre les violences de l'aîné mais finissait toujours par céder, tantôt par disposition naturelle, tantôt pour éviter les horions dont il était menacé. A chacune de leurs retrouvailles, les deux frères avaient toujours oublié les minces querelles qui les avaient échauffés.

Ce soir-là, Jean-François demeura quelques instants interdit devant la porte que Jean-Pierre venait de lui fermer au nez en le poussant brutalement sur le palier. En bas, dans la salle à manger, il savait que leur mère les attendait pour le souper. Sa première pensée fut d'inventer un prétexte quelconque pour excuser l'absence de son frère. Déjà, il avait mis le pied sur la première marche de l'escalier quand l'envie lui prit, irrésistible comme une colère de faible, de revenir sur ses pas et de rosser celui qui l'expédiait dans les jupes maternelles et jouait depuis trop longtemps au matamore. Blême de rage, persuadé que, cette fois, les petits poings d'un futur maître des requêtes allaient casser le nez d'un futur capitaine à la Compagnie des Indes, il fit demi-tour. Au même moment, Jean-Pierre ouvrait la porte de sa chambre. Il était en larmes, se jeta dans les bras de son frère et lui demanda pardon.

Mme Carbec leur dit gaiement :

— En aviez-vous donc des secrets à vous conter tous les deux ! La soupe a failli refroidir.

Baissant la tête, mains jointes, elle dit alors sur un ton plus grave qui demeurait cependant familier :

— Mon Dieu, bénissez le repas que nous allons prendre et donnez du pain à ceux qui ont faim. Protégez les marins qui sont en mer et ramenez-nous la paix.

La tête relevée, elle ajouta en regardant les deux gars :

— Mon Dieu, protégez aussi l'union de la famille Carbec.

Les mousses de douze ans qu'on embarquait pour la course ou pour la morue, les maîtres allaient maintenant les quérir à l'Hôpital Général ou dans les familles pauvres, non dans les demeures dressées sur les remparts où l'on préparait pour les jeunes messieurs de Saint-Malo des destins moins périlleux que ceux dont leurs pères avaient été les héros. La tête plus dure qu'un granit des îles Chausey, Jean-Pierre Carbec n'avait pas désarmé pour autant et pensait qu'une occasion favorable se présenterait pour lui permettre un départ clandestin. Deux de ses compagnons de l'École d'hydrographie y étaient parvenus en se cachant au fond d'une cale avec une complicité bien rémunérée. Découverts après huit jours de mer libre, ils avaient reçu vingt coups de garcette qui leur avaient déchiré la peau du cul, mettez votre mouchoir là-dessus, maudits gars, après quoi le capitaine, refusant de les inscrire au bas du rôle, les avait postés aux cuisines en attendant de les remettre au premier navire rencontré qui se dirigerait vers un port français. Rentrés au bercail, ils en avaient été quittes pour recevoir une légère semonce de leur père, entendre un gémissement de leur mère, merci Sainte Mère de Dieu, et asseoir leurs écorchures sur les bancs de l'École où on les avait acclamés.

Là où les deux gars venaient d'échouer de justesse, pourquoi ne réussirait-il pas ? Jean-Pierre Carbec le croyait, rôdait sur les quais, fréquentait les maisons où les matelots dépensent en une nuit leur prime d'embarquement. De Dunkerque à Bayonne, les cabarets sont sonores de ces histoires de passagers découverts après plusieurs semaines de navigation. Pourquoi pas lui dont le père, capitaine-corsaire et capitaine-marchand, était allé à Terre-Neuve et à Saint-Domingue, avait doublé le cap Horn et remonté la mer du Sud jusqu'au Pérou ? Pensant acheter des maîtres d'équipage, au moins les rendre favorables à son projet en leur payant à boire jusqu'à ce qu'ils soient fin soûls, il avait tenté d'emprunter de l'argent à Solène. Méfiante, elle s'était rebellée. La fille de Saint-Jacut voulait bien donner tout le reste, c'était son contentement, pas les écus qu'elle avait économisés.

— Pourquoi le demandez-vous à moi qui n'en ai point, et pas à votre mère ?

— Donne-moi cet argent, je te le rendrai, dix fois plus, le jour de ma majorité.

— C'est pour quoi faire donc ?

— Cela ne te regarde pas.

— Adressez-vous ailleurs ! Moi je n'en ai point.

Il s'était alors approché d'elle, tout près, et lui avait parlé plus bas, la poussant contre le mur et essayant de retrousser ses cottes, sachant d'expérience que lorsque le visage de Solène devenait rouge, d'un coup, comme un lampion un soir de fête, il obtenait ce qu'il voulait. Cette fois, elle avait tenu bon.

— Si tu ne veux pas me donner cet argent, avait-il menacé, je dirai à ma mère que tu couches avec moi, et elle te chassera.

— Ouais donc ! avait répondu la servante en plaquant les deux mains sur son ventre. Vous serez bien avancé ! Il y a belle lurette qu'elle le sait, votre mère !

La promesse que Mme Carbec n'avait pas réussi à obtenir de son fils, un événement imprévisible la rendit tout à coup inutile. Au mois de mai de cette année 1719, les Malouins apprirent avec stupeur qu'un édit du Conseil de Régence venait de supprimer les privilèges accordés à leur Compagnie des Indes orientales dont ils s'étaient rendus acquéreurs pour une période de dix années à compter du 1er avril 1715. Non seulement on les dépossédait de leurs droits, mais ceux-ci étaient dévolus à la Compagnie d'Occident qui se voyait attribuer le monopole du négoce « dans les quatre parties du monde ». Ainsi, quelques mois après avoir reçu du prince l'autorisation formelle de reprendre leurs plus fructueuses opérations à la faveur de la guerre d'Espagne, on les spoliait au profit d'une entreprise qui s'emparait peu à peu de toutes les affaires du royaume, hier la ferme des tabacs, et la Compagnie du Sénégal, aujourd'hui la Compagnie de Chine et la Compagnie des Indes orientales. Désormais, la Compagnie d'Occident à laquelle se trouvaient réunies par décret toutes les autres sociétés à charte s'appellerait Compagnie des Indes et serait seule habilitée au commerce lointain, à l'exclusion de tous les autres marchands ou négociants.

Transmise par le soin des intendants, la nouvelle s'était abattue comme un typhon sur tous les ports de l'Atlantique et de la Méditerranée. Pour sa part, M. Feydeau avait donné l'ordre aux Malouins de désarmer immédiatement tous les navires prêts à partir, et de lui faire connaître par écrit leur engagement solennel de ne rien entreprendre contre les nouvelles dispositions. Ceux-là auxquels il s'adressait sans le moindre ménagement étaient les mêmes qu'il avait encouragés au début de la même année à réarmer pour la mer du Sud.

Juge-consul, Joseph Biniac avait été un des premiers conviés à la réunion de l'hôtel Desiles où les armateurs devaient entendre une déclaration de M. Marin, commissaire ordonnateur. Il y avait là tous les fondateurs de la compagnie spoliée, MM. Magon de la Balue, Magon de la Lande, Beauvais Le Fer, Duval Baude, Loquet de Grandville, Le Saudre, Le Fer, Jean Gaubert Fougeray, Carman Eon, Coulombier Gris, La Chapelle Martin, auxquels s'étaient joints d'autres porteurs de parts, négociants, armateurs ou capitaines et quelques veuves aux yeux hardis. Dès les premiers mots du commissaire ordonnateur annonçant la fusion des deux compagnies, un grondement hostile avait couvert sa voix à tel point que M. Marin, plusieurs fois interrompu par des exclamations, avait dû élever le ton :

— Messieurs, je parle au nom du Roi !

Semblable à son prédécesseur, M. Lempereur, qui avait souvent fermé les yeux pour ne pas voir les fraudes commises par ses administrés, M. Marin connaissait bien son monde. Lui aussi appréciait l'audace, le courage, l'esprit d'entreprise, et il considérait que l'enrichissement des Malouins avait profité à la communauté comme, en fin de compte, le Trésor s'était engraissé du commerce interlope.

— Naguère, le Roi y mettait plus de formes pour prendre notre argent ! cria quelqu'un.

— Vous parlez au nom de l'Écossais ! brailla un autre.

Le calme à peine revenu, la tempête avait regonflé les colères de plus belle lorsque M. Marin avait annoncé que la nouvelle Compagnie des Indes réglerait le passif de l'ancienne mais qu'en contrepartie elle devenait propriétaire légitime de son actif en totalité : terres, îles, forts, habitations, meubles, droits de rentes, vaisseaux et barques, munitions de guerre et de bouche, nègres, bestiaux, marchandises, tout ce qui avait pu être acquis ou conquis par la Compagnie des Indes orientales ou celle de Saint-Malo qui lui avait succédé. De tous côtés, les protestations s'élevèrent. C'est une spoliation ! L'Écossais est un voleur ! Qui nous remboursera ? Nous sommes détroussés ! Alertons le Parlement ! À grand-peine, le commissaire ordonnateur avait alors tenté, sans conviction, d'expliquer la pensée profonde du décret : faute de fonds assez considérables pour armer tous les ans un grand nombre de navires, les compagnies de commerce avaient toutes plus ou moins périclité. Le puissant établissement qui les réunirait serait plus susceptible d'imaginer et d'accomplir un grand dessein, celui de rétablir et d'augmenter le négoce de la France. Le reste s'était perdu dans un brouhaha si furieux que M. Marin avait dû lever la séance.

Tous enragés, les Malouins ne l'étaient pas pour les mêmes raisons. Les fondateurs de la Compagnie, ceux-là mêmes qui avaient racheté l'entreprise fondée par Colbert, paraissaient les plus virulents à demander réparation. Quel que fût cependant le bien-fondé de leurs humeurs, aucun d'eux n'ignorait les graves problèmes de trésorerie auxquels ils se trouvaient être acculés depuis que le métal des mines de Potosi ne pouvait plus alimenter les marchés de Surate et de Pondichéry. Le plus grand nombre des parts qu'ils avaient souscrites ayant été vite revendues à des tiers par leurs soins, les messieurs de Saint-Malo n'avaient guère conservé qu'un nombre d'actions nécessaires pour justifier leurs postes de direction. À tout bien considérer, la décision du Régent les sortait d'une aventure périlleuse à terme. Plus indignés, les négociants et les armateurs qui avaient cru dans la parole de l'Intendant et s'étaient empressés de mettre à la voile soit pour leur propre compte, soit pour celui de la Compagnie malouine, étaient aussi les plus inquiets sur le sort qui serait réservé à leur cargaison de retour. À qui appartiendrait-elle ? Peu enclins à faire confiance aux grands commis qui avaient hier dilapidé le capital de la première Compagnie des Indes orientales, leur incompétence l'emportant souvent sur la malhonnêteté, les marchands malouins n'étaient pas disposés à accorder le moindre crédit à cette nouvelle entreprise dont tout laissait prévoir que, derrière la façade de quelques administrateurs, l'État serait le seul maître.

— Que pensez-vous de cette affaire, Marie-Léone ?

Joseph Biniac posa cette question à Mme Carbec tandis qu'il la raccompagnait rue du Tambour-Défoncé, après la réunion interrompue de l'hôtel Desiles. Le décret du Conseil de Régence le frappait de plein fouet car il avait été un des premiers messieurs de Saint-Malo à réarmer pour la mer du Sud, son *Sage Salomon* ayant pris la mer avec une cargaison dont il assumait à lui seul les trois quarts du financement. À la fortune de mer, s'ajouteraient maintenant le risque d'un arraisonnement, la saisie des marchandises, la confiscation du navire et la prison pour l'équipage. Tremblant de colère, l'armateur maugréa :

— Me voici bientôt placé dans la même situation que vous lorsque votre *Brillant* fut pris au piège d'Arica par ce maudit congre de Martinet !

Tous les deux venaient de traverser le marché aux herbes et se dirigeaient vers la cathédrale par des rues étroites pleines de rumeurs et d'odeurs de poisson grillé, sous un morceau de ciel bleu pâle où piaillaient les oiseaux gris et blancs venus de la mer malouine. Sur les placîtres, des groupes d'hommes discutaient avec véhémence. Panier au bras, les ménagères n'y prêtaient guère attention mais saluaient Marie-Léone avec une amitié à la fois respectueuse et familière qui lui faisait toujours chaud au cœur : bonjour madame Carbec, pour les uns, bonjour Marie-Léone, pour les autres.

— Pensez-vous que la situation soit la même ? répondit-elle. Le *Brillant* était un navire interlope, il naviguait à ses risques et périls. Votre *Sage Salomon* a quitté Saint-Malo avec une permission régulière qui le protège.

— Vous croyez donc encore à cette protection, s'emporta Joseph Biniac, après ce que vient de nous apprendre M. Marin ? À qui pouvons-nous nous fier maintenant ? Aux commis de l'Amirauté ? Ils seront vite démentis par le comte de Toulouse. Au comte de Toulouse ? Le duc d'Orléans s'y opposera. Au duc d'Orléans ? M. John Law le contraindra à lui obéir. C'est lui qui gouverne la France. Ah malheur !

— Ne m'aviez-vous pas dit tantôt qu'il fallait avoir confiance dans le Régent ? demanda doucement Mme Carbec.

— Il faut m'entendre, Marie-Léone. Je ne crois pas toutes les ignominies que nos dévots déversent sur le duc d'Orléans avec ce plaisir étrange qu'éprouvent ce genre de personnes à se rouler dans la médisance. Je pense même que le Régent est un homme de grand caractère. Hélas, il s'est entiché de cet Écossais qui nous perdra tous !

— Le pensez-vous vraiment ?

— Je le crois.

— Expliquez-moi votre pensée.

— Si ce M. Law était un simple banquier, je ne m'en soucierais guère. Il ne pourrait ruiner que les crédules qui lui font confiance. La belle affaire ! Cela se produit tous les jours. Tant pis pour les naïfs. Mais le Système de M. Law se confond aujourd'hui avec l'État. Il faut donc craindre qu'il ne nous ruine tous. Croyez-moi, cela ne sera pas long.

— En attendant, les actions du Mississippi ne cessent de monter.

— Vous en avez donc acheté ?

— Comme tout le monde. Pas vous ?

— Certes, moi aussi. C'est d'ailleurs pourquoi je suis inquiet.

— Je ne vous comprends plus !

— Soyez très prudente, Marie-Léone. Ces sortes d'affaires ont toujours de beaux commencements. Du temps que j'étais enfant nos parents nous racontaient souvent la cruelle aventure survenue à quelques centaines de Malouins partis pour Madagascar dont on vantait, sur des placards collés sur les murs de la ville, les fabuleuses richesses. À part quelques-uns qui par miracle purent se réfugier dans l'île Bourbon, tous les autres périrent de faim ou massacrés par des sauvages dont on leur avait dit qu'ils étaient les hommes les plus aimables du monde. Aujourd'hui c'est au Mississippi que se découvrent les mines d'or et les rochers d'émeraude, et c'est là qu'on envoie aussi des volontaires, galériens, filles publiques et autres faux-saulniers, pour y semer du blé, planter du tabac et élever des vers à soie. Méfiez-vous de ce tapage fait pour les nigauds.

Ils étaient arrivés rue du Tambour-Défoncé. Comme Joseph Biniac prenait congé, Marie-Léone dit :

— Je suivrai vos conseils. Rassurez-vous, mes placements sont modestes. Pour l'instant, je dois vous avouer que le décret du Régent me rassure. Je le regrette pour votre *Sage Salomon,* mon bon Biniac, mais j'en suis heureuse pour mon fils Jean-Pierre qui va pouvoir terminer en paix son Hydrographie.

— Vous avez raison, je ne suis qu'une vieille bête. Pensez d'abord à vos enfants. Votre aîné va recevoir bientôt son brevet d'enseigne. Peu importe que ce soit l'ancienne ou la nouvelle Compagnie des Indes qui le lui remette !

Six mois après avoir été dépossédés, les Malouins n'avaient pas encore reçu le moindre dédommagement, mais les directeurs de la nouvelle Compagnie, aussitôt installés à L'Orient, s'étaient empressés de faire main basse sur les marchandises de trois navires, la *Vierge de Grâce*, l'*Amphitrite* et le *Solide*, chargées cependant plusieurs mois avant la publication de l'édit du Régent. Les messieurs de Saint-Malo avaient crié de plus en plus fort qu'on les égorgeait, « Au voleur ! », le Conseil d'État les avait déboutés, jugeant que la Compagnie des Indes avait acquis l'actif et le passif. Pour autant, les sombres prédictions de Joseph Biniac ne s'étaient pas réalisées, elles avaient même été démenties par une prospérité soudaine, tombée comme le gros lot d'une loterie dans une escarcelle démunie. Rare hier, le numéraire sortait de partout, à croire que la France était redevenue riche parce que tout le monde s'était mis à dépenser, maîtres ou valets, nobles ou bourgeois, artisans ou bouseux.

Le miracle s'était produit à Paris lorsque la Compagnie des Indes avait été autorisée à émettre une première tranche de cinquante mille actions de cinq cents livres, payables en vingt versements. Quelques semaines plus tard, à la suite d'adroites spéculations menées par John Law et ses agents, elles valaient dix fois plus. Devant le succès de l'opération, trois cent cinquante mille actions nouvelles avaient été lancées qu'on s'était disputées en utilisant le bénéfice réalisé sur les premières. A la fin de l'année, les actions de la Compagnie se négociaient entre dix mille et douze mille cinq cents livres. M. Law ne s'était plus contenté de faire intervenir ses agents pour réaliser des achats importants le jour même de chaque émission et provoquer ainsi des hausses quasi immédiates, il avait réussi à faire sortir de leurs caches les monnaies les mieux resserrées. C'était là le plus extraordinaire du miracle : l'argent et l'or semblaient être devenus une charge soudaine à ceux qui n'avaient aspiré jusqu'ici qu'après la possession du métal, comme si celui-ci leur brûlait maintenant les doigts. Aucun chiffre n'étant gravé sur la monnaie métallique, les louis et les écus n'avaient en effet d'autre valeur que celle attribuée par le Roi, alors que les billets de banque imprimés par M. Law s'ornaient tous d'un beau chiffre qui en fixait la valeur en livres. Il avait suffi au Régent de ramener le louis de 36 à 31 livres, par paliers successifs, pour provoquer une ruée sur les billets de banque vidant ainsi les bas de laine et remplissant du même coup les caisses d'une Banque et d'une Compagnie devenues les deux seuls rouages financiers et commerciaux du royaume.

Né à Paris, dans l'étroite rue Quincampoix dont le nom étrange n'avait pas peu contribué à son succès et où se bousculaient une foule d'agioteurs sortis de tous les milieux, accourus de toutes les provinces, un bruit de papier froissé encore plus agréable à l'oreille que ne l'avait jamais été le son des piastres espagnoles brassées dans un coffre de capitaine, était vite parvenu à Saint-Malo où les messieurs ne décoléraient plus d'avoir été détroussés. Port de corsaires lorsque l'occasion se présentait, plus souvent de négociants, d'armateurs et de courtiers, on y pratiquait depuis longtemps la lettre de change mais, en dépit de la variation des cours qui dépendait du bon vouloir du Roi et compliquait les calculs, on estimait aussi que la monnaie métallique demeurait une valeur réelle peu susceptible de se déprécier beaucoup. Ici, les caves s'étaient seulement entrouvertes, parce que l'agiotage est contraire à la morale et au respect de soi-même quand on vient d'être dépouillé par un faiseur d'abracadabras.

Point embarrassée de scrupules si raffinés, Mme de Morzic avait aussitôt entrevu la possibilité d'une spéculation qui lui permettrait d'en finir avec les neveux de son dernier mari dont les prétentions d'obtenir la nullité du testament de leur oncle demeuraient vigilantes. Avant même que la nouvelle Compagnie eût lancé ses premières cinquante mille actions, elle s'était empressée de demander à Noël Danycan son avis sur cette prochaine émission dont elle avait eu vent.

— Ma bonne Clacla, répondit sur un ton familier l'oracle de Saint-Malo, je ne me soucie pas de connaître si M. Law est un génie, un charlatan, ou s'il accorde crédit aux richesses de son imagination. Entre nous, je ne crois guère aux grottes d'émeraude du Mississippi. Si elles existaient, le Crozat n'aurait jamais lâché la Louisiane, non ? En revanche, moi je sais que l'Écossais a mis la main sur la Compagnie d'Afrique, la Ferme générale, les Gabelles, la Recette générale des Finances, et qu'il vient d'obtenir la frappe des monnaies. L'État, c'est lui. Il aura donc les moyens de faire monter les actions de la Compagnie des Indes. Cela durera ce que cela durera. Vous savez que nous autres négociants nous n'aimons guère les marchands d'argent, nous préférons vendre de la toile contre de l'indigo, de la mercerie contre du café, des cauris contre des nègres, bref des marchandises contre d'autres marchandises. Toutefois, je pense que le John Law peut nous donner l'occasion d'un bon coup de fusil, comme disent les chasseurs.

— À condition de ramasser rapidement son gibier ? demanda Clacla d'un air entendu.

— Vous, on ne vous prendra pas sans vert ! dit Danycan en lui donnant une tape amicale sur la main.

— Franchement, croyez-vous dans l'avenir de cette nouvelle Compagnie des Indes ?

Noël Danycan aimait prendre un ton sentencieux et protecteur :

— Quelque chose m'inquiète, c'est la sorte de cousinage qui lie la Banque Royale à la Compagnie. Aujourd'hui, l'une s'appuie sur l'autre. Demain, elles risquent de confondre leurs capitaux. Alors, il faudrait craindre le pire. Vous avez bien fait de venir me consulter. Que puis-je faire pour vous ?

— Savez-vous quel bénéfice on peut espérer en achetant des actions de la Compagnie des Indes ?

— Au moins 50 % en trois mois, répondit-il sans hésiter.

— Pouvez-vous me rendre le service de demander à votre banquier parisien de m'en acheter une centaine ?

— Peste ! Cela fait cinquante mille livres. Eh bien, c'est entendu, mon banquier fera le nécessaire et vous me donnerez 10 % de commission sur votre bénéfice. Cela vous convient-il ?

Quelques semaines plus tard, Mme de Morzic avait doublé sa mise qui aussitôt convertie en actions nouvelles produisit au mois de novembre suivant un bénéfice dix fois supérieur.

— Je n'arrive pas à percer le mystère qui a provoqué cette hausse si considérable, s'inquiéta Noël Danycan au retour d'un voyage à Paris. Cela passe l'imagination. Plus de deux milliards de titres courent aujourd'hui et huit milliards de billets ont été imprimés ! Même si le Mississippi était cent fois plus riche il ne parviendrait pas à produire l'intérêt de tout cet argent. D'autre part, nous savons bien qu'il n'y a guère plus de sept cents millions de numéraire dans tout le commerce de France. Clacla, il est temps de réaliser.

— Les actions ne vont-elles plus monter ?

— Sans doute monteront-elles encore. Cela n'empêche pas les gens qui ont de l'esprit de les vendre pour amasser des écus et acheter de bonnes terres. Mais il faut agir très discrètement pour ne pas précipiter un mouvement de baisse.

— Dois-je comprendre que vous avez déjà vendu ?

— Oui, Clacla, j'ai vendu. Je vais vous confier une chose importante. Bien qu'il soit protégé par le Régent, l'Écossais n'a pas que des amis : les fermiers généraux auxquels il a retiré le pain de la bouche ont juré sa perte.

Mme de Morzic réfléchit quelques instants. Sous le petit bonnet de dentelle noire, son visage avait retrouvé la gravité aiguë de l'avitailleuse qui, quelques années auparavant, penchée sur de gros registres de comptabilité, tenait tête aux subrécargues qui venaient discuter, rue de la Brèche au Port-Louis, le montant de quelque mémoire. Elle non plus ne comprenait rien au mystère qui avait provoqué la hausse invraisemblable des actions de la Compagnie des Indes, elle avait travaillé assez durement pendant de longues années pour se méfier de l'argent gagné trop vite. Bien qu'elle eût vu, au cours de son existence, de nombreux marchands, parfois à peine décrassés de la regratterie paternelle, devenir grands bourgeois, voire notables, à commencer par elle-même et le Noël Danycan, elle sentait la précarité de cette opération boursière qu'elle n'était pas loin de considérer malhonnête, une sorte de picorée. Elle savait aussi que ce magot allait lui servir pour la revanche, elle n'osait penser à la vengeance, qui couronnerait sa vie en consolidant les fleurons hérités du comte de Morzic.

— Vendez mes actions, dit-elle, et prenez votre part ainsi que nous en sommes convenus.

— Chère Clacla, c'est toujours une joie de faire affaire avec vous. Foi de Danycan ! Je n'ignore pas que certains Malouins m'accusent tout bas de n'être pas étranger à la disparition de leur Compagnie. Non, ne protestez pas ! La vérité, c'est qu'ils ne me pardonnent pas d'être devenu le plus riche d'eux tous.

— Maudit argent ! dit Mme de Morzic.

Elle avait lâché ces mots avec une violence presque haineuse comme si la Clacla d'hier avait payé trop durement, avec plusieurs sortes de monnaie dont elle était seule à peser le titre, son étrange ascension. Noël Danycan demeurait silencieux. Il finit par dire, toujours un peu sentencieux et lèvres minces :

— L'argent ? Ne le maudissez pas. On aime toujours son argent, ma bonne Clacla. C'est celui des autres qu'on déteste.

Mme de Morzic se retrouva sur les remparts, face à la mer grise d'un mois d'automne gonflé de pluie et de vent. Basses sur l'eau, des barques de pêche rentraient au port avec la marée. Un moment apparues à la crête des vagues savonneuses, elles disparaissaient, se cabraient à nouveau, filaient à travers des rochers noirs évités de justesse, plongeaient encore dans l'écume et la bouillasse. Mieux que les connaître, Clacla les reconnaissait toutes. Après quarante ans, c'étaient les mêmes navires, les mêmes voiles, les mêmes visages. Elle aurait pu mettre un nom sur chaque barque, la *Vierge sans Macule*, les *Sept Douleurs*, le *Saint Doigt de Dieu*, la *Couronne d'Épines*, et sur chaque gars, Locdu, Helliaz, Uhello, Lesnard, Keffelec, Guinemer ou Pinabel... vieux compagnons qui flottaient toujours dans les embruns de sa jeunesse, maquereau frais mesdames qui vient d'arriver. Elle resta là, un long moment, écarta un peu les jambes pour mieux résister aux bourrasques et, Malouine de toujours, passa plusieurs fois la langue sur ses lèvres pour y trouver le goût du sel humide.

Fils et petit-fils de notaire, Me Huvard avait beaucoup vu, lu et entendu, davantage deviné ce qu'on lui taisait, et reçu dans son cabinet des gens de toutes sortes : nobles authentiques, bourgeois parvenus, marchands de chandelles et artisans. Sauf les marins-pêcheurs que des capitaines traînaient chez lui pour qu'ils signent leur nom d'une croix au bas d'un sous-seing privé précisant leurs parts de prises, les autres ne lui manifestaient aucune sorte de considération, à l'inverse de Me Bellormeau qui était parvenu à se hisser dans la société nantaise à un niveau assez convenable pour être convié à des soupers privés, voire à des parties de chasse. Humble par vocation, comme si le poids des minuscules secrets grossoyés pendant trois générations eût étouffé sa personne, Me Huvard en souffrait silencieusement, se laissait rudoyer, taisez-vous tabellion ! parfois moquer, gagne-médiocre toujours prêt à rendre service qui n'utilisait jamais son savoir pour son propre compte et ne sollicitait les textes de loi que pour mieux défendre les intérêts de ses clients. Faisant exception, Mme de Morzic lui donnait du « maître » par-ci et du « monsieur Huvard » par-là, avec cette imperceptible lueur qui s'allumait encore dans ses yeux dès qu'elle voulait plaire à un homme, quelle que fût sa condition. Le notaire, comme tous les autres, s'y était laissé prendre, le savait, en éprouvait du plaisir. Sachant mieux qu'un autre comment la Clacla était devenue comtesse de Morzic, il s'était promis de l'aider à se défendre contre ceux qui voulaient la chasser de la Couesnière.
Clacla aimait venir dans ce cabinet dont les murs disparaissaient

sous des rangées de dossiers numérotés et de gros livres bien alignés qui satisfaisaient son besoin d'ordre et parvenaient à conférer à Me Huvard, un peu foutriquet dans son habit noir, la dignité que le populaire attend d'un homme de loi.

— Monsieur Huvard, je suis bien aise de me trouver ici. Ne restez pas debout, asseyez-vous donc! Nous avons à causer sérieusement tous les deux.

Le notaire bredouilla, rougit, finit par s'asseoir sur le bord d'une chaise.

— Comment vont nos affaires? demanda Clacla.

— Nos adversaires sont puissants, madame la comtesse, vous ne l'ignorez pas. Le bon droit est pour nous, nous avons déjà obtenu plusieurs jugements, mais votre procureur m'a fait connaître hier que le dernier nous a été contraire. Bien entendu, nous allons faire appel.

— Monsieur Huvard, en voilà assez, ce long procès ne sert qu'à engraisser les procureurs, les avocats, les juges et mon notaire. Je ne sais que trop ce qu'ils m'ont coûté. Nous ne ferons pas appel.

— Mais, madame la comtesse, nous ne pouvons pas...

— Qu'est-ce que nous ne pouvons pas?

— Perdre la Couesnière!

— Qui vous dit de perdre la Couesnière?

— Si nous ne faisons pas appel, nos adversaires exécutent et un huissier vient vous dire: « Sortez d'ici, la maison n'est plus à vous! »

— Écoutez-moi, maître Huvard, ce que les neveux Morzic veulent, ça n'est pas tant la maison que mon argent. Ils ont fait de grosses dettes de jeu, emprunté, accumulé les dépenses, et ne peuvent plus entretenir le domaine laissé par leur père dans la campagne de Laval. Je sais ce que je sais! Vous allez écrire au notaire de ces neveux-là pour lui proposer de ma part une transaction.

— Madame! Vous abandonnez la partie quand elle est loin d'être perdue.

— Je n'abandonne rien, monsieur Huvard, j'achète pour cent cinquante mille livres la renonciation écrite, en bonne et due forme, par acte authentique confirmé par un jugement, totale et définitive, des neveux Morzic à l'héritage de leur oncle Couesnon.

— Cent cinquante mille livres! Vous n'y pensez pas, madame la comtesse?

— Maître Huvard, je sais que vous tenez les secrets.

— C'est de mon état, madame.

— Gardez donc celui-ci! J'ai gagné avec le Mississippi une

grosse somme qui ne m'a rien coûté. J'en échange une partie contre une renonciation, mais pour ce prix-là, il est entendu que j'achète aussi le domaine de Laval. Pour mes adversaires, perdus de dettes comme ils sont, c'est une affaire inespérée. Pour moi, c'est une sortie honorable. Eh bien, notaire, qu'en dites-vous ?

Trop rusé pour ne pas soupçonner quelque artifice dans cet arrangement auquel il serait mêlé de près, Mᵉ Huvard réfléchissait en se grignotant le pouce droit d'une dent alerte. Il voulait comprendre pourquoi la comtesse Clacla abandonnait le combat. Cela ne lui ressemble pas, pensa-t-il. Tout à coup un sourire matois éclaira son visage.

— Je pense que vous voudrez payer en actions ou en billets de banque ?

— Bien entendu, monsieur Huvard. Où serait l'intérêt d'une telle opération ?

— J'entends bien, madame la comtesse, mais nous risquons de rencontrer une anguille sur notre chemin.

— Expliquez-vous sans détour.

Mᵉ Huvard prenait plaisir à mouler ses réponses dans un style qui satisfaisait son goût pour les formules juridiques et confortait son état.

— Je ne sais ce qu'il en est à Paris, dit-il, mais en Bretagne je connais plusieurs confrères qui demeurent sur la réserve depuis les affaires du Mississippi. Ceux-là spécifient toujours dans la rédaction des contrats qui leur sont confiés que le montant de la transaction sera payé en monnaie sonnante et trébuchante à l'exclusion de tout papier, nonobstant tout édit royal contraire.

Le notaire avait forcé le ton sur les cinq derniers mots.

— Que signifie ce nonobstant ? Voilà bien un jargon de procureur !

— Cela veut dire, madame, que même si un édit royal décrétait le cours forcé des billets de banque il ne s'appliquerait pas aux parties signataires de ces contrats. Nonobstant veut dire : « Sans tenir compte. » Voilà ce qui m'inquiète.

— Allez toujours, monsieur Huvard ! C'est votre affaire et je vous fais confiance. Vous trouverez bien quelque moyen pour que votre confrère n'introduise pas ce nonobstant dans notre contrat, non ? Ma boîte à épices est ouverte et vous n'aurez pas à le regretter. Quant aux neveux Morzic, je gage qu'ils vont sauter sur ces cent cinquante mille livres comme des grenouilles sur un chiffon rouge.

L'hiver était arrivé, un hiver doux et pluvieux qui enveloppait de brumes l'arrière-pays malouin jusqu'à Dol et au-delà de la Rance. Il y avait maintenant plus de six mois que Louis de Kerelen se trouvait à la Couesnière et s'y ennuyait. Pendant les premières semaines, peut-être séduit par l'aventure, il avait essayé de se jouer la comédie du proscrit. À la réflexion, il n'avait pas été si mécontent d'apprendre que son nom figurait sur la liste des gentilshommes compromis dans le complot breton. Plus tard, lorsque cette affaire serait apaisée, il en tirerait peut-être auprès des hommes, plus encore des femmes, une sorte d'éclat que sa jambe raide et sa croix de Saint-Louis lui apportaient déjà moins. Pour l'instant, ce qui l'inquiétait le plus, c'était le peu d'intérêt que sa présence provoquait. Personne n'en paraissait intrigué, ni dans le domaine ni au village, pas même dans les manoirs du Clos-Poulet. Pour tout le monde, il était devenu le capitaine de la Couesnière, et pour quelques bonnes langues le futur comte Clacla, position dont il s'était d'abord amusé mais dont il sentait bien que le ridicule l'atteindrait pour peu qu'elle se prolongeât pendant que la conjuration bretonne mourrait d'elle-même, étouffée par la sottise des conspirateurs. Tout compte fait, il valait mieux perdre son temps sous le toit d'une malouinière que de pourrir dans un donjon du château de Nantes, même si le cardinal de Retz y avait été hébergé aux plus beaux jours de la Fronde.

Louis de Kerelen accorda finalement sa vie quotidienne au rythme des travaux saisonniers. Tôt levé, vieille habitude militaire, il aimait se promener dans le vert pays cloisonné de haies vives, parcouru de ruisseaux étroits et de chemins creux d'où surgissaient des chênes étêtés. L'été venu, il avait aidé à la moisson, il l'avait vu faire par son père, et n'avait pas hésité, malgré sa blessure, à dépiquer les gerbes à grands coups de fléau maladroits qui faisaient rire l'assistance sans la moindre moquerie. Il lui arrivait souvent de s'arrêter dans une métairie, prétextant de faire reposer et boire son cheval, pour essayer de mieux connaître ces hommes et ces femmes qu'il ne voyait jamais autrement que courbés sur le sol ou agenouillés à l'église. Au Bernier, dans le domaine familial aujourd'hui vendu à un marchand de nègres, il avait essayé de vivre près de la terre, les mains sur les mancherons d'une petite charrue, semblable à ces hobereaux qui sont aussi adroits que n'importe quel goujat à manier un gros cheval attelé, parlent le même langage et prévoient les jours de pluie avec assez de sûreté pour commander à temps la rentrée des foins. Là où il avait échoué hier, il ne réussissait pas mieux. Passé la porte d'une chaumière, assis sur un banc devant une grosse table où la femme aux yeux baissés apportait un pichet de cidre, il ne savait pas comment s'y prendre pour apprivoiser ces êtres dont il avait pourtant entendu tout à l'heure les voix et qui devenaient soudain muets comme s'ils avaient eu peur de lui. Au bout de quelques instants, il posait une pièce sur le coin de la table, remontait sur son cheval et se dirigeait à pas lents vers la Couesnière en se demandant ce que ces culs-terreux pourraient bien comprendre s'ils apprenaient un jour que le comte de Kerelen, ex-capitaine au Royal-Dragons avait été conduit en prison pour défendre leurs libertés. J'aurai tout raté, carrière militaire, retour au Bernier, conspiration. Tout cela est dérisoire. Il avait au moins gagné l'amitié de la comtesse Clacla et les bras frais de la jeune Gillette, deux victoires, l'une minuscule, qui ne balançaient pas ses défaites.

Sa boiterie ne lui interdisant pas de chasser, Louis de Kerelen n'avait pas à aller bien loin pour débusquer un lièvre, surprendre un lapin ou tirer un busard qui rôdait dans le ciel. Jusqu'à présent, la chasse n'avait guère été pour lui qu'une occasion de se réunir entre gentilshommes sur les terres de l'un ou de l'autre, tuer le gibier rabattu par les croquants et faire ripaille jusqu'au soir en racontant des histoires à faire rougir un âne. Maintenant, il découvrait l'enchantement du chasseur solitaire, attentif à la vie qui bruit partout, battement d'ailes, déboulés dans les fougères, doux flocs dans les étangs, chant d'oiseau ou chute d'un fruit, feuilles retroussées par un coup de vent et, les soirs d'été, l'immense vibration des insectes qui meurt soudain dans le dernier rayon du soleil. Un jour, marchant à pas feutrés, son fusil sous le bras, il avait observé un héron cendré dont la forme et la couleur se reflétaient dans l'eau d'une mare immobile. Lorsque le bel oiseau, ailes déployées battant la lumière, s'était envolé, le chasseur avait eu envie de s'agenouiller, non de se servir de son arme. Pour Louis de Kerelen, la présence de Dieu était toujours plus perceptible dans les bois de la Couesnière que dans l'église du village où il accompagnait Mme de Morzic chaque dimanche. D'une journée de chasse, il rentrait le plus souvent le carnier vide, sans avoir tiré une seule fois, s'installait au coin d'une cheminée pleine d'étincelles et de fumée, attendait l'heure du souper en lisant quelque roman anglais à la mode.

La dame de la Couesnière ne le rejoignait pas toujours. Depuis que la nouvelle Compagnie des Indes y était revenue, elle se rendait de plus en plus souvent à L'Orient. À son retour, elle racontait ce qu'elle y avait vu et entendu : une dizaine de bâtiments y branlaient à l'ancre, de nouveaux chantiers s'élevaient sur les bords du Scorff, des capitaines étaient partis en Hollande et en Angleterre pour acheter des navires en attendant qu'une nouvelle flotte marchande digne des grands projets de M. Law pût faire voile vers les Indes d'Amérique ou d'Asie, jusqu'à la Chine. Partie d'Allemagne, une armée de charpentiers, forgerons, menuisiers et cloutiers, géants au torse large et aux bras énormes, était en route vers la Bretagne. Clacla racontait aussi que des capitaines marchands, connus autrefois enseignes en second, étaient venus lui rendre visite dans sa maison du Port-Louis.

— Doux souvenirs ? questionnait Kerelen avec un œil où brillait une lueur de malice.

— Dame oui ! répondait-elle sans la moindre gêne, encore que sa voix fût tout à coup un peu fêlée. C'étaient alors des enfants. Je leur prêtais de l'argent pour acheter leur première pacotille.

— À quel denier ?

— Jamais plus de 40 %, jamais moins non plus. Il ne faut point mélanger le sentiment avec les affaires.

Au lieu d'aller plus loin dans les confidences, Mme de Morzic préférait s'inquiéter de son hôte. S'était-on assez soucié de lui pendant son absence, la table lui avait-elle convenu, avait-on pris soin de son linge ?

Un soir, il lui répondit :

— Madame, la prison est douce mais le prisonnier s'ennuie. Vous êtes pour moi...

— Une vraie mère ? interrompit Clacla.

— Je voulais dire une geôlière charmante et une hôtesse pleine d'attentions. Les jours, surtout lorsque vous n'êtes pas là, n'en sont pas moins longs.

— Les jours, soit. Mais les nuits ? La jeune Gillette ne vous suffit donc plus ? Vous voulez retrouver vos Nantaises ?

— La jeune Gillette est une parfaite lingère, j'eus rarement des chemises si bien repassées.

— Et pour le reste ?

— Pour le reste, comment vous dire cela sans vous choquer ?

— Marchez donc !

— Eh bien, elle manque trop d'expérience.

— Point de galimatias avec moi, Kerelen ! Vous voulez dire qu'elle ne met pas assez de cœur à l'ouvrage ?

— Madame, c'est là un genre de propos que nous tenions à la table de notre colonel en parlant de telle ou telle femme de la société qui nous avait déçus. Je n'aurais jamais osé en faire autant devant vous.

— Si Gillette manque d'expérience, ne vous en prenez qu'à vous-même, mon cher. Sans doute, vous n'avez pas encore atteint l'âge où l'on n'aime plus que les êtres très jeunes.

Mme de Morzic s'était tue, songeuse. Son hôte respecta son silence, puis se leva pour lui souhaiter la bonne nuit. C'est alors qu'elle lui posa pour la première fois cette question :

— Dites-moi, Kerelen, pourquoi n'êtes-vous pas encore marié ? À votre âge, cela peut faire jaser.

— Faire jaser ? fit-il en riant. Non, madame, j'ai trop bonne réputation d'aimer les femmes. Pendant quelques années encore, je préfère en avoir plusieurs.

— Cela n'a jamais empêché les hommes de se marier. Au fait, quel âge avez-vous ?

— Trente-cinq ans.

— Je vais vous trouver une épouse.

— Laissez cela.

— Non, non ! Faites-moi confiance. De vous à moi, il ne me déplairait pas de finir dans le rôle d'une marieuse. Je vois très bien ce qu'il vous faut : du consistant, une maison solide, un visage agréable à la ville et au lit.

— Cela va de soi, dit Kerelen amusé d'entrer dans le jeu.

— Que penseriez-vous, par exemple, de Mme Carbec ? Noblesse récente, acquise à prix d'or, mais beaucoup d'argent. L'un compense l'autre, non ? J'ai cru comprendre qu'elle ne vous était pas indifférente.

— Pour une aventure, oui. Pour le mariage, non.

— Les Malouines ne sont pas faites pour ces sortes d'aventures, tenez-vous-le pour dit.

— Seraient-elles plus vertueuses que toutes les autres ?

— Non, mais la ville est trop resserrée. On s'y épie d'une maison à l'autre.

— Je me contenterai donc de mes Nantaises.

— Dites-moi ce que vous pensez de Marie-Léone.

— Je pense que derrière ses manières, se cache un goût de régenter son monde qui ne me conviendrait pas longtemps.

— Peut-être ! admit Clacla.

— Pour tout dire, votre Marie-Léone doit être de ces femmes. adorables qui deviennent vite, si l'on n'y prend garde, des tyrans peu supportables.

— Savez-vous que Mme Carbec est une femme supérieure ?

— Au moment où on les quitte, les femmes supérieures ne sont plus que des mégères.

Ils avaient échangé ces propos sur ce ton de badinage devenu celui d'une société où l'on affectait de ne rien prendre au sérieux, les affaires de cœur pas davantage que celles d'alcôve. Ils se regardèrent comme deux augures et partirent ensemble d'un bon rire. Mme de Morzic fut la première à retrouver le sérieux. Elle dit alors :

— Je vous ai déjà dit l'affection profonde qui me lie à Mme Carbec. Vous savez qu'elle sera là dans quelques jours avec ses enfants pour les fêtes de Noël. N'essayez pas de la troubler.

— Mais...

— Taisez-vous, Kerelen ! Contentez-vous d'être séduisant, ne devenez pas un séducteur. Malgré ses airs prudes, peut-être à cause d'eux, Marie-Léone est vulnérable. Je le sais mieux qu'elle. Laissez-la en paix, surtout sous mon toit, sinon je me dresserai entre vous deux et, s'il le fallait, contre vous deux.

Elle avait dit ces derniers mots en élevant la voix, prise de cet emportement un peu vulgaire qui la secouait parfois, violence remontée soudain de sa souche populaire. Louis de Kerelen n'aima pas ce ton. Piqué, il s'inclina, releva la tête, et dit en la regardant droit dans les yeux :

— Ne vous inquiétez pas, madame. Avant Noël, j'aurai quitté la Couesnière et rejoint Nantes.

— Vous ne pensez pas ce que vous dites ?

— Je ne pense qu'à cela, parce que je ne veux vous déplaire en rien. D'ailleurs, l'affaire qui me menaçait a fait long feu. Je n'ai jamais rencontré un seul dragon ou un seul archer. Vous importuner plus longtemps ou profiter davantage d'une si généreuse hospitalité serait discourtois. Cela ne me donnerait ni bon visage ni bonne conscience.

— Asseyez-vous ! ordonna Clacla. Écoutez-moi plutôt. Votre

affaire est loin d'être terminée. Pour ne pas vous mettre en inquiétude, je vous ai caché qu'une Chambre de Justice siégeait maintenant à Nantes.

— Une Chambre de Justice ?

— Oui. Le Roi a dessaisi le Parlement de ses pouvoirs judiciaires et installé un tribunal d'exception pour connaître de cette affaire et poursuivre les coupables.

— Voilà bien une raison majeure pour que je parte au plus tôt.

— Où irez-vous ?

— À Nantes.

— Êtes-vous devenu fou ?

— Point. Je me présenterai aussitôt devant cette Chambre de Justice, et j'expliquerai ma bonne foi.

— Ils vous auront mis au cachot avant de vous entendre ! Ah çà ! êtes-vous demeuré un enfant, tout capitaine et libertin que vous êtes, monsieur de Kerelen ? Que vous le vouliez ou non, vous êtes bel et bien le complice de cette centaine d'officiers qui ont franchi la frontière pour offrir leur épée au roi d'Espagne.

— Soit, mais alors je puis encore moins demeurer ici.

— Pourquoi ?

— Parce que si les dragons venaient m'arrêter ici, vous seriez vous-même poursuivie pour avoir donné asile à un conjuré. Mon honneur ne le permet pas.

— La sottise n'a pas d'honneur, monsieur de Kerelen. Pour l'instant vous êtes mon prisonnier. Je ne vous lâcherai pas.

Elle avait pris la main de son hôte et la serrait dans ses doigts solides. Sous son corsage, sa poitrine un peu forte, encore ronde, se soulevait à petits coups précipités comme si elle eût été prise d'un essoufflement subit. Kerelen ne savait quelle contenance prendre. Incorrigible, il fut tenté de déclamer une réplique du *Cid* : « Mets ta main sur mon cœur », mais il se retint parce qu'au même moment le visage de Mme de Morzic s'était mis à ressembler à celui d'une vieille femme, à l'heure où les artifices le cèdent aux meurtrissures. Cela ne dura que l'espace de quelques secondes. Avant qu'il eût dit un seul mot, Mme de Morzic avait retrouvé le regard vert sombre, les pommettes hautes, le front bombé, les cheveux noirs niellés d'argent, la voix claire de Clacla.

— Si des dragons devaient venir vous prendre à la Couesnière j'en serais avertie quelques jours à l'avance. À ce moment, nous aviserions. Pour l'heure vous ne craignez rien, je vous le promets. Que ce soit M. Feydeau à Rennes ou M. Mellier à Nantes, ou même le maréchal de Montesquiou, tout le monde ne pense qu'à Noël. Il faut que je me rende demain à Saint-Malo pour régler une affaire avec mon notaire. Je ramènerai Mme Carbec et les enfants. Donnez-moi votre joue à baiser et dormez en paix, beau capitaine !

Mme de Morzic ne fut pas surprise d'entendre Me Huvard lui dire que l'affaire dont elle l'avait chargé six semaines auparavant était déjà engagée. Pris dans le tourbillon de l'argent facile, étourdis par les chiffres fabuleux qui, hier encore, n'avaient évoqué que le trésor de quelques grands seigneurs ou banquiers, on voyait des nobles vendre leurs terres et leurs châteaux pour toucher l'argent frais, jamais vu, à peine rêvé, miraculeux, qui leur permettrait d'acheter du papier et de devenir à leur tour de riches actionnaires de la Compagnie des Indes. Perdus de dettes, lassés par la résistance opposée à leurs prétentions par la dame de la Couesnière, les neveux Morzic avaient fait connaître qu'ils ne seraient pas hostiles à la discussion d'un compromis sur la base, non pas de cent cinquante mille livres mais du double. À ce prix seulement, ils renonceraient à la Couesnière et à leur domaine de Laval.

— Voilà où nous en sommes, dit piteusement Me Huvard. Me pardonnerez-vous jamais de n'avoir pu obtenir mieux ?

Clacla regarda le notaire sans témoigner le moindre courroux, le félicita de sa diligence et lui fit un amical reproche :

— Monsieur Huvard, je vous ai souvent dit de ne jamais jouer au plus fin avec moi. Pourquoi vous excuser des prétentions de nos adversaires alors que vous avez toujours su qu'en proposant cent cinquante mille livres, j'étais prête à en donner trois cent mille ? Dites-moi ce qu'il en est de cette anguille que vous nommez « nonobstant », et racontez-moi comment vous y êtes-vous pris pour la ferrer ?

— Mon Dieu, madame, j'ai respecté les usages qui règlent les relations confraternelles.

— En clair, combien avez-vous versé à ce confrère ?

— Dix mille livres.

— Dix mille livres ? Vous m'étranglez, monsieur Huvard !

Le notaire ajouta, à voix plus basse :

— Bien entendu, j'ai dû les verser en monnaie sonnante et trébuchante.

— Je me plaindrai à votre syndic, maître Huvard, et je vous ferai rendre gorge !

L'un comme l'autre se jouaient la comédie, le savaient et y prenaient plaisir.

— Dix mille livres ! rugit-elle encore. Plus de trois mille écus d'argent !

— Il est encore temps de renoncer à ce contrat, madame.

— Taisez-vous donc ! Les papiers sont-ils prêts !

— Il ne manque que votre signature.

Le notaire remit à Mme de Morzic plusieurs feuillets noircis d'encre. Elle les examina avec le plus grand soin, faisant parfois la moue, flairant les pièges dissimulés sous un fatras de mots mis à la queue leu leu en français et en latin, prenant son temps, hochant la tête, la relevant pour lancer au notaire un regard aigu et se replongeant dans sa lecture.

— Pour l'acte de renonciation, je n'ai rien à objecter, dit-elle. Quant au domaine de Laval, il a été évalué trop cher. Cela ne vaut pas plus de cinquante mille livres. Vous qui connaissez la valeur des terres dans notre province, n'est-ce point votre avis, monsieur Huvard ?

— Si fait, madame la comtesse, mais je n'y ai pas attaché trop d'importance puisque, si je vous ai bien comprise, tout l'argent que nous verserons aux neveux Morzic ne vaudra guère plus de cinquante mille livres ?

— Vous m'avez bien comprise. Qu'avez-vous prévu au sujet du règlement des comptes ?

— J'ai prévu que les vendeurs accordent à l'acquéreur, donc vous-même, un délai de deux mois pour réunir cette somme de trois cent mille livres, étant entendu que la vente du domaine de Laval devient immédiatement définitive, dès que vous avez signé cet acte.

— Fort bien, monsieur Huvard. Donnez-moi une plume.

Sans trembler, d'une écriture un peu maladroite qui griffa le papier notarial et l'éclaboussa de minuscules taches d'encre semblables à une volée de mitraille, elle signa : Justine, comtesse de Morzic.

Comme il convient, le notaire s'était levé pour donner plus d'importance à ce geste solennel, les mains jointes et serrées sur sa poitrine comme pour protéger un nouveau secret des familles malouines.

— Pensez-vous toujours que cet arrangement ne valait pas les dix mille livres que j'avançai à mon collègue ?

— Monsieur Huvard, vous avez très bien fait. D'ici deux mois, les actions du Mississippi et les billets de banque n'auront plus que la valeur du papier. A ce moment, vous remettrez aux neveux Morzic un paquet qu'ils seront bien obligés d'accepter en paiement car le roi aura été contraint lui-même de décréter le cours forcé. Ceux qui voulaient me dépouiller devront se contenter de nous maudire. La loi nous protégera. Il ne faut jamais s'écarter de la loi, maître Huvard.

— C'est mon rôle, madame, d'instrumenter ses dispositions.

Elle attendit de se trouver sur le pas de la porte du cabinet pour dire sur le ton d'une grande dame qui a du blason :

— Vous êtes un notaire avisé, monsieur Huvard. Portez donc à votre crédit une somme de cinq mille livres, indépendante de vos honoraires, en numéraire.

— « Nonobstant » ? risqua le notaire.

— Ce sera mon cadeau de Noël, répondit la comtesse Clacla.

La famille Carbec arriva à la Couesnière la veille de Noël. Pour sa commodité, Marie-Léone avait emmené avec elle sa servante Solène, tandis que Marie-Thérèse obtenait la permission d'emporter Cacadou dans sa cage. Maintenant qu'elle avait sept ans, la petite fille savait bien que le mainate était mort mais affectait de le croire toujours vivant et ne cessait de lui parler comme à ses poupées auxquelles elle donnait des noms, prêtait des habitudes, inventait des souvenirs, monde enchanté où elle vivait à l'aise comme un oiseau dans le ciel. A force d'être remontée, sa mécanique souvent détraquée avait dû être plusieurs fois réparée par M. Kermaria qui en profitait chaque fois pour y apporter quelque perfectionnement et lustrer le plumage du mainate, si bien que celui-ci paraissait être paré d'une éternelle jeunesse. Par jeu, et pour entrer dans celui de leur jeune sœur, les garçons ne manquaient jamais d'adresser la parole à Cacadou, faisant eux-mêmes les questions, les réponses et sachant bien à quoi s'en tenir, sans lui dénier toutefois une sorte de vertu magique qui charmait la mémoire de leur enfance et faisait de Cacadou le génie protecteur de la maison Carbec. Pour avoir écouté souvent les conversations de maman Paramé et de l'oiseau, Solène n'aurait pas été étonnée d'entendre un jour Cacadou chanter comme autrefois « *Les filles de Cancale, elles n'ont point de tétons — Elles s' mettent de la filasse pour faire croire qu'elles en ont.* » Du Cacadou elle s'était toujours méfiée. Mort ou vivant ? Lutin, farfadet, korrigan ? Allez savoir ! N'empêche qu'un jour Solène avait découvert dans la cage de l'oiseau un peu de fiente toute fraîche et qu'elle s'était écriée : « Madame ! Madame ! venez donc voir ! Le Cacadou a cagué ! », sans soupçonner un instant qu'un des garçons ait pu jouer ce tour. Marie-Léone n'avait pas révélé la supercherie imaginée par Jean-Luc mais elle s'était rappelé une fois de plus l'étrange nuit dont le souvenir la brûlait encore sans pouvoir y démêler la part de l'imaginaire.

Mme Carbec ne fut pas mécontente de retrouver à la Couesnière Louis de Kerelen qu'elle n'avait pas revu depuis leur rencontre à Nantes. Elle avait toujours aimé la société des hommes, compagnons de Jean-Marie qui fréquentaient hier sa maison et qui aujourd'hui la traitaient tantôt comme la petite fille d'autrefois, tantôt comme la veuve de leur ami disparu, jamais comme une femme. Mis à part l'homme de l'étrange nuit, Louis de Kerelen avait été le premier à la regarder avec les yeux d'un chasseur qui épaule son fusil. A peine troublée, elle en avait été plutôt amusée, surprise et peut-être flattée d'être un peu mignardée par un cavalier de son âge. Semblable à tous les Bretons, même ceux qui entendaient demeurer les plus loyaux, il ne lui déplaisait pas non plus de rencontrer un des conjurés de l'Acte d'Union et de partager le secret de sa retraite. Elle le lui dit tout net.

— Mme de Morzic a dû me mettre au courant de votre affaire. Vous ne pouviez trouver meilleur refuge qu'à la Couesnière.

— Je m'étais pourtant juré de ne pas importuner plus longtemps Mme de Morzic, répondit Kerelen. La nouvelle de votre arrivée m'aura sans doute fait changer d'avis puisque je suis encore là !

— Ne badinez pas avec un sujet aussi grave.

— Parlez-vous de notre rencontre ?

Marie-Léone sentit un peu de chaleur lui monter aux joues. Confuse, elle se réfugia dans une pieuse pensée :

— Ne m'obligez pas à me confesser une autre fois avant la messe où je dois communier tout à l'heure.

— Est-ce donc commettre un péché que d'éprouver du plaisir à nous revoir tous les deux ?

Tante Clacla avait fait reconstruire une petite chapelle tombée en ruine depuis plusieurs décennies et que le chevalier de Couesnon n'avait jamais relevée faute de l'argent nécessaire pour payer un maçon et un charpentier. Les travaux venaient d'être terminés. Jusqu'alors, la dame de la Couesnière entendait la messe dans l'église du village, au banc marqué des armes des Morzic, là où le comte, même devenu vieux et incrédule, n'avait jamais manqué, chaque dimanche, de recevoir l'eau bénite et les fumigations dues à son titre. Les premières années, il avait fallu braver les sourires sournois des paysans qui lui pardonnaient encore moins que les hobereaux du Clos-Poulet d'être devenue riche et comtesse, partie de rien. De dimanche en dimanche, de carillon en carillon et de glas en glas, de carême en carême, présente aux mariages et aux enterrements, pieuse non dévote, généreuse non prodigue, elle avait assumé les devoirs d'un seigneur et avait fini par être acceptée. Aujourd'hui, le rassemblement des terres achevé et l'embellissement de la demeure terminé, elle voulait que la petite lumière rouge du Saint-Sacrement brille nuit et jour à la Couesnière. Autant qu'un vœu, c'était sa volonté. La semaine précédente, Mgr Desmarets était venu lui-même consacrer le saint lieu où ce soir la messe de minuit allait être célébrée.

Dans la chapelle où brillaient de nombreux cierges, la comtesse de Morzic entra la première, seule, suivie à quelques pas de Marie-Léone tenant sa fille par la main. Louis de Kerelen marchait derrière avec les trois garçons Carbec. Il faisait froid. Serrés les uns contre les autres, une vingtaine d'hommes, de femmes et d'enfants se tenaient debout, une petite chandelle à la main, et chantaient timidement la naissance du Christ, alléluias incertains exhalés en même temps qu'une légère buée. Agenouillée devant le prie-Dieu qui lui était réservé, la dame de la Couesnière reçut avec une grande dignité l'hommage de trois coups d'encensoir, et posa ses mains sur son visage. Pour la circonstance, Louis de Kerelen avait revêtu son uniforme de capitaine et se tenait debout, bien droit, point de mire des filles aux yeux sournois. Signes de croix, génuflexions, *et cum spiritu tuo*, répons, les liturgies qui avaient rythmé son enfance chez les Oratoriens de Nantes ne lui apportaient plus aujourd'hui le même ravissement. Comme beaucoup de gentilshommes de sa génération, il pensait que la religion est nécessaire parce que l'espérance d'une autre vie console des misères de celle-ci, mais sa vie n'étant point misérable M. de Kerelen n'éprouvait pas le besoin d'être consolé. Que se passe-t-il derrière les mains de notre hôtesse ? rêva-t-il. Prie-t-elle réellement avec ferveur, ou se contente-t-elle de remercier le ciel de l'avoir conduite là où elle est ce soir ? Et Mme Carbec ? Celle-là doit demander à Dieu de protéger ses enfants, ses navires et sans doute elle-même. Son maintien est celui d'une bourgeoise élevée dans un bon couvent. Bourgeoise ou fille de condition ? Aujourd'hui, on ne sait plus qui est quoi. Moi-même... Dans quel guêpier me suis-je fourré avec cette affaire et en venant me cacher chez cette Clacla au lieu de demeurer à Nantes où je ne craignais rien ? Ce soir, à Sainte-Radegonde, la messe de minuit doit se célébrer en grand apparat, fleurs, musique, chorale, et toutes les jolies Nantaises que je connais. Elles doivent se demander où je suis passé. Ces bouseux qui sont derrière moi sentent mauvais. La Gillette, il est vrai, ne sent pas si bon ! Quand je pense que notre comtesse Clacla vient de faire installer une baignoire à la

Couesnière, alors qu'il n'y en a pas dix à Nantes, c'est à ne pas croire ! Ah, Marie-Léone s'est retournée, un bref instant a suffi pour qu'elle me regarde et que je lui sourie. D'où sortent-ils ces Carbec ? Il paraît que le grand-père était un simple regrattier. Deux générations, et les voilà décrassés. Les trois garçons qu'on a placés à côté de moi, sur le même banc, se tiennent comme des petits gentilshommes. Il ne leur manque qu'une épée de parade. Encore deux autres générations et ils nous auront mangés. Voyons la petite fille dont le profil est charmant. Cela est blond et joli, joue certainement à la poupée mais bat déjà des cils. Ah ! voici le moment de la communion ! Le prêtre s'avance vers Clacla, le ciboire dans la main gauche, l'hostie dans la droite, ceci est mon corps, cela est mon sang. Enfant, j'étais terrorisé à la pensée que j'allais manger la chair du Christ ! Mme de Morzic, pour une comtesse vous tirez trop la langue quand vous recevez Notre Seigneur ! Cela ne se fait pas ainsi, voyons ! Maintenant le prêtre se dirige vers Marie-Léone. Vais-je recevoir moi aussi la communion ? Écolier de quatorze ans, chez les Oratoriens, un de mes compagnons de classe demeurait seul à son banc lorsque la communauté tout entière se dirigeait vers la Sainte Table. Il prétendait qu'il avait perdu la foi ! Partagés entre la surprise et l'épouvante nous n'étions pas loin d'admirer une telle fermeté d'âme. Aurais-je le courage d'en faire autant ? Voici que la fille de Marie-Léone se tourne vers moi et me regarde. Les anges doivent avoir de tels yeux bleus. Pour la pureté enfantine de ce regard, je me dirige vers le prêtre et je m'agenouille moi aussi. Est-ce que je vais me trouver en présence de Dieu comme le jour où j'ai levé un héron cendré au bord d'une mare de la Couesnière ?

— Racontez-moi un peu à quoi vous vous destinez tous les trois.

Louis de Kerelen avait emmené les garçons Carbec faire une promenade dans les bois du domaine après le repas de fête dont Clacla avait régalé ses hôtes. Depuis qu'elle était devenue la maîtresse de la Couesnière après la mort du comte de Morzic, ces repas de Noël et de Pâques auxquels elle apportait des soins personnels étaient devenus une tradition à laquelle Mme Carbec et ses enfants n'avaient jamais manqué. Au moment de s'asseoir à table, après qu'un joyeux bénédicité eut été récité par le recteur « Mon Dieu, bénissez les nourritures exquises que nous a certainement préparées Mme la comtesse de Morzic pour fêter la Bonne Nouvelle que vous avez apportée au monde », chacun avait trouvé un cadeau dans son assiette : un bijou fait de grains d'or et de corail pour Marie-Léone, deux perles fines qui, ajoutées à celles qu'elle recevait chaque année de sa marraine, feraient à Marie-Thérèse un magnifique collier quand elle aurait dix-huit ans, et pour chacun des garçons, quatre petits diamants montés en boutons pour orner les poignets de leur veste. Le recteur n'avait pas été oublié, un bréviaire neuf pour sa piété, une bourse avec cinq louis d'or pour l'usage qu'il voudrait en faire. Louis de Kerelen avait reçu pour sa part une tabatière en nacre gravée de ses initiales. Tous avaient feint la surprise et poussé des protestations ravies : « Tante Clacla c'est trop ! Cette année vous avez fait des folies ! Madame, je suis confus ! Le ciel bénira la Couesnière ! » Seule à n'avoir reçu aucun cadeau, souriante, heureuse de la joie distribuée autour d'elle, Mme de Morzic s'était contentée de répondre qu'il ne fallait remercier ni le ciel ni elle-même mais M. John Law qui lui avait permis de réaliser quelques opérations inattendues. La porte de la salle à manger s'était alors ouverte à deux battants pour laisser passer Léontine portant avec fierté une énorme oie rôtie et farcie. Le plantureux repas terminé, pas moins de huit services, les hommes étaient allés se dégourdir les jambes.

— Toi Jean-Pierre, dit M. de Kerelen, je sais que tu veux être marin.

— Oui dame ! répondit le garçon avec assurance. Comme mon père et comme mon grand-père.

— Où en es-tu de tes études ?

— Je termine mon École d'hydrographie. J'espère bien obtenir au mois de mars prochain un embarquement sur un navire de la nouvelle Compagnie des Indes avec mon brevet d'enseigne en second.

— À ton âge, remarqua Kerelen, j'étais déjà sous-lieutenant dans un régiment de dragons.

— Sans vous offenser, dit Jean-Pierre, la cavalerie c'est plus facile que la marine !

Le capitaine prit le parti de rire :

— Tu as raison de dire ce que tu penses, il sera toujours temps de dissimuler. Et toi ? C'est bien Jean-François que tu t'appelles ? Tu seras marin toi aussi ?

Sans s'en rendre compte, il avait posé cette question avec une voix plus douce et s'attardait à retrouver dans le visage du jeune homme les yeux clairs, le nez étroit, les joues demeurées lisses de Marie-Léone.

— Non, pas moi, répondit timidement Jean-François.

— Dès qu'il voit une barque, cela suffit pour le faire vomir !

ajouta l'aîné avec un gros rire où cependant tintait plus d'affection que de moquerie.

— Nous nous ressemblons, dit l'officier en posant une main protectrice sur l'épaule du garçon. J'aime regarder la mer mais je préfère les champs, les arbres, les rivières. Tu vas sans doute devenir négociant ?

— Je ne sais pas. Notre père voulait que je devienne maître des requêtes.

— Diable ! Voilà qui est savant. Tu apprends donc le droit ?

— Je dois d'abord partir pour Cadix où je resterai quelques mois.

— Et toi, le plus jeune, quel âge as-tu ?

— Douze ans.

— C'est donc toi qui aideras un jour ta mère à diriger la maison Carbec ?

— Oh non !

— Quels sont donc tes projets ?

— Être capitaine comme vous ! dit Jean-Luc en rougissant jusqu'aux oreilles.

Il le contemplait avec des yeux enflammés, détaillant les parements de l'uniforme, fasciné par la croix de Saint-Louis. Kerelen fut ému par ce regard qui lui rappelait l'admiration vouée par lui-même à son père lorsqu'il le voyait revenir au Bernier à la fin de quelque campagne menée rondement à la victoire par Condé, Turenne ou Luxembourg. Il osait à peine toucher les bottes, l'épée, les pistolets et se promettait de devenir lui aussi capitaine, pourquoi pas colonel, voire maréchal de camp. Dans tous les manoirs bretons, si des jeunes garçons avaient connu le même prodige, le plus grand nombre avait dû renoncer à la carrière militaire, faute de relations pour entrer à l'École des pages ou parce que trop démunis pour acheter un équipement. Quelques-uns, les plus aventureux, entrés dans le rang, avaient gagné leurs grades échelon par échelon, à la force du sabre. C'était à l'époque des guerres interminables et toujours recommencées. Elles faisaient tellement de morts, d'estropiés, de prisonniers, de fuyards et de déserteurs que les recruteurs n'en finissaient pas de sillonner le royaume pour enrôler de nouveaux héros. Aujourd'hui, les portes de l'armée se refermaient : on venait de supprimer quatre-vingts bataillons. La petite guerre d'Espagne qui s'achevait n'avait été qu'une sorte de démonstration militaire, et le Traité d'Alliance auquel avaient maintenant adhéré Paris, Londres, Amsterdam et Vienne paraissait solide. Dans ces conditions, quel pourrait être l'avenir d'un garçon fils de négociant malouin ?

— Tu voudrais devenir cadet dans un régiment ?

— Oh oui, monsieur le capitaine !

— Nous verrons cela avec ta maman, dit Kerelen.

Levée des étangs qui baignent le pays dolois, la brume du soir enveloppait déjà la Couesnière lorsque les promeneurs rentrèrent. Louis de Kerelen tirait un peu la jambe, ce pays humide ne me vaut rien, pas fâché de retrouver la maison dont il connaissait tous les aîtres et où l'attendait un bon feu. Secrètement, il s'en voulait d'y avoir pris si facilement ses aises. De semaine en semaine sans même s'en douter, il s'était incorporé à la Couesnière plus qu'il ne l'avait jamais fait au Bernier, et il avait essayé de deviner le visage et les pensées de M. de Morzic dont il occupait maintenant la chambre. Depuis que Clacla prolongeait ses absences à L'Orient, il s'intéressait davantage aux travaux des champs, et voilà qu'aujourd'hui, parce que c'était Noël, il avait revêtu son uniforme de capitaine au Royal-Dragons pour se faire admirer par les rejetons de la famille Carbec ! Ces pensées lui donnant de l'humeur, il avait entendu sans plaisir la petite Marie-Thérèse saluer le retour de leur promenade par un « Voilà enfin nos quatre monsieur ! », Louis de Kerelen monta dans sa chambre pour changer d'habits.

Bien qu'elle n'entendît rien à la musique, sauf pour chantonner au moment de sa toilette quelque ritournelle, Mme de Morzic venait d'acheter un clavecin, bel instrument au buffet vert céladon orné de petits bouquets roses. « J'espère ainsi que vous viendrez plus souvent à la Couesnière ! » avait-elle dit à Marie-Léone dont elle connaissait pour les romances et les sonatines les dispositions naturelles qu'elle tenait sans doute de sa double ascendance sévillane et nantaise. C'est ainsi que Louis de Kerelen entendit monter vers lui un carillon cristallin traversé par un petit air de flûte aux cadences hésitantes. Comme la plupart des Nantais, il se piquait d'apprécier la musique. Agréablement surpris, il tendit l'oreille, se hâta de se vêtir et quitta bientôt sa chambre pour participer lui aussi à ce concert imprévu. Parvenu au rez-de-chaussée, il ouvrit très doucement la porte du salon et demeura un instant immobile, ému par le spectacle qui charmait à la fois ses yeux et ses oreilles. Vêtue d'une robe volante, rose à larges rayures grises, Mme Carbec accompagnait au clavecin son fils Jean-François jouant un air de Noël sur une petite flûte à bec devant le regard émerveillé de son jeune frère. Dans le fond du salon éclairé par deux candélabres, Clacla faisait une partie de trictrac avec Jean-Pierre, et la petite fille jouait avec une poupée près de la cheminée, assise par terre à côté de la cage de Cacadou.

Louis de Kerelen referma la porte encore plus discrètement qu'il ne l'avait ouverte et, marchant sur la pointe de ses souliers, alla s'asseoir dans un fauteuil d'où il pouvait voir le visage de Marie-Léone ourlé de lumière par la flamme des bougies et regarder ses mains courir sur le clavier, deux colombes battant des ailes et picorant des notes de musique. Une douce paix baigna son cœur. Une épouse, des enfants, un clavecin, c'est peut-être le bonheur ? Un jour, il faudra y songer et faire des petits Kerelen. Je n'ai pas de cousins et suis le dernier du nom. Les enfants ? Voire. Ces Carbec sont déjà impatients de s'en aller. Dans deux ou trois ans, il n'y aura plus personne autour d'elle : un marin sur la mer, un magistrat au Parlement de quelque province, un cadet aux armées, une fille au couvent. Il ne lui restera plus que ses registres comptables et ses livres de piété. Non, cela n'est pas fait pour moi.

Comme la mélodie venait de s'achever sur une ritournelle qui avait la gaieté d'une danse villageoise :

— À vous, maintenant ! dit Mme Carbec à Jean-Luc.

Le futur capitaine se racla un peu la gorge et chanta avec une voix de fausset une marche militaire qui évoquait les adieux d'un conscrit à sa fiancée. « *Je me suis t'engagé — Ça n'est pas pour la vie — Au service du Roué ! — Durant cinq ans — Je serai sur le champ — Attendez-moi ma mie — Je serai votre aimant.* » M. de Kerelen connaissait cette chanson. Il demanda qu'on la rechantât une autre fois et il mêla sa voix à celle du jeune garçon.

Dans le fond du salon, Mme de Morzic, le cornet à dés dans la main, s'était arrêtée de jouer au trictrac.

— M. de Kerelen m'avait caché ses talents !

— Dieu soit loué, madame, les militaires ne font la guerre que par beau temps ! Il m'est arrivé, pendant l'hiver, d'organiser des réunions de musique où je tenais la partie du clavecin.

— Eh bien, à vous monsieur ! fit Marie-Léone en se levant.

— Non, madame, mon talent est trop mince à côté du vôtre, mais je ne refuserais pas de chanter quelque romance si vous aviez la bonté de m'accompagner. Connaissez-vous l'air de *La mort du porte-enseigne* ?

— Oui, j'en connais même un ou deux couplets.

— La chantons-nous en duo ?

Prise au jeu, elle dit « Pourquoi pas ? » et chercha aussitôt à retrouver sous ses doigts la mélodie que Louis de Kerelen fredonnait à son oreille. Les chansons de guerre sont souvent des chansons d'amour, celle-là ne manquait pas à la tradition en racontant le chagrin d'une jolie fille qu'un colonel a envoyé quérir sur la prière de son porte-enseigne frappé à mort au cours d'un combat contre les Anglais. D'une voix bien posée Marie-Léone attaqua la première.

— « *J'engagerais tous mes diamants — Mes robes, mes cotillons blancs — J'engagerais bien ma ceinture — Amant, pour guérir ta blessure !* »

Dans le salon personne ne bougeait. Les dés du trictrac ne roulaient plus. La petite Marie-Thérèse avait posé un doigt sur ses lèvres pour ordonner à sa poupée d'être sage et à Cacadou de se taire. Par une porte entrouverte silencieusement, apparurent les silhouettes de Léontine, Gillette et Solène. Tout le monde retenait son souffle pour entendre la réponse du porte-enseigne.

— « *N'engage rien, belle, pour moi — Je suis au service du Roi — N'engage rien pour moi au monde — Car ma blessure est trop profonde — Avant qu'il soit le vendredi — Tu me verras enseveli — Car je serai porté en terre — Par quatre grenadiers de guerre !* »

Louis de Kerelen avait une jolie voix, profonde, musicale et tendre, dont les modulations dénotaient une grande habitude des concerts de société, et dont il n'ignorait pas le charme. Dans le silence qui suivit les dernières notes de la romance, on entendit alors un léger sanglot, celui de Gillette qui n'avait pu supporter la mort du porte-enseigne.

— Voilà qui est bien joli à entendre, s'écria Clacla, mais trop triste pour un jour de Noël. Chantez-nous donc une chanson à boire, les gars !

Se tenant toujours derrière Marie-Léone, M. de Kerelen en profita pour se pencher plus avant, ses lèvres touchant presque sa nuque, et murmura : « Cette nuit, laissez votre fenêtre entrouverte. » Les garçons avaient entonné à pleine gorge *Au cabestan mon gars !* Marie-Léone répliqua en riant : « Vous n'y pensez pas, il fait bien trop froid ! »

Le lendemain matin, Mme de Morzic frappa de bonne heure à la porte de Mme Carbec qui achevait à peine sa toilette. Elle avait dû monter l'escalier trop vite et paraissait essoufflée.

— J'espère que vous avez passé une bonne nuit ?

— Non. Votre filleule ne parvenait pas à s'endormir. Vous savez comme sont les enfants. Cette soirée l'avait agitée, j'ai dû la prendre dans mon lit.

— Toute la nuit ?

Il parut à Marie-Léone que cette question n'était pas innocente.

— Mon Dieu oui, toute la nuit. Cela nous arrive encore souvent de dormir ensemble.

— Pauvre petite sainte ! s'attendrit Mme de Morzic. Je voudrais bien avoir de pareils souvenirs.

Certaine que le manège du capitaine ne lui avait pas échappé, Marie-Léone avait accueilli la dame de la Couesnière avec une réserve qu'elle n'avait pu ni voulu dissimuler. Elle le lui fit comprendre davantage.

— J'imagine, chère tante Clacla, que vous n'êtes pas ici pour vous inquiéter seulement de savoir comment j'ai passé la nuit ?

— J'ai d'autres sujets de m'inquiéter, en effet.

— Quoi donc ? Mes garçons se seraient-ils mal conduits ?

— Il ne s'agit pas d'eux.

— De qui donc ?

— De M. de Kerelen.

« Nous y voilà ! » pensa Marie-Léone en sentant le feu lui monter au front. Elle dit, affectant un ton indifférent :

— M. de Kerelen ? N'est-il pas votre hôte depuis six mois ?

— Ce matin, on a vu des dragons patrouiller dans le pays. Ils venaient de Dinan. On m'a avertie que des visites domiciliaires seraient bientôt ordonnées.

— Il ne manque pas de place à la Couesnière pour abriter M. de Kerelen.

— Jamais il ne consentira à demeurer dans une cache. Je viens de lui parler, il veut partir sur-le-champ pour ne pas me compromettre.

— Pensez-vous que cela serait prudent ?

— Il ne veut rien entendre. Ces gens-là, Marie-Léone, ne sont pas tout à fait comme nous. Ils ont leurs raisons, l'honneur comme ils disent, qui ne sont pas les nôtres.

— Je serais désolée d'apprendre que M. de Kerelen se trouve dans l'embarras. Qu'y puis-je, tante Clacla ?

— Vous pouvez nous aider à le tirer de là.

— Moi ?

— Oui, vous.

— Comment cela ?

— Ne devez-vous pas partir pour Nantes avec les enfants afin de souhaiter la bonne année à Mme Le Coz ?

— Sans doute. Je ne vois pas comment cela pourrait aider M. de Kerelen.

— Écoutez-moi plutôt. Les routes sont libres, sauf pour les voyageurs isolés qui risquent d'être interpellés. S'ils se déplacent en famille, ils n'ont plus rien à craindre. Un rebelle ne court pas les chemins avec une femme et des enfants.

— Vous voudriez que ?

— Oui, Marie-Léone. Il faut que M. de Kerelen parte avec vous, les quatre enfants, votre servante Solène, et même Cacadou. Si vous rencontrez des dragons, je vous sais assez fine mouche pour leur faire croire qu'il est votre mari.

— Mon mari ? Vous n'y pensez pas, tante Clacla ?

— Cela n'avait pas l'air de vous déplaire, hier soir, lorsque vous vouliez engager vos diamants, votre cotillon et votre ceinture pour sauver la vie du porte-enseigne.

— Il ne s'agissait que d'une romance...

— En êtes-vous si sûre ? En tout cas, s'il ne s'agissait hier que d'une romance, il s'agit aujourd'hui de la vie d'un vrai capitaine.

Mme Carbec avait baissé les yeux. Il lui semblait entendre la voix de Kerelen murmurer derrière elle, tout près : « *Avant qu'il soit vendredi, tu me verras enseveli, par quatre grenadiers de guerre.* » Elle garda un long silence avant de dire :

— Même si nous arrivions à Nantes sans avoir été inquiétés, la sûreté de M. de Kerelen ne serait-elle pas plus précaire qu'ici ? Là-bas, son retour aura vite fait de délier les langues des moins bavards.

— J'y ai songé. À peine arrivés, vous le conduirez chez un vieil ami qui ne peut pas me refuser un service, quel qu'il soit. Il s'appelle Pierre Bulot.

— Bulot ?

— Oui, vous connaissez au moins son nom. Il a été un peu flibustier autrefois, mais il fut surtout le pilote de la frégate qui portait votre nom lors de son premier voyage en mer du Sud.

— Je connais en effet son nom et les aventures de la *Marie-Léone*. Jean-Marie me les a contées bien des fois. Qu'est-il advenu de ce Pierre Bulot ?

— Il s'est retiré à Nantes où il a acheté quelques bateaux plats, des gabares comme on les appelle, qui naviguent sur la Loire vers Angers, Tours, Orléans, jusqu'à Nevers. Ça n'est pas là que les dragons viendront chercher notre ami.

— Tante Clacla, vous n'avez pas réfléchi à tout.

— Quoi donc ?

— Il faut trois jours et deux nuits pour aller de la Couesnière à Nantes avec les mêmes chevaux.

— Eh bien ?

— Les auberges sont souvent pleines et on doit se contenter souvent d'un lit pour deux quand ça n'est pas pour trois.

Mme de Morzic dit d'un ton brusque :

— Vous vous en arrangerez, madame. Préféreriez-vous qu'on coupe la tête à M. de Kerelen ?

Dès les premières semaines de cette nouvelle année 1720, des rumeurs nées à Paris se répandirent dans toutes les villes du royaume : il n'y avait au Mississippi ni mines d'or ni grottes d'émeraude, et l'on ne trouvait plus de volontaires, même dans les Allemagnes, pour aller relever les ruines des quelques baraques appelées Nouvel-Orléans qu'un ouragan venait de dévaster. Inquiet du danger que représentaient des révélations dues à M. de la Motte Cadillac qui avait été gouverneur de la Louisiane pour la Compagnie Crozat, John Law n'avait pas hésité à faire embastiller leur auteur mais il n'avait pu jeter en prison les nombreux sceptiques qui avaient leurs raisons pour ne pas suivre la crédulité publique, encore moins les anciens fermiers généraux qui s'étaient jurés de l'abattre. Nommé Contrôleur général, l'Écossais avait alors donné l'ordre de payer à guichets ouverts tous ceux qui se présenteraient pour convertir leur papier en métal : déclaration superbe et vite prise au mot par quelques grands agioteurs soucieux de réaliser. Le duc de Bourbon et le prince de Conti avaient ainsi délesté la Banque Royale de soixante millions d'or transportés sur des charrettes. Dans le même moment, des personnages mystérieux et disposant de sommes considérables, peut-être les frères Pâris et sans doute lord Stairs ambassadeur de Londres, pesaient sur les cours et contraignaient John Law à intervenir sur le marché pour soutenir la valeur des actions de la Compagnie des Indes. Dès lors, il avait bien fallu en arriver à déclarer le cours forcé. Quelques semaines plus tard, l'emploi de l'or et de l'argent était interdit pour les paiements, les particuliers n'avaient plus le droit de garder chez eux plus de cinq cents livres, et la surveillance des frontières était renforcée pour empêcher l'évasion du numéraire. À ce moment, les actions étaient encore cotées dix mille livres, mais la circulation du papier était devenue si énorme que chacun cherchait à s'en débarrasser pour acheter n'importe quoi à l'exemple du duc d'Estrées avec le café et le chocolat, du duc d'Antin avec les étoffes ou du duc de la Force avec les chandelles. Quant aux débiteurs, ils n'avaient jamais été aussi pressés de régler leurs dettes, aucun créancier ne pouvant leur refuser le droit de se libérer avec une monnaie de papier devenue exclusive qui, discréditée dans les milieux du négoce, provoquait cependant à travers tout le royaume comme une fièvre d'affaires.

De ce mouvement, L'Orient avait été le premier bénéficiaire dès que la nouvelle Compagnie des Indes avait réoccupé les anciens chantiers et bâtiments cédés naguère à la Marine Royale. Trente navires y branlaient maintenant à l'ancre dont dix-huit prêts à partir pour Pondichéry ou les Antilles, alors qu'au mois de mai de l'année précédente la Compagnie malouine disposait d'une flotte qui ne dépassait pas seize bâtiments. Aux lenteurs paresseuses de l'arsenal où, faute d'argent, la flotte royale avait dépéri, succédait aujourd'hui l'agitation laborieuse d'un grand port d'armement qui était aussi un grand chantier de construction navale. Maître après Dieu, le Directeur délégué de la Compagnie, M. de Rigby, régnait sur tout un monde de commis, marchands, comptables, écrivains, capitaines, lieutenants et pilotes, subrécargues, maîtres et mate-lots, charpentiers, menuisiers, cloutiers, voiliers, calfats, cabare-tiers et gargotiers de toutes sortes, sans compter les archers de l'ordre et les luronnes de l'amour. Grand seigneur, conscient de ses fonctions et de son rôle, sans doute plus munificent que caissier infidèle, M. de Rigby était de ces chefs qui ne conçoivent pas le commandement hors d'un certain faste destiné à souligner l'importance de leur charge et à donner plus d'éclat à leur personne. Quand il montait sur une chaloupe pour se rendre à bord de quelque vaisseau qui se trouvait sur la rade, vingt-quatre matelots lui rendaient les honneurs, avirons hauts. Le Directeur s'installait proconsulairement devant le timonier, face à ses gens habillés de drap vert galonné d'argent et orné de boutons gravés aux armes de la Compagnie. On l'appelait le roi Rigby.

Un jour qu'elle arrivait de L'Orient, Mme de Morzic avait raconté aux Malouins l'ordonnance de cette cérémonie à laquelle elle avait assisté.

— Qui paie toute cette comédie-ballet? demanda Joseph Biniac.

— La Compagnie, dame! L'argent ne manque point. Un

convoi chargé de treize millions de piastres vient d'arriver de la mer du Sud.

— Cet argent est le nôtre, celui des Malouins !

— Sans doute, mais vous savez bien que le Conseil d'État en a décidé autrement.

— Tout cela finira mal, Clacla, et votre Rigby ira aux galères ! Il y retrouvera votre John Law ! Deux Anglais à la tête de la Compagnie des Indes, c'est une trahison perpétrée contre Saint-Malo !

Mme de Morzic ne partageait pas toujours l'inquiétude ou la rage des Malouins. Elle n'avait rien perdu avec la création de la Compagnie des Indes qui, pressée de faire ses preuves et d'armer le plus grand nombre de navires, avait fait appel à son expérience d'avitailleuse pour conclure de nouveaux marchés. Converties au bon moment en billets de la Banque Royale, ses actions lui avaient permis de clore à son profit un procès interminable, d'acquérir de nouvelles terres et de flouer des héritiers abusifs.

— Je sais que vous n'avez pas à vous plaindre de l'Écossais ! dit Biniac sur un ton un peu vif.

— Au contraire.

— Comment vous y êtes-vous prise ?

— C'est bien simple. Dans ce genre d'affaires que vous appelez spéculation, agiotage, et autres discours de financiers, il faut avoir assez de flair pour ne jamais se trouver au bout de la chaîne. Je ne suis pas banquier, mon pauvre Biniac, mais je sais qu'après la hausse, la baisse vient toujours. C'est ma seule vérité.

— Qui vous a donné de si bonnes leçons ?

— Un des vôtres, vous le connaissez bien, Noël Danycan.

— C'est un homme habile, convint Joseph Biniac qui ajouta après un bref silence : Nous ne l'aimons pas beaucoup. C'est un Normand de Coutances !

La réponse partit comme un coup de pistolet :

— Parce qu'il est plus riche que vous tous ?

Joseph Biniac se dressa :

— Clacla, vous m'offensez ! Ni les uns ni les autres, nous ne manquons. Les Malouins n'ont pas à se plaindre. Il s'agit d'autre chose.

— De quoi donc ?

— C'est difficile à expliquer. Naguère, Noël Danycan faisait comme nous tous : la morue, la course, la mer du Sud. Il prenait des risques. Aujourd'hui, il est devenu une sorte de

banquier, un manieur d'argent qui ne travaillerait qu'à coup sûr !
Peut-être que nous autres les Malouins nous n'aimons pas les gens
trop prudents. Vous devez comprendre cela, Clacla, non ?

— L'Écossais n'est pas un homme prudent !

— Clacla, toute cette agitation me trouble. Où allons-nous ? Le
cours forcé du papier, l'interdiction de conserver chez soi du
numéraire en métal et l'obligation de le porter à la Monnaie, la
saisie des diamants, tout cela ne vous inquiète pas ? Je me
demande si nous n'avons pas tous perdu le sens commun ? On m'a
assuré qu'une duchesse s'est précipitée sur M. Law pour lui baiser
les mains !

Clacla partit d'un grand éclat de rire :

— Une duchesse baisant les mains de l'Écossais ! Que devrais-
je donc lui baiser, moi qui ne suis que comtesse ?

Le mot avait vite fait le tour du rempart, chacun des messieurs
de Saint-Malo s'en esclaffant jusqu'à donner à son voisin de
furieuses claques dans le dos. Les femmes demeuraient sur la
réserve. Après tant d'années disparues, elles gardaient encore un
souvenir amer de la trop belle fille qui s'en allait par les rues
vendre sa marée, maquereau frais qui vient d'arriver, et plaisan-
tait avec leurs hommes.

Venant de L'Orient, Mme de Morzic s'était arrêtée à Saint-
Malo pour souhaiter bon voyage à Jean-Pierre Carbec qui partait
pour Paris où il devait recevoir son brevet d'enseigne en second.

— Dix-huit ans ! C'est pas Dieu possible ! dit-elle en le regardant avec autant de fierté que si elle eût été sa propre mère. Ça me
fait tout drôle, moi qui t'ai vu naître, même que tu étais rouge
comme un homard sorti du court-bouillon et que tu avais déjà ton
gros nez, semblable à celui de ton père. Pour sûr que tu es un vrai
Carbec, c'est moi qui te le dis ! Demain matin, tu seras peut-être
bien parti avant que je sois sortie de mes toiles. Prends donc ça
pour toi, mon gars. Tu n'as pas besoin de le dire à ta mère, c'est un
petit cadeau de la vieille tante Clacla. Les hommes, ils n'ont
jamais assez d'argent, ou bien ils le jettent par la fenêtre, ou bien
ce sont des avaricieux qui le resserrent dans leur cave. Pour moi,
tout dépenser ou tout garder, c'est du pareil au même ! Ne fais
point de dettes, mon gars, cela chagrinerait ta mère, ne fais point
trop d'économies, cela me décevrait. Ce petit rouleau t'ouvrira les
vertus les plus verrouillées. On m'a dit qu'à Paris, dans leur rue
Quincampoix, on ne jure que par le papier, c'est peut-être vrai
mais je pense qu'on est encore bien aise d'empocher quelques
pièces d'or. Tu me raconteras tout ce que tu as vu. Peut-être bien

que tu vas boire du vin de Champagne ? Méfie-t'en mon gars, méfie-t'en ! Comme tous les Bretons, tu es un peu porté sur le rikiki. Méfie-toi aussi des filles. Là-bas, c'est point comme par chez nous où les femmes sont de bonne santé, un coup de rame par-ci un coup de rame par-là on peut naviguer sans boussole. A Paris, marquises, bourgeoises, servantes, elles sont toutes catins vérolées. Tu ne vas pas nous rapporter une galanterie, non ? Depuis que je connais des Carbec, ils sont tous passés à travers sans jamais échouer leur barque. Fais-moi une grosse bise !

La plus fière et la plus émue, c'était Marie-Léone. Elle ne s'était jamais séparée de son aîné qui, depuis la mort de Jean-Marie, représentait à ses yeux le chef de la famille. Le gouverner pendant ces cinq dernières années, n'avait pas été une tâche facile. Plusieurs fois le garçon avait été ramené d'un cabaret à putains où on l'avait trouvé ivre mort et la figure ensanglantée. Marie-Léone l'avait tancé sur le ton d'un maître d'équipage et menacé de lui faire donner dix coups de garcette, cul nu, par un sergent de la milice. Cela le prenait de temps à autre, il disparaissait pendant deux ou trois jours au bout desquels il revenait, le cheveu ébouriffé, un œil meurtri où flambait un regard d'homme, non celui d'un garçon de seize ans. « Ça lui passera, avait dit Joseph Biniac, nous avons tous été comme lui ! Vous n'avez point voulu qu'il soit mousse, il faut lui laisser tirer ses bordées, dame ! » Marie-Léone avait tenu bon, mais lorsque son gars n'était pas rentré de la nuit, il lui arrivait encore de penser à l'oncle Frédéric dont la légende et l'affection avaient orné la jeunesse du capitaine Carbec, Frédéric, le bel homme qui passait ses nuits dans les bordels de la rue des Mœurs pour faire enrager sa famille, celui qui avait ramené Cacadou d'un long voyage aux Indes, l'oncle aux abracadabras, l'enchanteur qu'un spadassin avait tué d'un coup d'épée dans le dos, sur les chantiers de L'Orient. Mon Dieu, faites que mon Jean-Pierre ne ressemble pas trop à l'oncle Frédéric ! Semblable aux capitaines contraints à jeter des pièces de canon par-dessus bord pour alléger leur bâtiment pris dans la tempête, il lui avait fallu plus d'une fois lâcher du lest, adoucir les principes d'éducation tenus de sa mère. Cependant, sa main n'avait jamais fléchi sur la barre, même lorsque l'an dernier Jean-Pierre avait voulu s'embarquer clandestinement. Ce soir, les larmes brouillaient ses yeux tandis qu'elle regardait ce grand garçon aux cheveux bouclés, le portrait de Jean-Marie, qui allait partir demain matin pour Paris par la poste avec trois autres jeunes Malouins, Rouxel, Porée, Talbot, qui avaient été ses compagnons à l'École d'hydrographie comme leurs pères avaient été les condisciples du futur capitaine Carbec à l'École de marine.

Le souper achevé, le moment était venu pour Marie-Léone de parler seule à seul à ce grand fils et de lui tenir quelques propos de circonstance.

— Mon fils, si votre père avait vécu, il vous eût certainement accompagné à Paris. Votre oncle Hervé qui doit demander à la Compagnie un congé pour lui permettre d'aller visiter sa plantation de Saint-Domingue le remplacera. Il m'est arrivé de vous gronder durement et de m'opposer à certaines de vos volontés. C'est le sort de toutes les femmes seules qui n'agissent ainsi, comme vous dites dans la marine, que pour le bien du service.

Le garçon baissait les yeux. Il dit à mi-voix :

— Oui, ma mère.

— Levez la tête et regardez-moi bien en face, Jean-Pierre. Vous n'êtes plus un petit garçon depuis longtemps, et vous serez à votre retour de Paris enseigne à la Compagnie des Indes, c'est-à-dire un homme. Vous avez bien travaillé à l'École d'hydrographie, vous avez subi vos examens avec succès, vous allez en recevoir la récompense. En êtes-vous heureux ?

— J'en suis très heureux, ma mère.

— Moi aussi. Je crois même que je suis fière de nous deux. Comprenez-vous bien ce que je veux dire ?

Le garçon avait encore l'âge de rougir.

— Oui, dit-il doucement. Je vous remercie de tout ce que vous avez fait pour moi, et je vous demande pardon pour tout le reste !

Jean-Pierre Carbec s'était élancé vers sa mère. Marie-Léone prit son fils dans ses bras. Elle le connaissait bien et le savait aussi prompt à s'emporter qu'à s'émouvoir, depuis les premières années où, petit enfant, des rages subites lui bleuissaient le visage. Comme elle eût consolé un marmot, elle lui parla très doucement. Là, tout doux, calme-toi, cela va passer, un enfant n'a pas besoin de remercier ses parents mais il doit toujours les aimer. Voilà, c'est fini. Asseyez-vous sur cette chaise.

Apaisé, le garçon s'était installé en face de sa mère.

— J'ai préparé moi-même votre bagage, reprit Mme Carbec. Solène m'a aidée, ainsi que votre sœur. Nous avons veillé à ce qu'il ne vous manque rien. Il y a dans votre coffre tout ce qu'il faut pour vous permettre de tenir votre rang si vous étiez convié à quelque divertissement. J'ai entendu dire que les jeunes gens ne manquaient pas de telles occasions à Paris. Vous aurez peut-être besoin d'acheter des chaussures plus fines et un chapeau à la mode. Pour tout cela, adressez-vous à votre oncle Hervé, c'est à lui que j'ai confié le soin de votre dépense. Il a plus d'expérience que vous. Voici cependant quelques écus dont vous pourrez disposer vous-même en cas de besoin. N'en soyez pas dispendieux et faites-en bon usage. Votre grand-père Le Coz est allé une fois à Paris, il en avait rapporté un grand souvenir. Vous avez bien de la chance de vous y rendre, si jeune, à votre tour. Pendant votre absence, nous demanderons chaque soir au Seigneur de vous protéger.

— Ma mère, soyez sans inquiétude ! Je ne vais pas si loin.

— Jean-Pierre, les plus lointains voyages ne sont pas toujours les plus dangereux. Avez-vous souhaité la bonne nuit à votre tante Clacla ?

— Certes. Elle ne sera peut-être pas encore levée au moment de mon départ.

— Vous lui avez donc dit au revoir ?

— Sans doute.

— J'espère que vous l'avez remerciée ?

— De quoi, ma mère ?

— Du généreux viatique qu'elle vous aura remis.

— Tante Clacla ne m'a rien remis, répondit Jean-Pierre Carbec après un imperceptible silence.

— Cela ne lui ressemble guère.

— Je ne vous comprends pas...

— Mon fils, je vous ai dit tout à l'heure que vous seriez devenu un homme à votre retour de Paris. Je me suis trompée, vous en êtes déjà un.

— Expliquez-vous, demanda Jean-Pierre en écarquillant des yeux innocents.

— Vous mentez aussi bien qu'un homme. Allons nous coucher. Demain, vous aurez une rude journée.

Le lendemain, à l'aube, toute la famille Carbec s'était levée pour faire ses adieux aux deux voyageurs. Jean-Pierre embrassa longuement sa mère, son jeune frère Jean-Luc, sa sœur Marie-Thérèse et ne manqua pas d'adresser un mot affectueux à Cacadou, veille bien sur la maison. Au moment qu'il passait la porte, Marie-Léone le rappela :

— Tu ne dis pas au revoir à Solène ?

La servante se tenait un peu à l'écart, dans l'ombre, les deux mains croisées sur son tablier. Il l'embrassa avec une hâte maladroite.

La Compagnie des Indes s'était installée à Paris, rue Neuve-des-Petits-Champs, dans l'ancien hôtel Tubeuf contigu au palais occupé naguère par le cardinal Mazarin, un cadre digne de ses grands projets, de ses espoirs et de la devise empruntée à Colbert « *Florebo quocumque ferar,* je fleurirai où que j'aille. » Arrivés la veille, les Malouins avaient été surpris par un fracas et une agitation désordonnés qui passaient tout ce qu'on avait pu leur conter sur la ville aux 900 rues, aux 22 000 maisons, et tout ce qu'ils avaient pu imaginer. Les fontaines, les portes en arc de triomphe, les jardins publics, les grandes places, les avenues, les bateaux-lavoirs sur la Seine, l'enchevêtrement des carrosses, des chaises à porteurs et des fardiers, c'était un spectacle étourdissant où les scènes de théâtre se multipliaient à chaque pas. Bien que le voyage leur eût brisé les reins, ils s'étaient levés de bonne heure pour se rendre à la Compagnie où de grands laquais emperruqués, galonnés et dédaigneux venaient à peine d'arriver. On les avait fait attendre dans un large vestibule où s'amorçait la courbe d'un escalier de marbre encore désert. Ils étaient restés là une bonne heure avant de voir passer quelques personnages dont la mine à la fois soucieuse et prospère autant que le portefeuille serré contre la poitrine disaient l'importance : c'étaient quelques-uns des vingt-quatre directeurs nommés par le Roi, ceux qui tenaient dans leurs mains les rouages d'une machinerie considérable.

Tout capitaine marchand qu'il fût, ayant commandé en premier un bâtiment de l'ancienne Compagnie, Hervé Le Coz ne se sentait pas à l'aise au milieu de cet apparat. Lorsque les messieurs de Saint-Malo avaient mis la main sur l'ancienne Compagnie des Indes orientales, ils avaient fait moins d'embarras. Administrateurs ou capitaines, ils avaient tous navigué, parlaient le même langage, se connaissaient depuis toujours, partageaient les mêmes souvenirs. A l'hôtel Dufresne, personne n'avait besoin de solliciter audience ni même de faire antichambre pour être reçu. Ici, il fallait d'abord quêter l'attention d'un porte-coton qui se prenait pour un chambellan et attendre le bon vouloir d'un troisième sous-commis. Pour leur part, les quatre jeunes Malouins ne paraissaient pas mécontents. Tout ce luxe qui les entourait, ces ors, ces glaces, ces panneaux chantournés, ils en tiraient déjà vanité et comme un éclat personnel, pas peu fiers à la pensée que tout à l'heure ils seraient de cette fameuse Compagnie des Indes qui ferait d'eux, dans quelques années, des capitaines enviés sinon respectés des officiers du Grand Corps.

Hervé Le Coz perdait patience. Il avait exposé plusieurs fois l'objet de leur visite à celui qui paraissait être le chef des laquais et il attendait toujours d'être dirigé vers le bureau des Armements. Deux heures s'étaient ainsi écoulées. Maintenant, des personnages de plus en plus nombreux, directeurs, premiers commis, comptables, secrétaires, conseillers, marchands ou capitaines, portant le plus souvent une petite épée de parade, allaient et venaient à travers le vestibule, montaient ou descendaient le monumental escalier, mais personne ne prenait garde aux cinq provinciaux. La moutarde lui piquant soudain le nez, Hervé Le Coz se leva brusquement :

— Allons-y ! dit-il aux garçons, bien décidé à monter lui aussi l'escalier qui conduisait aux bureaux des directeurs.

Deux grands escogriffes s'étaient aussitôt dressés sur les premières marches pour leur barrer le passage. Bon Malouin, le capitaine Le Coz n'entendait pas se laisser intimider par des faquins. Au moment qu'il s'apprêtait à les empoigner au collet et à les heurter l'un contre l'autre, il reconnut une voix familière :

— Avez-vous besoin d'aide, monsieur Le Coz ?

M. Dupleix, le jeune enseigne placé sous son commandement pendant trois ans à bord des *Deux Couronnes,* venait d'entrer dans le vestibule. A sa vue, les deux laquais s'étaient tout de suite inclinés devant lui.

— Ah çà ! vous m'avez l'air mieux introduit ici que les Malouins ! dit Hervé Le Coz.

— Il ne s'agit pas de moi, mais de mon père qui a été nommé commissaire général à la Compagnie. Que puis-je faire pour vous ?

Quelques instants plus tard, les voyageurs étaient introduits auprès de M. Hardancourt, directeur du département des Armements. Vêtu d'un habit de drap fin, marron clair, orné de passementeries plus foncées, l'homme se tenait derrière un grand bureau plat sur lequel étaient posés des rouleaux de parchemin. Quatre longues fenêtres à petits carreaux donnant sur un jardin intérieur distribuaient une lumière argentée et protégeaient la pièce des bruits du dehors. M. Hardancourt se leva avec majesté.

— Voici donc les jeunes gens que j'attends depuis plus d'une heure, dit-il en souriant. Présentez-vous, messieurs.

Ils dirent, tour à tour :

— Jean-Pierre Carbec.

— François Porée.

— Bertrand Rouxel.

— Guillaume Talbot.

— Voici des noms qui ne nous sont pas inconnus et qui sentent bon la mer.

Visiblement, M. Hardancourt voulait faire l'aimable et souriait de plus en plus.

— Et vous, monsieur ?

— Hervé Le Coz.

— Je suis heureux de saluer ici le capitaine des *Deux Couronnes*, et je puis vous assurer que la nouvelle Compagnie des Indes se félicite de vous compter parmi ses cadres. Si vous aviez quelque inquiétude à ce sujet, soyez rassuré, capitaine Le Coz.

— Euh ! Ça n'est point l'objet de ma visite.

— Vous désirez sans doute un commandement plus important ? Pourquoi pas ? Nous ne refuserons rien aux Malouins. Je sais déjà que vous avez de fort bonnes notes.

— Monsieur le directeur, dit Hervé Le Coz tout à trac, je suis venu à Paris pour accompagner ces jeunes gens, et pour demander à la Compagnie un congé de longue durée.

M. Hardancourt parut tout à coup moins aimable.

— Comme tous les Malouins, capitaine Le Coz, vous croyez que la nouvelle compagnie vous a spoliés. Avouez donc que vous ne voulez pas travailler avec nous ! Et permettez-moi de vous dire que vous pourriez faire ici une carrière qu'aucun Magon ne vous aurait permis d'accomplir.

— Je veux simplement aller visiter un établissement dont j'ai hérité à Saint-Domingue.

— Autant dire que vous êtes perdu pour la mer. Depuis combien de temps naviguez-vous ?

— J'ai été mousse à quatorze ans, j'en ai aujourd'hui quarante-deux. Si je ne pose pas maintenant coffre à terre, je serai trop vieux pour aller aux Isles, et, à la première occasion, vous me débarquerez pour offrir un commandement à un plus jeune qui bénéficiera de quelque protection.

— Comme vous l'entendrez, capitaine Le Coz. J'espère que vous ne le regretterez pas. Allez donc planter du tabac et de l'indigo, nos marchands vous en achèteront peut-être. Quoi qu'il arrive nous ne manquerons pas de personnel, les officiers du Grand Corps ne demandent aujourd'hui qu'à devenir capitaines marchands. Quant à la relève, elle sera toujours assurée, n'est-ce pas mes garçons ? Voici vos brevets.

M. Hardancourt remit aux jeunes Malouins un rouleau de parchemin.

— Vous voici désormais enseignes en second à la Compagnie des Indes. Dès aujourd'hui vous vous engagez à vous conduire en toutes circonstances pour le bien du service. Vous avez appris la théorie à l'école, le commerce lointain va vous offrir une pratique sans laquelle, malgré la théorie la plus savante, vous ne parviendriez jamais à un point de connaissance qu'on ne peut acquérir que par ces deux voies d'instruction. Voici d'autre part les affectations qui vous ont été attribuées : M. Carbec sur l'*Atalante*, frégate de 500 tonneaux armée de 34 canons, M. Porée sur le vaisseau l'*Africain*, 400 tonneaux, 18 canons, M. Rouxel sur le vaisseau *Comte de Toulouse*, 630 tonneaux, 24 canons, et M. Talbot sur la *Sirène*, frégate de 250 tonneaux, 34 canons. Ces quatre bâtiments se trouvent à L'Orient et doivent appareiller dans la première quinzaine du mois d'avril. Messieurs, je devine votre impatience de découvrir les plaisirs de la capitale. Je ne vous retiens plus, d'autant que vous devrez rejoindre sans retard L'Orient où vos capitaines sont prévenus de votre arrivée et ont besoin de vous. Vous aurez juste le temps de passer une nuit à Paris avant d'aller dire au revoir à vos familles. Notre directeur à L'Orient, M. de Rigby, n'est pas un homme accommodant. Vous aurez à cœur de prouver à tous qu'on est plus discipliné à bord des navires de la Compagnie des Indes qu'à bord des vaisseaux du Roi. N'oubliez jamais notre devise « *Florebo quocumque ferar.* » La Compagnie fera de vous des capitaines heureux. Au revoir, messieurs.

M. Dupleix attendait les Malouins pour les mener dans une des auberges de Passy, sur les bords de la Seine.

— Quatre nouveaux enseignes à la Compagnie, cela vaut une petite fête, dit-il avec entrain. Et vous, capitaine Le Coz, à quel nouveau commandement êtes-vous promis ?

— Aucun. Je me dispose plutôt à rédiger une lettre de démission !

— Vous n'y pensez pas ! Les circonstances ne furent jamais aussi favorables pour le commerce lointain : la paix, la circulation de l'argent...

— Cela est peut-être vrai pour la jeunesse, monsieur Dupleix, surtout pour vous qui bénéficiez de flatteuses protections. Vous voici promu lieutenant en premier, non ?

Hervé Le Coz avait prononcé ces derniers mots sur un ton pointu.

— Vous vous trompez, répondit M. Dupleix. Il est vrai que j'attends une certaine promotion, mais en dehors de la marine. Vous qui m'avez vu à l'œuvre à bord des *Deux Couronnes,* vous savez mieux que personne que le négoce m'intéresse davantage que la navigation.

— C'est vrai. Je crois toujours que vous deviendrez un personnage important du négoce et peut-être des affaires politiques. Vous abandonnez donc la marine ?

— Ma nomination de conseiller auprès du gouverneur général à Pondichéry est imminente.

— Félicitations ! Conseiller ? Cela consiste en quoi d'être conseiller d'un gouverneur général ?

— Mes attributions seront diverses : commerciales, administratives, politiques, militaires, judiciaires...

— Quel âge avez-vous donc, monsieur Dupleix ?

— Vingt-trois ans.

— Pouvons-nous parler franchement, comme à bord des *Deux Couronnes* ?

— Je vous en prie.

— Je serais curieux de savoir si vous portez toujours autant d'admiration à M. John Law ?

— Sans doute, pour ce qui concerne un homme dont l'intelligence est prodigieuse. De vous à moi, sa décision récente de fondre ensemble la Compagnie des Indes et la Banque Royale m'inquiète beaucoup, parce que les actions et les billets peuvent désormais être échangés à volonté. Vous voyez où est le danger ?

— Si je comprends bien, des difficultés éprouvées éventuellement par la Banque entraîneraient immédiatement la Compagnie dans les pires embarras, même si celle-ci était prospère ?

— Vous y êtes, capitaine !

Un fiacre les avait conduits au Poisson d'Argent, une auberge située au pied de la colline de Chaillot, au fond d'un jardin dont la pente descendait doucement vers l'eau. Toutes les tables étaient occupées par des hommes et des femmes, souvent jeunes, qui mangeaient des choses exquises, buvaient large et parlaient avec l'assurance des gens dont la bourse est bien garnie.

— Vous qui connaissez Paris, questionna encore Hervé Le Coz, toutes ces créatures qui sont là, autour de nous, ce sont bien ce qu'on appelle des femmes galantes ?

M. Dupleix faillit s'étrangler de rire.

— Vous vous croyez encore sous le règne de Mme de Maintenon ! Ces femmes qui nous entourent appartiennent le plus souvent à la meilleure société parisienne, noble ou bourgeoise. Je vois aussi deux ou trois comédiennes. Il y a là des gentilshommes, épée ou robe, des négociants, des avocats, des premiers commis de ministères, avec leurs épouses et parfois leurs maîtresses. Jamais l'argent n'a autant roulé et rapproché ceux que tout séparait hier. C'est cela la Régence, capitaine Le Coz.

— Je ne suis arrivé qu'hier et tout m'étonne, fit rêveusement le Malouin. A dire vrai, ce qui me surprend le plus, c'est la circulation de l'argent, à croire qu'il y aurait à Paris 500 000 riches. D'où vient tout cet argent ? De l'agiotage ?

— L'argent facile ? Sans doute. C'est aussi ce qui m'inquiète.

— Si tout ce qu'on nous raconte en province est vrai, ce doit être un spectacle extraordinaire que celui de la rue Quincampoix ?

— Croyez-vous à l'histoire du bossu ? Et à celle du cocher devenu millionnaire ? demandèrent les garçons.

— Tout cela, répondit M. Dupleix sur un ton plus grave, était encore vrai hier, et ne l'est plus aujourd'hui. Je ne vous conduirai pas rue Quincampoix, parce qu'elle est fermée depuis deux jours sur l'ordre du lieutenant de police.

— Qu'est-il arrivé ?

— Un homme venu de la province avec une grosse somme d'argent pour agioter y a été assassiné à coups de couteau. Ça n'est pas la première fois que cela arrive, on tue beaucoup à Paris en ce moment. Cette fois l'assassin a été pris quasiment sur le fait, il appartient à l'une des familles les plus titrées de l'Europe.

— Est-ce possible ?

— C'est le jeune comte de Horn, un petit-fils du prince de Ligne. Les juges l'ont condamné à être roué vif.

— Un gentilhomme ne peut pas être roué vif !

— C'est vrai, cela fait partie des privilèges de la noblesse, mais le Régent a exigé que le comte de Horn soit exécuté demain sur la place de Grève comme un vulgaire manant. Ça n'est pas que j'aime ce genre de théâtre, mais je ne voudrais pas manquer celui-là. Il paraît que toutes les fenêtres sont louées, j'ai quelques places à vous offrir.

— Non, dit Hervé Le Coz, je ne reconnais plus la société. Tout a tellement changé pendant les trois années de notre voyage aux Indes que je me félicite d'avoir pris la décision d'aller m'établir aux Caraïbes. Je pense que le duc d'Orléans a raison de traiter le comte de Horn comme un assassin, mais je n'irai pas pour autant assister au supplice de ce jeune homme.

— Viendrez-vous avec moi, les garçons? demanda M. Dupleix.

— Pour sûr! répondirent les quatre Malouins.

Des vingt quartiers de Paris, une foule immense avait coulé depuis l'aube vers l'Hôtel de Ville, chacun espérant gagner un bon endroit d'où il ne perdrait rien du spectacle promis. Les charpentiers avaient dressé au milieu de la place un énorme échafaud. Pendant toute la nuit, le bruit de leurs maillets et de leurs marteaux ayant tenu éveillés les Parisiens de la paroisse Saint-Paul, ceux-ci avaient été les premiers à occuper les meilleurs postes et s'étaient aussitôt appliqués à mastiquer gravement des tartines de pain et de fromage pour tuer le temps. Il y avait là des gens de tous âges, artisans, commerçants, ouvriers, laquais, debout ou assis à terre. Des enfants jouaient à cache-cache à travers la foule devenue plus épaisse, des femmes donnaient le sein à leurs marmots, des mendiants tendaient des mains exigeantes. Un marchand d'eau fut séché en quelques instants et courut vers la Seine pour remplir une peau de bouc qui dégoulinait sur la maigreur de ses mollets, tandis qu'un tire-laine pris la main dans une poche se voyait menacé d'être remis sur-le-champ entre les mains du bourreau.

Celui-ci, un homme sans âge, ni grand ni petit, ni beau ni laid, occupait déjà les lieux de son travail. Son visage calme, ses gestes précis et lents, ses yeux sans regard, ses épaules et ses poignets de forgeron disaient à eux seuls qu'on avait affaire à un compagnon consciencieux qui ne ferait regretter à personne de s'être levé de si bon matin. Entouré de trois acolytes, l'exécuteur examinait avec le plus grand soin les menuiseries sur lesquelles le condamné à mort serait étendu tout à l'heure : deux solives assemblées par le milieu, en forme de X, comme une croix de Saint-André chevillée horizontalement sur l'échafaud, et, un peu plus loin, une roue de carrosse fixée au plancher sur un pivot. On se montrait aussi une grosse pierre, quelques paquets de cordage, surtout une longue barre de fer, carrée, large d'un pouce et demi, dont la poignée arrondie se terminait par un bouton de cuivre. Les deux compagnies d'archers qui s'efforçaient depuis le lever du jour de contenir la pression de la foule, risquant d'être débordées, deux escadrons de dragons arrivèrent en renfort pour dégager la menuiserie qui apparut encore plus sinistre une fois bordée par quatre rangs de cavaliers en face d'une multitude secouée de rires impatients. Vers dix heures, des carrosses, fiacres, chaises et voitures de toutes sortes venus des beaux quartiers, on vit descendre des hommes et des femmes qui ne se mêlèrent pas à la foule mais occupèrent bientôt les fenêtres de toutes les maisons alentour, spectateurs de haute qualité parmi lesquels se trouvaient quelques hardis compagnons qui, la semaine passée, avaient partagé les plaisirs du petit-fils du prince de Ligne. Quels démons les avaient poussés à venir si nombreux assister au supplice d'un des leurs ? Voulaient-ils témoigner, par leur présence, de leur solidarité sociale, ou seulement ne pas manquer un spectacle qui ferait sans doute date dans l'histoire ? Pendant toute la nuit, des personnages considérables, ducs et princes, maréchaux de France et ambassadeurs étrangers, avaient supplié le Régent d'épargner une telle infamie à l'héritier d'une famille liée à la maison de Lorraine, aux Noailles et aux Arenberg. Inflexible, Philippe d'Orléans s'était contenté de leur répondre par un vers du vieux Corneille « *Le crime fait la honte et non pas l'échafaud.* » De balcon à balcon, on se saluait, on caquetait, on échangeait quelques idées. Que le comte de Horn eût la tête tranchée dans une cour de la Bastille ou du Châtelet, entre quatre murs, cela ils l'admettaient tous, mais qu'un des leurs soit traité comme un obscur écorcheur, c'était fausser un vieil ordre établi et préparer les pires orages.

— Mon cher comte, qui peut parler encore d'ordre établi ? Nos cochers roulent aujourd'hui carrosse, les savetiers sont devenus financiers et les terres nobles ont changé de propriétaires.

Installés au dernier étage d'une maison située en face de l'Hôtel de Ville, les quatre jeunes Malouins serrés l'un contre l'autre ne parvenaient pas à prononcer le moindre mot. Tout à l'heure, M. Dupleix leur avait dit : « Ce que vous allez voir n'est pas fait pour les demoiselles, il vaut mieux que vous le sachiez. Au reste, vous avez choisi un dur métier. Dans la marine, on n'a guère le temps d'avoir le cœur sensible. » Maintenant, ils n'étaient pas loin de regretter d'avoir accepté d'assister à un tel spectacle. Quoi qu'il en eût, Jean-Pierre Carbec ne pouvait se défendre d'être troublé, peut-être séduit, par le prodigieux décor que quelque architecte invisible montait, façonnait, retouchait à chaque instant sous ses yeux : la chevauchée des toits d'ardoises, l'alignement des façades aux longues fenêtres fleuries de robes colorées et de visages poudrés, à droite la Seine bordée des premiers bourgeons du printemps, la foule immense d'où fusaient des rires, des chansons, les appels des marchands d'oublies, et ce grand quadrilatère formé par les chevaux des dragons au milieu duquel se dressaient, tout nus, les tréteaux d'un horrible théâtre.

Un long roulement de tambour éteignit brutalement le bruit populaire. D'une voiture que personne n'avait vue arriver, descendit un jeune homme qu'accompagnait un prêtre en surplis. Le comte de Horn était nu-tête, coiffé d'une petite perruque à catogan, vêtu d'un simple justaucorps et d'une culotte serrée au-dessus du genou. Les archers qui entouraient l'échafaud comme un grand cordon bleu et blanc reçurent l'ordre d'armer leur fusil. Tout le monde s'était arrêté de respirer. Le silence fut seulement rayé par les cris de quelques oiseaux blanc et gris sur la Seine.

— Il y a donc des mouettes à Paris ? dit François Porée.

— Peut-être qu'elles viennent de chez nous, remarqua Bertrand Rouxel.

— Dame ! Ça se pourrait bien.

Bouleversés, les garçons avaient essayé de sourire un peu en regardant le vol des oiseaux mais leurs yeux ne pouvaient guère se détacher du jeune homme, à peine plus âgé qu'eux, qui, soutenu par les pognes de deux exempts de justice, montait maintenant un petit escalier conduisant à la plate-forme. Placés là où ils étaient, ils ne pouvaient observer le visage du comte de Horn mais ils virent les aides du bourreau lui enlever son justaucorps, sa culotte, ses bas et ses souliers avant de le confier pour quelques instants au prêtre qui l'accompagnait depuis la prison du Châtelet. Celui-ci le prit par le bras, l'emmena dans un coin de l'échafaud, lui offrit du tabac, dit quelques mots à voix chuchotée, traça avec le pouce un signe de croix sur le front du condamné avant de le rendre aux tourmenteurs qui en prirent livraison avec autant de précautions que s'il s'agissait d'un objet très fragile sorti de la manufacture de Sèvres. Sans hâte, ils le couchèrent sur la croix de Saint-André, le visage tourné vers le ciel, la tête reposant sur une grosse pierre, et l'attachèrent avec des cordes. Le maître bourreau observait le travail de ses acolytes avec de légers hochements de tête qui soulignaient la qualité d'un travail irréprochable. Quand le dernier nœud fut serré, l'homme empoigna très lentement, à deux mains, la barre de fer, prit une bonne assise, et abattit sa masse deux fois sur le bras droit et sur la cuisse droite avec quatre han ! de bûcheron auxquels répondirent en écho quelques cris aigus dont personne ne pouvait savoir s'ils étaient poussés par quelque femme dans la foule ou quelque oiseau traversant le ciel au-dessus de la place de Grève, et qui se mêlèrent au *Salve Regina* glapi par le prêtre avec la voix d'un chantre de village. Sans joie, sans dégoût ni colère, le bourreau poursuivit sa besogne. Enjambant le corps, il brisa de la même façon les membres gauches, puis, respectueux d'un règlement fignolé depuis des siècles par des clercs entendus, il abattit trois fois sa barre sur la poitrine du malheureux. Son rôle était terminé. Il contempla son œuvre avec un dernier hochement de tête et, d'un revers de son énorme main, il essuya son front ruisselant de sueur. Les trois autres délièrent alors le comte de Horn de la croix où ils l'avaient attaché et le portèrent, pantelant, disloqué, secoué d'épouvantables soubresauts, sur la roue où il fut ligoté pour y mourir lorsque le temps serait venu. La place se vida en moins d'une demi-heure, d'abord les dragons, puis les archers. Les fenêtres se refermèrent une à une derrière les belles robes et les jolis visages. Le supplicié fut bientôt seul, étendu sur sa roue de carrosse, sous le ciel d'un jour radieux du mois de mars déjà sonore des promesses du printemps. Miséricordieux, le bourreau avait dit avant de s'en aller : « Il a de la chance d'être jeune, à son âge on meurt plus vite. »

Les quatre nouveaux enseignes de la Compagnie des Indes retrouvèrent Hervé Le Coz à l'heure du souper dans l'auberge de la rue Saint-Antoine où ils étaient descendus en arrivant de Saint-Malo.

— Avez-vous au moins bien visité Paris, les gars ? leur demanda le capitaine sans faire allusion au supplice dont il avait refusé d'être spectateur.

Ils partirent d'un rire niais pour avouer qu'ils étaient restés toute la journée sur les bords de la Seine.

— Vous n'êtes pas allés à Notre-Dame, ni au Louvre, aux Tuileries ou au cours la Reine ?

Dès que la place de Grève était devenue déserte, les jeunes gens avaient tourné le dos aux pierres pour descendre vers l'eau et ils avaient passé tout l'après-midi à regarder les grands trains de bois flotté guidés par des hommes armés de longues perches. De ces marins d'eau douce ils s'étaient d'abord gaussés sans réserve mais ils avaient été bientôt surpris par le nombre des navires qui remontaient ou descendaient le fleuve, gabarres, barges et coches d'eau chargés à ras bord de grains, pierres, fourrages et futailles, rassemblés, enchevêtrés, serrés les uns contre les autres et attendant qu'une place fût libre aux ports Saint-Bernard, Saint-Paul, de l'Arsenal pour y décharger leurs cargaisons sur les berges où s'agitaient au ras de l'eau tout un petit peuple de crocheteurs, débardeurs et autres gagne-deniers toujours prompts à se chercher querelle, encouragés par des femmes intrépides dont le verbe aurait rendu muettes les plus fameuses pétasses de Saint-Malo. Nés devant la mer et promis à elle, Jean-Pierre Carbec et ses compagnons ne pouvaient détacher leurs yeux de ce spectacle où ils retrouvaient quelques-uns des bruits auxquels ils étaient le plus habitués, grincement des poulies, gémissement des coques, piaille-ries des mouettes, et des odeurs de goudron et de chanvre qu'on retrouve dans tous les ports du monde. Ils avaient assisté au départ d'une patache halée par deux chevaux qui emmenait des voyageurs à Corbeil, et à l'arrivée d'un coche d'eau venu s'amarrer face à l'île Saint-Louis pour y débarquer des passagers venant d'Auxerre. Un peu plus loin, devant l'Arsenal, ils avaient été surpris de voir des garçons de leur âge plonger dans l'eau, s'y baigner en riant et leur faire signe de les y rejoindre. Les quatre enseignes étaient prêts à courir les mers mais n'aimaient pas se mouiller, aucun ne savait nager alors que ces foutus Parisiens se tenaient sur l'eau avec la même aisance que s'ils eussent joué à se poursuivre sur un chemin. Ils se contentèrent de leur adresser quelques signes amicaux et allèrent rôder autour des bateaux-lavoirs où des voix gaies claquaient aussi fort que les battoirs. Cependant aucun d'eux, pas même Jean-Pierre Carbec, n'osa aborder une de ces lavandières qui, le travail fini, remontaient par les rues de la Mortellerie ou de la Tannerie un panier de linge frais lavé sur la tête, et se détournaient parfois avec un sourire dont les quatre Malouins ne parvenaient à comprendre l'invitation ou la moquerie. À force d'aller et venir le long des berges, tantôt sur la rive droite, tantôt sur la gauche, de passer et de repasser les sept ponts, et de s'arrêter dans quelque bouchon pour s'y désaltérer, leurs jambes ne les avaient bientôt plus portés. Autant que le chemin parcouru, le vin blanc en était responsable. L'un comme l'autre, ils avaient découvert pour la première fois ces petits crus légers, un peu verts, innocents et traîtres qui arrivent à Paris par le coche d'Auxerre. Habitués au rikiki qui vous arrange un homme avec une brutale franchise, ils ne s'étaient point méfiés. En ayant sifflé chacun six fillettes, ils ne pensaient plus qu'à dormir. Leur souper à peine terminé, ils allèrent tôt se coucher.

— À leur âge, pensa Hervé Le Coz, je tenais la bouteille mieux que cela. Voilà quatre gars qui sont à Paris depuis deux jours et qui n'ont rien vu sauf le supplice d'un assassin ! Toute la journée, ils se sont promenés le long de la Seine pour regarder passer des bateaux plats et des marins d'eau douce. Ils ronflent déjà comme des toupies. Ils ne sont même pas allés au bordel. Ça va faire de foutus marins pour cette foutue Compagnie des Indes !

Lui-même avait passé la plus grande partie de la journée à régler ses affaires rue Neuve-des-Petits-Champs où M. Hardancourt avait tenté, en vain, de le faire revenir sur sa décision. Tournant le dos à l'hôtel Tubeuf, il était allé passer deux heures dans une maison accueillante, où une drôlesse lui avait fait l'amour avec autant de grâce et de bonnes manières que s'il eût été le plus charmant cavalier de la Bretagne. Ce soir, il aurait aimé attendre l'heure du sommeil et passer cette dernière nuit de Paris en compagnie des jeunes gens. Demain, il leur faudrait reprendre la poste pour Rennes et Saint-Malo. Il monta se coucher.

— La vérité, pensa-t-il, en se glissant sous les draps, c'est que tous les marins se ressemblent. Ils ne s'intéressent jamais qu'à ce qu'ils savent déjà. Je connais des gars qui sont allés à Pondichéry, à Carthagène, à Lima et qui n'en ont rapporté que des souvenirs de bordel. Les monuments, ils s'en foutent pas mal. Aller à terre, c'est se saouler à mort et baiser une fille. Le reste ? Qu'est-ce que c'est le reste ? Foutaise, de la foutaise. Tu as fait le tour du monde et tu poses ton coffre à terre, qu'est-ce que tu as vu, mon pauvre gars ? des cuisses et une barbe au milieu. C'est tout. Ceux-là, mes quatre enseignes, n'en auront pas même fait autant. Ça ne les empêchera pas de raconter leur voyage à Paris, de faire les farauds, et d'inventer mille aventures. Vive la marine quand même !

Deux jours plus tard, comme les Malouins se trouvaient au Mans et soupaient au Relais de la Poste, un voyageur qui avait pris place à la même table dit à Hervé Le Coz :

— Vous arrivez sans doute de Paris. Il paraît qu'on y a roué vif un jeune noble ?

— C'est vrai.

— Moi, j'arrive de Nantes où, avant-hier soir, on a coupé la tête à quatre gentilshommes qui complotaient avec l'Espagne.

C'était à L'Orient, pendant le mois d'avril 1723, quelques semaines après que la France tout entière eut fêté joyeusement la majorité de son jeune roi qui mettait fin à la régence du duc d'Orléans. Mme Carbec était venue y attendre le retour de son fils aîné embarqué sur l'*Atalante* trois ans auparavant, dures années pendant lesquelles elle avait dû tenir d'une main plus ferme que jamais le gouvernement de sa famille et de ses affaires dans un moment où le Système de M. Law provoquait la faillite de nombreuses maisons après avoir entraîné le dérèglement des mœurs. De la seule année 1720 où Jean-Pierre Carbec était parti pour Pondichéry, Marie-Léone gardait le souvenir d'une série de tempêtes se succédant l'une l'autre. À Nantes quatre gentilshommes avaient eu la tête tranchée pour crime de haute trahison, à Rennes un incendie avait ravagé plusieurs maisons, à Marseille la peste noire avait tué cinquante mille habitants. C'était à croire les bonnes gens qui voyaient dans ces drames la malédiction de Dieu jetée sur le royaume en châtiment de ses désordres.

Voir s'écrouler le Système de l'Écossais n'avait pas fâché les messieurs de Saint-Malo qui ne pardonnaient pas au Régent de les avoir dépossédés de leur Compagnie de commerce. Sans doute, avaient-ils eux aussi acheté des actions de la nouvelle Compagnie des Indes mais, hommes trop méfiants pour être audacieux agioteurs, ils les avaient revendues au bon moment, et, sans davantage s'inquiéter des ordonnances du Contrôleur général, avaient eu soin de préserver leur numéraire soit en lui faisant passer la frontière vers la Suisse, la Lorraine ou la Hollande, soit en le resserrant dans des caches sûres. Seuls, quelques plus humbles boutiquiers, commis, ou capitaines retraités, entraînés par l'appât du gain rapide autant que par le goût d'une aventure financière qui se présentait sous des aspects si faciles, n'avaient pas eu la prudence de réaliser à temps. Quelques-uns y avaient tout perdu, l'argent et la vie. M. Kermaria, chirurgien de la marine et taxidermiste réputé à Saint-Malo avait été l'une de ces victimes. Mme Carbec l'avait trouvé pendu au milieu de ses oiseaux empaillés un jour qu'elle venait faire réparer une fois de plus la mécanique de Cacadou.

— Ils étaient là, une cinquantaine qui avaient l'air de me regarder avec des petits yeux ronds et méchants, comme s'ils avaient voulu me prendre Cacadou. Je me suis sauvée en courant. Dame, mettez-vous à ma place, vous autres !

Lorsque la prochaine arrivée de l'*Atalante* avait été signalée, Marie-Léone était partie pour le Port-Louis où se trouvait déjà tante Clacla toujours à l'affût des heureuses nouvelles qui recommençaient à circuler ici et là sur la reprise du négoce lointain. Après plusieurs saisons de vaches maigres, quelques maîtres du grand commerce s'avisaient que même si le Système avait été une détestable expérience, il avait au moins permis de développer, même de défricher des marchés dont tout le monde allait maintenant profiter. Le monopole accordé à la Compagnie des Indes n'avait, en effet, jamais empêché celle-ci de vendre des permissions particulières pour aller traiter dans les pays de sa concession. Il lui imposait, en revanche, d'assumer la responsabilité de nombreuses installations en France, en Afrique, aux Antilles, au Levant, aux Indes orientales, et d'y entretenir de nombreux agents, voire des troupes privées pour en assurer la sécurité. Chacun devait bien admettre que l'Écossais avait réussi à réunir une flotte marchande d'une centaine de navires. Fallait-il les laisser s'engloutir dans les ruines du Système parce que celui-ci n'avait pas atteint son but et que son créateur avait été contraint de prendre la fuite ? Au cours de ces trois dernières années, des commissaires liquidateurs souvent heureux de prendre une revanche sur le protégé du Régent avaient épluché les livres de la Compagnie et fait expédier quelques grands commis à la Bastille, dont le « roi Rigby » soupçonné d'avoir ordonnancé des dépenses fastueuses pour contenter sa seule vanité de paraître. Les comptes une fois apurés, tout le monde avait été d'accord pour dissocier la Compagnie des Indes de la Banque royale afin de conserver à l'État un établissement commercial dont le pavillon flottait sur les mers du monde. Délivrée de la tutelle des liquidateurs, la Compagnie venait de reprendre la gestion directe de ses entreprises et la mise en exploitation de l'immense domaine dont John Law avait voulu faire la clé de voûte de son affaire. Mme de Morzic qui avait dû fermer ses magasins du Port-Louis lorsque tout s'était écroulé, en décembre 1721, était aussitôt revenue s'installer rue de la Brèche. En dépit de ses soixante-cinq ans et malgré les douleurs qui tenaillaient maintenant ses hanches, elle entendait recommencer ce qui lui avait si bien réussi naguère, au temps de la Compagnie fondée par Colbert, lorsque tout le monde la connaissait à L'Orient sous le nom de Mme Justine et qu'elle avitaillait les navires armés pour la mer des Indes.

— Nous retrouver là, ce soir, toutes les deux et attendant le retour de Jean-Pierre, voilà une preuve de notre longue amitié ! Je suis aussi émue que vous devez l'être à la pensée de revoir votre grand garçon. C'est aussi un peu mon gars, non ?

— Mais oui, tante Clacla !

Ce matin-là, les deux femmes s'étaient rendues à l'Amirauté où elles avaient appris que l'*Atalante* mouillerait d'ici deux jours, dans l'après-midi, si le vent tenait. Sur la rade, une quinzaine de navires abandonnés depuis dix-huit mois pourrissaient dans les embruns. Parmi eux, quelques-uns étaient rentrés sur lest de la Louisiane. D'autres bâtiments, tirés au sec ou affourchés sur la vase, attendaient d'être remis en état pour reprendre la mer. Revenus de Hollande et d'Allemagne, des maîtres de hache et des charpentiers retrouvaient leurs chantiers installés sur les rives du Scorff. Sur une cale inclinée vers l'eau, se dressait la carcasse d'un vaisseau en construction, semblable au squelette d'un fabuleux animal des temps inconnus.

— Pensez-vous que L'Orient redevienne, un jour, un port aussi animé qu'au moment du départ de Jean-Pierre, il y a trois ans ? demanda Marie-Léone.

— Pour sûr ! répliqua sans hésiter Mme de Morzic. Il faut toujours croire aux heureux événements qu'on souhaite, cela les fait plus vite arriver. C'est comme la chance. Il faut la provoquer pour qu'elle vienne. Croyez-moi, Marie-Léone, j'en sais quelque chose. Dire d'un homme qu'il n'a rien réussi parce qu'il n'a pas eu de chance, c'est la pire condamnation qu'on puisse lui assener.

— Vous parlez peut-être pour vous, dit doucement Marie-Léone.

— Moi ? J'ai eu de la chance, c'est vrai. C'est vrai aussi qu'on m'a un peu aidée. Tout le reste, c'est moi qui l'ai fait. Oui, tout le reste !

Mme de Morzic avait dit ce « tout le reste » sur le ton d'une sorte de défi.

— Je vous admire, tante Clacla, de demeurer toujours aussi vaillante.

— Vous ne l'êtes peut-être pas, vous ?

— Je l'ai été.

— Taisez-vous, marchez donc !

— Je crois que je le suis moins. Peut-être même que je ne le suis plus.

C'est vrai qu'elle avait été vaillante, la Marie-Léone, pendant ces trois dernières années ! Non seulement la saisie des navires malouins dans le port d'Arica avait brutalement mis fin au trafic interlope de la mer du Sud, mais l'État s'était mis de la partie en monopolisant tout le négoce lointain au profit d'une Compagnie de commerce. À Nantes et à Bordeaux, les armateurs s'en étaient tirés tant bien que mal en versant d'énormes pots-de-vin à tel ou tel directeur pour obtenir ces mêmes droits d'exception que naguère M. de Pontchartrain réservait plus volontiers aux messieurs de Saint-Malo, mais ces derniers avaient préféré rompre tout contact avec l'Écossais quand ils avaient été dépossédés. Comme tant d'autres, Marie-Léone avait fait flèche de tout bois : armer pour Terre-Neuve, faire prendre à ses navires la route de Sotubal pour chercher du sel, de Civita-Vecchia pour y échanger la morue contre l'alun indispensable aux teinturiers bretons, de Cadix pour y vendre de la toile à voiles. Ses revenus n'étaient aujourd'hui plus les mêmes que du temps du capitaine. Plus dure que lui à faire payer les débiteurs, Mme Carbec était moins audacieuse que son mari et se reconnaissait elle-même plus soucieuse de sauvegarder l'héritage que de le multiplier.

— Je suis lasse, tante Clacla. Il est temps que Jean-Pierre revienne pour m'aider à diriger nos affaires. J'avais espéré retenir mon frère Hervé, mais vous savez qu'il est parti pour Saint-Domingue et a décidé de s'y établir. Depuis son départ, je me sens très seule. La vie quotidienne devient difficile. Des archers commandés par un juge-garde de la Monnaie sont venus fouiller dans ma cave en espérant y trouver je ne sais quel trésor caché.

— Ils ont été quinauds !

— Pour sûr ! Mais du vivant de Jean-Marie, on n'aurait jamais osé se permettre une telle offense. On a fait cela parce que je suis une femme seule. Certains jours de découragement, il m'est arrivé de me demander si je n'ai pas eu tort de refuser de me remarier.

Elles étaient assises toutes les deux dans un petit salon utilisé naguère par Mme Justine quand elle priait à souper quelque personnage important, directeur de la Compagnie, commissaire ordonnateur, ou capitaine, dont elle voulait se concilier les bonnes grâces pour obtenir plus rapidement la signature d'un contrat d'avitaillement. Marchande de poisson, petite bourgeoise, épouse ou veuve de gentilhomme, Clacla avait toujours pensé, où qu'elle fût, que les femmes disposent des mêmes armes que les hommes auxquelles elle ajoutait celles qui leur sont personnelles. Plus d'une fois, elle avait deviné la faiblesse de Marie-Léone soigneusement cachée sous son aspect de mère de famille dont elle se parait volontiers comme on revêt une cuirasse pour aller au combat. Quelle que puisse être son affection pour sa cadette, il ne lui était pas indifférent de la voir déposer son armure devant elle. Insatisfaite, elle voulut en savoir davantage.

— Savez-vous qu'on vous appelle à Saint Malo, la belle Mme Carbec ?

— Non, je ne le sais pas, dit en riant Marie-Léone, mais je n'en suis pas mécontente !

— Jolie comme vous l'êtes demeurée, les soupirants ne doivent pas vous manquer ?

Clacla s'était efforcée de dire ces derniers mots sur un ton uniforme sans parvenir toutefois à éteindre la flamme qui s'allumait toujours au fond de ses yeux quand elle portait quelque intérêt à un être, un objet, une affaire, une idée. Elle sentait confusément qu'à son âge, ces sortes de lueurs risquent de ne pas être de bon aloi, sans jamais parvenir à s'en rendre maîtresse. Un jour qu'elle avait demandé au comte de Morzic de lui apprendre quelques règles essentielles pour se conduire comme une femme de condition, le vieux gentilhomme s'était contenté de répondre : « Je ne vois guère qu'une seule règle qui convienne à notre époque, c'est l'indifférence. Les gens de qualité affectent aujourd'hui de ne s'attacher à rien, de n'éprouver ni haine, ni amour, ni contentement, ni chagrin. Gardez-vous, madame, de faire comme eux, vous abîmeriez ce que j'apprécie le plus en vous, et vous risqueriez de vous détruire. » À ce souvenir Clacla revécut pendant un bref instant le jour où M. de Morzic était venu souper rue de la Brèche en lui apportant les terriers de la Couesnière. Il était assis sur le même fauteuil que Mme Carbec occupait ce soir devant la même petite table. Six mois plus tard, elle était devenue Mme de Morzic devant Dieu et comtesse Clacla pour les femmes.

Marie-Léone avait à peine rougi en entendant la question posée, non pas tant pour la question elle-même que pour la légère avidité avec laquelle elle avait été formulée.

— Les soupirants, répondit-elle, c'est beaucoup dire, je pense qu'on me propose plutôt des contrats d'association.

— Vous ne me ferez pas croire cela avec vos yeux et avec votre tournure !

Retrouvant la hardiesse de la Clacla de naguère, maquereau frais qui vient d'arriver, Mme de Morzic avait dit ces mots comme un escrimeur tire un coup droit. Elle ajouta aussitôt, voulant adoucir la vivacité de son propos :

— À mon âge, ma chère, je pense pouvoir me permettre de vous parler ainsi. Nous sommes devenues assez bonnes amies pour nous faire ces sortes de confidences, non ? Sentez-moi ce chocolat ! Nous allons en boire une bonne tasse. M. de Rigby prétendait avoir vu le duc d'Orléans en préparer lui-même pour ses invités. Pauvre M. de Rigby ! Il paraît qu'on l'a conduit à la Bastille. J'ignore ce qu'on lui reproche. Ses manières de jouer au monarque lui auront sans doute attiré bien des jalousies.

Simulant l'indifférence, elle était passée des yeux et de la tournure de Marie-Léone au chocolat du Régent, puis aux malheurs du dernier directeur de la Compagnie des Indes, avec assez d'aisance dans sa façon de conduire le train de son discours pour faire croire au plus attentif observateur qu'elle n'y attachait aucune importance. Sans cesser d'agiter le moussoir pour rendre le chocolat plus crémeux, elle ajouta avec le plus grand détachement.

— Il s'agit de Malouins, bien entendu !

— Un Malouin et un Nantais.

— Je les connais ?

— Vous connaissez au moins l'un d'eux.

— Le Malouin ou le Nantais ?

— Cherchez, tante Clacla !

La balle était lancée. Mme de Morzic fit mine de réfléchir pour trouver les deux noms devinés depuis longtemps.

— Les Malouins, je connais tous ceux qui seraient susceptibles de vous demander en mariage. Par chez nous, il y a moins de veufs que de veuves. C'est là qu'il faut chercher. Voyons un peu. Est-ce un armateur ? Un capitaine ? Un gentilhomme ?

À ces questions, Mme Carbec répondait par un geste évasif, jouant le même jeu parce qu'elle savait bien que l'autre n'ignorait rien de ses affaires. Elle finit par dire :

— Ne cherchez plus, tante Clacla. C'est Joseph Biniac. Un jour que je lui demandais conseil pour me tirer d'un embarras où je me trouvais, il m'a dit ne pas souhaiter plus grand bonheur que celui de vivre à mes côtés pour aplanir toutes les difficultés que je pourrais rencontrer dans le gouvernement de mes affaires ou de mes enfants. Vous voyez bien, tante Clacla, qu'il s'agissait là d'amitié et de dévouement.

— Tralala ! Moi, je sais depuis longtemps que Joseph Biniac est amoureux de vous. Vous aussi, non ?

— À dire vrai, je m'en doutais un peu. C'est ce qui m'aura fait refuser. Donner à mes enfants le spectacle quotidien d'un homme amoureux de leur mère, cela ne m'a pas paru possible. Je le lui ai dit. Nous sommes demeurés bons amis.

— Vous avez dû lui faire beaucoup de peine, dit rêveusement Clacla.

Mme Carbec haussa légèrement les épaules comme pour dire qu'elle était désolée et n'en pouvait mais.

— Je vais vous faire une confidence, continua Clacla d'une voix très douce qui n'était guère dans ses habitudes, moi je n'ai jamais pu rien refuser à un homme amoureux.

— Rien ? s'étonna Marie-Léone.

— Non, rien ! répondit Clacla qui ajouta avec un geste insouciant de la main : « Ça leur fait tellement plaisir ! »

Elle poursuivit sans la moindre transition :

— Buvez de ce chocolat qui embaume et dites-moi s'il est bon ?

Marie-Léone trempa ses lèvres dans la porcelaine bleu et or que lui tendait Clacla.

— J'ai toujours aimé le chocolat, dit-elle gravement. Il paraît qu'en souvenir de ma grand-mère espagnole mon grand-père Lajaille en faisait venir de Cadix à une époque où, en France, on se posait encore des questions sur les dangers de ce breuvage.

Elle dit aussi entre deux gorgées :

— Vous avez affirmé tout à l'heure que vous saviez Joseph Biniac amoureux de moi. Il vous l'a dit ?

— Non, je m'en suis aperçue.

— Comment cela ?

— Chère Marie-Léone, vous rappelez-vous ce souper donné chez vous, il y a trois ou quatre ans, pour le retour de votre frère Hervé ?

— Sans doute !

— J'étais placée à côté de Joseph Biniac et j'ai vu comment il vous regardait. Pendant toute cette soirée, vous n'aviez d'yeux que pour Louis de Kerelen, et d'oreilles que pour le jeune M. Dupleix. Les autres convives n'existaient plus. J'ai vu se creuser le visage de Joseph Biniac. Alors, j'ai mis une main amicale sur la sienne. Je n'oublierai jamais la douceur du regard qu'il posa sur moi. Ces sortes d'hommes qui sont solides et bons, je

les connais bien. Pourquoi faut-il donc que les femmes les aiment
mieux de loin que de près ?

— Jean-Marie était un homme solide et bon, se rebiffa
Mme Carbec. N'oubliez pas que je l'ai aimé de toute mon âme,
tante Clacla !

— Vous étiez une enfant, Marie-Léone. Les petites filles
aiment toujours les capitaines qui ont le double de leur âge. Si
Jean-Marie n'avait pas été présent, vous auriez peut-être épousé
Joseph Biniac. Que vous n'en vouliez pas aujourd'hui, cela me
semble aller avec le train de la vie. Dites-moi maintenant, si vous
avez refusé le Nantais avec autant de précipitation ?

— Quel Nantais ?

— Louis de Kerelen, dame !

— Où avez-vous été chercher cette idée ! M. de Kerelen ne m'a
jamais demandé de l'épouser !

— Même lorsque vous l'avez conduit à Nantes en vous faisant
passer pour sa femme ?

— Il avait alors bien d'autres soucis. Vous oubliez que sa tête
était menacée !

— Et depuis ?

— Pas l'ombre de ce que vous pensez. Pendant ce fameux
voyage, M. de Kerelen s'est conduit comme un parfait gentilhomme, poussant même la réserve jusqu'à me négliger pour
mieux s'occuper de mes enfants. Plusieurs mois après que le
Régent eut signé un décret d'amnistie générale, M. de Kerelen est
venu à Saint-Malo pour me remercier et nous n'avons plus jamais
parlé de cette aventure. J'ai cru comprendre qu'il préférait
demeurer discret sur ce qui lui était alors arrivé !

— Il ne vous a pas même raconté où il s'était caché pendant
quatre mois ?

— Non.

— Moi, je puis vous le dire, il y a prescription. Vous
connaissez, au moins de nom, Pierre Bulot ?

— Le pilote nantais qui conduisit Jean-Marie à Lima avant
tous les autres Malouins ?

— C'est bien lui. Devenu propriétaire de quelques gabares, il
les fait naviguer entre Nantes et Nevers. Sur ma recommandation, notre Kerelen a pris passage à bord d'un de ces bachots. Ça
n'est pas là qu'on serait allé le chercher ! Au cours d'une escale aux
environs d'Orléans, il a bien appris que l'amnistie était accordée à
tous ceux qui s'étaient compromis avec les Espagnols, mais il se
trouvait si bien avec ses marins d'eau douce qu'il a refusé de les
quitter avant la fin du voyage, pour avoir le plaisir de redescendre

la Loire en leur compagnie. Demandez-lui donc, à l'occasion, de vous conter cette affaire. Vous devez bien le rencontrer de temps à autre ?

— Lorsque je me rends à Nantes, il m'arrive en effet de le rencontrer ici ou là. Il badine, c'est de son caractère, vous le connaissez mieux que moi, mais il n'est pas homme à s'entêter longtemps auprès d'une femme qui ne lui donne rien à espérer, pour le mariage ni en dehors du mariage.

— C'est dommage ! dit rêveusement Clacla. Vous eussiez fait une charmante comtesse de Kerelen. Croyez-moi, Marie-Léone, quelle que soit la fidélité de votre attachement au souvenir de Jean-Marie, remariez-vous vite, sinon vous ne serez jamais qu'une veuve de plus, encore plus surveillée que jalousée.

— Surveillée ?

— Aujourd'hui, le monde est ainsi fait que la société pardonne plus volontiers à une épouse volage qu'à une veuve qui se donne du bon temps.

— Et les enfants, tante Clacla ?

Mme de Morzic éleva le ton :

— Les enfants ! Les enfants ! Vous m'envoyez toujours au nez cette belle raison ! Est-ce parce que je fus bréhaigne ? Croyez-vous donc que vos enfants vous sauront gré d'être demeurée la veuve Carbec ? Un jour, avant même d'être parvenue à un âge avancé, vous vous apercevrez que vous êtes devenue une vieille femme, et vous n'aurez plus que la ressource de mentir à vous-même parce que vous n'aurez plus personne à tromper. Vos enfants seront loin. Où sont-ils à présent ? Le premier revient des Indes après une absence de trois ans, le deuxième sera bientôt dans quelque ambassade à l'étranger et le troisième partira dans une compagnie de cadets, tandis que vous aurez envoyé votre fille au couvent. Vous serez toute seule, c'est moi qui vous le dis !

— Vous me tiendrez compagnie, tante Clacla ! dit Marie-Léone en souriant.

— Belle compagnie ! grogna Mme de Morzic. Ce qui me chagrine le plus, ce sont mes jambes. Dame, je ne les ai point ménagées ! Ah dame non ! Quand je pense... Pourquoi ressasser tout cela ? Ce qui est passé est bien passé. Il n'y a pas seulement deux ans, elles me faisaient déjà mal. Pourtant elles ne m'ont pas empêchée de vous suivre partout, dans les rues de Saint-Malo, avec toutes vos indiennes ! J'y pense souvent. Quel tintamarre cela a fait !

Parce que des commis maladroits et des juges trop zélés avaient soudain décidé l'application rigoureuse des décrets qui interdisaient la vente des étoffes importées des Indes et prévoyaient des peines graves, amendes ou prison, pour tous ceux qui en feraient usage, les femmes avaient décidé de se révolter. Cette prohibition, on la devait à Colbert soucieux de protéger l'industrie textile nationale et de freiner la fuite du numéraire vers Surate, Pondichéry ou la Chine. Les négociants les plus en vue avaient fait mine de s'incliner, laissant à la contrebande le soin d'habiller ou de décorer les hommes, les femmes, les maisons et les meubles du royaume avec ces tissus dont les coloris et les dessins faisaient autant rêver que leurs noms : madras, calandaris, montichidour, zenana, circasas, gourgourans. Robes, casaquins, jupons, tabliers, gilets, justaucorps, rideaux, courtepointes n'avaient été bientôt plus taillés que dans des indiennes, chaque marin, du capitaine au novice, en ramenant à chaque retour de voyage selon son droit de pacotille. Colbert pouvait toujours fulminer, signer même un édit menaçant de mort les coupables, les plus gracieuses princesses de France lui répondaient en se pavanant sous son nez, dans les salons de Versailles, avec des lamés d'or et d'argent tissés à Balassore, là-bas au Bengale, à l'embouchure du Gange fabuleux. Vaincu par les femmes autant que par les tapissiers du Roi, le Contrôleur général avait été contraint de fermer les yeux quitte à se faire tailler une indienne pour son usage personnel.

Morte avec Colbert, la prohibition des toiles peintes avait été tout à coup relancée par John Law dans l'obligation où il se trouvait de surveiller de près tout le commerce extérieur. La main du nouveau Contrôleur général, plus lourde que celle de l'ancien, s'était alors abattue sur la Bretagne, non que les femmes y fussent plus coquettes que dans d'autres provinces mais parce que la plus grande fraude passait toujours par Saint-Malo, Nantes, et autres plus petits ports qui trafiquaient avec Jersey. A Paimboeuf et à Morlaix, les archers avaient fouillé les cales des navires retour des Indes. A Saint-Malo et à Rennes, les mêmes agents qui avaient perdu leur temps à explorer des caves pour y trouver des piastres parties depuis belle lurette au-delà de la frontière, avaient dressé procès-verbal à des femmes vêtues de circasas ou d'armoisin, et le juge les avait fait payer tantôt trente, tantôt cinquante livres, les menaçant en cas de récidive d'appliquer strictement les dispositions qui permettaient de leur infliger trois mille livres d'amende, voire de les conduire en prison. Les Malouines s'étaient révoltées. Refusant de payer les amendes auxquelles on les condamnait, elles décidaient d'organiser une marche de protestation à travers la

ville, toutes revêtues de robes taillées dans des indiennes multicolores. Une délégation des factieuses les plus hardies s'était même
rendue chez Mme Carbec pour lui demander de prendre la tête de
leur mouvement.

L'audace de l'affaire avait tout de suite séduit Marie-Léone
mais ce qui lui restait encore de la vieille prudence nantaise,
héritée malgré elle d'Émeline Le Coz, l'avait gardée de donner une
réponse immédiate. Avant de s'engager, elle voulait connaître
l'avis de l'évêque qui lui avait permis naguère d'épouser son
parrain. D'une consultation si imprévue, Mgr Desmarets avait
daigné sourire : « Ma chère enfant, les Saints Évangiles nous
disent qu'il faut rendre à César ce qui est à César, à condition que
l'amende imposée par César ne soit pas injuste. Cela est sous-
entendu parce que cela va de soi. De nombreuses interprétations
ont été faites par les Pères de l'Église sur cette pensée du Christ,
j'imagine qu'il y en aura beaucoup d'autres avant qu'on se mette
d'accord sur son sens exact. Pour ce qui est de votre affaire, faites
donc comme vous l'entendrez. En confidence, je puis bien vous
dire que je viens de me faire couper une robe de chambre dans une
perse dont me fit cadeau un capitaine aussi bon pacotilleur que
bon chrétien. Ma fille, vous pouvez partager ma bénédiction avec
vos rebelles. » Forte de la bienveillance épiscopale, Mme Carbec
s'était empressée de réunir des Malouines de toutes conditions,
d'abord les veuves d'armateurs ou de capitaines, ses commères,
auxquelles s'étaient jointes sans trop tordre le nez les héritières de
quelques grandes familles, même les dames Magon, qu'elles soient
La Balue, La Lande, La Chipaudière, La Giclais ou Villebague,
puis les épouses des messieurs de Saint-Malo, enfin les femmes des
médecins, apothicaires, avocats, ou notaires, les boutiquières,
voire quelques servantes auxquelles leurs maîtresses offraient un
tablier de madapolam pour la Saint-Jean d'été. Deux semaines lui
avaient suffi pour rassembler sous sa houlette un bataillon de
femmes qui, au long de leur vie malouine, n'avaient pas perdu une
seule occasion, mariages, enterrements, baptêmes, de se surveiller, se jauger, s'envier, et qui ne manquaient jamais de comparer
le volume des cierges tenus à pleines mains par leurs enfants le
jour de la Fête-Dieu. Vous n'avez pas vu le cierge de la fille au
Pinabel ? Pour sûr qu'il pèse au moins quatre livres ! C'est la
Guinemer qui va être jalouse !

Un dimanche de juillet, tandis que les cloches de l'angélus de
midi sonnaient à toute volée dans le ciel bleu et blanc où
tournoyaient les cris des oiseaux de mer, elles s'étaient regroupées
à la sortie de la messe, ballet de robes vertes, roses, violettes,

blanches, jaunes ou bleues, peintes de fleurs, imprimées de rayures, tissées de fils d'or et d'argent, amples ou serrées à la taille, volantes et ballantes, à paniers, en pagode, à la française ou à l'anglaise, qui allaient et venaient, jacassaient, caquetaient, turlutaient, battaient des ailes, volière pleine d'oiseaux-mouches installée sur la place de la cathédrale par quelque facétieux équipage retour des Isles. Parmi cent autres, c'étaient Mmes Le Fer, Trublet, Porée, Trouin, La Chambre, Jonchée, Grout, Dessaudrais, Pradère-Niquet, Bourdas, Dignac, Lossieux ou Taillebot, mêlées aux dames de plus haut parage, les Vauvert, Beilleissue, La Vigne Buisson, Le Gonidec, Montigu Coulombier ou Villelande, toutes les Magon, les unes aussi fières que les autres d'être malouines et se sentant solidaires, dans une telle circonstance, au point de trouver naturelle la présence de la comtesse Clacla qui se tenait roide, appuyée sur une canne au milieu des plus hautaines et dont le regard impérieux prévenait la perfidie du moindre sourire. En cortège désordonné d'où fusaient çà et là des cris aigus, les rebelles s'étaient d'abord dirigées par la porte Saint-Thomas vers les remparts où une foule populaire, à la fois goguenarde et ravie, attendait pour les regarder passer. Parvenues à la hauteur de la Découvrance, elles étaient redescendues vers l'Amirauté et la Maison de Ville par les placitres et les rues étroites bordées de fenêtres où d'autres commères battaient des mains sous le soleil perpendiculaire. Elles s'étaient enfin arrêtées devant le château, face à la prison dont on les avait menacées, avant de rentrer chez elles le feu aux joues et le verbe haut perché.

De cette révolte des dames malouines, conduite par Mme Carbec, on avait parlé dans toute la Bretagne. Tout le monde s'en souvenait encore.

— Sans vous offenser, dit Clacla, il est vrai que vous étiez tantôt plus hardie. Vous avez mené toutes ces pétasses tambour battant mieux que ne l'aurait fait un général.

A ce souvenir, elles rirent toutes les deux de bon cœur. Le moment était venu d'aller se coucher. Mme de Morzic embrassa Marie-Léone.

— Vous ne m'avez pas donné le nom de ce Nantais qui voulait vous épouser, dit-elle au moment d'entrer dans leur chambre.

— Pourquoi vous le cacher, tante Clacla? C'est M. Renaudard.

— L'Alphonse? fit Mme de Morzic affectant la surprise.

— Vous savez qu'il est devenu un des premiers armateurs de Nantes? Jean-Marie était déjà en affaires avec lui et louait sa probité. J'ai longtemps réfléchi avant de lui donner ma réponse. À la fin, la pensée de devoir quitter Saint-Malo l'a peut-être emporté. J'ai refusé. Cependant, quelque chose m'inquiète.

— Qu'est-ce donc ?

— M. Renaudard ne s'estime pas battu pour autant. À la différence des autres hommes, il ne renonce jamais.

— Celui-là, vous avez eu raison de le refuser. Malgré tout leur argent, ces Renaudard sont demeurés de petites gens. Ils ne sont point faits pour des Carbec. Votre grand-père Lajaille les connaissait bien. Savez-vous que l'Alphonse est le fils d'un savetier parisien ?

— Tante Clacla, s'étonna Marie-Léone, vous oubliez que les Carbec étaient des petits regrattiers !

— Non, ma chère, je ne l'oublie pas, pas plus que je fus harengère. Je sais simplement qu'il y a eu surtout des marins dans notre famille, matelots ou patrons de pêche. Lorsque je me suis mariée avec le comte de Morzic, il eut la courtoisie de me dire à propos de mon état : « Madame, la mer ennoblit tout, les hommes autant que les femmes, les navires, les apparaux, le commerce, même celui du poisson ! » Je vais vous dire une bonne chose, ma fi : maquereau frais qui vient d'arriver ce fut le meilleur temps de ma vie ! Ça n'est point demain la veille que je vais l'oublier, dame non ! Tout armateur qu'il soit, votre Renaudard est-il seulement une fois monté à bord d'un navire ? Allons dormir, Marie-Léone. Demain, notre gars sera de retour.

La nouvelle de la mort du duc d'Orléans parvint en Bretagne le 4 décembre de cette même année 1723. Le Régent — on lui donnait toujours ce titre par habitude bien que Louis XV eut fêté son treizième anniversaire, l'âge de la majorité des rois, depuis deux mois — ne fut pas pleuré par la noblesse. Dans le fond de leur cœur, de nombreux hobereaux au demeurant bons chrétiens se surprirent même à penser « que le diable l'emporte ! ». Le nom du prince était lié à celui de John Law, dont l'échec avait ruiné quelques-uns d'entre eux, comme il était attaché à celui des quatre gentilshommes bretons[1] condamnés hier à l'échafaud et parés aujourd'hui de l'auréole des martyrs. Ni à Paris ni à Marseille, pas plus à Lyon qu'à Lille, on n'avait su gré au Régent d'avoir préservé la paix en Europe en provoquant une alliance défensive avec l'Angleterre, ou d'avoir obtenu la renonciation solennelle du roi d'Espagne à la couronne de France. En Bretagne plus qu'ailleurs, son image demeurait celle qu'avaient tissée des calomniateurs d'autant plus crédibles qu'ils faisaient profession d'être vertueux.

Précédé de quatre tambours voilés de crêpe, suivi de six hommes en armes, l'appariteur municipal parcourut Saint-Malo, s'arrêtant ici et là, pour annoncer la nouvelle. Il y avait peu de monde dans les rues ce jour d'hiver gonflé de pluie où le vent hurlait au ras des toits. Encapuchonnée, courbant le dos, longeant les murs, face aux bourrasques qui lui fouettaient le visage, Mme Carbec se rendait comme chaque jour rue du Tambour-Défoncé où elle savait retrouver son fils Jean-Pierre qui s'y était

1. Couedic, Montlouis, Pontcalet, Thalouet.

installé après son retour des Indes. Elle hâta le pas vers le placitre d'où parvenait un roulement funèbre. L'appariteur dit d'une voix forte : « De par le Roi, le connétable de la ville fait savoir... » Toutes les fenêtres s'étaient ouvertes. Quelques rares passants s'arrêtèrent, surpris, hochant la tête avec une mine de circonstance. Mme Carbec se signa, au nom du Père du Fils et du Saint-Esprit, avec un cœur gonflé d'inquiétude, non qu'elle se souciât du sort réservé à Mgr d'Orléans là où il se trouvait maintenant, mais parce que ces tambours voilés lui rappelaient ceux qui avaient annoncé la mort de Louis XIV : quelques semaines plus tard, Jean-Marie, Cacadou et maman Paramé étaient morts eux aussi. Bien qu'elle s'en défendît, Mme Carbec n'était jamais parvenue à dissocier ces souvenirs liés les uns aux autres à ce point qu'après huit années, une batterie de tambour déclenchait immédiatement en elle un sentiment de crainte. C'était comme une sorte de signal d'alarme. Cette fois, elle fut d'autant plus troublée qu'un curieux événement était survenu le même jour dans la maison Carbec.

Comme tous les marins, Jean-Pierre avait ramené du long voyage qui l'avait conduit aux Indes et à la Chine, différents objets dont il entendait faire cadeau ou commerce. Personne n'avait été oublié : pour la grand-mère Le Coz une coupe de porcelaine blanc et bleu ornée d'une crucifixion inspirée par les jésuites de Pékin, pour sa mère un ballot de diverses étoffes précieuses, pour la tante Clacla un pot et six tasses à thé décorées de fleurs polychromées, pour Jean-François une tabatière d'argent ciselé dont le double fond cachait une miniature érotique, pour Jean-Luc un grand sabre dont la lame légèrement recourbée était noire comme du bois d'ébène, pour sa sœur un petit collier fait de grains d'or et de grains de corail, et des mouchoirs multicolores achetés à Pondichéry un soir qu'il pensait à Solène. Pour suivre l'exemple de l'oncle Frédéric dont toute la famille gardait le souvenir sans même l'avoir connu, Jean-Pierre avait aussi ramené un merle des Indes que Marie-Thérèse avait aussitôt adopté et placé à côté de Cacadou dans la jolie cage dorée devenue l'un des ornements du salon, mais ni la petite fille ni personne n'était parvenu à l'apprivoiser. Toujours silencieux, la tête cachée sous une aile, queue pendante, le mainate demeurait blotti dans un coin de sa prison, le plus loin possible de Cacadou. Celui-là, son plumage n'avait jamais été aussi brillant, à croire qu'on le lustrait tous les jours : des deux merles, c'est le nouveau venu qui paraissait être empaillé. Hier soir, pour la première fois, trois mois après l'arrivée du deuxième mainate dans la famille Carbec, Marie-Thérèse était enfin parvenue à le sortir de sa torpeur.

— Comment t'appelles-tu ? demandait la petite fille. Je m'appelle Cacadou II, je m'appelle Cacadou II. Répète, maintenant !

Au bout d'un quart d'heure, pointant le bec hors de ses plumes ébouriffées, il avait répondu d'une voix timide, à peine perceptible :

— Je m'appelle Cacadou II.

Marie-Thérèse, battant des mains, avait répandu la nouvelle dans toute la maison, mais le lendemain matin, Mme Carbec avait trouvé l'oiseau mort dans sa cage. Il ne se sera jamais habitué chez nous, pensa-t-elle, l'hiver l'aura tué. Prenant dans sa main le petit cadavre, elle s'était alors aperçue qu'un peu de sang séché s'étalait sur la tête du mainate comme si celle-ci eût été frappée d'un coup de pic par exemple. Ou d'un coup de bec ? Cacadou se tenait toujours sur le perchoir où M. Kermaria l'avait solidement fixé. Marie-Léone le regarda. Il lui sembla voir briller dans les minuscules yeux de verroterie un éclat étrange qui ne lui plut pas.

Arrivée rue du Tambour-Défoncé, Mme Carbec fut heureuse d'y trouver son fils occupé à compulser un gros registre où était dressé l'inventaire de toutes les marchandises accumulées et étiquetées dans les magasins de l'armement Carbec sur les quais de Mer-Bonne. Elle savait bien qu'aucune sorte de lien maléfique ne rattachait la mort de l'oiseau à celle du duc d'Orléans, mais elle entendait toujours le son des tambours voilés qui lui avait appris naguère la mort du vieux roi, et elle ne pouvait se défendre, encore qu'elle en repoussât la pensée infantile, d'imaginer quelque mauvais présage. La vue de Jean-Pierre la rassura. Assis dans un large fauteuil devant un bureau plat orné de bronzes, le visage soucieux, il avait déjà pris l'air important d'un armateur dont les navires courent les mers et qui entretient des correspondants à Amsterdam et à Cadix. Au mois d'août dernier, quand il était débarqué de l'*Atalante,* à L'Orient, Marie-Léone aurait été bien incapable de démêler les sentiments qui l'avaient submergée, orgueil, surprise et tendresse. Comment ce bel homme aux cheveux bouclés, au visage hâlé et aux yeux rieurs, bien pris dans sa veste bleue d'enseigne en premier de la Compagnie des Indes, et donnant des ordres d'une voix calme qu'elle ne lui connaissait pas, pouvait-il être l'ancien mauvais gars qu'on lui avait trop souvent ramené fin soûl et le visage ensanglanté ?

Quelques jours après leur retour à Saint-Malo, l'émotion des retrouvailles apaisée, Mme Carbec avait entrepris de connaître les projets de son garçon.

— Vous serez bientôt majeur. Il me faut vous rendre les
comptes de ma tutelle et, le moment venu, vous mettre en
possession de l'héritage de votre père. Ne protestez pas et ne me
dites pas que rien n'est pressé. Les questions d'argent sont
toujours urgentes, davantage dans les familles que dans les
affaires. Quand on les laisse pendantes elles ne mûrissent jamais,
elles pourrissent. Me Huvard, notre notaire, vous dira ce qui vous
revient en propre, moi je vous ferai connaître les résultats de
l'armement Carbec et de nos affaires marchandes. Tous ces
comptes ne sont pas si faciles à débrouiller car je possède moi-
même en propre le tiers de nos biens familiaux, les deux autres
tiers représentant la fortune laissée par votre père dont un quart
revient à chacun de ses enfants. Avant six mois, vous devrez me
faire connaître si vous entendez entrer en possession de votre part
ou si vous préférez la laisser dans nos affaires. Cela dépendra du
choix de votre carrière. Hier, beaucoup de capitaines étaient aussi
armateurs, comme votre père ou l'un de vos grands-pères. Il
restait toujours à terre quelqu'un qui s'y entendait assez pour
vendre ce que le navigateur ramenait. Aujourd'hui, je viens d'en
faire la difficile expérience, les choses ne sont plus les mêmes. Il
vous faudra donc choisir entre le commandement à la mer et le
négoce parce que celui-ci exige des connaissances de plus en plus
variées et souvent des décisions rapides qui sont incompatibles
avec les longues absences. Si vous vouliez cependant poursuivre
votre carrière maritime je vous comprendrais mieux que personne, et je ne doute pas que vous parviendriez d'ici une
quinzaine d'années à devenir au moins capitaine en second d'un
vaisseau de la Compagnie des Indes. De votre part, ce serait un
choix dont il faudrait me prévenir afin que j'envisage de confier
un jour la gestion de nos affaires à votre frère Jean-François. Son
séjour à Cadix lui aura au moins appris à parler l'espagnol. De
vous à moi, je pense que ses dispositions naturelles l'inclineraient
davantage vers les antichambres ministérielles, le Conseil d'État
ou quelque autre charge au Parlement que vers le commerce. Je le
vois peu tenir l'inventaire de nos magasins, vérifier les comptes
d'un subrécargue, calculer une mise hors, surveiller l'arrimage
d'une cargaison, troquer des indiennes contre des nègres, comparer le cours de la Bourse à Nantes et à Bordeaux, et celui du
change des monnaies à Paris, Londres, Amsterdam ou Genève.
Cependant, si vous préfériez naviguer, il faudrait bien que votre
frère m'aide. Je ne me sens plus capable de diriger seule toutes ces
sortes d'affaires. Il y faut un homme. Vous me direz qu'une
vingtaine de Malouines, veuves comme moi, s'acquittent à

merveille de leur tâche d'armateur ? Moi aussi, je l'ai fait. Je ne le
puis plus toute seule. Prendre un associé ? Je n'ai pas même voulu
y songer, c'eût été faire participer un étranger à un héritage
familial. Votre tante Clacla m'a même conseillé de me remarier.
Je vois à votre seul visage que j'eus raison de repousser cette idée.
Pour ce qui vous concerne, réfléchissez. Nous sommes en août,
donnez-moi votre réponse avant la fin du mois de décembre. D'ici
là, vous aurez eu tout le loisir d'examiner nos comptes. Peut-être
que votre temps passé à Canton aura été plus profitable que celui
passé à Cadix par votre frère pour démêler tout ce qui apparaît
dans un bilan et deviner tout ce qu'on a voulu y faire disparaître.
Il conviendrait aussi que vous puissiez disposer rapidement d'un
logement. Vous pourriez peut-être vous établir rue du Tambour-
Défoncé. Qu'en pensez-vous ? Votre grand-père, votre père y sont
nés, vous-même également. La maison est assez grande pour
abriter des bureaux au rez-de-chaussée et de beaux appartements
à l'étage. Vous êtes parvenu à un âge où la liberté est le premier
des biens pour un homme, n'est-ce pas ?

Sauf au début de ce discours, quand elle avait dit son intention
de rendre immédiatement des comptes de tutelle, Jean-Pierre
Carbec avait écouté sa mère sans tenter de l'interrompre. Il avait
bien fait un geste de la main, c'était davantage politesse que
protestation. Même à son insu son parti était déjà pris. En
calmant sa fringale de la mer, trente-six mois de navigation,
coupés par de longues escales, lui avaient fait connaître qu'il y a
plus de profit à armer un navire qu'à le commander. Il avait aussi
appris que les meilleurs bénéficiaires des échanges commerciaux
entre la France et Pondichéry demeuraient les seuls marchands
indiens, ces banians aux mains safranées qui depuis près de deux
siècles remplissaient leurs coffres du numéraire de l'Occident : l'or
et l'argent apportés par l'*Atalante* n'avaient guère servi qu'à régler
de vieilles dettes accumulées par les gouverneurs de la Compagnie
qui s'étaient succédé aux Indes au cours des quinze dernières
années. Cependant, la révélation du grand négoce ne lui était
apparue qu'à Canton pendant les six mois que l'*Atalante* était
resté au mouillage sur la rivière des Sept-Perles.

Bien que son expérience demeurât mince, Jean-Pierre Carbec
n'oubliait pas qu'il avait observé de très près le trafic personnel
pratiqué par tous les officiers et matelots. Ceux-ci achetaient pour
leur propre compte sur la côte malabare et au Bengale de
nombreuses marchandises qu'ils revendaient à Canton avec un
profit considérable : santal pour les meubles précieux, encens
pour les temples, ivoire pour les éventails et les figurines

licencieuses, laques pour les vernis, opium pour les rêves, et ces
vers de mer, gros comme une saucisse, dont les Chinois raffolaient
pour leurs vertus aphrodisiaques, que les Romains connaissaient
naguère sous le nom d'holothuries, et que les navigateurs arabes
appellent *zob el mahar* parce qu'en les caressant de la main ils
doublent de volume et expulsent soudain l'eau qui les gonfle.
Certaines de ces transactions, surtout celles qui concernaient
l'opium, laissaient un bénéfice de mille pour cent. Faute de fonds,
le jeune enseigne n'avait pu se livrer lui-même à d'aussi fructueuses opérations mais il avait compris que le commerce d'Inde
en Inde ou d'Inde à la Chine, pratiqué par tous les agents de l'*East
India Company* depuis cinquante ans sous le nom de *country trade*
l'emportait de loin sur le négoce laborieusement établi entre
L'Orient et Pondichéry. Puisque tous les agents de la Compagnie
des Indes s'étaient mis à trafiquer eux-mêmes avec la Chine, un
peu avec leur argent personnel, davantage avec celui de parents
ou d'amis tentés par les gros rapports, pourquoi ne ferait-il pas la
même chose, non pas avec de modestes sommes tout juste bonnes
à contenter un capitaine pacotilleur, mais sur une plus grande
échelle avec des capitaux importants ? N'allait-il pas être bientôt
majeur et libre de disposer de sa part d'héritage ? L'argent ne
devait pas manquer dans les caves familiales... À dire vrai, ces
perspectives ne lui avaient pas été ouvertes par le seul exemple de
ses compagnons de l'*Atalante*. À Canton, Jean-Pierre Carbec
avait rencontré un autre Malouin, son aîné de dix ans et quelque
peu cousin. Subrécargue à la Compagnie des Indes, Ernest
Lesnard consentait volontiers à l'exil chinois avec l'espoir d'un
retour fastueux à Saint-Malo qui lui permettrait, à son tour, de
bâtir sur les remparts et d'acheter une terre au Clos-Poulet comme
l'avaient fait hier ceux qui avaient armé pour la mer du Sud.
Ensemble, les deux Malouins avaient échafaudé des projets
d'avenir au cours d'interminables conversations d'où le plus jeune
sortait ébloui par l'habileté de l'aîné à jongler avec les monnaies
orientales, roupies, taels et pagodes. À nous deux, nous pourrions
avoir une compagnie. Toi, Jean-Pierre Carbec, tu demeurerais à
Saint-Malo et moi à Canton parce qu'il faut tenir les deux bouts de
la corde pour serrer le nœud au moment voulu. D'autres Malouins
et d'autres Nantais font déjà la même chose, les frères Duvelaer,
Tribert, Jazu, La Bretesche. Moi, je suis ici depuis trois ans, je
veux bien y rester encore cinq à condition que tu m'envoies le
nécessaire. Mon gars, si tu me fais confiance tu ne le regretteras
point ! Je connais un Anglais, Hugh Barker, garde magasin à
l'*East Company* pour un salaire annuel de quarante livres sterling.

Sais-tu combien il a remisé à Londres en deux ans ? Cent dix mille roupies !

— Cela fait combien d'argent ?

— Douze mille livres sterling, trois cents fois sa paye !

Quatre mois après son retour en France, Jean-Pierre Carbec entendait toujours tinter à ses oreilles les promesses de l'argent chinois mais n'en avait pas encore soufflé mot à sa mère qui s'entendait mieux que lui au négoce lointain et demeurait maîtresse de l'armement Carbec. Entreprise consciencieusement, son étude des comptes répartis dans les gros registres tenus par les commis le laissait souvent perplexe malgré sa bonne volonté et la patience témoignée par M. Locmeur pour apprendre à son jeune maître la comptabilité en partie double et le familiariser avec les expressions du commerce. Rien ne l'avait préparé à ce nouveau vocabulaire, pas même son séjour à Canton. Aucun vieux capitaine n'aurait pu le prendre en défaut sur une amure, un beaupré, une bôme, un clin-foc, une draille, un étai, un guindeau, une ralingue ou une voile d'étai, mais Jean-Pierre Carbec s'embrouillait encore dans les balances, remises, soldes, créances, actif et passif, escomptes, billets de change, tireurs et tirés, protêts, terme et comptant. M⁢e Huvard, diligent dans son ministère, avait déjà dressé avec les curateurs nommés par le juge au moment de la mort du capitaine Carbec, l'état des biens mobiliers et immobiliers laissés par le *de cujus*.

— La part qui vous revient, soit le quart de l'héritage laissé par votre père se monte à 145 782 livres, 60 sols, 9 deniers, dit-il à Jean-Pierre. J'entends là ce qui est visible. Pour le reste, c'est-à-dire le numéraire qui pourrait être resserré ou abrité ici ou là, il va de soi qu'il relève du seul secret des familles. Sa répartition, s'il en existait, demeurerait à la discrétion de votre mère. Nous n'avons pas non plus instrumenté dans la direction de l'armement Carbec, ce sont là des affaires d'autant plus difficiles à débrouiller que Mme Carbec y est elle-même partie prenante. Enfin, les notaires sont peu qualifiés pour examiner la comptabilité des opérations commerciales. C'est maintenant à vous-même qu'il appartient d'en dresser l'inventaire.

Marie-Léone n'avait pas tenu d'autre langage à son fils.

— C'est le meilleur exercice qu'on puisse proposer à un jeune homme pour l'habituer aux pratiques du négoce maritime. Vous allez le connaître ainsi sous tous ses aspects, l'achat des navires, la mise hors, le recrutement des capitaines et de l'équipage, l'achat et la vente des marchandises, les correspondants, les commissions, les assurances. Tout cela est consigné dans nos livres. M. Locmeur vous aidera à tout connaître pour tout comprendre. Si vous le désirez, moi aussi je vous aiderai, mais je pense que vous aurez plus d'aise avec notre premier commis parce que je suis trop vive pour être bonne pédagogue. Vous voici devenu un homme, avait-elle dit une fois de plus, il vous faut prendre la mesure de vos devoirs. À votre âge, votre père avait déjà perdu sa mère et son père lorsqu'il fut mis en possession de son héritage.

M. Locmeur était de ces hommes qui éprouvent une sorte de bonheur puéril à apprendre quelque chose à autrui, au moins à étaler leur savoir. Après avoir expliqué à l'élève Carbec les termes le plus souvent usités dans le langage commercial et indiqué les principaux livres comptables nécessaires à un négociant, le vieux commis était entré dans le vif du sujet avec la même délectation que s'il eût gobé deux douzaines de cancales. « Qu'entendons-nous par inventaire ? C'est le compte général, divisé en deux parties, de tous nos biens et de toutes nos dettes. La première partie contient ce qui nous appartient : l'argent en caisse, les marchandises en magasin ou entre les mains de nos correspondants, les navires, maisons, terres et meubles, enfin les sommes qui nous sont dues et qu'on appelle dettes actives. La deuxième partie de notre inventaire diminue notre actif parce qu'il contient tout ce que nous devons et qu'on appelle dettes passives car elles nous font souffrir. »

Actives ou passives, quelle que fût la bonne volonté de l'aîné des Carbec et peut-être ses dispositions malouines à de telles jongleries, elles faisaient souffrir Jean-Pierre qui ne parvenait pas encore à convertir rapidement tous ces chiffres en cannelle, poivre, toiles peintes ou cauris, alors que M. Locmeur leur donnait tout de suite un poids, un volume et sentait déjà leur odeur. Au bout d'une heure, il laissait le premier commis tourner les pages de tel registre et roucouler des nombres délectables sans plus l'écouter. Cependant, toujours penché sur les livres de l'armement Carbec, il ne se trouvait plus rue du Tambour-Défoncé, pas même à Saint-Malo, il était reparti quelque part sur la longue route de mer suivie par l'*Atalante,* de L'Orient aux Canaries puis au Cap-Vert d'où le pilote avait tiré au sud à travers des pluies diluviennes et des vents instables jusqu'à l'île de l'Ascension où l'équipage avait rempli des barils d'eau fraîche, pêché des grondins et mangé des tortues de mer avec de la salade de pourpier. La ligne franchie, et la zone des calmes équatoriaux dépassée, le vent d'ouest avait poussé les navigateurs vers l'océan Indien, au rendez-vous de la mousson. L'*Atalante* s'était alors engagé dans le canal de Mozambique vers Pondichéry.

Semblable à la plupart des Malouins qui étaient allés aux Indes, Jean-Pierre Carbec n'aimait pas cette côte de Coromandel sablonneuse, sans abris, exposée à la houle, rivage aride où se dressaient des architectures colossales de pagodes tordues sous un ciel brouillé. Pour se rendre à terre, il fallait d'abord franchir une barre autrement dangereuse que les chicots qui protègent les passes de Saint-Malo, énormes rouleaux d'écume redoutés des canots chrétiens mais où dansaient à l'aise des espèces de radeaux faits de deux troncs d'arbre liés ensemble, les catamarans, menés par de grands diables cuivrés, ruisselant de soleil et d'eau. Au cours des vingt semaines que l'*Atalante* était resté devant Pondichéry, Jean-Pierre n'était pas descendu souvent à terre, sa condition d'enseigne en second l'obligeant à assurer le service à bord réservé aux officiers subalternes. Réduit à ce rôle sans éclat, il avait regretté plus d'une fois le temps du voyage. Sans doute, la traversée lui avait-elle paru souvent interminable, mais la vie quotidienne d'un grand voilier est toujours menacée d'événements imprévisibles qui exigent des parades immédiates. Le capitaine de l'*Atalante* exigeait que tout son monde fût toujours prêt à faire face à n'importe quelle fortune de mer, gros temps ou bonaces, bourrasques, tempêtes ou typhons. Même quand son navire s'était trouvé encalminé dans les parages de la ligne, il avait aussitôt donné l'ordre au second capitaine d'occuper l'équipage à des exercices de combat. Perché dans la mâture, Jean-Pierre avait alors fait le coup de feu sur un corps-mort mouillé par ses soins. Une autre fois, il avait tiré le canon. Si vous voulez devenir un jour bon marin, monsieur, il vous faut être bon artilleur ! Il gardait surtout le merveilleux souvenir des nuits de quart, à la fois inquiet et fier de s'être vu confier le soin d'assumer la responsabilité de l'*Atalante*, état-major, équipage et cargaison, tandis que des étoiles inconnues se balançaient dans les huniers. Ici, en face de Pondichéry, son rôle se bornait à faire observer des consignes de sûreté. N'avait-il pas fait un marché de dupe avec la Compagnie des Indes qui l'avait envoyé au bout du monde pour surveiller la discipline à bord d'un vaisseau transformé en une sorte de ponton ?

Ses rares descentes à terre n'avaient guère modifié ce sentiment. Bien que le capitaine Jean-Marie Carbec ne fût jamais allé aux Indes orientales, l'enfance de son fils, semblable à celle de toute la jeunesse malouine, avait été enchantée par les histoires légendaires rapportées depuis plus d'un siècle par des missionnaires, des marchands et des marins. Les Indes ? Le seul mot disait des palais merveilleux cuirassés de marbre où s'entassaient des richesses inouïes, des monceaux d'or, d'émeraudes, de diamants et de perles, des esplanades immenses, des carrousels d'éléphants, des temples peuplés de danseuses, des jardins suspendus, des rois commandant à des armées innombrables qui au lendemain de la victoire faisaient dresser des pyramides avec les têtes coupées et élever des forteresses géantes dont le mortier était coulé dans le sang des cadavres. La première fois qu'une chaloupe de l'*Atalante* l'avait conduit à terre, Jean-Pierre s'était trouvé devant le fort élevé par François Martin, premier gouverneur de Pondichéry : un pentagone flanqué de bastions qui abritait les agents supérieurs, la garnison et les magasins de la Compagnie. Autour de cette citadelle, quelques petites maisons blanches, faites de teck ou de briques recouvertes d'un mortier de chaux et de coquilles d'huîtres concassées, avaient été construites pour loger les petits commis, interprètes, emballeurs, ainsi que les officiers mariés aux descendantes de ces « orphelines du roi » envoyées naguère aux Indes par le roi de Lisbonne, au temps où le pavillon portugais y faisait la loi. Un peu à l'écart de ce quartier bâti à la hâte, sans plan directeur, s'élevaient des bâtiments plus importants, une église, Notre-Dame-des-Anges, la maison des Capucins et la mission des Jésuites. Plus loin, cases de torchis couvertes de paille, s'étendait la ville indigène où grouillaient au milieu de mares putrides quelques dizaines de milliers d'êtres squelettiques et doux. C'était donc cela les Indes ? On lui avait bien dit que le nouveau gouverneur, M. Lenoir, avait entrepris de transformer Pondichéry, d'en faire une ville qui ferait honneur à la Compagnie autant qu'à la France, que déjà de grandes artères bordées de flamboyants traversaient les futurs quartiers réservés aux Blancs où seraient bâties des maisons dont l'architecture et l'alignement seraient soumis à des règles rigoureuses, mais Jean-Pierre Carbec n'avait pas assez d'imagination pour croire qu'une cité française, ordonnée et propre, pourrait un jour s'élever dans ce pays où il se sentait mal à l'aise, comme s'il eût été menacé par le visible et par l'invisible : l'humidité poisseuse, la chaleur torride, l'odeur breneuse, la multitude humaine, la violence végétale, la vibration des moustiques, le cri des oiseaux, jusqu'aux regards caresseurs des enfants. Déçu et inquiet, il avait rejoint ce jour-là l'*Atalante,* heureux de se retrouver dans l'étroit espace de sa couchette, à côté de son coffre de marin où s'entassaient des cabans, des bas, des culottes et des bonnets achetés à Saint-Malo. Il avait été long à trouver le sommeil. C'était cela les Indes? Le même sentiment, refus ou peur, l'avait étouffé chaque fois qu'il était retourné à terre avec quelques officiers. Ceux-là, qui n'étaient plus des béjaunes et avaient parcouru souvent les chemins de la mer indienne, retrouvaient avec plaisir d'anciens compagnons installés à Pondichéry depuis des moussons et des moussons et ayant renoncé depuis longtemps à retourner vers la Bretagne ou la Normandie dont ils étaient originaires. Après leur avoir donné l'illusion d'appartenir à la race des conquérants, l'Inde les avait déglutis doucement avec sa vie facile, ses domestiques à bon marché, ses mulâtresses portugaises, ses siestes visqueuses, ses pluies tièdes, ses orages sulfureux.

Ceux-là avaient accueilli de bon cœur le jeune enseigne sous leur toit où des épouses de quatorze ans présidaient de somptueux repas préparés par des cuisiniers payés une roupie par mois. On achetait tout pour rien. Un poulet, un lièvre ou un canard ne valait pas plus de cinq liards, et, pour trois sols, on pouvait rassasier huit personnes avec d'énormes poissons frottés au citron vert. Crevés de chaleur moite, épuisés de paresse, les convives touchaient à peine aux plats qu'on leur présentait, préférant dévaster les corbeilles d'oranges, goyaves, mangues, papayes et melons d'eau toujours présentes sur la table. A la fin du repas, les invités faisaient circuler les flacons d'alcool apportés en cadeau. Tout le monde sortait alors de sa torpeur, on parlait plus fort, les petites épouses, la bouche pleine du bétel mâché qui teintait de rouge leur salive et brunissait leurs dents, s'esclaffaient d'un rire bête, tandis que les hommes échangeaient avec bonne humeur des nouvelles de leur vérole avant de s'assoupir devant des gobelets renversés. Un jour, M. Lenoir avait convié tous les officiers de l'*Atalante* à se joindre aux commis de la Compagnie pour célébrer l'anniversaire du Roi. Dispensé de service à bord, Jean-Pierre Carbec avait alors découvert un tout autre aspect de la vie sociale de Pondichéry, celle qu'abritaient les murs et les bastions du fort réservé aux agents supérieurs de la Compagnie des Indes. La fête avait commencé par une messe solennelle, chantée à Notre-Dame-des-Anges, terrain neutre où les capucins et les jésuites pouvaient se rencontrer sans s'invectiver. Entassées dans la petite nef, une centaine de personnes attendaient le gouverneur, les femmes vêtues de robes discrètes et les hommes portant perruque et habit à la française malgré le vent enflammé qui soufflait sur la ville. Surpris par la bonne tenue de tous ces gens qui n'eussent point déparé une compagnie malouine, Jean-Pierre le fut bien davantage quand il vit arriver le gouverneur. M. Lenoir ne se déplaçait qu'en palanquin, entouré de deux cents gardes enturbannés de mousseline blanche, et suivi d'un serviteur qui avait la mission de frapper une cloche de bronze avec un marteau. Un bas officier porteur d'un pavillon fleurdelysé ouvrait le cortège. A l'issue de la messe, tout le monde ne s'était pas retrouvé dans le fort mais les seuls invités du gouverneur auxquels était offerte une collation. Placé au bout d'une des tables installées pour la circonstance dans la salle du Conseil, Jean-Pierre avait remarqué le soin pris par M. Lenoir pour distribuer les places selon un protocole rigoureux dont l'application était surveillée avec vigilance par les rares épouses qui avaient suivi leur mari aux Indes. Après la réception du gouverneur, l'état-major de l'*Atalante* au grand complet avait rendu visite à quelques Portugaises peu farouches dont la fortune était liée au nombre des navires qui touchaient Pondichéry. Ce soir-là, la moitié des matelots envoyés à terre avaient manqué la dernière chaloupe : eux aussi avaient fêté l'anniversaire du Roi. Jean-Pierre Carbec se rappelait qu'avant de s'endormir, il avait pensé tout haut : « Être gouverneur général de la Compagnie des Indes, ou rien. » Quelques jours plus tard, l'*Atalante* était parti pour la Chine, ses cales pleines d'indigo, santal, cornaline, ivoire, coton, ailerons de requin et holothuries qui venaient s'ajouter aux ballots de drap, aux masses de plomb et aux miroirs embarqués à L'Orient, treize mois auparavant.

— Puis-je vous demander de m'écouter un instant, monsieur Carbec ? Supposons que vous ayez en caisse mille livres, vous direz Caisse doit à Capital mille livres que j'ai reçues ce jour en caisse. Est-ce assez clair ? Vous me suivez, monsieur Carbec ?

Non, Jean-Pierre Carbec ne suivait pas M. Locmeur. Il avait déjà franchi avec l'*Atalante* le détroit de Malacca et laissé derrière lui un monde fantastique d'îles, petites ou grandes et posées sur la mer comme des couronnes de fleurs géantes, avant de cingler vers Macao dans la région des typhons. Parvenu au terme de son voyage, l'*Atalante* avait remonté la rivière des Perles pour aller mouiller dans la rade de Wampou. Une dizaine de navires anglais et hollandais y branlaient à l'ancre le long d'îlots où s'élevaient de légères baraques en bambou destinées à abriter les gréements que tous les capitaines étrangers devaient déposer dès leur arrivée en Chine et où s'installaient les agents des compagnies de commerce, subrécargues, magasiniers, écrivains, dont c'était le rôle de négocier les achats et les ventes avec les marchands locaux. C'est parmi eux que Jean-Pierre Carbec avait trouvé Ernest Lesnard.

Ensemble, les deux Malouins s'étaient rendus plusieurs fois à Canton située à trois lieues de leur mouillage, au fond de la rivière des Perles, cité immense posée sur un inextricable réseau de canaux puants où une multitude d'embarcations jamais vues, frangées de visages lunaires et laqués, se croisaient, se dépassaient, s'enchevêtraient dans un désordre hilare. À Pondichéry, Jean-Pierre n'avait jamais pu se départir d'un sentiment de malaise devant le grouillement humain, à Canton il avait eu peur malgré la présence de deux gardes chinois armés de sabres et de. poignards qui ne les lâchaient pas d'une semelle, autant pour les surveiller que les protéger, dans leurs promenades le long des rues marchandes, celles des bonnetiers, des droguistes, des orfèvres, des tailleurs, des teinturiers, des peintres, des faiseurs de lunettes, des cordonniers, des fondeurs de verre. Étroites, pavées de larges pierres, elles étaient recouvertes de toile pour les préserver du soleil, sans lumière, sentaient mauvais, et fermaient à chaque bout par une porte de bois devant laquelle se tenait un gardien. Partout, une foule d'hommes, de femmes et d'enfants se bousculaient et paraissaient toujours se hâter, même lorsqu'ils assiégeaient des marchands ambulants, vendeurs de soupes parfumées ou d'images obscènes, faiseurs de tours ou conteurs. Les rues ne redevenaient libres que pour livrer passage à quelque mandarin se rendant à son tribunal ou dans la maison de ses femmes ; alors toute cette cohue s'envolait, disparaissait, rentrait sous terre, pour que ne soit blessée d'aucun regard la noblesse du haut personnage. Celui-ci arrivait de la ville murée, sorte de citadelle où les Européens n'étaient admis que s'ils avaient obtenu une audience du vice-roi. D'autres seigneurs habitaient les quartiers réservés aux seuls riches dans de luxueuses résidences aux murs incrustés de jade, d'or et d'argent où ils entretenaient une armée de serviteurs et des dizaines d'épouses et de concubines. Tous regardaient de haut les subrécargues des compagnies occidentales, les considéraient comme des barbares, ne les recevaient jamais et ne les invitaient même pas aux réceptions fastueuses offertes à l'occasion de noces ou de funérailles, mais ils ne dédaignaient pas de leur vendre des cargaisons de thé et de porcelaines auxquelles ils ajoutaient pour faire bon poids toutes sortes de drogues dont on disait merveille à Londres, Amsterdam et Paris : l'anis étoilé du Kiang Si, le galanga du Yunnan, le borax du Tibet, le camphre du Fou Kien, la rhubarbe de l'Asie centrale, ou l'esquine réputée contre la vérole. En échange, ils achetaient des miroirs, des étoffes de coton, des produits aphrodisiaques et de l'opium recueilli à Patna et mis en caisse au Bengale. Toutes ces transactions ne duraient pas plus de quatre mois. Alors, les navires remettaient a la voile, et la petite colonie européenne résidant à Canton n'avait plus qu'à attendre le retour de la mousson qui ramènerait des nouvelles du pays, des marchandises, et des fonds confiés par une famille avide de spéculations. Ils étaient une cinquantaine d'Anglais, Français et Hollandais, vivant entre eux tout le reste de l'année dans un complet désœuvrement, rompant leur ennui poisseux par des beuveries et des parties de cartes sans éprouver le moindre besoin de comprendre le chinois. Ils n'en avaient ni le goût ni la patience, une sorte de jargon mi-anglais, mi-portugais leur suffisait pour les échanges commerciaux. Plus rien d'autre ne comptait que le souci d'amasser en six ou huit ans une fortune rapide. Quelques-uns avaient réussi cette gageure de résister au climat, à l'éloignement, à la solitude, à l'absence de femmes blanches dont le gouvernement chinois interdisait l'entrée. Heureusement, avait confié le cousin Lesnard, il y a Macao où, entre deux traites annuelles, nous allons passer quelques semaines. On s'y ennuie aussi ferme mais le climat est meilleur, on peut se promener librement dans la ville assis en palanquin, escorté d'un porteur de parasol, et il y a là-bas trois mille Portugaises qui t'attendent pour se faire bourriquer. À Canton, c'est trop dangereux. Non seulement tu te fais insulter et bousculer dans les rues mais lorsque tu parviens à foutre une Chinoise tu as toujours peur de recevoir une lame dans le dos juste au bon moment. Tout compte fait, avait-il conclu, on peut bien supporter ces misères pendant quelques années si on est sûr d'être riche pour le reste de sa vie ! J'ai des cousins, Lesnard comme moi, Guinemer ou Pinabel qui partent tous les ans sur les bancs, eh bien, je vais te dire une bonne chose, mon gars : sûr que je préfère me branler à Canton pendant quelques années plutôt que d'aller me geler le braquemart à Terre-Neuve ! Pourquoi tords-tu le nez ? Cela te gêne d'entendre cela ? Toi, tu ne peux pas comprendre, tu auras un jour l'argent des Carbec, mais pense un peu à ton père. Quand il est allé dans la mer du Sud, ça n'était pas pour la gloire du Roi, va te faire foutre, c'était pour amasser des écus, non ? Tu entendras dire partout que les Chinois aiment l'argent, c'est vrai. Aiment-ils plus les taels que les Malouins aiment les piastres ? Voire. Chacun connaît midi à sa porte. Lorsque l'*Atalante* est arrivé en rade, le grand directeur des douanes qu'on appelle ici le hopou, a fait payer à ton capitaine un droit d'ancrage, plus un don personnel, plus des droits sur les marchandises auxquels il a fallu ajouter encore quelques cadeaux. Cela t'étonne ? Dis-toi que le hopou ne peut pas s'en tirer autrement. Il a payé lui-même très

cher pour obtenir ce poste qu'il n'occupera que pendant trois ans :
le gain de la première année lui remboursera sa mise de fonds,
celui de la seconde lui procurera ce qu'il doit payer à la cour pour
conserver sa place, et la troisième année lui permettra de penser à
lui. Crois-tu que nos fermiers généraux agissent autrement ?

Jean-Pierre Carbec n'avait prêté qu'une oreille distraite aux
exigences du hopou, il avait retenu davantage qu'une nouvelle
Compagnie créée récemment à Ostende cherchait à embaucher
des marins anglais, irlandais et français, malouins de préférence,
sur ses navires interlopes pour faire passer des cargaisons de thé
de Canton en Angleterre où elles étaient vendues moitié moins
cher que celles de l'*East India Co* et laissaient de très gros
bénéfices. Cependant, de tous les souvenirs accumulés, de toutes
les images recueillies, de toutes les leçons apprises au cours de son
séjour en Chine, c'est encore au marché des porcelaines que sa
mémoire demeurait le plus attaché.

D'un père jésuite, breton lui aussi, qui avait obtenu de
l'empereur Kiang-Hi une autorisation de résidence, Jean-Pierre
Carbec avait appris que les fameuses porcelaines qu'on se
disputait à prix d'or aux ventes organisées à Nantes, Amsterdam
et Londres pour la Compagnie des Indes, l'*Oost Indische Cie* ou
l'*East India Co,* n'étaient pas fabriquées à Canton mais à Ching-
To-Chen, une énorme ville, peuplée d'un million d'habitants, cent
fois plus que Saint-Malo, située à deux cents lieues au nord, dans
une région montagneuse où abondaient des gisements de cette
argile blanche et fine que les Chinois appellent kaolin et d'une
sorte de roche granitique nommée pétunsé. « Là-bas, avait
raconté le père, trois mille fours brûlent depuis plus de quinze
siècles et projettent une immense lueur sur le ciel tandis que vingt
mille potiers, dessinateurs et peintres travaillent nuit et jour. Un
réseau de rivières et canaux encombrés de jonques et de sampans
relient Ching-To-Chen à Canton, Nankin et Pékin où chaque
année plusieurs millions d'objets sont entreposés, vendus et
redistribués à travers la Chine immense. » À son grand étonnement le jeune Malouin avait appris aussi qu'on fabriquait deux
sortes de porcelaine : l'une très fine, réservée aux seuls Fils du
Ciel, l'autre plus vulgaire, parfois granuleuse, destinée aux
barbares, les hommes rouges des compagnies de commerce dont
les navires remontaient la rivière des Perles, après un an de
navigation, pour y charger des milliers de barils pleins d'assiettes,
plats, bols et soupières rejetés par la Chine et dont l'Europe se
délectait. Ces médiocres porcelaines parvenaient à Canton sans la
moindre décoration, toutes nues, étaient livrées aussitôt aux

dessinateurs et aux peintres dont les ateliers occupaient un quartier de la ville. C'est là que se rendait le plus souvent Jean-Pierre, fasciné par la virtuosité de ces Asiatiques qui eussent été proclamés artistes en Occident et qui n'étaient ici que de simples ouvriers. Dans chaque atelier, une vingtaine d'hommes étaient assis sur une natte, jambes croisées, devant des godets où trempaient des pinceaux affûtés comme des moustaches de chat. Ils formaient un cercle parfait. Vêtus le plus souvent de culottes noires qui leur arrivaient aux chevilles et de vestes taillées dans des étoffes de couleur vive, les uns étaient jeunes, d'autres moins, il y avait aussi des vieillards et des enfants, des barbus, des tondus, des imberbes. Semblables à d'énormes couronnes de fleurs, plusieurs cercles étaient ainsi posés sur le sol dans de grandes salles ouvertes sur la rue à tous les regards. Chaque dessinateur n'exécutait que la partie du décor où il était passé maître, un arbre, une branche de lilas, un poisson, un oiseau, un personnage, une pagode, une jonque, un nuage, un pont sur un ruisseau. Chaque peintre n'utilisait qu'une seule couleur, vert, rose, bleu. Ainsi, les assiettes passaient de main en main, tournaient une ronde enchantée et recevaient tour à tour un trait définitif ou une touche de couleur : un paysage fabuleux était né en quelques secondes. Un enfant les portait alors au milieu d'un autre cercle où on leur appliquait au pinceau un liquide mysté-rieux, la couverte, avant de les passer aux spécialistes du feu qui surveillaient leur cuisson pendant cinq jours. Jean-Pierre Carbec avait passé des journées entières devant ces ateliers pour voir soudain apparaître sur des surfaces blanches des jardins aux fleurs inconnues comme surgissent parfois les songes sous des paupières closes. Aujourd'hui, les yeux grands ouverts, il en rêvait encore.

— Bonjour mon fils, je vois que vous prenez goût à nos livres si j'en juge par votre application !

— C'est vrai, dit Jean-Pierre Carbec. La comptabilité ne m'est pas encore bien familière mais je crois que je la comprendrais mieux si vous me permettiez d'en appliquer les principes à des affaires réelles dont j'aurais la responsabilité.

— Comme vous ressemblez à votre père ! Quelques ballots de marchandises entassés dans nos magasins lui en dirent toujours plus qu'une colonne de chiffres. Il a été un bon armateur et un négociant habile mais je me demande encore s'il ne regretta jamais le temps où il commandait à la mer ? Pensez-vous quelquefois à lui ?

Pour Jean-Pierre, son père demeurait toujours le capitaine Carbec, celui qui avait sauvé Saint-Malo de la machine infernale inventée par les Anglais, le corsaire intrépide, le navigateur qui, avant tous les autres, avait ramené du Pérou des barils de piastres et des barres d'argent, le compagnon des Trouin, à Rio de Janeiro. À sa mort, il avait douze ans, l'âge d'un petit homme, celui où l'on regarde encore son père comme un géant immortel. Le jour de la cérémonie funéraire, à la cathédrale, un sentiment de fierté avait soudain gonflé sa poitrine et apaisé son tourment lorsqu'au moment de l'absoute il s'était rendu compte que toute l'assistance avait les yeux fixés sur lui, le fils aîné. Parmi ses souvenirs d'enfance, la promenade sur les remparts par les jours de grande marée d'équinoxe dominait tous les autres. Jamais son père n'avait manqué d'y emmener ses garçons, allez les gars, capelez vos cabans ! d'abord Jean-Pierre tout seul, bientôt Jean-François, enfin Jean-Luc, étouffés de vent, faisant semblant de rire pour avoir moins peur lorsque d'énormes paquets de mer explosaient sur la muraille de granit. Ils rentraient trempés comme une soupe, les joues rouges, les lèvres salées, les yeux brillants et avaient droit à une goutte de rikiki.

— Pensez-vous, demanda Jean-Pierre, qu'on puisse mener aujourd'hui une vie comparable à celle de mon père ?

— Si vous entendez la vie des corsaires et celle des navigateurs interlopes, répondit Marie-Léone après un instant de réflexion, franchement je ne le crois pas. Dieu merci, nous vivons enfin en paix. La guerre a rempli l'existence de votre père, après celle de votre grand-père. Ni l'un ni l'autre n'eût pu accomplir un long voyage de trois ans comme vous venez de le faire, sans avoir eu à tirer le canon contre un navire ennemi. N'avez-vous pas d'autres ambitions ? Maintenant que nous en avons fini avec les mauvaises années de l'Écossais, je pense qu'une ère de prospérité s'ouvre pour les hommes de votre âge. À ce propos, la nouvelle de la mort du duc d'Orléans est-elle parvenue jusqu'à la rue du Tambour-Défoncé ? Le crieur de la ville l'a annoncée tantôt.

— Voilà qui nous promet une belle homélie de Mgr Desmarets ! se contenta de dire le jeune homme.

— Est-ce tout cela que cette mort vous inspire ?

— Non. Je pense aussi que nous avons perdu un homme juste.

— Expliquez-vous.

— Vous savez que j'ai assisté au supplice du comte de Horn ?

— Vous m'avez dit alors que c'était un affreux spectacle.

— C'est vrai, mon cœur était soulevé de dégoût. Plus tard, je me suis rappelé que le petit peuple n'avait pas trouvé ce spectacle si horrible et j'ai compris alors qu'il était animé par ce profond sentiment de justice qui exige que les assassins subissent la peine de mort.

— Même le supplice de la roue ?

— Oui, surtout s'ils sont nobles. C'est pourquoi je pense que le Régent fut un homme juste.

Mme Carbec n'en croyait pas ses oreilles. Qu'un parent du prince de Ligne ait pu subir une telle infamie par ordre d'un prince de la Maison de France lui paraissait inadmissible. Elle comprit à ce moment qu'un fossé profond séparait sa génération de celle de son fils alors que, malgré les différends qui l'avaient si souvent opposée à sa mère, elle se sentait plus proche d'elle au fur et à mesure qu'elles prenaient toutes les deux un peu plus d'âge. Marie-Léone regarda pensivement Jean-Pierre Carbec avant de lui dire :

— Je dois vous apprendre aussi la mort de votre oiseau.

— Quoi ? Mon mainate est mort et vous ne m'en disiez rien !
Comment cela est-il arrivé ?

Pressant sa mère de questions, Jean-Pierre avait bondi tel un
enfant auquel on vient de retirer son jouet préféré.

— Je l'ai trouvé tout à l'heure au fond de la cage. Sans doute,
est-il mort de froid. L'hiver l'aura tué. Ces sortes d'oiseaux ne sont
pas faits pour nos climats.

— Et le vôtre ? Votre Cacadou, n'a-t-il pas vécu de longues
années ?

— C'est vrai, convint doucement Marie-Léone, mais ça n'était
pas un oiseau comme les autres. Si votre père avait survécu à sa
maladie, je suis sûre que Cacadou serait encore vivant. Il n'avait
pas d'âge.

— Ferez-vous aussi empailler mon mainate ?

— Je ne le pense pas. M. Kermaria est mort. Franchement, je
ne crois pas qu'il y ait de la place à la maison pour deux Cacadou.

Marie-Léone allait raconter la petite tête fracassée lorsque
quelque chose se noua au fond de sa gorge et l'empêcha de parler.

— Je suis moins vaillante qu'autrefois, finit-elle par dire. Avez-
vous songé à votre avenir ? Je ne veux pas vous presser, je
voudrais seulement connaître si je puis compter sur votre aide ou
s'il faudra m'appuyer sur votre frère Jean-François. Vous savez
qu'il sera parmi nous dans une quinzaine de jours, pour Noël.

— Pourquoi attendre la fin de l'année ?

— Votre choix est donc fait ?

— J'ai beaucoup réfléchi, ma mère. Nous sommes quelques-
uns, tous anciens compagnons de l'École d'hydrographie, à penser
cela même que vous me disiez tout à l'heure : le beau temps de la
course telle que la pratiquaient nos parents ne reviendra plus
jamais, celui du grand négoce maritime ne fait que commencer.
Un même homme ne peut être à la fois capitaine et négociant,
parce qu'un même homme ne peut pas naviguer au loin et suivre
les cours de la Bourse. J'en ai parlé à tante Clacla. Sur votre
conseil j'ai interrogé notre ami Joseph Biniac. Nous sommes
tombés d'accord sur ce point : à moins de se résoudre à devenir
capitaine pacotilleur, il faut choisir une des deux voies. La raison
m'inclinerait à choisir celle du négoce si je m'en sentais capable.
Tous ces comptes sont encore trop compliqués pour moi. Je ne
pourrais point vous aider. Il faudrait au contraire que ce soit vous
qui m'aidiez. Pour peu que vous y consentiez, je pense que
j'accepterais tout de suite. Si quelqu'un doit diriger les affaires des
Carbec, ce n'est pas mon frère ni personne d'autre que moi. Il
convient que cela soit clair !

Quelques jours plus tard, le vieux M. Locmeur avait fait calligraphier sur la page de garde des registres préparés pour la prochaine année : Armement Veuve Carbec et fils, année 1724. Le lendemain, un message exprès venu par le courrier de Nantes apprit à Marie-Léone que Mme Le Coz l'appelait à son chevet. Cette nouvelle ne la surprit pas. Elle s'y attendait.

Lorsque Hervé avait appris à sa mère sa décision d'aller visiter la plantation de Saint-Domingue héritée du grand-père Lajaille, Mme Le Coz avait tout de suite compris qu'il s'y établirait. Pendant de longs mois elle avait espéré le retenir à Nantes en mettant à sa disposition tous les biens qui lui appartenaient en propre pour lui permettre de créer une nouvelle entreprise d'armement et de négoce susceptible de rivaliser avec celle que Marie-Léone faisait prospérer à Saint-Malo. Bien que les années aient fini par apaiser les arrière-pensées, mesquines ou inavouables, qui la dressaient encore malgré qu'elle en eût contre sa fille, elle n'avait jamais admis le mariage Carbec et acceptait mal que par le jeu des successions une partie de l'héritage Le Coz soit un jour dévolue à des petits-enfants qui demeuraient à ses yeux des descendants de regrattiers vendeurs de chandelles. Rêvant de voir Hervé épouser une fille de la bonne société nantaise, il n'en manquait pas, et convaincue que plus d'une serait flattée de devenir une Le Coz de la Ranceraie, elle avait entrepris de dresser une liste des demoiselles à marier dans le milieu du négoce. Sans jamais faire à sa mère les mêmes confidences qu'à sa sœur, Hervé s'était dérobé, affectant de plaisanter et prétextant être devenu un trop vieux barbon. Un jour, cependant, il s'était permis de lui demander avec un sourire trop doux et sur un ton mi-figue mi-raisin :

— Qu'entendez-vous donc par « la bonne société nantaise » ?

Émeline Le Coz avait été déconcertée par une question aussi saugrenue. La bonne société, c'était son affaire, elle la reconnaissait à des riens, la devinait de loin, elle aurait été bien incapable de la définir : on en faisait partie ou non.

— Ne jouez pas les nigauds, se contenta-t-elle de répondre, vous savez fort bien ce que cela signifie.

— Soit ! admit Hervé. Mais s'il y a une bonne société à Nantes, c'est qu'il y en a une mauvaise. Expliquez-moi donc la différence ?

Ce jour-là, Mme Le Coz avait été alertée. Sous leur apparence innocente, elle avait flairé dans ces interrogations comme une légère odeur de soufre qui lui avait piqué les narines de façon fort désagréable. Ce fils, toujours préféré depuis l'enfance, sur lequel elle avait compté pour prolonger la tradition nantaise des Lajaille, appartenait donc à la génération de ces nouveaux jeunes hommes, nobles ou bourgeois, qui faisaient les raisonneurs et se posaient des questions sur le bien-fondé des valeurs les plus évidentes dont l'idée ne serait venue à personne de les discuter. « Aujourd'hui, disait souvent à Émeline Le Coz le directeur de conscience qui la visitait régulièrement, c'est devenu une mode de douter de tout : la religion, la vertu, l'honnêteté, la société... c'est ce que nos jeunes gens appellent le style Régence. Aucun d'eux n'y échappe, pas même nos séminaristes. Où cela nous conduira-t-il ? Prions ensemble, madame, pour que Dieu protège l'ordre qu'il a établi puisque l'ordre est d'essence divine et qu'il n'est pas de société sans ordre. » Elle aimait la compagnie des prêtres, accordant sa préférence à ceux qui, touchés par le jansénisme et y demeurant fidèles en secret malgré la condamnation romaine, n'hésitaient pas à la rudoyer, la menaçaient des pires châtiments, et ne lui laissaient qu'entrevoir l'espérance du salut. Leurs discours la confortaient dans la certitude que c'est le devoir des prêtres de protéger les âmes comme c'est celui des militaires de monter la garde aux frontières du royaume et celui du lieutenant criminel d'assurer la protection des biens. Comment prétendriez-vous le contraire, Hervé ? L'Église, l'armée, la police, voilà les piliers de la bonne société.

L'amère mélancolie dans laquelle l'avait plongée le départ de son fils pour Saint-Domingue avait bientôt décidé Mme Le Coz à quitter sa maison de la Fosse pour se retirer dans un de ces nombreux couvents réservés aux dames de qualité, pieuses maisons où l'on chipotait moins sur le nombre des quartiers que sur celui des écus. La vie quotidienne n'y était point austère, chaque pensionnaire disposait d'un petit appartement de deux à trois pièces meublé par ses soins et jouissait d'une entière liberté, quitte à entendre la messe tous les jours. Émeline Le Coz, devenue définitivement Mme de la Ranceraie, y avait retrouvé quelques anciennes compagnes de couvent qui, naguère, l'avaient dédaignée et qui maintenant ne s'en privaient pas davantage sauf à y mettre un supplément de méchanceté, ultime privilège de la vieillesse. À Marie-Léone venue plusieurs fois à Nantes, elle n'avait jamais soufflé mot des minuscules vexations qu'avant de l'admettre dans leur communauté lui avaient fait subir des vieilles filles de la noblesse nantaise autrement expertes qu'elle-même à décocher leurs flèches les plus perfides avec d'exquises politesses.

Bien au contraire, elle se félicitait toujours devant sa fille d'avoir pris cette décision, et, volubile, se montrait ravie de pouvoir terminer ses jours dans le milieu qui lui convenait le mieux. À Saint-Malo, je n'aurais jamais trouvé cela, ma fille. Ici, les gens sont vraiment de qualité, il y a là des dames qui appartiennent aux Rohan, aux Becdelièvre, aux Guémenée, aux Couédic. Nous sommes entre nous. Nous ignorons le patronyme de notre mère supérieure mais je sais qu'elle est de très grande famille nantaise. Cela vaut bien tous vos Magon, non ? N'oubliez pas que je suis une vraie Nantaise, moi. Si je m'ennuie ? Non, je ne m'ennuie pas. Nous n'avons pas le temps. Nous entendons tous les jours la messe, nous participons à quelques exercices spirituels, en ce moment nous nous délectons d'un prêtre de grande autorité, belle voix, belle âme, bel homme, nous nous promenons sous les ormeaux, nous nous rendons visite autour d'un chocolat et nous disons un peu de mal des absentes. Le couvent me plaît beaucoup, j'y suis heureuse, je lui léguerai sans doute un joli denier. Ne faites donc pas cette mine pincée. Vous autres, les Carbec, vous êtes devenus riches comme un coffre, vous n'avez pas besoin d'argent. Il m'est revenu que vous faisiez affaire avec Alphonse Renaudard. Est-ce vrai ? C'est un homme très habile, à ce qu'on dit, mais pas de notre milieu. Son père fut cordonnier à Paris, autant dire savetier. Méfiez-vous, cela doit sentir encore la vieille semelle. À tout prendre, la chandelle des Carbec ne valait guère mieux. Mes propos vous déplaisent ? Vous avez raison, j'ai tort de parler ainsi, on pourrait croire que j'ai mauvaise langue. Si le grand-père de votre mari vendit de la chandelle, cela ne vous a pas empêchée de devenir une Carbec de la Bargelière. Oui, je sais que le titre d'écuyer vous a été retiré mais il ne tient qu'à vous de le relever. Qu'en pensent vos garçons ? Ils sont fiers de porter le seul nom de leur père ? Ce sont des enfants ! Un jour, il se pourrait qu'ils vous tiennent rigueur d'avoir agi ainsi. Vous savez qu'on daube sur vos Malouins pour être entichés de noblesse, eh bien, vous Marie-Léone, c'est par vanité que vous avez refusé de payer les dix mille livres qu'on vous demandait pour redevenir une la Bargelière. Je vous connais bien... Votre fils aîné Jean-Pierre est venu voir sa grand-mère à son retour de Chine. Il faudra le marier à Nantes. Ici, il y a plus d'avenir et plus d'écus qu'à Saint-Malo. Votre Saint-Malo, vous voulez que je vous le dise ? Eh bien, il ressemble à un feu de paille. L'avenir et le solide sont ici, retenez bien ce que je vous dis. Mes arrière-petits-enfants seront nantais, j'en suis certaine. Pour sûr que je ne les connaîtrai point mais, de là-haut, je les verrai jouer sur la Fosse.

Essoufflée d'avoir parlé trop longtemps et trop vite, Mme Le Coz avait soudain crispé sa main sur sa poitrine et était devenue toute pâle. Il avait fallu qu'elle s'allongeât un long moment sur son lit pour retrouver sa respiration. « Ne vous inquiétez pas, dit-elle à sa fille, ces sortes de malaises m'arrivent de temps en temps. Ces dernières années j'ai trop grossi. Le médecin dit qu'il n'y aurait plus assez de place pour mon cœur. Cela va passer... Marie-Léone, dites-moi si la Clacla a grossi elle aussi ces derniers temps ? Prenez-y garde, vous n'y échapperez pas plus que les autres... Vous ne resterez pas toujours mince. Vous ne voulez pas que ce soit vrai, cependant vous me ressemblez. Oui, oui, vous me ressemblez ! Vous n'avez pas les mêmes traits ni les mêmes yeux et pourtant vous me ressemblez ! Nous sommes toutes les deux de la même race, vous n'y changerez rien. »

Marie-Léone et ses enfants, sauf Jean-François qui n'avait pu être prévenu à temps, furent reçus par la mère supérieure, grande dame de tradition, altière comme un personnage d'un roman des Scudéry et donnant à penser qu'elle s'était trompée de siècle. Entrée dans les ordres après avoir longtemps vécu elle n'était point à l'abri des commérages : tout son petit monde redoutait son commandement et louait sa piété mais chuchotait qu'elle était venue offrir à Dieu ce que le diable ne voulait plus.

— Votre mère est morte peu d'heures après vous avoir écrit un billet, dit-elle sans ménagement à Marie-Léone. Depuis quelque temps, ses vapeurs nous inquiétaient. Le Seigneur a voulu qu'il en soit ainsi. Je crois qu'elle aura été heureuse dans notre communauté. Nous vous avons attendue pour la cérémonie religieuse. Votre mère repose encore dans sa chambre. Je pense que vous-même et ses petits-enfants voudrez la voir une dernière fois. Je vais vous y conduire.

La porte à peine ouverte, Marie-Léone eut un mouvement de stupeur et demeura clouée au sol. On avait habillé le cadavre d'Émeline Le Coz d'une robe de gros drap bleu foncé boutonnée de haut en bas comme une soutane, et enserré sa tête d'un voile blanc qui, retombant sur les épaules, accusait l'air dominateur du visage. Ses mains devenues maigres étaient croisées sur un énorme chapelet. De chaque côté du lit, agenouillées sur des prie-Dieu, deux religieuses vêtues comme la morte murmuraient des Avé Maria sans reprendre souffle, la bouche à peine ouverte sur leurs lèvres usées de prières.

— Pourquoi l'avez-vous vêtue ainsi ? demanda d'une voix rude

Marie-Léone. Vous n'aviez pas le droit. Ma mère n'a jamais été une nonne !

Les religieuses n'avaient pas même bougé. La supérieure se contenta de répondre :

— Madame, il est séant de parler bas en présence des morts.

— Pourquoi avez-vous agi ainsi ? questionna Marie-Léone d'une voix plus sourde.

— Votre mère était notre sœur tertiaire.

— Depuis quand ? Un mois, deux mois ?

— Beaucoup plus longtemps. Je pense qu'elle fut admise dans le tiers ordre quelque temps après la mort de votre père, à Saint-Malo.

Marie-Léone demeura silencieuse. Ainsi, elle était la fille d'une nonne ! Il lui fut impossible de faire le moindre geste, pas même d'esquisser un signe de croix, encore moins d'éprouver quelque chagrin. Qu'elle fût née de ce ventre et qu'elle ait été bercée dans ces bras, cela lui semblait impossible. La mort qui lui avait toujours fait peur lui apparaissait aujourd'hui revêtue d'un déguisement. Cette statue de cire aux lèvres serrées qu'on aurait dite extraite d'une châsse de verre, c'était sa mère ! Derrière elle, ses enfants demeuraient immobiles, ne sachant quelle contenance prendre. Que leur grand-mère fût vêtue comme une religieuse ne leur paraissait pas si singulier, elle avait toujours été un personnage sévère plus occupé de les gourmander que de les faire rire, c'est avec tante Clacla qu'on s'amusait. Cet habit d'église ne les surprenait ni ne les choquait.

— Ma mère vous a-t-elle demandé d'être ainsi vêtue ? demanda encore Marie-Léone.

— Mme de la Ranceraie avait eu l'occasion de m'en parler quelques jours avant sa mort. Elle ne fit que prévenir ma décision. J'eusse donné l'ordre de la vêtir ainsi. C'est la règle. Toutes nos tertiaires sont ainsi habillées pour comparaître devant le Seigneur. Joignez-vous maintenant à nos sœurs.

Ils s'avancèrent tous les quatre jusqu'au pied du lit. Pater noster, commença la mère supérieure. La gorge nouée, Marie-Léone était incapable de mêler sa voix à celle des religieuses qui avaient un peu haussé le ton.

Une mort bourgeoise, c'est aussi un héritage. Mme Carbec savait par cœur les gestes et les parades qui en règlent le rituel. La succession de son grand-père Lajaille et celle de son père, le capitaine Le Coz, n'avaient pas été rapides, celle de son mari n'était pas encore réglée, et voilà qu'elle devait s'occuper des biens laissés par sa mère dont le testament avait été déposé chez Mᵉ Bellormeau.

— Pour la première fois depuis des années, dit-elle à ses enfants, nous ne passerons pas Noël à la Couesnière. Nous resterons à Nantes, le temps de débrouiller avec le notaire le testament de votre grand-mère. Votre frère Jean-François va nous rejoindre.

— Dois-je rester, moi aussi ? demanda Jean-Pierre.

— Vous ferez comme vous l'entendrez. Cependant, puisque vous êtes l'aîné et désormais majeur, ce serait votre rôle de m'accompagner chez Mᵉ Bellormeau. Je voudrais aussi vous présenter à M. Renaudard et profiter de notre passage à Nantes pour lui demander s'il est en mesure de nous rendre des comptes sur notre dernier armement pour Saint-Domingue.

— Il s'agit de la *Curieuse* ?

— C'est bien cela.

— Nous participons à la cargaison pour un tiers, et à la mise hors pour trois cinquièmes.

— Je vois que plus rien ne vous échappe, dit Mme Carbec en souriant, depuis que vous voici devenu associé de plein droit. Que décidez-vous, monsieur l'armateur ?

— Je vous accompagnerai. Je voudrais seulement être de retour à Saint-Malo pour aller à la Couesnière le jour de Noël. Tante Clacla me le fit promettre.

— Faites donc comme vous l'entendrez, Jean-Pierre, répondit Mme Carbec après un temps de silence. Cela part d'un bon naturel. Il faut aimer votre vieille tante Clacla.

Disant ces mots, elle le regardait en s'efforçant de sourire, se rappelait qu'elle avait dû naguère le punir durement et que Clacla était toujours intervenue pour qu'il fût pardonné. La voix un peu altérée, elle dit alors :

— Je pense qu'il vous faut aimer aussi votre maman.

Il se jeta dans ses bras, les larmes aux yeux, et elle pensa que son grand fils n'était peut-être pas devenu tout à fait un homme.

Marie-Léone et ses enfants s'étaient installés dans la maison que le grand-père Lajaille avait construite quai de la Fosse à une époque où les Nantais étaient encore peu nombreux à bâtir en dehors des murs de la vieille ville. A part les quelques meubles que Mme Le Coz avait fait porter au couvent, tout était demeuré en place : grandes armoires en acajou de la Guyane, coffres en chêne, lits à baldaquin, lourds rideaux, quelques tableaux de fleurs peints dans le style hollandais encadrés de bois d'ébène, et une quantité de boîtes, montres, tabatières, éventails, petites bourses, fibules, boutons de nacre ou d'argent, coquillages qui disaient les retours des capitaines de l'armement Lajaille. Petite fille, Marie-Léone avait aimé regarder ces objets, parfois les toucher, quand on la menait à Nantes voir son grand-père et que sa mère avait le dos tourné. Aujourd'hui, tout cela était à elle, Mme Le Coz ayant fait trois parts de ses biens. Par disposition testamentaire, une somme de cinquante mille livres en numéraire devait être versée aux œuvres charitables administrées par le couvent, et une autre de cent mille livres à Hervé Le Coz. Les maisons de Nantes et de Saint-Malo avec tous leurs meubles et autres objets revenaient à Marie-Léone, sauf que les bijoux de la morte seraient remis à sa petite-fille Marie-Thérèse au moment de son mariage.

— Je pense que tout est en ordre, avait déclaré Mᵉ Bellormeau et que cette succession sera close dans quelques mois, puisque Mme Le Coz de la Ranceraie ne participait plus aux affaires d'armement. Quant à l'existence de quelque éventuel créancier, nous n'y pensons même pas, votre mère était trop bonne Lajaille et trop bonne Nantaise pour avoir des dettes. Vous pourrez donc disposer rapidement de ces deux immeubles en toute propriété.

Onctueux et souriant, Mᵉ Bellormeau avait ajouté :

— Nous serions heureux qu'un Carbec vienne s'installer un jour dans notre ville. Cela perpétuerait la tradition Lajaille. Je sais bien, madame, que vous êtes très attachée à Saint-Malo où le nom des Carbec est révéré, mais n'oubliez pas que Nantes a aussi ses messieurs du commerce, et que de vieilles familles malouines comme les Perrée de la Villestreux font souche parmi nous !

À ce moment, Jean-Pierre Carbec avait interrompu le notaire :

— Puis-je vous poser une question, maître Bellormeau ?

— Je vous en prie.

— À combien évaluez-vous les deux maisons laissées par ma grand-mère à ma mère ?

— Cela n'est pas si simple, répondit le notaire d'une voix prudente. Il convient de considérer les choses, c'est-à-dire le matériau, la superficie, l'emplacement, la vétusté...

— La maison de Saint-Malo ? insista Jean-Pierre.

— Il s'agit d'une maison en bois, couverte en ardoises. Sommes-nous bien d'accord ?

— C'est bien cela, avec trois étages.

— Je ne crois pas me tromper en indiquant un chiffre assez modeste : huit à dix mille livres peut-être ?

Mᵉ Bellormeau avançait à pas prudents comme un chasseur dans une futaie où des pièges à renards auraient été cachés.

— Si vous vouliez la vendre, poursuivit-il, vous pourriez peut-être faire affaire avec un amateur de colombages. Ce genre d'acquéreur se trouve encore, bien que rare. On veut aujourd'hui de la pierre. Enfin, les circonstances ne sont guère encourageantes. Je me suis laissé dire, vous devez le savoir mieux que moi, que plusieurs maisons construites sur vos remparts trouvent difficilement des acquéreurs, voire des locataires. Est-ce vrai ? Ce mauvais moment ne durera pas.

— Et notre maison de Nantes ?

— Elle vaut plus cher, étant plus grande, construite en pierre et sur la Fosse. Malheureusement, elle est située en deçà de l'alignement décidé par notre nouveau maire, M. Mellier. Vous auriez tort de vouloir la vendre. Notre cité est promise à un bel avenir, même dans l'immédiat. C'est ainsi que de nouveaux quais sont construits au Port-Maillard et qu'on dresse les plans d'une nouvelle Bourse. Vous avez dû voir que la Motte-Saint-Pierre est devenue une belle promenade. Croyez-moi, ne vendez pas cette maison.

— C'est à ma mère d'en décider. Nous voulons seulement en connaître la valeur pour dresser un inventaire de nos biens.

— Disons vingt mille livres ?

Marie-Léone n'aurait su démêler si elle avait été heureuse ou fâchée d'entendre son fils intervenir avec autant d'autorité dans une discussion d'intérêts qui ne regardait qu'elle. L'héritage de sa mère lui appartenait en propre, elle entendait en disposer à son seul gré sans avoir de comptes à rendre à ses enfants. Autant elle avait été soucieuse de veiller sur les biens laissés par le capitaine Carbec et en avait tenu un état scrupuleux, autant elle voulait gérer elle-même ceux que lui avaient légués son grand-père et son père. Cependant, après avoir tant redouté pendant quelques années que son fils ne devînt un mauvais gars, elle se félicitait de voir et d'entendre Jean-Pierre s'intéresser si bien aux comptes de la famille. N'est-ce pas elle qui l'avait prié de l'accompagner chez Me Bellormeau ? Comme ils rentraient tous les deux à la maison du quai de la Fosse, elle se décida à lui demander pourquoi il avait posé ces questions au notaire.

— J'ai pensé, répondit-il, que ce testament était désobligeant et injuste pour vous. J'ai voulu vous faire connaître mon sentiment. Sans doute, il s'agit de vos biens propres, ceux des Lajaille et des Le Coz, mais vous êtes devenue Carbec et je ne souffrirai jamais qu'un Carbec soit désavantagé au profit de qui que ce soit, mon oncle Hervé ou des religieuses.

C'est ce même soir que Marie-Léone entreprit d'ouvrir les

armoires, les placards, les commodes et les coffres de la maison. Des piles de draps y étaient militairement alignées, la plupart n'ayant jamais servi. Il y a là de quoi marier ma fille et mes trois garçons ! Dans des armoires en acajou moucheté, d'un beau brun rougeâtre, étaient rangés les habits de son père ramenés de Saint-Malo à Nantes lorsque Mme Le Coz avait décidé de finir ses jours là où elle était née. Surprise par leur quantité, elle dénombra dans un seul meuble plus de douze justaucorps, vestes ou culottes, coupés le plus souvent dans des pièces de drap gris, noir, vert foncé ou marron, dans du velours cramoisi et de la soie blanche : c'étaient les vêtements que le capitaine Le Coz avait commandés d'un coup à son tailleur malouin lorsqu'il avait acheté la charge de secrétaire-conseiller qui l'anoblissait. Dans une autre armoire, ceux du grand-père Lajaille étaient moins nombreux, plus modestes, encore que de très bonne qualité : cinq habits en tout, plus un costume de deuil, tous garnis de petits boutons d'argent ciselé. Sa mère n'avait jamais voulu se séparer ni de ceux-ci ni de ceux-là. Marie-Léone n'en fut pas surprise. N'avait-elle pas agi ainsi après la mort de son mari ? N'avait-elle pas pieusement rangé tous ses effets dans un placard où, suspendus à des crochets, ils se balançaient doucement de droite à gauche et de gauche à droite, quand au milieu de la nuit, ayant allumé une chandelle, la veuve Carbec venait les caresser pour y chercher sous ses doigts hésitants des formes disparues ?

Peut-être sa mère en faisait-elle autant avec les habits du capitaine Le Coz ? Cette pensée la rapprochant de celle qui venait d'être enterrée, Marie-Léone se dirigea alors vers les armoires où elle savait qu'Émeline Le Coz rangeait ses anciennes robes, même les plus usées, sans jamais les donner aux pauvres parce que son goût de la resserre bourgeoise avait étouffé en elle tout sentiment de charité. Dans les souvenirs d'enfance de Marie-Léone, sa mère lui apparaissait toujours vêtue simplement d'une robe de droguet, austère, montant jusqu'au cou, sans parures de dentelle ou de galons, en respect d'une promesse faite à Dieu si Hervé guérissait de la petite vérole. Il lui avait fallu attendre le jour de son mariage pour la voir enfin vêtue, non pas comme s'habillaient les épouses des messieurs de Saint-Malo mais parée comme, dans son imagination, les grandes coquettes se montraient à la cour. Marie-Léone s'en souvenait de façon très précise. Elle ouvrit des placards et des coffres, découvrit les droguets usés comme de vieilles soutanes, des chemises et des jupons reprisés dont elle fit des paquets qu'elle se promit de porter dès le lendemain au Sanitat avec d'autres ballots de linge. Dans une armoire, elle découvrit enfin la fameuse robe d'Émeline Le Coz qui avait fait tant jacasser les dames malouines. Elle n'avait été portée qu'une fois et demeurait vivante après plus de vingt ans, protégée des insectes par des boules de camphre. Marie-Léone la reconnut, la sortit du placard, la détailla, la palpa. Elle avait été taillée dans un taffetas cramoisi orné de passementeries piquées de fils d'or, avec un corsage surchargé de dentelle qui se terminait en deux basques sous la taille et dont la troisième jupe, relevée sur le côté pour découvrir les petits bouquets roses de la seconde, se prolongeait en une traîne qui bouffait et crissait à chacun de ses pas. Ainsi, Mme Le Coz avait eu l'audace de rêver, vouloir, commander et revêtir cette robe provocante ! Marie-Léone s'était souvent demandé si elle connaissait vraiment sa mère et si elle l'avait aimée comme elle aurait mérité de l'être ? Où était la véritable Émeline Le Coz et qui était-elle ? Celle qui rudoyait et paraissait jalouser sa propre fille ou celle qui s'était jetée aux pieds du Christ pour sauver son enfant malade ? Celle qui se pavanait dans une robe de duchesse ou celle qui avait demandé d'être ensevelie dans son habit de sœur tertiaire ? Celle qui n'aimait pas les pauvres ou celle qui léguait cinquante mille livres à des œuvres de charité ?

Perdue dans le labyrinthe de ses souvenirs, Marie-Léone s'était assise dans un fauteuil et tenait contre elle, de ses deux mains, la robe de cour. Elle demeura ainsi un long moment, et l'idée lui vint de revêtir cette tenue à l'ancienne mode pour voir comment elle la porterait. Ses enfants étaient couchés, personne ne la dérangerait. Elle poussa cependant le verrou de la porte avant de se déshabiller, et entreprit de passer les doubles jupons, puis les trois jupes, enfin le corsage. L'affaire n'était pas facile et eût exigé le secours d'une fille de chambre. Elle parvint cependant, après beaucoup d'efforts et de contorsions, à se vêtir, donna de la main sur le taffetas pour lui rendre plus de flou, fit jouer ses épaules pour assurer l'échancrure du décolleté et s'approcha enfin d'un miroir. Marie-Léone ne put retenir un cri. Ça n'était pas elle qu'elle voyait dans la glace, c'était sa mère. Elle ferma les yeux, mais elle entendit une voix qu'elle connaissait bien : « Vous ne voulez pas que ce soit vrai, ma fille, mais vous me ressemblez. Toutes les deux nous nous ressemblons ! » Elle arracha la robe et se jeta sur le lit. Le chagrin qui ne l'avait pas encore atteinte venait de la submerger. Marie-Léone pleura longtemps et s'avisa tout à coup que sa mère étant morte elle ne serait plus jamais quel que soit son âge, une petite enfant pour personne. Leurs vieilles querelles lui parurent dérisoires. Aujourd'hui, elle était seule, sans même le secours de son frère parti définitivement aux Isles. Il restait les Carbec. Les Carbec, même la Clacla, relevaient de son commandement. Elle passa une robe de chambre d'indienne à fines rayures roses et grises, et voulut s'assurer que tout son monde dormait. Être la dernière couchée et la première debout, c'était son rôle.

Marie-Léone n'eut pas besoin de se rendre chez Alphonse Renaudard ainsi qu'elle en avait l'intention. Dès le lendemain de l'enterrement, l'armateur se présenta quai de la Fosse, en voisin et en ami, accompagné de ses deux enfants Catherine et Guillaume pour une visite de condoléances. Mme Carbec ne fut point insensible aux banalités de courtoisie présentées par son associé.

— Resterez-vous quelques jours parmi nous ? demanda M. Renaudard.

— Sans doute, il nous faut régler plusieurs affaires. À ce propos, je serais heureuse que vous receviez mon fils Jean-Pierre. Il a navigué pendant trois ans sur l'*Atalante* de la Compagnie des Indes, et il vient de décider de m'aider dans la direction de notre armement.

— À la bonne heure, jeune homme ! fit M. Renaudard en se frottant les mains. Je voudrais bien que ce garçon en fît autant lorsqu'il en aura l'âge ! dit-il aussi en désignant son propre fils.

Celui-ci, un blondinet chétif, vêtu comme un petit prince sans épée, se tenait debout près d'une chaise. À côté de lui, debout elles aussi, Marie-Thérèse Carbec et Catherine Renaudard s'observaient en souriant.

— Racontez-moi où vous êtes allé avec cet *Atalante* ? poursuivit M. Renaudard.

— Il est maintenant enseigne en premier ! dit Marie-Léone avec fierté.

— Quel âge avez-vous donc ?

— Il vient d'avoir vingt ans, dit-elle encore.

— Bravo, jeune homme ! Il me semble que vous aviez un bel avenir à la Compagnie des Indes ?

— Je le crois aussi, répondit Jean-Pierre qui n'avait pas encore ouvert la bouche, mais je suis moins sûr de l'avenir de la Compagnie.

— Oh ! Oh ! s'exclama l'armateur. Voilà un garçon qui ne manque pas de réflexion ! Nous reprendrons cette conversation dans mon cabinet, dit-il en se levant car le temps de la visite d'usage était passé.

— J'aurais voulu vous demander certaines précisions supplémentaires, dit alors Jean-Pierre au sujet de votre dernier mémoire concernant les retours de la *Curieuse*.

— Quand vous le voudrez, tout cela est en ordre ! répondit M. Renaudard en forçant un peu son amabilité. Un contretemps risque toutefois de retarder notre conversation car je pars dès demain avec mes enfants pour le Bernier. Mon premier commis vous recevra. J'aurais été heureux de vous entendre parler de votre voyage. Où êtes-vous allé ?

— En Inde et à la Chine.

— Ça n'est pas bien le domaine des Nantais, mais s'il y a là-bas de l'argent à gagner, il ne faut pas laisser ces marchés aux Hollandais et aux Anglais.

M. Renaudard avait prononcé ces mots à mi-voix, comme quelqu'un qui réfléchit tout bas et cherche une solution à un problème personnel. Il dit tout à coup :

— Comment n'y ai-je pas pensé plus tôt, je ne suis qu'une vieille bête ! Veuillez me pardonner, madame.

— Vous pardonner ?

— Oui, de ne pas vous avoir tous invités au Bernier. Je ne veux point que vous passiez ici le jour de Noël, sans domestiques, avec votre seul chagrin. Non, madame, je ne le souffrirais pas. C'est un vieux et un vieil ami qui vous le demande. Vous avec vos enfants, moi avec les miens, nous serons en famille. Il n'y a là rien qui puisse aller contre la bienséance et les usages. Ne me dites pas non et regardez plutôt le visage de ces deux demoiselles, elles ont l'air de bien s'entendre déjà. N'est-ce pas, Catherine ?

La petite fille regarda Marie-Thérèse en rougissant et souffla d'un air ravi.

— Oh oui !

Ça n'était pas la première fois qu'Alphonse Renaudard invitait Mme Carbec. Elle avait toujours refusé de venir au Bernier, soit qu'elle en eût peu de goût, soit qu'elle eût craint d'encourir la désapprobation que sa mère n'aurait point manqué de lui manifester : vous avez été élevée par moi, comment ne savez-vous pas que ces sortes d'invitation ne se font ni s'acceptent ! En d'autres circonstances, Marie-Léone se serait cette fois rendue. Aujourd'hui, cela lui paraissait impossible, autant pour des raisons de convenances sociales que par respect pour la morte. Elle l'exposa avec mille façons de politesse à M. Renaudard qui se contenta d'être déçu une fois de plus :

— C'était de bon cœur, vous savez !

C'est alors que Catherine se blottit contre son père en sanglotant tandis que Marie-Thérèse se raidissait pour ne pas donner à ses frères la comédie d'une pleureuse. Le Nantais s'empara de la situation.

— Regardez-les toutes les deux, elles s'aiment déjà comme deux sœurs ! Me permettrez-vous au moins, madame Carbec, d'emmener votre demoiselle au Bernier ? Nous en prendrons le plus grand soin, foi de Renaudard, et nous vous la ramènerons le lendemain de Noël !

Après avoir consulté du regard ses garçons, Mme Carbec donna son accord.

— Êtes-vous heureuse ? demanda-t-elle à Marie-Thérèse.

— Merci maman ! répondit la petite fille en battant des mains.

Qui alors aurait pu deviner que venait de se fixer le destin de deux familles : celle des Carbec et celle des Renaudard, la malouine et la nantaise ?

Après avoir fixé au garde-à-vous, face à la mer, leurs grands hôtels de pierre, les messieurs de Saint-Malo avaient vite entrepris de construire des maisons de campagne, autant pour se donner de l'air que pour y mener une vie de noble homme en ajoutant à leur nom celui de leur domaine. De toutes ces demeures bâties entre Cancale et la Rance, celle qu'on appelait la Chipaudière offrait le meilleur modèle de l'architecture imaginée par les officiers de M. Vauban. Avec ses dix-huit fenêtres aux linteaux de granit, son grand toit d'ardoises et ses hautes cheminées de briques, sa façade dont la raideur s'ouvrait sur les terrasses d'un jardin dont la géométrie avait été ordonnée par Le Nôtre, la Chipaudière témoignait de la solidité financière de son propriétaire Jean-François-Auguste de la Lande, un de ces Magon dont le nom demeurait inséparable, depuis deux siècles, de l'histoire malouine. Selon la tradition familiale, armateur et négociant, banquier à l'occasion, son titre d'officier de vénerie du Roi apportait encore plus de lustre au maître de la Chipaudière que le nombre de ses navires. Hôte fastueux, il ne dissimulait jamais son plaisir d'ouvrir sa maison des champs à la société, heureux de conduire ses invités autour des pelouses d'un parc cerné de douves après leur avoir fait admirer ses salons parquetés d'acajou et lambrissés de chêne norvégien. Sans doute, d'autres Magon, frères, oncles, cousins et alliés, avaient eux-mêmes entassé des lingots, bâti des demeures, reçu ou acheté des titres et des charges. Ceux-là ne s'émerveillaient pas sans réserves, sinon sans clabauderies, des munificences de Jean-François-Auguste mais n'en respectaient pas moins ce représentant de leur branche aînée, comme ils savaient toujours taire leurs conflits d'intérêts dès que la renommée du patronyme familial l'exigeait. N'ignorant pas davantage les sourires que les révérences dont il était l'objet, M. de la Lande n'avait donc pas manqué de les inviter tous au mariage de sa fille Nicole avec le jeune marquis de Contades, certain que chacun d'eux aurait conscience de recevoir sur le front un peu de cet éclat que confère la parentèle d'une famille de haut rang à un clan parvenu aux honneurs à la force du poignet.

C'était à la Chipaudière, le 5 septembre de l'année 1724. Des groupes de grandes dames et de beaux hommes se promenaient lentement dans les allées rectilignes ratissées la veille, tournaient autour des carrés d'herbe et des boulingrins, se miraient dans l'eau d'un canal bordé de buis taillé, s'arrêtaient devant des laquais aux cheveux poudrés et au nez rouge qui leur présentaient des plateaux d'argent où tintaient des cristaux taillés. Des violons accompagnés de flûtes et hautbois jouaient des airs à danser. Il y avait là tous les messieurs de Saint-Malo, hier capitaines audacieux, aujourd'hui armateurs et marchands installés dans la prospérité et s'y trouvant aussi à l'aise qu'ils l'avaient été dans l'aventure : les Bourdas, Danycan, Porée, Jolif, Le Fer, Rouxel, Blancpignon, Eon, Bignac, Trublet, Nouail, Chapdelaine, La Franquerie, Locquet, Gaubert, Locquet de la Haye... et tant d'autres qui de Terre-Neuve à la mer du Sud avaient bousculé la fortune. Accompagnés de leurs femmes et de leurs enfants, ils étaient tous venus parce que c'était la règle d'assister aux mariages et aux enterrements où chacun peut s'observer avec vigilance, et qu'il fallait qu'on remarquât leur présence, ce jour-là, à la Chipaudière où quelques-uns étaient reçus pour la première fois. Elles non plus, les veuves d'armateurs n'avaient pas été oubliées, les dames Fouchon, Montperroux, Carbec, Beauséjour, Duclos, Després, Sauvage, Lefèvre qui, sous leur petit bonnet de dentelle imposé par les convenances, gardaient une tête de comptable impitoyable envers leurs débiteurs. Au moment d'arrêter la liste de ses hôtes, M. de la Lande avait hésité un bref instant devant le nom de Mme de Morzic. Sans méconnaître que les dames Magon n'avaient pas tout à fait désarmé, il savait que son oncle Nicolas, l'ancien connétable de Saint-Malo, et Mgr Desmarets en personne avaient toujours protégé Clacla et la défendaient encore. Il connaissait au surplus certains liens d'affaires qui unissaient aujourd'hui la maîtresse de la Couesnière à plusieurs de ses cousins, voire à son frère Magon de la Balue. C'étaient là des raisons suffisantes pour l'inscrire parmi les invités dont les manoirs s'élevaient au fond des rabines du pays dolois, quitte à observer certaines lèvres pincées quand on verrait apparaître la comtesse Clacla. Ne fallait-il pas vivre avec son temps puisque la famille Magon, la première, en donnait un exemple éclatant ?

Installé dans le grand vestibule de la Chipaudière et entouré des nouveaux mariés, M. de la Lande était demeuré debout pendant de longues heures pour recevoir avec une égale courtoisie tous ses invités : les proches parents du marquis de Contades venus d'Angers, les Magon, les armateurs et les capitaines, les vieilles familles nobles de Saint-Malo et les hobereaux du Clos-Poulet, les Beringhem, Vauvert, Belleissue, du Coulombier, La Vigne-Buisson, Lorgeril, Saint-Junien, La Chapelle, plus quelques Nantais triés sur le volet avec lesquels il se trouvait en affaires. Cramoisi de bonheur, vêtu de soie galonnée de passementerie, la petite épée à poignée d'argent au côté, déjà prêt pour le pinceau de M. de Largillière, il avait accueilli ses hôtes avec assez de retenue pour ne pas faire éclater sa joie en voyant apparaître l'Intendant Feydeau ou Mgr Desmarets, voire M. Trouin qui ne venait plus guère à Saint-Malo depuis qu'il avait été promu chef d'escadre. Il n'avait pas pu la dissimuler devant Noël Danycan qui demeurait pour tous les Malouins leur plus riche armateur. Les deux hommes s'étaient regardés pendant quelques secondes, le sourire aux lèvres, mais il y avait dans le regard du maître de la Chipaudière comme l'éclat d'une revanche : « Hier, tu as marié ta fille au comte de la Bédoyère, aujourd'hui je marie la mienne au marquis de Contades ! »

La fête voulue par Jean-François-Auguste de la Lande battait déjà son plein, lorsque Mme Carbec arriva à la Chipaudière. Fière des quatre enfants qui l'entouraient, elle savait bien que les hommes la regardaient avec intérêt et les femmes avec amitié, ceux-là parce qu'elle était belle, celles-ci parce qu'on la tenait pour irréprochable, tous parce que chacun se rappelait avec quelle autorité elle avait conduit la récente révolte des indiennes.

— Voici le chef de nos rebelles ! dit le maître de la Chipaudière à M. Feydeau.

— C'est donc vous, madame ! fit en s'inclinant l'Intendant. Je suis charmé de vous connaître. Savez-vous que votre exemple a été suivi à Rennes au point de troubler l'ordre public ? Cependant je ne vous en veux plus, et je veux vous en donner une preuve sur-le-champ. Vous serez donc la première à apprendre que le Roi vient de signer un décret abrogeant la prohibition des toiles peintes.

Par cette journée ensoleillée du premier automne, toutes les femmes invitées à la Chipaudière arboraient des étoffes légères tissées aux Indes. Mme Carbec portait elle-même une robe ballante vert pâle semée de petites fleurs roses taillée dans une étoffe achetée par son fils aîné à Pondichéry.

— Je vois que vous nous avez toutes devancés! dit encore M. Feydeau.

— Monsieur, répondit alors Marie-Léone Carbec en souriant, les robes des invitées de M. de la Lande prouvent en effet qu'elles ont voulu aller au-devant du désir de Sa Majesté. Peut-on être meilleures sujettes du Roi?

— À Versailles, madame! À Versailles! dit derrière elle une voix dont elle reconnut le ton volontiers ironique.

C'était Louis de Kerelen qui venait d'arriver et ne faisait pas plus d'embarras devant l'Intendant que s'il n'eût jamais été compromis dans le complot qui avait coûté la vie à quatre gentilshommes. La repartie de Mme Carbec suivie immédiatement de la boutade lancée par M. de Kerelen, À Versailles madame! fit rire tout le monde. La Bretagne réconciliée avec elle-même ne boudait plus le pouvoir, sauf quelques irréductibles qui étaient passés en Espagne et faisaient carrière à la cour de Philippe V.

Après avoir félicité les nouveaux mariés, les invités allaient saluer Nicolas de la Chipaudière, le vieux connétable de Saint-Malo, le chef du clan, l'ami de Pontchartrain, de Vauban et de Samuel Bernard. Il avait versé des sommes considérables aux œuvres de charité, payé une partie des fortifications de la cité et sans doute prêté de l'argent à Louis XIV avec assez de discrétion pour que celui-ci paye aussitôt sa dette en envoyant à son créancier une lettre de noblesse reconnaissant « le zèle et la prudence marqués en plusieurs occasions secrètes et avantageuses pour le bien de notre service ». Âgé de quatre-vingts ans, il pouvait se permettre de rester assis dans un fauteuil pour assister au défilé des invités. Ses deux fils, Nicolas de la Giclais et Jean-Baptiste de la Gervaisais, promus officiers généraux après avoir commandé l'un et l'autre le même régiment de Berry-Infanterie sur tous les champs de bataille de l'ancien règne, se tenaient derrière leur vieux père, images vivantes d'une famille dont les rameaux nourris de négoce et de finance se dirigeaient volontiers vers le service de l'État et s'enlaçaient aujourd'hui à ceux des Contades. Marie-Léone avait toujours su qu'elle ne pourrait trouver meilleurs conseillers que tous ces Magon pour l'aider à pousser ses garçons dans la société. Comme les Le Coz et les Carbec des générations précédentes l'avaient fait au temps qu'ils n'étaient encore que des petites gens avides de parvenir, elle avait pris l'habitude de les solliciter avant d'entreprendre, prenant garde de ne jamais partager les chicanes, querelles ou rivalités plus silencieuses qui opposaient tant de cousins auxquels la fortune n'avait pas adressé les mêmes sourires.

— Approchez-vous de plus près, dit le patriarche à Marie-Léone, que je vous entende mieux et que je regarde à mon aise tous ces Carbec. Ils seront bientôt bons à marier, eux aussi !

— Pas encore, monsieur Magon.

— Quel âge as-tu donc, toi Jean-Pierre ?

— Vingt et un ans.

— Eh bien, tu as déjà un an de plus que celui qui convole aujourd'hui. On m'a dit que tu étais devenu armateur comme ton père. Es-tu satisfait des affaires ?

— Il s'y entend fort bien, intervint Mme Carbec. Aujourd'hui, ce n'est plus Jean-Pierre qui aide sa mère à diriger l'armement Carbec, c'est moi qui aide mon fils de temps en temps. Les circonstances ne sont guère faciles, il aurait besoin de vos conseils.

— Viens donc me voir quand tu voudras, mon gars ! Et celui-là ? fit Nicolas de la Chipaudière en désignant Jean-François.

— Il vient d'être reçu licencié en droit.

— Tu veux donc être avocat ?

— Jean-Marie aurait voulu en faire un maître des requêtes.

Le vieux Magon hocha une tête pensive :

— Maître des requêtes ? L'Angleterre, la Hollande, hier Venise sont gouvernés par des marchands et la France par des robins ! Le droit romain nous perdra. En attendant, il faut d'abord trouver à ce garçon un emploi auprès d'un conseiller au Parlement ou à la Cour des comptes. Je vous promets d'y veiller. Et le plus jeune ?

— Il n'a que quatorze ans et veut être militaire.

— Que pensez-vous de cette recrue, monsieur le maréchal de camp, et vous, monsieur le brigadier ?

Nicolas Magon s'était tourné vers ses fils, deux gaillards vêtus d'uniformes étincelants, bleu et or, qu'il regardait avec fierté. Les deux officiers généraux examinèrent Jean-Luc Carbec avec des yeux de peseurs d'hommes.

— Bâti comme il est, dit l'un d'eux, on pourrait l'admettre dans une compagnie de cadets.

— Voulez-vous en prendre soin, Jean-Baptiste ?

— Oui, mon père.

Jean-Luc Carbec se tenait immobile, déjà au garde-à-vous, la tête bien droite, bombant le torse, dévorant des yeux les deux officiers dont il rêvait de devenir un jour l'égal.

— Venons-en à la demoiselle, dit le vieillard. Rappelez-moi d'abord votre nom ?

— Marie-Thérèse. J'ai eu douze ans le mois de janvier dernier, minauda-t-elle en battant des cils.

— Elle va entrer au couvent dans quinze jours, dit Marie-Léone.

— C'est l'âge qui convient, admit M. Magon qui ajouta : Sans doute, cette jeune personne sera-t-elle accueillie par nos Sœurs de la Passion ?

— Non, dit Marie-Léone en rougissant un peu, je la conduis à Nantes, chez les Ursulines.

— À Nantes ?

M. Nicolas de la Chipaudière avait feint une extrême surprise. Il reprit :

— Pourquoi Nantes ? Nos couvents malouins n'ont-ils pas très bonne réputation ?

— La raison de ce choix est fort simple. Marie-Thérèse et la fille de M. Renaudard, qui est mon associé, se sont nouées d'une vive amitié ainsi qu'il arrive à leur âge. Nous n'avons pas voulu les séparer. N'oubliez pas, monsieur Magon, que je suis à moitié nantaise.

— Vous, nantaise ? Point ! Vous êtes malouine et bonne malouine ! Nous regardons trop souvent du côté de Nantes. Deux des nôtres, Walsh et Perrée, ont déserté les remparts cette année. Si les Nantais veulent maintenant prendre nos filles, gronda le vieil homme en affectant de l'humeur, ils trouveront à qui parler ! Pour l'heure, je vais m'occuper de ces garçons... Ah ! voici notre ami Moreau et son jeune prodige !

C'étaient Moreau de Maupertuis, député de Saint-Malo au Conseil du commerce, et son fils Pierre qui, à peine âgé de vingt-cinq ans, venait d'être élu à l'Académie des sciences.

Descendu dans le jardin, Louis de Kerelen fut harponné par quelques vieux gentilshommes fort soucieux de ne pas rater une aussi belle occasion d'évoquer le temps de leur jeunesse et de critiquer tout ce qu'ils voyaient et entendaient. C'est au souvenir laissé par un vieil oncle, chef de la noblesse malouine au temps des longues guerres entreprises contre l'Angleterre, la Hollande et l'Autriche, que Louis de Kerelen devait d'avoir été invité à la Chipaudière. Au moment d'arrêter la liste de ses hôtes, M. de la Lande s'était aussi rappelé le rôle joué par l'ancien capitaine nantais auprès des hobereaux du Clos-Poulet et il avait estimé que sa présence serait appréciée de tous ceux-là qui savaient davantage gré à ce brave officier d'avoir résisté au Régent que d'avoir manqué perdre une jambe au combat. Cambrés ou courbés, selon l'état de leurs os, dans des justaucorps étriqués aux galons plusieurs fois recousus, perruqués à l'ancienne mode et coiffés de larges feutres, perchés sur des talons refaits à la hâte par le sabotier du village, ils étaient sans doute les seuls pauvres de la fête. La plupart tenaient leur noblesse d'un duc de Bretagne, et ceux qui n'avaient point de titre portaient un nom enraciné dans l'histoire bretonne, si bien qu'ils n'étaient pas loin de se sentir chez eux à la Chipaudière comme le Roi est partout chez lui. Ramenées par les Malouins, les piastres de la mer du Sud n'étaient jamais parvenues dans leurs coffres, pas plus que le chant des sirènes orchestré par les commis de M. Law n'avait charmé leurs oreilles. Leur richesse était ailleurs : les manières, la certitude de la supériorité séminale, l'ancienneté du lignage, et tant d'espoirs déçus qui les faisaient se dresser contre la marée de l'argent facile dont ils n'avaient ni su ni pu profiter. L'un d'eux, un certain M. de Kerécan dont le manoir dominait la baie de Cancale, s'était emparé de Louis de Kerelen et ne voulait pas le lâcher :

— J'ai consulté mon arbre et je me suis aperçu que nous sommes un peu cousins par les Chateaubriand. Autrefois, j'ai bien connu votre oncle qui était mon aîné de vingt années. Dans ce temps-là, tous les gentilshommes, quel que soit leur âge, partageaient les mêmes fidélités, donc les mêmes refus. Dix ans ne se sont pas encore écoulés depuis la mort de notre vieux roi et voilà que tout a changé comme si un siècle avait passé. Je ne reconnais plus rien. Mon jeune cousin, tout s'écroule, la morale, la société, la religion. Il n'y a plus de règles, on ne respecte plus rien, l'exemple vient de haut, on ne sait plus qui est qui et qui fait quoi ! Dieu merci, il est encore des gentilshommes tels que vous ! Ne vous récusez pas, je sais la part que vous avez prise dans la défense de nos droits puisque vous étiez venu me demander ma signature. Je suis heureux de vous rencontrer pour vous féliciter d'avoir risqué votre tête.

Louis de Kerelen ne parvenait pas à mettre un nom sur le visage de son bavard. Le rappel de l'affaire où il s'était fourvoyé le gênait toujours, mais il ne voulait plus se désolidariser de ses anciens compagnons depuis que quatre d'entre eux avaient payé de leur vie une aventure dérisoire devenue brusquement tragédie. Il répondit cependant avec une pointe d'humeur :

— Mon rôle a été très modeste ! Laissons donc cela qui appartient au passé, voulez-vous ?

— Au passé ? s'entêta le vieux gentilhomme. Vous dites bien au passé ? Croyez-vous donc que les débauches de la Régence se soient terminées avec la mort du duc d'Orléans ? Regardez autour de vous. D'où vient l'argent ? De la morue, des nègres, de l'agiotage, de la fraude ? On boit, on danse, on s'empiffre, alors que les pluies ont noyé les récoltes. Il va falloir acheter du grain en Pologne et ce sont encore les navires de ces MM. Magon qui iront le chercher. Nous autres paysans qui ne sommes ni grands seigneurs, ni spéculateurs, ni millionnaires, ni reçus à Versailles, nous savons cependant que des troubles ont éclaté à Rennes et à Caen. Lorsque le prix de la farine a triplé en six mois, pensez-vous qu'il soit convenable de dépenser tant d'argent pour un mariage où ont été invités pêle-mêle des princes de l'Église, des généraux, des marchands, des financiers, quelques grands noms de la vraie noblesse et une comtesse Clacla ? Je vois à votre visage que mon discours vous importune. Vous voudrez peut-être excuser ma bile en vous rappelant qu'enfermés dans nos manoirs nous ne racontons guère qu'à nous-mêmes ce qui nous échauffe le plus.

Louis de Kerelen adressa à M. de Kerécan un sourire à la fois amical et respectueux. Ne sachant pas comment échapper à ces vieilles rengaines qu'il connaissait par cœur, il se contenta de dire :

— À mon retour des armées, tout avait déjà changé. Je vous comprends fort bien, monsieur.

L'autre insistait toujours :

— Êtes-vous si sûr de me comprendre ? Savez-vous bien que nous roulons vers un gouffre où tout va basculer ? Avez-vous conscience que la morale ne pèse pas plus lourd aujourd'hui dans les affaires de l'État que dans celles du négoce ? Cette alliance monstrueuse avec l'Angleterre n'en est-elle pas une preuve parmi d'autres ? Autrefois, on suivait une règle politique très stricte, conforme à des principes intangibles. Voilà, mon cousin, ce qui a fait la grandeur de la France et de la monarchie.

Louis de Kerelen croyait entendre son oncle, vieux soldat qui avait fait campagne sous Turenne et Luxembourg, au temps des printemps victorieux, et qui était mort de chagrin en apprenant le désastre de Hoechstaedt. À ce souvenir, il superposa celui de son père et se prit soudain à penser qu'à part les liens naturels qui l'attachaient profondément à leur mémoire, et une certaine vanité du nom, il ne lui restait à peu près rien des principes selon lesquels il avait été éduqué, d'abord dans sa famille, plus tard chez les Oratoriens. Sa courtoisie étant demeurée intacte, il n'allait pas, malgré qu'il en eût, planter là un hobereau qui lui avait témoigné tant de politesse bien qu'il fût son aîné de beaucoup. Il décida donc de répondre en adoptant le ton léger qu'il savait correspondre à son propre personnage.

— Ne seriez-vous point atteint de misanthropie, monsieur ? La récolte a été mauvaise, c'est vrai, mais le pays ne connaît plus la guerre, nous en avons fini avec les agioteurs du Mississippi, tout le monde parle d'une prochaine ère de prospérité dont cette fête magnifique est déjà une sorte d'illustration.

— Et les principes, monsieur le capitaine ? Qu'en faites-vous ?

— Pour être franc, je pense qu'ils ne sont pas inutiles aux hommes, peut-être leur sont-ils même nécessaires, mais je crois que les États s'en passent fort bien.

— Vous avez lu Machiavel !

— Oui, et je connais assez bien l'histoire de notre pays.

— Expliquez-vous !

— Vous m'avez bien affirmé tout à l'heure que la France et la monarchie devaient leur grandeur à des principes intangibles ?

— Prétendriez-vous le contraire ?

— Je me demande seulement si nous autres gentilshommes ne répétons pas volontiers, en les prenant pour argent comptant sans jamais en vérifier le poids, toutes les vérités premières que nos familles nous ont inculquées ? Depuis que ma jambe boiteuse m'a éloigné du service, il m'est arrivé de réfléchir à toutes ces choses. J'ai beaucoup lu et je suis parvenu à cette quasi-certitude : chaque fois que la nécessité l'exigeait, nos rois et leurs ministres ont toujours sacrifié, voire renié, leurs principes politiques ou religieux auxquels on les croyait le plus attachés.

— ·Halte là, monsieur ! Donnez-moi au moins un exemple, sinon je ne vous laisserai pas quitte d'une telle affirmation !

— Vous allez m'obliger à faire le pédant.

— Marchez donc !

— François Ier n'a-t-il pas conclu un pacte militaire avec les mahométans ? Le huguenot Henri IV ne s'est-il pas converti au catholicisme ? Richelieu, pourfendeur des réformés, n'a-t-il pas défendu les protestants allemands ? Mazarin ne s'est-il pas allié au régicide Cromwell ? Et notre grand Louis XIV, dans le moment qu'il révoquait l'édit de Nantes, ne s'est-il pas gardé d'inquiéter les plus riches banquiers protestants ? Cherchez bien, vous trouverez d'autres exemples.

— Quelles conclusions tirez-vous de tout cela ?

— Aucune, sauf qu'on ne gouverne pas un État avec des principes et encore moins avec des scrupules.

Le vieux gentilhomme demeura silencieux un long moment. Une ombre de tristesse voilait ses yeux.

— Ou bien je vis dans un autre monde, dit-il très doucement, ou bien la terre aura tourné trop vite. Les jeunes gens de votre génération disent volontiers qu'il faut vivre avec son temps, grand bien leur fasse! Moi, je vais continuer de vivre avec le mien qui est aussi celui de mes parents. Faites-en autant avec le vôtre, et lisez un peu moins de livres. Mon cousin, je vous salue bien.

M. de Kerécan s'inclina légèrement et partit à la recherche de la carriole qui l'avait mené à la Chipaudière. Louis de Kerelen se dirigea alors vers un bosquet où avait été dressé un buffet chargé de pâtisseries, de sirops et de vin de Champagne. Cette discussion dont il n'était pas satisfait lui avait séché un peu la gorge. Depuis quelques années, il lui arrivait de plus en plus souvent d'être en désaccord avec ses interlocuteurs, quels qu'ils fussent et quel que soit le sujet disputé, à ce point qu'il s'inquiétait maintenant de la valeur de ses propres arguments lorsque ceux-ci provoquaient une approbation générale. Quand tout le monde me donne raison j'éprouve toujours le sentiment d'avoir tort, pensait-il. La vue de Mme de Morzic le tira de ses réflexions. Clacla feignit la surprise.

— Je ne m'attendais pas à vous trouver ici!

— Suis-je encore un proscrit?

— Non, puisque je vous ai vu tout à l'heure plaisanter avec M. Feydeau. Je suis étonnée de vous voir à la Chipaudière parce que vous n'êtes pas venu à la Couesnière. Cher Kerelen, j'aurais dû me rappeler que l'ingratitude est une marque de bonne noblesse.

— N'augmentez pas ma confusion et pardonnez-moi plutôt. J'ai dû descendre à Saint-Malo chez un Magon, celui qu'on appelle la Balue, avec lequel nous sommes en affaires.

— Nous sommes? Voici que vous parlez comme le Roi, aujourd'hui?

— Ne raillez donc pas toujours, madame de Morzic. M. Renaudard qui gère mes intérêts depuis que je lui ai vendu le Bernier, veut bien m'initier aux affaires. Je puis même vous dire, cela n'est pas un secret, que je viens de passer quelques semaines à Londres.

— Vous? pouffa Clacla.

— Pourquoi pas? Vous n'allez pas prétendre que le négoce doit être réservé à la roture, comme la noblesse prétendait hier se réserver les armes?

— Écoutez-moi, Kerelen. Lorsque j'étais jeune, les nobles se cachaient sous des prête-noms pour faire du commerce, je pense que c'était mieux ainsi. Entre nous, je ne vous vois guère échanger de la morue contre du savon et tenir des livres de comptes.

— Qui vous parle de cela? Je ne suis pas devenu le commis de M. Renaudard!

Louis de Kerelen expliqua que les affaires nantaises s'étaient rapidement développées au moment du Système. Il ne s'agissait plus seulement d'armer des navires pour aller chercher des nègres en Afrique et les revendre aux Antilles contre de l'indigo et du sucre. De cela, les capitaines, les subrécargues et les commis se chargeaient. Aujourd'hui, un négociant se devait d'entretenir des relations de société avec les financiers d'Amsterdam, les assureurs de Londres, les ministres de Versailles, les banquiers de Genève, les gouverneurs coloniaux, et tous ces commerçants anglais ou hollandais dont les plus entreprenants appartenaient aux familles les mieux titrées.

— Quand je fus de retour à Nantes, après cette sotte aventure d'où vous m'avez tiré, je me suis trouvé désemparé. Mon voyage sur la Loire avec les mariniers de votre ami Bulot m'a fait mieux comprendre ce que je savais déjà : j'étais devenu un homme inutile. Un soir, dans un petit ouvrage de Bossuet pris au hasard dans la bibliothèque de mon père ramenée du Bernier, je suis tombé en arrêt sur une phrase que je sais maintenant par cœur et que le comte de Morzic eût sans doute retenue lui aussi.

— Dites toujours !

— La voici : « La noblesse n'est souvent qu'une pauvreté vaine, ignorante et grossière, oisive, qui se pique de mépriser tout ce qui lui manque : est-ce là de quoi avoir le cœur si bien enflé ? » Croyez-moi ou non, je n'en dormis pas de la nuit. Le lendemain, j'en ai disputé longtemps avec quelques-uns de mes amis, gentilshommes et nantais eux aussi. La plupart sont tombés d'accord que si nous ne participions pas tout de suite au mouvement d'affaires et d'idées qui entraîne le royaume, toute la noblesse risquait de disparaître avec ses principes et ses préjugés.

— Je crois en effet entendre le comte de Morzic, dit Clacla, mais que vient faire Alphonse Renaudard dans cette affaire ?

— Comme je lui faisais part de nos réflexions, il m'a proposé de l'aider à entrouvrir certaines portes, à Paris, Versailles ou ailleurs, auxquelles sa condition ne lui donne pas accès.

— Cela est bien joué, dit pensivement Clacla, mais je crois savoir que nos messieurs de Saint-Malo n'ont jamais eu besoin, eux, d'introducteurs auprès de M. de Pontchartrain !

Elle dit aussi, goguenarde, une main sur sa canne, l'autre sur sa hanche :

— Votre nouvelle charge, monsieur le chambellan, vous rapporte-t-elle au moins beaucoup d'écus ?

Il répondit sur le même ton :

— Assez pour tenir un rang honorable jusqu'au moment où je

me serai décidé à choisir une héritière. Nous autres de la noblesse, chère comtesse, vous savez bien que nous ne rougissons jamais d'être pauvres, et encore moins d'être riches.

— Voilà comment je vous aime, monsieur de Kerelen ! N'avez-vous point rencontré Mme Carbec ? Je la cherche au milieu de toute cette assemblée.

— Je l'ai laissée tout à l'heure aux mains du vieux Nicolas Magon auquel elle recommandait ses garçons.

— Chère Marie-Léone, dit la comtesse Clacla, elle ne pensera donc jamais à elle-même ?

Dès qu'il avait compris que la direction des affaires familiales risquait de lui échapper au profit de son frère puîné, Jean-Pierre Carbec avait multiplié ses efforts pour mieux retenir les leçons prodiguées par M. Locmeur et n'avait eu de cesse que sa mère ne lui confie la responsabilité d'une opération. Ses progrès avaient été rapides. Trois ans après s'être installé rue du Tambour-Défoncé, Jean-Pierre savait calculer une mise hors, comprenait la comptabilité en partie double et signait des billets à ordre. Ardent au labeur, le jeune M. Carbec se levait tôt, réveillait lui-même son domestique à grand tintamarre, arrivait toujours le premier dans les bureaux et les magasins, sur les quais et sur les chantiers, partout où les commis, les marins, les manouvriers de l'armement Carbec comptaient, écrivaient, emballaient, chargeaient. Les premiers mois, Marie-Léone s'était un peu inquiétée. Autant pour préserver son garçon des imprudences d'un néophyte que pour veiller sur l'héritage des trois autres, elle entendait demeurer la maîtresse bien qu'elle eût vite compris que Jean-Pierre, devenu cette fois un homme, ne se contenterait pas longtemps de broutilles lâchées de temps à autre avec la complicité de M. Locmeur. Après lui avoir confié le soin de quelques petits armements destinés au cabotage, elle s'était décidée à espacer ses visites rue du Tambour-Défoncé et à ne plus s'y rendre que pour examiner de près les gros contrats où son flair demeurait encore indispensable. Ceux-là devenaient de plus en plus rares et les navires au repos de plus en plus nombreux. La plupart des armateurs qui avaient hier entassé dans leurs caves des barils de piastres ramenées de la mer du Sud ou de la course aux *Indiamen,* devaient se contenter de la morue, sauf à obtenir des « permissions » de la Compagnie des

Indes qui monopolisait tout le commerce lointain et dont les nouveaux Directeurs n'étaient pas moins avides d'épices que l'avaient été naguère les grands commis de M. Colbert. Quelques riches armateurs, mieux introduits dans la société et disposant d'agents installés à Cadix et à Amsterdam, continuaient le même train. C'est ainsi qu'un Noël Danycan moissonnait les dérogations indispensables à son négoce avec l'Occident, l'Orient ou le Levant, suivi de près par les Magon qui n'avaient pas été longs à comprendre tout le profit à tirer de la présence à Madrid d'un de leurs proches, ce comte de Lambilly condamné à mort par contumace au moment de la conspiration bretonne et devenu un protégé du roi d'Espagne. La possibilité d'obtenir rapidement un commandement à la mer, Jean-Pierre Carbec n'y avait pas renoncé pour se contenter d'armer une fois par an pour Terre-Neuve. Admis dans le cercle des messieurs de Saint-Malo, le plus jeune non le moins ambitieux, il entendait s'y tailler une part de lion digne de ses longues dents et prendre modèle sur les mieux nantis. Trois ans après son retour, il achetait des toiles à Morlaix pour les revendre à Cadix, troquait la morue des bancs contre le sel de Sotubal, participait au trafic d'Inde en Inde ou à la Chine, correspondait avec Francisco Lopez de Londres et Abraham Gradis de Bordeaux. Sans en référer à sa mère qui s'y serait sans doute opposée, il venait de prendre quelques parts dans l'armement du *Notre-Dame du Rosaire*, navire interlope destiné par la Balue à la mer du Sud.

Malgré qu'elle en eût, Marie-Léone faisait contre mauvaise fortune bon cœur. N'avait-elle pas élevé ses enfants selon les volontés dernières de son mari ? N'allait-elle pas se reposer après toutes ces années de veuvage pendant lesquelles elle avait dû mener de front le gouvernement de sa famille et celui de son entreprise ? Ne devait-elle pas enfin se féliciter de trouver en son fils aîné un associé qui faisait preuve de tant d'imagination dans un moment où les affaires malouines paraissaient moins heureuses ? Tout le monde lui en faisait compliment, votre gars ça n'est pas seulement un Carbec, c'est aussi un Le Coz. Avec deux grands-pères pareils, ça fait un sacré Malouin, dame ! Elle en souriait d'aise tout en s'inquiétant de ne jamais voir s'éclairer le visage de Jean-Pierre, toujours soucieux, souvent dur, parfois brutal, comme s'il eût été accablé par l'inquiétude des échéances. De qui donc pouvait-il tenir ? se demandait-elle. Ni de son père Jean-Marie, ni de son grand-père Le Coz dont les rires énormes secouaient les épaules de l'un et le ventre de l'autre, encore moins de l'arrière-grand-père Lajaille qui souriait toujours au fond de ses yeux bleus même devenus aveugles. Peut-être de l'autre grand-père, le Mathieu Carbec, celui qui avait été pendant quelques années le mari de Clacla ? Sait-on de quoi et de qui on est fait ? La vérité, c'est que je trouve le temps long dans cette grande maison depuis que je ne m'occupe plus de l'armement Carbec et que les enfants sont tous partis.

Cela s'était passé en quelques semaines, peu de temps après la fête donnée à la Chipaudière à l'occasion du mariage de Nicole Magon de la Lande et de Louis de Contades. Comme Mme Carbec rentrait de Nantes où elle avait conduit sa fille Marie-Thérèse au couvent des dames ursulines, elle avait trouvé chez elle un billet du vieux connétable de Saint-Malo s'excusant, à cause de son grand âge, de ne point lui rendre visite et la priant de venir le voir pour deux affaires d'importance.

— Vous connaissez l'amitié que j'ai pour vous et l'estime où je tiens la famille Carbec. Grâce à vous, vos garçons ont été bien gouvernés. L'aîné est venu me voir, nous avons parlé longtemps ensemble, soyez tranquille c'est de la bonne graine malouine. Les deux autres, je m'en suis occupé. Que dirait votre futur maître des requêtes d'une place de secrétaire auprès de notre ambassadeur à Venise ?

— À Venise ?

— Sans doute. Cela vous étonne ?

Marie-Léone, incrédule, répéta :

— À Venise ?

— Madame Carbec, sourit le patriarche, les Magon connaissent tout le monde, que ce soit à Versailles ou à Londres, à Amsterdam ou à Madrid, à Francfort ou à Riga. Parmi les invités de la Chipaudière se trouvait un M. de Gergy à qui j'eus l'occasion de rendre quelque service. Le Roi venant de le nommer à Venise, j'ai pris sur moi de lui recommander le jeune Carbec pour le cas où il serait en quête d'un secrétaire. Trop courtois pour me le refuser et trop diplomate pour me donner son accord immédiat, M. de Gergy me répondit que la candidature de mon protégé ferait l'objet de ses meilleures réflexions. Je connais la légèreté de telles paroles, mais voici que M. de Gergy m'écrit qu'il serait bien aise de connaître votre Jean-François avant de rejoindre son poste. Lisez vous-même sa lettre.

Comme il convient, l'ambassadeur s'exprimait avec une élégance empesée pour rappeler qu'il avait emporté de la Chipaudière des souvenirs inoubliables au premier rang desquels demeurait sa conversation avec le connétable de Saint-Malo. Il disait aussi qu'il serait très heureux de recevoir à Paris le jeune Carbec avant de faire son choix, plusieurs secrétaires lui étant proposés.

— Tout cela est bien imprécis, dit Marie-Léone avec une moue de déception.

— Ma chère enfant, les diplomates ne s'expriment pas comme nous autres. Souvent précis dans la rédaction des traités, ils font précéder celle-ci de palabres dont il n'est pas prouvé que les lenteurs et les finasseries les plus apparentes soient toujours inutiles. Il convient de lire entre les lignes. Si M. de Gergy m'a adressé cette lettre, dont il aura fait sans doute trois brouillons, c'est qu'il veut m'être agréable. Personne n'oserait faire miroiter à mes yeux une vaine espérance.

— Soit, faut-il encore que mon Jean-François convienne à ce M. de Gergy.

— Eh bien, c'est à lui de jouer maintenant sa partie en allant se présenter à Paris ! Je pense que ce garçon a de bonnes cartes en main : d'abord c'est un Malouin, il vient de sortir de l'université, il parle l'espagnol, il est jeune et de belle tournure, il s'appelle Carbec, et je pense que sa mère lui allouera l'argent nécessaire à la vie qu'on mène là-bas, de sorte qu'il n'en coûtera pas un sequin à l'ambassadeur, ces gens-là sachant faire leurs comptes aussi bien que nous autres simples marchands. Croyez-moi, dépêchez vite le jeune homme à Paris si vous voulez qu'il revienne chat en poche.

— Venise, c'est bien loin de Saint-Malo ! murmura Marie-Léone.

— Vous n'allez pas garder ce gars-là sous votre tablier, non ? Marchez donc ! Vous avez déjà l'aîné auprès de vous, et le plus jeune n'ira pas bien loin. Mon fils, Jean-Baptiste de la Gervaisais, le brigadier, va lui trouver une compagnie de cadets. Cela n'a pas été facile. Depuis que personne ne veut plus faire la guerre, on supprime chaque année plusieurs régiments. Quant aux recrutements, ils sont devenus assez rares pour que les colonels exigent désormais une attestation de noblesse certifiée par quatre gentilshommes.

Marie-Léone regardait le vieillard sans broncher.

— Je vois, continua-t-il, que vous demeurez toujours entêtée à ne point faire ratifier la lettre de noblesse reçue par Jean-Marie ?

— Oui, monsieur Magon, je n'en démordrai pas.

— Bon, bon ! grommela le connétable. Nous autres, pour nous distinguer les uns des autres, nous avons tous ajouté à notre vieux patronyme le nom d'une terre ou d'un lieu-dit, la Chipaudière, la

Giclais, la Gervaisais, la Balue, la Lande, le Bosc, il y en a maintenant tant que je ne me les rappelle pas tous. Parvenu à mon âge, eh oui Marie-Léone, j'ai plus de quatre-vingts ans, je sais bien que de tous ces affûtiaux, un seul survivra : Magon. Les autres ne signifieront rien. Je comprends donc votre attitude, mais il vous faut penser à vos fils. De vous à moi, le brigadier m'a laissé entendre qu'un candidat présenté par un militaire de haut grade et bien en cour, c'est son cas, est toujours accepté. Ne vous faites donc pas de souci, au moins pour l'instant. Cependant je ne dois pas vous cacher que la carrière de votre fils serait plus facile si vous étiez moins têtue.

— Plus tard, mes enfants feront ce qu'ils entendront. Pour moi, j'ai déjà choisi.

Les deux garçons auxquels Marie-Léone fit part de cette conversation furent moins surpris de l'entendre qu'elle ne l'avait été elle-même en écoutant Nicolas Magon. Ne les avait-on pas élevés en leur répétant qu'ils étaient les fils d'un capitaine armateur, fameux corsaire entre tous ? Ne savaient-ils pas qu'on les appelait les petits messieurs de Saint-Malo en les voyant passer dans la rue ? Ils n'en furent pas moins joyeux, battirent des mains comme l'auraient fait de très jeunes gens, s'appelant l'un l'autre « Monsieur l'ambassadeur » ou « Monsieur le lieutenant général », et se jetant enfin dans les bras de leur mère, persuadés qu'elle pleurait de bonheur et de fierté tandis qu'elle les pressait contre elle en songeant à leur prochain départ.

— Qu'en pensez-vous, vous qui êtes l'aîné ? demanda-t-elle à Jean-Pierre.

Celui-ci ne parvenait pas à partager la joie enfantine de ses deux frères qu'il regardait d'un air protecteur. Une seule année le séparait de Jean-François, quatre de Jean-Luc, on aurait dit qu'il appartenait à une autre génération. Il a voyagé au long cours, est allé à la Chine, il a commandé des hommes, pensa Mme Carbec, aujourd'hui le souci de nos armements pèse sur ses épaules et il est encore bien jeune ! Elle ne se trompait pas tout à fait. Depuis qu'il fréquentait la réunion des armateurs à l'hôtel Dufresne, Jean-Pierre Carbec ne voulait plus être jeune, il voulait qu'on le prenne au sérieux. Il avait surtout compris que ce qui avait été apprécié au temps de son père, le temps des capitaines de dix-huit ans, n'était plus de mise aujourd'hui : la jeunesse était faite pour la guerre, pas pour le négoce. Jean-Pierre Carbec s'était alors imposé un visage, des regards, des attitudes, une mesure dans la conversation, une application au travail quotidien qui, à force de volonté, modelaient peu à peu, par touches successives, le personnage important qu'il s'était juré de devenir un jour.

— J'espère que mes frères n'oublieront jamais que les interventions décisives de Nicolas Magon sont autant dues au souvenir de notre père qu'à leurs propres mérites.

— Ah, que voilà une phrase bien balancée ! dit en riant Jean-François. C'est toi qui devrais être diplomate ! Changeons de rôle, veux-tu ? Pourquoi ne partirais-tu pas à ma place à Venise, moi je dirigerais fort bien l'armement Carbec !

— Jamais !

Le mot fut lancé avec une telle âpreté que chacun en demeura interdit. Mme Carbec en fut la plus atteinte. Elle venait de retrouver chez son fils les colères subites qui l'avaient naguère inquiétée, et elle craignait davantage que la cohésion familiale sur laquelle elle avait veillé avec tant de tendresse ne soit menacée. La réplique de Jean-Pierre se situait au-delà des querelles violentes, vite apaisées et tout de suite oubliées qui, à l'âge de l'adolescence, dressent des frères les uns contre les autres. Pour dissiper le malaise que, pour la première fois, elle sentait naître entre eux, Mme Carbec se hâta de dire aux deux plus jeunes garçons :

— Jean-Pierre sait que votre père l'a désigné, la veille de sa mort, pour être son successeur. C'est donc pour lui un droit, mais c'est d'abord un devoir. Votre frère le considère ainsi. N'est-ce pas, Jean-Pierre ?

— C'est en effet mon droit autant que mon devoir de gouverner notre maison. Mes frères doivent le comprendre et ne pas me traverser. C'est la condition de notre bonne entente.

Le jeune armateur avait retrouvé son calme et s'exprimait d'une voix posée à laquelle il s'efforçait même de donner un ton cordial où demeurait toutefois quelque chose d'implacable.

— Tu n'as jamais compris la plaisanterie ! risqua Jean-François.

Jean-Pierre haussa ses grosses épaules :

— C'est vous qui ne comprenez rien ! dit-il d'un ton bourru. Toi, tu es fait pour les antichambres et toi pour les camps. Il faut nous épauler l'un l'autre. J'aurai peut-être autant besoin de vous que vous aurez besoin de moi. À nous trois nous allons faire des Carbec une famille puissante. Regardez les Magon, ils ont placé des pions partout !

— Oui, pourquoi pas nous ? dit Jean-Luc.

— Mes enfants, dit alors Marie-Léone, M. Magon m'a rapporté qu'on exigeait maintenant une attestation de noblesse certifiée par quatre gentilshommes pour être admis dans une compagnie de cadets. Grâce au général de la Giclais, notre Jean-Luc pourra s'en passer aujourd'hui mais il devra penser à sa carrière. Vous savez que je me suis toujours refusée à verser dix mille livres à la Cour des comptes pour faire confirmer notre titre d'écuyer. Je n'en démordrai pas. Rien ne vous oblige à agir de même. Aujourd'hui que vous êtes devenus des hommes, que comptez-vous faire ?

L'aîné répondit le premier :

— J'ai toujours pensé que le nom de notre père nous honorait tous. Je ne changerai pas d'avis.

— Moi non plus, je ne donnerai jamais un sou à la Cour des comptes. Notre titre est irrévocable et perpétuel, nous pourrions plaider.

— Et toi, Jean-Luc ?

— Moi, je serai un jour le général Carbec !

Marie-Léone contempla ses trois garçons. Chacune de leurs réponses soulignait leur caractère. Ils feraient leur chemin, ils avaient déjà pris la route pour réaliser la prédiction de leur père. Trois mois plus tard Jean-François était parti pour Venise, deuxième secrétaire de l'ambassadeur, et son jeune frère avait été incorporé dans une compagnie de cadets tenant garnison à Strasbourg. Le temps des Carbec, c'était déjà le temps présent.

Quelques jours avant le départ des deux garçons, la famille Carbec s'était réunie à la Couesnière pour passer une fois de plus, selon une coutume bien établie, les fêtes de Noël avec tante Clacla. Sortie de son couvent pour la circonstance, la première fois depuis son départ de Saint-Malo, Marie-Thérèse surprit tout le monde avec des airs de demoiselle que ne lui connaissaient pas ses frères. Quel âge as-tu donc ? Treize ans la semaine prochaine ! À mon retour de Venise, tu seras peut-être mariée ? Les garçons avaient été seuls à rire. Marie-Thérèse avait baissé les yeux. Alors Mme Carbec et Mme de Morzic comprirent toutes les deux que les vieux Noëls de la Couesnière ne seraient bientôt plus que de chers souvenirs. Toujours généreuse, tante Clacla distribua ses cadeaux : une pièce de tissu lamé rose et or qui valait une fortune pour Marie-Léone, les deux perles fines traditionnelles pour sa filleule, et à chacun des voyageurs une petite bourse où tintaient des écus.

— À toi, dit-elle à Jean-Pierre, je ne donne pas d'argent. Tu en auras bientôt plus que nous. Voici mon cadeau de Noël.

C'était un magnifique portefeuille en maroquin noir fileté d'or, timbré des initiales J.-P. C., semblable à ceux que les hommes les plus importants portent sous le bras pour se rendre à quelque conseil. En sortir des papiers, c'était déjà un signe d'indéniable réussite. Noël Danycan, René Moreau, Jean-François-Auguste Magon n'y manquaient jamais à la réunion des armateurs. Jean-Pierre n'était-il pas un peu jeune ? avait risqué sa mère.

— Chère Marie-Léone, répliqua Clacla, j'ai assez vécu pour savoir à quoi m'en tenir sur la modestie. Elle sied aux hypocrites comme la vanité convient aux imbéciles. Notre Jean-Pierre doit apprendre que pour parvenir il est nécessaire de paraître.

— Je pense qu'il le sait déjà ! murmura Mme Carbec.

— Il ne le saura jamais assez. Quand je ne serai plus là, vous penserez à cette recommandation de la vieille tante Clacla !

Tout le monde protesta. Pour les Carbec, Clacla était indestructible, toujours présente quand l'un d'eux avait besoin d'être consolé ou gourmandé, secouru ou redressé, tendre quand elle s'efforçait de jouer au dragon, rude pour ne pas paraître trop sensible, habile à brouiller les pistes d'une longue vie qui avait fait d'elle un personnage dont la vérité se confondait avec la légende.

— Mes enfants, vous ne m'en conterez jamais autant que j'en contai aux autres !

— Quel âge avez-vous, tante Clacla ? demanda la petite fille.

— Mon âge, je ne vous le dirai point parce qu'à force de n'en pas parler je l'ai oublié, mais mes jambes s'en souviennent. Ce soir, elles me disent qu'il se pourrait bien que ce soit le dernier Noël que vous passez avec votre tante Clacla.

— Encore ! dit Marie-Léone. Voilà dix ans que vous nous répétez chaque année la même chose, et dès que le printemps revient vous êtes plus gaillarde que jamais.

Elle ajouta, tandis que la vieille dame hochait la tête :

— Quel est donc votre secret ?

Mme de Morzic se tenait toujours sur la défensive, garde serrée, dès qu'on lui posait la moindre question.

— Mon secret ?

— Oui, pour avoir si bonne mine et demeurer si vive. Ne courez-vous pas la poste entre Saint-Malo et L'Orient ?

— C'est peut-être vous tous qui êtes la cause de ma bonne santé, dit-elle après avoir fait mine de réfléchir. La jeunesse des autres, je ne connais pas de meilleure drogue.

Le souper achevé, ils s'étaient réunis dans le salon où Mme de Morzic avait fait installer le clavecin dont elle ne saurait jamais jouer. Des bûches énormes flambaient dans la cheminée. Fascinée par le feu, les yeux vides de regard, Marie-Thérèse ne pensait à rien. Les deux aînés avaient ouvert la table de trictrac tandis que Jean-Luc était parti rôder du côté des filles de cuisine.

— Cette soirée me rappelle la nuit de Noël où M. de Kerelen s'abritait à la Couesnière, dit Clacla. N'est-ce pas, Marie-Léone ?

Comme si elle avait voulu éluder la question posée, Mme Carbec répondit à la hâte :

— Ce soir, ce sera au tour de Marie-Thérèse de nous jouer quelque romance. Nous nous rendrons compte ainsi des progrès qu'elle aura faits à Nantes.

La petite fille qui avait fait semblant de ne rien entendre ne bougea ni ne répondit, les yeux toujours fixés sur le feu.

— Vous entendez ? dit sa mère.

Marie-Thérèse poussa un de ces soupirs impatients, à la limite de l'insolence, dont les enfants ont le secret.

— Je n'ai pas apporté mon rouleau, finit-elle par dire. Mon maître de musique ne veut pas que nous jouions par cœur.

— Même pour faire plaisir à ta marraine ? demanda Mme de Morzic.

— Il dit que nous risquerions de prendre de mauvaises habitudes et de nous déformer l'oreille.

Les deux garçons qui avaient entamé leur partie s'arrêtèrent de jouer et rirent de bon cœur. Piquée d'être moquée, Marie-Thérèse s'était levée. Les seules flammes ne lui coloraient pas le visage.

— Vous êtes deux sots qui n'entendez rien à la musique ! dit-elle à ses frères.

Et tout à coup à sa mère :

— Cette longue journée m'a fatiguée. Au couvent nous nous couchons à huit heures. Voulez-vous me donner la permission de monter dans ma chambre ?

— Demandez-la à tante Clacla.

— Va dormir ! intervint aussitôt Mme de Morzic. Avant de nous quitter, veux-tu nous faire la révérence comme on a dû te l'apprendre dans ton couvent ?

Cette fois, la petite fille avait retrouvé son sourire. Saisissant sa jupe des deux mains pour la remonter un peu au-dessus des chevilles, elle fléchit les genoux, gardant le buste droit, inclina la tête avec une grâce un peu maladroite, et chuchota à l'oreille de sa mère au moment de lui souhaiter la bonne nuit :

— Viendrez-vous, tout à l'heure, m'embrasser dans mon lit ?

— Oui, murmura Marie-Léone avec un clin d'œil chargé de tendres connivences.

Ce soir-là, comme tous les autres soirs de sa vie, même dans les temps qu'elle allait par les rues malouines vendre son maquereau frais qui vient d'arriver, Mme de Morzic fut la dernière couchée. Elle avait attendu que chacun fût entré dans sa chambre pour boire un dernier petit coup de vin d'Espagne, le meilleur de la journée, solitaire dans la maison devenue silencieuse, en face du portrait en pied d'un gentilhomme au pourpoint écaillé, sans doute quelque arrière-grand-père de son mari. Il lui arrivait de se camper devant ce tableau et d'y rechercher la silhouette du chevalier de Couesnon comte de Morzic qui avait fait d'elle la comtesse Clacla. De cette union singulière, non unique en Bretagne, elle voulait surtout se rappeler la courtoisie un peu narquoise avec laquelle ils avaient échangé leurs biens, et l'estime amicale qu'ils avaient éprouvée l'un pour l'autre dès la première rencontre. Au reste, elle ne gardait que de bons souvenirs de ce mariage sauf, non pas un regret, peut-être le sentiment d'avoir été offensée parce que le vieux gentilhomme n'avait jamais frappé à la porte de sa chambre, alors que la veille de sa mort, il s'était fait encore bassiner le lit par la Léontine. Elle leva son verre devant le portrait : « Joyeux Noël, monsieur de Morzic, là où vous êtes maintenant ! » Chandelier de la main droite, canne de la main gauche, l'oreille attentive aux menus craquements de la charpente, elle monta avec une lente prudence les marches du grand escalier de chêne qui conduisait à la galerie sur laquelle s'ouvraient les chambres. Parvenue devant celle de Jean-François, elle aperçut un trait de lumière sous la porte et entendit une sorte de gloussement qu'elle crut reconnaître.

Avec mes trois gars, pensa-t-elle, la Couesnière n'a pas fini d'embarquer !

Elle en sourit d'aise, continua son chemin, revint sur ses pas. Elle voulait en avoir le cœur net.

— Tu ne dors pas encore, maudit gars ! souffla-t-elle à travers la porte.

— Si, tante Clacla.

— Comment si ? Je vois de la lumière et j'entends rire la Gillette.

— Non, tante Clacla !

— Comment non ? Fais ce que tu veux mais ne réveille pas ta petite sœur.

— Je vous jure que je suis tout seul !

— Ah çà !

Elle était entrée dans la chambre. Couché, Jean-François lisait à la lueur d'une chandelle. Clacla le regarda d'un œil soupçonneux, fut tentée de passer sa canne sous le lit, s'attarda à

contempler le charmant visage qui souriait au-dessus de la large
échancrure d'une chemise où un peu d'or brun moussait sur un
torse mince. Elle posa son chandelier sur la table de nuit et s'assit
sur un bout de couverture.

— Tu es heureux de partir pour Venise ?

— Il paraît que c'est la merveille des merveilles ! M. de Gergy
me l'a dit quand je suis allé le voir à Paris.

— On dit aussi que c'est un pays où les catins, les nonnes et les
espions font la loi. Ça ne me plaît pas beaucoup de te voir partir
là-bas.

— Pourquoi, tante Clacla ?

— Parce que tu n'es qu'un petit Malouin qui n'a encore rien vu,
que tu es un beau gars, et que tu vas te faire manger par les
ogresses !

— J'espère que vous dites vrai ! lança le jeune homme.

— Parle plus bas, tu vas réveiller toute la maison. Ta mère
s'est-elle bien occupée de ta garde-robe ? Tes culottes, tes habits,
tes chemises, tes chausses, en as-tu assez ? Il faut que tu sois bien
greyé, mon gars. Auras-tu assez d'argent ? Pour ton voyage, la
bourse que je t'ai donnée te suffira. Demain, je te remettrai une
lettre de change que tu pourras négocier là-bas où les banquiers ne
manquent point. À ton âge, on a toujours besoin d'argent. Avec la
jolie figure que tu as, les femmes seront trop heureuses de t'en
donner, mais s'il t'arrivait un mauvais coup de vent dans les voiles
basses, tu vois ce que je veux dire, mon gars ? Cela t'aiderait à te
faire radouber. Ne raconte pas à ta mère tout ce que je te dis, tu
m'as compris ?

— Oui, tante Clacla.

— Les femmes t'ont-elles déjà dit que tu étais beau ? demanda-
t-elle tout à coup.

Il rit niaisement pour répondre :

— Je ne sais pas, peut-être, non...

Elle avait posé sa main sur le poignet de Jean-François, un
poignet solide qui disait à lui seul que sous un aspect plus frêle, il
était bien de la même race que ses frères, un vrai Carbec de Saint-
Malo. Se rappelant ce qu'elle avait dit tout à l'heure à Marie-
Léone, « je ne connais pas de meilleure drogue que la jeunesse »,
Clacla serra le poignet du jeune homme. C'est alors qu'elle vit ses
propres doigts, enflés et tordus, dont l'un s'ornait d'un gros rubis
qui les faisait paraître encore plus bruns. Comme prise en faute,
elle retira brusquement sa main.

— Ambassadeur à Venise ! dit-elle admirative. Autant dire que
tu vas représenter le Roi !

— Eh ! vous vous moquez de moi, tante Clacla ! Je ne suis pas encore ambassadeur, je suis secrétaire !

— Tout ça, c'est du pareil au même ! Là-bas, je suis sûr que les hommes vont apprécier tes qualités, mais retiens bien ce que je te dis, les femmes t'aimeront pour tes défauts. Cela me fait un peu deuil de te voir partir. Quand tu nous reviendras, ne nous ramène ni une épouse ni la vérole, tu aurais autant de mal à te débarrasser de l'une que de l'autre. Maintenant, rentre dans tes toiles et dors.

Mme de Morzic passa un doigt caresseur sur la poitrine du garçon, se leva en faisant une légère grimace, mes jambes me font trop mal, et partit sans faire de bruit. Quelques instants plus tard, comme elle passait devant la chambre du futur général elle entendit un gémissement qu'elle reconnut cette fois sans se tromper. Hier, pensa-t-elle, les Morzic besognaient les servantes de la Couesnière. Aujourd'hui c'est le tour des Carbec. Arrivée dans son appartement, elle se regarda aussitôt dans un miroir encadré de porcelaine et fixé au-dessus de la cheminée. J'ai l'air d'une sorcière, il me manque plusieurs dents, la salive me coule un peu sur le menton, mes lèvres sont devenues trop minces. Tout à l'heure, Marie-Thérèse est allée se coucher sans m'embrasser. Quand les enfants parlent de moi, ils doivent m'appeler la vieille Clacla. Voyons un peu le compte de mon âge. Soixante et onze ou soixante-douze ? Voilà bien les seules additions où je me suis toujours trompée. Mon Dieu, vous avez fait de moi une vieille femme, c'est votre droit mais pourquoi m'avez-vous frappée si brutalement ? L'année dernière, je ne ressemblais pas à une jeteuse de sorts. Soixante-douze ans ! Je suis une des doyennes de Saint-Malo. Toutes ces sacrées pétasses qui m'ont cherché des poux, c'est quand même moi qui les ai enterrées.

Au lendemain de son veuvage, devenue maîtresse de son foyer et de l'armement Carbec, Marie-Léone avait régenté ses enfants et ses commis, choisi ses capitaines, surveillé de près ses subrécargues. Encore qu'elle s'en défendît, elle y avait pris grand goût. Après dix années, il lui fallait abandonner à son fils aîné le soin du négoce et des navires, et se contenter du gouvernement de la grande demeure bâtie au temps des jours heureux pour y élever une nombreuse famille et qu'on appelait aujourd'hui l'hôtel Carbec, comme on disait l'hôtel Danycan, l'hôtel Le Fer, ou l'hôtel Dufresne parmi d'autres châteaux forts qui portaient témoignage de la nouvelle féodalité malouine. Aujourd'hui, la maison s'était dépeuplée, comme vidée d'un seul coup. Suivant l'exemple des armateurs de la jeune génération qui s'efforçaient de nouer des relations avec les négociants du dehors depuis qu'on venait moins les solliciter à domicile, Jean-Pierre se rendait souvent à Nantes ou à Rouen, voire Bordeaux, même Paris. On le voyait bien entrer à l'auberge, La Malice ou des Belles Anglaises, avec des capitaines sortis eux aussi de l'École d'hydrographie, et y demeurer jusqu'à l'heure où la Noguette sonnait le couvre-feu, mais on ne lui connaissait aucune liaison féminine. En vain, les commères surveillaient-elles avec des yeux pointus les allées et venues rue du Tambour-Défoncé. N'ayant rien découvert, elles laissaient entendre que les filles de Saint-Servan, effrontées comme on les connaissait, avaient lancé leurs grappins sur le fils Carbec. Lui, autant qu'un Malouin peut le rester, était devenu sobre et vertueux, rendait régulièrement visite à sa mère et l'accompagnait le dimanche à la messe, ne manquait jamais la réunion des armateurs où il se trouvait toujours quelques messieurs, arrivés la veille de Paris, pour faire les farauds et raconter mille détails sur le prochain mariage du jeune Roi avec cette princesse polonaise, son aînée de sept années, dont le nom était si difficile à prononcer. On le voyait aussi, à la Découvrance, se mêler aux vieux capitaines qui passaient des heures, une longue-vue vrillée sous les sourcils, à reconnaître les voiles qui passaient au large. Sans marquer d'impatience, il les écoutait raconter des histoires qu'il connaissait souvent mieux qu'eux.

— Aujourd'hui, mon gars, c'est plus comme au temps de ton père ! Nous autres, à ton âge, tout le monde naviguait qui à la morue, qui au commerce, qui pour le roi.

— Tiens ! Lance donc, disait un autre, un coup de lorgnette sur cette voile qui passe là-bas, derrière la Conchée, et dis-moi seulement toi qui as lâché la marine, si tu reconnais encore une frégate d'un chasse-marée ?

Cette question, on la lui posait souvent, manière de plaisanterie et clignement d'œil, à laquelle il répondait toujours avec bonne humeur sans jamais se tromper.

— Je vois une corvette armée en flûte qui porte deux mâts avec basses voiles et huniers, beaupré et civadière.

Les vieux matelots riaient sous cape dans la broussaille qui mangeait leur peau tannée, c'est pas demain la veille que tu le prendras en défaut ce gars-là, dame non ! Les Carbec, même quand ils ont l'air de tourner le dos à la mer, ils la gardent dans les sangs !

— As-tu seulement des nouvelles de tes frères ? À ce qu'on dit, le Jean-François serait ambassadeur à Venise, et le Jean-Luc aurait reçu une commission de colonel ?

Ces propos, un peu de malice les poivrait sans méchanceté. Les Carbec, on les aimait bien tout en les respectant. On appréciait la simplicité de Jean-Pierre qui s'était installé là où ses arrière-grands-parents avaient été des regrattiers vendeurs de chandelles et de savon, petites marchandises auxquelles ils avaient peu à peu ajouté du poivre, de la cannelle et un jour de la toile. Il reconnaissait toujours ses cousins, ne dédaignait pas de boire la goutte avec les uns ou les autres et n'avait jamais fait suivre ou précéder son nom de celui de la Bargelière. Ainsi que sa mère l'avait voulu il demeurait un Carbec. Celle-là, la Marie-Léone, que ce soit chez les Magon ou sur la place aux Herbes, on citait en exemple ses manières aimables, sa fidélité sans reproche au souvenir de celui qui avait sauvé Saint-Malo de la machine anglaise, le sourire amical qui lui avait permis d'éconduire plusieurs prétendants sans jamais les offenser.

Les deux garçons partis loin de la maison familiale donnaient rarement de leurs nouvelles. Jean-François, à part quelques billets griffonnés à la hâte au cours des étapes de son voyage, n'écrivit guère qu'une seule lettre pour faire part à sa mère de sa surprise éblouie. « J'ai découvert le pays des merveilles. Figurez-vous que Venise, née de la mer comme Vénus et qui porte le même nom, est une île enchantée faite pour les mascarades, les violons, les bals et toutes sortes de divertissements. Nous habitons ce qu'on nomme ici un *palazzo,* c'est-à-dire une sorte de sucrerie rose et verte qui fond doucement dans des canaux où circulent des barques effilées appelées gondoles. Depuis notre arrivée nous sommes accablés de travail, c'est-à-dire de visites, réceptions, audiences, bals et soupers. L'ambassadeur ne sait plus où donner de la tête, il veut que je l'accompagne partout. C'est le temps du carnaval de l'Ascension : tout le monde porte des masques, des lanternes de toutes les couleurs pendent après les ficelles accrochées aux balcons, les auberges donnent à souper après minuit. Si ma lettre vibre un peu trop de toute cette folie, ne vous en inquiétez pas. Je compte écrire bientôt à M. Nicolas Magon de la Chipaudière pour le remercier une fois encore de son intervention. Sans lui, je n'aurais sans doute jamais fait connaissance avec ce qu'il est convenu d'appeler le monde des ambassades. Je ne sais si j'y ferai carrière, mais je pense être à bonne école puisque Venise possède les meilleurs maîtres à danser de toute l'Europe, entretient les plus réputés joueurs de pharaon, et qu'enfin M. de Gergy est lui-même virtuose du style diplomatique. Hier, nous avons passé tout l'après-midi à rédiger puis à chiffrer une dépêche très secrète destinée au Roi pour l'informer que le doge devait souffrir d'une légère indisposition, un des espions entretenus par notre ambassade auprès d'un des trois inquisiteurs nous ayant fait connaître que le maître de la République sérénissime avait éternué trois fois de suite. Il nous fallut ratiociner pendant plus d'une heure pour savoir s'il convenait d'employer le mot " rhume " ou le mot " coryza ". M. de Gergy penchait pour le deuxième qui lui paraissait être plus noble mais qui aurait risqué de trop émouvoir le Département. Finalement, ils furent rejetés tous les deux au bénéfice d'un troisième, " refroidissement ". Pour ma part, j'ai fait observer que ce dernier vocable pouvait prêter à confusion dans une dépêche diplomatique mais je ne fus pas suivi et me rendis compte aussitôt qu'il ne convient jamais à un deuxième secrétaire d'émettre un autre avis que celui de son ambassadeur. Tout cela est très sérieux. Ne souriez même pas, il y va de l'avenir de votre fils respectueux et aimant. »

Cette lettre, Mme Carbec la lut avec une joie très profonde, non sans mélange. Elle y reconnaissait la tournure d'esprit d'un fils préféré peut-être en secret, et se sentait un peu flattée de le savoir installé deuxième secrétaire à Venise, mais elle éprouva une légère inquiétude devant le ton chaleureux de ces lignes même tempéré d'une ironie farceuse qui la ravissait parce qu'elle s'y reconnaissait comme dans son miroir. Ces soupers, ces bals, ces masques, ces lanternes, tout ce carnaval n'allait-il pas tourner la tête d'un jeune Malouin dont on espérait faire un maître des requêtes et qui s'avisait tout de go, à peine sorti de l'université que Venise portait le même nom que Vénus? Relue plusieurs fois, la lettre de Jean-François fut vite sue par cœur. Il arriva à Mme Carbec de se la réciter, solitaire dans sa grande maison de granit, et de se surprendre à imaginer des palais roses, immobiles au bord des canaux et appareillant tout à coup dans la brume de ses propres rêves.

Les nouvelles du jeune soldat étaient moins rares. Elles furent aussi moins divertissantes parce qu'il est nécessaire d'avoir pris un peu plus de galon pour prendre un peu moins ses chefs au sérieux. Après six mois d'exercices pendant lesquels on lui avait davantage appris la parade que la guerre, Jean-Luc Carbec avait été affecté au Berry-Infanterie, un fameux régiment dont le propriétaire aimait les beaux hommes, les uniformes étincelants, les compagnies bien entretenues, les armes fourbies, les cours des casernements bien sarclées, autant d'exigences qui l'inclinaient à accorder des places dans son unité à des roturiers susceptibles de lui acheter très cher un emploi subalterne. Le jour de sa présentation au régiment, Jean-Luc, rouge d'émotion, avait été amené par le colonel devant le front des troupes alignées en un ordre parfait. « De par le Roi, bas-officiers et soldats, vous reconnaîtrez M. Carbec en qualité de cadet gentilhomme et vous le respecterez comme s'il était votre officier. » Des tambours avaient roulé les batteries d'ordonnance prévues par les règlements de M. Louvois, les hommes avaient présenté leurs armes et Jean-Luc, suivant un cérémonial minutieusement réglé, avait retiré son tricorne galonné d'argent. Dès le lendemain, il avait écrit à sa mère pour lui conter par le menu cette fête militaire, la légitime fierté qu'il en avait ressentie, l'admiration qu'il vouait à son nouveau chef, et son espoir de devenir bientôt sous-lieutenant. Il n'avait pas cru nécessaire de dire que le soir même un officier du même âge que lui, déjà lieutenant, lui avait demandé :

— D'où tenez-vous donc votre poste de cadet-gentilhomme?

— Du lieutenant général Magon de la Giclais, avait eu la présence d'esprit de répondre Jean-Luc Carbec.

— Une telle protection vaut en effet un blason, avait répondu l'autre. Vous pourrez donc acheter bientôt une lieutenance ! Cela coûte mille écus d'argent. Ici, tout est à vendre. Le Berry-Infanterie rapporte à notre colonel autant qu'une ferme générale. Invitez-moi donc à souper pour fêter une aussi belle cérémonie, je connais deux assez jolies personnes qui ne demanderont pas mieux de nous accompagner.

Mme Carbec n'ignorait pas tout à fait les pièges où peuvent se prendre les jeunes militaires qui mènent la vie des garnisons. Elle n'entendit pas s'y attarder, sachant que la pension dont bénéficiait son fils lui éviterait de nombreux déboires, et priant Dieu chaque soir pour que la France fût préservée de la guerre. L'argent ajouté à la foi, comment Jean-Luc Carbec ne serait-il pas protégé ? La paix paraissait aujourd'hui bien établie grâce aux liens amicaux qui unissaient l'ambassadeur de Londres à Paris, Horace Walpole, et l'ancien évêque de Fréjus, Hercule Fleury. Après avoir été le précepteur du jeune roi, celui-ci jouait un rôle prépondérant dans la direction des affaires du royaume et se contentait encore des seules réalités du pouvoir sans en connaître les profitables honneurs. Quelques vieux Malouins, tels Joseph Biniac et ceux de sa génération, demeuraient toujours sceptiques quant à l'alliance anglaise et affirmaient que l'intérêt du commerce des deux nations devrait fatalement, un jour ou l'autre, laisser la parole au canon.

— Le Seigneur nous sauvera ! rétorquait Mme Carbec. Laissez donc mon petit garçon jouer en paix au soldat !

Avec son habit bleu à la française, ses culottes collantes, ses bas blancs, son épaulette tressée d'or et d'argent, son aiguillette de soie, son tricorne et son épée, Jean-Luc Carbec n'y manquait pas. Son colonel non plus. Le chevalier de Folard venait bien de publier un ouvrage remarquable qui bouleversait les règles de ce qu'il est convenu d'appeler l'art de la guerre, le propriétaire du Berry-Infanterie n'en avait cure. Plus amateur de chorégraphies militaires que soucieux de stratégie, il venait de consacrer trois mois à faire manœuvrer les hommes de ses compagnies comme les lettres d'un alphabet vivant pour leur faire dessiner les mots de VIVE LE ROI sur le champ de tir du régiment, le jour où le ministre de la Guerre viendrait le visiter. À son fils aîné qui se gaussait de ces ridicules parades, Mme Carbec se contenta de répondre que les champs de manœuvre lui semblaient moins dangereux que les champs de bataille.

Les lettres qu'écrivait Hervé Le Coz à sa sœur avaient la

concision de ces cahiers de bord où les capitaines ne s'embarrassent point d'artifices littéraires pour consigner ce qui leur advient au cours d'une traversée. Position du navire, escales, tempêtes, calmes plats, bonnes brises, mutineries, mauvaises rencontres, combats, maladies, morts, tout tient en quelques lignes. Hervé Le Coz disait qu'il avait trouvé le domaine hérité du grand-père Lajaille en moins mauvais état que ne le laissaient supposer les comptes d'un gérant indélicat dont il s'était rapidement séparé! Tout bien pesé, la direction d'une plantation d'indigo et de cannes paraissait moins dangereuse à l'ancien capitaine des *Deux Couronnes* que le soin de la navigation, et le commandement des nègres moins difficile que celui des matelots. Il indiquait la quantité de quintaux récoltés dans l'année et le nombre des nouveaux esclaves achetés au marché, demandait qu'on lui donne des nouvelles de toute la famille, sans parler jamais de lui-même, de sa santé ou de sa vie quotidienne. Avait-il des amis? Qui prenait soin de son pot et de son linge? A cette dernière question posée par Marie-Léone, Hervé Le Coz avait répondu que Nathalie-pied-long, négresse bambara, bonne cuisinière et baptisée par le curé de Léogane, s'occupait de son habitation. Marie-Léone aurait voulu savoir le reste. Elle aurait aussi aimé connaître quelques détails sur Saint-Domingue, les colons, le climat, les arbres, la couleur du ciel, les oiseaux, les animaux, les esclaves? Demandez donc tout cela aux capitaines qui viennent ici, répondait Hervé, il n'en manque point à Saint-Malo, ou à Alphonse Renaudard lorsque vous allez à Nantes. Vous savez bien que la correspondance n'est pas ma meilleure partie.

Mme Carbec se rendait souvent à Nantes pour voir sa fille. L'absence de Marie-Thérèse lui pesait à ce point qu'elle avait même pensé, profitant du moment des vacances d'été, la retirer du couvent des Ursulines pour la ramener à Saint-Malo où les pieuses maisons n'étaient pas rares. L'attachement qui liait sa fille à Catherine Renaudard lui avait même causé assez de soucis pour qu'elle s'en inquiétât auprès de la mère supérieure, pédagogue d'expérience et d'âge avancé dont le cœur demeurait assez jeune pour comprendre, peut-être protéger, l'amitié de deux très jeunes filles que leur position sociale destinait au mariage ou à la vie religieuse.

— Ne craignez point, madame, cet attachement. Je n'y vois aucun mal, aucun danger. Ces deux enfants, croyez que je les observe depuis la rentrée. Votre Marie-Thérèse est plus vive, plus gaie, plus autoritaire aussi, peut-être un peu évaporée comme disent nos sœurs. Catherine est un peu dolente, plus secrète, sans doute trop rêveuse. Entre nous, elle est beaucoup moins douée que votre fille, vous entendez ce que je dis à mi-mot n'est-ce pas ? Toutes les deux ont un fond excellent, et elles témoignent d'une égale piété. N'est-ce point le principal ? Sans rien trahir des secrets de son ministère, l'aumônier qui les entend en confession et que les devoirs de ma charge me font obligation de questionner, m'assure qu'il n'y a dans cette amitié que fraîcheur d'âme et ce grand besoin d'aimer qui est commun à toutes nos filles. Trop de fous rires ? A leur âge, c'est le contraire qui serait inquiétant. Le rire, croyez-moi, madame, est vertueux. J'imagine qu'on ne doit pas rire quand on commet une faute grave envers Dieu, son prochain ou soi-même.

Autant la supérieure du couvent où s'était retirée Émeline Le Coz avait glacé Marie-Léone avec ses manières d'aristocrate intolérante, autant celle-ci la mettait en confiance avec ses yeux remplis de sourires dont on devinait cependant qu'ils pouvaient devenir terribles. L'écoutant, elle se revoyait dans son couvent de Dinan, au même âge que sa fille, quand elle s'était prise d'une tendresse passionnée pour cette Isabelle qui écrivait son nom avec un Y et, la première, lui avait appris que les enfants ne se font pas par l'oreille. Sans doute, la supérieure du couvent nantais devait pratiquer avec tous les parents d'élèves les mêmes sourires, faire les mêmes gestes, dire les mêmes mots, c'est une très bonne enfant, madame, nous nous louons de sa piété, nous sommes très heureuses de l'avoir avec nous..., mais elle exerçait son art avec assez de maîtrise pour convaincre chaque parent d'avoir engendré une fille de qualité.

Point dupe, encore que charmée, Mme Carbec demanda :

— Êtes-vous sûre que Marie-Thérèse soit très heureuse dans ce couvent ?

— Très franchement, je le pense. Cela n'a pas été toujours facile, notre règle est sévère, lever à six heures, même l'hiver, messe, étude...

— Je connais cette discipline pour l'avoir subie pendant six années.

— En auriez-vous gardé un si mauvais souvenir ?

— Au contraire, sauf celui des premiers mois.

— Il en est ainsi pour toutes nos élèves. Le soir, après la dernière prière, quand elles sont couchées, chandelles éteintes, il m'arrive de faire une ronde dans les dortoirs et d'entendre ici et là, des sanglots qui s'efforcent de ne pas faire trop de bruit. Il s'agit toujours d'une nouvelle. Je m'arrête un instant devant son lit et je pose ma main sur son front en espérant qu'elle remplacera le baiser d'une maman. Cela s'est produit, c'est vrai, plus d'une fois pour Marie-Thérèse. Si j'en avais eu la permission je l'aurais embrassée pour la consoler mais vous savez peut-être que, même à mon âge, cela nous est interdit. Aujourd'hui, Marie-Thérèse s'endort tout de suite. Voilà qui ne trompe pas. Les gens heureux dorment bien, madame.

Marie-Léone dormait bien. Était-elle heureuse pour autant ? Elle regarda avec plus d'attention le visage de la religieuse et demanda encore :

— Croyez-vous, madame, que l'amitié de Catherine Renaudard y soit pour quelque chose ?

— À coup sûr, dit la supérieure. Nous avons une grande habitude de ces choses.

Elle dit aussi, après un bref soupir :

— L'amitié ! Voyez-vous, madame, c'est sans doute ce qui manque le plus à celles qui se consacrent à Dieu.

Sur un autre ton, dont Mme Carbec n'aurait su deviner s'il était malicieux ou gai, elle dit soudain :

— Vous devez savoir que le père de Catherine vient d'être anobli ?

— Non, je ne suis arrivée à Nantes qu'hier soir.

— La nouvelle est récente. M. Renaudard est venu nous annoncer lui-même qu'étant devenu titulaire d'une charge de conseiller-secrétaire il faudrait à la rentrée prochaine modifier sur nos registres le nom de Catherine !

— Je ne comprends pas ?

— C'est bien simple. La grande amie de votre Marie-Thérèse s'appelle désormais Catherine Renaudard du Bernier. Ne souriez pas. Savez-vous que M. Renaudard est un homme de grand mérite ? Sa générosité est sans doute plus voyante que celle de votre grand-père M. Lajaille, mais nos pauvres et les malades du Sanitat lui doivent beaucoup. Vous paraissez surprise ?

— En effet.

— Pourquoi donc ?

— Je ne me représentais pas M. Renaudard en talons rouges.

Non perfide, seulement espiègle, la supérieure demanda :

— Votre père, M. Le Coz, ne détenait-il pas lui-même une charge de conseiller-secrétaire ?

Mme Carbec prit le parti de rire et décida à ce moment

précis de laisser sa fille au couvent des Ursulines : elle y serait bien gouvernée.

— Maintenant, madame, allez vite retrouver Marie-Thérèse qui vous attend au parloir. Qu'elle passe de bonnes vacances, elle les a bien méritées par son travail, sa conduite et sa piété.

Mlle Carbec retrouva avec plaisir Saint-Malo, la maison où elle était née, sa chambre, son lit, tante Clacla qui était venue l'attendre. Elle remonta aussitôt la mécanique de Cacadou, ne manqua pas de faire un tour de remparts le soir même de son retour en compagnie de son frère aîné, et, le lendemain matin éprouva des délices encore inconnues à prolonger la tiédeur de sa couette au lieu d'en être délogée au commandement d'une cloche péremptoire. Les premières semaines de vacances passèrent vite. Avant d'être enfermée dans son couvent nantais, Marie-Thérèse trouvait naturel de vivre dans la demeure où elle avait toujours vécu, au milieu de meubles précieux, d'objets rares et de tentures qu'elle ne regardait même pas. Pendant ce mois de juillet 1725, il lui sembla découvrir la tapisserie et les tableaux de fleurs qui ornaient les murs de la salle de réception, le cabinet chinois, les fauteuils brodés au petit point de Hongrie, les rideaux taillés dans des toiles peintes de Pondichéry, un paravent de papier doré où volaient d'étranges oiseaux jamais vus dans le ciel malouin, jusqu'à l'épée d'honneur offerte par le Roi à son père, le capitaine Jean-Marie Carbec.

Pour Marie-Léone, le temps passa encore plus rapidement. Se rappelant les leçons ménagères données autrefois par Mme Le Coz d'une voix trop revêche pour qu'elle en gardât bon souvenir, elle apprit gaiement à sa fille les principes du bon gouvernement d'une maison, vous savez le latin, la géographie et la danse mais il vous faut savoir aussi comment écumer le pot. On les voyait toutes les deux au marché aux herbes, à la halle aux poissons, chez la couturière qui tenait boutique à la Croix-du-Fief, à la grand-messe et aux vêpres du dimanche où, l'esprit ailleurs, elles chantaient des psaumes qui n'en finissaient pas.

Dès le premier août, les dames Carbec allèrent s'installer à la Couesnière pour aider à préparer la fête des moissons. Depuis la mort de M. de Morzic, la comtesse Clacla y apportait le plus grand soin malgré son âge et le bâton sans lequel elle ne pouvait plus se déplacer. Comme l'année précédente, des pluies diluviennes ayant suivi un rude hiver, la récolte ne rapporterait guère plus que le grain semé dans les terres du Clos-Poulet ou du pays dolois, sauf à la Couesnière où l'on pratiquait maintenant la méthode des assolements et où, dans le voisinage des marais, des travaux d'assèchement avaient été entrepris. Grâce à ces dispositions, on y avait dépiqué plus de blé que dans les fermes des environs. Toutes les familles s'en réjouissaient, mais le contraire fût-il arrivé qu'elles ne s'en seraient point inquiétées, certaines que Mme de Morzic ne laisserait personne dans le besoin de manger. Après l'avoir longtemps observée avec une méfiance paysanne, on craignait maintenant de la perdre et on voulait savoir dans quelles mains tomberait l'héritage.

— Toi, la Léontine, tu dois savoir où iront la maison, les terres, les écus?

— Pour sûr que je le sais!

— Dis-le-nous donc.

— Dame non que je vous le dirai point!

— C'est donc un secret?

— Dame oui que c'est un secret!

— Ça serait peut-être bien toi, l'héritière? disait un farceur.

— Ces choses-là, répondait-elle d'un air qui en disait long, ça ne se voit pas que dans les contes. Pour en savoir long, j'en sais long, c'est tout ce que je peux raconter!

C'est vrai qu'elle était la plus ancienne habitante de la Couesnière, la Léontine. Engagée à douze ans pour donner le grain aux poules, elle avait été tôt dépucelée par un des maîtres, père ou fils allez savoir, et comme personne ne lui avait connu de galant tout le monde pensait que du sang bleu pourrait couler dans les veines de sa fille Gillette. De ces commérages, la comtesse Clacla n'ignorait rien, Léontine la première les lui racontait avec l'espoir inavoué qu'ils feraient un jour la fortune de la bâtarde. Son testament, Mme de Morzic l'avait écrit depuis longtemps : les servantes, le curé, les veuves des marins péris en mer, tous les Carbec, y trouveraient leur part.

Les gerbes une fois dépiquées, les hommes, les femmes et les enfants du village furent conviés à la Couesnière autour de longues tables dressées sous les chênes de la grande rabine. Tout le monde but, chanta, mangea et rit de bon cœur. Quelques bouteilles de piquette succédant au cidre doux et la goutte pour terminer, il n'en fallait pas plus pour que tous ces Bretons au sang vif aient le teint encore plus coloré, les jambes plus alertes, le verbe plus haut. Lorsque deux binious et un violon attaquèrent une bourrée, ils se mirent tous à danser, Marie-Thérèse ouvrant le bal, en avant deux! avec un jeune garçon choisi non par hasard. Mme Carbec l'avait bientôt suivie. Pour la première fois, depuis bien des années, Clacla resta dans son fauteuil, le curé assis à ses côtés pour lui faire la conversation.

— Avez-vous jamais dansé la dérobée, monsieur le recteur ?

— Bien sûr, madame la comtesse. Avant le séminaire, cela m'est arrivé plus d'une fois !

— Et depuis ?

— Jamais ! Vous n'y pensez pas ! dit-il en riant.

— Aimeriez-vous cela ?

L'un comme l'autre avaient bu assez pour être gais, échanger des propos plus libres que d'habitude et demeurant de bon aloi. Le curé réfléchit quelques instants et dit avec candeur :

— Je pense que cela ne plairait pas à notre évêque.

— La prochaine fois que j'aurai l'occasion de rencontrer Mgr Desmarets je lui poserai la question, monsieur le recteur.

— Oh non ! fit-il effrayé. N'allez pas lui répéter ce bavardage ! D'ailleurs, mes jambes sont trop vieilles...

— Les miennes aussi, dit Mme de Morzic. Eh bien, si nous ne pouvons plus danser, rien ne nous empêche de boire la goutte, non ? Pas même l'évêque. Servez-moi donc un dernier coup de rikiki avant la fin de la fête.

Les joues en feu, les yeux pleins d'étincelles et le rire aux dents, Marie-Thérèse avait dansé, tourné des rondes et mené des farandoles pendant plus de deux heures. Sa marraine lui demanda si elle s'était bien amusée.

— Jamais je n'ai autant dansé, c'est votre fête des moissons la plus réussie.

— Il y en a eu d'autres où l'on s'est bien amusé aussi, répondit Mme de Morzic en hochant la tête d'un air mélancolique.

Elle regardait sa filleule, détaillant les lignes du visage épanoui, les joues en feu, le menton déjà volontaire, la poitrine qui s'arrondissait sous la robe légère. Marie-Thérèse avait franchi la ligne imprécise, quasi mystérieuse, au-delà de laquelle les filles s'éloignent vite de leur enfance. Ces bourrées bretonnes qu'elle venait de tourner avec un entrain endiablé sans même penser qu'on la regardait, c'était sans doute la dernière fois qu'elle les dansait à la Couesnière. L'an prochain, devenue une demoiselle, elle ne voudrait plus danser avec les garçons du village. Il lui faudrait des jeunes gens de sa condition, peut-être même des hommes.

— Aimes-tu beaucoup la Couesnière ?

Si Marie-Léone vouvoyait ses enfants, Clacla tutoyait tous les jeunes Carbec comme elle l'avait fait avec leur père Jean-Marie.

Ça n'est pas parce que l'un était devenu armateur, que l'autre servait dans une ambassade, que le troisième paradait sous l'uniforme, et que leur sœur était élevée dans un couvent nantais réservé à la naissance ou à l'argent, que la comtesse de Morzic allait faire révérence à des drôles plus d'une fois torchés par ses soins.

— Vous le savez, tante Clacla. Quand j'étais petite, j'attendais avec impatience le moment de venir à la Couesnière. Aujourd'hui, je crois que je l'aime encore davantage.

— Alors, écoute-moi bien. Lorsque je serai morte, la Couesnière sera à toi. Je l'ai écrit sur mon testament.

Marie-Thérèse ne savait pas quoi répondre. Elle dit :

— Vous parlez trop souvent de la mort, vous avez bien le temps d'y penser.

— C'est par précaution. Il vaut mieux pour toi et pour tes frères que tout soit en ordre. Tu ne vois donc pas comme je suis vieille ?

— Dites-moi alors pourquoi vous m'avez choisie, de préférence à mes frères, pour me donner la Couesnière ?

— Parce que tu es ma filleule. J'ai aussi dans l'idée que tu épouseras un gentilhomme. Lorsqu'une fille de la bourgeoisie épouse un noble il est plus prudent qu'elle possède en propre une terre bien à elle. Promets-moi seulement que tu te marieras ici et que tu ne vendras jamais la Couesnière, sauf à l'un de tes frères, si quelque circonstance t'y obligeait.

— Je vous le promets, tante Clacla. Faut-il encore que je me marie !

— Avec le visage que tu as, tout le reste qu'on devine, et la dot qu'on te donnera, je voudrais bien voir qu'on ne te demande pas en mariage !

— Et si je restais dans mon couvent ?

— Toi ? Au couvent ? Il faudrait d'abord que tu enlèves ces yeux-là, cette bouche et ces deux petits seins ! gronda Mme de Morzic. Ta mère m'a dit que tu avais tes roses depuis le mois de mars, est-ce vrai ? Pourquoi tu ne m'en as pas parlé ?

— C'est vrai, tante Clacla, fit Marie-Thérèse en baissant le front.

— Eh bien, te voici bientôt bonne à marier ! Ne baisse pas les yeux comme une petite sotte, ça n'est pas ainsi que les filles attrapent les hommes, mademoiselle de la Couesnière !

Pour avoir le temps de vérifier le trousseau de la pensionnaire qui devait rejoindre Nantes le 1er octobre, les dames Carbec avaient regagné Saint-Malo à la mi-septembre. Une longue lettre de Jean-François les y attendait pour leur faire connaître que l'ambassadeur avait prié son jeune secrétaire de le suivre dans sa résidence d'été, sur les rives de la Brenta, là où l'aristocratie s'installait dès que le carnaval de l'Ascension avait retiré son dernier masque. « Considérez, ma mère, qu'emprisonnés dans leur île de marbre comme nos Malouins dans leur cité de granit, les Vénitiens ont eux aussi besoin de verdure. Dans ces demeures construites sur l'herbe, au bord de l'eau, ils se transportent avec leurs gens, leur argenterie et leur vaisselle pour y donner comédies, opéras et bals champêtres. Comparée aux autres, la maison d'été louée par M. de Gergy n'est sans doute qu'un modeste *palazzo,* mais de belle apparence avec un fronton en forme de triangle qui s'orne d'un vieux cadran solaire dont la devise provoquera peut-être une moquerie de mon frère aîné, parce qu'elle est gravée en latin, mais que ma sœur et vous-même, si vos souvenirs du couvent sont demeurés présents, pourront aisément traduire, *Horas non numero nisi serenas.* Ce cadran solaire-là dit toute ma vérité. En effet, je ne compte rien sinon les heures sereines. N'allez pas croire pour autant que notre vie se passe en sérénades, goûters sur l'herbe, promenades sur l'eau. Ici, l'arbre cache plus qu'ailleurs la forêt, et la forêt vénitienne est pleine de ces buissons d'épines qu'on nomme ailleurs intrigues politiques ou galantes. A ce qu'en dit M. de Gergy, Venise serait la ville d'Europe où un ambassadeur peut rendre les plus grands services à l'État qui l'emploie parce qu'y circulent les nouvelles les plus nombreuses, les plus graves, les plus imprévues, les plus secrètes, les plus folles, en un mot les plus importantes dont la connaissance est indispensable à la bonne direction des affaires. Je vous entends déjà penser tout haut que chaque diplomate partage les mêmes certitudes à peine a-t-il rejoint le poste où il a été nommé et s'installe aussitôt dans une disposition d'esprit qui le conduit à confondre une rumeur avec un secret d'État. Il n'empêche que nous avons appris à Venise, plus vite qu'ailleurs, les fiançailles du Roi avec la princesse Marie Leczinska, comme nous avions eu connaissance, avant les ambassades de tous les autres pays, des pourparlers, non suivis d'effet, engagés antérieurement avec la cour d'Angleterre et la cour de Russie pour y chercher une altesse digne de devenir reine de France. Vous voyez que nos travaux ne sont pas si futiles. Comme les médecins, il nous faut avoir de très bonnes oreilles. Vous ne me croyez pas encore ? Le meilleur moyen de vous en persuader serait que vous veniez vous en rendre compte vous-même. Pourquoi ne passeriez-vous pas quelques semaines à Venise ? Quelle joie ce serait pour moi de vous montrer toutes ces merveilles et, dans le même moment, de vous présenter ceux et celles qui ont si courtoisement ouvert à votre fils les portes de leurs palais ! Songez-y, de grâce, madame. Qu'avez-vous besoin de demeurer si longtemps à Saint-Malo, puisque mon frère Jean-Pierre gouverne l'armement Carbec avec une autorité qu'il n'entend pas partager, que Jean-Luc se trouve aux armées, et que Marie-Thérèse est au couvent ? Sans aucun doute, la meilleure période pour venir ici est celle du carnaval, mais le carnaval de Venise dure six mois de l'année, du premier dimanche d'octobre à la Noël, et du jour des Rois au Carême. Il recommence à l'Ascension pour deux semaines, et une autre fois à la Saint-Marc, sans parler des élections du doge et d'autres occasions moins solennelles. Choisissez donc la date qui vous conviendra le mieux. L'année prochaine l'Ascension tombera au mois de mai, je n'ai jamais connu plus joli ciel printanier qu'ici. Vous avez tout le temps d'en délibérer avec vous-même et sans doute avec la tante Clacla à qui vous aurez fait part de votre projet. Cependant ne vous attardez pas à trop raisonner car il convient d'apprécier les dangers autant que la valeur de la réflexion. Il y a à Venise des auberges du premier rang telles Le Lion d'Or et L'Europe que ne dédaignent pas des voyageurs illustres, mais je suis sûr que vous auriez plus d'aise en louant pour quelques semaines un petit *palazzo* avec domestiques, gondole et *barchiero*. J'en connais un, situé à l'angle du Grand Canal et d'un petit rio dont le propriétaire ne demanderait pas mieux que m'être agréable. Il vous conviendrait sûrement. Tant d'Anglais, d'Allemands, de Hollandais ou d'Italiens accourent à Venise au moment du carnaval qu'il faut louer à l'avance. Il vous suffira de me faire parvenir une lettre de change de dix mille livres sur un des banquiers de Genève avec lesquels la maison Carbec est en affaires. Je m'occuperai du reste. C'est dire, ma chère maman, que votre *palazzo,* votre gondole et votre fils tendrement respectueux vous attendent déjà. »

Mme Carbec lut d'abord cette lettre d'un seul trait, souriant à telle impertinence où elle se reconnaissait un peu, fronçant les sourcils, écarquillant les yeux et éclatant de rire pour finir.

— Je crains fort que votre frère n'ait tout à fait perdu la tête, dit-elle à Marie-Thérèse. Il me demande de le rejoindre à Venise et d'y demeurer quelques semaines pendant le temps du carnaval.

— N'est-ce pas là une bonne idée ?

— Retirez cela de votre esprit, je ne suis pas faite pour courir les routes. Le soin de ma maison, l'aide que je dois apporter à votre frère aîné, mes séjours à la Couesnière et à Nantes, tout me retient ici. Qui donc s'occuperait de vous pendant vos jours de sortie si je m'absentais si longtemps ?

— J'irais au Bernier avec Catherine. M. Renaudard ne demanderait pas mieux de m'accueillir, surtout si vous le lui demandiez !

Mme Carbec perdit patience :

— Vous parlez comme une évaporée, la mère supérieure de votre couvent me l'avait bien dit. Je vais répondre à Jean-François qu'il a dépassé l'âge des caprices et que sa mère n'a pas encore atteint celui d'en faire. En attendant, il nous faut compter toutes les deux le nombre de chemises, de bas, de jupons, de mouchoirs qui vous sont nécessaires pour la rentrée. Vos robes de l'année dernière sont devenues trop courtes, surtout trop étroites, nous avons juste le temps de nous en occuper.

Après avoir conduit sa fille au couvent, Mme Carbec décida de rester une longue semaine à Nantes. Elle avait été heureuse de rouvrir la maison du quai de la Fosse devenue définitivement sa propriété depuis que Mᵉ Bellormeau avait clos la succession, et davantage sienne depuis qu'elle y avait changé de place plusieurs meubles. Recevant ou visitant d'anciennes relations de sa famille, les dames Walsh, Michel, Bouteiller, Grou, Valleton, elle apprit pendant son séjour, entre autres nouvelles d'importance, que les deux frères Montaudouin se faisaient maintenant appeler, l'un M. de Launay, l'autre M. de la Robretière.

— Qu'en pensez-vous, la Malouine ?

— Rien, sinon que les Nantais nous imitent toujours avec vingt ans de retard.

On avait ri, peut-être en tordant un peu le nez, même que l'une de ces pétasses, dont chacune valait son pesant de lingots, avait murmuré à travers ses gencives « rira bien qui rira le dernier ». Cela qui n'avait pas échappé à Marie-Léone lui avait fait penser qu'en dépit de toutes les bonnes paroles prodiguées par Alphonse Renaudard, la rivalité nantaise demeurait vigilante.

Pour se rendre au Bernier où, une fois de plus, elle avait été priée, Mme Carbec attendit l'arrivée de son fils Jean-Pierre qui avait promis de la rejoindre quai de la Fosse. Au cours des dernières années, les deux armateurs avaient signé plusieurs contrats d'armement dont la bonne fin les avait satisfaits. Après s'être observés sans indulgence, leurs rapports étaient vite devenus confiants, le plus jeune autant que le plus vieux apportant dans les affaires un même souci de précision, une même dureté et cette habileté à tourner les règlements où les Malouins n'étaient pas moins habiles que les Nantais, si bien qu'il arrivait souvent à Alphonse Renaudard de dire en soupirant à Jean-Pierre Carbec :

— Quel malheur que Dieu ne m'ait pas donné un fils qui vous ressemble !

Ce fils, Guillaume Renaudard, venait d'avoir quinze ans et paraissait de plus en plus éloigné du négoce paternel. Bon élève des Oratoriens, il ne s'intéressait qu'aux livres, ne jouait jamais avec les compagnons de son âge, passait ses vacances au Bernier sans même avoir l'idée de sauter dans une barque pour une promenade au fil de l'Erdre. Qu'en ferait son père ? Guillaume ne témoignait pas davantage de goût pour la robe que pour l'épée, pour la marine que pour le commerce. Alphonse Renaudard enrageait devant ce jeune homme blond et frêle dont les gestes mesurés, la voix douce, et les bonnes notes reçues au collège décourageaient les remontrances.

Marie-Léone s'empressa de féliciter M. Renaudard de sa charge de conseiller-secrétaire. Le Nantais haussa les épaules :

— À quoi bon ?

— N'êtes-vous point satisfait ?

— J'en suis très fier, autant que votre père put l'être quand il fut lui-même anobli. En être satisfait, cela est une autre affaire.

— Je ne vous comprends pas.

— Voyez-vous, madame Carbec, les gens comme nous autres, armateurs et négociants, nous travaillons beaucoup, nous faisons construire des navires, nous bâtissons des maisons, nous trafiquons avec les Amériques, les Indes, l'Afrique et la Chine, nous gagnons beaucoup d'argent, cependant nous sommes tous les jours menacés de perdre nos bénéfices de la veille. Le goût d'entreprendre, c'est-à-dire de risquer, suffit peut-être à quelques-uns d'entre nous, j'en connais, mais ce sont les plus rares. Tous les autres, Nantais ou Malouins, nous travaillons pour voir s'épanouir nos familles et laisser après nous un nom plus éclatant que celui trouvé à notre naissance. La considération devient alors aussi importante que l'argent. Pour cela il faut avoir des enfants, d'abord des garçons qui fassent honneur à tout ce que vous leur laisserez, écus ou titres. Renaudard du Bernier, c'est moi, moi tout seul. Quand je serai mort, cela ne voudra plus rien dire du tout.

— Guillaume est bien jeune! hasarda Marie-Léone. Comment pouvez-vous préjuger de son avenir?

— À son âge, je me trouvais à Amsterdam où je m'entendais déjà à convertir des florins en livres et des sterling en piastres, madame Carbec! Quant à l'avenir de Guillaume, les Oratoriens vont s'y prendre de telle façon qu'ils l'enverront au séminaire en lui faisant croire qu'il est touché par la grâce divine.

Jean-Pierre Carbec s'entendait bien avec M. Renaudard, sauf sur les affaires de la religion. À Nantes, on comptait un certain nombre d'esprits forts aussi bien dans la noblesse que dans la haute bourgeoisie. À Saint-Malo, personne ne se serait avisé de risquer la moindre plaisanterie sur ce qui concerne le sacré, dogmes ou prêtres. Vivant sur la mer et de la mer, toute la population se trouvait placée dans la main de Dieu.

— La vocation d'un prêtre n'est-elle pas la plus grande bénédiction que puisse recevoir une famille? demanda-t-elle.

Le Nantais secoua la tête.

— C'est peut-être vrai pour les familles de la haute noblesse parce que les mitres d'évêque leur sont réservées! Pour toutes les autres, la bénédiction du ciel, c'est d'avoir beaucoup d'enfants et de petits-enfants. Vous, madame Carbec, vous n'avez point de tracas à vous faire avec vos trois mâts de rechange!

— Ils me donnent cependant bien des soucis.

— Allons donc! Tout ce qu'ont enduré les anciens Carbec, dans la regratterie, la morue, la course, tout cela va grandir dans le négoce, la diplomatie et l'armée. Les Renaudard, croyez-le bien, en ont autant enduré que les Carbec. Pour aboutir à quoi et à qui ? Sans doute à un petit curé de campagne ! Vous comprenez maintenant pourquoi j'ai dit tout à l'heure « à quoi bon ? ».

— Ce n'est point un mince honneur ni une petite charge, monsieur Renaudard, que d'être recteur d'un village, fit doucement observer Marie-Léone.

— Vous en parlez à votre aise, madame Carbec, vous qui verrez sans doute vos fils devenir, l'un directeur à la Compagnie des Indes, l'autre ambassadeur et le dernier maréchal de camp !

Marie-Léone et Jean-Pierre prirent le parti de rire. Ces propos avaient été échangés au cours d'un repas offert par Alphonse Renaudard dans son manoir du Bernier. Jean-Pierre y avait été convié plusieurs fois mais sa mère n'avait pas encore accepté l'invitation de l'armateur nantais. Servie dans de la porcelaine chinoise d'une bonne époque, la chère était succulente, accompagnée de vins de Bordeaux car l'amphytrion dédaignait les piquettes de la Loire depuis qu'il pouvait s'offrir des crus du Médoc. Tout parut flambant neuf à Mme Carbec, les boiseries, les meubles, les luminaires, les tableaux, les tapisseries.

— Vous avez dû entreprendre d'importants travaux ? demanda-t-elle.

— Quelques petits aménagements, répondit-il avec trop de modestie, ont été en effet nécessaires. La maison des Kerelen était vraiment trop étroite.

Marie-Léone, saisissant la balle au bond, voulut savoir s'il était exact que Louis de Kerelen s'intéressait maintenant aux affaires.

— C'est ma foi vrai ! répondit M. Renaudard en se frottant les mains. Il n'y réussit pas mal, tout en gardant une certaine liberté sans laquelle ce genre d'homme ne pourrait pas vivre. Une chose m'étonne : nous autres bourgeois nous ne pouvons guère faire autre chose que travailler. Lorsque nous voulons nous amuser un peu, nous risquons de tout perdre. Ceux-là, les gentilshommes, se tirent toujours de leurs embarras financiers. Pour moi, il y a là un mystère. Si M. de Kerelen s'était trouvé à Nantes je n'aurais pas manqué de l'inviter, je le sais de vos amis. Aujourd'hui, il est à Londres pour négocier un contrat d'assurances avec le frère d'un certain lord Towsend. Il s'est entiché des Anglais. C'est la dernière mode. De vous à moi, je le soupçonne d'aimer surtout les Anglaises, ce diable de Kerelen !

— Je n'ai jamais compris pourquoi il ne s'est pas marié ? dit Mme Carbec.

— Ne souhaitez pas de mal à nos Nantaises ! répondit M. Renaudard, soudain égrillard. S'il se mariait, j'en connais plus d'une qui serait désolée ! Mais je pense qu'elles n'ont rien à craindre, ces hommes-là meurent célibataires. Pauvre Kerelen! Son nom s'éteindra en même temps que lui, comme le mien disparaîtra avec moi. Louis de Kerelen, c'est la fin d'une famille. Moi, Alphonse Renaudard, je vous le dis sans fausse honte, je voudrais être le commencement d'une grande lignée, et plus tard une sorte d'ancêtre!

— Oublieriez-vous que vous avez une fille? demanda Jean-Pierre Carbec.

— Oh non, je ne l'oublie pas! Comme tous les pères je me fais du souci pour elle, mais c'est une fille à laquelle je ne pourrai jamais transmettre mon titre d'écuyer. À ce propos, monsieur Carbec, ne m'avez-vous pas dit que vous disposiez d'un bon correspondant à la Chine?

— C'est mon cousin Lesnard. Il est subrécargue de la Compagnie à Canton.

— Je voudrais commander un service de porcelaine dont toutes les pièces, il m'en faut trois cents, seraient décorées à mes armes. Il paraît que cela se pratique dans toutes les bonnes maisons.

— Rien n'est plus facile. Faites-les donc dessiner de manière très précise sur un carton avec l'indication des couleurs. Les Chinois de Canton vous feront votre service en un tournemain et vous le recevrez dans deux ans.

Rentrée à Saint-Malo, Mme Carbec retrouva sans déplaisir le rythme et le décor de sa vie quotidienne. Elle connut même quelques délices à s'enrober de silence et de solitude, tricotant ses souvenirs et fréquentant plus souvent les offices religieux qui lui apportaient une paix du cœur et de l'esprit dont elle éprouvait davantage le besoin depuis qu'elle se rendait moins souvent rue du Tambour-Défoncé. Le vieil ami Joseph Biniac lui rendait de fidèles visites, toujours prêt à rendre service et à exprimer son désaccord quant à cette alliance anglaise dont il présageait le pire, songez que le confident du Roi, cet ancien évêque de Fréjus, joue au trictrac avec le Walpole, tout cela finira très mal! Elle l'écoutait lui rapporter cent commérages qu'elle connaissait mieux que lui, et ne se défendait pas de jouer un peu la coquette avec cet ancien compagnon de son mari dont la cour tenace et discrète la rassurait. Était-ce pour les mêmes raisons qu'elle se rendait de temps à autre à l'hôtel Desiles où les armateurs donnaient rendez-vous aux capitaines? Il y avait là des hommes de deux ou trois générations qui jusqu'à présent n'avaient point trop osé lui adresser un propos galant ou seulement la regarder un peu trop long, et qui maintenant tournaient autour de la belle Mme Carbec.

Rentrée à la maison, elle se faisait servir à souper par Solène sur un guéridon dressé dans un coin du petit salon, montait dans sa chambre, ouvrait la fenêtre, regardait le soir d'automne que rayaient des cris d'oiseaux tomber lentement sur Cézembre, la Conchée, les Pointus..., refermait la fenêtre au premier frisson des épaules, entreprenait d'écrire à ses garçons ou bien relisait une de leurs lettres conservées comme des biens très précieux car Marie-Léone était certaine, M. Renaudard ne s'y était pas trompé, que le nom des Carbec deviendrait celui d'une grande famille, et qu'il fallait dès maintenant classer avec soin toute cette correspondance.

Mme Carbec relisait plus souvent les lettres de Jean-François que celles de Jean-Luc ou d'Hervé Le Coz. Encore qu'elle s'en défendît, elle y trouvait plus d'aisance, une manière de drôlerie et de charme qui la faisaient rire et la ramenaient vers les rives du temps où, petite fille, elle se laissait prendre aux tours du capitaine Jean-Marie, galigala, et à l'adresse de ses doigts enchantés. Elle essayait d'imaginer la ville décrite par son petit ambassadeur, ses palais aux murs ocrés, verts ou rouges, c'est pas Dieu possible ! trempant dans une eau plate où glissaient des barques en forme de fuseau, et dont les habitants passaient une moitié de l'année au carnaval et l'autre moitié à la comédie ou à l'opéra. Quelle singulière idée avait pris ce Jean-François de lui demander de venir le rejoindre à Venise et même d'y louer un *palazzo* ! Était-ce la place d'une dame malouine, veuve d'armateur et mère de quatre enfants ? Il y avait là, de la part d'un fils, une grande sottise, voire de l'irrespect. Consultée, tante Clacla s'était cependant écriée :

— Vous n'êtes pas encore partie ? Dépêchez-vous donc ! Si mes jambes me portaient mieux je serais déjà arrivée à Venise, c'est moi qui vous le dis ! Les hommes nous quittent bien pour deux ans, trois ans, pourquoi une femme ne pourrait-elle pas aller rejoindre son fils ? N'est-ce pas le devoir d'une mère que d'être auprès de ses enfants ?

— Le rôle d'une mère, Clacla, avait répondu Marie-Léone d'une voix pointue, je le connais mieux que vous ! C'est de prier Dieu qu'il préserve la vie et la vertu de ses enfants, ça n'est pas d'aller faire la folle au carnaval et risquer de le devenir tout à fait.

— Ouais donc ! Vous voilà devenue dévote à ce point ! Méfiez-vous, Marie-Léone, vous venez de parler comme l'aurait fait Mme Le Coz... Vous êtes encore trop jeune et trop avenante, vous le savez bien, pour vivre comme une recluse. Le carnaval, un masque sur le visage, une ville où personne ne vous connaît, quel bon temps on doit pouvoir se donner là-bas ! Toute vieille Clacla que je sois devenue, je pourrais bien me laisser tenter une dernière fois ! Quant à vous, ma chère, prenez-y garde, si vous laissez passer une telle occasion de vous divertir un peu, c'est pitié de vous voir ainsi, il ne vous restera plus qu'à suivre les traces de votre mère et à vous faire admettre dans le tiers ordre.

Elle avait dit aussi, le diable au fond des yeux :

— Je pense qu'une robe ballante et un petit tricorne bordé d'un galon d'or vous iraient mieux qu'un habit de nonne !

Elle en avait de bonnes, la Clacla, avec sa langue toujours bien pendue, plus pétasse que jamais, haussant le ton et plaquant ses deux mains sur son ventre rebondi pour dire : « Quel bon temps vous allez vous donner là-bas ! » Pour ne plus l'entendre, Mme Carbec se boucha les oreilles parce qu'elle craignait qu'un adorable poison n'y entrât. L'automne passa, vint l'hiver. Marie-Léone demanda aux bourrasques de la mer de chasser les imaginations qui finissaient par lui tourner la tête, d'autant plus que Jean-Pierre, Marie-Thérèse et le cadet Jean-Luc venu en permission pour les fêtes du jour de l'an se mettaient de la partie. Autant dire que la citadelle était investie.

Trimbalée pendant quinze jours sur les routes, passant du coche à la diligence et à la malle, arrivant le soir à Paris, Dijon, Lyon ou Grenoble et en repartant le lendemain matin après une nuit sans repos dans une chambre d'auberge où elle s'enfermait au verrou, Mme Carbec traversa la France en courant la poste, coincée entre deux marchands disgracieux et bons ronfleurs, luttant elle-même contre le sommeil qui, l'ayant terrassée, n'eût manqué de desserrer les doigts méfiants avec lesquels, depuis son départ de Saint-Malo elle tenait contre son ventre un petit sac de voyage. Ça n'est guère qu'à partir de Turin qu'elle parvint à se débarrasser du souci qui la poignait de s'être laissé entraîner à entreprendre une telle équipée. Tout à coup, quelque chose se dénoua. Les cahots de la route exceptés, tout lui parut soudain plus léger : le bleu du ciel, la courbe des paysages, la gentillesse des voyageurs, un cyprès au bord d'une route, les tuiles roses d'un toit, la musique d'une langue devinée sans être comprise, une volée de carillons dans l'ombre bleue, la gaieté du postillon, l'affabilité des maîtres de poste, jusqu'aux mendiants qui exigeaient l'aumône avec une effronterie si drôle qu'on ne pouvait se refuser le plaisir de leur donner le double de ce qu'ils espéraient. Sans le savoir, la veuve Carbec buvait le même philtre qui avait naguère enivré les plus grossiers soudards comme les plus charmants cavaliers du roi Charles VIII sur le chemin des guerres d'Italie. Elle s'y désaltéra à chaque relais, Milan, Brescia, Vérone, Vicence, Padoue, pour demeurer stupéfaite quand, parvenue au terme du voyage, Venise lui apparut immobile entre ciel et eau dans un crépuscule doré. Songe, enluminure de missel ou

décor d'opéra ? Cela dépassait tout ce qu'avait pu rêver une tête
bretonne cependant fertile en imaginations.

— Avez-vous fait un bon voyage, maman ?

La vue de son fils, plus encore la tendresse enfantine avec
laquelle il lui tendit le front, effacèrent la fatigue de Mme Carbec.

— *Mi porti queste bayagli ! Presto !* dit Jean-François à trois
faquins qui se tenaient derrière lui et que la Malouine se rappelait
avoir déjà vus quelque part, peut-être dans une comédie de
Molière où un coquin de valet joue mille tours à un vieillard
avaricieux.

— Vous parlez donc déjà l'italien ?

— Un peu avec la bouche, beaucoup avec les mains, comme
tout le monde ici, répondit Jean-François en bouffonnant.

Autour d'eux, les voyageurs qui venaient d'arriver et ceux qui
les attendaient, gens d'importance ou petit peuple, hommes,
femmes, enfants, tous riaient aussi, parlaient fort, paraissaient
être atteints d'une gaieté contagieuse ou être simplement heureux
de vivre. Quelques pas seulement séparaient le relais de la poste
du quai le long duquel se balançaient des barques noires encore
jamais vues.

— Voici votre gondole. Vous pourrez en disposer tout le temps
de votre séjour, à n'importe quel moment. J'ai loué un *barchiero*
pour le jour et un autre pour la nuit.

Les trois faquins y avaient déjà déposé les deux coffres de la
voyageuse et attendaient, hilares et la main tendue, de recevoir
une poignée de monnaie.

— *Illustrissime signor,* remercia l'un d'eux, *che Dio mi damne
se non passerete una notte maravigliosa a Venezia con questa
donna divina !*

— Que dit-il donc ? s'inquiéta Mme Carbec.

— Il vous souhaite poliment la bienvenue à Venise. Pour ne
rien vous cacher, il ne semble pas qu'il vous ait pris pour ma mère.

— Cela est fort déplaisant !

Mme Carbec avait dit ces mots d'une voix sèche, celle de
Mme Le Coz, sans trop savoir si le propos l'avait vraiment
blessée. Son fils la rassura en riant :

— Vous n'aurez jamais affaire qu'à des gens de qualité ou à des
domestiques. Tous ceux-là parlent le français.

Ayant congédié les trois faquins, Jean-François Carbec lança
d'une voix de commandement :

— *Voga !*

Le gondolier qui se tenait debout à l'extrémité de sa barque, cracha aussitôt dans l'eau, saisit son aviron à deux mains, vira de bord et se dirigea vers le Grand Canal en chantant d'une voix cajoleuse :

« *Vado pensado, Nonola, quello que amor facesse, Quando ché'l te vedesse...* » Mme Carbec se taisait, ouvrant et fermant les yeux, incapable de faire la part de l'imaginaire et du réel, tandis qu'elle glissait sur l'eau semée de minuscules points d'or le long des façades aux couleurs de sorbets. Une demi-heure s'écoula ainsi, le gondolier avait terminé la romance à Nonola, on croisait de frêles esquifs ornés de tendelets rayés rouge et blanc abritant des couples allongés sur des coussins, et parfois de grosses barcasses chargées de futailles, de sacs et de caisses qui laissaient derrière elles des odeurs de muscade et de vanille. Ils s'arrêtèrent enfin devant un petit *palazzo*, un étage et demi, dont les marches du vestibule trempaient dans l'eau et qui ressemblait assez à la sucrerie rose et verte décrite par Jean-François dans une de ses lettres. Un majordome, un portier, un cuisinier et une petite servante les attendaient. Ils accueillirent les voyageurs avec autant de joie et de gestes chaleureux que s'ils avaient salué le retour de maîtres vénérés, longtemps absents de leur demeure, et les menèrent aussitôt à l'assaut d'un grand escalier de marbre, aussi large que raide qui conduisait aux appartements de madame. C'étaient trois pièces d'enfilade : un salon tendu de velours cramoisi qu'éclairait un petit lustre aux pendeloques de cristal taillé, une chambre où trônait un large lit dont le baldaquin soutenu par des montants dorés eût pu servir de dais à un cardinal, et une salle plus petite avec baignoire, pots à eau, et autre cuvette dont on faisait encore peu usage à Saint-Malo.

Mme Carbec voulait bien admettre qu'elle avait franchi des frontières invisibles pour arriver au pays des fées, elle n'entendait pas moins garder les bonnes habitudes d'ordre et de rangement domestique inculquées par Mme Le Coz. Elle voulut donc ouvrir tout de suite ses malles pour en retirer ses effets fripés par le voyage. Avec l'autorité conférée par son ministère, le majordome s'y opposa.

— La signora contessa ne peut pas s'occuper de ses bagages. C'est le travail de la servante. Quand elle rentrera tout à l'heure dans sa chambre, Sa Seigneurie trouvera toutes ses robes repassées et pendues dans les armoires.

Une fois seule en face de son fils, Marie-Léone dit :

— Regardez-moi, Jean-François, je suis si heureuse d'être enfin auprès de vous ! Jamais je ne vous ai connu une aussi bonne mine. Vous êtes donc heureux vous aussi ?

— Je le dois à votre arrivée.

— Seulement ? dit-elle avec une pointe de malice dans sa question.

— Peut-être aussi à l'air qu'on respire à Venise. N'avez-vous pas remarqué comme tout le monde paraît être content de vivre ? Il est vrai que vous n'avez encore rien vu. Je vous mènerai souper tout à l'heure dans une auberge où vous découvrirez ce qu'on appelle ici la vie légère.

— Dès ce soir ?

— Sans doute ! Rappelez-vous que le carnaval de l'Ascension commence demain. Dès que le doge aura jeté l'anneau du mariage à la mer vous ne verrez plus les visages. Tout le monde devra porter un masque.

— Je n'en ai pas !

— Je vous en ai acheté deux, un blanc et un noir. Vous paierez vous-même vos robes de bal, je n'ai pas osé les choisir à votre place mais je connais les meilleures boutiques de la Merceria.

— Acheter des robes pour aller au bal ? Vous n'y pensez pas ! J'en ai apporté qui feront très bien l'affaire.

— Je ne pense qu'à vous voir belle comme toutes les Vénitiennes le seront.

— Et l'argent ?

— Baste !

— Comment, baste ?

— Écoutez-moi, maman, vous avez voulu venir à Venise ?

— Je me demande si je ne rêve pas.

— Alors, poursuivit Jean-François sans rien entendre, apprenez que toutes les femmes et tous les hommes qui ont du temps et de l'argent à perdre viennent ici.

— Taisez-vous ! Moi je suis venue ici pour voir mon fils et non pour jeter de l'argent par les fenêtres. Ce *palazzo,* cette gondole, tous ces valets de comédie, combien tout cela va me coûter ? Vous engagez des dépenses qui me font peur. Vous aurez tôt fait de ruiner tous les Carbec !

Inclinant la tête et regardant sa mère avec un séduisant sourire, il lança :

— Vous parlez comme Jean-Pierre ! Donnez-moi plutôt des nouvelles de mes frères, de ma sœur, de tante Clacla, et dites-moi si la mécanique de Cacadou se comporte bien ?

C'était au tour de Mme Carbec de ne vouloir rien entendre.

— Dites-moi, poursuivit-elle, pourquoi votre valet, celui qui gouverne les autres et dont la mine ne me plaît guère, m'a appelée signora contessa ? Sans parler l'italien, j'ai cru comprendre ce qu'il voulait dire.

— Vous aurez donc compris que le signor Balestra, c'est le nom de votre majordome, vous appelait « madame la comtesse ».

— En voilà une autre ! Quelle est cette farce ?

— Ne vous fâchez pas. En Italie le superlatif est quotidien. Tout le monde porte un titre, une distinction, un grade, n'importe lequel mais toujours celui qui convient le mieux à une situation, une réputation, un métier, un visage. Le faquin qui portait tout à l'heure vos bagages m'a gratifié d'un « *illustrissime signor* » parce que je suis le secrétaire d'un ambassadeur. Votre majordome aura simplement pensé que la mère d'un tel personnage ne pouvait pas être moins que comtesse. Il faudra vous y habituer. C'est la coutume.

Mme Carbec rit de bon cœur. Elle avait déjà rendu les armes.

— Vos Vénitiens sont donc entichés de noblesse, eux aussi ?

— Permettez-moi une précision. Chez nous, à Saint-Malo, on aime les titres de noblesse par vanité. A Venise on vous les donne par courtoisie et on s'en pare pour embellir sa vie quotidienne.

Ce soir-là, Marie-Léone ne trouva pas rapidement le sommeil. Malgré la fatigue du voyage, elle avait cédé à son fils qui voulait l'emmener souper dans une auberge.

— Croyez-vous que cette robe soit convenable ?

— J'y ai déjà pensé. Vous trouverez dans cette armoire ce qu'il vous faut pour ce soir.

C'était un de ces amples manteaux de soie, sorte de cape à longs plis et à capuche que les Vénitiennes mettaient volontiers sur leur robe, en dehors de la maison. Celui-ci, de couleur mauve, était parcouru de moires qui ressemblaient à des frissons. Elle le jeta sur ses épaules, se regarda dans une glace, passa une houppe à poudre sur son visage et ne reprocha pas à son fils cette dépense supplémentaire dont elle ne voulait pas même connaître le prix. Au lieu de monter sur la gondole qui les attendait sous le porche du *palazzo*, ils avaient ouvert une porte de service donnant sur un minuscule jardin et étaient partis tous les deux à travers un dédale de venelles où c'était miracle de se reconnaître, pour aboutir tout à coup sur une vaste place pavée de marbre et entourée d'arcades. Suspendues à des fils, scintillaient des milliers de lanternes multicolores. Au milieu de la foule bavarde qui allait et venait sans se bousculer, des bateleurs achevaient de mettre en place des tréteaux, bannières, toiles peintes et autres préparatifs pour une fête de carnaval. A peine avait-elle eu le temps d'entrevoir la tour de l'Horloge, les coupoles de la basilique, et quelques boutiques bourrées d'objets jamais vus, pas même rêvés, que Mme Carbec s'était retrouvée assise dans une auberge, bruyante volière, où elle avait mangé de bon appétit des mets inconnus et bu un petit vin blanc qui aiguisait la soif au lieu de désaltérer. Des hommes l'avaient dévisagée comme personne en France ne s'était jamais permis de le faire tandis que quelques femmes répondaient au salut de Jean-François par des sourires pleins de sous-entendus.

Maintenant, accoudée à la fenêtre grande ouverte de sa chambre, Mme Carbec regardait glisser d'innombrables barques avec un bruit soyeux où flottait une odeur fade d'eau croupie et de fleurs fanées. Derrière elle, sur le marbre rouge d'un petit meuble aux tiroirs galbés, un flambeau d'argent était encore allumé. Marie-Léone alla l'éteindre et entreprit de se déshabiller, la nuit était assez claire pour lui permettre de se coucher dans le grand lit à baldaquin sans avoir à tâtonner. Elle avait besoin de mettre un peu d'ordre dans son esprit, calmer le ravissement qu'elle n'osait pas s'avouer, apaiser l'inquiétude qui la serrait un peu. Cette ville de mascarades, de plaisirs et d'insouciance, tout le contraire de ce qu'avaient toujours connu des générations de Carbec, n'allait-elle pas faire de son fils une sorte de danseur de corde ? Tous les secrétaires d'ambassadeur étaient-ils aussi séduisants, frivoles, sans doute un peu menteurs, que paraissait l'être devenu son Jean-François ? Attentive à ne pas manquer la marée du sommeil, elle écouta sonner plusieurs heures. Il lui sembla que les cloches vénitiennes n'avaient pas la voix assez grave et étaient trop bavardes pour être prises au sérieux. Alors, elle chercha à se rappeler, sans y parvenir, le timbre rassurant de la Noguette qui veillait là-bas sur la nuit malouine.

De telles inquiétudes ne résistèrent pas longtemps aux grelots du carnaval. Une semaine après son arrivée à Venise, Mme Carbec se sentait aussi légère que la foule à laquelle elle se mêlait volontiers et dont elle avait adopté les vêtements, les rires, les gestes, les masques cela va sans dire, de soie blancs, noirs ou rouges, et la coutume d'un charmant sigisbée en la personne d'un secrétaire d'ambassadeur, son propre fils. On les vit partout, le long des Esclavons et sur la Piazzetta, dans Merceria ou San Geminiano, sur le Rialto, à San Giorgio et à la Salute, au théâtre et au café, au milieu des badauds accourus des cités voisines, Padoue, Vérone, Vicence, aussi de Florence, Milan ou Rome, voire de Londres, Vienne, Paris ou Amsterdam, pour se mêler à des inconnus, vivre la vie légère, se gaver de sorbets et de musiques, souper à trois heures du matin, se déguiser en Turcs, rois, diables, mauresques, arlequins, pierrots, polichinelles,

Égyptiennes, Colombines, satyres, derviches, oublier qu'on est noble ou faquin, pauvre ou riche, magistrat ou larron, bourgeoise ou lingère, vertueuse ou pécheresse, sage ou fou, homme ou femme, n'être plus qu'un costume, un personnage, un masque. Marie-Léone ne consentit jamais à se promener sans être accompagnée de son fils, non qu'elle eût craint d'être importunée par quelque passant mais parce qu'elle avait été élevée dans la religion des convenances sociales auxquelles Mme Le Coz attachait tant de prix. Que serait-il arrivé si un Malouin — ces sacrés gars on les voit partout ! — l'avait reconnue, déambulant seule, peut-être suivie, au milieu de cette cohue ? Se comporter, ma fille, de telle manière et non de telle autre, dans les circonstances où l'on risque d'être observée, cela s'appelle la bonne éducation. Cette règle, Marie-Léone ne l'appliqua qu'aux promenades à pied, non sur l'eau. Lorsqu'il arrivait que Jean-François fût retenu par les devoirs de sa charge, réception du courrier, rédaction d'une dépêche, démarche mineure auprès du Sénat ou quelque autre artificieux mensonge dont elle feignait souvent d'être dupe, Mme Carbec montait dans la gondole amarrée jour et nuit devant son *palazzo* et toujours prête à partir à condition que le gondolier eût fini sa sieste ou terminé la partie de *bassetta* commencée avec le portier. Elle se laissait conduire par lui, homme habile à manœuvrer sa barque à travers les rios les plus étroits et la faire virer dans des courbes difficiles sans jamais heurter les murs au crépi rose qui s'effritaient lentement dans des clapotis verts où flottaient des débris de pastèques et d'oranges. Ainsi, elle découvrait l'envers d'un décor d'opéra, longeait des terrasses ornées de lauriers-roses et des petits jardins suspendus où les fleurs grimpaient autour des arbres. Parfois elle se tenait debout pour jeter un coup d'œil indiscret vers une fenêtre ouverte sur une chambre au fond de laquelle un lit saccagé témoignait d'une belle tempête. Le gondolier connaissait par cœur son labyrinthe, savait où il fallait s'arrêter pour permettre à la promeneuse de rêver un court instant et reprenait sa nage pour la conduire sous les murs de quelque couvent où des orphelines apprenaient à chanter des barcarolles en s'accompagnant de la flûte et du hautbois. La cérémonie des fiançailles de Venise avec la mer à laquelle elle avait assisté d'une felouque réservée aux ambassadeurs, demeurait au fond de ses yeux avec toutes ses galères, barques, gondoles et autres navires pavoisés de robes, brocarts, pourpoints, simarres, toques à plumes, turbans, ombrelles et écharpes, se balançant sur le Grand Canal autour du *Bucentaure* où officiait le maître de la Sérénissime, mais Marie-Léone garderait toujours au

creux plus secret de son cœur le souvenir de ses promenades
solitaires, au fil de l'eau, où il suffisait d'un jasmin enroulé autour
d'un balcon pour l'enchanter. A son retour, le portier l'attendait
sur le seuil du *palazzo*, la main tendue, *per favore signora
contessa*, pour l'aider à descendre de la barque sans mouiller les
petites mules blanches qu'elle s'était décidée à porter comme
toutes les Vénitiennes.

Mme Carbec n'était jamais allée au bal. Au couvent de Dinan
où elle avait passé six années de sa jeunesse au milieu de
compagnes qui appartenaient le plus souvent à la petite noblesse,
épée ou robe, toutes les filles en rêvaient et, lasses de danser entre
elles sous une surveillance religieuse, attendaient le jour où un
vrai cavalier, un homme, les prendrait par la main. Rentrée dans
sa famille, elle avait aidé sa mère aux soins de la maison, rangé
des draps et compté l'argenterie, brodé des robes, rendu des
visites, elle n'était jamais allée au bal. Les circonstances ne s'y
prêtaient pas, on était toujours dans la guerre, les messieurs de
Saint-Malo pensaient à tout autre chose que donner à danser, et
Mme Le Coz n'eût point aimé cela. Plus tard, mariée au capitaine
Carbec, les enfants étaient vite arrivés. Quelques semaines avant
le quatrième anniversaire de Marie-Thérèse, elle était devenue
veuve, onze ans de cela, et depuis onze ans elle portait toujours
sur sa tête un petit bonnet de dentelle. Ce soir, assise devant un
miroir, occupée aux derniers détails de son visage et de sa coiffure
avant de se rendre au bal du comte Toscarini où la conduit son
fils, elle pose, enlève, remet et retire plusieurs fois la petite coiffe
sur ses cheveux, tiraillée entre le souci de demeurer toujours fidèle
au souvenir de Jean-Marie, voire aux principes de l'éducation
maternelle, et la crainte de passer aux yeux de l'aristocratie
vénitienne pour une petite bourgeoise serrée à l'étroit dans des
convenances démodées. Cela ne se porte plus, à plus forte raison
pendant le carnaval, lui a dit Jean-François sans plus insister car
il sait qu'elle n'en fera qu'à sa tête. Il a cependant ajouté « Sauf
pour les duègnes ! » La mère et le fils se sont aussi un peu querellés
au sujet de la robe, Mme Carbec entendant utiliser celle qu'elle
avait fait tailler dans le beau lamé rose et or offert par Clacla.

— Elle a été coupée par la meilleure couturière de Saint-Malo !
— Votre robe n'est pas une robe de bal.
— Vous n'y entendez rien !
— Voici bientôt un an que je suis invité à danser dans les plus
grandes maisons vénitiennes !
— Eh bien, moi j'ai été priée le mois dernier à une grande

soirée chez Nicolas Magon, et tout le monde m'en a fait compliment.

— Écoutez, maman, vous n'allez pas comparer Saint-Malo à Venise, ni les Magon aux Toscarini, et à tous les Mocenigo, Tron, Doria, Contarini et autres princes qui vont peut-être vous inviter à danser.

— Vous dites des sornettes, ils ne me connaissent pas !

— Dans ces sortes de bal, personne ne reconnaît personne, tout le monde est masqué, mais tout le monde remarque les robes, croyez-le bien !

— Je vous répète que vous n'y entendez rien !

— Soit, je n'y entends rien. Pour nous départager, demandez donc l'avis de votre majordome.

— Ce coquin qui a une mine de mauvais prêtre ?

— Ces gens-là n'ont pas leurs pareils en France. Ils sont au courant de tout et ont l'habitude de conseiller leurs maîtres. Le signor Balestra a servi dans les meilleures maisons, nous pouvons lui faire confiance. C'est un véritable factotum. Faites cela pour moi, maman. Ici, vous n'êtes point à Saint-Malo mais à Venise où votre fils tient une position qui l'oblige à jouer un rôle.

— Un rôle ? Vous seriez donc devenu vous aussi un *comediante* !

Entendant ce dernier mot prononcé à l'italienne avec un accent tonique presque parfait, Jean-François s'est exclamé :

— *Bravo ! bravissimo, signora contessa !* Vous voici devenue une véritable Vénitienne ! Vous parlez comme notre ambassadeur. Il n'y a plus qu'à appeler le signor Balestra.

Bon connaisseur, le majordome avait d'abord admiré la splendeur du tissu, *che maravigliosa !* et décrété qu'avec quelques retouches, échancrer le décolleté, donner davantage de ballon à la jupe, faire bouffer les manches et resserrer les poignets, ajouter ici et là velours et dentelle, une couturière de ses amies ferait la plus belle robe de bal qu'on ait jamais vue à Venise. Assiégée par Jean-François et par le signor Balestra auxquels s'était alliée la petite servante, Mme Carbec avait fini par se laisser faire, sauf pour le bonnet. Elle n'en voulut pas démordre, d'autant que ce soir devant son miroir, elle savait que cette dentelle noire posée sur ses cheveux s'accordait bien avec ses yeux bleus, le fard de ses joues, le lamé rose et or que la couturière du signor Balestra avait transformé en robe de cour. Non, elle n'avait pas l'air d'une duègne. Elle en était sûre. Il lui suffisait de regarder sa servante qui l'avait aidée à s'habiller et qui maintenant s'étouffait d'émerveillement en poussant des petits cris qui, pour être italiens, n'imitaient pas la passion.

Toutes les fenêtres du palais Toscarini étaient encadrées de petites lanternes vertes, rouges, bleues et blanches qui scintillaient dans la nuit tiède et se reflétaient dans l'eau, lorsque la gondole des Carbec parvint enfin sous un porche monumental, pavé de mosaïque et flanqué de deux énormes fanaux qui avaient dû autrefois décorer le château de poupe de quelque galère amirale. Il avait fallu que le *barchiero* attendît son tour et suivît à la queue leu leu une centaine de gondoles qui avaient débouché en même temps dans le Grand Canal. Tenant le bal du comte Toscarini pour la fête la plus raffinée et la plus fastueuse de tout le carnaval, la noblesse vénitienne et celle des cités voisines avaient inventé mille combinaisons pour y être conviées. Alors que, durant cette période, n'importe qui pouvait pénétrer n'importe où à condition de porter un masque sur le visage, il fallait ce soir présenter son billet et chuchoter son nom à un suisse galonné d'or et porteur d'un baudrier.

— Cavaliere et contessa Carbec de la Bargelière, murmura Jean-François.

Marie-Léone, qui n'avait rien entendu, était aussi émue que son garçon avait l'air à son aise, à croire que ce petit-fils de regrattier malouin avait toujours fréquenté les grands. Elle serra plus fort le bras de son compagnon.

— Vous ne me quittez pas d'un pas, vous me le jurez ?

— Je vous le promets.

Ils s'engagèrent dans un grand escalier de marbre, où se tenaient à droite et à gauche des laquais emperruqués, vêtus de velours rouge, eux-mêmes masqués et porteurs de flambeaux d'argent. Une foule d'hommes et de femmes, parés de bijoux, de soie, de dentelle et de velours allaient et venaient à travers une enfilade de quarante salons aux plafonds moulurés et dont les murs disparaissaient sous d'immenses tableaux. Des brûle-parfum étaient posés ici et là. Dans une pièce, de lourds chandeliers dressés sur des consoles en bois doré étincelaient comme des buissons de lumière, dans une autre une immense cheminée de marbre noir montait jusqu'au plafond, le portrait en pied d'un ancêtre vous accueillait dans une troisième salle, et dix autres salons réservés à la danse étaient illuminés par les feux de plusieurs lustres dont les cristaux de fleurs avaient été commandés aux meilleurs maîtres verriers de Murano. Partout, des petits orchestres de violons, violes de gambe, flûtes et hautbois, installés sur des estrades jouaient ici des airs à danser et là des romances à rêver, tandis que des laquais, tous vêtus de la même livrée rouge et or, tenant à bout de bras des plateaux chargés de verres et de carafons, glissaient entre les invités avec une adresse de funambules.

Éblouie plus qu'elle ne voulait le paraître, Mme Carbec dut bien convenir qu'elle n'avait jamais vu autant de choses précieuses réunies dans la même demeure, ni chez Nicolas Magon, ni chez Danycan, La Lande ou La Balue où cependant on ne se privait guère d'étaler ses richesses. Ici, dans ce palais princier, se trouvait accumulé le butin raflé pendant dix siècles autour de la Méditerranée par les Toscarini, aventuriers de la guerre, du négoce et de la finance, qui avaient huit cents ans d'avance sur les Malouins. Il sembla à Marie-Léone que tout ce qu'elle avait vu depuis le premier jour de son arrivée à Venise était effacé par cette splendeur qui partout ailleurs lui eût paru ostentatoire, et elle en conclut que tous ces Contarini, Mocenigo, Tron et autres Toscarini qui la côtoyaient ce soir, descendants comme elle-même de capitaines et de marchands, avaient dépassé le stade de la vanité bourgeoise toujours un peu empruntée, pour atteindre celui de l'orgueil patricien qui permet de se montrer à l'aise dans le magnifique et la démesure. Bonne Malouine, elle fit cependant remarquer à son fils :

— N'oublions pas que ce sont les nôtres, votre père et ses compagnons qui ont doublé les premiers le cap Horn pour atteindre le Pérou par la mer du Sud. C'était autre chose que de naviguer dans la Méditerranée ! Nos piastres valent bien leurs sequins, non ?

Fidèle à sa promesse, Jean-François n'avait pas quitté sa mère d'un pas. Tous les deux s'étaient promenés de salon en salon, avaient bu quelques verres de sirop, mangé quelques pâtisseries et plaisanté avec des inconnus qui, croyant les deviner sous leur masque, les nommaient Bernardino ou Isabella. Ils avaient même dansé trois fois ensemble, Marie-Léone retrouvant sans même s'y appliquer les pas et figures appris autrefois au couvent. Elle avait quitté Dinan à dix-huit ans. Quel âge ai-je donc aujourd'hui ? C'est pas Dieu possible ! Et me voici au bal, à Venise, avec un masque de carnaval sur le nez... Elle en était là de ses calculs et de ses étonnements, quand une longue suite de jeunes danseurs où fusaient des rires aigus fit irruption dans la salle où ils se trouvaient. Se tenant par la main, ils passèrent devant eux en chantant et, soudain, avant qu'elle eût pu faire le moindre geste pour le retenir, Jean-François fut entraîné dans la farandole par une fille qui l'avait saisi par le bras. Surprise, Mme Carbec ne s'inquiéta pas tout de suite : Jean-François allait bientôt se dégager de la ronde où il avait été enchaîné, il reviendrait la chercher et ils rentreraient tous les deux au petit *palazzo,* ravis de leur soirée. La tour de l'Horloge avait sonné minuit depuis longtemps. Pour se rassurer, elle but coup sur coup deux verres d'orangeade et s'attarda devant un tableautin galant dont elle ne regardait pas même le dessin. Une demi-heure se passa ainsi. Jean-François ne revenant pas, elle entendit son cœur battre la chamade. Pour qui doit-on me prendre en me voyant ainsi seule et ne connaissant personne ? Bravement, elle partit à sa rencontre, franchissant une enfilade de salons, passant au milieu des danseurs et faisant mine de chercher quelqu'un. Cela lui donnait quelque contenance. Elle revit les petits meubles en bois des Isles, les consoles dorées, l'immense cheminée de marbre noir, le portrait de l'aïeul Toscarini, mais point de Jean-François Carbec. Tout le monde dansait partout et la bousculait par mégarde. Marie-Léone sentit alors que son cœur battait de plus en plus vite et que son visage prenait feu derrière le masque qu'elle ne pouvait quitter sans provoquer une sorte d'esclandre. Apercevant une fenêtre entrouverte sur un balcon de pierre, elle s'y dirigea d'une démarche mal assurée pour respirer un peu d'air.

— *Posso esservi utile, signora ?*

Un homme s'était incliné respectueusement devant elle. Confuse, Mme Carbec, baragouinant les quelques mots qu'elle croyait connaître, répondit :

— *Escusi, no parlo italiano.*

— Nous parlerons donc français puisque vous êtes assurément française, dit-il. Je m'en étais douté tout à l'heure en vous regardant danser.

— C'est sans doute que vous m'aurez entendue parler.

— Point. C'est à cause du charmant bonnet de dentelle posé sur vos cheveux, et davantage à cause de votre robe.

— Ma robe ?

— Personne d'autre qu'une Française ne saurait porter une telle robe et avec une telle grâce.

L'homme s'exprimait sur un ton fort courtois, à peine teinté d'ironie, dont l'aisance dénotait une grande habitude de la société, surtout celle des femmes. Il portait avec élégance une ample veste de soie bleu ciel, sans la moindre passementerie, qui s'ouvrait sur un justaucorps blanc piqué de petits croissants de lune bleu foncé, et, sur son visage un masque doré sous lequel Marie-Léone crut deviner un sourire.

— Je ne sais à quoi on reconnaît les Françaises, répliqua-t-elle
sur un ton peu aimable, mais je sais qu'on reconnaît tous les
Italiens à leurs discours.

— Eh ! Qui vous dit que je suis italien ? L'Europe se rencontre
à Venise. Si tous les invités du comte Toscarini se connaissent,
personne ne se reconnaît ce soir. Vous et moi, nous sommes à
l'abri du même morceau de velours qui permet aux hommes de
dire mille folies aux femmes et parfois de les faire ensemble.
M'autoriserez-vous maintenant à vous reposer, en français cette
fois, la question que je vous posai tout à l'heure ?

— Dame oui ! Il n'y a point d'offense.

— Bravo ! Voilà une réponse qui fleure bon le terroir français !
dit-il en riant.

Marie-Léone se mordit la lèvre, cet homme est certainement de
haute lignée, cela se sent tout de suite, et je lui parle comme une
petite provinciale, il se moque sûrement de moi ! L'autre demandait déjà :

— En quoi pourrais-je vous être utile, madame ?

Elle fut tentée de briser là. La peur du ridicule la retint. Ne se
trouvait-elle pas à Venise, non rue du Tambour-Défoncé, pendant
le carnaval, invitée dans un des grands palais où elle ne pouvait
rencontrer que des gens de qualité ? Il convenait donc de jouer la
même partie qu'eux tous. Sans même se rendre compte qu'elle
taisait la présence de son fils, elle répondit, faisant la précieuse :

— J'ai perdu le cavalier qui m'accompagnait. Figurez-vous
qu'une farandole l'emporta. Je l'ai cherché en vain dans plusieurs
salles et, soudain lasse, je suis venue m'accouder à ce balcon.

Elle s'empressa d'ajouter :

— Il doit lui aussi me chercher, nous allons nous retrouver d'un
instant à l'autre.

— Cela n'est pas si sûr, madame.

— Que dites-vous là ?

— Savez-vous combien d'hôtes ont été invités au bal du comte
Toscarini ?

— Trois ou cinq cents peut-être.

— Plus de mille, madame. Si votre cavalier a été entraîné dans
une farandole, on ne le lâchera pas de sitôt.

— Je ne connais personne d'autre ici ! s'inquiéta Marie-Léone.

— Je suis votre serviteur, madame. Prenez garde de prendre
mal sur ce balcon. L'air est tiède mais humide, et vos épaules sont
nues. Rentrons plutôt dans ce salon, asseyons-nous sur ce canapé,
et permettez-moi de vous tenir compagnie en attendant votre
cavalier. Si, comme je l'espère, nous devons engager une longue

conversation, donnons-nous si vous y consentez un nom
d'emprunt. Cela sera plus commode et demeurera dans le ton du
carnaval. Lequel choisissez-vous ?

Prise au dépourvu, Marie-Léone dit en riant le premier nom qui
lui vint à l'esprit et le prononça à l'italienne :

— Isabella. Et vous ?

— Lorenzo.

Leur jeu consistait à ne jamais prononcer une phrase ou un mot
qui puisse mettre l'un sur la piste de l'autre et lui permît sinon de
découvrir son identité, au moins d'écorner son incognito. On
décida de s'en tenir à Venise, beau sujet de bavardage. Elle
raconta ses promenades en gondole le long des rios, il décrivit la
vie frivole, la gaieté, l'insouciance, les caprices, l'inconstance, la
prodigalité des Vénitiens, tout ce qu'ignoraient le plus souvent les
messieurs de Saint-Malo, gens solides qui prenaient toujours au
sérieux l'argent, la religion, le mariage. Comme un laquais passait
devant eux avec ses sirops, il l'interpella :

— *Spumante !*

Le laquais s'empressa d'apporter deux verres de cristal fins
comme de la dentelle où il versa un liquide pétillant et doré.
Soulevant légèrement son masque pour boire le sien, la Malouine
eut le sentiment qu'on regardait sa bouche. Quel était donc cet
homme qui s'exprimait avec tant d'aisance, tant de grâce, tant
d'autorité aussi ? Un Français ? Non, un accent, à peine perceptible mais réel, donnait à ses paroles comme un mouvement
musical. Italien, alors ? La modération de ses gestes excluait cette
pensée. Anglais, peut-être. Jean-François lui avait dit hier que la
Tamise se jetait aujourd'hui dans la lagune. À défaut de le
dévisager Marie-Léone pouvait au moins examiner ses mains.
Elles étaient longues, minces, brunes comme celles d'un Andalou.

— Comment trouvez-vous ce vin d'Asti, Isabella ?

— C'est la première fois que j'en bois. Il ressemble à ce que
vous disiez tout à l'heure des Vénitiens : gai, frivole, insouciant.

— *Spumante !* dit-il d'un ton allègre. Il ajouta plus courtois :
Cela ne vaut pas le vin de Champagne des Français.

— Je n'en ai jamais bu non plus, mais celui-ci est exquis.

Elle avait vidé son verre, il dit au laquais :

— *Porta mi un' altra caraffa, presto !*

Las de danser, plusieurs invités avaient pris place sur les
fauteuils et banquettes disposés autour du salon. Sans plus se
soucier de leurs voisins, des couples se parlaient à voix très basse,
serrés l'un contre l'autre, masque près du masque comme s'ils
avaient voulu deviner la couleur de leurs yeux. Des lèvres se

posaient sur des mains abandonnées, des rires fusaient en contrepoint aux airs joués par les violons, parfois un petit cri. Seuls Isabella et Lorenzo gardaient une attitude discrète sans soupçonner un seul instant que leur réserve les isolait du bal, des chuchotements, de la mascarade, du monde.

— Vous connaissez fort bien Venise! affirma-t-elle.

— C'est vrai, se contenta-t-il de répondre.

— Vous m'avez dit qu'on ne s'y souciait que de plaisirs, comment cela est-il possible?

— Cela est vrai aussi. Autrefois, il fallait compter avec la Sérénissime, aujourd'hui elle n'exerce plus la moindre influence sur les affaires de l'Europe. Elle meurt en dansant et en jouant aux cartes. M. John Law est arrivé ici il y a quelques semaines pour y achever sa vie en taillant au pharaon, n'est-ce pas une belle image pour Venise?

Lorenzo dit aussi, après un bref silence :

— C'est pourquoi les cours étrangères n'exigent des ambassadeurs qu'elles mandatent ici que d'avoir de bons tailleurs et de savoir bien exécuter la pavane. Avec eux, le bal du comte Toscarini ne manque jamais de bons danseurs.

Bien que ces derniers mots fussent prononcés d'un air indifférent, voire soulignés avec une nonchalance qui convenait bien à l'idée qu'elle commençait à se faire du personnage, Marie-Léone crut entendre une allusion à M. de Gergy. Du même coup, elle se rendit compte qu'elle avait oublié la disparition de son fils enlevé par une farandole. Le temps avait passé sans qu'elle s'en aperçût. Déjà, quelques danseurs quittaient le bal. Elle se leva avec brusquerie, sentit qu'elle ne tenait pas fort sur ses jambes et que sa tête tournait un peu. Trois verres de ce vin d'Asti y avaient suffi.

— Mon f…, la personne qui m'accompagnait a dû se perdre, dit-elle en rougissant sous son masque. Il vaut mieux que je rentre tout de suite chez moi.

— C'est sans doute plus sage, madame.

Balbutiant des excuses de petite bourgeoise sans manières, elle dit encore :

— Je vous remercie, monsieur, de votre compagnie.

Il se tenait incliné sur sa main. On n'avait jamais baisé la main de Mme Carbec. Elle voulut la retirer, s'y prit maladroitement et pour finir la laissa plus longtemps que les règles de la bienséance l'exigeaient.

— Nous allons descendre ensemble, dit-il, et je veillerai à ce que vous soyez bien installée dans votre gondole. Ne craignez rien, les *barchiere* sont des gens aussi honnêtes que discrets. Le vôtre vous reconduira chez vous sans encombre.

Une centaine d'invités se pressaient dans le grand escalier et dans le vestibule. Parvenus sur l'embarcadère, ils découvraient parfois leur visage pour permettre au suisse de les reconnaître et d'appeler leurs gondoliers en clamant le nom des maîtres. Impatient d'attendre son tour, Lorenzo se dirigea vers le portier et lui dit quelques mots à voix basse. Conduite par deux rameurs, une barque aux flancs effilés où était aménagé un petit abri fermé comme la caisse d'un carrosse, se rangea bientôt devant le *palazzo*.

— Vous auriez manqué de prendre mal avant l'arrivée de votre gondole. Voici la mienne que je mets à votre disposition, Isabella.

Disant cela, il la poussait doucement. Sûr de lui, il s'assit à côté d'elle et ordonna à ses gens :

— *Voga !*

Marie-Léone n'avait eu ni le temps, ni l'esprit, ni le goût de dire un mot ou de faire un geste. La gondole glissait déjà sur l'eau molle, traînant derrière elle un air de violon que la nuit effaça. Allongés côte à côte sur des coussins, ils demeurèrent longtemps silencieux, enveloppés d'ombre et de silence, sachant l'un et l'autre que le moindre mot ou geste eût rompu ce miracle. La barque avait quitté le Grand Canal et embouqué un rio étroit bordé de maisons plus basses où brillait çà et là un quinquet accroché à une fenêtre. Avant de s'engager dans une courbe, le gondolier posté à l'avant signalait son arrivée « *Premi !* », une voix lui répondait « *Stasi !* », un autre fuseau de laque noire surgissait alors de la nuit et les deux gondoles se croisaient bord à bord, sans même s'effleurer, en provoquant un léger remous qui faisait se frôler les épaules de leurs passagers. Il parla le premier.

— Nous ne sommes plus au bal, nous pouvons ôter maintenant nos masques.

Marie-Léone demeurait muette, immobile, prisonnière de liens invisibles qui la garrottaient. C'est lui qui le lui retira en même temps qu'il enlevait le sien. Sous le ciel criblé des étoiles du printemps vénitien, la nuit était assez claire pour qu'ils puissent distinguer leurs visages. Courbé vers elle, il la regarda en souriant et dit très doucement :

— Isabella, *bella, bella !*

Elle poussa un léger cri de surprise, non de frayeur, ferma les yeux, ne refusa pas ses lèvres. Comme si un sûr instinct l'eût averti que le moment était arrivé de chanter une petite *aria di batello*, le gondolier posté à l'arrière berça leur baiser d'une sérénade dont il n'était pas nécessaire de comprendre les paroles pour en être touché au cœur, *mô via, dime dé si!* L'homme qui avait choisi de s'appeler Lorenzo pour un soir de mascarade, Marie-Léone croyait le reconnaître. Il avait le même timbre de voix, la même bouche, les mêmes mains que l'inconnu qui était entré dans sa chambre et lui avait fait l'amour, il y avait des années et des années! Aujourd'hui, cette bouche ne quittait la sienne que pour redire les mêmes mots, *bella! bella!* tout comme autrefois et ces mains touchaient son front, caressaient ses épaules, ouvraient son corsage, *bella! bella!* s'attardaient sur ses seins devenus plus durs sous les doigts ingénieux, remontaient très lentement le long des jambes, sur les bas de soie, et s'attardaient, hésitation calculée, au-dessus du genou, au-delà de la jarretière, là où commence la tiédeur. Bella! La voix était devenue plus rapide, peut-être un peu moins tendre mais c'était bien la même. « *Mia cocoletta!...* » roucoulait le gondolier tandis que son maître poursuivait son chemin, sûr d'atteindre sa cible et défaisant les uns après les autres les légers bastions de dentelles qui ne protégeaient plus rien. Tout à coup, il enfouit la tête sous le lamé rose et or. Marie-Léone ne put étouffer le cri qui lui montait du ventre, ouvrit ses cuisses jusque-là tenues serrées et, de ses deux mains, tint appuyée cette tête là où elle venait de se poser. Jamais Mme Carbec n'avait reçu une telle caresse ni poussé de tels gémissements. Ribaude, elle enleva sa robe, ses jupes, sa lingerie, fit basculer l'homme entre ses jambes, noua ses bras autour de lui, se cambra au-devant des coups qui l'inondaient, suffoqua et supplia, par pitié! qu'on prolongeât et qu'on recommençât son plaisir, il y avait si longtemps, si longtemps!

Maintenant, elle demeurait étendue, le souffle un peu court, apaisée, nue sous le lamé or et rose jeté sur elle comme une cape, heureuse et sans remords, l'âme aussi lisse que son visage, riant toute seule et se rappelant tout à coup les paroles de la supérieure du couvent de Nantes : « On ne rit jamais quand on commet un grave péché envers Dieu, les autres ou soi-même. » L'homme avait dû, le premier, arrêter la fête, ses reins rompus par la violence d'une cavalcade dont les reprises l'avaient surpris. Il la tenait encore contre lui, soucieux d'un peu de tendresse pour qu'elle ne comprenne pas tout de suite qu'elle avait été un gibier couru et abattu qui tiendrait une place minuscule parmi ses trophées.

— L'amour à Venise..., dit-elle rêveusement.

— N'est jamais une chose grave! poursuivit-il avec gentillesse.

— Je voudrais vous demander quelque chose, est-ce possible ? demanda Marie-Léone.

— Comment pourrais-je refuser quoi que ce soit à celle qui me combla !

— Vous qui parlez si bien le français, vous avez dû aller souvent en France.

— Vous dites vrai.

— Y avez-vous visité beaucoup de villes ?

— Sans doute. Paris, Lyon, Marseille, Bordeaux, Montpellier, Nantes...

— Êtes-vous déjà allé à Saint-Malo ?

— La fameuse cité des corsaires, celle que les Anglais appellent le nid de guêpes ? Oui, j'y suis allé.

— Il y a longtemps ?

— Je n'ai fait qu'y passer. Laissez-moi réfléchir un peu. Je crois que c'était l'année qui suivit la mort de votre roi Louis XIV. Je me rappelle que de maudits chiens hurleurs m'ont empêché de dormir.

— J'ai froid, dit Marie-Léone d'une voix détimbrée. Tournez-vous pendant que je me rajuste.

Il s'y prêta de bonne grâce, pensant qu'elles sont toutes les mêmes la première fois que cela leur arrive, impudiques dans le déduit et soudain plus prudes que des nonnes au moment de remettre les escarpins. Lorsque la gondole s'arrêta devant son petit *palazzo,* Mme Carbec avait retrouvé l'aspect honnête d'une bourgeoise malouine qui rentre au logis après avoir entendu la messe. Parvenue dans sa chambre, elle s'assit devant son miroir et demeura stupéfaite de voir que sa robe était aussi fraîche que si elle venait de s'en vêtir. Le petit bonnet de dentelle noire était bien posé sur sa tête et elle tenait à la main son masque de velours comme si elle se préparait à partir pour le bal.

Deux heures après midi, Jean-François vint saluer sa mère.

— En me laissant seule, hier soir, lui dit-elle, vous m'avez mise dans un grand embarras.

— Pardonnez-moi, répondit-il, dès que j'ai pu me dégager de cette farandole qui m'avait enlevé, je vous ai tout de suite cherchée à travers les salons. Je vous ai enfin retrouvée, vous étiez en compagnie d'un tel personnage qu'il eût été inconvenant de ma part de vous déranger.

— Vous le connaissez ?

— Non, mais dans ce genre de bal seul le maître de maison porte un masque doré.

— C'était ?

— C'était le comte Toscarini.

À force d'entendre M. Renaudard regretter que son fils n'eût pas les qualités de Jean-Pierre Carbec, le Malouin avait fini par penser qu'il pourrait peut-être devenir un jour le gendre de l'armateur nantais. L'idée l'avait effleuré au cours d'un repas familial partagé quai de la Fosse après une longue matinée de travail.

— Restez donc dîner avec nous, nous reprendrons nos comptes cet après-midi, avait dit Alphonse Renaudard avec l'autorité cordiale qui était sa manière de faire l'aimable.

Arrivé la veille à Nantes où sa mère entretenait toujours un service à demeure pour que chacun des enfants puisse y loger de manière convenable, Jean-Pierre Carbec s'était rendu dès le lendemain matin chez son associé pour étudier avec lui la mise hors d'un brick de deux cents tonneaux dont les aménagements pour la traite n'étaient pas encore terminés. Renonçant à l'exploitation de son monopole, la Compagnie des Indes venait de comprendre qu'il y aurait plus de bénéfice à encaisser à coup sûr vingt livres par esclave transporté par l'armement libre plutôt que de risquer elle-même les aléas d'un trafic dangereux. C'était faire de Nantes la capitale de la traite négrière et l'une des premières places du négoce français. Ceux qu'on appelait les millionnaires de la Fosse, Bouteiller, Grou, Chaurant, Montaudouin, J.-B. de Luynes, Villestreux ou Deurbroucq, ne se contentaient déjà plus d'acheter des hommes, des femmes et des enfants en Guinée et au Bénin pour les revendre aux Antilles, ils étaient devenus manufacturiers pour fabriquer à l'usage des roitelets africains, des souliers, des chapeaux, des sabres et des étoffes achetés naguère à Surate ou à Amsterdam. Alphonse Renaudard faisait maintenant partie de cette aristocratie bourgeoise, laborieuse et prudente, habile à calculer au plus juste les risques encourus et qui s'en tenait aux sages principes : « Ne vendez jamais des objets de trop bonne qualité si vous voulez qu'on vous en achète souvent ! » Les affaires étaient devenues si nombreuses que, malgré l'aide de six commis, il n'y suffisait plus. Le concours apporté par Louis de Kerelen lui permettait bien d'ouvrir certaines portes où il n'avait pas accès, mais M. Renaudard ne se sentait pas assez en confiance avec le gentilhomme pour l'associer au secret de tous ses projets, non qu'il le jugeât déloyal ou qu'il suspectât sa loyauté. Dans Jean-Pierre Carbec, il avait trouvé au contraire un jeune compère, diligent et imaginatif, aux dents longues et qui au lieu de le regarder de haut, voire de biais, avec un imperceptible sourire de supériorité comme faisait l'autre, lui demandait conseil avec déférence.

— C'est donc entendu, vous partagerez notre dîner, dit Alphonse Renaudard en posant sa main sur l'épaule du jeune homme. Je vous parle comme si vous étiez mon fils. Catherine sera contente de vous voir, vous pourrez lui donner des nouvelles de votre sœur.

Aux demoiselles dont on leur confiait l'éducation, les dames ursulines avaient permis d'aller passer quinze jours dans leur famille. M. Renaudard en éprouvait une joie profonde qu'il manifesta à sa façon au cours du repas, sans manquer la moindre occasion d'adresser des compliments et des sourires à sa fille qu'il vouvoyait avec autant de respect que d'humeur enjouée depuis qu'il avait été promu écuyer.

— Eh bien, mademoiselle Renaudard du Bernier, je vois à votre bonne mine que vous êtes heureuse de retrouver notre maison !

— Oui, mon père.

— J'ai plaisir à vous voir aujourd'hui habillée d'une robe moins sévère que celle que vous portez au couvent.

— Oui, mon père.

— N'est-ce pas vous qui avez dirigé l'ordonnance de ce délicieux repas ?

— Oui, mon père.

— Il faut que vous preniez dès maintenant l'habitude de gouverner une maison. Vous vous y entendrez fort bien.

— Oui, mon père.

À tout ce que disait M. Renaudard, sa fille répondait toujours oui mon père. Elle ne savait pas dire autre chose, mangeait à petites bouchées, se tenait roide, les yeux baissés sur son assiette. Jean-Pierre Carbec l'observa. Jusqu'à présent il n'y avait jamais

pris garde. Pour lui, elle était demeurée la petite fille timide et
pâle, aux cheveux filasse, qu'il avait vue pour la première fois
lorsque Alphonse Renaudard, accompagné de ses deux enfants,
était venu faire une visite de condoléances à Mme Carbec, au
lendemain des obsèques de la grand-mère Le Coz. « Elle a le
même âge que ma sœur, se dit-il, dix-sept ans. Quel est le mystère
de leur amitié ? Autant Marie-Thérèse est vive, bavarde et
ressemble déjà à une femme, autant cette Catherine est muette,
sotte, et plate comme une galette. Elle ressemble à une chandelle
éteinte. Audacieuse et volontaire comme est Marie-Thérèse, elle
doit faire ses griffes sur cette malheureuse Catherine trop heureuse
de se laisser faire. »

— Encore un an de couvent, n'est-ce pas, ma fille ?

— Oui, mon père.

— Après cela, il faudra songer à vous marier.

— Oui, mon père. Seriez-vous donc si pressé ?

Cette fois elle ne s'était pas contentée de dire oui mon père en
baissant le nez. Elle avait même relevé la tête pour regarder
M. Renaudard avec un sourire qui avait fait fondre l'écuyer
comme une motte de beurre.

— Moi, pressé ? Ignorez-vous que votre papa ne demanderait
qu'à vous garder toujours près de lui ? Le temps me dure lorsque
vous êtes loin de moi. Il faut pourtant penser à votre avenir. Oh !
les prétendants ne vous manqueront pas quand ils sauront que je
vous fais trois cent mille livres de dot !

— Laissez cela, je vous en prie, mon père ! dit Catherine en
rougissant.

— Je ne demanderai qu'une chose à votre mari, c'est qu'il soit
établi à Nantes pour que je puisse vous voir tous les jours et
regarder grandir mes petits-enfants.

M. Renaudard s'était alors adressé à Jean-Pierre Carbec :

— Je vous prie d'excuser cette petite scène de famille. Catherine considérant Marie-Thérèse comme sa sœur, vous êtes devenu
son grand frère.

Il avait ajouté, après un bref silence :

— Son seul frère, d'ailleurs.

— Vous oubliez mon frère Guillaume ! dit Catherine en haussant le ton et regardant cette fois son père droit dans les yeux.

— Ma fille, répondit l'armateur, vous êtes en âge de savoir que
lorsqu'un enfant entre dans les ordres il est perdu pour sa famille.
Qu'en pense notre ami Carbec ?

Ça n'était pas la première fois que Jean-Pierre Carbec et
Alphonse Renaudard se trouvaient être en désaccord sur la

religion. Puisqu'on lui demandait son avis, le Malouin n'allait pas se dérober.

— Je suis de l'avis de Mlle Renaudard. Ça n'est pas parce que Guillaume est entré au séminaire qu'il a cessé d'être son frère, et encore moins votre fils. Bien au contraire. Je pense vous avoir déjà dit que la présence d'un prêtre dans une famille doit être considérée comme une bénédiction du ciel.

Catherine remercia Jean-Pierre d'une lueur dans le regard et d'un peu de rose aux joues.

— Puisque vous voici tous les deux contre moi, admit gaiement M. Renaudard, il ne me reste plus qu'à m'incliner. Eh bien, nous aurons donc un aumônier à demeure pour dire le bénédicité !

— En attendant, dit Catherine, je vais rendre les grâces comme nous avons coutume de le faire au couvent, chacune à notre tour.

Ils s'étaient levés tous les trois en se signant.

— Seigneur, dit Catherine d'une voix très douce, nous vous remercions pour les nourritures que vous nous avez permis de prendre. Donnez du pain aux pauvres et la santé aux malades.

— Et protégez la bonne fin de nos affaires ! conclut Alphonse Renaudard.

Jean-Pierre Carbec n'avait plus revu Catherine Renaudard pendant plusieurs mois. Il lui avait fallu attendre les vacances d'été au cours desquelles elle était venue passer dix jours à la Couesnière pour y retrouver son amie. Un jour qu'il se trouvait lui-même chez tante Clacla, quelques jeunes filles l'ayant entraîné dans un jeu de colin-maillard, il s'était aperçu que la Catherine était plus réservée que sotte et plus frêle que plate. Il s'en était même rendu compte assez souvent pour que Mme de Morzic lui dise, le même soir, avant de monter se coucher :

— Te voilà enfin redevenu un jeune homme ! Cela m'a fait plaisir de te voir au milieu de toutes ces filles que ta sœur avait invitées à la Couesnière. Tu t'amusais comme un vrai gars !

— C'était pour faire plaisir à Marie-Thérèse.

— Ouais donc ! C'est pour faire plaisir à ta sœur que tu mignotais tant la Catherine ?

— Je croyais que vos yeux n'y voyaient plus guère, tante Clacla !

— Mon gars, faut toujours se méfier un peu des gens qui n'y voient goutte parce qu'ils voient toujours ce qu'on ne voudrait point. Qu'est-ce que tu lui veux à la Catherine Renaudard ?

— Rien ! On jouait à colin-maillard.

— Avec les mains ?

— Dame !

— Eh bien mon gars, ne joue pas trop à ce colin-maillard ! Ces pauvres petites saintes, ça prend tout pour du vrai. La Catherine, j'ai de mauvais yeux mais j'y vois clair, elle avait les joues rouges de bonheur. Sais-tu au moins combien son père lui donnera ?

— Trois cent mille livres.

— Peste ! Trois cent mille livres ! Autant que le Danycan donna à ses filles ! Si c'est vrai, mon gars, tu pourrais peut-être bien jouer encore un peu au colin-maillard. Mais retiens bien ce que je te dis : jouer c'est pas s'amuser.

Au cours des mois qui suivirent, Jean-Pierre Carbec avait souvent pensé à cette partie de la Couesnière et au plaisir qu'il avait pris à entendre des filles tourner autour de lui avec des rires aussi pointus que leurs dents. Elles s'étaient sûrement moquées de ses mains maladroites ! Qu'avait-il à faire de ces pucelles plus minces que des fétus de paille, qu'on sentait à peine dans ses bras quand on les attrapait, et qui s'échappaient comme des anguilles ? Il venait d'avoir vingt-six ans. Se marier, enchaîner si vite sa vie ? Comme un benêt ? La veuve d'un charpentier de Saint-Servan lui faisait l'amour avec des cuisses solides, sans petits cris, sans colins-maillards préparatoires, sans perte de temps, droit au but vite fait bien fait. Il y avait bien les trois cent mille livres du père Renaudard mais il convenait d'être prudent, se renseigner, être sûr qu'une telle dot pourrait être utilisée à la façon d'un tremplin. Voudrait-on seulement de lui ? Aux fréquentes allusions d'Alphonse Renaudard, Jean-Pierre Carbec ne doutait pas que sa demande fût agréée, mais il y avait cette exigence d'habiter Nantes sur laquelle le beau-père ne reviendrait sûrement pas. Pourrait-il lui-même jamais quitter Saint-Malo ? Il était né rue du Tambour-Défoncé, y travaillait, y dormait. Tout le monde le connaissait, bonjour Jean-Pierre ça va-t-il comme tu veux ? À vingt-six ans, on le considérait déjà comme un des messieurs de la ville. Il y avait aussi tous les anciens de l'École d'hydrographie, les auberges, les odeurs, les grandes marées, le tour des remparts, le départ et le retour des Terre-Neuviens. Il y avait enfin sa mère et tante Clacla qui ne seraient pas d'accord, surtout si elles demeuraient muettes. Pourrait-il, sans être mauvais gars, les laisser mourir toutes seules, Malouines jusqu'au bout de leur vie ? Jean-Pierre n'osait pas s'avouer qu'au milieu de tous ses embarras, la femme du charpentier tenait sa place, Cancalaise au sang vif dont le mari était tombé au fond d'une cale des chantiers Carbec un soir qu'il avait trop pris la goutte. Généreux, Jean-Pierre s'était aussitôt rendu à Saint-Servan où habitait la veuve pour lui offrir son aide. Il avait d'abord délié les cordons de sa bourse et quelques semaines plus tard ceux d'un corsage reconnaissant. L'aîné des Carbec se savait trop épié par les commères malouines pour pouvoir engager quelque liaison à l'intérieur des remparts et sa position sociale répugnait à fréquenter la rue des Mœurs : la Cancalaise de Saint-Servan convenait à son goût du catimini, ses manières simples, ses exigences amoureuses. Homme d'habitude, il y avait vite trouvé son contentement. Il éprouvait plus d'aise, installé dans la cuisine de la veuve, devant une bolée et une galette qu'assis dans la salle à manger d'un Magon en face d'une oie farcie. C'était comme si son grand-père Mathieu, le regrattier devenu riche grâce à la morue et à la course, fût sorti de sa tombe pour balayer toutes les bonnes manières bourgeoises que Marie-Léone née Le Coz avait apprises à ses enfants, et pour réapprendre à son petit-fils la joie simple de se servir de la pointe de son couteau pour piquer un morceau de ragoût et le porter à sa bouche. Sachant qu'il avait trouvé la paix du cœur et des sens, Jean-Pierre Carbec n'ignorait pas pour autant qu'il pourrait réaliser tous les projets dont sa tête bourdonnait s'il parvenait à épouser les trois cent mille livres promises en dot à Catherine Renaudard : développer les armements négriers, importer des mélasses de Saint-Domingue pour en faire du sucre qui serait revendu dans les Allemagnes, fabriquer des indiennes pour la traite, changer de l'or en Chine contre de l'argent, développer le commerce des bois avec la Hanse, acheter des terrains à Nantes, trafiquer d'Inde en Inde avec les directeurs de la Compagnie et M. Dupleix dont le frère Bacquencourt venait d'être nommé fermier général. Avec quel argent ? Il avait touché sa part d'héritage paternel, plus de cent mille livres, une somme importante pour un Malouin de son âge, mais le plus gros de l'armement Carbec appartenait encore à sa mère, ses deux frères et sa sœur, et le plus clair de son propre naviguait sur la mer, était converti en marchandises entassées dans des magasins, ou immobilisé pour servir de caution. L'argent frais, répétait M. Renaudard, nous autres nous avons toujours besoin d'argent frais ! Tous les armateurs se débattaient dans les mêmes difficultés de trésorerie et y trouvaient la meilleure excuse pour retarder le plus possible le paiement de leur dividende aux porteurs de parts d'une mise hors. Comment le Renaudard s'y prendrait-il pour verser une pareille somme ? Plus rusé qu'une équille, il était bien capable de donner cinquante mille livres comptant et le reste sous forme de constitutions.

Ces réflexions n'empêchaient pas Jean-Pierre Carbec de se rendre plus souvent à Nantes, faire visite à M. Renaudard et accepter de partager ses repas servis maintenant dans une porcelaine chinoise peinte à ses armes. L'armateur l'accueillait toujours à bras ouverts, s'informait respectueusement de la santé de Mme Carbec, et portait intérêt à la carrière des deux autres garçons.

— Mon frère Jean-François doit bientôt quitter l'ambassade de Venise et rentrer en France où je pense qu'il sera affecté au secrétariat d'État des Affaires étrangères. Quant à Jean-Luc, il sera bientôt pourvu d'une lieutenance au Royal-Berry.

— Quelle belle famille font tous ces Carbec ! s'extasiait M. Renaudard.

Un jour qu'ils venaient d'achever tous les deux leur dîner, le vieux Nantais demanda au jeune Malouin :

— Je crois que vous connaissez bien M. de Kerelen ?

— Depuis de longues années. Nous étions encore enfants. Il venait souvent à la Couesnière. Mais, il me semble que vous le connaissez mieux que moi ?

— Cela n'est pas si sûr. J'avoue qu'il me rend d'inappréciables services. En fait, je n'ai qu'à me louer de lui. Je voudrais seulement savoir ce que vous en pensez vous-même parce que j'ai une grande confiance dans votre jugement.

— Monsieur, j'ai bien peu d'expérience ! A mon âge, je ne me permettrai jamais de juger un gentilhomme tel que M. de Kerelen.

— Marchez donc ! Je vous le demande comme un service.

— Nous le savons fidèle en amitié, courageux, loyal, et nous l'aimons beaucoup.

— Je vous remercie de votre franchise.

— Ma franchise ?

— Il n'est pas si naturel d'entendre un jeune homme louer un aîné sans l'égratigner. Cela me fait plaisir car mon opinion et mes sentiments ne diffèrent pas des vôtres. Je vous ai posé cette question parce que, vous considérant de ma famille, il était important pour nous tous de connaître votre avis.

— En quoi donc mon avis pourrait-il vous être si utile ? fit Jean-Pierre en prenant l'air modeste qui convenait le plus à M. Renaudard.

— Oh ! pour une chose bien simple qui est survenue la semaine dernière et à laquelle je n'étais pas préparé. M. de Kerelen m'a demandé la main de ma fille. Qu'en pensez-vous ?

Jean-Pierre Carbec crut qu'il était tout à coup vidé de son sang. À trop réfléchir, il avait laissé échapper une occasion qu'il ne retrouverait plus jamais. Catherine Renaudard, ça n'était pas seulement trois cent mille livres, c'était tout le reste qui serait venu plus tard : les navires, les immeubles, le Bernier, les contrats, les rentes.

— Qu'en pensez-vous ? insistait l'autre. Vous paraissez tout ému.

— Cela m'émeut, en effet. J'ai connu Mlle Renaudard si jeune ! Je me revois encore jouer avec elle à colin-maillard, l'an dernier...

— Catherine aussi s'en souvient, elle m'en a souvent parlé. Buvez donc un peu de cet armagnac, je le fais venir directement d'une terre que j'ai achetée là-bas.

Jean-Pierre s'était ressaisi. Il leva son verre sans trembler et dit d'une voix ferme :

— Aux fiançailles de Mlle Renaudard, et au bonheur de la future comtesse de Kerelen !

— Tout doux ! Comme vous y allez ! Ne prenez pas la poste. On m'a demandé la main de ma fille, je ne l'ai pas encore donnée.

— Mlle Renaudard est en effet bien jeune, admit Jean-Pierre.

— Vous n'y êtes pas. Catherine vient d'avoir dix-huit ans et sortira définitivement de son couvent dans quelques semaines. N'est-ce pas le plus bel âge pour se marier ?

— Sans doute, fit prudemment Jean-Pierre.

— Voyez-vous, monsieur Carbec, dans la position où je suis, je n'ai pas le droit de disposer de l'avenir de ma fille...

— Sans son consentement !

— Cela va de soi. Je n'essaierai même pas de l'influencer. La bonne noblesse, le charme, l'intelligence et la bravoure de M. de Kerelen sont autant de qualités sur lesquelles nous sommes tous d'accord, mais je pense qu'il existe d'autres valeurs qu'un père de famille doit considérer. Vous me suivez, monsieur Carbec ?

— Pas à pas, monsieur Renaudard.

— Depuis que les bourgeois ont gagné beaucoup d'argent, ils n'ont eu de cesse de vouloir marier leurs filles à des gentils-hommes. Est-ce vrai ?

— Nous connaissons cela.

— Que ces unions soient heureuses, c'est parfois vrai, il ne faut pas le dissimuler. La plupart du temps c'est aux dépens du patrimoine familial de la demoiselle.

— Monsieur, ces choses-là m'échappent, je n'y ai guère pensé.

— Il vous suffit de regarder ce qui se passe à Rouen, Bordeaux, Marseille, peut-être même à Saint-Malo, partout où nous avons des correspondants. Chaque fois que la fille d'un riche négociant épouse un gentilhomme, la fortune du beau-père s'en trouve écornée et risque fort d'être très diminuée, voire de disparaître à la deuxième génération. À Nantes, il en va autrement, Dieu merci. Sauf quelques rares exceptions, un armateur parvenu à un rang honorable refuse toujours de chercher pour ses enfants des alliances en dehors de son milieu d'affaires. Voilà où le bât me blesse avec la demande de M. de Kerelen! Je vous parle comme à un fils, n'est-ce pas?

— Vous le pouvez, monsieur.

— On dit que les Nantais sont riches. C'est ma foi vrai. D'où vient notre fortune? De la prospérité du commerce? du nombre de nos navires? de l'abondance de nos biens mobiliers? de la traite négrière? de nos manufactures? A peine. Elle vient de nos alliances, monsieur Carbec, de nos alliances! Ne cherchez pas plus loin. Nous nous sommes mariés entre nous, entre Nantais!

— Il me semblait cependant…, hasarda Jean-Pierre.

— Je sais ce que vous allez me dire. Oui, nous n'étions pas toujours de pure origine comme le sont les Bouteiller, Piou, Berthault, Arnous, ou Richard. On peut même affirmer que ceux-là étaient les moins nombreux. Montaudouin, Grou et Renaudard sont parisiens, Drouin est d'Anjou, Descazeaux et Darquistade viennent de Bayonne, Perrée de la Villesfreux est un vieux Malouin, sans compter tous les Hollandais, Deurbroucq, Van Harzel, Vanasse et tous les Irlandais, Walsh, Mac Namara, Stapleton ou O'Schiell, et les Espagnols comme les frères Polo… Eh bien, monsieur Carbec, toutes ces familles, je pourrais vous en citer cent autres, se sont toujours mariées entre elles, et leurs descendants sont devenus plus Nantais que les autres! Reprenez donc de cet armagnac. Comprenez-vous à présent pourquoi je ne me suis pas encore décidé à donner trois cent mille livres à M. de Kerelen qui est cependant un vrai Nantais? Encore une fois, je vous parle comme à un fils.

— Me permettez-vous alors de vous parler comme un fils à son père?

— Vous ne pourriez me faire plus grande joie.

— Je pense que, dans un mariage, les questions d'argent ne sont pas les plus importantes. M. de Kerelen éprouve certainement une vive inclination pour votre fille, et il me semble qu'elle-même n'aura pas été insensible aux qualités de ce gentilhomme.

— Tralala! Ce sont des chansons! Kerelen n'a jamais vu ma fille qu'une ou deux fois. Vous qui êtes un homme raisonnable, vous croyez à ces sortes d'emportements subits du cœur?

— Non, monsieur, ou alors s'ils existent ils ne promettent rien de durable pour l'avenir.

— À la bonne heure ! Quel âge avez-vous donc ?

Après avoir cru tomber dans le trou d'une rivière où il aurait perdu pied, Jean-Pierre retrouvait sa respiration. Nageur prudent, il revenait lentement, brasse après brasse, vers la rive, mesurant les distances parcourues. Il ne devait commettre aucune faute, surtout ne pas avoir l'air de saisir trop rapidement la perche tendue, il en était sûr, par le Renaudard. Il fallait d'abord savoir si Catherine était au courant de la démarche entreprise par Kerelen. Prenant le ton protecteur d'un frère aîné, il demanda :

— Il convient de connaître au moins l'avis de Mlle Renaudard.

— Oh ! je ne lui ai rien dit !

— Pourquoi donc ?

— Pourquoi ? Mais parce que... Monsieur Carbec, on voit bien que vous ne connaissez pas les jeunes filles ! À cet âge-là, quand on est encore au couvent, on est sensible à tout ce qu'un homme vous raconte, surtout s'il vous demande en mariage ! Les filles ne pensent qu'à cela. Vous avez vingt-six ans et moi soixante-cinq. Rien n'est plus agréable pour un homme de mon âge de rencontrer un jeune homme qui partage les mêmes idées que soi !

Jean-Pierre comprit à ce moment qu'il ne lui restait plus que quelques brasses à exécuter. Il releva la tête et précipita sa nage.

— Si je vous comprends bien, dit-il, vous n'en parlerez jamais à votre fille, vous demanderez à M. de Kerelen d'abandonner ses projets, et vous chercherez quelqu'un qui s'accorde mieux à vos vues ?

— C'est bien ainsi que je l'entends.

— Puis-je vous aider ?

— A quoi donc, fils ?

— A trouver cette personne.

— En connaîtriez-vous une qui me convienne ?

— Je le pense.

— Eh bien, dites-moi son nom.

— Elle s'appelle Jean-Pierre Carbec.

— Enfin ! s'écria M. Renaudard en ouvrant tout grand les bras. Savez-vous, mon gendre, que vous êtes plus rapide quand il s'agit de trouver une solution à nos problèmes d'armement ou de négoce ?

Il y avait déjà huit années qu'Hervé Le Coz avait abandonné la navigation pour venir s'établir à Saint-Domingue dans la concession héritée de son grand-père Lajaille. L'ancien capitaine de la Compagnie des Indes ne le regrettait plus. Semblable à tous les marins qui ne peuvent pas résister davantage à l'envie soudaine de poser coffre à terre qu'à celle aussi brutale de reprendre la mer, il lui était arrivé de vouloir tout planter là, sa case, ses nègres, ses chevaux, ses mulets et ses bœufs, ses champs de cannes et d'indigo, et embarquer simple matelot sur le premier navire qui ferait escale à Cap-Français. Coups de vent à vous démâter un homme, cela l'avait pris plusieurs fois. Pour aller où ? Il n'en savait rien. Pour aller ailleurs. Bon Malouin, aussi têtu à l'ouvrage que prompt à la fantaisie, il avait tenu bon et pouvait se rendre tranquillement au port, où l'arrivée d'un senau de la Compagnie des Indes venait de lui être signalé, sans craindre d'être tenté de demander au maître d'équipage de l'inscrire sur le rôle de la *Marie-Créole*. C'était le 1er juillet de l'année 1729.

Hervé Le Coz avait quitté les Trois Goyaves à la plus petite pique de l'aube, bref instant que le soleil bousculerait bientôt pour envahir tout le ciel. Harcelés par la voix des commandeurs, les nègres étaient déjà occupés à creuser des rigoles dans les pièces de cannes ou à défoncer à coups de houe un jardin à indigo. Il aimait ce moment de la journée, le seul où il ne ruisselât pas de sueur, qui lui rappelait le temps de sa jeunesse où, ayant pris le quart perché sur un hunier, il guettait à l'horizon le premier rayon du soleil. Il aimait surtout faire trotter ses chevaux sur cette longue allée, bien droite, longue d'une demi-lieue, large de dix toises, bordée à droite et à gauche d'un triple rang d'orangers qu'il avait fait planter dès la première année de son arrivée, et qu'il prenait soin de tailler en boule, de l'intérieur, à la manière espagnole. À la fin de la journée, quand il rentrait aux Trois Goyaves, il lui arrivait de mettre son cheval au pas pour contempler plus longtemps la belle ordonnance de ce chemin rectiligne qui conduisait à sa demeure, la grand-case, modeste bâtisse longue et basse, construite en bois de palmiste, couverte de bardeaux et entourée d'une galerie sous laquelle l'attendait le punch du soir : un demi-verre de tafia, un jus de citron vert, une cuillerée de sirop de canne.

Ce matin, Hervé Le Coz avait fait atteler deux mulets à un cabrouet, grande plate-forme sur laquelle les quatre esclaves qui l'accompagnaient chargeraient tout à l'heure le moulin à sucre commandé à Nantes six mois auparavant. Deux lieues le séparaient de Cap-Français, la capitale de la colonie, là où résidaient l'intendant, les majors généraux et leurs officiers, les commis de l'Amirauté, les membres du Conseil supérieur, les magistrats, avocats et notaires ainsi que les correspondants des négociants nantais ou bordelais. De plus humbles petits Blancs y habitaient aussi. Ceux-là installaient chaque matin des tréteaux en plein vent et se querellaient aussitôt avec les matelots pacotilleurs qui à peine débarqués, déballaient sur la chaussée tout ce qu'ils avaient pu acheter en Europe pour en tirer un bénéfice vite englouti par le bordel doudou. Sauf pour y convoyer ses barils de sucre, d'indigo ou de café produits sur sa plantation, ou monter à bord d'un navire pour y rencontrer un ancien compagnon, Hervé Le Coz ne venait guère à Cap-Français. La société qui priait volontiers à souper et à danser l'aurait sans doute bien accueilli, mais le Malouin préférait le calme des Trois Goyaves aux agitations créoles. Le consentement paisible de Nathalie-pied-long lui suffisait.

Toute la petite ville remuait déjà sous le soleil, lorsque le chariot s'engagea sur la place d'Armes pour déboucher sur le port au bout de l'avenue du Gouvernement. Bien qu'il s'en défendît, le maître des Trois Goyaves était demeuré le capitaine Le Coz. D'un geste familier, il cligna des yeux que sa main droite protégeait de la lumière et passa en revue la dizaine de navires qui, toutes voiles ferlées, branlaient à l'ancre sur la rade où allaient et venaient des barges ventrues, chargées de barils, caisses et sacs de jute. Il dénombra deux senaux, trois flûtes, une corvette, deux frégates, trois brigantins. Seule la *Marie-Créole* battait pavillon de la Compagnie des Indes, les autres bâtiments relevaient de l'armement privé. Quelques instants plus tard, son attelage s'arrêta sur le quai Saint-Louis en face des magasins de la Compagnie. Hervé Le Coz y entra. Affalé devant une table grossière sur laquelle était posée une perruque à côté d'une plume d'oie et d'un encrier, un commis préposé aux petites écritures ronflait avec bonne conscience. Comme il l'avait vu faire si souvent, au cours de sa vie passée, par les marins qui veulent faire se lever la brise les jours d'encalminage, Hervé siffla très doucement entre ses dents. On aurait dit un flûtiau champêtre. Soudain, le son s'amplifia au point de vous percer les oreilles. Alors le dormeur se réveilla en sursaut et remit sa perruque avec la dignité d'un haut magistrat se coiffant de son mortier. Des nègres partirent d'un énorme éclat de rire en se frappant les cuisses.

— Pardonnez-moi, monsieur Le Coz ! Je ne vous avais pas entendu venir. Depuis vingt ans, je ne parviens pas encore à m'habituer à cette chaleur.

Hervé Le Coz le regarda avec un sourire indulgent, remettez-vous, monsieur. Le commis n'avait plus de cheveux et plus d'âge. On devinait seulement sous sa peau cuite par le soleil un teint d'homme malade. À la suite de quelle aventure sordide ou de quel rêve enfantin était-il parti aux Isles, il y avait vingt ans de cela, pour aboutir à cette fonction dérisoire que la Compagnie des Indes confiait volontiers à des dévoyés recrutés sur place pour n'avoir pas à les payer cher ? Au temps qu'il naviguait, le capitaine Le Coz en avait rencontré des dizaines à Surate ou à Pondichéry, Fort-Royal ou Léogane, de ces hommes trop faibles de caractère ou de santé, pour ne pas se laisser prendre aux mirages. D'échecs en échecs, dominés par la femme noire dont ils partageaient la case et la calebasse, les moins veules finissaient par accepter des petits travaux d'écriture avec l'espoir jamais réalisé d'économiser assez d'argent pour monter à bord d'un navire appareillant pour le pays d'où ils étaient partis avec des yeux de conquérant.

— C'est moi qui vous ai envoyé un billet pour vous prévenir de l'arrivée de la *Marie-Créole*. Vos caisses ont été déjà débarquées et sont dans le magasin de la Compagnie. Le capitaine voudrait vous voir pour vous remettre un paquet.

Reçu à la coupée au son du sifflet du maître d'équipage, Hervé Le Coz fut sensible à l'hommage qu'on lui rendait. Il jeta un coup d'œil rapide sur le pont, le gréement, les mâts, les deux châteaux, et dit, manière de politesse rendue par un connaisseur :

— Voilà une belle barque !

— Peuh ! dit l'autre. Elle est seulement belle à l'œil. Elle porte bien son nom, la garce ! Il faut la surveiller à chaque instant, elle prend mal la lame. La Compagnie était si pressée d'avoir des navires qu'elle a acheté n'importe quoi. Aujourd'hui, la moitié de la flotte ne sort plus qu'au cabotage. Vous, Le Coz, vous aviez la chance de commander sur *Les Deux Couronnes*. Ça, c'était une barque !

— C'est vrai, convint Hervé Le Coz, je ne l'ai pas quittée sans regret.

— À moi aussi, ça me fera deuil de la quitter, cette foutue bougresse !

Ils s'étaient installés dans la chambre de commandement, une vaste pièce lambrissée d'acajou dont un râtelier d'armes, fusils, pistolets et sabres, occupait un pan entier, en face d'un coffre-fort où étaient enfermés les papiers du bord et les instruments de navigation. Le capitaine de la *Marie-Créole* ouvrit ce coffre avec une clef pendue à sa ceinture de cuir, en sortit un petit paquet ficelé et timbré d'un cachet de cire.

— Voici du courrier pour vous.

Hervé Le Coz reconnut l'écriture de sa sœur, fine et déliée, celle d'une fille élevée dans un bon couvent et qui n'a jamais perdu l'habitude de la correspondance. Il la regarda pendant quelques instants avec complaisance, mit la lettre dans sa poche, retint le capitaine qui par discrétion, voulait se retirer :

— Je vous en prie, je préfère la lire ce soir quand je serai rentré à l'habitation.

— Vraiment ?

— C'est une lettre de ma sœur, Mme Carbec. Elle m'écrit souvent. Pour bien savourer le plaisir de la lire, j'ai besoin de me trouver dans ma chambre, tout seul, de préférence le soir, après le coucher du soleil. C'est la meilleure heure pour les lettres et pour le punch, ne croyez-vous pas ?

— À bord, nous faisons tous la même chose. C'est le moment où nous relisons nos vieilles lettres. Pour ce qui est des habitudes coloniales, je manque d'expérience, je m'imaginais que c'était surtout la nuit qu'on relisait ses lettres.

— La nuit, dit Hervé Le Coz en riant, j'ai bien autre chose à faire ! Je me bats contre les maringouins. Il est impossible d'allumer la moindre chandelle. Heureusement que les colons ont inventé la sieste pour pouvoir dormir ! Pendant l'hivernage, la pluie tombe si fort sur le toit de votre case qu'elle vous empêche de fermer l'œil, et pendant la saison sèche ce sont vos nègres qui frappent sur une calebasse jusqu'à l'aube. Je connais des colons qui, fous de colère, ont pris leur fusil pour les faire taire.

— Vous ne regrettez jamais d'avoir quitté la Compagnie ?

— Cela m'est arrivé plusieurs fois.

— Cela ne vous arrive-t-il plus ?

— Non.

— Mais, la solitude... ?

Hervé Le Coz haussa les épaules.

— Je ne suis ni plus ni moins solitaire aux Trois Goyaves que je l'étais à bord des *Deux Couronnes*. Voyez-vous, je ne suis jamais aussi seul qu'en compagnie.

— Vous ne venez donc jamais vous distraire ? On m'a dit qu'on mène joyeuse vie à Cap-Français.

— Je me contente de mes livres et de mon chien. J'ai aussi une ménagère. Elle fait ma cuisine, lave et repasse mon linge, et vient dans mon lit de temps à autre. Je n'ai même pas besoin de l'appeler, elle devine toujours le jour de notre petit sabbat. Je crois même qu'elle le sait avant moi.

— Ce serait peut-être bien une sorcière ? dit en plaisantant le capitaine de la *Marie-Créole*.

— Il se pourrait bien que Nathalie-pied-long soit un peu sorcière, dit gravement Hervé Le Coz. Venez donc un de ces soirs aux Trois Goyaves, elle vous fera une pimentade comme vous n'en avez jamais mangé. Quand remettez-vous à la voile ?

— Dans une quinzaine de jours, le temps de débarquer ma cargaison et d'en charger une autre.

— J'aurai une cinquantaine de sacs de café pour Nantes.

— Je vous apporterai le connaissement à signer.

— Vous êtes venu en droiture ?

— Oui, en six semaines.

— C'est le temps qu'il faut. En cette saison, vous n'en mettrez que quatre pour le retour jusqu'à Paimbœuf.

— Je l'espère bien.

Les deux hommes s'étaient naguère rencontrés quelquefois au hasard des escales. Ils avaient à peu près le même âge, évoquaient les mêmes souvenirs, disaient les mêmes mots, gardaient les mêmes silences, buvaient avec les mêmes gestes quasi religieux, les yeux perdus au loin comme s'ils avaient avalé un petit verre de brume. Préposé au service de table, un matelot avait dressé deux couverts et leur servit un bon repas arrosé de vin de Bordeaux.

— Je vois que les traditions de la Compagnie ont été conservées pour ce qui est de la table des capitaines ! dit Hervé Le Coz.

— Quand je prendrai ma retraite, cela me manquera, dit l'autre.

— Êtes-vous marié ?

— Pas plus que vous.

— Moi, c'est autre chose ! fit rêveusement Le Coz.

— Vous, vous avez Nathalie-pied-long, murmura le capitaine.

— C'est vrai, moi j'ai Nathalie-pied-long! dit Le Coz sur le même ton.

Les deux hommes étaient devenus tout à coup muets et mangeaient plus lentement.

— Une femme silencieuse, cela vaut mieux qu'une pétasse.

— Pour sûr!

— Vous êtes bien nantais? questionna Le Coz.

— Oui, de Pirmil.

— Croyez-moi, l'ami, mariez-vous dès votre retour.

— Avec une Nantaise? C'est toutes des berdi-berdas!

— Cherchez ailleurs, mais ne faites point comme moi.

— J'y penserai, dit le capitaine. En attendant, nous allons faire une sieste antillaise. Mon second est parti en bordée, on ne le verra pas avant trois jours, prenez son lit. Tout à l'heure, je vous raccompagnerai à terre et nous irons boire un dernier verre chez la belle Mercédès. Vous devez connaître ce cabaret?

— Non pas!

— Tout le monde en parle à Nantes, à Bordeaux, à L'Orient, même à Saint-Malo!

Hervé Le Coz se réveilla à la fin de l'après-midi. Une légère brise s'était levée et quelques rides d'eau molle passaient sous la coque de la *Marie-Créole*. Une chaloupe amena les deux capitaines jusqu'au quai. Le maître des Trois Goyaves n'était jamais venu chez Mercédès, belle négresse qui, à seize ans, avait été assez adroite pour vendre son pucelage contre sa liberté au maître qui voulait la violer. On l'avait vue bientôt aller et venir sur la place d'Armes et le long de l'avenue du Gouvernement. Elle s'y promenait d'un air nonchalant, la lèvre dédaigneuse, et donnant à ses hanches un mouvement de balançoire qui était à lui seul une invitation à forniquer. En quelques mois, elle était devenue la putain la plus demandée de Cap-Français. Avec le madras immaculé, haut de huit pouces, qui l'enturbannait, sa chemise de fine batiste à petits plis et largement échancrée là où était piqué un bouquet de fleurs, sa jupe aux couleurs criardes ample comme une robe à traîne, plus courte par-devant, qui lui ceignait les reins, tenant de la main droite une ombrelle et de la main gauche un mouchoir au bout des doigts, on aurait dit une corvette s'avançant dans la lumière un jour de grand pavois. Mercédès choisissait ses compagnons parmi les officiers, les planteurs, les magistrats et les capitaines de passage. Fine mouche et laborieuse, trop consciente aussi de la précarité de son état pour refuser la gratuité de ses talents au lieutenant criminel qui la protégeait, elle avait mis assez d'argent de côté pour acheter, quelques années plus tard, une petite maison dont elle avait fait une sorte d'auberge de très bonne tenue, vite fréquentée par la meilleure société de Cap-Français et où les hommes conduisaient même leurs épouses pour y siroter un jus d'ananas au rhum tandis que passant de table en table, onduleuse, elle faisait tinter les colliers d'or et de corail dont elle se parait, et fredonnait la dernière chanson dont tout Saint-Domingue raffolait : « *Yo vous di, femme est bien sotte — Si pas connaît' faire payer Blanc.* »

Bien qu'il préférât demeurer aux Trois Goyaves et fuir la société créole, les habitués de la belle Mercédès connaissaient Hervé Le Coz, au moins de vue, autant que lui-même reconnaissait leurs visages. Ce jour-là, ils étaient venus nombreux parce que l'arrivée d'un navire porteur de courrier, de bouteilles de vin et de sacs d'oignons était toujours une occasion de se réunir. Hervé Le Coz salua l'assemblée d'un air discret, s'assit à une table en face de son compagnon, et ne fut pas long à comprendre que son arrivée avait fait subitement tomber les conversations d'un demi-ton. Très à l'aise, le capitaine de la *Marie-Créole* s'en alla faire sa cour au Commissaire de l'Amirauté qui venait d'arriver avec sa femme.

— Ne serait-ce pas M. Le Coz avec vous ? demanda le Commissaire.

— En effet.

— Il était bien un des plus jeunes capitaines de la Compagnie des Indes, n'est-ce pas ?

— Oui, nous nous connaissons depuis longtemps. Voulez-vous nous faire l'honneur de vous joindre à nous avec votre épouse ?

— Oh non ! protesta vivement celle-ci. Non, c'est absolument impossible.

— Que se passe-t-il donc ?

— Vous ne le savez pas ? Les gens de la bonne société ne peuvent pas fréquenter ce M. Le Coz. Il fait calebasse avec une négresse !

À ce même moment, Mercédès remplissait le verre du Malouin en lui chantant à l'oreille : « *N'a rien qui doux tant que la ville — Viens donc loger côté moin !* »

« Voici une lettre qui vous apportera cette fois une grande nouvelle que je vous dis ici sans tarder. Votre neveu Jean-Pierre va se marier avec la fille de M. Renaudard. Peut-être aviez-vous rencontré Catherine avant votre départ pour les Isles, sans la voir ni la regarder puisqu'elle avait alors dix ans et n'était guère remarquable. Elle en a aujourd'hui dix-huit et ne me paraît pas moins insignifiante. Imaginez une longue fille, timide, à peu près muette sauf pour s'accorder à tout ce qu'on lui dit, l'image de l'innocence et de la piété, si peu semblable à son père qu'on pourrait se prendre à douter de la vertu de la pauvre Mme Renaudard dont on dit qu'elle mourut de la petite vérole il y a des années. N'allez pas imaginer pour autant que votre future nièce soit sans qualités : son père lui donne en dot trois cent mille livres qui seront versées au moment de la signature du contrat. Ne pensez-vous pas qu'à défaut de naissance et d'éducation, M. Renaudard professe toutes les vertus d'un bon père de famille ? Toute cette affaire est survenue de la manière la plus subite et la plus simple du monde, au moment que je m'y attendais le moins. Sans doute, notre Jean-Marie entretenait-il, bien avant sa mort, des relations avec Alphonse Renaudard. Je les ai moi-même poursuivies, vous le savez mieux que personne puisque notre associé nantais vous demanda de surveiller le gérant de sa propre plantation dominicaine. Votre neveu Jean-Pierre ayant été conduit à développer ces relations, les deux hommes se sont examinés, évalués, soupesés, considérés, choisissez mon frère le participe qui vous conviendra le mieux, et finalement appréciés au point de vouloir unir plus étroitement leurs opérations et leurs projets par l'alliance de leurs deux familles. Porté sur les sentiments et les élans du cœur comme je vous connais, vous ne manquerez pas de vouloir connaître la mesure de l'inclination que nos jeunes gens éprouvent l'un pour l'autre. Je serais fort incapable de répondre à une telle question. Comme je la posais moi-même à Jean-Pierre qui me faisait part de ses intentions, il fut bien embarrassé pour me répondre et ne fit guère allusion qu'à une certaine partie de campagne à la Couesnière au cours de laquelle il se serait avisé que Catherine Renaudard n'était pas un parti négligeable, comme quoi, mon cher Hervé, l'amour n'est pas si aveugle qu'on nous l'assure, même en jouant à colin-maillard. À dire vrai, je pense qu'on n'aura pas demandé l'avis de la jeune personne et qu'à la proposition présentée par son père elle aura répondu " oui " comme le curé dira " amen " après les avoir bénis. De notre temps, eh oui nous vieillissons ! la chronique était peu avare d'enlèvements, de mariages secrets, de demoiselles qu'on envoyait par lettre de cachet derrière les pieuses clôtures, tantôt pour les punir d'avoir trop aimé, tantôt pour les châtier d'avoir refusé une union décidée contre leur gré. Aujourd'hui que les mœurs sont plus relâchées et que nos filles relèvent la tête comme jamais, vous n'entendez plus parler que de mariages de raison, d'intérêt ou de convenance. Le rôle du notaire l'emporte sur celui du prêtre. C'est à croire que les filles n'apparaissent aussi dociles que pour faire plus vite sonner le carillon, comme dirait notre vieille Clacla. Il arrive cependant que, dans cette affaire, M. Renaudard est plus pressé de conclure que nos enfants. J'en veux pour preuve qu'il est venu lui-même à Saint-Malo, mettant une hâte inconvenante à devancer une visite que je me devais de rendre la première au nom de Jean-Pierre. Jugez de mon embarras lorsque Solène me prévint qu'il m'attendait dans notre salon, car je connaissais assez le bonhomme pour le savoir capable de venir demander à une mère la main de son fils si cette démarche l'accommodait. Je ne m'étais pas trompée. Comme me l'avait déjà appris Jean-Pierre quelques jours auparavant, il s'agissait bien de mariage. Votre neveu avait seulement omis de faire connaître à sa mère les prétentions du futur beau-père. Celui-ci exige en effet que Jean-Pierre s'installe de manière définitive à Nantes, étant entendu que le mariage ne saurait être célébré avant que la famille Carbec n'ait relevé son titre d'écuyer et fait ajouter à son patronyme le nom de la Bargelière, une terre guère plus grande qu'un mouchoir ! La pensée que l'avenir de mon fils se trouvait être en jeu m'a interdit de rire au nez de M. Renaudard du Bernier. Apprenez que pour la circonstance, malgré les cinquante lieues à parcourir, il s'était fait beau, portait le tricorne devenu à la mode et tenait à pleine main cette ridicule canne à pommeau d'or dont ne se séparent jamais les messieurs du commerce nantais. Je vous sais assez d'esprit pour imaginer le personnage et la scène. Vous avez même deviné ma réponse. Il appartenait à mon fils, à lui seul, de prendre une telle décision. À quoi bon ruser ? Je savais bien que lancés hors de ma présence, les dés s'étaient déjà arrêtés de rouler. J'ai donc fait connaître à M. Renaudard que je me réjouissais de cette union. Je donnai mon agrément. Il m'a été cependant impossible de prononcer ces paroles de circonstance par lesquelles les futures belles-mères assurent qu'elles aimeront leur bru comme leur propre fille. Le Renaudard ne s'en aperçut même pas. Il est persuadé d'avoir agi pour le plus grand bien de sa fille dont il parle avec la plus touchante amitié. Je crois même qu'il a déjà reporté sur Jean-Pierre l'affection qu'il n'aurait pas manqué de témoigner à son fils si ce dernier ne l'avait pas déçu en entrant au séminaire. Cette vocation semble avoir beaucoup touché notre homme. Il n'en décolère pas. Pour rentrer dans les grâces paternelles il ne faudrait pas moins à ce petit clerc que d'obtenir rapidement une mitre d'évêque. Ni vous ni moi ne penserons que les écus de M. Renaudard puissent peser assez lourd dans les balances romaines pour déterminer le Saint-Père à faire tantôt de ce jeune Nantais un prince de l'Église. Ne souriez pas, mon cher frère, et mettez-vous plutôt à la place de ce père infortuné qui s'est mis dans la tête, non seulement d'être riche et puissant mais d'être considéré par ses descendants comme l'ancêtre d'une dynastie ! Si nous vivions assez vieux tous les deux pour connaître, moi mes petits-enfants, vous vos petits-neveux, quand ils auront vingt ans, je ne serais pas étonnée que l'un d'eux se fît appeler M. Carbec de la Bargelière de Renaudard du Bernier. J'arrête là ma moquerie. Est-ce vous, est-ce moi, nous sommes tous les deux moitié malouins moitié nantais, qui oserions en clabauder ? Nous sommes de la même race. Moi, je suis fière de la souche Carbec, j'ai tout misé sur elle et, à tout considérer je pense que cette union avec la famille Renaudard, même si elle ne me convient pas tout à fait, contribuera à élever notre position parce qu'elle donnera à Jean-Pierre des possibilités de grands armements et de commerces lointains qu'il n'eût plus trouvées à Saint-Malo. Voilà pourquoi, en dépit de quelques réticences sur les manières du personnage, je ne suis pas si éloignée d'Alphonse Renaudard lorsqu'il assure que l'argent est devenu la grande réalité du siècle où nous vivons, et qu'il faut se dépêcher d'en profiter car les temps vont bientôt venir où le plaisir d'être riche sera aussi un danger. Quel sera l'avenir de cette union ? Je voudrais surtout qu'elle me donne de beaux petits enfants. Pour le reste, Dieu y pourvoira, s'il consent à se mêler de ces sortes d'affaires... Bien sûr, Catherine Renaudard est venue tout de suite à Saint-Malo me rendre visite : modeste, yeux baissés, timidité de bon aloi, embaumant l'innocence et fleurant bon les parquets bien cirés des dames ursulines. Notre mère n'eût pas résisté à toutes ces vertus du quai de la Fosse quitte à se reprendre dès le lendemain des noces ! Marie-Thérèse qui est sa grande amie l'accompagnait. Celle-là a tenu les promesses de son enfance en devenant une jeune fille que les hommes ne tarderont pas à remarquer. Elle aura quitté le couvent lorsque cette lettre vous parviendra. Plus instruite que moi, votre nièce saura tenir son rang, régenter son monde, gouverner une maison. Je ne souhaite pas qu'elle se marie aussi jeune que son amie, encore que son caractère me paraisse déjà affirmé, volontaire, peut-être moins passionné qu'ambitieux. C'est une Carbec. En voilà une qu'on n'épousera pas contre son gré, et qui ne sera pas facile à diriger. Par expérience, je savais que les mères n'étaient pas toujours bienveillantes à leurs filles, je sais aujourd'hui qu'elles ne sont jamais tout à fait aveugles. Nous nous entendons bien toutes les deux, surtout pendant les premiers jours de nos retrouvailles. Aussi, je crains qu'elle ne supporte difficilement la vie malouine après avoir passé cinq années chez les Ursulines de Nantes. Vous trouvez cela curieux ? A vous, je puis confesser qu'en sortant du couvent de Dinan, au même âge que votre nièce aujourd'hui, mes amies m'ont beaucoup manqué. Je n'y avais tyrannisé personne, alors que je soupçonne Marie-Thérèse d'avoir harcelé Catherine Renaudard, mais Ysabelle, Anne, Marguerite, Yolande et Ghislaine étaient plus gaies, plus plaisantes que notre mère ! Pour l'instant, je suis occupée d'autres soucis avec le mariage de Jean-Pierre dont la date vient d'être fixée au 15 septembre prochain. M. Renaudard, le plus agité de nous tous, pense que les quatre mois qui nous séparent de la cérémonie seront nécessaires pour discuter les termes d'un bon contrat avec nos notaires, établir la liste des invités, choisir les témoins, préparer le décor de la grande fête qu'il se propose d'offrir à plusieurs centaines de personnes dans l'ancien manoir du Bernier dont il a fait un château. Quatre mois, c'est plus qu'il n'en faut pour que vous puissiez prendre les dispositions nécessaires à votre voyage. Je vous ai en effet choisi pour être le premier témoin de Jean-Pierre, et je suis bien convaincue que les obligations que vous devez à la canne à sucre, l'indigo, le tabac, et à cette Nathalie-pied-long dont le nom revient dans chacune de vos lettres, ne vous interdiront pas d'être présent ce jour-là, seul représentant des Le Coz, à côté de votre sœur. Je vous en prie au nom de notre amitié. Je vous le demande aussi pour examiner avec vous le meilleur moyen d'assurer à Saint-Malo la bonne fin des contrats en cours de l'armement Carbec, et la recherche d'autres affaires après le départ de votre neveu pour Nantes. Jean-Pierre voudrait associer à notre maison un de ses cousins du côté Carbec qui fut subrécargue à la Chine et vient de rentrer au pays, mais je n'y tiens guère. Vos conseils me seront très précieux. Si je devais me retrouver seule, encore une fois, eh bien, comme vous dites vous autres les marins, je n'hésiterais pas à remettre mon coffre à bord !... Je vous écris cette longue lettre devant la fenêtre de ma chambre ouverte sur la mer où se découpent dans le soleil couchant les rochers dont vous connaissez aussi bien que moi les noms, Petit-Bé, Grand-Bé, Cézembre, Pointus... et que vous avez abandonnés. Hervé, je vais vous faire une confidence. Me trouvant, il y a quatre ans, à Venise où j'étais allée passer quelques semaines avec votre neveu Jean-François, je fus séduite par la lumière de la lagune, au point de préférer une

promenade en gondole sur une eau morte à un tour de remparts !
Que m'était-il donc arrivé ? Toutes ces folies sont bien finies. Elles
ont disparu à la seule vue de notre clocher. À chacun ses mirages.
Vous avez les vôtres, j'ai eu les miens. Cela ne vous tenterait-il pas
de réentendre la Noguette ?... »

Assis sous la galerie de sa grand-case, Hervé Le Coz lut
plusieurs fois la lettre de Marie-Léone, en savourant certains
passages avec la même gourmandise qu'il sirotait son punch du
soir. Si sensible d'habitude à la beauté des crépuscules enveloppant les cocotiers dont les palmes se balançaient dans une lumière
qui soudain s'éteint comme au théâtre, il n'avait pas même vu
monter la nuit. Maintenant, il ne pouvait plus distinguer l'écriture
de sa sœur. Sa vue s'était brouillée, et dans ce brouillard il voyait
un petit garçon courir au bas de l'eau, lorsque la mer se retire au-
delà du Grand-Bé, et marcher sur des remparts de granit vers
lesquels des vagues énormes montaient à l'assaut dans un bruit de
canonnade. Il humait des odeurs d'algues, de goudron et de
poisson grillé, il entendit claquer une toile, des sabots dévaler vers
Mer-Bonne, des cris rouillés, et la voix bourrue de son père, qui
m'a foutu un gars qui ne sait pas encore reconnaître un chasse-
marée d'un brigantin ! Il eut brusquement envie de boire une bolée
de cidre et de recevoir plein la gueule un coup de vent, brutal et
aigre, qui eût emporté au diable sa grand-case, son moulin à
sucre, ses champs de cannes, ses indigotiers et ses nègres. À un
moment, il entendit même sonner la Noguette. Alors il plia la
lettre de Marie-Léone, la mit dans sa poche, passa sans dire un
mot derrière Nathalie-pied-long accroupie devant un feu de
charbon de bois où elle faisait mijoter un ragoût aux odeurs fortes
en attendant que le maître veuille bien se décider à souper. Il entra
dans sa chambre, ferma la porte, se jeta sur son lit. Le lendemain,
il repartit pour Cap-Français.

— Si vous avez de la place, demanda-t-il au capitaine de la
Marie-Créole, inscrivez-moi sur la liste des passagers.

Les Malouins avaient vite repris l'habitude de voir tous les jours Marie-Léone se diriger à huit heures du matin vers la rue du Tambour-Défoncé. Ainsi qu'elle l'avait prévu, elle avait remis son coffre à bord dès qu'elle avait compris que son fils était perdu pour Saint-Malo, même si la veille de ses noces, quelques heures avant la signature du contrat, Jean-Pierre lui avait dit : « Ne craignez pas que je devienne jamais Nantais ou Renaudard. Sachez que je resterai toujours Malouin et Carbec! » Dans les premiers mois qui avaient suivi son mariage, il était bien venu quelquefois rue du Tambour-Défoncé pour tenter d'obtenir de sa mère de déléguer la gestion de l'armement Carbec au cousin Lesnard, il s'était toujours heurté à un refus qui ne souffrait pas même discussion.

— C'est à vous que votre père aurait confié le soin de nos affaires! s'entêtait Marie-Léone.

— Le cousin s'y entend aussi bien que moi.

— Peut-être, mais moi je ne suis pas sûre de m'entendre avec lui. Il faudrait alors le placer sous mes ordres, simple commis. Est-ce possible?

— Vous oubliez qu'il a été premier subrécargue de la Compagnie des Indes, à la Chine.

— Justement!

— Je ne comprends rien à votre opposition.

— Mon fils, les Carbec, les Le Coz, les Lajaille n'ont pas toujours été armateurs. Il y a eu des patrons de pêche, des capitaines marchands, des négociants, de simples matelots et des petits regrattiers, jamais de subrécargues.

— Avouez plutôt que vous n'avez jamais admis mon établissement à Nantes, peut-être même mon mariage avec Catherine Renaudard !

— Vous vous trompez. Je pense au contraire que ce mariage vous convient fort bien. En vous associant à votre beau-père vous deviendrez un puissant armateur, peut-être un important personnage. Je crois que vous en avez l'étoffe. Je ne veux pas que vous apportiez notre bien familial à cette association par le biais d'une direction confiée à un tiers sur lequel M. Renaudard pourrait être amené à exercer son autorité. Notre notaire vous a remis la part qui vous revient sur l'héritage de votre père, le reste appartient à vos frères, à votre sœur, et à votre mère.

— Qui s'occuperait mieux que moi de vos intérêts et des leurs ? N'avez-vous pas été satisfaite de ma gestion ?

— Si fait, je vous en fais compliment.

— Dites-moi au moins ce que vous comptez faire. Tout vendre ? Nous sommes acheteurs.

— Non, je continue.

— Il vous faudra quelqu'un pour diriger l'armement Carbec.

— Oui.

— Eh bien, prenez donc le cousin Lesnard.

— J'ai déjà choisi.

— Qui donc ?

— Votre oncle Hervé.

— Vous a-t-il donné son accord ?

— Pas encore.

— Et s'il refuse ?

— Ce sera moi.

— À votre âge ?

Quand elle se rappelait cette conversation, Marie-Léone se revoyait rentrant avec Clacla et Hervé Le Coz vers le quai de la Fosse, le soir des noces de Jean-Pierre. Ils étaient restés tous les trois au Bernier jusqu'à dix heures du soir, après le feu d'artifice, laissant Marie-Thérèse à la garde de ses frères au milieu de la jeunesse titrée ou dorée de Nantes. Une file ininterrompue de carrosses de toutes sortes, petits, grands, flambant neuf ou démodés, se succédaient sur la route le long de l'Erdre. Jamais dans la région, on n'avait vu autant de beau monde assister à une fête aussi somptueuse. Sans prétendre égaler les munificences du banquier Crozat le jour où il avait fait de ses petites-filles des duchesses de Biron ou de Choiseul, Alphonse Renaudard avait voulu faire entrer dans l'ombre l'éclat du mariage du marquis de Contades et de Nicole Magon de la Lande où il n'avait point été prié. Après six années, n'ayant pas encore digéré cet affront, il s'était vengé en invitant toute la vieille noblesse du pays nantais auprès de laquelle Louis de Kerelen avait joué le rôle d'un ambassadeur sans rancune, toutes les robes de la Cour des comptes, les juges-consuls, les magistrats municipaux, les gens de l'Amirauté, deux cents négociants, armateurs et capitaines. A part quelques inévitables défections, il n'avait essuyé aucun refus notable. Tout le monde était venu. Mgr de Sauzai, évêque de Nantes, le maire René Le Ray qui succédait à Gérard Mellier mort depuis six mois, M. Vadier représentant l'intendant de Bretagne, le commissaire ordonnateur et les officiers de l'Amirauté, et au premier rang de la noblesse ou du négoce les Becdelièvre, du Couédic, Malestroit, Saint-Pern, Rézé, Charette, Grou, Montaudouin, Deurbroucq, Espivent, Mac Namara, Polo... Ils étaient tous là, hommes d'épée, de robe, d'argent, de plume ou de lancette, avec leurs épouses et leurs enfants, les uns par compagnonnage et les autres par courtoisie, pour voir autant que pour être vus, poussés par une curiosité à peine malveillante parce qu'on ne marie pas tous les jours trois cent mille livres de dot. Prenant modèle sur les cérémonies réglées par Samuel Bernard quand il mariait ses filles à des princes, M. Renaudard avait voulu qu'une première bénédiction fût donnée aux époux par l'évêque dans la chapelle du Bernier, à minuit, en présence de la seule famille et des dix témoins qui venaient de signer un contrat fignolé par Me Bellormeau pour la mariée et regardé à la loupe par Me Huvard pour le marié. Le lendemain, à midi, Mgr de Sauzai, entouré d'acolytes parmi lesquels on reconnaissait le jeune Guillaume Renaudard, avait célébré devant cinq cents invités une messe solennelle en plein air dont l'Agnus Dei avait été chanté par le sieur Muraire, haute-contre fameux jusqu'à Paris, accompagné par les violons de l'hôtel Rosemadec. Derrière chaque marié, se tenaient dix jeunes filles sorties du couvent des dames ursulines au premier rang desquelles se dressait la haute silhouette de Mlle Carbec, et dix jeunes Malouins conduits par Jean-François et Jean-Luc. À la fin de l'office religieux, après s'être agenouillés une dernière fois devant M. de Nantes, les nouveaux mariés escortés de leur service d'honneur étaient allés saluer leurs parents au son de la fanfare d'un régiment de dragons dont le colonel louait volontiers les trompettes pour alléger ses frais de table. Émue de voir sa belle-fille plus pâle que sa robe, Marie-Léone lui avait donné un baiser presque tendre tandis que Clacla chuchotait à l'oreille de Jean-Pierre : « Tout compte fait, mon gars, il vaut mieux jouer à colin-maillard qu'au pharaon ! »

Un repas de cinq cents couverts fut alors servi par une armée de valets sous des tentes de toile dressées sur les terrasses qui dominaient les bords de l'Erdre. Au milieu de l'après-midi on vit des jongleurs passer autour des tables en exécutant leurs tours, et des acteurs venus de Rennes jouer des comédies à la mode sur un petit théâtre de circonstance élevé dans des bosquets. Plusieurs orchestres à danser accordèrent bientôt leurs instruments. Les invités de M. Renaudard durent alors quitter leurs chaises pendant un long moment pour permettre aux valets de changer les nappes, assiettes, verres et autres couverts afin de préparer le décor d'un souper aux chandelles encore plus somptueux que le dîner. Le soir était tombé. Certains invités étaient rentrés chez eux, d'autres s'égaraient complaisamment dans un petit bois, des couples préféraient faire un tour de barque sur l'Erdre, des maris s'inquiétaient de leurs femmes, des mères cherchaient leurs filles.

Assis à côté de Marie-Léone, M. Renaudard se pencha vers elle :

— Savez-vous que vous auriez pu être ce soir la maîtresse de cette fête si vous l'aviez voulu ?

Elle fit semblant de ne pas comprendre et se contenta de le regarder en allumant dans ses yeux un étonnement dont elle connaissait le charme. Il poursuivit, plus bas :

— Rappelez-vous, madame Carbec ! Vous étiez venue me voir, il y a onze ans, pour régler quelque affaire et pour me parler de votre frère, le capitaine Hervé Le Coz. Nous étions veufs, vous et moi. Vous m'intimidiez beaucoup. J'ai seulement osé vous dire que les Malouins devraient s'allier aux Nantais au lieu de se faire la guerre.

— Eh bien, monsieur Renaudard, nos enfants réalisent aujourd'hui votre rêve ! N'est-ce pas bien ainsi ?

— Déjà, comme ce soir, vous aviez fait semblant de ne pas comprendre.

— Vraiment, dit-elle pour changer la conversation, je ne pense pas avoir jamais vu de fête plus superbe !

— Même chez Magon de la Lande ?

— Assurément.

— Même à Venise ?

— Ah, Venise !... Venise c'est autre chose ! dit rêveusement Mme Carbec en regardant des barques chargées de jeunes rires qui glissaient sur la rivière.

— M'accorderez-vous que mon feu d'artifice est aussi beau ? Je l'ai commandé à Ruggieri.

À chaque fusée d'or qui montait dans le ciel, à chaque bombe, à tous les feux de Bengale, les cinq cents invités de M. Renaudard poussaient des ah! émerveillés et enfantins. Une demi-heure plus tard, Marie-Léone, Clacla et Hervé étaient repartis chez eux. La fête s'achevait pour les plus âgés. Dans le carrosse qui les ramenait vers le quai de la Fosse, tous les trois se taisaient, les oreilles encore pleines de musiques, de chansons et de pétards se mêlant au bruit de toute une cavalerie qui trottait dans la nuit sur la route de Nantes. Épuisée par cette trop longue journée, Mme de Morzic bâilla la première, s'assoupit, ronfla bientôt. Marie-Léone prit la main de son frère :

— Je suis si heureuse, Hervé, que la *Marie-Créole* ait pu arriver à temps pour ce mariage. Il s'en est fallu de si peu! Votre présence m'a réconfortée. Marie-Thérèse qui est sortie du couvent va me tenir compagnie, mais je crains que Jean-Pierre ne soit tout à fait perdu pour nous.

— Bah! répondit la voix de Clacla dans l'ombre du carrosse, vous vous consolerez bientôt avec vos petits-enfants. Je suis sûre que vous allez faire une très bonne grand-mère!

Après six mois, cette phrase prononcée par Clacla au moment qu'on la croyait noyée dans le sommeil, Marie-Léone l'entendait encore. Elle entendait aussi son fils Jean-Pierre auquel elle venait d'affirmer sa volonté de reprendre la direction de l'armement Carbec : « À votre âge? Laissez donc cela! » C'est peut-être ce qui l'avait le plus décidée à revenir tous les jours rue du Tambour-Défoncé pour reprendre en main la gestion des affaires familiales qu'elle ne voulait confier à personne, sauf à son frère s'il consentait à vendre les Trois Goyaves, bien qu'elle eût compris dès les premières semaines de son retour en France qu'elle ne le retiendrait pas longtemps. Ni l'un ni l'autre n'avaient été capables de faire renaître le moment fugitif qui naguère avait fondu leurs deux tourments dans un même besoin de confidences. Le diffé-rend qui opposait Marie-Léone à son fils à propos du cousin Lesnard avait alimenté leurs plus longues conversations, bois vert qui jeté sur des cendres pourtant chaudes ne parvenait pas à s'enflammer. Face à face, ils n'avaient plus rien à se dire.

La joie de revoir Saint-Malo, Hervé Le Coz l'avait ressentie moins fort que la lettre de sa sœur lue sous la galerie des Trois Goyaves le lui avait fait espérer. Il avait retrouvé avec plaisir les compagnons de sa jeunesse, lampé des coups de rikiki à la Malice et à la Belle Anglaise, fait cent fois le tour des remparts, regardé longtemps le soleil disparaître derrière Cézembre, rien n'avait effacé le parfum du tafia au citron vert, le balancement des hanches de Mercédès et les crépuscules sur la rade de Cap-Français. A la Couesnière où il était allé passer quelques jours chez tante Clacla, tout lui avait paru étroit, les labours, les courtils, le petit bois, les maisons de torchis éparpillées dans la campagne, même la grande rabine bordée de chênes comparée à l'avenue large de dix toises ouverte devant sa demeure et filant sur une demi-lieue à travers six rangées d'orangers. Une nuit, couché dans l'ancienne chambre de M. de Morzic et dormant mal, il s'était surpris à sourire en pensant que là-bas, aux Trois Goyaves, il y avait peut-être fête dans les cases nègres. Le maître absent, Nathalie-pied-long n'avait pas dû résister au plaisir d'aller danser. C'était de son âge. Quel tapage ils devaient faire ! Lui, plus solitaire qu'il ne l'avait jamais été, s'apercevait soudain qu'on peut rater un retour auprès des siens comme un amant manque un rendez-vous auquel il a longtemps rêvé. Les semaines avaient passé. L'équinoxe d'automne et ses grandes marées étaient venus, bientôt l'hiver. Chaque jour imitait chaque jour, et chaque tintement de la Noguette disait à Hervé Le Coz qu'il n'avait plus rien à faire dans ces ruelles puantes où il fallait se tordre le cou pour apercevoir un petit bout de ciel gris, dans ces murs de forteresse faits pour abriter une garnison, sous ces nuages pleins d'eau et de vent où il lui arrivait d'avoir froid, alors que sa sœur paraissait avoir retrouvé une nouvelle jeunesse quand il la voyait revenir de la rue du Tambour-Défoncé, une cape jetée sur les épaules, les sabots bavards, les joues vernies de pluie et disant « La mer était si belle aujourd'hui que je n'ai pas pu m'empêcher d'aller faire un tour de remparts avant de rentrer à la maison ! » Pourquoi était-il si déçu ? Hervé Le Coz cherchant à expliquer son désarroi, pensait que si la *Marie-Créole* était venue en droiture à Saint-Malo, il n'eût sans doute pas manqué ses retrouvailles. C'était la faute à ce foutu mariage ! On l'avait débarqué à Paimbœuf, conduit en carriole au quai de la Fosse, précipité dans une cohue d'hommes et de femmes parés comme des châsses et se saluant sans avoir besoin de se connaître parce que liés les uns aux autres par des connivences sociales, aunes plus précises que celles d'un marchand de drap, qui leur permettaient de se mesurer au premier coup d'œil. De la fête du Bernier il n'avait pas gardé un bon souvenir, encore moins de son arrivée à Saint-Malo par les chemins de terre, coincé dans une berline entre sa sœur et tante Clacla. Un jour du mois de février, alors que la tempête se ruait sur les rochers, l'envie l'avait pris de revoir les Trois Goyaves, et il avait décidé, sur-le-champ, de s'en aller par le prochain bateau. Rien n'aurait pu différer son départ, encore moins le retenir.

— La vérité, lui dit Marie-Léone, c'est que vous ne pouvez pas demeurer en place. Vous êtes encore plus malouin que je ne suis malouine !

— Avez-vous vraiment besoin de moi ? répondit Hervé. Vous n'avez besoin de personne. La vérité c'est que vous êtes devenue plus Carbec que mon beau-frère Jean-Marie le fut jamais !

Ils avaient alors pris le parti de rire tous les deux, mais cette nuit-là Marie-Léone ne dormit pas beaucoup. « Hervé, pensait-elle, je le connais, il ne va pas rester un jour de plus. Ayant décidé de retourner à Saint-Domingue, il partira dès demain. Ces Malouins, quand ils ont envie de s'en aller, c'est comme lorsqu'ils ont soif. Cela leur arrive souvent et il leur est impossible d'attendre. Le premier navire en partance ou le premier cabaret rencontré, il faut qu'ils montent à bord. Il ne me l'a pas dit, mais je le sais mieux que lui, son voyage en France l'a déçu. Je l'ai bien vu dès le premier jour de son retour à la Fosse, il avait l'air d'arriver dans un pays inconnu et d'être reçu par une famille étrangère. C'est vrai que j'ai changé les meubles de place dans notre maison nantaise, commandé des rideaux neufs et fait repeindre les murs. Elle est à moi, cette maison, non ? Hervé a eu l'air, tout de suite, de regretter l'ancien ordre voulu par Mme Le Coz. Il paraît que les hommes qui ne se marient pas demeurent toujours fidèles aux vieux fauteuils où se tenait leur mère. C'est à peine si nous nous sommes embrassés, s'il a reconnu ses neveux et sa nièce, s'il a été aimable avec tante Clacla. Nous étions tous agités par ce mariage, le tailleur nantais ne m'avait pas encore livré ma robe de contrat, Clacla s'en prenait à son coiffeur, Marie-Thérèse s'était enfermée dans sa chambre, mes trois garçons paraissaient si heureux de se retrouver et de se raconter les vieilles histoires qui les faisaient tant rire quand ils étaient enfants ! Pendant toute la soirée du contrat, Hervé a eu l'air absent. À quoi pensait-il ? A ses cannes, son indigo, son coton, ses nègres, cette Nathalie-pied-long dont il ne parle jamais ? Il a fallu que Mᵉ Bellormeau lui demande deux fois sa signature. Le lendemain, je ne l'ai pas vu sourire un seul instant, il n'était même pas spectateur de la fête. Pourtant, lorsque Catherine est venue vers moi, suivie de ses demoiselles d'honneur, pour me donner son front à baiser, j'ai remarqué qu'il paraissait ému, son menton tremblait un peu. Pourquoi ? Dans la vie d'un frère il y a toujours des pans d'ombre où l'on n'ose pas pénétrer et qu'on préfère ignorer. Si, à ce moment, nos regards s'étaient croisés, nous aurions peut-être retrouvé le sentiment de confiance qui nous avait unis tous les deux à son retour des Indes à bord des *Deux*

Couronnes avec M. Dupleix. Ce Dupleix a fait bien du chemin depuis le jour où il était venu à la maison avec sa viole de gambe ! On dit qu'il est nommé gouverneur de la Compagnie des Indes au Bengale. Il est vrai que son père n'y est pas étranger, et que son frère est fermier général à Paris. Voilà bien le temps des Dupleix ! Mon Jean-Marie avait raison de dire que les grandes familles ne se font pas autrement. Non, c'est M. de Couesnon qui disait cela. Les Malouins sont passés maîtres dans ce genre d'affaires, ils tissent leur toile familiale comme les araignées. S'est-il seulement marié ce Dupleix ? Il faut que je dise à Jean-Pierre de renouer nos relations avec lui, cela peut être utile aux Carbec. J'entends encore notre père dire qu'il ne faut jamais laisser de grains dans la paille. Ce mariage Renaudard n'a pas plu à Hervé. Le lendemain de la cérémonie il m'a demandé : " Êtes-vous sûre que mon neveu ait bien épousé Mlle Renaudard et non son père ? " Et quand cela serait ? Ceux qui se marient sans s'aimer n'ont aucune raison de se séparer dix ans plus tard. L'amour, moi j'ai su ce que cela voulait dire, j'ai aimé Jean-Marie comme on aime dans les romans. Mon père aimait bien ma mère, mais je crois que mon grand-père Lajaille aimait d'amour ma grand-mère Manuella, l'Espagnole, celle à qui je dois ressembler un peu. Hervé est perdu pour moi, il va donc repartir pour Saint-Domingue et ne reviendra jamais à Saint-Malo parce que nos yeux ne se sont pas rencontrés au bon moment. C'est trop tard. Je n'ai pas même osé lui poser la moindre question sur cette Nathalie-pied-long qu'il appelle sa ménagère. Il lui a peut-être fait des enfants qui vont débarquer un jour à Nantes pour connaître leurs cousins germains ! Mme Le Coz de la Ranceraie se retournera dans sa tombe et tirera sur son visage son voile de nonne pour n'avoir pas à reconnaître tout ce bois d'ébène venu lui dire " Bonjour grand-mère ! " Le moins satisfait de nous tous serait sans doute Jean-Pierre qui perdrait du même coup l'espérance d'un héritage à Saint-Domingue. Il paraît que la plus grande partie du sucre que nous consommons vient de là-bas. Un jour, il se pourrait qu'un de mes petits-fils soit bien aise d'aller s'y établir. Si Hervé m'avait prise au mot, et décidé de demeurer à Saint-Malo pour m'aider à gouverner nos affaires, j'aurais été bien quinaude ! C'est vrai que j'aime le commandement. Je vais leur montrer qu'à mon âge, comme le dit Jean-Pierre, je peux encore diriger un armement. La vigueur m'est revenue, cela m'est arrivé comme un coup de vent. Après mon retour de Venise, tout me paraissait facile et léger. Cela a dû se voir. Clacla m'a dit : " Vous avez une mine superbe mais il y a quelque chose de changé en vous qui vous va bien. Malgré la fatigue du voyage, vous avez l'air toujours aussi jeune, cependant vous avez un peu perdu ce visage lisse qui vous donnait encore hier un air de jeune fille malgré vos quatre enfants. " Elle aura dû soupçonner une aventure alors que j'ai vécu un conte de fées. Mon Dieu, apportez-moi donc le sommeil ! Je ne parviens pas à dormir ce soir. Je vais réciter un autre Pater et trois Avé, la prière donne sommeil. Si Hervé me quitte demain, je vais me retrouver toute seule. Marie-Thérèse est encore partie pour Nantes. Elle y passe plus de temps qu'à Saint-Malo. C'est d'elle que me viendront mes plus gros soucis. Notre Père qui êtes aux cieux... »

Dès les premiers jours de son retour à Saint-Malo, au lendemain des noces de son frère aîné, Marie-Thérèse Carbec avait éprouvé comme un sentiment de claustration jamais subi chez les Ursulines où une règle rigoureuse avait cependant gouverné sa vie pendant cinq années. Au couvent, bien qu'elle eût souvent imaginé la joie qui sûrement l'étoufferait le jour où elle rentrerait enfin chez sa mère, elle n'avait pas eu conscience d'être enfermée. Semblable à toutes ses compagnes, les larmes des premières semaines une fois séchées, elle s'était bientôt laissé prendre à cette sorte de nimbe que les religieuses s'entendaient si bien à faire rayonner autour des visages, des sons, des gestes et des objets les plus quotidiens. Le cérémonial liturgique, l'odeur de l'encens, les cantiques où l'on ne chante que l'amour, le merveilleux orgueil de s'entendre proclamer première en version latine ou en géographie devant toute la communauté, la découverte de la musique et de la danse, l'affection de Catherine Renaudard, l'admiration de quelques autres et la protection de la mère supérieure avaient enveloppé Marie-Thérèse comme autant de sortilèges au cours de ces années qui d'une petite fille avaient fait une jeune personne longue et mince, blonde au regard bleu, ange qui se savait belle et regardait son visage dans les yeux des autres. Ici, dans la grande maison familiale bâtie face à la mer, elle s'était sentie tout de suite en prison. Pour avoir, au même âge et dans des circonstances similaires, éprouvé le même malaise, Mme Carbec avait pris garde de ne brusquer ni de trop cajoler une fille dont elle devinait le caractère ombrageux. Au cours des mois d'été, il était toujours facile à Marie-Léone et à Marie-Thérèse de rire ensemble, rendre des visites, commander des robes, écumer le pot, jouer du clavecin, aller à la Couesnière, faire mille projets, retarder l'heure du coucher. Cela ne durait que quelques semaines, juste le temps des vacances : le temps d'être heureux. Maintenant il fallait vivre ensemble tous les jours. Au couvent de Nantes, la sévérité de la règle faisait que de six heures du matin à huit heures du soir, toutes les journées étaient occupées. On pouvait être distraite pendant le jour, il n'était permis de rêver que pendant la nuit. À Saint-Malo où ses gestes n'étaient plus commandés par des cloches qui ordonnaient de se diriger vers la chapelle, la salle de classe ou d'étude, le réfectoire, le parc ou le dortoir, Marie-Thérèse ne savait plus quoi faire, ni de sa tête ni de ses doigts. Ce qui lui manquait le plus, c'étaient les longs bavardages, les petits secrets partagés, les fous rires échangés avec Catherine Renaudard ou d'autres compagnes installées dans la haute société bretonne, Marie Becdelièvre, Anne de Malestroit, Geneviève du Couédic, Louise de Cornulier. Ici, à part quelques Malouinettes dont elle avait partagé les jeux d'enfants, elle n'avait pas d'amies, et il lui était interdit de se promener seule. Trois tours de remparts accompagnée de son oncle Hervé, quelques visites rendues avec sa mère aux grandes familles de la ville, un séjour à la Couesnière, autant dire que Marie-Thérèse avait passé ses premiers mois de liberté entre les murs d'une forteresse de granit. Jouer du clavecin de temps à autre, écumer le pot, broder le bas d'une robe, aller faire révérence à la doyenne des dames Magon, c'était cela la vie rêvée ?

— Marie-Thérèse s'ennuie ! confia un jour Mme Carbec à son fils venu à Saint-Malo. Je ne m'occupe peut-être pas assez d'elle, vous savez combien les affaires laissent peu de temps aux soins de l'amitié. Vous devriez l'emmener avec vous à Nantes pour y passer chez vous une quinzaine de jours.

— Je n'osais pas vous le demander. Catherine en sera très heureuse.

En arrivant à Nantes, Marie-Thérèse craignait de trouver quelque changement dans l'attitude, le caractère, peut-être même le visage de son amie devenue sa belle-sœur. Ce mariage l'avait beaucoup surprise et un peu irritée. Un jour, le rouge au front et la voix précipitée, Catherine lui avait dit :

— Je dois vous apprendre une grande nouvelle.

— Dites vite !

— Nous allons devenir deux sœurs.

— Ne le sommes-nous pas depuis cinq ans ?

— Si, nous le serons encore davantage. Votre frère Jean-Pierre m'a demandée en mariage. Nous allons nous marier au mois de juillet.

Marie-Thérèse était demeurée sans voix, partagée entre la

colère et le dépit, envahie par une confusion de sentiments qu'elle aurait été bien incapable de démêler. Elle avait enfin éclaté :

— Quelle duplicité ! Avec vos airs de sainte nitouche auxquels on se laisse prendre ! Pourquoi m'avez-vous caché cela jusqu'à présent ?

L'autre avait fondu en larmes.

— Je n'en savais rien, je vous le jure sur la Sainte Vierge ! Mon père et votre frère ont tout arrangé.

— Taisez-vous, vous êtes une menteuse ! Vous avez bien donné votre consentement, non ? On n'oblige plus les filles à se marier.

Dans un sanglot, Catherine avait bégayé :

— C'était votre frère ! Comment aurais-je pu refuser ?

Impitoyable, Marie-Thérèse avait haussé les épaules et lancé méchamment :

— Je vois très clair dans votre jeu. Étant toujours la dernière en classe, vous avez tout manigancé pour être la première à vous marier ! Belle revanche, mademoiselle Renaudard !

Étouffée de larmes, Catherine était allée se réfugier dans sa chambre. Bien décidée à lui montrer mauvais visage pendant quelques jours avant de se réconcilier avec une amie de cœur dont la dévotion lui était indispensable, Marie-Thérèse ne l'avait pas retenue, mais le soir même, émue par l'innocence de sa compagne préférée elle lui avait demandé pardon, sans manquer de lui dire :

— Vous allez donc entrer dans une grande famille de Saint-Malo !

— C'est ce que mon père m'a dit, avait répondu Catherine, mais nous habiterons Nantes.

— Cela m'étonnerait, Jean-Pierre ne quittera jamais Saint-Malo !

— Mon père le lui a demandé.

— Un Renaudard n'a rien à exiger d'un Carbec, vous dites des sottises. On voit bien que vous ne connaissez pas les Malouins !

Même enfermées chez les ursulines, les filles ne sont pas si ignorantes. La pensée que Catherine, si frêle, si craintive, pouvait devenir grosse d'ici quelques mois de Jean-Pierre Carbec, avait déplu à Marie-Thérèse. En revenant à Nantes, trois mois après la fête du Bernier, elle redoutait surtout de ne plus retrouver dans sa belle-sœur l'amie de couvent sur laquelle elle avait régné pendant son enfance.

Catherine avait conservé sa fragilité, ses cheveux de lin, sa taille minuscule, ses yeux pâles. A d'imperceptibles signes, gestes plus précis, voix mieux posée, Marie-Thérèse s'aperçut cependant que la petite pensionnaire d'hier était devenue une jeune épouse responsable d'une maison et d'un domestique importants. Le premier soir, Jean-Pierre avait dit aux deux amies : « Je vous laisse souper, vous aurez ainsi meilleur temps pour vous raconter tout ce qui ne me regarde point », et il les avait laissées seules. Évoquant mille souvenirs, elles avaient bientôt retrouvé leurs fous rires de petites filles, mais à aucun moment Catherine n'avait dit le moindre mot sur sa vie de tous les jours, encore moins de toutes les nuits. Marie-Thérèse avait pourtant essayé plusieurs fois d'engager la conversation sur ce qui l'intéressait le plus, l'autre se dérobait toujours, ne disant jamais non et galopant de plus belle dans les allées de leur enfance bordées d'ormeaux. Tout le reste demeurait interdit. Elle avait fait comprendre avec une douceur souriante et discrète qu'elle avait quitté définitivement le pays qui avait été le leur pour s'installer dans une autre contrée où les jeunes filles n'ont pas accès.

Après trois mois, Jean-Pierre et Catherine Carbec n'avaient pas encore terminé leurs visites à la société. Pressés par M. Renaudard, mon gendre, il faut vous faire tout de suite une place dans le monde, les nouveaux mariés avaient été bien accueillis par tous ceux qui se rappelaient l'éclat de la fête donnée au Bernier. Pendant son séjour, Marie-Thérèse fut de toutes les réceptions où elle retrouva des compagnes de couvent qu'on présentait aux salons nantais, jeunes filles étourdies d'hommages et de regards adressés par des hommes encore libres ou déjà mariés, tous curieux de connaître comment les plus malins s'y prendraient pour en effeuiller quelques-unes. Marie-Thérèse était revenue à Saint-Malo enchantée de la vie nantaise. Consciente de ne plus pouvoir exercer la même domination sur son amie, elle entendait bien suivre celle-ci dans le nouveau pays où Catherine était entrée, le monde, qu'elle venait elle-même de découvrir.

Trop heureuse de retrouver sa fille aussi gaie, Mme Carbec se félicita d'avoir eu une si bonne idée et admit que Marie-Thérèse pourrait aller de temps en temps passer quelques jours chez son frère.

— Cela est déjà convenu entre nous !

Marie-Thérèse avait répondu sur un ton si péremptoire que sa mère en fut troublée au point de commettre la maladresse de lui dire :

— À vous entendre on dirait que vous vous trouvez mieux partout ailleurs que dans votre famille.

— Écoutez-moi, maman ! Je vous demande de me comprendre. J'étouffe ici, je m'ennuie. Ne le savez-vous pas ? Vous, vous partez tous les matins, vous vous occupez de vos affaires, vous voyez des gens, des hommes ! Moi, je reste ici, enfermée comme Cacadou dans sa cage. Lui, il est mort, il est empaillé. Moi, je suis vivante. Je n'ai pas le droit de sortir seule, pour aller au marché aux herbes il faut que je vous attende ou que je demande à Solène de m'accompagner. Au temps de ma grand-mère, les filles s'en contentaient. À Nantes, on ne les met pas en prison. Quand donc vous déciderez-vous à vivre avec le siècle ? Oh ! je vous demande pardon, vous savez comme je vous aime !

Mme Carbec reçut dans les bras sa fille qui s'y était jetée avec une grâce charmante, une larme au fond de ses grands yeux bleus. Elle la retint contre elle, la sentant un peu raide, non abandonnée comme sont les enfants étouffés de chagrin. Elle avait pourtant été une bonne mère, tendre et attentive, avec un cœur crispé d'inquiétude au moindre faux pas, à la plus légère fièvre. Avec ses garçons, têtus et indépendants, portés sur la goutte autant que sur les filles, durs Malouins, cela n'avait pas été si facile. Sauf à ne pas leur donner un soufflet parce qu'ils avaient écorché leurs genoux en courant sur les cailloux de Rochebonne, elle les avait toujours gourmandés chaque fois que leurs désordres le méritaient. Dame ! elle devait en faire des Carbec. Avec Marie-Thérèse, elle avait été surtout soucieuse de ne pas se conduire de la même façon que Mme Le Coz l'avait fait avec elle-même, et voilà que sa petite enfant devenue une grande personne se plaignait d'être tenue en prison par une mère qui n'entendait rien à l'éducation des filles d'aujourd'hui ! Mme Carbec voulut se rassurer en se disant qu'elle aussi, au même âge, avait été secouée par les mêmes révoltes. Cependant une sorte d'instinct l'avertissait que sa fille avait besoin d'être protégée. Protégée ou surveillée, il ne fallait pas qu'elle se trompât.

— La route vous aura fatiguée, dit-elle doucement. Vous allez monter vous coucher, j'irai tout à l'heure vous embrasser. Aimez-vous encore la chanson des filles qui vont aux Isles ? Demain, je suis sûre que nous trouverons ensemble la meilleure façon de vous rendre la vie agréable.

Le lendemain matin, avant de partir pour la rue du Tambour-Défoncé, Mme Carbec exposa à sa fille le résultat de ses réflexions.

— Voici ce que je vous propose, à condition que votre frère y consente parce qu'il ne faut jamais contrarier l'intimité des jeunes mariés. Vous pourriez passer la moitié de votre temps chez Jean-Pierre et l'autre moitié ici. Cela vous convient-il, ma chérie ?

La chaleur avec laquelle Marie-Thérèse avait donné son accord inquiéta Mme Carbec :

— Tout doux! tout doux, ma fille! Je connais Nantes moi aussi, je n'y vois pas une telle différence avec Saint-Malo!

— Mais si, maman! À Nantes, on ne vit pas dans une tour, on se promène, on va, on vient, des navires arrivent du monde entier, on reçoit ses amis, on joue la comédie, on y donne des concerts et même des bals!

— Vous danserez donc.

— Vous aussi, maman! Vous m'accompagnerez.

— Moi? J'ai passé l'âge depuis bien longtemps! Vous, je suis sûre que vous aurez de nombreux cavaliers.

— J'en ai déjà trouvé un! dit Marie-Thérèse. Je l'ai rencontré chez le père de Catherine. Il m'a dit qu'il serait très heureux de m'accompagner au prochain bal, même s'il ne danse plus guère. C'est M. de Kerelen. N'est-il pas un ami de tante Clacla?

Mme Carbec sentit qu'une poigne lui serrait le cœur. Devant elle, le visage de sa fille se colorait d'une lumière si vive, si pure, qu'elle se contenta de dire en s'efforçant de rire un peu :

— Vous savez que M. de Kerelen a le même âge que votre mère, quarante-huit ans?

— Oh non! Ça n'est pas possible, vous devez vous tromper, répliqua Marie-Thérèse. Il est bien plus jeune que vous!

Il y avait maintenant six mois qu'Hervé Le Coz était reparti pour Saint-Domingue, bientôt un an que Catherine Renaudard était devenue la jeune Mme Carbec de la Bargelière. À Saint-Malo, la belle aventure de la mer du Sud n'existait plus que dans le souvenir des anciens qui rongeaient leur frein sans jamais douter que le beau temps de la course et du commerce interlope ne revienne un jour. La paix anglaise dure trop longtemps pour que les goddons ne nous préparent pas quelque mistoufle! prédisait Joseph Biniac.

À part Magon la Balue qui s'était associé aux Laurencin de Nantes, et quelques autres armateurs moins importants, les Malouins paraissaient peu tentés par le commerce des nègres, non par dédain de ce genre de trafic, mais parce qu'ils s'y étaient pris trop tard, laissant les Nantais occuper en Afrique tous les bons sites de traite et s'entêtant toujours à accorder plus de crédit aux Indes orientales qu'aux Antilles. Il leur fallait se rattraper avec la morue séchée et le commerce des toiles, les fameuses bretagnes que tous les capitaines réclamaient, français, anglais, espagnols ou hollandais, sur toutes les mers du monde. Pour qu'il ne soit pas dit que les Carbec avaient déserté Saint-Malo, Marie-Léone maintenait à la mer les quatre navires dont elle disposait, deux pour la morue, deux pour le cabotage. Se méfiant toujours des anciens subrécargues qui, à la fin de leur carrière, s'installent à terre auprès des armateurs et s'enrichissent plus vite que leur maître, elle n'avait plus qu'un seul commis, et tenait elle-même la comptabilité de son entreprise, quitte à demander parfois conseil au vieil ami Biniac, toujours présent quand elle avait besoin de lui et qui avait gardé, enfouis dans les rides et le poil, ses yeux de peseur d'hommes pour dresser un rôle d'équipage. Elle ne renonçait pas davantage aux soins qu'elle avait toujours apportés à sa toilette et elle entendait avec le même plaisir les sages galanteries que ses voisins lui chuchotaient à l'oreille lors des dîners privés de la société malouine, seuls instants de brève gaieté, vite gelés dans des convenances aussi sévères que les remparts de granit sur lesquels la mer se brisait avec le même monotone fracas. Rentrée chez elle, solitaire dans la citadelle d'où les enfants étaient partis, il lui arrivait de trouver ces réunions et ces soupers dérisoires, et de penser que son lit à baldaquin était devenu trop vaste pour elle seule. Pendant les années qui avaient suivi la mort de son mari, elle avait éprouvé une sorte de plaisir à se crucifier dans le devoir quotidien accompli sous les yeux de tous ceux qui l'observaient. Ses plongeons au fond de la détresse, elle avait été seule à les connaître, comme elle avait été seule à savoir le prix payé jour après jour nuit après nuit pour parvenir à obtenir cette sérénité lisse comme un miroir dont on lui faisait compliment. Les Carbec avaient-ils encore si besoin d'elle? Jean-Pierre était installé, Jean-François ferait carrière dans les bureaux de Versailles et Jean-Luc aurait assez d'argent, avec toutes les piastres envoyées à Genève, pour s'acheter un jour un régiment. Pour ceux-là, le temps des Carbec sonnait déjà le carillon. Marie-Thérèse l'inquiétait davantage. Que sa fille passe au moins deux semaines par mois à Nantes, il lui fallait bien l'admettre, ne l'avait-elle pas proposé elle-même? Ce qui la tourmentait le plus ça n'était pas de la voir revenir les joues trop rouges et les yeux trop brillants comme enluminés des derniers feux d'une fête, pas davantage le soupçon de quelque intrigue amoureuse, Jean-Pierre devait la surveiller de près et n'aurait pas plaisanté sur ce sujet, c'était la froide détermination avec laquelle sa fille jugeait les uns et les autres et envisageait ce que pourrait être demain sa vie.

— Figurez-vous que M. Renaudard s'est mis dans la tête de me marier? dit un jour Marie-Thérèse.

— Il faudra bien que vous y songiez, fit prudemment sa mère.

— Sans doute, mais je n'aurai pas besoin de M. Renaudard. Il a choisi le mari de sa fille, il ne choisira pas le mien.

— Vous en aurait-il déjà parlé ?

— Il n'est pas si sot et il me connaît assez ! Il en a parlé à Catherine pour qu'elle me le répète.

— Qu'a-t-il donc dit ?

— Il a cité des noms de prétendants possibles, Montaudouin, Grou, O'Neil, Chastain, d'autres encore qui appartiennent tous à des familles du négoce et qui cherchent à s'allier à des maisons du même milieu. Il paraît que je ferais très bien l'affaire.

— Connaissez-vous ces jeunes gens ?

— Je les rencontre chez mon frère.

— Eh bien, qu'en pensez-vous ?

— Ils dansent mal, ne s'intéressent guère qu'à leurs comptes, et désirent se marier pour avoir un peu plus d'écus et beaucoup d'enfants.

Elle avait dit cela d'un ton très doux, presque détaché, dont l'indifférence affirmait sans détour sa volonté de ne point consentir à un mariage avec un de ces jeunes messieurs du commerce ?

— Cela vous déplairait de vous marier avec un Nantais ?

— Avec un de ces marchands ? Oui, cela me déplairait. Je pense qu'avec le nom et l'argent que nous légua notre père, je peux prétendre à une union plus glorieuse qu'avec un trafiquant de nègres.

— Même si vous éprouviez pour lui une certaine inclination ? avait insisté Mme Carbec.

— Vous voulez dire « de l'amour » ? répondit Marie-Thérèse en riant. Qu'est-ce que cela veut dire ? Maman, je ne suis plus au couvent. Chez les dames ursulines, nous ne parlions entre nous que de cela. Le mariage, pour moi, c'est autre chose qu'un roman.

Marie-Léone était demeurée stupéfaite. Tout cela, avait-elle pensé pour se rassurer, n'est que fanfaronnade coutumière aux filles.

Quelques jours plus tard, comme Marie-Thérèse venait de repartir pour Nantes où elle était conviée à un concert de l'hôtel Rosemadec, Mme Carbec entra dans la chambre de sa fille pour y mettre un peu d'ordre. Elle y découvrit un petit livre oublié par mégarde sur le coin d'une commode. Imprimé à Amsterdam, il avait pour titre *Les Aventures de Manon Lescaut et du Chevalier Des Grieux*. Comme on boit au goulot d'une bouteille sans reprendre sa respiration lorsque la soif vous dévore, Mme Carbec lut le petit in-octavo d'une seule traite. Le livre refermé, elle demeura longtemps immobile, les yeux perdus, l'âme bouleversée par le ton passionné de ces pages où l'amour apparaissait comme une triste servitude mais où frémissaient des mots si souvent répétés, ravissement, honte, maîtresse adorée, perfidie, volupté, jalousie, plaisir des sens, désordre, douleur, tristesse, désespoir. Il y avait là quelque chose de dangereux et de merveilleux. Ignorant que le charme est le meilleur compagnon de la duplicité, Marie-Léone se demandait comment une femme pouvait être à la fois si charmante et si fourbe que cette Manon. À qui pouvait-elle ressembler ? Elle essaya de lui donner un visage, un regard, une forme. Était-elle blonde, brune ou rousse ? Elle rouvrit le petit livre. Ah, voilà ! « Elle était dans sa dix-huitième année. Ses charmes surpassaient tout ce qu'on peut décrire. » L'auteur, un certain Prévost, n'en disait pas davantage. Mme Carbec se prit à rêver sur ces deux lignes et vit lentement apparaître, comme en filigrane, un visage charmant de jeune fille blonde aux larges yeux bleus qui ressemblait étrangement à celui de Marie-Thérèse. Elle fixa cette image jusqu'à ce qu'elle disparût pour ne plus laisser paraître que le portrait littéraire de Manon. « Elle était dans sa dix-huitième année... » et Mme Carbec se demanda alors comment un tel livre qui parvenait à rendre ses lecteurs complices de la déchéance d'un gentilhomme et d'une fille galante avait bien pu tomber dans les mains de sa propre fille ?

Un soir, cela lui arrivait de plus en plus, Mme Carbec s'attarda devant son clavecin. Elle aimait rechercher certains airs qui l'avaient charmée à Venise, surtout cette *aria di batello,* chantée par un gondolier courbé sur sa rame : *mo via dime dé si !* Une autre romance prit soudain forme sous ses doigts. Elle la connaissait par cœur pour l'avoir souvent chantée en berçant sa petite fille « ... *Non non, ce me dit-elle, — Car les filles qui vont aux Isles — Reviennent pas, meurent là-bas !* » Cette chanson, n'était-ce pas la fin de l'histoire de cette Manon Lescaut morte là-bas au Nouvel-Orléans ? Qui donc avait pu prêter un tel livre à Marie-Thérèse ? Tous ces Nantais ne disaient rien de bon à Mme Carbec. Elle se promit d'en avoir le cœur net et de le demander à sa fille dès son retour, mais se ravisa aussitôt. Était-il possible de poser une telle question ? Ne serait-ce pas faire de sa fille une complice en l'invitant du même coup à raconter ce qu'elle pensait de ce roman qui venait de la brûler elle-même ? Comment oserais-je la regarder en face, alors que les mêmes mots retenus par elle et par moi feraient le sabbat dans nos deux mémoires : volupté, plaisirs des sens, caresses passionnées... ? Non, cela ne me sera jamais possible, même si ces mots n'ont pas le même sens pour elle que pour moi. Il m'a fallu si longtemps pour les comprendre comme je les entends aujourd'hui ! Qu'en penses-tu, Cacadou ? Marie-Thérèse prétend que tu es mort, tout le monde le croit, je suis seule à connaître la vérité. Qu'en penses-tu, Cacadou ? Dans la pénombre du salon éclairé par un seul candélabre, il sembla à Mme Carbec que le mainate hochait la tête comme pour approuver sa décision. Bien ! dit-elle tout haut en refermant son clavecin, je vais remettre ce livre là où je l'ai trouvé pour ne pas troubler l'innocence de ma petite fille.

Mme de Morzic ne s'était pas trompée en prédisant un bel avenir à L'Orient. Né d'un chantier naval sur les bords du Scorff où avaient vécu quelques centaines d'ouvriers misérables dans des baraques de planches, le petit bourg était devenu une véritable ville qui comptait en 1734 plus de dix mille habitants, presque autant que Saint-Malo. Avec ses rues rectilignes bordées de maisons aux façades de granit, d'un beau bleu-gris, son hôtel des Directeurs commandé à l'architecte Gabriel, sa place d'Armes, sa tour de la Découverte, son hôpital et sa chapelle, ses magasins, ses cales, ses quais et ses terrasses à balustres plantées d'ormeaux, L'Orient promu capitale de la Compagnie des Indes proclamait une volonté d'entreprendre et de réussir. Plus que dans n'importe quel autre port du royaume, on y vivait dans le choc des marteaux et des maillets, le soufflet des forges, le grincement des poulies, l'odeur du goudron et du chanvre, et tous ces bruits qui racontent qu'on se prépare à partir pour Pondichéry ou à la Chine. Autant qu'à Nantes, Bordeaux ou Marseille on y parlait d'indigo, porcelaine, sucre, thé, café, poivre, cannelle, argent, profit, bénéfices. La Compagnie y entretenait plusieurs centaines de commis, contrôleurs, trésoriers, vérificateurs, secrétaires, comptables, cuisiniers, voire maîtres à danser pour parfaire l'éducation des jeunes élèves-officiers destinés à commander les navires voulus par les directeurs. À Paris, présidé par le Contrôleur général Orry, l'homme qui avait réussi à remettre de l'ordre dans les finances de l'État, le conseil d'administration délibérait, à L'Orient on exécutait les ordres. Naguère, l'ancienne Compagnie des Indes orientales avait choisi Nantes pour y organiser ses ventes parce qu'elle était la cité commerçante la plus proche de L'Orient où le règlement imposait que toutes les marchandises de retour fussent d'abord débarquées. On y trouvait des hôtels réputés, le Pélican et le Grand Monarque où avaient coutume de descendre les gros acheteurs venus de Marseille, Lyon, Paris, Genève ou Amsterdam, sûrs de trouver dans la place des armateurs qui ne répugneraient pas à jouer les banquiers toujours prêts à négocier des billets à ordre. Aujourd'hui, la situation n'était plus la même : des marchands importants édifiaient à L'Orient des demeures pour y installer des courtiers permanents et quelques bons hôtels de voyageurs avaient été construits. Dès lors, pourquoi ne pas y organiser les ventes de la Compagnie au lieu d'en laisser le bénéfice à Nantes ?

Mme de Morzic ne s'en souciait plus. Pour elle, c'était trop tard. La nouvelle que les ventes publiques de la Compagnie des Indes auraient lieu désormais à L'Orient, là où elle avait bâti sa fortune quand elle s'appelait Mme Justine, ne l'intéressait pas davantage que le développement du commerce lointain, de la flotte marchande, ou de la cité qu'elle avait vue naître. Ne pouvant plus faire le voyage du Port-Louis, elle demeurait à la Couesnière et restait dans sa chambre, se levant tard pour s'installer dans un fauteuil qu'elle ne quittait plus que pour regagner son lit, appuyée sur sa canne et refusant d'une voix revêche l'aide de Léontine ou de la Gillette. Je ne suis pas infirme, non ? leur disait-elle en se dégageant de leurs bras. Tout le monde va s'enrichir, à ce qu'on dit. Eh bien, tant mieux pour les autres ! Moi j'ai entassé assez d'écus, je ne désire plus rien, sauf qu'on bassine mon lit une heure avant que j'y entre. J'ai toujours froid. Léontine ! Apporte-moi mon flacon de vin d'Espagne et mets-le sur ce guéridon, là, à portée de ma main. Je vais faire un petit somme. Si la colique me prend, je frapperai trois coups avec ma canne. C'est toi qui monteras, tâche de te dépêcher. Je sais que tes jambes sont comme les miennes, mais je veux que ce soit toi. La Gillette est encore trop jeune pour que je lui montre mon derrière. Sois tranquille, ne te fais pas de soucis pour elle, elle aura quand même sa part d'héritage...

Lors du dernier Noël, Mme de Morzic avait bien cru qu'elle ne pourrait pas réunir à la Couesnière toute la famille Carbec ainsi qu'elle le faisait depuis tant d'années. Au dernier moment, sachant que les trois garçons se trouvaient à Saint-Malo et avaient décidé de venir la voir, elle ordonna que rien ne soit changé au rite du repas traditionnel qu'elle aimait présider. Tout son monde une fois rassemblé dans la salle à manger, elle s'y était fait porter, assise dans son fauteuil, par Jean-François et Jean-Luc. Cette fois, personne n'avait osé plaisanter tante Clacla sur son indestructible santé. On savait bien que c'était son dernier Noël. Elle-même n'avait fait aucune allusion à ses jambes enflées, ses hanches douloureuses, mais à la fin du dîner elle avait distribué ses biens entre les enfants Carbec : la Couesnière allait à Marie-Thérèse, la maison du Port-Louis et l'entreprise d'avitaillement de L'Orient à Jean-Pierre, le domaine arraché aux neveux Morzic à Jean-François et une constitution de rentes pour Jean-Luc. « Sans compter quelques petites surprises que vous fera connaître M. Huguetan mon banquier de Genève. Pour le reste, des instructions précises ont été données à M⁰ Huvard. »

Comme Marie-Léone et ses enfants allaient reprendre la route de Saint-Malo, Marie-Thérèse voulut rester quelques jours auprès de sa marraine. Émue, Mme de Morzic le manifesta à sa manière : « Je ne suis pas une compagnie pour une fille de ton âge, je n'ai besoin de personne ! » mais elle lut dans les yeux de sa filleule une sorte d'appel qui lui fit comprendre que toute vieille Clacla qu'elle fût devenue, on avait encore besoin d'elle.

— Tu vas moins t'amuser qu'à Nantes, tu n'es pas venue me voir depuis deux mois ! dit-elle d'un air bougon.

Les Malouins, après avoir remonté tante Clacla dans sa chambre, avaient quitté la Couesnière. Marie-Thérèse était restée.

— Je n'ai pas envie de m'amuser. Je veux seulement demeurer près de vous.

— Seulement ? interrogea la vieille dame.

— Oui ! souffla Marie-Thérèse.

— Eh bien, c'est l'heure de dormir. Cette journée m'a fatiguée. Demain tu me diras ce que tu as à me dire. Embrasse-moi.

— Bonne nuit, tante Clacla.

— Cela ne t'ennuie plus de m'appeler ainsi ?

— Pourquoi me demandez-vous cela ?

— Parce qu'un jour, quand tu étais petite, tu devais avoir sept ou huit ans et tu étais déjà une sacrée pétasse, tu m'as dit : « Clacla, c'est pas beau ! » et tu as ajouté : « Moi, je voudrais bien m'appeler comtesse de Morzic au lieu de Marie-Thérèse Carbec. »

— Je m'en souviens. Je me rappelle aussi ce que vous m'avez répondu.

— Quoi donc ?

— Vous m'avez répondu qu'avec la dot que j'aurais et ma

jolie figure, vous me trouveriez un marquis quand j'aurais l'âge de me marier.

— C'est vrai. Je n'ai pas changé d'avis.

— Ne pensez-vous pas que ce moment soit arrivé ?

— Tu veux donc que je te cherche un marquis ?

— Ne vous mettez pas en peine, tante Clacla, je l'ai trouvé toute seule, bien qu'il ne soit pas tout à fait marquis.

Mme de Morzic se redressa sur son lit, elle n'était plus fatiguée.

— Place un autre oreiller derrière ma tête, et raconte-moi tout cela !

Marie-Thérèse apporta l'oreiller, le mit bien en place, s'installa sur une chaise au pied du lit et dit d'une voix calme :

— C'est le comte de Kerelen.

— Quoi ? Louis de Kerelen ? Es-tu devenue folle ? Jamais ta mère ne consentira à une telle union. Sais-tu qu'il pourrait être ton père ? Ils sont donc tous les mêmes, prêts à salir l'innocence et à empocher l'argent ! Je ne suis point encore morte, ma fi !

Clacla s'exprimait avec véhémence, sa voix tremblait au fond de sa bouche, un peu de salive coula sur son menton, colère plébéienne remontée d'un passé tout proche qui lui sortait par le ventre.

— M. de Kerelen ne m'a pas encore demandée en mariage, dit Marie-Thérèse d'une voix très douce. C'est moi qui ai décidé de l'épouser. Je ne suis pas certaine d'y parvenir. Je pense même que le mariage l'intéresse moins que le reste.

— Le reste ? Quel reste ? Qu'entends-tu par là ?

— Tout le reste, tante Clacla. Vous ne me comprenez donc pas ?

— Oh si ! Je comprends trop bien ! Pauvre petite sainte ! Dis-moi ce qui s'est passé entre vous.

— Je ne suis pas une petite sainte, tante Clacla, j'espère seulement devenir comtesse de Kerelen.

— Tu n'es pas grosse, au moins ? demanda tout à coup Mme de Morzic.

— Ne craignez rien ! répondit Marie-Thérèse. Si j'avais tout donné à Louis de Kerelen, je n'aurais rien à espérer. Tante Clacla, vous savez bien comment ces choses-là se passent, non ?

Ces choses-là, tante Clacla les ignorait. Quand elle avait eu envie d'un homme elle ne s'était jamais attardée aux bagatelles de la porte. Ce qui la surpassait le plus ce soir, c'est qu'il lui semblait voir sa filleule pour la première fois. Comment une petite fille aux si beaux yeux pouvait-elle échafauder tant de projets sous les caresses d'un homme séduisant comme l'était ce Kerelen ? Elle voulut en connaître davantage.

— Il te fait la cour, alors ? demanda-t-elle naïvement.

— À Nantes, tous les hommes font la cour aux femmes, c'est une manière de politesse.

— Et comment s'y prend-il ?

Mme de Morzic avait posé la question avec une voix soudain plus gourmande. Sa colère s'estompait pour laisser place à une curiosité de vieillarde qui a conservé le goût des intrigues amoureuses.

— Sans doute comme avec les autres ! fit Marie-Thérèse avec un geste évasif.

— Si tu ne me dis pas tout, comment veux-tu que je te vienne en aide ? Si tu as demandé à rester à la Couesnière après le départ de ta mère, c'est bien pour cela, n'est-ce pas ? Tu ruseras peut-être avec le Kerelen, pas avec moi.

— Je ne ruse pas avec vous, tante Clacla. Ces choses ne sont pas si faciles à dire.

— Et à faire ? ne put s'empêcher de grogner Mme de Morzic en replaçant sous son bonnet de nuit une mèche blanche qui s'en était échappée.

— Vous êtes fatiguée, je vais vous laisser dormir.

— Non, ma fi ! À confesse, il faut aller jusqu'au bout.

— Nous reprendrons cette conversation demain.

— Point ! Je n'ai plus sommeil. Verse-moi donc un peu à boire. En veux-tu ?

— Vous savez bien que je n'aime pas le vin.

— Bonne Vierge ! Comment sont donc faites les filles d'aujourd'hui ? Elles veulent prendre les hommes à l'abordage en buvant de l'eau ! Assieds-toi donc et raconte-moi tout.

Marie-Thérèse poussa un long soupir.

— Tout cela est si simple ! dit-elle enfin. Je suis allée au bal avec Jean-Pierre...

— Et Catherine ?

— Non, elle venait de faire une fausse couche.

— Jean-Pierre va donc au bal maintenant ?

— Il y va chaque fois qu'il est invité. Cela vous étonne ?

— A part le colin-maillard, je ne le vois point danser.

— Il faut bien qu'il se fasse une place dans la société nantaise, M. Renaudard y tient beaucoup.

— Laissons ton frère danser ! Alors ?

— M. de Kerelen ne danse pas, à cause de sa jambe. Nous

avons parlé. Il a lu beaucoup de livres. Il m'en prête. Je l'écouterais volontiers parler toute la nuit.

— Toute la nuit ? fit Mme de Morzic en levant les yeux vers le plafond. Pauvre petite sainte, tu ne vois donc pas que tous ces beaux discours ne sont que des pièges tendus aux filles qui ont de l'instruction ! Il paraît que cela réussit toujours.

— Nous n'avons pas seulement parlé, tante Clacla.

— Nous y voici !

— Nous nous sommes promenés très souvent.

— En ville ? Aux yeux de tout le monde ?

— Non, au Bernier, dans les bois de M. Renaudard qui appartenaient naguère aux parents de M. de Kerelen. Nous nous sommes aussi promenés en barque sur l'Erdre. C'est même là qu'il m'a embrassée pour la première fois.

— Bien sûr, tu en as été tout ébaubie ?

— Non, tante Clacla, j'ai trouvé cela dégoûtant. On m'avait trop dit que c'était merveilleux.

— Où t'avait-on dit cela ?

— Au couvent, dame !

— Tes amies du couvent se laissaient donc embrasser ?

— Toutes les filles se laissent embrasser, tante Clacla. Auriez-vous perdu la mémoire de votre jeunesse ?

Mme de Morzic garda le silence. Elle se revoyait, à quatorze ans, jetée au fond d'une barque par le marin pêcheur fin saoul qui l'avait brutalement dépucelée, sans le moindre baiser, au temps où elle s'en allait déjà par les rues malouines vendre son maquereau frais qui vient d'arriver. Elle fit un geste de la main comme pour éloigner une image qu'elle n'avait jamais oubliée, même après qu'elle eut compris que dans ces moments-là le visage d'un gentilhomme n'a pas plus de noblesse que celui d'un roturier.

— Alors, tu n'aimes pas qu'on t'embrasse ? dit-elle enfin.

— Maintenant, je trouve cela fort agréable.

— Il t'embrasse souvent ?

— Oui. Il dit que la bouche des jeunes filles n'a pas le même goût que celle des femmes. C'est en Angleterre qu'il a appris cela.

— Et cela dure depuis combien de temps ?

— Six mois.

— Et, à part ces baisers et ces promenades en barque ?

— Il y a le reste, tante Clacla.

— Le reste ? Quel reste, malheureuse ?

— Tante Clacla, je vous ai déjà dit que je n'avais pas tout donné. Nous ne sommes pas si sottes !

— A-t-il demandé que tu donnes tout ?

La jeune fille regarda sa marraine avec un sourire affectueux, à peine apitoyé, avant de lui répondre :

— Je pense que ces choses-là ne se demandent pas, au moins avec des mots. On les fait ou on ne les fait pas. M. de Kerelen a essayé une fois.

— Tu avais donc commis l'imprudence d'aller chez lui ?

— Cela n'était pas une imprudence, je savais ce que je faisais.

— En allant chez lui, à Nantes, où tout le monde connaît ta famille ?

— Ça n'était pas à Nantes, tante Clacla, c'était sur les bords de l'étang de Grandlieu où M. de Kerelen a hérité un petit pavillon de chasse qu'il n'a jamais voulu vendre. Nous y sommes allés tous les deux à cheval et nous y sommes restés deux jours.

— Pendant deux jours ? À cheval ?

— Oui, il m'a appris à monter.

— Comment ton frère a-t-il pu te donner la permission de partir avec un homme pendant deux jours !

— Jean-Pierre ne l'a pas su, il se trouvait à Rennes avec M. Renaudard.

— Et ton amie Catherine ?

— Elle est au courant de tout.

Mme de Morzic n'en finissait pas de hocher la tête, et de mettre en place la mèche rebelle qui s'échappait de son bonnet de nuit. Elle ne savait pas ce qui la surprenait le plus, la hardiesse des propos de Marie-Thérèse ou la tranquille franchise avec laquelle elle les tenait. Elle pressa sa filleule pour en savoir plus.

Mlle Carbec raconta les deux jours passés au bord du lac immense, dans une maison d'où l'on pouvait surveiller la vie d'étranges oiseaux apparus soudain à l'horizon et qui se posaient là avant de reprendre leur vol vers les pays du bout du ciel. Ils s'étaient promenés en barque, « là-bas cela s'appelle une *niolle,* tante Clacla », à travers une forêt de roseaux d'où les colverts surgissaient avec un bruit de fronde. Louis de Kerelen connaissait le nom de tous les oiseaux voyageurs, les moraillons, les foulques, les harles, comme celui de tous les poissons, anguilles, chevesnes, silures, brèmes, et aussi les noms des pêcheurs habiles à construire des nasses d'osier. Le jour de leur arrivée, ils avaient vu, debout sur des bateaux plats, des hommes qui fauchaient dans l'eau de longues tiges pareilles à des épis. Plus loin, tirés par des bœufs chargés à plein de verdure mouillée, les chariots oscillaient dans la lumière du soir et longeaient la rive. Des paquets d'herbe glissaient sur l'étang, à la dérive, parmi les nénuphars. Je crois bien que M. de Kerelen s'intéressait plus souvent aux canards, aux hérons, aux oies sauvages, à la couleur du ciel et aux ombres de l'eau, qu'à ma présence. Ce soir-là, il m'a appris que dans les temps reculés, il y avait une grande ville appelée Herbauges à l'emplacement du lac de Grandlieu. Il paraît que Dieu l'a engloutie pour la punir d'avoir trop fauté, et qu'à chaque nuit de Noël les cloches d'Herbauges sonnent au fond de l'eau.

— Dis-moi ce que tu as entendu sonner ce soir-là ?

— Ce soir-là, tante Clacla, nous nous sommes beaucoup embrassés. Quand j'ai refusé le reste, M. de Kerelen a paru fâché. Il s'est même mis en colère et m'a dit qu'on ne l'avait jamais joué d'une telle façon.

— Tu n'as pas eu peur d'être forcée ?

— Tant que ses yeux souriaient, je n'avais pas peur.

— Tu as raison, dit Mme de Morzic, dans ces moments-là, les hommes ne sourient plus.

— Quand il n'a plus souri, j'ai eu peur, c'est vrai. Je m'en suis tirée en lui disant que mes trois frères le tueraient. Il a éclaté de rire en assurant que ces sortes d'histoires n'existaient que dans les contes, mais qu'à mon âge il fallait tout de même croire aux contes. Il m'a laissée seule dans une petite chambre après en avoir claqué la porte comme un laquais. Le lendemain matin, nous avons fait une longue promenade sur l'étang. M. de Kerelen ne soufflait pas le moindre mot, alors que je m'efforçais de lui montrer le meilleur visage du monde. Il m'a fallu attendre notre retour au Bernier pour que ce silence fût enfin rompu. M. de Kerelen m'a demandé : « Où donc voulez-vous en venir ? » Je lui ai répondu que je n'avais pas besoin de lui poser une telle question parce que je n'ignorais plus rien de ses intentions. C'est alors qu'il m'a dit : « Faudra-t-il que je demande à Mme Carbec qu'elle fasse l'honneur d'accorder au dernier des Kerelen la main de sa fille ? »

— Qu'as-tu répondu ?

— J'ai répondu en riant : « À votre place, j'irais demander conseil à Mme de Morzic. Je crois qu'elle vous a déjà tiré d'embarras ! »

— Il n'est point venu.

— Il viendra.

— Tu en es sûre ?

— Oui, et puisque vous aimez bien votre filleule, vous lui direz qu'à votre avis, Mlle Carbec ferait une très bonne comtesse de Kerelen.

— C'est ton ambition ?

— Oui, tante Clacla.

— Tu l'aimes donc à ce point ?

— J'éprouve une grande inclination pour lui, j'aime ses
manières, son esprit, son goût pour les livres et la musique. Je
ne déteste pas qu'il m'embrasse. Il connaît beaucoup de monde
à Paris et à Versailles. Avec lui, la vie sera plus agréable
qu'avec un de ces jeunes marchands nantais que M. Renaudard
voudrait me voir épouser.

— As-tu seulement pensé à son âge ?

— Son âge ? Ne pensez-vous pas que mon frère aîné soit plus
vieux que M. de Kerelen ?

— C'est peut-être vrai aujourd'hui, mais demain ?

— À Nantes, les femmes de la société s'accommodent fort
bien de leurs vieux maris. Si quelque infortune devait lui
arriver, je pense que M. de Kerelen serait assez bon gentilhomme pour la supporter avec noblesse. Ne m'avez-vous pas
souvent affirmé qu'il ne faut jamais mélanger les affaires et les
sentiments ?

— Comment peux-tu me dire tout cela, à peine sortie du
couvent ?

— Tante Clacla, on voit bien que vous ne sortez plus de la
Couesnière ! Vous ne savez pas ce qui se passe autour de vous.
De votre temps, tout le monde se cachait. Aujourd'hui, toutes
les filles de mon âge veulent d'abord s'établir pour avoir la
liberté de choisir plus tard l'amant qu'il leur plaira.

— Et l'argent ? demanda encore Mme de Morzic. Louis de
Kerelen n'en a guère. Auras-tu seulement pensé qu'il pourrait
bien en vouloir autant à ta dot qu'au reste ?

— J'y ai pensé. D'abord M. de Kerelen n'est pas si démuni
que vous le pensez. Je sais par mon frère, que M. Renaudard
rétribue généreusement les services qu'il lui rend. Je crois aussi
que si c'était à ma dot qu'on en voulait, on m'aurait demandé
en mariage depuis longtemps. Quoi qu'il en soit, chère tante
Clacla, j'ai décidé d'épouser M. de Kerelen.

Au cours d'une vie difficile dont les aventures disaient les
bouleversements sociaux de son époque, Mme de Morzic avait
eu l'occasion de rencontrer beaucoup d'hommes et beaucoup de
femmes. N'ayant pas eu le temps de l'être elle-même, elle
ignorait les jeunes filles, personnages déconcertants, insaisissa-
bles, plus lisses que le verre et cependant jamais transparents.
Cette longue conversation la laissait interdite. Si Marie-Thérèse
lui avait avoué « je suis la maîtresse de M. de Kerelen », elle
n'en eût pas été scandalisée, à peine surprise peut-être. Ce qui
lui déplaisait le plus dans cette affaire, c'était précisément que
sa filleule ait toujours gardé la tête assez froide pour refuser

l'essentiel, sachant dès le premier jour où elle voulait conduire le Kerelen. Elle ne voulait plus l'entendre. Elle était trop lasse.

— Va te coucher, dit-elle à Marie-Thérèse. Nous reparlerons demain de tout cela. En as-tu parlé à ta mère ?

— Vous n'y pensez pas, tante Clacla ! Maman est une femme prude, elle ne comprendrait pas, elle me maudirait peut-être. Elle est d'une autre génération !

— Tu ne crois pas que la vieille Clacla soit aussi d'une autre génération ?

— Maman n'a jamais connu un autre homme que mon père ! Vous, ça n'est pas la même chose.

— Tu as raison, répondit Mme de Morzic en dodelinant de la tête avec un regard soudain triste, tu as raison, Clacla, ça n'est pas la même chose. Dors bien, ma petite fille.

Elles se retrouvèrent toutes les deux à la fin de la matinée. Mme de Morzic était assise dans son fauteuil devant la cheminée où flambait une grosse bûche de châtaignier pleine d'étincelles.

— J'ai pensé à ton affaire, dit la vieille dame. Je connais bien Louis de Kerelen, ses qualités et ses défauts plaisent aux femmes. Je me suis dit cette nuit que pour réussir un mariage, il faut avoir tous les jours la volonté de le réussir. C'était l'avis de M. de Morzic. Il pensait aussi que les mariages se font toujours au ciel mais qu'ils se consomment sur la terre. Tu vas penser que je radote, non ? C'est sans doute vrai. Les conseils des vieilles personnes ne servent même pas à celles qui les donnent, je vais pourtant t'en donner un. Méfie-toi de vouloir raisonner sur tout, ça n'est pas avec du bel esprit qu'une femme garde son homme. Lorsque tu m'as raconté hier soir ta volonté d'épouser Kerelen, j'en ai été d'abord fâchée parce que je croyais découvrir chez ma filleule une rouerie déplaisante. Cette nuit, je n'ai pas beaucoup dormi. Ne t'excuse pas, si tu crois que je puisse t'être utile, il faut que je me dépêche. En réfléchissant à ton affaire, l'idée m'est venue que nous étions toutes les mêmes. Je vais te faire une confidence. Sais-tu comment je suis devenue autrefois la femme de ton grand-père Mathieu Carbec ?

— Non, tante Clacla.

— Tu me parais assez avisée pour que je te le raconte. Ton grand-père était veuf, moi aussi j'étais veuve d'un marin du Roi. J'avais vingt ans, ton âge, j'étais un peu la cousine de Mathieu Carbec, tout le monde est cousin à Saint-Malo, et je venais parfois m'occuper de son pot, histoire de lui rendre service. Sans penser à rien d'autre, je me le demande ? Un soir que j'étais courbée sur le feu pour faire cuire deux beaux poissons, ton grand-père m'a relevé les cottes, d'un coup, le brigand ! C'est comme je te le dis. Mon sang n'a fait qu'un tour, et je l'ai menacé avec le pique-feu. Dame, on a son honneur ! J'ai laissé les poissons en plan, je suis partie, et je ne suis plus revenue m'occuper du souper de ton grand-père. Trois mois plus tard, le pauvre cher homme me conduisait à l'autel.

— Racontez-moi maintenant comment vous avez épousé le comte de Morzic ?

— Je n'étais plus jeune, ton grand-père était mort depuis longtemps. C'était le temps où je gagnais beaucoup d'argent avec la Compagnie des Indes et où il m'arrivait de prêter quelques petites sommes, parfois de plus grosses, aux uns et aux autres. Un jour, M. de Morzic n'a pas pu me rembourser les cinquante mille livres qu'il me devait. C'est comme cela que je suis devenue propriétaire de la Couesnière...

— Et comtesse de Morzic !

— Oui, petite masque ! Toi et moi, je pense que nous avons la tête solide. Nous devons nous ressembler, sauf que moi je n'ai jamais su faire languir longtemps les hommes. Toi, au moins, on ne t'appellera pas la comtesse Clacla. Les hommes croient toujours qu'ils nous épousent, sans se douter, les pauvres gars, que nous les avions déjà choisis.

Mme de Morzic se regarda dans un miroir à main, j'ai bien mauvaise mine ce matin, et contempla sa filleule. Comment pouvait-on être aussi blonde et avoir des yeux aussi innocents ?

— Depuis combien de temps n'as-tu pas revu Louis de Kerelen ?

— Depuis cinq semaines.

— Il ne faut plus le revoir. Avant deux mois, il aura demandé ta main à ta mère. Qui a mordu à la ligne ne se décroche pas si facilement, fais confiance à ta vieille Clacla.

Les guerres ne sont pas toujours nuisibles au négoce. Sous le règne du vieux roi, des Malouins avaient vendu des toiles à voiles à Madrid, acheté de la poudre à canon à Amsterdam, négocié des contrats d'assurances maritimes à Londres. Certains d'entre eux n'avaient pas aidé gratuitement le chevalier de Saint-Georges dans ses vaines tentatives à rétablir le trône des Stuarts. Maintenant que le cardinal Fleury faisait sa partie de trictrac avec l'ambassadeur du roi d'Angleterre à Paris, sans qu'on sût jamais lequel des deux était le plus dupé, c'était devenu une sorte de mode pour les gens de finance et du grand négoce, auxquels se joignaient quelques aristocrates, de faire des séjours prolongés à Londres. Toujours à l'affût, M. Renaudard dont le pied était peu marin avait aussitôt demandé à Louis de Kerelen de rendre visite à des banquiers de la Cité avec lesquels il entretenait depuis plusieurs années des relations profitables. Satisfait des résultats d'une première mission, l'armateur nantais en avait confié d'autres à l'ancien capitaine, si bien que celui-ci avait vite pris goût à fréquenter des hommes rencontrés jusque-là sur les champs de bataille de sa jeunesse et vêtus d'habits rouges, encore qu'il eût déjà lu l'*Essai sur l'entendement humain*, *Robinson Crusoé* et *Les Voyages de Gulliver,* trois ouvrages qui lui avaient permis de réviser un certain nombre de vérités premières enseignées dans sa famille, chez les Oratoriens ou à l'armée.

Louis de Kerelen avait été reçu par une société qui ne faisait pas fi de recruter ses ambassadeurs dans la roture et ses marchands dans la noblesse. Il savait maintenant tenir la bière, boire le thé, déguster le brandy, fréquentait la Chambre des Communes, et connaissait la mécanique d'un gouvernement parlementaire. Il avait assisté aux prodigieuses funérailles de Newton à Westminster, applaudi les comédiens français du Little Theatre, et apprécié quelquefois la souplesse des robes qu'on pouvait défaire sans se perdre dans un fatras de baleines. Il avait aussi découvert les jeunes filles. En France, si les servantes, les marchandes et les paysannes regardaient franchement les hommes dans les yeux, l'éducation exigeait que les filles de la bonne société prennent un air plus modeste. Comme à peine sorties du couvent, on les mariait, il ne restait guère que les laides à regarder. A Londres, elles offraient un spectacle ravissant, printemps blond et bleu qui avait troublé Louis de Kerelen. Encouragé par quelques succès, il avait pris le goût des corps neufs, des hanches minces, des bouches fraîches, des gestes à la fois audacieux et maladroits, des seins qui tiennent dans la paume d'une main. Pour autant, ses combats n'avaient jamais abouti. À cet ancien militaire français, l'Angleterre permettait seulement d'investir la place non d'y planter un étendard victorieux.

Épuisé par des escarmouches souvent répétées, Louis de Kerelen avait finalement abandonné ces sortes de parties et retrouvé avec plaisir les vieilles habitudes continentales qui le contentaient depuis de nombreuses années, quand, tout à coup, l'idée lui était venue de demander en mariage la fille de M. Renaudard. Il l'avait rencontrée quai de la Fosse un jour qu'elle était sortie du couvent pour de courtes vacances. Tout de suite la fragilité de Catherine avait réveillé son appétit de chair fraîche apparu sur les bords de la Tamise, et fait naître le projet de mettre du même coup dans son lit une pucelle et un magot. À part quelques souillons renversées sur un talus, il ne lui était pas encore arrivé de dépuceler une fille, noble ou bourgeoise. Il se rendait bien compte qu'à son âge, il n'arriverait à ses fins qu'avec la bénédiction de l'Église qui purifie ces sortes de viols. Il faudrait épouser. S'il ne se décidait pas maintenant, le temps serait passé. Où trouver une meilleure occasion de reprendre sa terre du Bernier ?

Marchand retors, M. Renaudard savait choisir avant d'acheter. Il s'était bien gardé d'éconduire Louis de Kerelen dont les services lui étaient précieux. Le cajolant de mille caresses, quel honneur vous faites monsieur à notre famille, il avait seulement conseillé d'attendre que Catherine fût sortie du couvent où elle était tenue au chaud comme une plante du jardin des apothicaires. Mais, quelques mois plus tard, Mlle Renaudard était devenue Mme Jean-Pierre Carbec. Beau joueur, le capitaine avait avalé la couleuvre avec la désinvolture d'un roué et fixé aussitôt son choix sur une des dix demoiselles d'honneur de celle qui venait de lui échapper, une grande fille, blonde comme le blé mûr, qui regardait les hommes droit dans les yeux avec autant de candeur que d'effronterie et s'appelait Marie-Thérèse Carbec. Un sûr instinct lui disait qu'il tenait celle-là au bout de son fusil, qu'il l'abattrait au moment choisi par lui sans avoir besoin d'en demander la permission au curé ou à sa mère. Sa mère, c'est vrai qu'il avait naguère un peu tourné autour, abandonnant vite une ronde sans espoir dont il s'était consolé en pensant « Ces filles de Saint-Malo sentent un peu trop la messe pour mon goût ! » Après quinze années, le souvenir d'avoir manqué Mme Carbec stimulait cependant son désir de ne pas rater Marie-Thérèse. Son nom, ses manières, sa croix de Saint-Louis, sa blessure, ses séjours en Angleterre, sa conversation qui s'ingéniait à être légère en face d'interlocuteurs toujours graves, demeuraient ses meilleures armes. Il les avait toujours utilisées, il s'en servit une fois de plus. Sourires entendus, prévenances, promenades, gestes furtifs, bavardages littéraires où l'on feint de prendre au sérieux le jugement de la précieuse si ignare soit-elle, prêt de romans, pensez-vous qu'un homme d'honneur puisse aimer une femme comme ce chevalier Des Grieux adora Manon Lescaut ? Il avait tendu les plus vieux pièges, obtenu le premier baiser, osé des caresses moins avouables, sans autre résultat et sans même se douter que Mlle Carbec le menait là où elle voulait qu'il arrivât : « Faudra-t-il que je demande votre main à votre mère ? » Louis de Kerelen avait tenu bon pendant deux mois sans revoir Marie-Thérèse, aussi colère contre lui-même que contre cette futée qui reprenait le lendemain ce qu'elle avait offert la veille, prêtait sans jamais donner, promettait pour mieux refuser, et avait eu l'insolence de lui rire au nez en lui disant que le meilleur moyen d'aboutir était sans doute d'aller demander conseil à la comtesse Clacla ! Pour qui donc se prenaient-ils tous ces Malouins ! Au fur et à mesure que les jours passaient, le chasseur s'apercevait qu'il était tombé dans le filet tendu par sa propre perversité. Plus que la déception d'un échec, il éprouvait un besoin plus secret de se dépêcher. Jusque-là, le temps, sans même qu'il y songe, lui avait paru immobile. Pris d'une inquiétude subite, il s'était enfin décidé à reprendre le chemin de la Couesnière. Là, il avait eu une longue conversation avec sa vieille amie et dès le lendemain, il avait rendu visite à Mme Carbec.

Quatre années avaient passé depuis le voyage de Marie-Léone à Venise. Aucun souvenir ne s'était effacé, ni le chant des *barchiere* ni la couleur des palais roses et verts, ni le clapotis au flanc des gondoles dans la nuit douceâtre, ni les révérences du signor Balestra, *prego signora,* encore moins la furie qui l'avait jetée dans les bras d'un inconnu qui portait un masque d'or, le soir du bal du comte Toscarini. Et si c'était le même homme qui, autrefois, lui avait fait l'amour, *bella! bella!* pendant une nuit ensorcelée ? Avant de quitter l'Italie, elle était allée se confesser dans une église où des prêtres entendaient un peu de français et d'allemand à l'usage des voyageurs. Bonne catholique à la foi inébranlable, prête à recevoir le sacrement qui lui permettrait de revenir à Saint-Malo aussi pure qu'elle en était partie, Marie-Léone avait avoué en quelques mots le péché de la chair. Paternelle, une voix avait acquiescé :

— *Bene, bene!*

Comme Marie-Léone se taisait, la voix avait demandé :

— *Lei e sposata?*

— *Escusi,* je ne comprends pas, mon père.

— Je vous demande si vous êtes mariée ?

— Je suis veuve.

— *Bene, bene! Capisco, capisco!* disait, sortie de l'ombre la voix bienveillante, peut-être un peu lasse d'entendre toujours les mêmes misères.

Après un long temps de silence qui avait paru interminable à Marie-Léone, le prêtre, sur un ton plus grave, avait alors prononcé les paroles sacrées : « *Absolvo te... In nomine patri...* » Au moment où sa pénitente allait se retirer du confessional, il avait dit encore, tristesse chuchotée, « *La chastita e una causa santa* », et il avait ajouté, soupir dramatique, « *ma molto difficile! molto difficile!* »

Mme Carbec était sortie de ce tribunal sans éprouver le moindre repentir. Elle était cependant repartie dès le lendemain pour Saint-Malo, moins pour ne plus recommencer et faire pénitence que pour garder intacte la mémoire du bal du comte Toscarini, emporter tout de suite ce trésor qui l'accompagnerait désormais toute sa vie. Semblable à tous les Malouins retour des Isles, elle avait immédiatement fait un tour de remparts, frappant de ses pieds le granit rassurant, les yeux fixés sur la vraie mer et le grand ciel gris. Des semaines, des mois, des années avaient passé. Il lui arrivait encore, quand elle regardait le soleil se coucher derrière Cézembre, de voir soudain surgir des vagues malouines les quatre chevaux de bronze ramenés de Byzance par les Vénitiens. Sans doute, les vieux marins qu'elle croisait chaque jour sur la Découvrance voyaient-ils eux aussi s'allumer sur l'horizon, au fond de leurs yeux sans regard, des images fabuleuses qui les tenaient immobiles pendant des heures.

La chastita e molto difficile! Mme Carbec souriait en se rappelant la voix étranglée du prêtre italien. Au cours des années passées, avait-elle eu tant à se débattre dans de tels embarras ? Sa vie laborieuse, le souci d'une entreprise difficile, ses enfants, la pratique religieuse l'avaient protégée autant que toutes les pétasses qui la surveillaient avec une vigilante amitié tout en tordant un peu le nez parce qu'on l'appelait encore la belle Mme Carbec. Un seul homme l'avait troublée, ce Louis de Kerelen qui, un soir de Noël à la Couesnière, avait eu l'audace de se pencher derrière elle pour lui dire tout bas : « Cette nuit, laissez votre fenêtre ouverte ! » Elle avait affecté d'en rire. Plus tard, elle n'avait pas voulu prendre davantage au sérieux la tante Clacla lorsqu'elle l'imaginait déjà comtesse de Kerelen, mais Marie-Léone s'était toujours un peu inquiétée du sort de l'ancien officier. Lui-même, lassé de ne rien obtenir était parti vers d'autres quêtes. Le temps avait passé. Que voulait donc aujourd'hui Louis de Kerelen ? Il avait envoyé à Mme Carbec un billet annonçant sa visite « pour une affaire d'importance à laquelle j'ai longtemps réfléchi et dont l'issue engagera le reste de ma vie ».

Marie-Léone fut frappée par la mauvaise mine du visiteur. Il avait maigri, le sourire à peine railleur qui lui allait si bien paraissait un peu crispé. Depuis la fête du Bernier, où ils avaient échangé des propos de courtoisie, elle n'avait pas eu l'occasion de le rencontrer. « Nous avons le même âge, pensa-t-elle au premier coup d'œil. Ma fille a beau dire, je fais plus jeune que lui. Il paraît ému et fiévreux. Serait-il compromis dans quelque nouvelle affaire ? » Ils étaient assis tous les deux dans le salon de réception, comme le premier soir où il était venu souper avec Hervé, tante Clacla, Joseph Biniac et M. Dupleix.

— Je vois que vous avez toujours votre mainate, dit-il.

— Cacadou est le porte-bonheur de la famille.

— La mécanique marche-t-elle bien ?

— Nous pouvons l'essayer.

Marie-Léone ouvrit la cage, donna trois tours à la petite clef dissimulée sous le plumage de l'oiseau, et Cacadou exécuta deux demi-tours, l'un à droite, l'autre à gauche, redressa la queue et claqua du bec.

— On jurerait qu'il est vivant, dit Louis de Kerelen.

— Qui sait ? répondit-elle avec un air mystérieux.

Depuis un quart d'heure qu'ils se trouvaient face à face, ils n'avaient guère échangé que des banalités et, cependant, ils sentaient l'un et l'autre un léger trouble altérer leur voix.

— Chantez-vous toujours la romance du porte-enseigne ? demanda-t-elle.

— Cela m'arrive. Son souvenir est inséparable du vôtre, et de cette soirée à la Couesnière.

Mme Carbec sentit une bouffée de chaleur lui monter au visage, j'aurais dû laisser la fenêtre ouverte, s'il me prend la main je ne la lui retirerai pas. Comme jamais pendant dix années, ils se regardaient et se taisaient.

— Je dois vous faire un aveu, dit-il doucement.

— Voilà une parole bien grave ! répondit-elle en s'efforçant de sourire.

— Savez-vous que vous m'avez toujours intimidé ?

— Je ne vous ai jamais connu timide ! dit-elle en riant.

— Non, je ne le pense pas, je dis seulement que vous m'intimidez. La démarche que j'entreprends aujourd'hui, je sais que j'aurais dû la faire sans attendre. Je n'osais pas. C'est que vous ne facilitez pas les choses !

— Moi ?

— Oui, vous.

— À nos âges, M. de Kerelen, j'imagine qu'il ne doit pas être si difficile de parler de ces choses.

— Quelles choses, madame ?

— Celles dont vous voulez m'entretenir, monsieur.

Baissant la tête, il balbutia :

— Je ne me suis jamais senti aussi ridicule devant une femme.

— Cela est si grave ?

— À mon âge, les affaires de cœur sont toujours graves.

— Il s'agit donc d'une affaire de sentiment.

— Vous ne l'aviez pas deviné ?

— Si ! dit-elle à mi-voix.

— Dites-moi seulement aujourd'hui que je puis entretenir quelque espoir.

Coquette, elle répondit :

— Pourquoi pas ?

— Mme de Morzic, à qui j'ai tout raconté, m'a conseillé de venir vous voir, au besoin de me jeter à vos pieds pour obtenir votre consentement.

— Mon consentement ? À quoi donc ?

— Mais... à notre mariage ! Mes intentions sont honnêtes.

Marie-Léone était devenue toute rouge.

— Monsieur de Kerelen, un tel mariage honorerait notre famille. C'est là, comme vous l'écriviez tantôt dans votre billet, une affaire d'importance qui engage la vie. Il me faut y réfléchir et connaître l'avis de mes enfants.

— Ah, vous vous dérobez toujours ! Pardonnez-moi, madame. Si je suis venu ici, c'est que la violence de mes sentiments l'a emporté sur tout le reste. Votre seul consentement est désormais nécessaire. Marie-Thérèse n'a pas besoin de consulter ses frères pour devenir ma femme.

— Ma fille ?

Raide comme aurait pu l'être Mme Le Coz, Marie-Léone s'était levée. Trop fière pour laisser entendre un seul instant à son visiteur qu'elle aurait pu croire que son discours s'adressait à elle-même, elle reprit place dans son fauteuil et retrouva vite la maîtrise du ton, des mots, de la tenue.

— Il convient en effet que je l'entretienne de votre démarche, c'est le premier devoir d'une mère. Est-elle au fait de votre visite ?

— Non, madame.

— Je pense qu'elle n'ignore pas les sentiments que vous lui portez ?

— Je crois même qu'elle les partage.

Louis de Kerelen était trop occupé à penser à soi pour s'apercevoir de la méprise provoquée par ses propos. En face de lui, Marie-Léone Carbec n'était plus qu'une mère soucieuse de l'établissement de sa fille. Un peu soupçonneuse, cela faisait partie de l'héritage laissé par une filiation de petites gens, elle s'enquit du notaire de la famille Kerelen, voulut connaître la hauteur des revenus de l'ancien capitaine, posa dix autres questions, et demanda sans la moindre gêne :

— N'êtes-vous point enchaîné par quelque liaison nantaise ? Je sais que, dans vos milieux, vous n'attachez pas d'importance à ce genre d'affaire, mais ma fille pourrait en souffrir. Vous connaissez son âge ?

M. de Kerelen répondit avec la même aisance :

— Je n'ai, en effet, jamais attaché la moindre importance à ces sortes de bagatelles. Je suis libre, je vous en donne ma parole. Quant à l'âge de Marie-Thérèse, je le connais. Je pense que vous voulez surtout parler du mien ?

— J'en parlerai à ma fille.

Mme Carbec s'était levée. L'officier se tenait debout devant elle, les yeux sombres, l'allure peu conquérante.

— Vous l'aimez donc tant ? dit-elle.

— À mon âge, madame, on ne se méprend plus sur ses

sentiments, on les subit. Je veux vous faire une confidence. L'autre jour, je me suis surpris à essuyer une larme sur mon nez. C'est la première fois que cela m'arrivait.

— Cela ne vous était donc jamais arrivé de pleurer ?

— Jamais, madame.

— Je ne pense pas que ce soit une supériorité, pas même une chance. Connaissez-vous l'histoire du tonnelier ?

— Dites toujours !

— C'est un vieux fabliau. Chargé de nombreux péchés, un tonnelier avait reçu pour pénitence d'aller à la prochaine rivière pour y remplir un tonneau que lui avait donné son confesseur. À ce prix, ses fautes lui seraient remises. Ce tonneau était percé d'une sorte de trou magique. Plus d'eau y entrait, plus d'eau s'en échappait. Après huit jours et huit nuits d'efforts, le tonnelier tomba à genoux et pleura. Une seule larme suffit à remplir son tonneau. La mère supérieure de mon couvent de Dinan nous racontait cette histoire. Je ne pense pas que ce soit une fable. Nous nous reverrons bientôt, monsieur.

Mme Carbec éprouva une grande fatigue à monter l'escalier de pierre qui conduisait au dernier étage de la maison où était installée sa chambre. Elle éprouvait le besoin de respirer une large bolée d'air frais. La fenêtre ouverte, elle demeura immobile un long moment, les yeux écarquillés, sans voir le paysage familier, les Bés, Cézembre, la Conchée, les Pointus... Dans la rumeur du vent qui courait au ras des vagues, il lui sembla entendre encore la voix de Clacla lui dire : « Je suis sûre que vous allez faire une très bonne grand-mère. » Ayant refermé la fenêtre, elle se dirigea vers la chambre de sa fille.

— Marie-Thérèse, je viens de recevoir de la visite pour vous.

Mme de Morzic ne pouvait même plus se lever pour passer quelques heures dans son fauteuil. Assise dans son lit, bien calée par des oreillers, une canne à portée de main pour appeler Léontine, elle somnolait le jour et demeurait éveillée la nuit. Elle était devenue maigre. Sous son front jaune, une ombre violette fardait ses paupières, un peu de peau recouvrait les pommettes hautes, les yeux demeuraient admirables, d'un beau vert doré, les yeux de Clacla. Quelques mèches blanches s'échappaient toujours de son bonnet de dentelle. Sous les draps bien tirés qu'il fallait maintenant changer tous les jours, se gonflait la rondeur d'un ventre énorme.

— Ouvre la fenêtre, Léontine.

— Par ces temps ? Vous allez attraper mal.

— Fais ce que je te dis.

La voix restait ferme, toujours autoritaire, sans réplique possible. Mme de Morzic but un lait de poule apporté par Léontine et fit comprendre, d'un regard impérieux, de la laisser seule. De son lit, par la fenêtre ouverte, elle pouvait voir la grande allée bordée de chênes qui conduisait au domaine. Tordues par le vent, de grosses branches se gravaient sur le ciel gorgé de pluie où sifflait la tempête d'équinoxe. « Je voudrais bien voir encore une fois les premiers bourgeons, pensa-t-elle. En bas, les primevères sont déjà sorties, Léontine me l'a dit. » Fille de la mer, Clacla s'était attachée à la Couesnière dès qu'elle en était devenue la maîtresse : surveillant de près la pente aiguë du toit et les menuiseries des longues fenêtres, faisant curer les fossés, veillant à ce que tout son petit monde de métayers et de valets travaillent dur pour en tirer profit. Elle n'avait jamais oublié sa jeunesse malouine. Par la fenêtre ouverte, le vent apportait des bruits et des odeurs qui lui faisaient tourner un peu la tête, la tenaient éveillée pendant quelques instants, dessinaient des images qu'elle voyait alors avec autant de précision que si elle eût fermé les yeux. Là-bas, à Saint-Malo, des barques de pêche devaient piquer du nez dans la houle, embarquer des paquets d'eau, se hâter vers Mer-Bonne. Sur les pavés des rues étroites, les sabots des femmes descendant vers le port faisaient entendre un bruit d'averse. Elle avait été une de ces paires de sabots, c'est même pour cela qu'on l'appelait Clacla, et une de ces femmes qui, les poings sur les hanches, les jambes un peu écartées et posées solidement sur le quai, gourmandent leurs hommes, c'est donc tout ce que vous nous ramenez, foutus gars ? Vous n'avez point gagné votre part de goutte ! Bientôt on entendrait appeler à travers les rues « Maquereau frais, maquereau qui vient d'arriver ! » Rien que de me voir, les gars riaient au fond de leurs yeux. J'avais vingt ans. Les pétasses qui m'ont fait du mal, celles-là je les ai toutes enterrées. Dire que me voilà comtesse de Morzic ! Plus tard, on ne pourra pas le croire, les neveux de mon mari ne voudront sûrement pas que j'apparaisse sur leur arbre ? Savoir si la Jacquette Perennes qui a épousé elle aussi un gentilhomme a été acceptée par ceux de Port-Louis ? On dirait que le vent baisse, je ne vois plus les branches remuer, peut-être bien que la marée va se renverser. Marie-Thérèse doit se marier dans trois mois, cela m'aurait fait tant plaisir d'assister à son mariage, pauvre petite sainte ! Non, ma filleule n'est pas une petite sainte, elle sait où elle va, elle connaît sa route. Le Kerelen s'est laissé prendre comme un enfant qui joue avec le feu. Ce genre d'hommes-là, il leur arrive de se conduire comme des nigauds. L'aime-t-il pour de bon, ou veut-il seulement coucher avec elle ? Quand il est venu me voir, l'autre jour, il avait l'air tout déconfit. C'est encore un bel homme, de la tournure, des jambes longues à faire croire que sa grand-mère a fauté avec quelqu'un qui ne serait pas tout à fait breton. Quand se cachait à la Couesnière, j'avais plaisir à le regarder et à l'entendre. Oh, je n'étais point la seule ! Avec ses grands airs, pour sûr que la Marie-Léone était touchée au bon endroit. Quand je pense que c'est Marie-Thérèse qu'il va épouser ! Les langues de Saint-Malo et du Clos-Poulet vont jouer un joli concert, je les entends déjà s'accorder : « Tout lui réussit à la Marie-Léone, voilà qu'elle fait une comtesse avec sa fille après avoir marié son aîné chez un gros Nantais ! Irez-vous au moins à la noce ? Je ne sais point trop, il paraît que la fête se fera à la Couesnière. Chez la Clacla, donc ? Oui, chez notre comtesse ! Elle l'a exigé parce qu'elle donne le domaine à sa filleule et fait une dot au marié. C'est donc elle qui a fait ce mariage ? Vous y êtes ! Dites-moi, ma commère, vous qui paraissez connaître le dessous du cotillon, ce Kerelen ne serait-il pas cet officier que Clacla abrita chez elle pendant près d'une année, même que tout le Clos-Poulet commençait à l'appeler sous cape le capitaine Clacla ? Moi, rien que pour voir la tête de notre comtesse de Morzic, je voudrais assister à ce mariage ! » Sacrées pétasses, vous ne verrez rien du tout, parce qu'au mois de juin, la Clacla sera morte depuis longtemps. Le mois de juin, il y aura des roses partout. Les roses, j'aimais bien les tailler. Ça n'est pas difficile, on coupe la tige au-dessus de deux yeux, en prenant garde de ne pas se piquer. Une piqûre de rosier, c'est moins grave qu'une piqûre d'arête de poisson. Un jour que je vidais un beau maquereau, j'ai attrapé un abcès qui ne voulait point crever, même qu'un foutu chirurgien a failli couper mon doigt. C'est une vieille de Saint-Père qui l'a fait mûrir en l'enveloppant avec des toiles d'araignée. Non, mes pétasses, vous ne verrez pas la Clacla. C'est vrai qu'elle a l'air d'un ange, ma petite Marie-Thérèse ! Tout de même, si j'étais le Kerelen je me méfierais un peu. Un coup de vent dans les membrures, c'est vite arrivé. Pour la manœuvre, mon gars, il ne faut point que le capitaine soit trop vieux. À ta place je ne laisserais à personne le soin de prendre le quart. Moi, c'est la Marie-Léone que j'aurais voulu voir. Je la connais bien. Fière comme elle est, tout le monde croira qu'elle est heureuse de ce mariage. Dame ! Mettez-vous à sa place ! Comme le disait ce pauvre Jean-Marie, voici venu le temps des Carbec ! Maintenant que je ne peux plus me lever, je souffre moins des jambes. C'est mon ventre qui me fait mal. Qu'est-ce que j'ai bien pu faire au bon Dieu pour avoir un ventre aussi gros ?

Une douleur aiguë venait de la trouer, c'était comme un coup d'épée. Mme de Morzic fronça les sourcils, ferma les yeux, porta les deux mains à son ventre, demeura immobile pendant un moment qu'elle aurait été bien incapable de mesurer. Le temps de vivre lui avait toujours paru trop court. Il n'y avait guère que depuis quelques semaines que cela n'en finissait pas. C'est donc si long de mourir ? Pourquoi Dieu qui a fait le soleil, les étoiles, les fleurs, les beaux hommes, le pain, les navires sur la mer, pourquoi déformait-il donc la Clacla en lui faisant ce visage de vieille sorcière et ce ventre plein de gargouillis ? Puisqu'il était tout-puissant et qu'on l'appelait le bon Dieu, pourquoi abîmait-il avant de les tuer toutes les belles choses nées de ses doigts ? Mme de Morzic étendit la main vers le guéridon où, à côté du flacon de vin d'Espagne, était posé un miroir. S'étant regardée, elle murmura je vais dégoûter la mort elle ne voudra peut-être pas de moi, et, saisissant sa canne elle frappa sur le plancher pour appeler.

Gillette entra dans la chambre.

— Non, pas toi, tu es trop jeune. Que fait ta mère ?

— Elle donne aux poules.

— Dis-lui de monter quand elle aura fini.

Léontine arriva derrière sa fille :

— M. le recteur est là ! dit-elle essoufflée.

— Que veut-il encore ? bougonna Mme de Morzic. Il est déjà venu il y a deux jours.

— Non, il y a plus d'une semaine.

— Dis-lui d'attendre. Je ne veux pas qu'il me voie aussi laide. Passe-moi un linge sur la figure, donne-moi la boîte à poudre et ma boîte à fards. Maintenant, change mon bonnet. Qu'as-tu à me regarder avec un œil de côté comme font tes poules ? Allez, déhale-toi ! A présent que je suis à peu près appropriée, va dire à M. le recteur que Mme la comtesse de Morzic sera bien aise de le recevoir. Tu apporteras un autre verre.

Le prêtre entra à son tour dans la chambre, le visage éclairé d'un sourire de circonstance. Vieil homme, c'était aussi un vieux compagnon de Clacla. Curé avant d'être nommé recteur de la paroisse, il avait bien connu le chevalier de Couesnon avant que celui-ci hérite du titre de comte de Morzic après la mort de son fils qui s'était fait sauter sur la *Railleuse* dans la baie de Vigo plutôt que de rendre sa frégate aux Anglais. Sur la recommandation de l'évêque de Saint-Malo, il avait béni le mariage imprévu du vieux gentilhomme et de l'avitailleuse devenue riche. D'abord réticent, comme tous ceux du village, il avait été gagné jour après jour par la générosité, la bonne humeur, le courage, peut-être par le charme de la Clacla qui ne manquait jamais la messe, communiait aux fêtes carillonnées, et l'invitait à la Couesnière à chaque fête des moissons ou à la Noël. Une seule chose le tourmentait : Mme de Morzic ne lui avait jamais demandé de l'entendre en confession. Bien qu'il n'osât pas même se l'avouer, il ne lui aurait pas déplu dans sa solitude campagnarde d'entendre la Clacla chuchoter ses péchés, mais il avait dû s'incliner devant la hiérarchie ecclésiastique car la première de ses ouailles s'en remettait au tribunal de la pénitence présidé par Mgr Desmarets.

— Bonjour, monsieur le recteur ! Je suis bien aise de vous voir si souvent à la Couesnière.

— Je passais près du manoir, répondit le prêtre.

— Vous venez trop tôt, ça n'est pas pour aujourd'hui. Cela ne va pas nous empêcher de boire la goutte tous les deux. Asseyez-vous donc! Vous allez vous servir un verre de vin d'Espagne et vous m'en verserez un fond de verre pour que je puisse vous accompagner.

Le prêtre affecta la bonne humeur.

— Eh bien, à votre bonne santé, madame la comtesse!

Tandis qu'il se penchait pour tendre le verre à sa vieille amie, sa cape s'était un peu entrouverte et avait laissé paraître une étole passée autour du cou. Mme de Morzic fit semblant de n'avoir rien vu et but une lampée avec un petit claquement de la langue, habitude que son accession à la noblesse n'était pas parvenue à faire disparaître.

— Donnez-moi des nouvelles du village, monsieur le recteur. Comment va la vieille Maria? Léontine m'a dit qu'elle était près de passer.

— Je suis allé la visiter hier, je l'ai trouvée sur ses jambes! répondit-il en riant. Elle en a encore pour des années.

— J'avais cru que vous alliez chez elle pour l'administrer.

— Pourquoi donc? questionna le recteur avec un regard trop innocent.

— Pourquoi? Ôtez donc votre cape, sinon vous allez attraper mal en sortant d'ici. Vous vous promenez avec une étole maintenant?

Elle le regardait en souriant de ses beaux yeux qui flambaient dans son visage ravagé.

— Euh! répondit le prêtre. J'avais pensé... euh!... Oui, j'ai pensé que cela ne fait jamais de mal de se mettre en règle avec Dieu et avec l'Église.

— Dites-moi un peu ce que cela veut dire : se mettre en règle avec Dieu?

— Vous ne changerez donc jamais! dit le prêtre sur un ton amical.

— Lorsque je me suis mariée avec le comte de Morzic, il m'a dit : « Surtout ne changez rien à vos façons d'être! » Je pense avoir été aussi bonne épouse que bonne chrétienne. Dites-moi la vérité, à présent. Cette étole? Vous espériez me confesser?

— C'est de mon ministère, madame.

— Monsieur le recteur, je me suis confessée à la Noël. Je n'ai rien fait de mal pendant ces trois mois.

— En êtes-vous si sûre?

— À mon âge? Dans l'état où je me trouve? Vous avez toujours aimé rire, monsieur le recteur, c'est aussi pour cela que nous nous entendons bien tous les deux.

— Le Seigneur est exigeant, madame, c'est un maître terrible qui nous jugera sur l'ensemble de notre vie. Je suis de ceux qui pensent qu'il n'y aura qu'un petit nombre d'élus.

Le recteur avait prononcé ces mots avec la sévérité d'un vieux janséniste. Il y en avait encore quelques-uns en Bretagne qui avaient été obligés de s'incliner devant la condamnation de Rome pour ne pas perdre les bénéfices attachés à leur cure mais dont la conscience demeurait irréductible. Mme de Morzic branla la tête et dit à mi-voix :

— Non, cela n'est pas possible. Je ne comprends rien à tous ces mystères, mais je me suis souvent dit que si Dieu a envoyé son fils mourir sur la terre au lieu de le garder près de lui, au milieu des étoiles, cela n'était sûrement pas pour assurer le salut de quelques dévots. C'était surtout pour aider ceux qui en ont le plus besoin. Qu'en pensez-vous, monsieur le recteur ?

— Sans doute, sans doute ! admit le prêtre. Il est vrai qu'on lit dans les Écritures qu'il sera beaucoup pardonné à ceux qui ont beaucoup péché.

— Eh bien, me voici sauvée, monsieur le recteur !

— Recommandez-vous votre âme à Dieu ?

— Je l'ai toujours fait, et je n'ai jamais douté de revoir là-haut tous ceux que j'ai aimés. Oui, je suis certaine de les revoir et de les reconnaître.

Tout au long de sa vie, le recteur avait administré plusieurs centaines de fidèles, inconscients ou non, tous glacés de peur. Lui-même savait qu'il tremblerait encore plus que tous ceux-là, le moment venu, à la seule pensée de comparaître devant le Juge auquel il croyait après cinquante ans de sacerdoce avec la même certitude que le jour de son ordination. Bouleversé par les dernières paroles de Mme de Morzic, sans même se rendre compte qu'il répétait une phrase prononcée autrefois par le Christ, le vieux prêtre dit alors :

— Votre foi vous a sauvée.

— Eh bien, donnez-moi donc l'absolution puisque vous êtes venu pour cela.

— Rien ne presse.

— Marchez donc !

Débarrassé de sa cape, le recteur de la Couesnière s'était déjà agenouillé.

Tous les soirs, Léontine montait dans la chambre de sa maîtresse pour passer la bassinoire dans le lit et mettre une grosse bûche dans la cheminée. Bien que la fenêtre fût fermée au volet, on entendait le vent d'ouest frapper de plein fouet la Couesnière.

— Tu as entendu, Léontine ?

— Quoi donc ?

— Une ardoise vient de tomber, il faudra la faire remplacer dès demain. Te voilà encore avec ton instrument ! Dis-moi un peu comment tu réchauffais le lit de M. le comte ?

Chaque soir d'hiver, c'était la même plaisanterie. Les deux vieilles la répétaient depuis des années, sans rire, pour se souhaiter la bonne nuit.

— Allez ! dis-le-moi.

— Vous le savez ben !

— Redis-le quand même.

— Avec mes fesses, dame !

— Ce soir, dit Clacla, tu peux remporter ta bassinoire. Prends-la pour toi si tu en as besoin. Moi, j'ai trop chaud. On sent que le mois d'avril est enfin arrivé.

Elle était brûlante.

— Les nuits sont fraîches, insista Léontine. Le médecin a dit de vous tenir au chaud. Laissez-moi donc faire. Poussez-vous voir un peu que je passe ma machine !

Ouvrant le lit, Léontine poussa un cri terrifié :

— Jésus-Marie, vous avez pissé le sang !

Une grosse tache rouge poissait la chemise et les draps.

— Tais-toi donc, vieille bête ! Il y a vingt ans que je n'ai plus eu mes roses.

— Ça vient quand même de vos intérieurs, non ? Je vais changer vos toiles.

— Change-les donc, dit doucement Clacla. Demain matin tu enverras chercher Mme Carbec à Saint-Malo. Je crois que c'est le moment.

Accompagnée de sa fille, Marie-Léone arriva à la Couesnière quand le médecin en sortait, écartant des bras impuissants. Mme de Morzic avait eu pendant la nuit une grave hémorragie.

— Que faut-il faire ? demanda Mme Carbec.

Après avoir hésité quelques instants, le médecin répondit :

— Plus rien. Faites tout ce qu'elle vous demandera.

— A-t-elle toute sa connaissance ?

— Je pense bien ! Quand elle m'a vu, Mme de Morzic m'a dit : « Le notaire est venu l'autre jour, le curé hier, aujourd'hui c'est votre tour. Tous les trois, vous devriez vous associer et faire une

compagnie. Il y aurait gros à gagner ! » Des femmes comme la
Clacla, on n'en verra plus guère !

Mlle Carbec entra seule dans la chambre de sa marraine. Le
visage de la malade avait pris une teinte grisâtre. Sans bouger la
tête, les yeux sans regard, Clacla demanda si le mariage était
toujours fixé pour le mois de juin. Comme Marie-Thérèse ne
parvenait pas à retenir un sanglot :

— En voilà des manières ! dit-elle. Il va falloir que tu
apprennes qu'il est inconvenant de pleurer dans la noblesse.
Quand tu étais petite, je croyais que tu étais un ange. Ce soir, je
vais bien voir si tu leur ressembles, ou si je me suis trompée.
Maintenant, laisse-moi un peu seule avec ta mère. Tu reviendras
tout à l'heure.

Marie-Léone était entrée à son tour. Les deux femmes se
regardèrent un long moment sans parler.

— J'ai froid, dit Clacla. C'est cela, mettez-moi une autre
couette et ouvrez la fenêtre, toute grande. Il fait meilleur qu'hier,
je vois même un petit coin de ciel bleu à travers les nuages. Ma
pauvre Marie-Léone, je vous donne bien des embarras.

— Ne parlez donc pas, cela vous fatigue.

— Oui. Donnez-moi plutôt des nouvelles des garçons. Où en
sont-ils tous les trois ?

— Pour Jean-Pierre, tout va bien à Nantes. Sa femme est
grosse de nouveau, il faut espérer que cette fois tout ira bien.

— Le Renaudard a dû être furieux de cette fausse couche.

— Il attend d'avoir un petit-fils pour associer complètement
Jean-Pierre à ses affaires.

— Et les deux autres ?

Marie-Léone expliqua que Jean-François se trouvait maintenant au service de M. Chauvelin, Secrétaire d'État des Affaires
étrangères. Jean-Luc, quant à lui, s'impatientait de ne pas encore
recevoir un brevet de premier lieutenant.

— Je suis fière de mes fils ! dit Marie-Léone.

— Ce sont de bons gars, dit Clacla. Des Carbec, dame !

Elle souffla un peu, et ajouta :

— De bons gars, et de beaux hommes. Ah ! les beaux hommes.

Les nuées qui couraient hier dans le ciel avaient disparu,
laissant place à quelques nuages blancs frappés de lumière. Des
cris d'oiseaux, aigus comme des rires d'enfants, tournaient autour
de la Couesnière. On entendit le bruit d'une charrette, les pas d'un
cheval, la voix de Léontine appelant ses poules, la chaîne du
puits.

— Je vous aime bien, Marie-Léone. Vous savez que j'ai donné

tous mes biens à vos enfants. Ne vous inquiétez pas, les autres ont leur part, je n'ai oublié personne. Il y a même quelque chose pour votre Solène. J'ai aussi constitué une petite dot pour Louis de Kerelen parce que les hommes ont toujours plus besoin d'argent que les femmes. Vous, je sais que vous n'en avez pas besoin. Je vais vous faire mon dernier cadeau. Prenez donc cette bague qui est à mon doigt. Elle vous revient de droit. Jean-Marie me l'avait rapportée de son grand voyage en mer du Sud. Elle ne m'a jamais quittée. Montrez-moi votre main ? Ce rubis vous va très bien. Promettez-moi de garder toujours cette bague.

— Je vous le promets, tante Clacla.

— Jean-Marie... Ah, Jean-Marie, c'était un homme ! Je vais le revoir avant vous. J'ai plus de chance que vous, Marie-Léone.

— Ne parlez pas autant, tante Clacla, reposez-vous, vous n'avez pas passé une bonne nuit.

— Ne pas parler, moi ? Vous savez bien que j'ai toujours été une sacrée pétasse ! C'est mon ventre qui me fait le plus mal, comme si on le passait à la charrue... Approchez-vous un peu...

Elle parlait de plus en plus bas, articulant mal ses mots, butant sur les syllabes et manquant son souffle.

— Il faut que je vous demande quelque chose... quelque chose de très... important.

— Dites, tante Clacla.

— Le carillon ? Venise ?... Avez-vous entendu sonner le carillon... à Venise ?

Interdite, Marie-Léone Carbec pensa que tante Clacla commençait à délirer. Sa fin approchait. Elle répondit, comme si elle parlait à un petit enfant :

— Bien sûr, tante Clacla, bien sûr. À Venise, il y a beaucoup d'églises, beaucoup de clochers, on les entend sonner tout le temps, jour et nuit. C'est très joli.

La vieille secoua la tête avec impatience :

— Non... non ! Pas les cloches. Le carillon dans la tête, dans le cœur... dans le corps... Partout, partout. Vous me comprenez ? Partout ! Cela me ferait tant plaisir pour vous.

Mme Carbec se pencha davantage et souffla très doucement :

— Oui, tante Clacla, je l'ai entendu.

— C'est bien. J'en étais sûre, je l'ai vu sur votre visage. C'est très bien, Marie-Léone.

Épuisée, elle s'était tue et avait posé sa main droite sur celle de Marie-Léone qu'elle serrait avec cette force étrange qui reste aux moribonds. Après un long silence, elle murmura :

— Maquereau frais... qui vient... d'arriver.

Entrant dans le dernier jeu, Marie-Léone répondit :
— Donnez-m'en donc deux beaux !
— Les voici, ma fi.
Immobile, ses beaux yeux grands ouverts, elle dit encore au
milieu de l'après-midi :
— Le carillon... le carillon.
Marie-Léone s'aperçut que la main de Clacla ne serrait plus
la sienne. Elle la retira, fit un signe de croix et regarda d'un
air pensif le rubis rapporté de la mer du Sud.

Soupers, bals, parties champêtres, comédies et concerts,
argent facile, voyages à Paris, cadeaux, présentations aux
grandes familles de Nantes, mon cousin Malestroit, ma cousine
Couédic, qui sont maintenant les vôtres... Marie-Thérèse avait
été comblée au lendemain de son mariage par tout ce qu'un
homme de l'âge de Kerelen peut offrir à une jeune femme. La
fête n'avait duré cependant que quelques mois. À peine
enceinte, la jeune comtesse avait été délaissée par son mari
vite retourné à ses vieux démons. Autant les Nantais avaient
été surpris de voir leur beau capitaine si empressé auprès de
son épouse, alors que le bon ton eût exigé une certaine indifférence conjugale, autant ils souriaient maintenant de le voir
repris par ses anciennes maîtresses, son goût de la lecture
solitaire ou des conversations philosophiques, et quelques
démarches à Versailles pour lui permettre d'honorer ses pertes
de jeu. Dépitée, c'était sa manière de souffrir, Marie-Thérèse
s'était gardée du moindre reproche, même s'il lui arrivait d'être
accueillie ici et là par des yeux mi-ironiques mi-apitoyés dont
le regard lui disait qu'elle avait voulu faire trop vite la
conquête d'un monde où l'on n'aime pas davantage voir ses
portes forcées que ses hommes pris d'assaut.
    « Prenez garde à vous, avait dit un jour Jean-Pierre. Nantes
est une ville impitoyable. N'entrez jamais dans un salon avec
un air victorieux, et ne soyez pas trop belle. On vous le ferait
tôt payer. Catherine n'ose pas vous le dire ! » Elle ne s'en était
pas souciée. Sûre d'elle, parvenue à ses fins, Mme de Kerelen
était prête à payer le prix de sa nouvelle condition, sauf à
s'incliner devant celles qui s'apprêtaient déjà à reconquérir
celui qui leur avait préféré cette petite Carbec.
    La scène éclata un soir où l'un et l'autre s'y attendaient le

moins. Il avait suffi que Louis de Kerelen dît à sa femme, peut-être sur un ton impatient :

— Dans votre état, vous ne devriez plus accepter d'invitation ni rendre de visite. Cela ne se fait pas.

Incapable de se maîtriser, Marie-Thérèse répondit :

— À Saint-Malo on n'enferme pas les femmes grosses. Je ne suis pas une recluse.

— Vous oubliez, ma chère, que vous êtes devenue nantaise en vous mariant.

— Moi, une Nantaise ? Vous plaisantez ! avait-elle répliqué en s'efforçant de rire. Vous qui avez la prétention de connaître les femmes, vous n'entendez rien aux Malouines. D'ailleurs, j'ai l'intention d'aller faire mes couches auprès de ma mère.

Kerelen dit doucement :

— Vous parlez comme une petite fille qui a encore besoin de sa maman. Pourquoi iriez-vous à Saint-Malo alors que Mme Carbec sera si heureuse de venir dans cette maison qui est à elle ?

— Vous vous trompez, ça n'est pas pour être auprès d'elle, c'est pour vous laisser seul. N'en avez-vous pas envie et besoin ? J'ai appris à vous connaître !

Prétextant les fatigues, peut-être les dangers du voyage sur les mauvaises routes, il protesta sans y mettre beaucoup d'ardeur. C'était l'heure de son whist, il avait hâte de s'y rendre. Cette femme au teint brouillé n'avait plus rien de commun avec la jeune fille qu'il avait désirée.

— Ne vous mettez donc pas en peine pour moi. Vous ne mentez bien que lorsque vous faites la cour aux femmes.

— Faut-il l'entendre comme un compliment ?

— Entendez-le comme vous voudrez ! Vos anciennes maî-tresses seront bien aises de me savoir repartie pour Saint-Malo. Elles vous attendent, courez-y donc !

Cette dernière phrase, Marie-Thérèse l'avait jetée avec une violence qui surprit le comte de Kerelen et lui déplut davantage. C'était là un éclat de petite bourgeoise non décrassée. Elle poursuivit avec la même maladresse :

— Je ne les connais pas toutes, seulement quelques-unes. Voulez-vous que je vous dise leurs noms ?

Hochant la tête légèrement, les yeux à peine railleurs, un peu tristes, il regarda sa femme en songeant qu'il avait devant lui un des plus brillants témoins des bonnes manières enseignées par les dames du meilleur couvent de la province. Un coup d'ongle sur un peu de vernis, le bois des vieux sabots réapparaissait aussitôt. C'était leur première vraie querelle. Louis de Kerelen n'aimait pas davantage ces sortes de disputes que les autres. À ceux et à celles qui lui en cherchaient, il avait pris l'habitude de répondre par un haussement d'épaules, un peu lâche, préférant leur glisser dans la main comme une eau insaisissable. Ce soir-là, il fut tenté de saluer son épouse, reposez-vous, madame, vous avez besoin du plus grand calme, et de prendre la porte. Il demeura près d'elle. Ce ventre qui commençait de devenir lourd le dégoûtait et cependant l'émouvait plus qu'il ne voulait l'admettre. Cela avait commencé quelques semaines après son mariage. Il se rappelait que sa fringale de chair fraîche vite apaisée, la jeunesse de Marie-Thérèse lui était soudain apparue comme un présent miraculeux, une sorte de don semblable à celui offert aux vieux patriarches de l'Écriture pour préserver leur verdeur et se prolonger eux-mêmes dans l'éternité à travers leur descendance. Au même moment il avait pensé à la mort. Depuis qu'il avait été ramassé sanglant sur un champ de bataille, cette idée ne l'avait jamais inquiété. Il avait fallu ce cadeau merveilleux apparu dans sa vie grisonnante pour sentir sa présence invisible. C'était comme une main posée sur son épaule, légère un jour, plus lourde l'autre, et qui l'attirait vers ce gouffre détestable que ses philosophes appelaient le néant. Une nuit d'été que Marie-Thérèse dormait légèrement couverte, gerbe blonde en travers du lit, il s'était jeté sur elle, non pour lui faire l'amour mais un enfant. L'idée de prolonger le nom des Kerelen ne l'avait pas même effleuré, il avait été projeté en avant par la certitude d'avoir trouvé le seul moyen d'éloigner, peut-être de chasser cette main qui ne le lâchait plus. Délivré, il avait aussitôt retrouvé sa vie de joueur insouciant, ses compagnons, ses livres, ses belles amies. À la jeune comtesse de Kerelen de faire maintenant lever la moisson et de s'y consacrer. L'an prochain, si la main revenait se poser sur lui, il saurait comment s'en débarrasser. Comme les récriminations de cette petite Carbec lui paraissaient mineures, ce soir !

— Je vais vous éviter de mentir davantage ! continua Marie-Thérèse. Voilà où vous vous rendez !

Elle lui avait tendu un billet.

— Vous rougissez ?

— C'est pour vous que je rougis, madame. Il n'est pas dans les habitudes de ma famille de fouiller dans les poches.

M. de Kerelen fronçait les sourcils. Ce ventre qui gonflait sous cette robe le repoussait, le rassurait, le troublait, sans qu'il pût démêler le sentiment qui prévalait. Comme tant d'autres fois, prenant le parti de rire, il mit dans sa voix une indulgence paternelle. Son âge lui permettait de jouer un rôle dont il était à la fois acteur et spectateur.

— Vous êtes une enfant! Vos propos vont m'obliger à ne pas manquer une rencontre à laquelle j'étais prêt à renoncer si vous ne vous étiez pas conduite comme une petite sotte. Avant de me rendre à ce rendez-vous, je veux vous donner un conseil. Avez-vous lu les contes de M. Perrault?

— Sans doute! fit Marie-Thérèse en haussant les épaules. Je ne suis plus une petite fille.

— Relisez donc *Barbe-Bleue*.

— Vous voudriez me faire peur avec l'histoire de ce monstre qui tuait ses femmes?

— Non, dit-il en riant franchement cette fois, je ne suis pas un écorcheur! Je crois seulement qu'en écrivant ce conte, M. Perrault a voulu prévenir les femmes qu'il est dangereux pour elles d'être trop curieuses et d'ouvrir, par exemple, ces chambres et ces tiroirs secrets que sont les souvenirs d'un homme. Réfléchissez à tout cela, ma chère. Vous trouverez dans ma bibliothèque les *Contes* de M. Perrault à côté de la *Manon Lescaut* de M. Prévost, vous savez que je range mes auteurs préférés par ordre alphabétique. Prenez soin de vous et de l'enfant que vous portez. Je vous baise les mains.

— Avouez-le donc que vous êtes fier d'avoir un fils! dit Mme Carbec à son gendre.

Son gendre…, elle n'était pas encore parvenue à se faire à cette idée. Tous les deux avaient le même âge, une romance chantée autrefois en duo traînait dans leur mémoire et maintenant, assis en face l'un de l'autre dans le grand salon de l'hôtel Carbec, ils se félicitaient de la naissance d'un héritier, elle grand-mère, lui père barbon.

Pour être sûre que sa mère soit présente au moment de sa délivrance, Marie-Thérèse était venue passer les deux derniers mois de sa grossesse à Saint-Malo. Encore qu'elle eût soupçonné quelque fâcheuse affaire derrière cette décision, Mme Carbec s'en était d'autant plus réjouie qu'elle se rendait moins souvent à Nantes où elle ne se sentait pas à son aise. Après avoir été si courageusement maternelle, si attentive aux joies et embarras de ses enfants, elle ne posait plus de questions, craignait d'être indiscrète, se sentait plus proche des deux garçons qui étaient au loin que de Jean-Pierre et Marie-Thérèse installés à Nantes. Et voilà que sa fille revenait soudain à la maison avec un gros ventre! Attendrie et vite affairée, elle avait tout de suite retrouvé les vieilles paroles, les vieux gestes transmis mystérieusement de génération en génération, rien n'était prêt comme elle l'aurait voulu, ce pauvre petit n'aura jamais assez de langes pour être convenablement emmailloté, heureusement que j'ai gardé les vôtres ! Avez-vous seulement pensé à chercher une nourrice ? Jour après jour, insensiblement, presque à mots couverts, toutes les deux avaient vu renaître leurs connivences disparues. Elles avaient aussi noué une complicité de clan qui s'exerçait tacitement contre Louis de Kerelen, l'homme, celui qui, sa besogne terminée, n'a pas à s'occuper d'une affaire réservée aux seules femmes. Sans même s'en apercevoir, Marie-Thérèse était redevenue une Carbec.

— Combien pèse-t-il donc ? demanda M. de Kerelen.

— Plus de dix livres.

— Est-ce un bon poids ?

— Je pense bien ! Mes trois gars en pesaient autant !

— Dix livres, cela ne m'étonne pas, les Kerelen ont toujours été robustes.

— Peut-être bien, mais ce Laurent-là c'est un Carbec !

— Comment cela ? C'est un Kerelen ! Je pense y avoir ma part, non ?

— Dame oui ! C'est votre fils, mais c'est d'abord mon petit-fils. Vous, vous êtes venu à Saint-Malo trois jours après sa naissance, moi je l'ai vu arriver, j'ai aidé la matrone. Croyez-moi si vous voulez, toutes les deux quand nous l'avons vu apparaître nous nous sommes écriées : « C'est tout le portrait de son grand-père Jean-Marie ! » Vous voyez bien que c'est un Carbec !

Mme de Kerelen avait reçu son mari avec une grâce charmante comme s'ils s'étaient quittés tous les deux la veille sans que rien n'eût troublé leur bonne entente.

— Êtes-vous content de moi ? Regardez plutôt votre fils.

Il avait d'abord regardé sa femme et lui avait su gré, avec un sourire, d'avoir retrouvé son visage rose, ses yeux clairs et son ventre plat. La nourrice lui mit alors dans les bras un minuscule marmot, pas plus gros qu'une bouteille, bien serré dans un maillot. Cette sorte de macaque hurleur qui ressemblait à ceux que les marins ramenaient des Isles et qui se tenaient sur leurs épaules au bout d'une chaîne, c'était le comte Laurent de Kerelen. Il le regarda avec une curiosité craintive, il n'avait jamais vu un nouveau-né d'aussi près et encore moins tenu dans ses bras.

— N'est-il pas beau ! disait Marie-Thérèse.

— Pour sûr qu'il est beau, notre Laurent ! renchérissait la nourrice.

M. de Kerelen pensa que seules les femmes pouvaient imaginer de telles sottises, et s'apprêta à rendre le paquet dont il ne savait que faire. C'est à ce moment que, s'arrêtant soudain de brailler, le marmot ouvrit les yeux et fit une grimace encore plus horrible.

— Jésus Marie ! s'écria la nourrice, voilà qu'il sourit à son père !

Le visage de M. de Kerelen s'était alors détendu et éclairé d'une tendresse imprévue. Plus tard, il devait souvent se rappeler cet instant extraordinaire où il avait senti qu'un lien indestructible se nouait entre eux deux. Il savait qu'il n'avait plus besoin de se protéger contre la mort. Cet affreux magot serait un bouclier. C'était, au-delà même de son fils, la vie. D'un regard, il fit comprendre à Marie-Thérèse qu'il était content d'elle.

— Maintenant, dit-il en quittant la chambre, vous êtes devenue tout à fait une comtesse de Kerelen. Ne vous faites aucune sorte de soucis. Tout le reste n'a aucune importance.

Le même soir, comme Mme Carbec et son gendre achevaient de souper tandis que Marie-Thérèse se reposait, Marie-Léone dit encore une fois à Louis de Kerelen :

— Avouez que vous êtes fier d'avoir un fils !

— C'est vrai, je ne le nie point. Je ne l'aurais pas cru il y a seulement quelques jours. Tout cela est bien étrange. À votre idée, qu'allons-nous faire de ce garçon ?

— Si son grand-père Carbec était vivant, pour sûr qu'il voudrait en faire un marin.

— Oui, mais son grand-père Kerelen aurait voulu en faire un soldat.

— Eh bien, dit Marie-Léone, nous ferons de celui-ci un chef d'escadre et du prochain un lieutenant général.

La tête pleine de projets, ils n'entendaient ni l'un ni l'autre la Noguette sonner le couvre-feu. Dans sa cage, Cacadou hocha la tête en signe d'assentiment, mais personne ne s'en aperçut.

Chaque matin, vers neuf heures, un merveilleux plaisir gonflait Jean-François quand il entrait dans la grande pièce lambrissée de chêne clair qui lui était réservée depuis sa récente promotion aux fonctions de Premier Commis au secrétariat des Affaires étrangères installé à Versailles, dans l'aile gauche de la Cour des Ministres. Il y avait été reçu pour la première fois, dix ans auparavant, par son prédécesseur dont il occupait maintenant le bureau : c'était en 1730 l'année du mariage de son frère Jean-Pierre, à Nantes, avec Catherine Renaudard. Il aimait se rappeler les manières courtoises avec lesquelles le vieux diplomate l'avait accueilli à son retour de Venise et l'offre qui lui avait été faite d'une position dans les services du Département. Sa carrière s'était nouée ce jour-là. Dix ans avaient passé pendant lesquels les Carbec avaient essuyé quelques tornades. Lui, il avait beaucoup travaillé, affectant l'élégance de ne jamais montrer les soucis de sa charge alors que tant de commis les arboraient comme on déploie un pavillon, et voilà qu'il s'asseyait chaque matin derrière ce grand bureau plat orné de bronze doré où un secrétaire déposerait tout à l'heure, venues des cours d'Europe, des dépêches d'ambassadeurs, ministres résidents ou agents secrets dont il serait le premier à prendre connaissance, avant son ministre, avant le Cardinal, avant le Roi. Tout avait commencé, lorsque le Premier Commis lui avait dit :

— Monsieur Carbec, vous nous avez beaucoup diverti avec vos dépêches vénitiennes. Cela était d'autant plus méritoire que vous résidiez dans une république où il ne se passe plus rien d'autre que des carnavals, mais où l'on peut beaucoup apprendre avec ses oreilles. Vous avez l'ouïe fine et une bonne plume, je vous en félicite.

— Le seul mérite en revient à M. de Gergy! avait répondu Jean-François.

— Monsieur Carbec, reprenait déjà l'autre, j'ai été au même âge que vous, secrétaire à Madrid du maréchal d'Estrées et du maréchal de Tessé. C'est vous dire que j'ai écrit de ma main un certain nombre de lettres, rapports, discours ou dépêches dont ils se paraient avec une suffisance sans vergogne. Il convient d'en garder le secret et d'en sourire. Le sourire, monsieur Carbec, c'est la botte secrète des gens de plume qui ont affaire aux gens d'épée. J'ai lu dans votre dossier, je l'ai là sous la main, que M. de Gergy vous a fort bien noté. L'ambassadeur eut d'ailleurs l'occasion de me dire tout le bien qu'il pensait de vous. Je vois également dans votre dossier que vous êtes issu d'une bonne famille malouine, que vous parlez et lisez l'italien aussi bien que l'espagnol, enfin que vous avez fait quelques études de droit.

— J'avais pensé, monsieur, devenir maître des requêtes au Conseil d'État.

— Voilà qui est très louable, disait le Premier Commis, mais cela suppose que vous vous remettiez à un travail de robin pour subir des examens difficiles. Pensez-vous en avoir le courage après les années de *dolce vita* passées à Venise?

— J'essaierai, monsieur.

— Vous avez vingt-neuf ans, n'est-ce pas?

— Oui, monsieur.

— Je vais vous faire une proposition. Je pense, en effet, que vous avez les qualités nécessaires à un bon commis des Affaires étrangères. L'avenir dira si vous avez celles d'un diplomate. J'en jurerais presque. Nous allons connaître des temps difficiles, sans doute avec Vienne, peut-être avec Londres. Le Cardinal n'y pourra mais. J'ai besoin d'avoir auprès de moi un collaborateur qui sache bien rédiger, entende l'espagnol et l'italien, et ait acquis déjà une certaine expérience de ce que nous appelons le monde diplomatique. Venise est un excellent poste d'observation. Je sais que vous n'y avez pas connu que des danseuses, c'est de votre âge, mais aussi de nombreux diplomates étrangers que vous serez amené à rencontrer sur d'autres terrains. Jusqu'à présent vous n'étiez que le secrétaire d'un ambassadeur. Si vous y consentez, vous pouvez être nommé demain secrétaire d'ambassade.

Jean-François n'ignorait pas l'importance du personnage qui le recevait dans cette vaste pièce éclairée par cinq longues fenêtres donnant sur l'esplanade du château. C'était l'un des trois grands commis qui partageaient avec M. de Chauvelin le soin des affaires qu'on avait coutume d'appeler le Secret du Roi.

— Pensez-vous, monsieur, que j'aie les qualités nécessaires pour ce poste ? hasarda-t-il.

— Ne jouez pas l'humilité, personne ne vous croirait. Apprenez plutôt à vous méfier de ceux qui font profession de modestie : celle-ci est presque toujours feinte. Le recrutement dans l'administration des Affaires n'est réglé par aucun concours, il suffit de s'en faire ouvrir les portes par son père, ses oncles, ses cousins ou ses amis. J'ai vu dans votre dossier que vous étiez protégé par la famille Magon, et que vous étiez devenu le beau-frère du comte de Kerelen. Voilà deux excellents parrainages.

— Puis-je me permettre, monsieur, de vous demander en quoi consisteraient mes fonctions ?

— Au début, elles ne seront pas exactement définies. Vous serez installé dans une petite pièce contiguë à celle-ci et vous aurez soit à résumer soit à apostiller les dépêches que nous recevons de l'étranger. Connaissant vos talents d'écriture, il m'arrivera de vous demander de rédiger tantôt un brouillon, tantôt une mise au net d'instructions plus ou moins importantes d'après un plan conçu par moi-même. Cela, c'est le travail noble. Il y a aussi les copies, le chiffrage, les traductions, l'expédition ou la réception du courrier, l'établissement des sauf-conduits, besognes qui ne sont pas faites pour vous. Ne vous en inquiétez pas, d'autres s'en chargeront très bien. On trouve toujours au Département des hommes consciencieux et grands travailleurs sur qui les autres se déchargent volontiers de ces besognes subalternes. Je ne vous demande pas une réponse immédiate. Vous me feriez plaisir, monsieur Carbec, de me la faire connaître avant deux semaines.

Comme Jean-François allait se retirer :

— J'apprécie fort, poursuivit le Premier Commis, que vous ne m'ayez posé aucune question ni sur le traitement ni sur le *cursus honorum* auxquels vous pourriez prétendre. Êtes-vous ambitieux ?

— Monsieur, vous savez que je suis malouin, dit Jean-François en souriant.

— Vous aimez donc autant la gloire que l'argent, sans vous offenser n'est-ce pas ?

— Monsieur, il n'y a pas d'offense !

— Au Département, les traitements ne sont pas soumis à des règles fixes. Cela dépend de celui qui donne autant que de celui qui reçoit. Certains de mes commis touchent deux mille livres, d'autres trois fois plus dans la même fonction. C'est un denier dérisoire. Mais il y a les gratifications. Celles-ci sont nombreuses, minces pour les agents modestes, cela va de soi, elles peuvent devenir considérables quand il s'agit des grands commis. Sans doute, ces détails ne vous intéressent-ils guère parce que les messieurs de Saint-Malo sont tous riches, mais au Département nous sommes très pointilleux sur ces questions-là. Votre carrière ? Ne comptez pas, monsieur, obtenir jamais une grande ambassade, nous ne sommes pas en Angleterre ! En France, le Roi réserve ces postes le plus souvent à la haute noblesse. Vous pourrez, en revanche, être désigné pour telle mission extraordinaire, diriger des négociations commerciales, juridiques, voire militaires, être nommé consul général, chargé d'affaires, ministre auprès d'une cour étrangère et, pourquoi pas, Premier Commis comme je le suis aujourd'hui. Après trente ans de bons et loyaux services, à moins d'être victime des chausse-trappes où vos collègues ne manqueront pas pas d'essayer de vous faire tomber, un titre de noblesse viendra couronner votre carrière, vous serez fait chevalier de Notre-Dame-du-Mont-Carmel ou de Saint-Lazare-de-Jérusalem, et vous pourrez même espérer devenir conseiller d'État. Ainsi, vous aurez atteint le but que vous vous étiez fixé naguère au temps des illusions.

Ils se trouvaient maintenant tous les deux debout près d'une grande cheminée de marbre blanc où trônait le buste de M. de Torcy qui avait joué un rôle déterminant pendant les négociations du traité d'Utrecht.

— M. de Torcy a été mon maître, dit le Premier Commis, quand il était secrétaire d'État aux Affaires étrangères. Si un jour vous vous trouvez assis derrière ce meuble, inspirez-vous toujours de son exemple. Il avait l'habitude de dire à un diplomate fraîchement désigné qui rejoignait son poste : « Prenez davantage au sérieux les affaires que vous-même. »

— Et qu'arrivait-il ? demanda Jean-François.

— Souvent le contraire, vous l'avez déjà deviné. Au milieu de ses carrosses, de ses violons et de ses cuisiniers, un ambassadeur se prend toujours au sérieux. Le véritable travail se fait ici, dans l'ombre et le silence.

— Et dans le mystère ? questionna Jean-François.

— C'est un bien grand mot, dit le Premier Commis. Parce que les diplomates sont par destination dépositaires de secrets, ils se croient obligés de porter en permanence sur leur visage une sorte de masque fait de gravité et de mystère, précaution dérisoire dont ils sont seuls à se leurrer car si on ne décèle pas toujours ce qu'il y a sous un masque, la présence d'un nez en carton est toujours visible : cela fait qu'on vous soupçonne aussitôt. Vous me faites dire ce que vous avez déjà appris à Venise où vous fûtes à bonne école, et je vous parle comme si vous m'aviez déjà donné votre accord. C'est que les diplomates, monsieur Carbec, sont d'inépuisables bavards. J'en suis la preuve. Nous partageons cette faiblesse avec les militaires. Ceux-ci passent leur temps à détruire ce que ceux-là ont cru établir mais, tout compte fait, les uns et les autres parlent dix fois plus qu'ils n'agissent. C'est ce que nous venons de faire tous les deux. Je vous salue, monsieur le futur secrétaire des Affaires étrangères. À bientôt.

Jean-François Carbec n'avait pas attendu quinze jours pour accepter la proposition qui lui était faite. Celle-ci ne présentait aucun caractère exceptionnel. Une cinquantaine de jeunes gens, guère plus âgés de vingt ans, étaient recrutés chaque année, à la sortie de l'université, par les bureaux où l'on formait les futurs commis de l'État. La noblesse y était peu représentée, ou de petit lignage. En revanche, la bourgeoisie qui depuis un demi-siècle montait à l'assaut du Parlement, du négoce, de la finance, ou de la gestion municipale, entendait bien enfoncer les portes de la grande administration entrouvertes par Louis XIV. Qu'un Carbec, âgé de vingt-huit ans, fût appelé à devenir le collaborateur immédiat d'un Premier Commis se situait dans l'ordre des temps nouveaux, au moment où son frère aîné songeait à devenir un jour juge-consul à Nantes, et où le cadet, lieutenant-en-premier au Berry-Infanterie attendait avec impatience une commission de capitaine. Hier, lorsque Jean-François était parti pour Venise avec M. de Gergy, on lui avait mis le pied à l'étrier, aujourd'hui il se sentait bien en selle et prêt à sauter les obstacles. Les premiers mois n'avaient pas été faciles, Jean-François devant faire l'apprentissage de la vie quotidienne dans une administration où chacun prend le plus grand soin à entretenir des traditions, des mystères, des rivalités et des commérages. Bourreau de travail, féru d'histoire et de géographie, le Premier Commis abattait à lui seul plus de besogne que dix agents. Trente années d'expérience, au cours desquelles il avait tissé cent toiles d'araignée à travers l'Europe, lui permettaient de savoir ce qui s'y tramait et de connaître les noms et les sommes qui figuraient au registre des subsides accordés par le Roi à certains princes étrangers. Il exigea que son nouveau collaborateur demeurât à sa disposition. Finies la belle vie vénitienne, les nuits du carnaval, les promenades en gondole au clair de lune ! Jean-François leur dit adieu. Une page de sa vie était tournée. Aux petits secrets d'alcôve enfermés dans ses souvenirs, se superposaient déjà des secrets d'État dont il se sentait gardien. Un événement imprévu le tira tout à coup de la routine administrative.

Auguste II, roi de Pologne, venait de rendre l'âme. Les habitudes du Premier Commis n'en auraient pas été dérangées si l'ex-roi Stanislas à qui le défunt avait naguère enlevé son trône, n'avait pas voulu profiter de la circonstance pour retourner à Varsovie où il ne doutait pas d'être accueilli avec enthousiasme. C'était compter sans les Autrichiens qui avaient déjà choisi leur candidat et s'apprêtaient à l'imposer par les armes. La France pouvait-elle rester neutre et laisser du même coup le beau-père de son Roi s'engager seul dans cette aventure ? Un parti de la guerre immédiate s'était vite rassemblé autour du vieux maréchal Villars qui, à quatre-vingts ans, rêvait encore d'un commandement. Lassés de leur vie de garnison, tous les officiers voyaient là une occasion de promotions et d'honneurs auxquels ils ne croyaient plus : engluée dans l'oisiveté, l'armée française allait enfin repartir au combat, et la noblesse se dégagerait ainsi d'une paix trop longue dont la bourgeoisie était seule à profiter ! Dans les couloirs, salons et antichambres du secrétariat d'État aux Affaires étrangères où l'usage voulait qu'on s'exprimât par ellipses confidentielles, litotes indéchiffrables et prétéritions chuchotées, on avait entendu le maréchal de Berwick parler haut et fort comme un lieutenant pressé d'en découdre. M. Chauvelin lui aussi poussait à la guerre. Seul, le cardinal Fleury hésitait, pesant les conséquences, et voulait d'abord être sûr que ni l'Angleterre ni la Hollande n'interviendraient. Pendant six mois, Jean-François Carbec s'était trouvé au cœur de négociations dont le secret n'était partagé que par un très petit nombre de personnes. Tandis que le cardinal dépêchait des émissaires à Londres et à La Haye pour s'assurer de la neutralité anglo-hollandaise, le Premier Commis se rendait lui-même avec son jeune collaborateur à Madrid et à Turin, afin d'y conclure une alliance militaire dirigée contre l'Autriche. Pendant que tous ces pions se mettaient en place, Stanislas Leczinski avait retrouvé puis reperdu aussitôt son trône polonais au cours d'une équipée hasardeuse où un petit corps expéditionnaire français s'était fait massacrer pour l'honneur et par des troupes russes dont c'était la première apparition à l'ouest. Le candidat autrichien l'avait donc emporté.

— Cette fois, c'est la guerre !

Porteur d'un message de son colonel, le lieutenant Jean-Luc Carbec venait d'arriver à Versailles. Les deux frères ne s'étaient pas revus depuis le mariage de leur sœur.

— Oui, c'est la guerre, dit Jean-François. A l'heure qu'il est, l'ambassadeur d'Autriche doit faire ses bagages. Notre ministre M. Chauvelin, la noblesse, l'armée, une large partie de l'opinion la voulaient depuis longtemps. Ils ont pesé de tout leur poids sur le cardinal et sont parvenus à leurs fins. Hélas pour la paix !

— Tu n'en parais pas satisfait ?

— Que deux maréchaux comme Villars et Berwick s'en réjouissent me fait un peu peur. Il faut se méfier des vétérans que tourmente la nostalgie de la guerre. Tu ne le penses pas ?

— Je pense surtout qu'on ne peut pas garder dans l'inaction une armée de cent cinquante mille hommes pendant vingt-cinq ans. Si tu connaissais la vie que nous menons dans les casernes de l'Est tu ne serais pas bien fier de ton jeune frère. Toi, tu as de la chance, tu voyages, tu vois des visages nouveaux, tu entends des conversations intéressantes, tu habites à Versailles, bref tu es à la cour ! Moi, je joue aux cartes, je commande l'exercice à des recrues qui confondent leur droite et leur gauche, je m'enivre, et je baise des filles de garnison.

— Tu es déçu ?

— Je fais consciencieusement mon métier de militaire mais je crois qu'un soldat qui ne fait jamais la guerre risque de devenir ivrogne et paresseux en quelques mois.

— As-tu le temps de souper avec moi ?

— Oui, je repartirai demain à l'aube.

— Reviens me chercher ce soir. J'ai un message urgent à chiffrer. Nous causerons.

Dans les circonstances difficiles, le Premier Commis ne confiait jamais la correspondance secrète au bureau chargé des cryptogrammes.

— Puisque nous sommes parvenus à connaître la clef du code anglais, avait-il dit ce matin-là à Jean-François, Londres a dû également apprendre quelques-unes de nos combinaisons. Monsieur Carbec, un secret confié à plus de cinq personnes n'en est plus un. Vous serez donc seul à connaître désormais la clef d'un nouveau code que j'ai imaginé moi-même et dont nous ne nous servirons que dans les cas les plus graves.

— Quel nom donnerez-vous à ce code, monsieur ?

— Ma foi, je n'y ai pas pensé. Il nous faut un nom facile à retenir et qui ne puisse se confondre avec aucun autre. Pouvez-vous m'en proposer un ?

— Que diriez-vous, monsieur, du code Cacadou ?

— Où avez-vous pris ce nom, monsieur Carbec ?

Jean-François avait dû raconter l'histoire du mainate. Elle divertit fort le Premier Commis et le tira pendant quelques instants des soucis où le plongeaient tous ces va-t-en guerre qui des généraux les plus décrépits aux plus jeunes sous-lieutenants ne pensaient plus qu'à abattre la Maison d'Autriche.

— Eh bien, va pour le code Cacadou ! dit le Premier Commis. Monsieur Carbec, je crois vous avoir déjà dit qu'il fallait traiter les affaires avec le plus grand sérieux sans se prendre soi-même au piège de la gravité solennelle. Au début de ma carrière, à l'époque du Régent, notre agent secret à l'Escurial disposait d'une grille qui lui permettait de dire : « Les Jésuites font le diable en Espagne » en écrivant : « J'ai des hémorroïdes qui me font enrager. » Voyez-vous, les combinaisons de chiffres risquent toujours d'être découvertes mais celles de ce genre demeurent impénétrables et gardent le mérite de faire sourire les diplomates qui ne se croient pas tous obligés, Dieu merci, d'être aussi empesés que leur jabot de dentelle.

Jean-François avait donc passé plusieurs heures à chiffrer un message selon le code Cacadou, y mettant autant d'application que de bonne humeur car il ne lui déplaisait pas de mêler le nom de l'étrange oiseau qui avait enchanté la famille Carbec à tout ce branle-bas dont l'Europe se trouvait être secouée. Les deux frères se rencontrèrent à l'heure du souper.

— J'ai appris beaucoup de choses au département de la Guerre dit le lieutenant Carbec avec importance.

— Quoi donc ? demanda en souriant Jean-François.

Il y avait dans sa voix l'indulgence protectrice d'un grand frère pour son cadet, où se mêlait peut-être la condescendance à peine dissimulée d'un diplomate à l'égard d'un militaire.

— Deux armées vont attaquer l'ennemi, l'une sur le Rhin commandée par le maréchal de Berwick, l'autre sur les Alpes commandée par le maréchal de Villars. Mon régiment fera partie de la seconde. A mon tour d'aller en Italie !

— Connais-tu l'âge de ces deux vétérans ?

— Je n'ai pas l'habitude de critiquer mes chefs, répondit Jean-Luc piqué au vif. Moi, je ne suis pas comme notre beau-frère Kerelen.

— Eh bien, je te prédis une belle carrière ! C'est le meilleur moyen de parvenir aux hauts grades.

— Ne plaisante donc pas toujours ! dit Jean-Luc. J'imagine que dans vos bureaux, les flagorneurs ne manquent pas davantage que dans l'armée. Sans la protection du général Magon, le colonel du Berry-Infanterie ne m'aurait sans doute pas accepté dans son régiment.

— T'entends-tu bien avec ton colonel ?

— Avec lui, je m'entends bien parce que notre mère me verse une pension qui me permet d'aider mon capitaine au bon entretien de sa compagnie et de payer à boire aux uns et aux autres.

— Figure-toi, dit Jean-François, que je ne fais guère autre chose avec l'argent que m'envoie notre mère.

— Pardon ! Il y a une grosse différence. Dans vos bureaux des Affaires étrangères, les nobles sont le plus petit nombre, tandis que dans l'armée les roturiers sont la minorité.

— Notre père était écuyer, ne l'oublie pas !

— Pour un officier noble, notre père était d'abord un marchand. Il l'est toujours demeuré, on me le fait savoir.

— Aurais-tu eu quelque affaire ?

— Cela a bien failli m'arriver. L'an dernier, une place de capitaine étant devenue vacante, je me suis porté sur les rangs pour en devenir acquéreur. Mon colonel m'avait donné son accord. Voilà qu'un foutriquet de lieutenant en second vient me dire au nez : « La roture ne se contente plus d'acheter de la toile ou de la chandelle, elle achète donc des grades militaires ? » Je réponds posément : « C'est vous autres qui avez commencé par prendre les places des négociants, mais vous l'avez fait honteusement, en vous cachant derrière des prête-noms. Nous, au contraire, nous avons toujours pris des risques à visage découvert. — Quels risques ? me dit-il. A part celui de gagner beaucoup d'argent, ou d'en perdre un peu ? » Alors la moutarde me monte au nez et je lui lance : « À Saint-Malo, quand on est marchand, on est aussi capitaine. En mer on risque sa vie plus souvent que sur un champ de bataille. Dans la tempête, on ne peut pas fuir comme à Hoechstaedt ! »

— Tu lui as dit cela ?

— Tout raide.

— Il t'a envoyé un cartel ?

— Sur-le-champ ! Mis au courant de cette affaire, le colonel a arrangé les choses et nous a obligés à nous réconcilier faute de quoi il nous aurait renvoyés du régiment. La compagnie que je convoitais a été vendue à un autre. Je l'ai échappé belle. Tant que je n'obtiendrai pas un brevet de capitaine, ma position dans l'armée sera précaire. Elle dépendra d'un nouvel incident avec un petit hobereau qui ne manquera jamais l'occasion de se venger sur moi de ne pas avoir l'argent nécessaire pour se rendre acquéreur d'une compagnie. Comprends-tu mieux maintenant la satisfaction que me cause cette guerre ? Tout compte fait, je préfère l'attitude du maréchal de Villars à celle de ton cardinal Fleury.

Ils avaient causé pendant toute la nuit, refaisant l'Europe, l'armée et la diplomatie, évoquant leurs souvenirs d'enfance, les promenades sur les remparts de Saint-Malo avec leur père, le capitaine Jean-Marie Carbec, le départ et l'arrivée des Terre-Neuvas, les parties de pêche au bas de l'eau, les Noëls à la Couesnière, le mariage de Nicole Magon avec le marquis de Contades à la Chipaudière...

— Bonne chance, monsieur le capitaine ! dit Jean-François en embrassant Jean-Luc, tandis que le jour se levait sur Versailles.

— A bientôt, monsieur l'ambassadeur ! avait répondu le lieutenant en premier au Berry-Infanterie qui s'en allait guerroyer en Italie pour y gagner le commandement d'une compagnie, acquérir la renommée des armes, et dorer d'un lustre nouveau le nom des Carbec.

Moins d'un an plus tard, des pourparlers très secrets étaient engagés entre la cour de Vienne et le vieux cardinal pour mettre fin à un conflit qui menaçait de s'éterniser sans succès décisif. Sur le Rhin, l'armée française s'était emparée de Kehl et de Philipsbourg, où Berwick avait été tué par un boulet sans partager pour autant la gloire de Turenne. Elle n'avait pas poussé plus loin. Au-delà des Alpes, les régiments de Villars avaient conquis le Milanais et le duché de Mantoue mais ils avaient perdu eux aussi leur chef, un gros rhume étant plus redoutable à un vieux général qu'une balle perdue. Il fallut cependant attendre le mois de novembre 1735 pour que les troupes engagées reçoivent l'ordre d'arrêter le combat. Victorieux à Parme et à Guastalla, les Français avaient dû souvent soutenir de terribles assauts menés par des compagnies légères qui décimaient leurs rangs. Frappé d'un mauvais coup de sabre au bras, Jean-Luc Carbec échappa par miracle au massacre de sa compagnie surprise par un parti de hussards hongrois portant en croupe des fantassins armés jusqu'aux dents.

Jean-François, pendant le même temps, avait couru la poste entre Versailles et Vienne pour renseigner le Premier Commis sur d'interminables négociations entamées, rompues ou reprises avec les ministres de l'empereur Charles VI. Présent aux conciliabules préliminaires engagés par M. de la Baune avec le chancelier Sinzendorf, il avait aussi assisté M. de Lestang chargé de soumettre aux ministres autrichiens le grand projet imaginé par le Cardinal : la cession du duché de Lorraine à Stanislas Leczinski contre sa renonciation définitive au trône de Pologne, étant entendu qu'à sa mort le duché reviendrait à la France. Promu premier secrétaire, Jean-François avait finalement accompagné à Vienne son chef, nommé pour la circonstance ministre plénipotentiaire avec la mission de hâter la conclusion de négociations dont les lenteurs maintenaient sous les armes cent régiments. Le Premier Commis ayant été aux affaires pendant trop d'années pour ignorer le meilleur moyen d'aboutir rapidement à des fins calculées, n'était pas arrivé les mains vides. Quelques centaines de milliers de florins distribués là où il convenait eurent raison des dernières hésitations autrichiennes. Il ne restait plus qu'à échanger les ultimes signatures.

— Monsieur Carbec, dit le Premier Commis, vous voici maintenant au fait des petits secrets de notre métier et de nos pratiques : l'argent est le nerf de la diplomatie plus encore que celui de la guerre. Louis XIV a acheté tous les princes d'Europe, vous en trouverez la trace dans nos archives. Vous savez, d'autre part, que toutes ces négociations de paix auront finalement abouti à la disgrâce de notre ministre des Affaires étrangères. M. Chauvelin voulait la guerre, le Cardinal entamait déjà des pourparlers clandestins auxquels nous avons participé tous les deux. En d'autres temps, nous aurions risqué notre fonction, sinon notre tête. Aujourd'hui, un diplomate peut sans trop craindre, engager une politique contraire à celle de son ministre, sauf à prendre la précaution d'assurer ses arrières, ce qui est l'alpha et l'oméga de notre condition. Vous venez d'avoir trente-trois ans. C'est l'âge où je fus moi-même nommé Premier Commis. Vous pourrez bientôt y prétendre. Notre nouveau ministre, M. Amelot, ne vous oubliera pas. Votre participation aux discussions qui ont abouti à ce traité de Vienne vous place dans une excellente position. En attendant, je suis heureux de vous remettre cette gratification de dix mille livres. Avez-vous reçu des nouvelles du lieutenant Carbec ?

— Dieu merci, sa blessure ne lui laissera qu'une belle cicatrice. Il espère être promu bientôt capitaine et recevoir la croix de Saint-Louis.

— Faites-lui donc mes compliments. Vous avez beaucoup travaillé, monsieur Carbec, il vous faut prendre quelques semaines de repos et vous distraire. Allez donc à l'Opéra voir *Les Indes galantes,* c'est une sorte de chorégraphie chantée de M. Rameau, où Mlle Sallé fait merveille. Le spectacle se passe dans un jardin secoué par Borée et apaisé par Zéphyr, au milieu de toutes sortes de Turcs, d'Incas, d'Asiatiques et d'amours. Je ne veux point vous revoir avant un mois. Vous aurez ainsi le temps de rendre visite à votre mère et de lui annoncer que vous êtes promu chargé d'affaires. Elle sera fière de ses fils.

Pour dire adieu à leur colonel parvenu à l'âge de la retraite, les troupes du Berry-Infanterie étaient rassemblées dans la grande cour de leur caserne. Tous les officiers du régiment connaissant le goût de leur vieux chef pour les parades militaires telles qu'on les réglait sous Louis XIV avaient eu à cœur de lui offrir un dernier ballet, en lui présentant leurs hommes dans un ordre impeccable et vêtus d'uniformes neufs, comme si le Roi en personne fût venu à Strasbourg pour les passer en revue. Ceux qui étaient partis se battre en Italie trois ans auparavant n'étaient pas tous revenus, il en manquait plus de trois cents, tués, éclopés ou déserteurs, mais les survivants bombaient le torse sous leur habit gris à parements blancs, alignés au cordeau et présentant leurs armes tandis qu'une batterie d'ordonnance saluait l'arrivée du colonel. Celui-ci descendit de cheval, s'inclina devant le drapeau du régiment, le tricorne à la main, passa très lentement sur le front de chaque compagnie et donna enfin l'ordre aux capitaines de former un carré au milieu duquel il s'immobilisa devant le drapeau entouré de sa garde.

— Monsieur Carbec ! appela d'une voix forte le colonel.

Jean-Luc s'avança, salua, se tint roide.

— Jurez-vous, dit le colonel, de vivre dans la religion catholique, apostolique et romaine ?

— Je le jure.

— D'obéir toujours au Roi et de ne passer jamais sans sa permission au service d'un prince étranger ?

— Je le jure.

— De vous comporter comme un bon, sage, vertueux et vaillant chevalier ?

— Je le jure.

Le colonel sortit alors son sabre du fourreau, en donna un coup de plat sur chaque épaule de Jean-Luc et l'embrassa.

— Lieutenant Carbec, au nom de Sa Majesté et suivant le pouvoir qu'elle m'en a donné, de par Saint Louis, je vous fais chevalier.

Le même soir, à la fin du souper où il avait réuni autour de sa table tous ses officiers, le colonel prit à part Jean-Luc :

— Naguère, je vous avais reçu cadet au Berry-Infanterie, j'ai tenu à vous décorer moi-même de la croix de Saint-Louis avant de m'en aller. J'aurais été heureux de vous remettre aussi votre brevet de capitaine, mon successeur le marquis de Crémones le fera dans quelques mois. Soyez patient. La signature de la paix va entraîner une importante diminution d'effectifs, on parle de cinquante mille hommes. Je préfère ne pas voir cela. Vous, vous n'avez pas à vous inquiéter, vos brillants états de service vous protégeront toujours des décisions des bureaux.

Huit jours plus tard, le marquis de Crémones fut reçu au Berry-Infanterie avec le même cérémonial qui avait salué le départ de l'ancien chef du régiment. C'était un fort bel homme, très jeune, élégant dans un uniforme splendide, de manières courtoises et à la voix douce, un des neuf cent vingt-six colonels inscrits sur les rôles du ministère de la Guerre alors qu'il n'y avait que cent vingt-cinq régiments à commander. Personne n'avait jamais entendu parler de lui soit dans une garnison, soit dans une unité, encore moins au combat. Dès le lendemain de son arrivée, il fit savoir qu'il recevrait tous ses officiers, un par un, afin de les mieux connaître. Tout de suite après les capitaines, Jean-Luc fut convoqué.

— Monsieur Carbec, je suis bien aise de compter un officier tel que vous dans mon régiment, dit le marquis de Crémones avec un air si charmant que, bon Malouin, Jean-Luc ferma aussitôt sa garde.

J'ai regardé de près vos états de service qui sont excellents, votre croix de Saint-Louis à elle seule en administre la preuve. J'ai vu aussi que vous avez eu une affaire avec un de vos camarades, un lieutenant gentilhomme.

— Il n'y a pas eu d'affaire, monsieur, à proprement parler.

— Sans doute, sans doute ! Il n'en demeure pas moins que ces sortes de heurts entre officiers d'un même régiment nuisent au bien du service. Cela, je ne l'admettrai pas. Je pense aussi que le meilleur moyen de les éviter, c'est d'en supprimer la cause. C'est dommage pour vous, j'aurais eu plaisir à récompenser vos mérites en vous remettant un brevet de capitaine. Voyez-vous, monsieur Carbec, vous vous trouvez devant un chef de corps qui est placé en face d'un cas de conscience difficile à résoudre. Vous n'ignorez pas, je pense, que la fin de chaque guerre entraîne une réduction assez considérable des effectifs ?

— Non, monsieur.

— Vous-même, vous n'avez pu être nommé cadet que grâce à la protection du général Magon, sans que la noblesse de votre famille ait eu besoin d'être certifiée par quatre gentilshommes. Est-ce exact ?

— Oui, monsieur.

— Votre ancien colonel vous a accepté au Berry-Infanterie,

c'était son droit absolu. Propriétaire de son régiment, un colonel en est le maître. M'entendez-vous bien ?

— Oui, monsieur.

Jean-Luc Carbec se tenait debout sur ses jambes courtes, veillant à maîtriser la colère qui menaçait de l'étouffer. L'autre poursuivit :

— A chacun ses méthodes de commandement. Les miennes ne sont pas les mêmes que celles de mon prédécesseur. La bonne composition d'un corps est pour moi le meilleur garant de la discipline. En temps de guerre, il est certain que le recours à la roture est nécessaire pour compléter les cadres. C'est à chaque colonel d'en décider. En temps de paix, il faut admettre qu'il est bien dur, pour un homme de condition, de voir aller de pair avec lui le fils d'un marchand qui, par exemple, lui vendait du drap dans sa propre ville. Le marquis de Crémones, mon père, attribuait les combats malheureux du dernier règne à la composition très mélangée des régiments et au grand nombre des officiers recrutés en dehors de la noblesse. Je vous vois frémir, monsieur Carbec. Maîtrisez-vous donc, et asseyez-vous plutôt.

Comme Jean-Luc demeurait debout, le colonel dit avec la meilleure grâce du monde :

— J'insiste, monsieur Carbec, je ne vous en donne pas l'ordre, je veux seulement vous exprimer l'estime en laquelle je vous tiens.

Muet, la mâchoire un peu tremblante, le lieutenant Carbec s'était assis.

— Je ne partage pas tout à fait l'opinion exprimée par mon père, mais je suis sûr que dans nos familles, on naît brave et guerrier comme les chevaux de sang naissent rapides. L'équitation et l'escrime achèvent bientôt l'œuvre de la race et font des hommes tout à fait capables de commander.

Jean-Luc regardait toujours son colonel droit dans les yeux et se taisait.

— J'aime la pratique des gens, monsieur Carbec. Prenez vos aises ! Dites-moi très simplement ce que vous en pensez ?

— Vous me le demandez vraiment ?

— Je vous en prie, parlez avec franchise.

— Je voudrais seulement savoir où vous avez appris à commander ?

— Nulle part, monsieur Carbec ! répondit le colonel en riant. Cela ne s'apprend pas, voyons ! On apprend à obéir, ce qui est à la portée de n'importe quel imbécile, mais il faut naître avec l'esprit du commandement. C'est ce qui vous explique que dans les hauts grades on compte deux ou trois véritables chefs pour cent généraux.

N'ayant plus rien à perdre, Jean-Luc demanda :

— La proportion est-elle la même pour les colonels ?

— Certainement, monsieur Carbec, certainement ! répondit, très désinvolte, M. de Crémones. Entre nous, cela n'a guère d'importance. L'habit fait le moine, comme l'uniforme fait le militaire. Revenons maintenant à l'objet essentiel de notre conversation. En application des mesures prises par le ministre, le Berry-Infanterie doit proposer dix officiers à la retraite. J'ai étudié les notes de tous vos compagnons. Après avoir longtemps hésité, j'ai arrêté de vous inscrire sur la liste de ceux qui devront quitter le régiment.

Jean-Luc se leva et se mit au garde-à-vous. Le colonel ne lui dit pas de se rasseoir.

— Je suis fâché, monsieur, de vous faire connaître cette décision. Je l'ai prise pour deux raisons. La première, c'est que l'unité sociale d'un corps de troupe me paraît essentielle : cela évite les froissements, cabales et autres affaires du genre de celle où vous avez failli être entraîné vous-même. Ceux qui croient à l'amalgame sont de très dangereux démagogues dont l'armée fait finalement les frais. La seconde raison, c'est que vous êtes à votre aise, et qu'ainsi vous ne resterez pas sans emploi pourvu que vous vouliez vous destiner au genre de vie mené par votre famille, à moins que vous ne consentiez à servir dans les Isles si le Roi veut bien vous y envoyer. Je sais, monsieur Carbec, que la naissance, effet du hasard, n'est pas un titre dont on doive se glorifier à moins d'être un sot, mais elle a des privilèges et des droits qu'on ne peut violer sans troubler l'ordre général. Les bourgeois nous ont tout pris, monsieur Carbec, songez-y, ils veulent aussi nous chasser de l'état militaire : c'est une contravention à la règle immémoriale établie par le souverain. Il est normal que la noblesse veuille préserver une condition faite pour elle. Voilà les seuls motifs de ma décision. Bien que je ne vous en doive pas de compte, je veux vous redire que le seul bien du service dicte ma conduite, sans aucun motif personnel dont je serais incapable, vous me ferez l'honneur de le croire.

Le lieutenant Carbec traversa la cour de la caserne d'un pas rapide, la tête basse, passa devant le corps de garde sans même rendre le salut à ceux qui lui présentaient les armes. Rentré chez lui, il se jeta sur son lit, les poings serrés, le cœur bouleversé d'amertume, de colère, de chagrin. Non seulement il n'obtiendrait plus jamais son brevet de capitaine, mais on le chassait de son régiment. Foutre de colonel! jura-t-il. Sur le point de sangloter, il arracha sa croix de Saint-Louis et la jeta à terre. Il se releva, saisit un flacon d'eau-de-vie qu'il vida à longs traits jusqu'à tomber sur son lit où il s'enfonça dans un sommeil de brute.

Le mois de congé qui lui avait été donné par le Premier Commis, Jean-François décida de le passer à Saint-Malo. Pendant ces dernières années, il avait parcouru des centaines et encore des centaines de lieues entre Versailles, Madrid et Vienne, enfermé dans une chaise de poste, plus occupé à dormir ou à étudier des documents qu'à regarder le paysage, et voilà que pour la première fois, la couleur de l'herbe, la silhouette des arbres, la forme des maisons, la grisaille du ciel, retenaient son attention. Cela avait commencé après les derniers faubourgs de Rennes, sur la route plus étroite qui piquait vers la mer à travers des villages dont chaque nom, Hédé, Tinténiac, Saint-Domineuc, Pleugueneuc, Saint-Père, Saint-Jouan, lui rappelait sa jeunesse. C'était au mois de décembre de l'année 1736. Au fur et à mesure que les chevaux le tiraient, Jean-François reconnaissait un vieux chêne étêté tordu par le vent, une chaumière dont le toit écroulé n'avait jamais été réparé, un étang où il avait pris des anguilles avec Jean-Pierre, la façade d'un manoir au bout d'une rabine, un calvaire dressé au coin d'un chemin creux, et le vent devenu plus violent qui s'engouffrait dans la voiture par la portière ouverte. Pour sûr qu'il y aura tempête cette nuit, dit-il en riant tout seul et pensant qu'il n'avait jamais pu mettre le pied sur une barque sans avoir envie de vomir. Bientôt il ferma les yeux, chercha des odeurs de sel, d'algues, de fumée et de goudron, les retrouva intactes, sut qu'il était arrivé à Saint-Malo. Il pensa aussitôt que les vieux ne mentaient pas quand ils assuraient qu'au retour d'un long voyage la seule vue de leur clocher leur faisait battre plus vite le cœur.

Mme Carbec poussa un cri où se mêlaient la joie et la surprise, pressa longtemps contre elle son fils préféré, incapable de prononcer une parole.

— Vous ne m'attendiez donc pas? demanda Jean-François. Je vous avais cependant prévenue.

— Je ne vous attendais que demain, dit enfin Mme Carbec. Regardez comme je suis faite! Je ne suis pas même habillée. J'étais encore tout à l'heure rue du Tambour-Défoncé. J'aurais voulu vous recevoir dans une tenue plus convenable!

— Je vois avec plaisir que vous n'avez pas changé! dit-il d'une voix gaie où résonnait le souvenir de multiples connivences connues d'eux seuls.

— Mais votre chambre est prête, Solène a voulu la préparer elle-même. Vous devez avoir faim et soif ! À votre âge les voyages creusent l'estomac. Nous allons vous préparer une collation. Laissez-moi vous regarder un peu. Comme vous êtes beau ! À Venise vous portiez déjà une petite épée, mais celle-ci me semble beaucoup plus belle.

— Dame ! Figurez-vous, maman, que je vieillis, moi !

— Qu'entendez-vous là ?

— Je veux dire qu'avec les années, je monte en grade.

— Vous voici donc ambassadeur pour de bon ?

— Pas encore. Je suis chargé d'affaires.

— Quel est ce charabia ?

— Je vous expliquerai tout cela. Donnez-moi d'abord de vos nouvelles. Comment vous portez-vous ? Apparemment vous n'avez pas changé.

— Flatteur ! C'est donc cela la diplomatie ?

— Je vous parle franchement, je dis ce que je vois.

— Vous aurez donc attrapé la berlue !

— Vous m'aviez fait les mêmes reproches à Venise où cependant je n'étais pas seul à vous adresser des compliments, non ?

— Il y a combien d'années ?

— Depuis que je suis né, je vous regarde toujours avec les mêmes yeux.

— Savez-vous, Jean-François, que j'ai cinquante-quatre ans, que je suis deux fois grand-mère, bientôt quatre.

— Personne ne le croira !

— Mais tout le monde le sait, mon fils !

Tous les deux avaient retrouvé immédiatement le ton léger qu'ils posaient l'un comme l'autre et sans le savoir comme une sorte de masque sur leur tendresse. Si Jean-François était son fils préféré, c'est parce que, de ses quatre enfants, il était le seul avec qui elle pouvait s'exprimer librement. Jean-Pierre était à la fois plus rude et plus secret, Marie-Thérèse demeurait un personnage insaisissable. Quant à Jean-Luc, elle connaissait à peine son caractère, il avait quitté sa famille à dix-sept ans pour être cadet et on ne l'avait pas souvent revu.

— Je suis si heureuse de vous voir près de moi ! dit-elle. Vous êtes le seul à m'écrire souvent. Je relis vos lettres de Versailles, de Madrid, de Venise ou de Vienne, partout où vos occupations vous mènent. Elles sont précieusement rangées dans un coffre. Un jour, on écrira peut-être l'histoire des Carbec. Vous voilà presque ambassadeur ! Notre Jean-Luc est déjà chevalier de Saint-Louis, son colonel le décora la semaine dernière. J'espère bien qu'il sera ici pour les fêtes de Noël. Il doit bénéficier d'un congé de longue durée.

— Donnez-moi des nouvelles des Nantais, maman.

Jean-François était le seul de ses garçons qui l'appelât encore maman. Elle en était toujours émue et lui en savait gré.

— Votre sœur et votre belle-sœur attendent chacune un nouvel enfant. J'irai à Nantes auprès d'elles. Il est inutile de vous dire que M. Renaudard est impatient d'avoir un petit-fils. La naissance de Laurent de Kerelen l'aura enragé. Votre frère est devenu lui aussi un important personnage, pour mon goût il serait peut-être un peu trop nantais. Vous irez le voir. Je pense que parvenus où vous êtes tous les trois, vous pouvez et vous devez vous épauler. C'était le souhait de votre père.

Pendant qu'elle parlait à son fils, Marie-Léone avait dressé un couvert sur une petite table ronde, apporté un pâté, une motte de beurre et un pot de cidre. Jean-François mangea de si bon appétit qu'elle s'installa bientôt en face de lui.

— Vous me donnez faim, dit-elle. Ce soir, si les barques ont pu sortir, vous aurez deux beaux maquereaux grillés que nous irons acheter ensemble sur les quais. Demain, je pense que vous voudrez saluer M. Magon de la Chipaudière, il doit savoir déjà que vous êtes ici.

— Je n'y manquerai pas. Quel âge a donc le connétable ?

— Plus de quatre-vingt-dix ans ! Il est devenu un peu sourd et il n'y voit goutte, mais pour sûr qu'il a gardé toute sa tête. Avez-vous encore faim ?

— J'aurais plaisir à manger quelque chose de chez nous.

— Quoi donc ?

— Une galette avec un œuf dessus.

— Vous êtes donc demeuré un peu malouin ! dit-elle les larmes aux yeux. Je vais aller moi-même à la cuisine.

Quand Marie-Léone revint dans le salon où ils s'étaient installés, elle trouva Jean-François penché sur la cage du mainate et parlant tout haut :

— Sais-tu, vieux Cacadou, que nous avons donné ton nom à un code qui nous permet de correspondre avec certains de nos agents à Londres, La Haye, Madrid et Vienne ? Jusqu'à présent tu ne connaissais que les petits secrets de la famille Carbec, te voici désormais associé à ceux de l'État.

À ce moment précis, Cacadou inclina la tête par deux fois.

— Maman, avez-vous vu ? s'écria Jean-François.

— Oui, dit Mme Carbec d'un air détaché, cela arrive de temps en temps, la mécanique de M. Kermaria se déclenche toute seule. Goûtez donc ma galette, et dites-moi si vous en mangez d'aussi bonnes à Versailles ?

Marie-Léone éprouva une profonde déception de voir arriver le lieutenant Carbec habillé d'un costume bourgeois et non en uniforme. Elle fut encore plus inquiète devant son visage fermé, ses yeux creux, ses joues trop rouges, et comme un air de violence qui le secouait. Était-il tout à fait guéri de sa blessure, remis des fatigues d'une dure campagne ? S'agissait-il de quelque affaire de cœur qui eût mal tourné ? N'aurait-il pas attrapé à Milan une mauvaise maladie ? N'avait-il pas trop bu la goutte ?

— Je m'attendais à voir un beau capitaine, avec la croix ! dit-elle mi-souriante mi-craintive.

Il répondit, haussant les épaules, la gorge encombrée de courroux.

— Il n'y a pas de capitaine ! Il n'y a même plus de lieutenant !

Ils demeurèrent tous les trois, un bref instant, muets. Pressentant le pire sans même l'imaginer, Mme Carbec devenue soudain plus frêle, s'était appuyée contre l'épaule de Jean-François.

— Aurais-tu donné ta démission ? questionna-t-il.

Hargneux, laissant voir deux crocs sous sa moustache, son frère répondit :

— Ils m'ont mis à la porte comme un chien galeux.

— Tu as eu un duel et tu as tué un homme ? s'inquiéta Jean-François, tandis que Mme Carbec, toute pâle murmurait « Mon Dieu ! »

— Ni l'un ni l'autre dit Jean-Luc redevenu plus calme devant le trouble qu'il avait provoqué. On ne veut plus de moi parce que je ne suis pas noble !

Il raconta son affaire.

— C'est ma faute, confessa Marie-Léone. À la mort de votre père, j'aurais dû faire le nécessaire pour relever son titre d'écuyer. Mes pauvres enfants ! Je vous en demande pardon, je vous en demande bien pardon !

— Ne vous tourmentez pas, dit Jean-Luc. Si je m'étais fait appeler lieutenant de la Bargelière, mon sort eût été réglé de la même façon. Un marquis de Crémones ne reconnaîtra jamais d'autre noblesse que celle de ses pairs. Ceux qui affectent de ne pas tirer gloire de leur naissance sont encore plus menteurs que les autres. Tu m'as demandé tout à l'heure, Jean-François, si j'avais tué un homme. Celui-là, j'ai eu envie de le tuer.

Ils restèrent silencieux, les yeux fixés à terre. Jean-Luc reprit :

— À Guastalla, lorsque nous avons été chargés par les Hongrois, j'ai tué quelques hussards. Je l'ai fait sans haine, sans joie non plus. Oui, celui-là je l'aurais égorgé avec plaisir. Dieu aura sans doute arrêté ma main.

— Il faut tout de suite faire appel de cette décision arbitraire ! dit Jean-François.

— Tu parles comme un robin.

— Je connais assez le droit pour savoir qu'un colonel n'a aucune compétence pour te chasser de l'armée.

— C'est vrai, mais il peut me renvoyer de son régiment si bon lui semble et demander au ministre une mise à la retraite. C'est ce que ce pourceau a déjà fait.

— Je pourrais intervenir auprès du ministre, pensa tout haut Jean-François.

— Je te le défends ! répliqua Jean-Luc. D'ailleurs, je ne suis pas le seul. Le tiers des cadres est renvoyé. Il fallait bien frapper un officier sur trois, non ?

— Mais, vos titres de service... ? hasarda Mme Carbec.

— Ma blessure, ma croix de Saint-Louis ? ricana Jean-Luc. Il faut croire que ces titres ne pèsent pas lourd devant ceux d'un marquis. Si, dans quelques années, le Roi refait la guerre pour sûr qu'il aura besoin de nous et qu'il viendra nous chercher, mais moi je lui dirai : « Sire, le lieutenant Carbec vous salue bien ! » et je partirai me cacher au bout du monde plutôt que...

Étouffé d'un brusque sanglot il ne put achever sa phrase. Marie-Léone le prit doucement dans ses bras pour le consoler comme si, redevenu petit garçon, il eût écorché son genou en courant sur les cailloux de Rochebonne. Ce soir-là, elle entra dans la chambre de son garçon qui venait de se coucher et demeura auprès de lui jusqu'à ce qu'il s'endormît. Elle avait rangé son linge et sorti du portemanteau le bel uniforme gris à parements bleus.

— Sois tranquille, murmura-t-elle en se retirant, je te promets que tu seras capitaine.

Marie-Léone ne savait pas comment elle sortirait son fils de cet embarras, mais elle remuerait ciel et terre, se promettant d'en appeler au Roi s'il le fallait, et d'aller elle-même à Versailles. Elle y réfléchit pendant la nuit, se leva de bonne heure et dépêcha à Nantes un courrier rapide adressé à Jean-Pierre Carbec lui demandant de venir à Saint-Malo le plus tôt possible pour y rejoindre ses deux frères et prendre part à un conseil de famille de la plus haute importance. Le même courrier portait à Louis de Kerelen un message similaire.

Les deux Nantais arrivèrent à Saint-Malo quelques jours plus tard. Taciturne, Jean-Luc n'avait plus guère quitté sa chambre que pour les repas, refusant de sortir, même pour un tour de remparts, et demandant qu'on le laissât seul. La venue de Jean-Pierre le réconforta. Que tous les Carbec se réunissent si promptement dans une telle circonstance pour prendre son parti, le défendre et le protéger peut-être contre lui-même, l'émouvait plus qu'il ne voulait le laisser paraître. Sa famille se rassemblait autour de lui. Son beau-frère, ancien officier blessé au combat et décoré lui aussi, comprendrait mieux que n'importe quel autre, bien qu'il fût gentilhomme, son amertume et sa révolte.

Mme Carbec et les quatre hommes tinrent conseil dans le salon d'apparat autour d'une table. Une fois de plus Jean-Luc exposa son affaire. Il était redevenu plus calme. Seule sa mère pouvait entendre le léger tremblement qui fêlait sa voix. Tous avaient pris un air grave, à la fois attentif et bienveillant. Le regardant, Louis de Kerelen revoyait le jeune garçon qui, un jour de Noël, à la Couesnière, lui avait dit en rougissant : « Lorsque je serai grand je voudrais être capitaine moi aussi, comme vous ! » Il l'entendait encore chanter avec assurance « *Je me suis t'engagé — Ça n'est pas pour la vie — Au service du Roué...* » Comme le temps a passé vite, songea-t-il. À cette époque, j'étais une sorte de proscrit que les dragons recherchaient bien qu'on m'eût ramassé à moitié mort à Denain quelques années auparavant, et me voici devenu le beau-frère de ces trois garçons. Ils ont fait du chemin, les bougres ! L'aîné siégera un jour à la mairie de Nantes ou au Conseil de la Compagnie des Indes, le second est déjà devenu un des grands commis du secrétariat d'État aux Affaires étrangères, mais j'ai bien peur que le troisième ne devienne jamais maréchal de camp ou même brigadier. Moi aussi, j'ai rêvé de devenir lieutenant général ! Ce marquis de Crémones, je le comprends mais je ne l'aime pas. Il a dû être colonel à la bavette. En tout cas, c'est un méchant homme doublé d'un imbécile. Ce genre de gentils-hommes ruinera un jour la noblesse et l'armée. Dieu sait si mon fils aura le temps de faire carrière avant que tout ne soit perdu !

Jean-Luc s'était tu. Il déclara :

— Je ne veux pas que vous soyez mêlés à mon affaire.

— Cette affaire n'est pas seulement la tienne, dit posément Jean-Pierre, elle est aussi la nôtre. Tous les Carbec sont solidaires.

Marie-Léone lui adressa un regard reconnaissant. Elle avait parfois souffert de sa dureté, voire de son égoïsme inséparable d'une volonté de s'affirmer et de parvenir, elle savait maintenant pouvoir compter sur lui.

— Tous les Carbec sont solidaires, dit à son tour Jean-François, que tu le veuilles ou non.

— Qu'en pensez-vous ? demanda Mme Carbec à son gendre.

— Je ne suis pas venu ici pour représenter seulement Marie-Thérèse. Il n'eût pas été prudent de lui faire prendre la route dans l'état où elle se trouve, dit Louis de Kerelen. Puisque vous avez bien voulu m'accepter dans votre famille, je me sens solidaire de tous les Carbec, et je demande à ces trois garçons de me considérer comme leur frère aîné. Il nous faut agir rapidement.

— Que proposez-vous ?

— Je n'exprimerai pas ce que je pense de M. de Crémones, vous me comprendrez. Je veux dire à Jean-Luc que je partage sa peine autant que sa colère, mais je lui demande de revenir sur sa décision de quitter le service.

— Je ne quitte pas le service, on m'en chasse !

— J'ai connu naguère des affaires semblables. Ayant fait appel auprès du ministre, les officiers en cause ont dû changer de régiment, ils ont été affectés ailleurs. Il suffit d'avoir quelques relations bien placées. Je suis prêt à partir pour Paris où je crois pouvoir obtenir que le nom du lieutenant Carbec ne figure pas sur la liste de ceux qui doivent être rayés des cadres. Jean-François m'aidera dans mes démarches. Tout cela est de pratique courante.

Jean-Luc secoua la tête :

— Je ne sais comment vous dire ma reconnaissance, je dois cependant refuser votre intervention. Je ne doute pas que vous puissiez obtenir mon affectation à un autre régiment, mais je n'y serais pas pour autant à l'abri d'une nouvelle nasarde. Les Carbec ont tous le nez sensible. Je ne subirai pas un autre affront. Je préfère quitter le service.

— Es-tu sûr de ne pas être infidèle à ton devoir d'officier ! demanda Louis de Kerelen.

— Et quand cela serait ? Un mauvais citoyen ferait moins de mal à son pays qu'un trop bon courtisan ! répondit Jean-Luc.

— Moi, je suis bien décidée à parler de cette affaire aux deux généraux Magon, dit Mme Carbec.

— Laissez cela, je vous en prie !

— Quitter le service, c'est vite dit, reprit Louis de Kerelen. Cela m'est arrivé, sans doute dans d'autres circonstances mais j'ai quand même été rayé des cadres. Nous autres militaires, nous ne nous trouvons à l'aise que lorsque nous sommes protégés par un certain ordre quotidien : les règles de la discipline, la camaraderie, l'uniforme, la solde, les vieilles plaisanteries transmises d'une génération à l'autre. En dehors de cet ordre nous ressemblons à une abeille qui aurait perdu sa ruche, à un moine ayant déserté sa clôture. Quand j'ai dû quitter le service, j'ai sottement gaspillé plusieurs années de ma vie. Si je n'avais pas eu la chance de rencontrer M. Renaudard, plus tard votre tante Clacla, et enfin votre famille, que serais-je devenu ? Jean-Luc, regarde-moi bien en face, et dis-moi si tu te sens capable, à ton âge, après la vie que tu as connue, de t'installer à Saint-Malo ?

— Je partirai aux Isles, où je retrouverai mon oncle Hervé.

— Non, pas aux Isles ! dit Mme Carbec. Tu n'en reviendrais jamais. Ton oncle est perdu pour nous.

Elle avait tout de suite pensé que son fils pourrait être retenu là-bas par quelque autre Nathalie-pied-long. Lancée sur un ton véhément, sa réponse laissa les autres interdits. Silencieux, se regardant tous d'un air perplexe, ils entendirent soudain la mécanique de Cacadou faire un minuscule bruit de crécelle.

— Tous les deux, nous sommes des officiers, dit alors Louis de Kerelen. Ne voulais-tu pas faire une carrière militaire ?

— Sans doute.

— Si nous trouvions une solution qui te convienne, resterais-tu dans l'armée ?

— Voire ! répondit Jean-Luc.

— Je pense en avoir trouvé une, dit Jean-François. Il ne me serait pas difficile de te faire détacher dans une cour étrangère en qualité d'officier instructeur.

— Moi, affirma Jean-Pierre, je peux te faire obtenir une commission de lieutenant, peut-être même de capitaine, dans les troupes de la Compagnie des Indes. Les places sont très courues, mais j'entretiens des relations d'affaires trop étroites avec certains Directeurs pour qu'ils puissent me refuser ce service. D'autre part, je vous le confie sous le sceau du secret, nous faisons grâce au cousin Lesnard du commerce d'Inde en Inde, en y associant M. Dupleix lui-même.

Jean-Luc n'ayant pas rejeté cette proposition, Louis de Kerelen et Jean-François promirent à leur tour d'unir leurs efforts. Mme Carbec dit à ses enfants :

— Votre père aurait été heureux de vous entendre, lui qui m'assura si souvent que le temps des Carbec dépendrait de leur union.

Se tournant vers Louis de Kerelen qu'elle ne parvenait toujours pas à appeler « mon gendre » ni même par son prénom, elle posa sa main sur la sienne et ajouta, les yeux un peu embués :

— Merci, vous vous êtes conduit comme le grand frère de mes enfants.

Comme elle avait cru voir une lueur de tendresse s'allumer dans le regard du Nantais, elle s'empressa de dire :

— Parlez-moi un peu de mon petit-fils.

Louis de Kerelen partit dès le lendemain pour Paris comme il l'avait proposé. Les trois garçons demeurèrent auprès de leur mère pour assister auprès d'elle au service solennel célébré aux Bénédictins à la mémoire du lieutenant général Dugay-Trouin. Au moment de partir pour l'église, Mme Carbec avait dit à Jean-Luc d'une voix sévère :

— Pourquoi êtes-vous vêtu de cet habit bourgeois qui vous va si mal ? Votre père, compagnon de M. Trouin, fut à ses côtés pendant le siège de Rio de Janeiro. Remontez donc dans votre chambre pour vous vêtir de votre uniforme, lieutenant Carbec, et n'oubliez pas votre croix de Saint-Louis pour faire honneur à votre famille.

Elle entra dans l'église, suivie de ses trois gaillards. Menue sous son petit bonnet de dentelle noire, elle regardait droit devant elle, ne paraissant rien voir, rien entendre, tandis que la foule chuchotait sur leur passage « Voilà les Carbec ! ».

Ne pensant guère que la Providence, pas plus que le destin, puisse régler les affaires des hommes, M. Renaudard croyait davantage dans l'intelligence et le courage que dans la chance ou la fatalité, ce qui le conduisait à professer, philosophe sans le savoir, que le succès d'une partie tient moins dans la distribution des cartes que dans la manière de les jouer. Bien qu'elle ne l'eût point épargné, sa vie avait été jalonnée d'une telle succession de réussites, celles-ci entraînant celles-là comme une heureuse levée en provoque tout de suite une autre, que l'armateur nantais disait volontiers : « Un bonheur n'arrive jamais seul », optimisme non béat qui faisait sourire M. de Kerelen.

— M. Renaudard est le dernier en date des disciples de Newton, il vient de trouver une nouvelle application des lois de l'attraction universelle.

En dépit des sarcasmes dont le gentilhomme demeurait peu avare, deux événements d'importance comblèrent de joie M. Renaudard au cours de l'année 1740, à un moment où, venant de fêter son soixante-quinzième anniversaire, il désespérait de les voir jamais survenir, attendant l'un depuis bientôt vingt ans et l'autre depuis dix.

De toutes les entreprises dirigées au cours de son existence, M. Renaudard pensait que la construction de son bel hôtel de l'île Feydeau l'emportait sur toutes les autres, bien qu'elle lui eût coûté plus de soucis, plus de temps et plus d'argent que beaucoup d'affaires d'armement, de négoce ou de banque imaginées et réalisées dans le secret de son cabinet. Lorsque Gérard Mellier, maire de Nantes, lui avait confié son grand projet de faire acheter la grève de la Saulzaie par la Communauté de Ville et de la diviser en vingt-quatre parcelles qui seraient revendues aux plus importants messieurs du commerce, à charge pour eux d'y élever de somptueuses demeures, il n'avait pas hésité un instant à inscrire son nom sur une liste où figuraient déjà ceux de MM. Grou, Michel, Chaurant, Lantino, Bouteiller, Villestreux, Deubourcq et quelques autres qui disputaient à ceux de Bordeaux et de Marseille la maîtrise du négoce colonial. Gérard Mellier avait dit : « Ce que les Malouins ont fait face à la mer, pourquoi les Nantais ne le feraient-ils pas face au plus beau fleuve du royaume ? » Alphonse Renaudard avait pensé : « J'ai acheté un manoir, il y a quelques années, il me faut maintenant bâtir un hôtel. »

De nombreuses années avaient passé. Les problèmes administratifs et financiers résolus, on s'était aperçu que la Saulzaie, appelée maintenant île Feydeau pour cajoler l'Intendant de Bretagne, recouverte d'eau à chaque crue de la Loire, ne convenait pas à la construction des immeubles commandés aux architectes, sauf à en consolider le sol par un réseau de pilotis selon la méthode des constructeurs de ponts. Il avait fallu dresser de nouveaux plans et établir un cahier des charges faisant obligation aux actionnaires de la Compagnie immobilière imaginée par Gérard Mellier, d'entreprendre à leurs frais les travaux préliminaires nécessités par la fixation des rives et la construction de deux ponts. Ces ouvrages terminés, on avait fait venir de Hollande une dizaine de sonnettes, machines à battre des pieux qui ne s'enfonçaient guère plus d'un pouce à chaque coup de masse. Désespérant de voir jamais s'élever de leur vivant le bel hôtel auquel chacun d'eux rêvait, de nombreux propriétaires des terrains, lassés de ces lenteurs et de ces difficultés imprévues, avaient préféré améliorer leurs demeures du quai de la Fosse ou même bâtir dans de nouveaux quartiers ouverts par le maire. Alphonse Renaudard n'était pas homme à abandonner ce qu'il entreprenait, les embarras l'avaient toujours échauffé. Dans cette affaire, il s'entêta d'autant plus qu'il s'était promis de pousser les travaux afin d'être le premier armateur à habiter l'île Feydeau promise aux négociants les plus importants de la ville. Tout semblait cependant se liguer contre le grand dessein de Gérard Mellier, les machines à battre les pieux se cassaient les unes après les autres, les ouvriers hollandais faisaient défaut, deux années de suite des crues avaient emporté les batardeaux provisoires. Une autre année, c'est le pont qui s'écroulait. Il fallait toujours tout recommencer. Un jour, impatient devant les chantiers déserts, M. Renaudard était lui-même parti pour Venise afin d'y consulter des architectes : il avait ramené à Nantes des machines plus rapides que les sonnettes d'Amsterdam et une centaine d'ouvriers habiles à construire des palais sur pilotis. Le rythme des travaux s'était alors accéléré. Faute de trouver un fond assez solide, il avait fallu revenir au procédé hollandais en adoptant l'emploi d'une grille de bois imputrescible. Les maçons et les charpentiers étaient enfin arrivés, suivis un an plus tard par les menuisiers, sculpteurs, peintres et ferronniers. Il avait fallu que M. Renaudard attendît d'avoir soixante-quinze ans pour contempler l'orgueilleuse façade ornée de balcons galbés supportés par des consoles de pierre où des mascarons à tête humaine figuraient les génies de la Mer et du Vent.

Au cours de ces dernières années, après deux fausses couches successives, Catherine Carbec avait mis au monde deux filles, Odile en 1735 et Agnès en 1737. À Saint-Malo, Marie-Léone s'était réjouie de ces naissances qui la confortaient dans sa volonté de n'être désormais plus qu'une grand-mère, mais à Nantes M. Renaudard avait éprouvé une cruelle déception exprimée sans ambages à son gendre, encore qu'il eût voulu y mettre de la bonhomie :

— Deux fausses couches de suite, vous m'aviez inquiété. Deux filles successives, vous me rassurez enfin sur vos capacités. Quand vous déciderez-vous donc à me faire un petit-fils ?

— Je pense qu'il faut ménager Catherine, avait répondu Jean-Pierre. Vous la savez de santé fragile. Rien ne presse.

— Comment rien ne presse ? Vous me connaissez assez pour savoir que je suis un homme qui mène rondement ses affaires ! Moi, j'ai soixante-douze ans ! N'oubliez pas ce que je vous ai promis : dès que ma fille me donne un petit-fils, vous devenez mon associé à part entière. Sinon, il vous faudra attendre ma mort. Bâti comme je suis, j'espère bien vivre assez longtemps pour vous faire enrager !

C'est vrai qu'il était solide le père Renaudard, aussi résistant aux tempêtes de la vie que ces pins du Nord qu'on faisait macérer pendant plusieurs années dans la vase avant de les utiliser pour la construction des navires. Il entendait mener de front la vie laborieuse qu'exigeait la conduite de ses entreprises et assumer les obligations de la position sociale à laquelle il était parvenu à se hisser. Dès le lendemain de leur mariage, il avait exigé de Catherine et de Jean-Pierre qu'ils se mêlent au tourbillon d'affaires et de plaisirs dans lequel se trouvaient emportés les nouveaux messieurs de la société nantaise. Selon la coutume observée par toutes les familles du négoce, les jeunes époux habitaient dans la même maison que leur père. Ils avaient pu bénéficier ainsi des libéralités d'Alphonse Renaudard, toujours soucieux de paraître et de veiller à sa réputation d'homme généreux, surtout Jean-Pierre Carbec qui venait de découvrir un monde nouveau et s'y engouffrait avec l'appétit d'un corsaire, prenant modèle sur le Malouin Perée de la Villestreux établi à Nantes après un long séjour aux Isles. À peine sortie du couvent pour être jetée dans cette vie brillante, Catherine y avait pris goût pendant quelques mois pour se consacrer bientôt aux soins nécessités par son état, et lorsque son amie Marie-Thérèse Carbec s'était mariée à son tour elle avait naturellement reporté sur son mari son besoin d'être protégée et d'admirer. Mme de Kerelen eût d'ailleurs été bien incapable de lui porter quelque secours, car elle-même était partie s'installer à Paris où la présence quotidienne du comte avait été jugée indispensable par M. Renaudard.

L'armateur n'avait pas attendu que la dernière ardoise fût posée sur le toit de son hôtel pour penser à le décorer et le meubler. Il voulait que tout soit neuf, et qu'aucun buffet ou siège qui avait servi quai de la Fosse n'entre dans l'île Feydeau. Alors que les charpentiers étaient encore occupés à cheviller les poutres du comble à forte pente qui couvrait l'édifice au-dessus du deuxième étage, Alphonse Renaudard n'avait voulu confier ni à sa fille ni à son gendre la responsabilité de choisir le ton des peintures pour les lambris, la variété des acajous pour le mobilier, la couleur et le motif des tissus destinés aux tentures ou aux fauteuils. C'était l'époque où tous les artistes se faisaient gloire d'être d'abord des artisans, et où tous les artisans étaient eux-mêmes des artistes. Ce qui s'était produit à Saint-Malo, un demi-siècle auparavant, avec les millions rapportés de la mer du Sud, recommençait à Nantes sur une échelle plus vaste. On ne trouvait sans doute pas sur les bords de la Loire des fortunes comparables à celles des Magon ou d'un Danycan, mais une vingtaine de millionnaires comparables à Renaudard dépensaient sans lésiner. On y trouvait aussi des familles d'ébénistes, de menuisiers, vernisseurs, graveurs, doreurs, tapissiers, horlogers, orfèvres et faïenciers dont les poinçons étaient réputés au-delà de la province et correspondaient à un style original. Premiers bénéficiaires de la prospérité qui déferlait sur toute la France, ils ne savaient où donner de la gouge, du pinceau, du tampon, du burin ou de l'aiguille, sollicités autant que les architectes, les maîtres maçons ou les tailleurs de pierre par des hommes d'argent soudain devenus bâtisseurs et hommes de goût. M. Renaudard s'était adressé aux plus réputés, Grégoire Cadet, Pierre Bourdeau, Benoît Loyer, Jean Varenne, Emmanuel Godin, François Guillon, maîtres nantais qui pouvaient soutenir la comparaison avec les meilleurs Parisiens dont le savoir-faire, le sens de la commodité et l'élégance faisaient merveille, au-delà de Versailles, dans les Allemagnes, en Suède, en Espagne, en Hollande, en Angleterre, même en Italie.

Le goût d'entreprendre et de diriger n'expliquait pas seulement la décision prise par M. Renaudard quand il avait choisi d'assumer à lui seul la responsabilité de décorer et meubler son hôtel. Il voulait en faire cadeau à sa fille qui venait de lui confier qu'elle était de nouveau grosse. Certain désormais que la demeure de l'île Feydeau serait enfin achevée d'ici quelques mois, il s'était mis dans la tête que cette fois serait la bonne, que Catherine portait un garçon, et que ce garçon-là ne pouvait pas naître autre part que dans la plus belle chambre de l'hôtel Renaudard. De fait, un petit-fils lui était né dans le courant de cette même année 1740. Pour honorer ses deux grands-pères on l'avait aussitôt baptisé Mathieu-Alphonse, et, le même jour, M. Renaudard avait signé, en présence de M⁰ Bellormeau, un contrat d'association qui conférait à Jean-Pierre Carbec la gestion de toutes ses affaires d'armement et de négoce. Semblable à de nombreux marchands parvenus au soir de leur existence pourvus de lingots et d'armoiries gagnés à la force du poignet, M. Renaudard avait décidé de se retirer dans ses terres du Bernier, et d'y vivre en noble homme. Avant de s'y installer, il irait cependant passer quelques semaines à Paris où il commanderait à M. de Largillière son portrait en pied destiné à embellir un panneau du grand salon d'apparat.

— N'ai-je pas raison, mon gendre, d'affirmer qu'un bonheur ne vient jamais seul ?

Les deux hommes se trouvaient sur un balcon de fer forgé, au deuxième étage de l'hôtel Renaudard. Sous leurs yeux, face au fleuve où plus de vingt navires étaient amarrés le long des nouveaux quais construits par Gérard Mellier, la ville s'étalait bourdonnante de ses soixante mille habitants, sonore de ses chantiers, de ses clochers et de ses bruits portuaires. Devant eux, un peu sur la gauche, le quai de la Fosse présentait un bel alignement de maisons neuves qui se prolongeait vers l'embouchure de la Chézine, là où s'élevaient des entrepôts remplis de caisses, fûts et sacs bourrés de coton, tabac, sucre, indigo, épices dont les odeurs fortes se mêlaient à celle plus fade de l'eau de Loire. M. Renaudard qui n'était jamais monté que sur une gabare pour aller à Paimbœuf mais qui employait volontiers le langage des navigateurs, posa sa main sur l'épaule de son gendre et lui dit gravement :

— À vous le soin, monsieur !

Il dit à nouveau, la voix plus gaie :

— N'ai-je pas raison de prétendre qu'un bonheur n'arrive jamais seul ? Cette année 1740 demeurera dans les annales de nos familles : j'ai un petit-fils, l'hôtel Renaudard est enfin terminé, vous voici devenu mon associé, et votre frère a été promu Premier Commis des Affaires étrangères.

— Pour sûr ! se contenta de répondre Jean-Pierre Carbec.

Son front paraissait soucieux. Le même jour la poste de Paris lui avait apporté une lettre de Jean-François où le diplomate disait clairement qu'une guerre prochaine lui paraissait inévitable.

Depuis le conseil de famille qui les avait réunis à Saint-Malo quatre années auparavant, les deux frères avaient pris l'habitude de se transmettre de façon régulière certains renseignements susceptibles de leur rendre service. « À la place où je suis, tout m'intéresse, avait dit Jean-François, le mouvement des hommes, de l'argent, des marchandises et des navires. Je sais que Londres et La Haye disposent de bons yeux et de bonnes oreilles à Nantes. Essaie donc de connaître ce qu'ils regardent, ce qu'ils écoutent, ce qu'ils transmettent. À Versailles on ne s'occupait guère jusqu'ici que des intrigues de cour ou de gouvernement sans s'inquiéter de la vie des affaires. J'ai l'intention de multiplier les réseaux de mon prédécesseur. » En échange des informations qu'il faisait tenir à son frère, Jean-Pierre recevait des avis et des conseils qui lui permettaient de réaliser avant les autres armateurs de fructueuses opérations financières, ou de s'abstenir d'entreprendre le cas échéant. De son côté, Louis de Kerelen qui s'était installé à Paris après la naissance de son deuxième fils, assurait les liaisons devenues nécessaires avec les directeurs de la Compagnie des Indes comme les messieurs de Saint-Malo l'avaient toujours fait, au siècle précédent, du temps de M. de Pontchartrain. Grâce à ses relations, le beau-frère avait eu vite fait d'empêcher que le nom du lieutenant Carbec fût inscrit sur la liste des officiers mis à la retraite : six mois plus tard, Jean-Luc embarquait à bord du *Griffon* avec des troupes demandées en renfort par le gouverneur de Pondichéry. La famille Carbec n'avait jamais paru aussi solide. Parvenue à retenir près d'elle son mari qui prenait très au sérieux l'éducation de ses deux garçons à peine sortis des premiers langes, Marie-Thérèse rêvait d'être présentée à la cour et d'ouvrir son salon aux écrivains. Jean-François s'entendait de la meilleure façon avec Louis de Kerelen : il avait toujours été séduit par ses manières et la désinvolture apparente avec laquelle il jugeait les hommes, il l'estimait davantage depuis qu'ayant étudié un dossier confidentiel où ses fonctions lui donnaient accès, il avait pris connaissance de certains rapports secrets remis au département par l'ancien capitaine, au retour de ses voyages en Angleterre.

M. Renaudard avait voulu que son gendre puisse disposer d'un somptueux cabinet de travail à l'abri des bruits ménagers. Des livres et des cartes marines tapissaient les murs, des instruments de navigation y brillaient de tous leurs cuivres, des petits navires dus à la collaboration d'ébénistes et de vieux matelots à la retraite reposaient sur de longues tables d'acajou, la lanterne d'une galère capitane était fixée au fronton d'une imposante bibliothèque. C'est là, derrière son bureau de ministre, un meuble d'ébène incrusté de bronze, que Jean-Pierre Carbec s'assiérait désormais pour discuter d'une mise hors, acheter et vendre, donner des ordres à ses capitaines et à ses subrécargues. Il allait pouvoir donner sa mesure. Tout lui avait réussi. Douce, effacée, admirative, sa femme ne lui chantait pas pouilles quand il sentait trop fort la fille et l'alcool. Cela lui convenait. Elle lui avait fait deux demoiselles et un garçon, il faudrait maintenant qu'elle lui donne un autre gars pour assurer la postérité des Carbec : « C'est vrai, ce que dit mon beau-père : un bonheur n'arrive jamais seul ! » Cependant, cette lettre qu'il venait de recevoir le tourmentait. Les hommes d'action croient au succès, la certitude de la victoire commande leur entreprise et développe leur imagination. Jean-Pierre Carbec n'était pas d'humeur inquiète, il était seulement prudent. Deux lectures ne lui ayant pas suffi pour comprendre tout ce que lui écrivait le Premier Commis des Affaires étrangères, il en fit une troisième.

« Nous avons appris par un courrier de notre ambassadeur à Berlin que, sans déclaration de guerre, les troupes du roi de Prusse étaient entrées en Silésie, territoire autrichien. Cet événement risque de troubler bientôt la paix de toute l'Europe. C'est pourquoi j'ai tenu à t'en prévenir immédiatement bien qu'il se soit produit à six cents lieues de nos frontières et à mille trois cents de Nantes. Pour moi, je crains le pire, sinon pour l'immédiat au moins pour les prochaines années.

« Afin que toi-même, ton beau-père, les armateurs de Nantes et de Saint-Malo en tirent les meilleures conséquences, je pense qu'il n'est pas inutile que je résume ici en quelques mots, sans pour autant remonter au déluge, les origines de cette affaire. Je me contenterai seulement de te rappeler que l'empereur Charles VI de Habsbourg n'ayant pas eu d'héritier mâle et craignant que sa fille

Marie-Thérèse ne pût hériter de toutes ses possessions, avait pris la précaution de faire garantir sa succession par un acte diplomatique, la Pragmatique Sanction, signé par l'Angleterre, le Danemark, l'Espagne, la France, la Hollande, la Prusse, la Russie, enfin la Diète de l'Empire. Or, voici que Charles VI meurt subitement d'une indigestion de champignons et que le roi de Prusse profite de l'occasion pour mettre la main sur une part de l'héritage autrichien. Entre Marie-Thérèse et Frédéric II c'est donc la guerre !

« Tu peux déjà imaginer les conséquences possibles, qu'elles soient immédiates ou à plus longue échéance. Dans un premier temps on peut croire que l'Autriche demeure isolée, ses alliés étant occupés ailleurs : la Russie doit régler de graves difficultés intérieures et l'Angleterre se bat sur mer contre l'Espagne. Quelle position sera la nôtre ? Signataire de la Pragmatique Sanction, la France se devrait honnêtement de garantir l'héritage de Marie-Thérèse ou demeurer au moins neutre. Malheureusement, il y a chez nous un très fort parti antiautrichien qui se double d'un parti pro-prussien. Le premier est mené par le comte de Belle-Isle, grand seigneur comme le fut son grand-père Fouquet, militaire prêt à mettre le feu à l'Europe pour un bâton de maréchal et sûr d'être suivi par toute cette noblesse d'épée dont notre frère Jean-Luc eut tant à souffrir. Le deuxième parti proclame les mérites de Frédéric II, roi philosophe qui joue de la flûte, rime des vers, entretient une correspondance suivie avec Voltaire et Fontenelle, accroche des Watteau et des Lancret sur ses murs, achète quatre mille volumes pour sa bibliothèque, écrit et parle français mieux que la plupart d'entre nous, et a pris pour confident un certain colonel de Camas, protestant émigré aussi féru de latin et de grec que de stratégie. On oublie seulement de dire que le père du roi de Prusse, le terrible roi-sergent, a laissé à son fils une armée de quatre-vingt mille hommes et que le premier geste de l'héritier, à peine monté sur le trône, fut de créer seize nouveaux bataillons d'infanterie et six escadrons de hussards.

« J'ai bien peur que nos militaires et nos philosophes, pour une fois curieusement réunis dans une semblable naïveté, ne se trompent d'ennemi : la Maison d'Autriche a cessé d'être redoutable le jour où elle a perdu l'Espagne. Les plus grands périls viendront demain de Berlin, non de Vienne. Tant que le cardinal vivra il essaiera de protéger la paix. Hélas, il a quatre-vingt-trois ans ! Je crains fort que son grand âge ne lui permette pas de résister longtemps à une opinion bornée qui souhaite une alliance militaire avec la Prusse pour en finir plus vite avec les Habsbourg, ennemis héréditaires. Quel aveuglement !

« Connaissant les Anglais, ils nous laisseront nous engager, prendront leur temps, feindront de ne pas s'occuper de l'affaire, mais leur diplomatie s'efforcera de nouer une coalition contre la France. Comprends bien qu'ils ne peuvent pas se désintéresser du continent : le Hanovre est bel et bien une possession anglaise en Allemagne et le roi George ne sait pas un seul mot d'anglais. L'incendie se propagera alors partout et le conflit s'étendra peu à peu sur la mer, en Amérique, aux Isles et en Inde où notre Jean-Luc risque fort d'avoir à en découdre. J'ai de solides raisons de penser que Londres ne pourra intervenir avant trois ou quatre ans. Prends donc les dispositions qui te paraîtront les plus utiles pour multiplier pendant ce temps de répit tes affaires de traite négrière avec l'Afrique et les Antilles, ou d'épices et de toiles peintes avec M. Dupleix. Pour ta gouverne personnelle, je te confie sous le sceau du secret que nous envoyons une escadre de vingt vaisseaux dans la mer des Caraïbes pour défendre les colonies espagnoles contre d'éventuelles agressions anglaises. Du même coup, cette escadre protégera le négoce national. Profite donc de cette circonstance.

« Notre sœur Marie-Thérèse n'a heureusement pas les mêmes soucis que son homonyme autrichien : elle se contente de mettre le feu au cœur de ceux qui commencent à fréquenter son salon parisien et lui ont déjà appris à discourir avec autorité sur les sujets dont elle ignore tout. Notre beau-frère Kerelen me paraît un peu tiraillé entre son goût pour la philosophie et le désir, partagé par tous les hommes de sa génération, de voir disparaître la Maison d'Autriche. Mais il est trop intelligent pour mésestimer le danger prussien, et il a observé *de visu* que l'Angleterre multiplie ses chantiers de construction navale. Porte-toi bien. »

Jean-Pierre Carbec appartenait à la génération des jeunes armateurs qui ne s'étaient jamais souciés de la sûreté du trafic maritime, sauf à prendre les précautions d'usage pour se protéger contre les entreprises de quelque pirate salétin, ou autre forban rôdant encore dans la mer des Caraïbes. Cette lettre le tourmentait. Il connaissait assez son frère pour être assuré que Jean-François ne lui avait pas fait part à la légère d'inquiétudes relevant du secret d'État. Les années passées, lorsque le cadet était allé guerroyer dans le Milanais pour aider le roi Stanislas à reconquérir son trône polonais, Jean-Pierre ne s'en était pas autrement ému : Londres n'avait pas à intervenir dans cette affaire. Aujourd'hui la situation se présentait sous d'autres aspects parce que le roi George était aussi l'Électeur de Hanovre et qu'il ne pourrait pas se désintéresser longtemps des événements allemands.

Fallait-il pour autant précipiter les affaires de traite ? L'armement Renaudard et Carbec disposait de trois négriers de deux cent cinquante tonneaux, le *Saint-Esprit*, le *Notre-Dame-de-la-Miséricorde*, le *Monarque*, dont les voyages étaient calculés de façon que deux d'entre eux fussent toujours à la mer pendant que le troisième se préparait à la reprendre. Un navire parti de Nantes arrivait trois mois plus tard devant les côtes de Guinée, y séjournait deux à quatre mois, parfois six, gagnait Saint-Domingue en huit semaines, d'où il repartait trois ou six mois plus tard. Son retour en France ne dépassait pas plus de deux autres mois. Dans la meilleure des circonstances, le voyage circuiteux durait un an.

Jean-Pierre Carbec refit plusieurs fois ses comptes. L'armement d'un seul navire — solde de l'équipage, assurances, marchandises de traite, vivres — coûtait trois cents à trois cent vingt mille livres. Suivre les conseils de Jean-François, c'était acquérir et armer un quatrième navire, peut-être un cinquième. Le prix d'un brick ou d'une flûte de deux cent cinquante tonneaux ne dépasserait pas trente mille livres, sans doute un peu moins, parce qu'un bâtiment ayant déjà roulé plusieurs fois vers les Isles d'Amérique ou vers l'Inde pouvait toujours achever sa carrière en transportant des nègres. Cette dépense serait supportée par la seule Compagnie Renaudard-Carbec alors que les autres frais, dix fois plus, pourraient être répartis entre plusieurs actionnaires. Comment les réunir rapidement ? Il faudrait recruter à la hâte un capitaine éprouvé, aussi bon marin que bon trafiquant, un second, deux lieutenants, deux chirurgiens, un aumônier, six maîtres, soixante hommes d'équipage. Dans les magasins où étaient entassées des marchandises de troc, trouverait-il assez d'articles pour remplir les cales d'un navire de deux cent cinquante tonneaux ? La plupart des rois nègres ne se contentaient plus de cauris depuis longtemps, ils exigeaient surtout des cotonnades, mais aussi des fusils, sabres, habits de tirelaine, pantoufles, pistolets, drap écarlate, eau-de-vie, poudre, rubans, robes de chambre, sifflets, bagues, bonnets brodés d'or, grelots de cuivre, miroirs, même des souliers ! Depuis plusieurs années, Jean-Pierre Carbec s'était associé avec son beau-père et René Montaudouin, pour fabriquer à Nantes des étoffes dont on raffolait en Guinée : basins, lampas, guingans, madapolams et autres fausses indiennes de qualité médiocre mais aux couleurs vives, ornées de rayures, torsades, fleurs, feuillages et oiseaux. Il n'aurait donc pas besoin d'attendre des retours de Pondichéry pour assurer ses propres cargaisons destinées à l'Afrique. Cette question rapidement réglée, il resterait encore à rassembler les vivres nécessaires à l'état-major, à l'équipage, aux esclaves. Ah, si seulement tante Clacla avait été là ! Même devenue vieille elle était demeurée la meilleure avitailleuse du Ponant, de Bayonne à Dunkerque. Sans avoir besoin d'écrire des chiffres sur un registre, elle avait su calculer sans jamais se tromper le volume de lard et de bœuf salé, de biscuits, de pois secs, d'eau et de vin, sans oublier le rikiki, indispensable à la quantité d'hommes embarqués pour les mers du Sud ou de Chine. Il lui aurait demandé son avis, tante Clacla l'aurait tiré d'affaire, mais voilà qu'il était tout seul et qu'il prétendait gouverner l'armement Renaudard et Carbec de la façon qu'il l'entendait pour prouver à son beau-père, à sa femme, aux Carbec, à tous les autres messieurs du commerce que les conseils de ses aînés ou des plus riches ne lui étaient plus nécessaires pour entreprendre. « À vous le soin, mon gendre! » venait-on de lui dire. Après huit jours de réflexion, Jean-Pierre s'était cependant décidé à montrer la lettre à M. Renaudard.

Le vieil armateur prenait déjà ses dispositions pour partir vers Paris où l'attendaient les pinceaux de M. de Largillière. Homme de l'ancienne mode, il n'avait jamais voulu renoncer à la grande perruque, au long justaucorps, aux souliers à boucles, ni à sa haute canne dont la noblesse nantaise s'était gaussée pendant quelques années mais qui avait fini par conférer au personnage une sorte de dignité et comme une prestance dont il n'était pas ignorant. Une seule lecture, faite très lentement, lui suffit :

— Fils, ces grands commis des Affaires étrangères ont plus de tête qu'il n'y paraît. Votre frère nous donne là un précieux avis. Il faut tout de suite en profiter. Nous allons armer deux autres navires négriers. Je ne pars plus pour Paris! Je ne laisserai pas mon gendre se dépatouiller seul dans une affaire si grave qui commande d'être rondement menée.

Jean-Pierre s'attendait à une telle réaction de son beau-père. Il n'en éprouva pas moins une légère déception qui n'échappa pas à M. Renaudard.

— Marchez donc! continua le Nantais. Vous aurez tout le temps, après ma mort de gouverner tout seul nos affaires!

— Pensez-vous, hasarda Jean-Pierre, qu'il soit prudent d'armer deux autres navires négriers? La traite n'intervient pas pour une si grande part dans nos bilans.

— C'est vrai, admit M. Renaudard, elle n'intervient que pour un cinquième mais elle commande tout le reste, nos manufactures de coton et de toile imprimée, nos deux raffineries de sucre, nos ventes de café, d'indigo, d'épices soit en France soit à l'étranger. Les trois quarts de la morue pêchée sur les bancs sont revendus aux Antilles. Point de traite : point de nègres. Point de nègres : point de main-d'œuvre, partant plus de colonies aux Amériques. Donc, plus d'armement Renaudard, plus de négoce, plus d'hôtel dans l'île Feydeau. Le commerce nantais, mon gendre, c'est une grande mécanique où tout se tient. D'autant, mon cher, que les seuls bénéfices de la traite ne sont pas négligeables. Combien avons-nous gagné sur le dernier voyage du *Saint-Esprit*?

— Je pense que nous dépasserons 50 % de bénéfices.

— Cela ne vous satisfait donc pas? Vous autres, les Malouins, vous regrettez toujours le temps où la mer du Sud vous rapportait 300 %! Cela n'a été qu'un feu de paille, il faut bien en convenir.

Comme tous les Nantais, M. Renaudard pensait que l'insolente réussite de Saint-Malo serait sans lendemain. Il n'en ressentait pas moins une certaine jalousie. Mi-figue, mi-raisin, il ajouta :

— Ce que nous reprochons le plus aux Malouins, ça n'est pas tant d'avoir gagné des millions de piastres en quelques années que d'avoir toujours entretenu des agents auprès des ministres et de leurs commis. Aujourd'hui, dit-il avec un petit rire qui secoua sa bedaine, j'aurais mauvaise grâce à m'en plaindre ! Au travail, mon gendre ! Il nous faut d'abord trouver un ou deux navires capables de faire au moins deux voyages et dont le prix ne dépasserait pas vingt mille livres.

— J'en connais deux à Nantes.

— Je préfère les acheter autre part. Vous qui avez été lieutenant à la Compagnie des Indes vous devez savoir reconnaître un navire qui peut rendre encore quelques services ?

— Sans doute.

— Vous allez partir pour La Rochelle et Bordeaux où vous trouverez ce qu'il nous faut.

— J'avais pensé qu'à Saint-Malo...

— Ah non ! Magon de la Lande ou la Balue le sauraient aussitôt. Je ne veux pas qu'ils connaissent nos projets, ils seraient trop contents de les traverser. Moi, pendant ce temps, je m'enquerrai d'un capitaine, et je m'occuperai de la cargaison.

Devant l'autorité de M. Renaudard, Jean-Pierre se tenait coi. Il voulut marquer un point :

— C'est quand même à un Carbec que nous devons ce précieux renseignement, dit-il. Il ne faudra pas l'oublier.

— Faites donc confiance au vieux père Renaudard !

L'*Amour du Prochain,* un vieux senau de deux cent vingt tonneaux, mit à la voile pour les côtes africaines le 15 avril 1741. Son ancien propriétaire, Abraham Gradis, un fameux négrier de Bordeaux, hésitant à le faire radouber au retour d'un long périple circuiteux au cours duquel des tempêtes l'avaient fort malmené, l'avait finalement vendu à Jean-Pierre Carbec pour la somme de vingt mille livres. Le Malouin en avait pris lui-même le commandement pour le conduire, avec un équipage réduit, jusqu'à Paimbœuf où des charpentiers, menuisiers, forgerons, calfats et peintres s'étaient affairés à le remettre en état, sous la surveillance d'un ancien capitaine que M. Renaudard avait décidé à reprendre du service en lui assurant une large commission sur les ventes qui seraient réalisées à Saint-Domingue.

M. Gérissel connaissait bien son affaire. Il avait acheté et vendu plus de quatre mille nègres au cours d'une carrière qui lui permettait maintenant de faire partie de la société nantaise où, prié aux réceptions des riches marchands, il ne manquait pas de revêtir un costume d'apparat taillé pour la circonstance et de porter une petite épée à poignée d'argent. Il assistait aux concerts, aux comédies, aux offices religieux, et avait à son service un négrillon âgé de douze ans qu'il appelait tendrement Tyrcis et dont il surveillait de près l'éducation chrétienne. Avant d'obtenir son brevet, il avait navigué au long cours comme novice, fait deux campagnes sur les vaisseaux du Roi, passé un rapide examen devant deux capitaines et un professeur d'hydrographie. Sa science théorique n'était peut-être pas très solide, son expérience et son flair y suppléaient. Avec M. Gérissel, un armateur n'avait pas besoin d'engager un pilote. Se méfiant des cartes, il connaissait par cœur les courants et les fonds, les atterrages, les meilleurs endroits pour mouiller, les ports, les plages, les criques, autant que les bons sites de traite où il entretenait de cordiales relations avec d'étranges aventuriers européens qui faisaient calebasse avec les naturels, lui servaient d'interprètes et de courtiers. Toute sa carrière M. Gérissel la devait à M. Renaudard dont il avait été un des capitaines pendant vingt ans. Les mauvaises langues disaient que quelques friponneries peu avouables liaient le capitaine à l'armateur. Allez savoir ? Il est certain que lorsque M. Renaudard avait demandé à Antoine Gérissel de remettre coffre à bord, un an après avoir pris sa retraite, le capitaine n'avait pas refusé et avait enrôlé lui-même son second, deux lieutenants, le chirurgien-major, son aide et le maître d'équipage. Trois mois avaient suffi pour parvenir à la bonne fin de la mise hors de l'*Amour du Prochain*. Marchandises de traite, vivres, douze canons avec leur provision de gargousses et de boulets, maîtres charpentiers, voiliers, tonneliers et serruriers, soixante matelots, rien ne manquait, sauf l'aumônier, prévu par le règlement de l'Amirauté, que personne n'avait réussi à trouver.

Un soir que les Renaudard soupaient en famille, l'armateur dit à son fils Guillaume :

— N'avez-vous pas demandé à votre évêque de nous procurer quelque abbé ? Il n'en manque pourtant pas à Nantes, on en voit partout ! De vous à moi, je m'en passerais volontiers, mais mon associé y tient.

— J'y tiens beaucoup, assura Jean-Pierre Carbec.

Blond et mince, si frêle dans sa soutane de bonne coupe qui faisait paraître son visage encore plus pâle, Guillaume Renaudard répondit d'une voix ferme :

— J'ai demandé à Mgr de Sauzai la permission d'embarquer sur l'*Amour du Prochain*. Il m'a accordé cette grâce.

— Vous n'y pensez pas! tonna M. Renaudard. Les aumôniers de nos navires négriers sont tous de pauvres diables qui ont eu des démêlés avec la hiérarchie ecclésiastique. Ça n'est pas votre place! Nous avons d'autres ambitions pour vous!

— Je pense au contraire, dit doucement Guillaume, que la place d'un prêtre se trouve auprès de ceux qui souffrent le plus.

M. Renaudard haussa les épaules :

— Même les nègres?

— Oui, s'ils souffrent plus que les autres.

— Mon fils, tout secrétaire d'évêque que vous soyez, permettez à votre père de vous dire que vous n'y entendez rien. Les nègres que nous achetons en Afrique sont bien traités, bien nourris et bien soignés, sans cela nous ne pourrions pas les revendre. Nous agissons peut-être davantage par intérêt que par charité mais, dans toute chose, il faut considérer les fins dernières, comme vous dites dans votre jargon.

— C'est ce qui me fait agir ainsi, mon père.

— Ôtez-vous ces sornettes de l'esprit. Nos nègres vivent plus heureux sous le commandement d'un colon antillais que sous la tyrannie d'un roi africain. Ce qu'il leur faut, c'est du bon mil, du bon gruau et du bon riz deux fois par jour. Ne vous occupez donc pas du reste.

— Permettez-moi de faire au moins ce voyage, insista Guillaume.

— Mon frère s'est ouvert à moi de ce projet, dit à son tour Catherine. Je pense qu'il a raison.

— Moi aussi! intervint Jean-Pierre.

— Ah ça! s'emporta M. Renaudard, vous êtes mon associé, mon gendre, mais je suis encore maître chez moi! Ne parlons plus de ces sottises. L'*Amour du Prochain* partira sans aumônier à bord, cela fera une bouche de moins à nourrir.

Dans le silence qui suivit, on entendit alors la voix de Guillaume Renaudard dire avec une tranquille assurance :

— J'ai décidé de faire un voyage de traite. Puisque mon père refuse à son fils la permission d'embarquer à bord d'un de ses navires, je m'adresserai ailleurs, à Bordeaux, à La Rochelle, ou à Rouen. Les négriers ne manquent pas. Je pense même qu'ils sont devenus plus nombreux que les aumôniers.

Il avait bien fallu que l'armateur s'incline. De tous ceux-là qui étaient présents, personne n'aurait pu deviner si la colère ou l'inquiétude bouleversait son visage, mais quelques jours plus tard, à Paimbœuf, ils l'avaient vu serrer son fils contre lui, l'embrasser comme un plébéien eût fait avec son petit enfant, et demeurer à bord du navire en partance jusqu'au moment que la dernière ancre fut dérapée. Quelques instants avant de descendre, M. Renaudard avait pris à part le capitaine :

— Je vous confie Guillaume, veillez sur lui comme s'il était votre propre fils.

Plus bas, maladroit, ne sachant comment s'exprimer, il avait dit aussi :

— Si jamais il devait... vous voyez ce que je veux dire... ces choses arrivent... promettez-moi de ramener son corps. Je ne voudrais pas qu'il soit jeté à la mer. Promettez-le-moi, monsieur Gérissel.

Toutes voiles dehors, l'*Amour du Prochain* s'était alors lentement dirigé vers la passe de Mindin pour gagner la mer libre.

Maître après Dieu, un capitaine apprécie peu, à bord du navire qu'il commande, la présence du fils de son armateur à moins que le jeune homme n'ait embarqué comme pilotin. Bon prince, M. Gérissel avait offert sa propre chambre à Guillaume Renaudard, se réservant lui-même d'installer son lit dans la chambre de dunette, petite pièce réservée d'habitude au pilote et demeurée libre. Guillaume avait refusé tout net : il partagerait la cabine de l'aide-chirurgien, un étudiant à peine âgé de vingt ans. Les deux jeunes gens n'avaient jamais navigué, ils s'intéressèrent l'un et l'autre à la manœuvre, s'émerveillèrent de l'agileté des gabiers courant sur les vergues et voulurent bientôt visiter les cales où devaient être parqués les nègres qui seraient achetés en Afrique.

— Nous les installerons dans ces deux entreponts, entre la cale et le tillac, dit M. Gérissel. Pour l'instant, les marchandises de traite y sont entassées.

Guillaume Renaudard vit une sorte de long couloir où l'on ne pouvait se tenir debout, percé de deux écoutilles où passait une faible lumière.

— Vous n'y mettrez pas beaucoup de monde ?

— Au moins trois cent cinquante nègres si nous les trouvons.

— Cela n'est pas possible !

— Un nègre et demi par tonneau, c'est la règle, monsieur l'aumônier. Faites le compte : l'*Amour du Prochain* jauge deux cent cinquante tonneaux.

— Comment tiendront-ils dans si peu d'espace ?

— Dame, ils n'ont pas beaucoup de place ! Ils s'emboîtent les uns dans les autres comme des cuillers. Le jour, je les fais tous monter sur le pont pour qu'ils prennent le bon air, je les fais même danser. Votre père a exigé que j'enrôle un matelot sachant jouer du biniou. La nuit, les écoutilles sont fermées par de solides panneaux cadenassés. On ne se méfie jamais trop de ces sauvages. Lorsque vous les aurez vus vous me direz ce que vous en pensez.

L'*Amour du Prochain* parvint au terme de la première partie de son voyage, trois mois après son départ de Paimbœuf. Le capitaine Gérissel n'était guère sorti de sa chambre, n'apparaissant qu'au moment des repas pris en commun avec ses officiers, le chirurgien-major et l'aumônier, ou pour se promener deux fois par jour sur le pont, laissant le soin de la navigation au second capitaine. Jusqu'à la hauteur de Cadix, le navire n'avait jamais perdu de vue la terre, mais afin d'éviter les pirates qui infestaient les côtes marocaines, il avait alors piqué droit sur les îles du Cap-Vert pour y acheter des tortues de mer, courte escale, avant de repartir vers l'île de Gorée où la Compagnie des Indes tenait une petite garnison. C'était l'Afrique, avec sa chaleur étouffante, son ciel plombé, ses sables gris, ses baobabs énormes, ses tambours fous, ses huttes misérables, ses enfants au gros ventre, mais aussi des arbres flamboyants, et, taillées dans des troncs d'arbres, des barques pleines de fruits ou de poissons, menées par de grands diables noirs ruisselants d'eau et de sueur, riant à pleines dents. M. Gérissel se tint le plus souvent sur la dunette pour diriger lui-même son navire du cap Blanc au cap des Palmes, et jusqu'au cap Formosa, le long de plages immenses qui se ressemblaient toutes mais que le capitaine reconnaissait sans avoir besoin de jeter un coup de lorgnette sur les forts hollandais ou anglais installés par les gouvernements de Londres et de La Haye pour réserver la traite à leurs seuls ressortissants, quitte à canonner les navires étrangers qui tenteraient de s'en approcher.

Le capitaine, ses officiers, quelques-uns parmi ses matelots, étaient venus souvent dans ces parages situés au fond du golfe de Guinée, au-delà du delta nigérien aux eaux boueuses. M. Gérissel y entretenait même d'amicales relations avec un curieux homme qui, seul Européen, vivait là depuis tant d'années qu'il avait fini par en oublier le nombre. Sans âge, sans famille, sans patrie, peut être portugais puisqu'on l'appelait M. da Silva, il était parvenu à persuader le roi du Bénin, terrible guerrier, qu'au lieu de couper la tête à ses milliers de prisonniers il y aurait plus de profit à les vendre. Bon interprète, il servait d'intermédiaire entre les capitaines et le représentant local du Roi, habitait dans une case puante au milieu de cinq femmes auxquelles il faisait des ribambelles de marmots, ne manquait cependant jamais d'être vêtu d'un gilet et d'une culotte à la française de bonne apparence. Il paraissait heureux, ne parlait jamais de retourner un jour au pays. Ce courtier scrupuleux veillait à ce qu'il y eût toujours en réserve une centaine de captifs, hommes, femmes ou enfants, prêts à être vendus, enfermés dans une grande baraque appelée pompeusement factorerie. Il prenait soin d'eux avec zèle, et quand il arrivait que la guerre n'eût point assez produit de prisonniers, la demande dépassant l'offre, M. da Silva poussait la conscience jusqu'à organiser quelque razzia contre un paisible village de la brousse alentour afin que le marché ne soit pas totalement dépourvu au moment où apparaîtrait un de ses clients.

L'*Amour du Prochain* ayant mouillé ses ancres, le capitaine fit aussitôt tirer le canon pour annoncer qu'il venait là pour la traite. Étourdi de fièvre depuis plusieurs jours, Guillaume Renaudard ne se réveilla pas pour autant. Le mal l'avait pris et soudain terrassé alors qu'il ne s'était jamais si bien porté.

— Il faut payer son tribut à l'Afrique, s'était contenté de dire le chirurgien-major. Nous connaissons ces sortes d'accès qui font plus peur que mal. Buvez beaucoup de tisane, et mouillez bien vos draps. La fièvre s'en ira toute seule par la sueur.

M. Gérissel témoigna plus d'inquiétude. Trente ans de navigation font d'un capitaine un homme qui n'a pas besoin d'un médecin pour soigner le scorbut ou la colique et savoir qu'un coup de fièvre peut vous tuer tout à coup un matelot. Jusqu'ici, le fils de l'armateur ne lui avait causé aucun souci et ne s'était avisé que de son ministère : réciter la prière trois fois par jour devant l'équipage rassemblé sur le tillac, célébrer la messe tous les dimanches. Qu'en ferait-il s'il venait à passer ? Le jeter aux requins ou l'enterrer sous un cocotier, ce serait encourir du vieux Renaudard une malédiction qui le poursuivrait jusqu'à la fin de sa vie et lui interdirait les portes de la Fosse ou de l'île Feydeau. Pour l'instant, M. Gérissel devait régler une question plus immédiate : répondant au canon, une barque montée par M. da Silva se dirigeait en effet vers son navire.

— C'est une bonne surprise de vous revoir, capitaine ! Je pensais que vous aviez pris votre retraite ?

M. Gérissel haussa les épaules en manière de réponse.

— Comment vont les enfants ? demanda-t-il.

— Tous bien, Dieu merci !

— Combien en avez-vous maintenant ?

M. da Silva les compta avant de répondre :

— Cela doit m'en faire dix-huit.

— Peste ! Vous devez gagner beaucoup d'argent pour entretenir tout ce monde ?

— Dieu protège les nombreuses familles, dit M. da Silva en

baissant ses yeux modestes sur une petite croix d'or pendue à son cou.

— J'ai pensé à vous, fit M. Gérissel, désignant du doigt trois malles qui se trouvaient dans sa chambre. Ouvrez-les et dites-moi si cela vous convient.

Il y avait là, achetés chez quelque marchande à la toilette, plusieurs tas de chiffons usés, reprisés, mous, ces maladies des vieux vêtements, qui proclamaient encore du fond de leurs paniers, qu'avant d'être réduits à l'état de fripes ils avaient été justaucorps de velours brodé, robes volantes, vestes de brocart, vertugadins, rhingraves en toile d'argent, corps de jupes baleinés, culottes de soie, chaperons de deuil, paniers à guéridons, à bourrelets ou à coupoles, pourpoints à aiguillettes, échelles de rubans, casaquins et boléros, admirés, caressés, dégrafés, délacés, retroussés, basculés dans les chambres des beaux hôtels nantais.

— Toute cette garde-robe est pour moi ? s'étonna le courtier d'un air ravi.

— Pour vous et pour votre famille. C'est le présent de mon armateur. J'y ajoute mon cadeau personnel, répondit le capitaine d'un ton bonhomme, en montrant six dames-jeannes d'eau-de-vie. Et vous ? Avez-vous de la marchandise en magasin ?

— Combien vous en faut-il ?

— C'est selon, répondit prudemment M. Gérissel. Vous devez savoir que je m'intéresse surtout aux pièces d'Inde.

On appelait ainsi les individus bien constitués, solides et jeunes. Le capitaine poursuivit :

— L'*Amour du Prochain* peut en contenir trois cent cinquante, quatre cents en les tassant un peu.

— Je puis vous en livrer une centaine immédiatement. Ils ne sont pas tous de première qualité, vous choisirez ce qui vous convient le mieux. Nous nous connaissons depuis longtemps, vous savez que je suis honnête en affaires.

— Et les autres ?

M. da Silva paraissait réfléchir en se grattant d'un doigt agile le sourcil droit où une colonie d'aoûtats le harcelait.

— En ce moment, les prisonniers sont rares, finit-il par dire. Magatte Dada a conclu une trêve avec ses voisins. Je trouverai un autre moyen de vous donner satisfaction, faites-moi confiance. Le prix à payer sera peut-être un peu plus cher...

— Combien de temps ? interrompit M. Gérissel avec sa voix de capitaine.

— Deux mois, au plus.

À son tour, le Nantais fit mine de réfléchir. Il n'ignorait pas que certains de ses collègues, au lieu de s'adresser à des courtiers, préféraient traiter directement avec des petits marchands d'esclaves qui lâchaient leurs pièces une par une après d'interminables palabres, contre une veste rouge brodée d'or et deux mauvais fusils. Ce qui était gagné sur le prix, on le reperdait sur le temps passé à tirer des petites bordées le long de la côte, ramassant ici un nègre, plus loin deux autres, selon les lenteurs calculées du vendeur.

— Nous sommes d'accord, dit le capitaine. Vos rabatteurs doivent se mettre tout de suite en campagne. Je ne veux pas connaître les moyens qu'ils emploieront, c'est leur affaire et la vôtre, non la mienne. Vous, monsieur da Silva, vous demeurerez ici, près de moi. Nous examinerons dès demain votre lot. Comme d'habitude, chaque individu choisi vous sera payé séance tenante et logé à terre dans une cabane gardée par mes hommes. Leur nourriture sera à ma charge.

— Vous avez ma parole, capitaine. N'est-ce pas la première fois que ce navire vient par ici ?

— Oui.

— L'*Amour du Prochain*, fit M. da Silva en se signant, c'est un joli nom qui vous portera bonheur.

M. Gérissel garda le silence. Des aventuriers, il en avait connu plusieurs au cours de sa carrière de capitaine-négrier. Ils se fixaient d'abord au Sénégal, puis de friponneries en friponneries ils descendaient plus au sud, le long de la côte africaine comme on fait avec une échelle de corde de barreau en barreau. Tous les agents des Compagnies de commerce auxquelles ils vendaient de menus ou de plus secrets services les connaissaient. Quelques-uns rentraient parfois dans leur pays d'origine. La plupart disparaissaient soudain. On racontait que l'un d'eux était devenu roi quelque part au pays des Quas-Quas du côté de la rivière Volta. Ce da Silva ne ressemblait pas tout à fait aux autres, personne ne l'avait rencontré autre part que sur ce site de traite, au fond du golfe de Guinée, où il paraissait vivre heureux au milieu de la tribu qu'il avait engendrée et de ses négresses vêtues de robes à la française.

Comme l'étrange courtier allait quitter le navire, M. Gérissel le retint.

— J'ai à mon bord le fils de M. Renaudard. C'est un jeune prêtre.

— Un prêtre ? dit M. da Silva en sursautant.

— Oui, cela a l'air de vous surprendre. C'est notre aumônier.

— Il y a si longtemps que j'ai rencontré un homme de la religion !

— Voici ce qui me préoccupe. Notre aumônier est pris par les fièvres depuis plus de huit jours. Son état ne s'améliore pas. Mon chirurgien-major n'y comprend rien, c'est un âne. Je suis très inquiet. Ce matin, M. Renaudard ne m'a pas reconnu. J'ai pensé, vous qui devez bien connaître ces sortes de fièvres africaines, que vous pourriez m'indiquer quelque remède.

— Pourrais-je le voir ? demanda M. da Silva après une légère hésitation.

— Allons dans sa chambre.

Allongé sur un lit étroit, inerte, le visage jaune, ruisselant de sueur, Guillaume claquait des dents comme s'il avait eu froid. Le courtier tâta son pouls, releva ses paupières, posa une main sur son front, hocha la tête d'un air grave et doux. Ses gestes étaient à la fois ceux d'un médecin et d'un prêtre.

Revenu sur le tillac, M. da Silva dit au capitaine :

— Si M. Renaudard reste ici, il sera mort avant deux jours.

— Ciel ! murmura M. Gérissel. Qu'allons-nous faire ?

— Il faut le transporter immédiatement dans ma case. Les femmes le soigneront, elles connaissent ce genre de mal et la façon de le guérir.

— À une condition, dit le capitaine, le chirurgien-major restera près de lui.

— C'est impossible.

— Comprenez-moi, monsieur da Silva ! C'est le fils de mon armateur, je ne peux pas l'abandonner de la sorte. Laissez au moins l'aide-chirurgien l'accompagner.

— Aucun homme blanc ne peut pénétrer dans la case des femmes, monsieur Gérissel.

— Mais le fils de mon armateur est un homme blanc !

— C'est d'abord un prêtre.

Des matelots avaient transporté à terre les marchandises de traite pendant que les autres, demeurés à bord du navire, aménageaient les entreponts pour pouvoir y loger bientôt une cargaison de bois d'ébène. Lui-même, M. Gérissel, avait quitté le bord pour s'installer sur la plage, protégé du soleil par une couverture tendue sur quatre piquets fichés dans le sable. Le chirurgien-major et son aide se tenaient à ses côtés. Derrière eux, surveillé par une garde armée jusqu'aux dents, un amoncellement d'objets hétéroclites, pièces d'étoffe, barils, fusils, caisses ouvertes pour mieux laisser voir les couteaux qu'elles contenaient s'étalait sur le sol. La traite étant essentiellement un commerce de troc, M. Gérissel n'aurait pas à verser le moindre denier à son courtier mais à échanger une marchandise contre une autre après qu'on se fût entendus sur la valeur de celle-ci et de celle-là. Le capitaine savait aussi que les acheteurs qui fréquentaient cette région de la Guinée avaient établi en accord avec leurs pourvoyeurs une sorte d'unité de traite qui s'appelait le *paquet*. Avant de quitter Paimbœuf, le contenu en avait été fixé : pièces d'étoffes diverses, un fusil et trois barils de poudre, un sac de plomb, un petit fût d'alcool, un bonnet de velours rouge orné de galons dorés, deux plats en fer battu, douze couteaux, douze grelots de cuivre et dix colliers de verroterie. Chaque lot ayant coûté six livres, le prix d'une pièce d'Inde ne devrait pas dépasser vingt-cinq paquets.

Le moment était venu de commencer les opérations. M. Gérissel agita une petite cloche de bronze, le *gongon* ainsi qu'on l'appelait tout le long de la côte, et M. da Silva ouvrit la porte cadenassée de sa factorerie d'où sortirent une centaine d'hommes, de femmes et d'enfants dont les pieds étaient entravés. Armés de piques et de sabres, des guerriers du roi Magatte Dada les entourèrent aussitôt.

— Tout doux ! dit le capitaine. Nous n'en examinerons qu'une dizaine par jour. C'est là une affaire sérieuse. Nous avons le temps. Faites rentrer les autres.

Ils refluèrent vers la baraque poussés vigoureusement par ceux qui en avaient la garde. Le premier des dix prisonniers désignés par le sort s'avança alors. C'était un homme jeune, bien bâti, grand et large d'épaules, à la peau luisante.

— Belle pièce d'Inde, comme vous les aimez, monsieur Gérissel ! dit le courtier d'une voix engageante.

C'était au chirurgien-major d'en décider, il avait été engagé pour cela. Peu capable de tirer d'affaire les patients, il savait apprécier les bien portants, déceler leurs vices cachés avec un flair de maquignon et, praticien confirmé de la traite, n'ignorait pas que les vendeurs frottaient leurs captifs à la poudre de fusil et les passaient à l'huile pour leur donner belle apparence. Il fixa longuement le nègre, retroussa ses paupières, examina sa bouche, ses oreilles, ses pieds, le fit marcher, puis courir.

— Pièce d'Inde, conclut-il.

— Je vous l'avais bien dit ! rayonna M. da Silva.

— Vingt paquets, laissa tomber M. Gérissel.

Le courtier savait que les arrêts du capitaine étaient sans appel. « Nous sommes d'accord ! » admit-il tandis que le captif du roi Magatte Dada, devenu esclave de l'armement Renaudard-Carbec, était dirigé vers une case où l'attendait une soupe de gruau, et laissait la place à un deuxième Africain. Celui-ci fut également acheté, ainsi que le troisième et le quatrième qui subirent cependant une réfaction de quatre paquets à cause de leurs pieds plats. Ils se ressemblaient tous, à croire que M. da Silva les avait choisis pour mettre en bonnes dispositions le capitaine de l'*Amour du Prochain*. Cependant, comme le chirurgien-major se disposait à donner un avis favorable au cinquième il se ravisa soudain, lui prit les testicules dans la main et lui ordonna de tousser violemment.

— Hernieux ! déclara-t-il.

Le courtier ayant protesté, affirmant qu'on n'avait jamais vu si belle pièce d'Inde, l'examen fut recommencé jusqu'à ce que M. Gérissel tranchât :

— Dix paquets pour celui-là.

— Vous m'étranglez ! dit M. da Silva.

— Gardez-le donc ! À un autre.

Cette fois, c'était une femme. Cuisses rondes, hanches larges, seins debout : elle ferait une excellente reproductrice. Si elle n'avait pas déjà su qu'elle était belle, les regards de tous ces hommes le lui eussent appris. Un lieutenant qui, c'était écrit sur son contrat, pouvait acheter une esclave pour son propre compte lança un prix :

— Quinze paquets !

— Préemption !

C'était M. Gérissel qui usait du droit reconnu à l'armateur. Imperturbable, le chirurgien-major entreprit de l'examiner, la tâtant de partout et s'y attardant assez longtemps pour provoquer les jurons étouffés de quelques matelots, les quolibets de quelques autres. Ce qui suivit rétablit le silence sans que le capitaine de l'*Amour du Prochain* eût besoin d'intervenir. La femme avait été contrainte à se tenir dans une telle position que le chirurgien puisse se permettre une recherche plus approfondie. Gênés, honteux peut-être, tous les hommes, même les plus grossiers baissèrent la tête.

— Vérole ! clama l'homme de l'art.

— Monsieur, je vous la laisse, dit le capitaine à son lieutenant.

— Je la prends quand même, répondit celui-ci, mais pas au même prix : j'en donne deux paquets !

— Je la garde, dit M. da Silva.

Les quatre derniers furent vivement rejetés. C'étaient deux vieilles, édentées, au ventre flasque, un jeune garçon qui paraissait solide mais aux yeux hagards, et un pauvre diable dont on venait de raser le crâne pour faire disparaître ses cheveux blancs. La séance n'avait pas duré moins de deux heures. Déjà haut dans le ciel, le soleil cuirassait la mer. Rarement, au cours de son existence, si habitué fût-il à aller et venir sur les chemins du bois d'ébène, la lumière africaine n'avait paru aussi hostile à M. Gérissel.

— Comment va notre aumônier ?

— Ne vous inquiétez pas, les femmes vont le guérir. Nous l'avons transporté dans leur case. Il faut leur laisser le temps d'arracher ce mal. Ce sera peut-être long.

Leur case ? C'était une hutte sordide qui, sous la lumière verticale, paraissait encore plus misérable. Là-bas, à Nantes, dans son bel hôtel de l'île Feydeau, M. Renaudard père et son gendre buvaient peut-être un verre de porto avant de passer à table. M. Gérissel fut pris soudain par la faim, une faim agréable et paisible, celle d'un honnête capitaine que ne trouble aucun problème de conscience et qui a l'habitude de manger deux fois par jour. Il avait hâte de regagner l'*Amour du Prochain*, de s'installer dans la salle à manger du bord aux murs lambrissés d'acajou où il trouverait le couvert mis avec sa propre argenterie, ses assiettes de la Compagnie des Indes et son vin de Bordeaux. Il monta à bord de la chaloupe qui l'attendait et prit la barre pour se donner le plaisir d'affronter lui-même les rouleaux comme au temps où il était enseigne en second.

Toutes voiles dehors, l'*Amour du Prochain* tournait le dos à l'Afrique et se hâtait vers les Isles, transportant dans ses cales trois cent vingt-sept esclaves achetés en Guinée par l'intermédiaire d'un étrange courtier. La traite avait duré deux mois. Malgré sa bonne volonté, M. da Silva n'avait pas pu rassembler un nombre plus important d'hommes, de femmes et de jeunes enfants susceptibles de répondre aux exigences du négrier et de son chirurgien-major. Il y avait maintenant plus d'un mois que M. Gérissel avait remis les voiles au vent pour gagner en droiture Saint-Domingue. Le capitaine avait lieu d'être satisfait : il avait acheté à un prix qui lui paraissait raisonnable plus de deux cents pièces d'Inde, parmi d'autres de bonne qualité marchande, et il avait écoulé ses marchandises de troc. Pour peu que la fortune de mer lui soit favorable et qu'on n'ait pas trop de cadavres de nègres à jeter à la baille au cours de la traversée, les deux premières parties de l'entreprise triangulaire seraient réussies puisqu'il était sûr de revendre à Cap-Français ou à Léogane, mille livres, peut-être plus, chaque pièce d'Inde qui lui avait coûté cent cinquante livres en Guinée, bénéfice appréciable même en tenant compte des gros frais engagés et de la valeur de la livre coloniale, un tiers moins chère que la livre tournois.

M. Gérissel avait un autre sujet de contentement. Le fils de son armateur était guéri de la fièvre putride dont il serait probablement mort sans le secours de M. da Silva. Personne ne savait ce qui s'était passé dans la case des femmes où il était demeuré deux mois. Le malade lui-même l'ignorait. Dans un brouillard de souvenirs, il se rappelait seulement avoir bu beaucoup, une sorte de tisane au goût amer, tandis que des ombres tournaient autour de sa couche en chantant des airs aux cadences brutales. Un jour, il était sorti de sa torpeur, frais et dispos comme s'il n'eût jamais été malade. Cinq visages de femmes noires étaient penchés sur lui, le regardant avec une tendresse paisible, quasi maternelle, et partaient tout à coup d'un éclat de rire bruyant qui n'en finissait pas. Prévenu, M. da Silva était accouru, lui avait expliqué qu'atteint d'une fièvre putride, ses femmes l'avaient sauvé avec leurs façons auxquelles il n'entendait rien. Ému, M. Renaudard fouilla dans la poche de son gilet et en tira un rouleau de pièces d'or remis par son père au moment de son départ.

— Gardez cela ! dit M. da Silva. Vous les offenseriez. Donnez plutôt à chacune un de ces beaux colliers de verroteries multicolores qui viennent de Venise. Je crois que M. Gérissel dispose encore de quelques *paquets*. Dépêchons-nous ! C'est le capitaine qui va être heureux ! Il va pouvoir appareiller dès demain, il ne reste plus guère qu'une cinquantaine de nègres à marquer.

Transporté mourant dans la case où il était resté inconscient pendant plusieurs semaines, le jeune prêtre n'avait assisté à aucune phase des opérations de traite. Ce qu'il vit le cloua sur place.

Une longue file de nègres, surveillés par des matelots armés de fusils, attendaient à la queue leu leu que le chirurgien-major leur fît signe. Tous étaient nus, un bout d'étoffe cachait leur sexe. Ils portaient autour du cou une ficelle à laquelle était suspendue une cuiller en bois et une petite plaquette de plomb gravée d'un numéro. Des chaînes entravaient les plus robustes. Dès que l'un d'eux parvenait à sa hauteur, le chirurgien lui frottait le bras gauche, un peu au-dessous de l'épaule, avec du suif, et posait un morceau de papier huilé sur lequel il appliquait une lame d'argent rougie au feu où se découpaient deux lettres, A. R., les initiales d'Alphonse Renaudard. La victime poussait un cri de douleur.

— Au suivant ! disait déjà le chirurgien-major, tandis que son aide passait une chaînette à chaque pouce de l'estampillé pour l'obliger à marcher les mains jointes, et le remettait à des matelots qui l'entraînaient rapidement vers une chaloupe déjà pleine de monde.

— Nous sommes tous heureux de vous voir guéri, monsieur Renaudard, dit le chirurgien. C'est le capitaine qui va être content! En ce moment il est à bord où il s'occupe lui-même de la nourriture de ses nouveaux passagers. Ah! la nourriture, monsieur Renaudard, c'est important. Je pense même que c'est primordial, et peut-être le secret de la médecine. Dis-moi ce que tu manges, je te dirai ce que tu as, non?

— Quelle besogne faites-vous là? demanda le prêtre d'une voix détimbrée.

— Je leur donne votre nom, monsieur Renaudard. Regardez comme les initiales apparaissent déjà bien en relief. Sans doute, les chairs sont-elles un peu boursouflées, cela disparaîtra en quelques jours. Ce que je préfère, voyez-vous, monsieur l'aumônier, c'est cette odeur qui me rappelle mon enfance à la campagne, lorsque mon grand-père faisait griller le cochon.

Bien qu'il entendît une voix intérieure lui commander d'arracher l'instrument des mains du tourmenteur et de le jeter à terre, Guillaume se contenta de dire, avant de tourner le dos :

— J'espère que le diable vous en fera subir autant!

On embarquait sur une chaloupe les derniers objets et ustensiles qui avaient servi à la traite pendant ces deux mois : chaudrons, bailles, fers, hamacs, ainsi que les *paquets* qui n'avaient pu être échangés. Sans rien demander, Guillaume ouvrit un de ces *paquets,* en retira cinq colliers et se dirigea vers la case où il avait été sauvé de la fièvre putride. Il trouva les femmes accroupies devant une grande calebasse où elles pétrissaient une sorte de pâte faite de manioc pilé, mélangée à des bananes.

— Foutou! dit la plus vieille qui lui en tendit un morceau.

Guillaume le mangea, trouva la nourriture exécrable. Il hocha la tête avec des mimiques de satisfaction gourmande et en redemanda. Les femmes battirent des mains en poussant des cris aigus. Alors, il montra les colliers et les passa lui-même autour du cou de chacune d'elles. Le moment était venu de s'en aller. M. Renaudard prêtre pensa pendant quelques secondes leur donner sa bénédiction. Déjà, il esquissait un signe de croix. Il se ravisa et mit tout son cœur à les embrasser avec la certitude que Dieu serait plus satisfait de ce geste.

Il monta à bord de l'*Amour du Prochain* au moment où embarquaient les derniers esclaves. Demeuré seul sur la plage, mince silhouette, vêtu d'un habit à la française un peu déchiré,

M. da Silva salua d'un large coup de son tricorne aux galons ternis.

Soucieux de suivre à la lettre les instructions qui avaient gouverné toute sa carrière de capitaine-négrier, M. Gérissel respectait scrupuleusement les recommandations de son armateur. Cette phase de la campagne de traite était la plus difficile à gouverner, peut-être la plus dangereuse. Sa cargaison valait plus de trois cent mille livres au départ de la Guinée, et voilà qu'un mois après avoir remis à la voile, douze de ses nègres étaient morts : diarrhée, vomissements, scorbut, marasme, fièvre putride, allez savoir. Le capitaine prenait pourtant soin de tout, sauf de la navigation, c'était le plus facile malgré les risques de tempête, remise entre les mains de son second. Lui, il s'occupait de la discipline, de la nourriture, de la propreté, veillait à la fermeture des entreponts au moment du coucher du soleil, s'inquiétait du goût de la soupe, faisait vider deux fois par jour les baquets remplis de merde à ras-bord, exigeait que chaque passager, blanc ou noir, boive de l'eau vinaigrée ou se frotte les gencives avec du citron. Le capitaine pensait aussi que le plus sûr moyen d'arriver à Cap-Français avec une cargaison en bon état, c'était de lui faire prendre tous les jours, si la mer le permettait, le bon air du large en assurant les sûretés nécessaires. Chaque matin, par groupes de cinquante, les nègres sortaient de leur cave, formaient un cercle et marchaient pendant une heure, front têtu, tête basse, jambes engourdies. M. Gérissel n'aimait pas qu'on traîne les pieds et entendait que tout son monde présentât un visage réjoui.

— Nous allons leur donner demain une petite fête ! annonça-t-il un jour à Guillaume Renaudard. Vous aussi, il faut vous dégourdir les jambes. Depuis que nous avons quitté la Guinée, on ne vous voit qu'à l'heure de la prière. Le reste du temps vous demeurez enfermé dans votre chambre. Vous êtes cependant guéri, vous avez meilleure mine que mes matelots !

— Je préfère rester enfermé pour ne pas voir certaines choses que je ne supporte pas.

Le capitaine haussa les épaules.

— Vous ne voyez qu'un des aspects de la traite, le plus mauvais, c'est vrai. On commence toujours comme cela. Après, on change d'avis. Moi aussi, à votre âge je ne pouvais guère supporter ce spectacle.

Le lendemain matin, comme le premier groupe des Africains

commençait sa lente promenade, M. Gérissel se plaça au centre de
la ronde, un grand fouet à la main semblable à celui qu'utilisaient
les maîtres de manège pour dresser leurs chevaux. Un matelot
joueur de musette se tenait derrière lui. Avec sa bedaine de bon
bourgeois, ses jambes courtes, ses yeux rieurs, le capitaine de
l'*Amour du Prochain* s'apprêtait à distraire ses passagers avec
honnêteté.

— Allez-y, mes enfants! dit-il en faisant claquer un peu son
fouet.

La ronde fut lente à s'animer. Chaque esclave étant lié à un
compagnon, la jambe droite de l'un enchaînée à la jambe gauche
de l'autre, on entendait surtout les fers racler les planchers du
tillac. Le musicien précipita alors sa cadence. Rameutés par le
maître d'équipage, plusieurs matelots se mirent à le soutenir en
chantant à pleine voix une vieille bourrée bretonne. Peu à peu, les
visages s'étaient détendus. Pris par le rythme, un nègre entraîna
les autres qui le suivirent en riant tandis que M. Gérissel, hilare,
faisait claquer son fouet. Il fallait que tout le monde danse, saute,
s'amuse. Si quelqu'un, lassitude ou mauvaise volonté, tentait de
freiner l'élan qui emportait la ronde, il recevait aussitôt sur
l'épaule une mèche brûlante qui le marquait au rouge. Cela dura
plus d'une demi-heure. Quelques traînards, essoufflés, qui n'en
pouvaient plus, ralentissaient le train. Soudain, furieux qu'on lui
gâche son plaisir, M. Gérissel brandit sa chambrière et frappa au
hasard un visage. La ronde retrouva la cadence. Au même
moment, Guillaume Renaudard qui avait sauté au milieu du bal,
arracha le fouet des mains du capitaine-négrier et le jeta à terre.

La ronde s'était arrêtée. Les deux hommes, face à face, se
regardèrent. M. Gérissel, le premier, retrouva son calme.

— Faites rentrer immédiatement tous les nègres! ordonna-t-il
au maître d'équipage. Bouclez tous les panneaux, fermez toutes
les écoutilles.

À Guillaume Renaudard, il signifia :

— Veuillez regagner votre chambre, monsieur, et m'y attendre.

M. Gérissel demeura sur le tillac jusqu'au moment que le
dernier esclave eût disparu et que toutes les ouvertures donnant
sur le pont fussent cadenassées. Il convenait d'abord de s'assurer
que les nègres ne profiteraient pas de cet incident, où le capitaine
avait perdu la face devant eux et devant son équipage, pour se
mutiner. Cela arrivait toujours au moment où on s'y attendait le
moins malgré les plus grandes mesures de sûreté. Une double
garde ayant été postée devant chaque panneau, il rejoignit
Guillaume Renaudard.

— Vous avez commis une faute grave et vous m'avez mis, monsieur, dans une situation difficile. Vous êtes prêtre, vous êtes le fils de mon armateur : c'est une double protection. Sans elle vous seriez déjà aux fers. Si vous deviez en abuser, aussi vrai que je m'appelle Gérissel, je vous ferais enchaîner sur-le-champ. C'est moi, et moi seul, qui suis le maître à bord.

— Après Dieu ! dit doucement Guillaume.

— Peut-être. Sûrement avant vous ! Dans votre cure, vous commanderez. Ici c'est moi. Vous ne connaissez rien à la mer, rien aux hommes, rien aux nègres, rien aux dangers que représente cette énorme prison.

— À ce que j'ai vu, vos captifs sont bien encagés, enchaînés, ferrés, comme des bêtes. Ils ne risquent pas de s'échapper.

— Vous vous trompez, monsieur. Les mutineries d'esclaves sont nombreuses. J'ai survécu par miracle à l'une d'elles. Comment s'y prennent-ils ? Je l'ignore. Personne ne le sait. Peut-être que la misère et la peur leur donnent le courage de la révolte. Ils croient avoir été achetés pour être mangés. Oui, monsieur ! Un jour, lorsque j'étais encore lieutenant, un homme de la Casamance m'a demandé si mes souliers n'étaient pas faits avec de la peau de nègre. Si nous avions demain une révolte à bord, ne croyez pas que vous seriez épargné, monsieur l'aumônier. Ils vous égorgeraient aussi bien que moi, avec cette différence que j'en aurais tué quelques-uns auparavant, ce que votre état vous interdit.

— Êtes-vous bon chrétien, monsieur Gérissel ?

— Je le pense.

— Alors vous professez l'amour du prochain, n'est-ce pas ? dit Guillaume avec un léger sourire, un peu narquois.

— Je vois où vous voulez en venir, répondit le négrier après un bref silence. Pour l'instant l'*Amour du Prochain* est un navire de deux cent vingt tonneaux dont on m'a confié le commandement et dont j'assume la responsabilité. Votre père m'a fait promettre de vous protéger, c'est ce que je fais parce que je suis son ami. Mais je suis d'abord le capitaine de ce bâtiment dont vous êtes l'aumônier placé sous mes ordres. Pour assurer votre propre sûreté, et celle de tous ceux qui ont embarqué sur l'*Amour du Prochain,* je dois vous ordonner de demeurer dans votre chambre jusqu'à notre arrivée à Saint-Domingue.

— Vous ne voulez pas que j'aide ces malheureux ?

M. Gérissel haussa une fois encore les épaules.

— Vous ne les aideriez pas, vous compromettriez la vie de l'équipage !

— Je n'en suis pas sûr, répondit Guillaume Renaudard. Je sais seulement que si je dois faire un autre voyage sur votre navire, il aura changé de nom.

— Vous comptez donc réembarquer sur un négrier ?

— J'ai décidé d'y consacrer mon ministère. Dieu m'a appelé.

Bonne brise, l'*Amour du Prochain* avait parcouru les deux tiers de sa route. Comme chaque matin, à la pique de l'aube, deux matelots venaient de déverrouiller le panneau d'une écoutille pour permettre le passage aux quatre nègres désignés ce jour-là pour la vidange des bailles à merde. Traînant leurs chaînes, épaules basses, le visage plus gris que noir, faisant semblant d'être toujours entravés alors qu'ils étaient parvenus à se libérer, ils se ruèrent soudain sur les deux matelots qu'ils assommèrent sans que ceux-ci aient eu le temps de se défendre. Aussitôt, une centaine d'autres qui, eux aussi avaient rompu leurs chaînes, sortirent à leur tour par le panneau ouvert et envahirent le pont. Quelques-uns armés de barres de fer, quelques autres de morceaux de bois, la plupart les mains nues, ils se précipitèrent en hurlant, soit vers le gaillard d'avant qui abritait le plus nombreux poste d'équipage, soit vers le gaillard arrière où ils savaient trouver des armes, s'aidant l'un l'autre à escalader le rempart qui protégeait la dunette, les cabines des officiers, la soute à munitions, la chambre du gouvernail. Avant que les hommes de quart aient pu donner l'alerte, cinq matelots surpris dans leur hamac avaient été égorgés. Réveillé en sursaut par le vacarme, M. Gérissel apparut bientôt sur la dunette où le second capitaine et les deux lieutenants se tenaient déjà, un pistolet dans chaque main et, blêmes de terreur tiraient dans le tas des assaillants. Le maître de l'*Amour du Prochain* demeura calme, il en avait vu bien d'autres.

— Messieurs, ménagez donc vos munitions ! Ménagez aussi mes nègres, chaque coup au but me coûte mille livres. Ne perdons pas de temps pour autant. Monsieur le premier lieutenant, descendez vite dans la soute à munitions et ramenez-nous deux sacs de *pigeons*. Nous allons faire danser ces sauvages.

En face, sur le gaillard d'avant, l'équipage commandé par les maîtres faisait front. Les matelots n'étaient armés que de sabres et de longues piques avec lesquelles ils tenaient les mutins à distance, les plus anciens encourageant les plus jeunes, tiens bon mon gars, sachant d'expérience que ces sortes de révoltes risquaient le plus souvent de s'apaiser aussi vite qu'elles avaient explosé. En déversant deux chaudrons de gruau brûlant destinés à la soupe du matin, ils avaient même réussi à repousser les plus intrépides qui enjambaient déjà la rambarde, mais il en venait toujours d'autres qui n'avaient souvent pour seule arme qu'un morceau de chaîne autour du poignet.

— Lançons nos *pigeons*! ordonna M. Gérissel.

Ils ouvrirent les sacs apportés par le lieutenant et en sortirent des sortes de clous à quatre pointes très aiguës, grossièrement taillées mais plus tranchantes que des poignards, dont une des extrémités se trouvait toujours à la verticale. Ils les jetèrent par poignées sur le pont qui ressembla alors, dans la lumière de l'aube, à une sorte de piège satanique où venait se prendre une meute de loups noirs. Stupéfaits, les pieds en sang, les nègres demeurèrent un instant immobiles, hagards, muets, jusqu'au moment où l'un d'eux qui paraissait être leur chef, ayant poussé un cri strident, ils refluèrent tous vers l'écoutille demeurée ouverte.

— Bon! Bon! disait M. Renaudard. Ces pigeons-là n'abîment pas trop la marchandise. Notre chirurgien-major aura du travail. Il convient cependant de se méfier encore. Nous allons précipiter ce bon mouvement pour en finir une bonne fois. Foin des économies, la vie avant la fortune, n'est-ce pas messieurs!

Adroit tireur, ayant pris grand soin de viser les jambes, il abattit deux nègres avec ses pistolets. Armés de sabres et de haches, les matelots eurent tôt fait de pousser tout le monde en cage.

— Capitaine, dit le lieutenant qui était allé chercher les *pigeons,* je n'ai pas eu le temps de vous signaler qu'en remontant de la soute aux munitions je me suis trouvé tout à coup nez à nez avec un nègre.

— Qu'en avez-vous fait?

— C'était lui ou moi, capitaine, je l'ai tué. Il avait dû se jeter à l'eau, nager le long du navire et monter à bord en se hissant le long du gouvernail.

— Où était-il?

— Dans la coursive qui longe les chambres. Il sortait de la cabine où vous avez consigné M. Renaudard.

— Avez-vous vu l'aumônier? demanda le capitaine soudain inquiet.

— Non! le temps pressait.

— Malheureux! dit M. Gérissel en courant.

Le fils de l'armateur nantais était étendu sur le plancher de sa petite chambre, la tête fracassée.

Le capitaine de l'*Amour du Prochain* crut que son bâtiment s'engouffrait sous la mer avec sa cargaison, son équipage, ses officiers, lui-même, et ce mort qui le regardait. Celui-là n'avait pas de prix. M. Renaudard le lui ferait payer cher! Tout s'emmêlait dans son esprit. La pitié, c'était un sentiment qu'il ne connaissait pas, bon pour les femmes, dangereux pour un capitaine-négrier. Il était sûr d'avoir fait son devoir, obéi aux lois de la mer en agissant comme il l'avait fait avec le jeune prêtre, et pourtant c'était la première fois de sa vie que le cadavre d'un homme l'émouvait. Il se signa, demeura longtemps immobile, ne pensant à rien, incapable de prendre une décision, de donner un ordre.

— Faites sa toilette, dit-il enfin au chirurgien-major, et rejoignez-moi dans ma chambre.

Le soleil s'était levé, l'*Amour du Prochain* marchait bon train, voiles étarquées. Toutes traces de désordre avaient disparu à bord du navire négrier qui, ses écoutilles bien fermées, ressemblait à n'importe quel honnête bâtiment du commerce. Le chirurgien-major entra dans la chambre du capitaine.

— J'ai promis à M. Renaudard, s'il arrivait un malheur de lui ramener le corps de son fils, dit M. Gérissel.

Le chirurgien leva les bras au ciel :

— Nous ne serons pas rentrés en France avant six mois!

— Arrivé à Saint-Domingue, je pourrais confier les nègres à un consignataire qui s'occuperait de la vente. Nous chargerions en sucre et rentrerions aussitôt.

— Vous gagneriez deux mois! Nous ne pourrons jamais garder le corps à bord, si longtemps.

— Même bien serré dans une toile à voiles?

— Vous n'y pensez pas? Les règlements de l'Amirauté...

— Je me fous des règlements de l'Amirauté, je suis le maître ici, savez-vous?

— Vous n'échapperez pas à la visite du navire à la Martinique et à Saint-Domingue.

— Trouvez un moyen de nous sortir de là, c'est de votre état.

— Capitaine, vous naviguez depuis plus de trente ans, vous savez comment ces choses-là se passent.

— Non! Jamais je ne ferai jeter aux requins le fils de mon armateur.

Le chirurgien garda le silence, et dit enfin :

— Si nous nous trouvions à huit jours de la terre, je pourrais vous conseiller peut-être d'y aborder et de faire enterrer dignement M. Renaudard. Dans combien de temps comptez-vous arriver à Fort-Royal?

— Quarante jours si le vent tient.

— Alors c'est impossible.

— Pourquoi ? demanda le capitaine avec violence.

— Parce qu'avec la chaleur nous risquerions une terrible épidémie qui dévasterait tout. C'est mon devoir de vous empêcher d'agir comme vous l'entendez.

— M'empêcher ? Vous voudriez m'empêcher de faire ce que je veux, ici, à mon bord ?

— Oui, capitaine, dit très doucement le chirurgien-major, parce qu'il y va de la vie de plusieurs dizaines d'hommes, peut-être davantage.

— Savez-vous que j'ai le droit de vous faire mettre aux fers ?

— Vous n'en auriez pas la possibilité, car j'aurais dévoilé votre projet à vos officiers et au maître d'équipage. C'est vous qui risqueriez d'être consigné dans votre chambre, à votre tour.

Le chirurgien avait parlé d'un ton aussi calme que résolu.

— Non ! pas à la mer ! pas aux requins ! Pas cela, pas cela !

La voix de M. Gérissel s'était légèrement voilée. Ils se regardèrent aussi émus l'un que l'autre et faisant effort pour ne pas le laisser paraître.

— Buvons un coup de rikiki, dit le capitaine. Cela éclaircit les idées.

Il se leva avec peine, poussa son ventre vers une petite armoire d'acajou moucheté d'où il sortit deux gobelets d'argent et un carafon. Tous les deux burent à larges lampées, sans plus parler, les yeux ailleurs.

— Fameux, votre rhum ! apprécia le chirurgien.

— Oui, c'est du meilleur, il vient de la Guadeloupe. J'en ai une réserve de quelques fûts qui m'accompagnent toujours. Il prend du goût en naviguant.

— Et jolie couleur. Mes compliments !

Le chirurgien-major buvait maintenant à petits coups et paraissait réfléchir. L'autre se taisait, tassé dans son fauteuil, perdu dans l'inquiétude.

— Il y a peut-être un moyen de garder le corps sans craindre une épidémie, dit le chirurgien. Un confrère l'a fait en revenant de Saint-Domingue en droiture.

— Quoi donc ?

— Le conserver dans un fût de rhum.

— Vous voulez mettre le fils de M. Renaudard, un prêtre, dans un fût de rhum ? Êtes-vous devenu fou ?

— Non pas. Considérons les choses. L'alcool conserve les corps. À la faculté de médecine, on nous montrait toutes sortes d'animaux demeurés intacts dans des bocaux. Il suffirait d'installer le cadavre dans un des tonneaux qui contiennent nos provisions d'eau, il y en a beaucoup qui sont vides maintenant. On remplirait le tonneau avec votre rhum et on le fermerait. La seule difficulté, c'est qu'il faudrait mettre le maître tonnelier dans le secret. Nous aurons besoin de lui. À part vos officiers je pense que personne ne connaît la mort de ce pauvre aumônier ?

— Personne.

— Eh bien, on le croira toujours dans sa cabine !

— Vous n'avez pas d'autre idée ?

— Il n'y en a pas d'autres.

— Je ne me vois guère recevant M. Renaudard à bord de l'*Amour du Prochain*, le jour de notre arrivée à Paimbœuf et lui dire en montrant une barrique de rhum : « Voici votre fils ! »

— Le rhum ou les requins, c'est à vous de choisir, monsieur Gérissel.

Le malheureux capitaine se prit la tête à deux mains et finit par dire, d'une voix étouffée :

— Je vais réunir mes officiers avec le maître tonnelier.

— Je m'occuperai du rhum, dit le chirurgien-major. Aujourd'hui je ne vais pas manquer de travail, j'imagine que nous allons châtier les mutins, non ?

— Le second capitaine doit en choisir cinquante auxquels nous ferons donner le fouet dès cet après-midi.

— J'ai juste le temps de préparer ma mixture : piment pilé, celui qu'on appelle caca-rate est le plus fort, jus de citron, saumure et poudre à canon. Appliquée sur les déchirures de la peau, cela avive un peu la douleur mais c'est surtout pour prévenir la gangrène.

— Je vous remercie de prendre soin de leur santé, dit le capitaine-négrier.

Le Premier Commis aux Affaires étrangères ne s'était pas trompé dans ses prévisions. Trop âgé pour résister longtemps à une opinion qui faisait grand tapage, le cardinal Fleury s'était laissé entraîner à conclure une alliance militaire avec Berlin pour soutenir l'Électeur de Bavière qui revendiquait la couronne impériale. Sans la moindre notification adressée à Vienne, une armée de quinze mille hommes, placée sous le commandement du comte de Belle-Isle promu maréchal de France, avait envahi la Bohême et s'était même emparée de Prague. Quelques semaines plus tard, Frédéric II obtenait de Marie-Thérèse qu'elle lui abandonne la Silésie en échange de sa neutralité dans l'inévitable guerre qui se préparait. À Versailles, les admirateurs du roi philosophe avaient avalé la couleuvre avec d'autant plus d'amertume que le maréchal de Belle-Isle, assiégé dans Prague par des forces autrichiennes supérieures aux siennes et ne pouvant plus compter sur le secours des Prussiens, avait été contraint d'abandonner la place et de ramener vers le Rhin une armée dont la moitié avait fondu dans la neige. Cependant, le parti anti-autrichien ne désarmait pas. Si longtemps attendue qu'ils en désespéraient, la mort du cardinal âgé de quatre-vingt-dix ans donna des ailes à tous ceux qui voulaient se lancer sur Vienne.

Pris dans de tels remous, Jean-François Carbec dut naviguer avec souplesse pour demeurer en place au moment que les commis de tous les départements s'agitaient le plus pour profiter des nominations et mutations provoquées par la disparition de l'ancien évêque de Fréjus. Le roi avait fait savoir en effet qu'il ne voulait plus de Premier ministre, et qu'il gouvernerait seul, assisté de son Conseil. Bien qu'elle n'eût jamais brillé d'un vif éclat, l'étoile de M. Amelot était devenue très pâle, et chacun murmurait déjà dans les antichambres le nom du futur secrétaire d'État aux Affaires étrangères, le marquis d'Argenson, Intendant dans le Hainaut. On le prétendait à la fois autoritaire et brouillon, faiseur de systèmes et rêvant d'une France conquérant le monde dans le seul but d'y faire régner la justice. Allait-il maintenir dans ses fonctions le Premier Commis ou dépêcher M. Carbec vers des bureaux plus obscurs ? Informé avant tout le monde de ce qui se tramait dans les cours d'Europe, Jean-François rompant avec ses habitudes de garder pour lui seul les dépêches de ses agents, avait alors multiplié les entretiens avec son futur ministre pour lui révéler les manœuvres entreprises par Londres : dans le plus grand secret, une coalition destinée à isoler la France venait de rassembler l'Angleterre, l'Autriche, la Hollande et la Saxe.

— Prétendriez-vous, monsieur Carbec, que notre véritable ennemi ne soit plus l'Autriche, mais toujours l'Angleterre ? demanda M. d'Argenson.

— Je viens de vous en administrer les preuves, monsieur.

— Sans doute, sans doute ! On m'a dit que vous étiez malouin.

— J'en suis fier.

— Vous n'aimez donc pas les Anglais, monsieur Carbec.

— Je pense seulement que nos intérêts sont contradictoires : que ce soit au Canada ou aux Indes orientales, aux Isles ou dans les Flandres. Pour le reste, je fais mes délices du *Voyage de Gulliver* et de *Robinson Crusoé,* j'aime le vin de Porto, je bois volontiers du thé et je joue au whist. Je puis, d'ailleurs, vous révéler que mes meilleurs renseignements sur l'état de l'armée anglaise et les préparatifs de la *Navy* me sont communiqués par un anglophile de qualité, M. de Kerelen qui est mon beau-frère.

— Je connais M. de Kerelen. Comme tous les hommes de sa génération, il doit être anti-autrichien. Moi aussi, monsieur Carbec. Voyez-vous, j'arrive de la province du Hainaut, je ne suis pas versé comme vous dans les affaires. C'est pourquoi je compte que vous me donniez des éclaircissements sur tout. Moi, je suis avant toute chose un juriste. J'aime aussi disserter sur la philosophie et j'écris des mémoires. Je rêve à de grands projets, par exemple qu'on creuse un canal entre la Méditerranée et la mer Rouge, qu'on rédige un code européen, qu'on établisse une confédération italienne. Ce sont peut-être là des chimères, mais j'imagine volontiers qu'une suprématie des Habsbourg interdirait à la France de réaliser de grands desseins.

— C'est le danger immédiat qui me préoccupe, monsieur.

— Eh bien, monsieur Carbec, expliquez-moi donc tout cela en

quelques mots, et examinons ensemble vos dossiers si vous croyez toutefois que cela soit possible avant que le Roi n'ait signé le décret me nommant aux Affaires.

À larges traits, le Premier Commis avait peint un tableau assez sombre de la situation politique. Au cours des deux dernières années, tout en s'efforçant de maintenir la fiction d'une paix franco-anglaise, l'Angleterre n'avait pas cessé de créer les pires difficultés à la France, voire de faire parler la poudre. En Amérique, du Saint-Laurent au golfe du Mexique, il ne se passait pas de mois sans que ne se produisent des incidents graves entre les troupes françaises et anglaises qui y stationnaient ou les tribus qu'elles protégeaient. Les accusant d'être espagnols parce qu'ils ravitaillaient une escadre du roi Philippe, les navires anglais avaient attaqué et coulé cinq navires battant pavillon français. Plus récemment, quelques bâtiments de la Compagnie des Indes, retour de Pondichéry, avaient été arraisonnés à l'ouest de Gibraltar. Enfin, une véritable bataille navale venait d'être engagée au large de Toulon entre une escadre anglaise et un convoi de troupes espagnoles protégé par des vaisseaux de ligne français.

— Le plus grave, conclut Jean-François Carbec, c'est que le roi d'Angleterre, demeuré bon prince allemand, vient de débarquer aux Pays-Bas où il a pris la tête d'une armée composée de volontaires anglais, hanovriens et hollandais qu'il appelle pudiquement « l'armée pragmatique ». Votre frère qui est Secrétaire d'État à la Guerre, vous donnera des clartés sur tout cela. Je pense que nous devons profiter de cette occasion qui nous est offerte.

— Vous ne songez tout de même pas à un débarquement en Angleterre ? dit M. d'Argenson avec surprise.

— L'état de notre flotte ne le permettrait pas. Je crois savoir cependant que d'autres y pensent. L'occasion dont je parle se situe autre part.

— Où donc, monsieur Carbec ?

— Là seulement où l'Angleterre est vulnérable : dans les Flandres.

— Vous voulez donc faire la guerre ? demanda avec tristesse M. d'Argenson.

— Nous y sommes depuis trois ans. Aujourd'hui nous subissons les conséquences de ceux qui l'ont déchaînée. Vous n'ignorez pas l'état d'esprit qui règne ici. Nous n'y pouvons mais. Quant à connaître celui de Londres, voici un libelle qu'on y distribuait la semaine dernière.

M. d'Argenson lut sur le billet tendu par Jean-François

Carbec : « Le temps est venu de ramener la France au temps des traités des Pyrénées et d'annexer Dunkerque et le Canada. »

Au mois de mars 1744, la France déclara la guerre à l'Angleterre et quelques semaines plus tard, à l'Autriche. Le feu était mis à l'Europe. Jean-François Carbec demeurait Premier Commis au secrétariat d'État des Affaires étrangères.

Depuis qu'il s'était retiré dans son domaine du Bernier pour y mener la vie d'un noble homme, M. Renaudard s'ennuyait, sauf lorsque sa famille venait l'y retrouver. La mort de Guillaume l'avait plongé dans une noire mélancolie dont il ne sortait qu'en regardant jouer, rire, même pleurer, ses petits-enfants. Odile avait maintenant neuf ans, Louise sept, et Mathieu quatre. Le visage du grand-père s'éclairait à leur arrivée, redevenait sombre à leur départ. Au-delà de son chagrin, un remords crochait le cœur de M. Renaudard : il s'en voulait d'avoir trop querellé Guillaume, de s'en être moqué, peut-être d'en avoir eu honte. Cela le tourmentait sans lui laisser de répit, à ce point qu'un jour, entendant Catherine gronder son petit-fils pour quelque vétille, il lui avait dit sur un ton très grave :

— Ne gourmandez jamais Mathieu, vous pourriez le regretter tout le reste de votre vie.

Lorsque l'*Amour du Prochain* était arrivé à Paimbœuf, retour d'un voyage qui avait duré un peu moins d'un an, M. Renaudard savait déjà la mort de son fils. Connaissant la parentèle d'Hervé Le Coz avec son armateur, M. Gérissel, une fois parvenu à Saint-Domingue, avait raconté au maître des Trois Goyaves le drame qui s'était passé à son bord et l'expédient imaginé par le chirurgien-major pour ramener jusqu'à Nantes le fils de l'armateur : ancien capitaine de la Compagnie des Indes, il comprendrait mieux que quiconque le cas de conscience qu'il avait dû résoudre en contrevenant aux règles de l'Amirauté.

— Que me conseillez-vous, vous qui connaissez la famille ?

Après avoir longtemps réfléchi, le planteur avait répondu :

— Je pense que vous avez bien fait de ne pas le jeter aux requins.

Il ajouta, les yeux perdus :

— Cela m'est arrivé plusieurs fois à bord des *Deux Couronnes*. Lorsque le mort glissait sur la planche, je tournais toujours la tête. Je n'ai jamais pu m'y habituer. Je me demande aujourd'hui si cela n'a pas, sans que je m'en doute, un peu influencé ma décision d'abandonner le commandement à la mer.

— Les morts, dit le capitaine-négrier en haussant les épaules, à la longue on s'y fait ! Mais celui-là, non je n'ai pas pu ! Ça n'est pas tant parce que c'était le fils de l'armateur...

— C'était pourquoi donc ?

— Si vous l'aviez vu, répondit M. Gérissel d'une voix que personne n'aurait reconnue, il ressemblait à un agneau.

Tous les deux demeurèrent silencieux.

— Il faut maintenant penser à sa famille, surtout à son père.

— Dame oui !

— Avez-vous des enfants, monsieur Gérissel ?

— Je ne suis pas même marié.

— Imaginez un instant qu'on ait ramené à votre père le corps de son fils dans un fût de rhum ?

— Malheur ! fit le capitaine en se grattant la tête. Si on m'avait ramené dans cet état, pour sûr que mon père aurait eu un coup de sang à le faire passer.

— Le mien aussi, dit Hervé en revoyant tout à coup la bedaine prospère du père Le Goz et ses yeux rieurs dans la broussaille qui lui mangeait la figure.

— Où se trouve ce fût à présent ?

— Toujours à bord de l'*Amour du Prochain*.

— J'ai bien réfléchi, dit Hervé. Nous allons le charger sur mon cabrouet et le transporter aux Trois Goyaves. Vous viendrez avec le chirurgien-major et deux officiers. En passant devant l'église, nous demanderons à un prêtre de nous accompagner. Là-bas, dans le jardin de mon habitation, nous lui donnerons une sépulture chrétienne. J'écrirai moi-même à M. Renaudard ce qui s'est passé. Ainsi vous aurez tout le temps de vendre vos nègres et de négocier une cargaison de retour.

— Vous en prenez la responsabilité ?

— Oui, mais c'est à vous que revient la décision. Je crois que c'est le plus raisonnable.

— Je pense que vous avez raison, finit par dire M. Gérissel.

— Réservez-moi donc dix pièces d'Inde : premier choix bien sûr.

— Dix ? Cela va vous coûter au moins douze mille livres !

— Je dois prendre mes précautions. Des bruits de guerre circulent par ici. On dit que trop de barques anglaises vont et viennent dans la mer des Caraïbes. Nous ne reverrons peut-être pas de si tôt des navires négriers mouiller à Cap-Français.

Dès que M. Renaudard eut appris la déclaration de guerre, il quitta le Bernier pour revenir s'installer dans son hôtel de l'île Feydeau. Protégée par la Loire, Nantes ne risquait pas d'être bombardée mais l'entrée et la sortie de ses navires étaient devenues tout de suite dangereuses, des vaisseaux anglais croisant au large de Saint-Nazaire. Les armateurs se réunirent à l'Amirauté pour étudier les parades possibles : au débouquer de la rivière, trois bâtiments nantais avaient déjà été envoyés par le fond. M. Renaudard était de ces plantes qui ne vivent bien que sous l'orage et pour qui les tempêtes sont d'abord des promesses de beau temps. Malgré son âge avancé, il avait dépassé soixante-quinze ans, l'imagination ne lui faisait pas plus défaut que l'esprit de décision. On l'écouta si bien qu'il fut convenu d'organiser des convois réunissant tous les navires des ports atlantiques trafiquant avec les Isles, et de les faire protéger par les vaisseaux du Roi. L'affaire était capitale : si Nantes ne pouvait plus être reliée librement aux Antilles, c'en était fait de ses manufactures, de ses chantiers de construction navale, de tous les corps de métier qui gravitent autour de l'armement et du commerce lointain, cordiers, voiliers, calfats, marchands d'apparaux, avitailleurs, tous les gabariers de Paimbœuf, tous les mariniers qui s'en allaient jusqu'à Roanne chercher des sapines. « Le commerce nantais, ne se lassait de répéter M. Renaudard, c'est une grande mécanique où tout se tient. » En retrouvant ses vieux livres de comptes, ses anciens commis, autant que sa fille, ses petits-enfants et son gendre, il avait retrouvé en même temps le goût du labeur quotidien et de la bonne table, avouant avec bonne humeur qu'il n'était pas si facile de vivre comme un noble homme, donc sans travailler.

Les nouvelles n'étaient pas bonnes. La flotte ennemie, partout présente, écumait la mer. Rassemblés à l'île d'Aix les convois formés par les armateurs nantais auxquels s'étaient joints ceux de La Rochelle, Rochefort et Bordeaux, perdaient en cours de route une trentaine de navires. À l'aller, les Anglais se contentaient de les couler, au retour ils préféraient les arraisonner, s'emparer des cargaisons, et expédier leur équipage sur les pontons de Plymouth, Liverpool ou Falmouth. Les Nantais ne s'entêtaient pas moins à appareiller pour la Martinique et Saint-Domingue, les uns ayant adopté la formule des convois protégés, les autres préférant naviguer isolés et s'en remettre à la fortune de mer, voire aux assurances, bien que les primes à payer aient atteint 60 % de la valeur du bâtiment et des marchandises transportées. L'argent ne faisait pas défaut à Nantes. On bâtissait toujours autant de maisons, on élargissait des rues, on construisait de nouveaux quais. Ayant remis par contrat le soin des affaires d'armement à son gendre, M. Renaudard qui ne pouvait pas demeurer inactif se livrait à toutes sortes de calculs financiers et passait de longues heures, enfermé dans son cabinet, à noircir de chiffres des feuilles de papier aussitôt jetées à la corbeille. Des vieilles guerres de Louis XIV, il avait conservé le souvenir de plusieurs munitionnaires parisiens qui avaient fait fortune en fournissant aux troupes des vivres, du fourrage, des vêtements. Les plus fastueux avaient été envoyés à la Bastille, tous n'avaient pas rendu gorge et certains avaient terminé paisiblement leurs jours. Cette trop longue paix finissait par énerver le négoce, pensa M. Renaudard qui offrit bientôt ses services pour subvenir aux besoins des armées en campagne. Il venait d'apprendre que cinquante mille hommes devaient se rassembler à Dunkerque sous les ordres du maréchal de Saxe pour opérer un débarquement en Angleterre, profitant que le gros des forces du roi George se trouvaient engagées dans les Flandres. Interrogé sur l'exactitude du renseignement, Jean-François Carbec avait répondu que depuis le mois de mai dernier, date de la déclaration de guerre, il ne lui était plus permis de donner la moindre indication relative aux opérations envisagées. Bon diplomate, il avait ajouté que les bureaux compétents seraient cependant bien aise de faire appel aux services d'un négociant aussi avisé que M. Renaudard si l'occasion se présentait. Quelques semaines plus tard, le projet de débarquement avait dû être abandonné faute de l'équipement et du matériel nécessaires à une telle entreprise, mais, au retour d'un voyage à Paris, le vieil armateur avait pu dire à son gendre :

— Nos manufactures ne s'arrêteront pas de si tôt. J'ai obtenu un marché pour la fourniture de vingt mille vestes et de dix mille paires de souliers.

Juge-consul, Jean-Pierre Carbec était devenu un des notables nantais, un de ceux dont on ne savait pas très bien où ils trouvaient la plus grosse part de leurs revenus : l'armement, le négoce, l'industrie ou la traite. Grâce aux avertissements fournis dès 1740 par le Premier Commis aux Affaires étrangères, il avait pu accélérer le rythme des voyages circuiteux entrepris par ses navires négriers. À part le drame survenu à bord de l'*Amour du prochain*, tous étaient rentrés sans encombre à Paimbœuf, mais depuis la déclaration de guerre, il y avait huit mois de cela, deux bricks de son armement avaient été coulés au large de l'île d'Aix. D'autres Nantais avaient subi les mêmes dommages. Au fur et à mesure que le temps s'écoulait, les Anglais devenaient plus nombreux, plus audacieux, on les rencontrait sur toutes les routes de la mer utiles, vers la Guinée, les Isles ou Terre-Neuve. Devant l'impuissance des escadres du roi à assurer leur protection, quelques messieurs de la Fosse avaient décidé de se défendre eux-mêmes en armant pour la course, comme l'avaient fait naguère les Cassard, les Thiercelin, les Vié, les Crabosse, les Kersauson et quelques autres qui s'étaient montrés aussi hardis que les Malouins. Montaudouin, de Seigne, Cadou, Jary avaient obtenu leurs lettres de marque et on commençait, dans les maisons nantaises, des plus humbles aux plus orgueilleuses, à raconter les exploits de deux fameux capitaines, Joseph Isaac Faugas à bord de l'*Hermine* et Jacques Le Chantoux à bord de l'*Aimable-Renotte*.

Depuis qu'il avait quitté la Compagnie des Indes, Jean-Pierre Carbec n'avait repris le timon en mains qu'une seule fois, lorsqu'il avait ramené à Paimbœuf l'*Amour du Prochain* acheté à Abraham Gradis. Le souvenir de ce voyage lui demeurait toujours présent et réveillait quelquefois des bruits d'eau et de vent qui avaient disparu avec le temps de sa jeunesse, quand il était lieutenant à bord de l'*Atalante* au mouillage, à l'entrée de la rivière des Sept-Perles. Il avait choisi. Maintenant c'était trop tard. La perte de ses deux navires l'enrageait contre l'Amirauté qui faisait payer à chaque navire bénéficiant de l'escorte des vaisseaux du Roi 8 % de la valeur des marchandises transportées. Sans même qu'il s'en doute, la vieille rancune des officiers bleus contre ceux du Grand Corps lui remontait au ventre à travers deux générations. Il en voulait surtout aux Anglais, maudits goddons, et se rappelait avec complaisance toutes les imprécations malouines entendues sur le quai de Mer-Bonne quand il cherchait, à quatorze ans, un embarquement clandestin. A quoi bon, se disait-il. Tu es trop vieux, mon pauvre gars, adieu la marine ! On n'a jamais vu un juge-consul prendre la barre. Voire ! Quand j'ai ramené l'*Amour du Prochain,* je n'ai eu besoin de personne pour commander la manœuvre, même que le maître d'équipage en demeura tout ébaubi quand j'ai mouillé mes ancres à Paimbœuf par vent de noroît. Maudits goddons ! Le Faugas et Le Chantoux, il n'y a rien à redire, ce sont de bons capitaines mais ce ne sont quand même pas des Malouins. Non, pour sûr que non ! Ceux de la Royale, ils font ce qu'ils peuvent avec leurs cinquante-quatre vaisseaux contre les cent soixante qui sont en face. Il faudrait peut-être bien les aider comme on l'a fait autrefois. Les corsaires ne seraient point de trop ! Mon pauvre Carbec, tu as dix ans de trop ! À Saint-Malo, on a vu des capitaines de dix-huit ans commander des barques à quatre canons et ramener des prises de deux cents tonneaux retour des Indes. C'est à ne pas croire, c'est pourtant vrai, mon père me l'a dit. Dix ans de moins, j'aurais eu trente-quatre ans. Il y a aussi la Catherine et les trois enfants, et le quatrième en route. Je voudrais bien que ce soit un autre garçon, comme la dernière fois. La Catherine je l'aime bien, elle ne dit jamais un mot plus haut que l'autre. Quand elle a appris la mort de son frère elle a pleuré sans faire de bruit. La course, on reste en mer six ou huit semaines et on rentre chez soi. Si je demandais à l'Amirauté une lettre de marque moi aussi, pour sûr qu'on ne me la refuserait pas. La Catherine ne resterait pas seule longtemps, et le père Renaudard serait bien heureux de gouverner la maison. Il paraît qu'à Saint-Malo on arme aussi. Dans sa dernière lettre, notre mère nous a même cité des noms, Julien Tréhouart, Robert Potier, Pierre Leroux, Mathieu Loison, Le Guéroul. Si j'étais plus jeune, j'ai dans l'idée que ça n'est point à Nantes que j'armerais à la course mais que je rentrerais à Saint-Malo pour retrouver tous ces gars-là.

À force de s'entendre parler et de remuer dans sa tête toutes ces idées qui l'empêchaient de dormir, Jean-Pierre Carbec décida un jour de faire lui aussi la course aux Anglais. Cela le prit comme un coup de vent. Ce qui l'avait tourmenté pendant plusieurs semaines devait être conclu séance tenante. Il ne pouvait plus attendre. Catherine le connaissait assez pour savoir que rien ne pourrait entamer sa volonté. Elle se contenta de demander :

— Serez-vous de retour pour la naissance de l'enfant ?

— Dans combien de mois ?

— Cinq mois.

— Je vous le promets !

Il y avait dans le regard et dans la voix de Jean-Pierre une telle certitude, en même temps qu'une telle expression de bonheur, que Catherine, encore qu'elle en eût, ne put s'empêcher de lui adresser un de ces jolis sourires qui éclairaient parfois son visage. L'émotion de M. Renaudard fut plus visible. Après avoir pris son fils, Dieu allait-il prendre maintenant le gendre sur lequel reposait l'avenir de sa lignée ? Le sentiment qu'il allait assurer seul la gestion de toutes les affaires pendant quelques mois apaisa son tourment.

Jean-Pierre trouva Mme Carbec rue du Tambour-Défoncé occupée à vérifier les parts de bénéfice qui revenaient chaque année à Jean-François et à Jean-Luc, ceux-là n'ayant rien réclamé de l'héritage paternel et se contentant de la pension versée par leur mère. Elle ne fut pas autrement surprise. Son fils, quand il venait à Rennes avait pris l'habitude de pousser jusqu'à Saint-Malo, y demeurait un jour ou deux et repartait pour Nantes.

— Quel bon vent vous amène ? dit-elle

— Le vent du large, répondit Jean-Pierre en manière de plaisanterie.

Tandis qu'il exposait son projet, précisait sa décision, affirmait sa volonté d'armer pour la course un bâtiment dont il prendrait lui-même le commandement, Marie-Léone le regardait et fermait parfois les yeux. Il lui semblait entendre et voir son mari, le capitaine Jean-Marie Carbec mort, à cinq ans près, au même âge qu'avait aujourd'hui Jean-Pierre. Il avait la même voix, le même gros nez, les mêmes mains, la même tournure, avec dans le ton du discours une fermeté et comme un tranchant qu'il devait tenir d'elle.

— Vous vous installez donc à Saint-Malo pour quelques mois ?

— Oui, quand je ne serai pas en mer, chez vous, si vous le permettez.

— Vous me causez une très grande joie, Jean-Pierre, une grande surprise aussi.

— Ne vous avais-je pas dit au moment de mon mariage que je resterais toujours un Carbec et un Malouin !

— Je m'en souviens, je ne l'avais pas cru. Votre vieille maman peut-elle vous rendre encore quelque service ?

— J'y compte bien. Vous allez d'abord m'aider à trouver une frégate rapide qu'on pourrait mettre en état de prendre la mer d'ici un mois. Est-ce possible ?

— Doucement ! répondit-elle heureuse d'être bousculée.

— Il me faut d'ici cinq mois, au plus tard, avoir fait une ou deux prises et regagné Nantes. Qui me conseillez-vous de voir d'abord, vous qui connaissez tous les Malouins ?

— Mon pauvre Jean-Pierre, je connais surtout des personnes de ma génération ou de celle de votre père. À part quelques survivants, il n'en reste pas beaucoup. Je suppose que vous aurez besoin d'argent frais pour l'achat et la mise hors. Il vous faudra constituer une petite société d'armement. Nous irons voir Mᵉ Huvard que vous connaissez bien.

— Si cela doit prendre trop de temps, je peux m'en passer. Je n'accepterai aucun prêt à la grosse aventure, cela coûte trop cher.

— Je puis être votre associée.

— Vous feriez cela ?

— Cela me ferait plaisir. Entendons-nous bien, je ne vous prête ni ne vous donne rien, je prends des parts dans une affaire dont les comptes seraient tenus ici par mes soins. Êtes-vous d'accord ?

— Tout à fait.

— Il nous faudra quand même aller chez le notaire pour rédiger un contrat dans les formes usuelles. Je veux que tout soit en règle si l'un de nous venait à disparaître.

— Dieu vous garde !

— Vous aussi, mon fils, que Dieu vous garde ! Vos enfants auront plus besoin de vous que les miens n'auront encore besoin de moi.

C'était au tour de Jean-Pierre Carbec de regarder sa mère. Elle était bien de ces veuves intransigeantes qui gouvernaient leur vie avec autant de sûreté que leur mari avait dirigé un navire, barque de pêche ou chasse-marée, à travers les cailloux malouins. Il se rappela que le jour où elle avait consenti à lâcher un peu les rênes de sa Compagnie pour lui en confier la direction, elle lui avait dit : « Pour bien conduire ses entreprises il faut savoir aussi hardiment refuser que donner. » Pendant quelques années, ils s'étaient affrontés, au moins mesurés, aussi têtus l'un que l'autre.

— Je pense, dit-elle, que nous devrions demander à Joseph Biniac de participer à notre affaire. Son dévouement m'est demeuré fidèle. En mémoire de votre père, je suis sûre qu'il serait heureux d'être des nôtres.

Il ne fallut que quelques jours pour que toute la ville soit au courant du retour de Jean-Pierre et de son projet. Connaissez-vous la nouvelle ? Quoi donc ? Le fils de Marie-Léone va armer à la course. Lequel des trois ? Le Jean-Pierre, dame ! C'est pas Dieu possible ! C'est comme je vous le dis. Pour sûr que sa mère doit être heureuse ! Moi, je pense surtout aux Nantais, ça leur fait bonne mine ! Savez-vous s'il a seulement trouvé une barque ? Oui, un senau que lui a vendu La Balue, celui-là il ne manque jamais une occasion. Dame ! c'est un Magon, non ? Ça ne serait point l'*Hirondelle* ? Vous l'avez dit, mais le Jean-Pierre a voulu lui donner le nom de son grand-père Le Coz. Ce fils-là, pour sûr que c'est un bon gars. Dites-moi, la barque de La Balue elle n'est pas un peu vieille ? Oh, elle n'est point jeune ! Je la connais bien : c'est une coureuse. Après quinze jours de radoub, elle fera encore la Saint-Michel !

Armer à la course, c'était une entreprise à laquelle Jean-Pierre Carbec, bourgeois nantais d'importance, n'était pas accoutumé. Quelques vieux Malouins conservaient encore le souvenir de la belle époque où ils avaient harcelé les *Indiamen* se dirigeant à bout de souffle vers Liverpool après un interminable voyage, mais ils radotaient tous un peu et fardaient volontiers la vérité pour mieux décorer leur propre légende. Tous, les Trouin, Porée, Le Fer, Danycan, La Chambre, Trublet, Miniac, Pradel, Pépin, Jonchée, Grot, Legoux et autres corsaires, il y avait plus de trente ans qu'ils avaient affalé leurs voiles. La mémoire de Joseph Biniac n'en fut pas moins précieuse à Jean-Pierre Carbec pour réunir et calculer tous les éléments d'une mise hors rapide. Quand un doute survenait, Marie-Léone ouvrait les anciens livres de comptes de son père ou ceux de Jean-Marie précieusement conservés. Elle y trouvait toutes les précisions utiles quant au nombre ou à la quantité de biscuit, salaison, fusils, sabres, haches, apparaux de rechange, eau, pois secs et rikiki, nécessaires pour une campagne de deux mois. Mme Carbec était à son affaire. Précise, elle alignait des chiffres, jouait des quatre règles, retranchait par-ci, ajoutait par-là, prenait du plaisir à la comptabilité en partie double dont la mécanique avait toujours rebuté son mari. Pour autant, elle n'oubliait pas que son fils allait courir les pires dangers mais elle était trop bonne Malouine pour que l'inquiétude l'emportât sur sa fierté. Affairé, Jean-Pierre ne perdait pas son temps, courant à l'Amirauté pour qu'on lui livre sans délai vingt canons avec leurs boulets, gargousses et poudre noire, aux magasins où des maîtres voiliers préparaient les toiles supplémentaires exigées par la course, et aux Tallards où charpentiers, menuisiers et cloutiers s'affairaient sur le *Capitaine Le Coz*. On le voyait aussi dans les auberges, à la Malice ou chez la Belle Anglaise. Il y poursuivait à voix basse de longues conversations, buvant des coups de raide avec ceux qu'il avait choisis parmi les nombreux candidats aux postes de commandement : second capitaine, deux lieutenants, trois enseignes, un chirurgien et un écrivain pour établir les procès-verbaux de prise. Connaissant son gars redevenu malouin, Mme Carbec lui avait bien suggéré de réunir ses officiers rue du Tambour-Défoncé plutôt que dans des auberges, ce serait plus digne de votre état, n'oubliez pas que vous êtes armateur et juge-consul, mais Jean-Pierre avait répondu qu'il était d'abord capitaine et que la course exigeait autant de discipline que d'amitié. Après avoir recruté son maître d'équipage, il avait désigné un par un les cent vingt hommes du bord, matelots ou fusiliers, se fiant à son flair et préférant ceux qui étaient allés au moins deux fois à la morue sur les bancs, tous jeunes, solides, aux épaules aussi massives que les siennes et des poignets qui devaient savoir manier la hache comme le font les bûcherons. Ces réunions se prolongeaient le plus souvent jusqu'à l'heure où la Noguette sonnait le couvre-feu. Chacun se hâtait alors de rentrer. Le capitaine tient la goutte aussi bien que nous, appréciait le maître d'équipage. L'attendant, Mme Carbec tordait bien un peu le nez en le voyant arriver avec la démarche d'un homme qui a pris un coup de vent dans les basses voiles, mais elle se gardait de lui faire le moindre reproche. Dans le fond de son cœur, il ne lui déplaisait pas de voir que Jean-Pierre était redevenu un vrai Malouin, fait pour le commandement à la mer.

Bien que chacun eût mis du cœur à l'ouvrage, la mise hors du senau avait demandé près de deux mois. Il n'en restait plus que trois à Jean-Pierre pour prendre enfin la mer, ramener au moins une prise et tenir la promesse faite à Catherine de se trouver auprès d'elle au moment de son accouchement. Le *Capitaine Le Coz* mit à la voile le 3 mars de l'année 1745, jour de la Saint-Guénolé. Marie-Léone avait refusé le privilège de monter à bord pour embrasser son fils, elle préféra se tenir sur la tour de la Découvrançe avec les autres femmes qui venaient de dire au revoir à leurs gars. La mer était grosse mais le ciel clair, plein de vent et de cris d'oiseaux. Le corsaire piqua du nez dans la houle au milieu des chicots à fleur d'eau.

— Votre Jean-Pierre, dit Joseph Biniac, il conduit sa barque comme un ancien.

— Pour sûr, répondit-elle, c'est un Carbec.

Sa voix ne tremblait pas, mais une heure plus tard, Marie-Léone parvint difficilement à allumer le cierge qu'elle était venue offrir à Notre-Dame-de-la-Recouvrance.

Jean-Pierre ne fut de retour à Saint-Malo que quatre mois plus tard. Cinq semaines après son départ, n'ayant pas aperçu un seul navire ennemi sur lequel il eût pu fondre avec quelque chance de l'emporter, il avait commis l'imprudence de s'attaquer à une frégate de soixante canons qui l'avait mis à mal et dont il s'était dégagé difficilement, la nuit tombée, pour se réfugier à Morlaix. Quinze jours plus tard, la coque du senau réparée, il était reparti en chasse. La chance, sans laquelle il n'y a point de corsaire, semblait jouer contre les Malouins. Ou bien ils ne rencontraient personne, ou bien le gibier poursuivi parvenait à s'échapper. Jean-Pierre avait fini par découvrir au bout de sa lorgnette une grosse flûte hollandaise de l'*Oost Indische Co* qui, ayant subi de graves avaries dans l'Océan, naviguait isolée. Impatients d'en découdre, mortifiés d'avoir été jusque-là quinauds, les corsaires avaient eu vite fait de la rattraper et se promettaient de lui régler son compte par quelques bordées avant d'y crocher les grappins. Jean-Pierre avait dû les calmer. Capitaine, il était aussi armateur et savait estimer la valeur d'un bâtiment. Celui-là, qui devait jauger plus de cinq cents tonneaux et porter dans ses cales des milliers de sacs remplis de poivre et de café chargés à Sumatra ou à Java, pourquoi l'abîmer davantage que la mer ne l'avait déjà fait ? Se rappelant quelques conseils donnés par Joseph Biniac la veille de son départ, le capitaine Carbec avait manœuvré de telle façon que sa batterie puisse encadrer le hollandais d'une volée de boulets, à bâbord et à tribord. C'était lui signifier qu'on n'avait pas l'intention de le couler bas mais de s'en saisir. L'autre, incapable de se défendre dans l'état où il se trouvait, bien qu'il fût armé en guerre et en marchandises, avait préféré amener son pavillon plutôt que de livrer un combat sans espoir sauf à compter sur le secours d'un vaisseau allié croisant dans les parages. Jean-Pierre avait alors placé à bord du hollandais un équipage de prise sous les ordres de son second, et prié le capitaine batave de s'installer sur le *Capitaine Le Coz* où il serait un otage bien traité.

Le plus facile avait été fait. Il s'agissait maintenant de ramener la flûte à Saint-Malo, en prenant le plus grand soin, cette fois, d'éviter des rencontres au lieu de les chercher. Gagner un port breton ? C'était vite dit. La plupart étaient surveillés par des navires ennemis qui infestaient la mer à ce point qu'on avait vu des corsaires être contraints de conduire leurs prises jusqu'à Bordeaux.

— Si vous voulez revenir à votre port d'attache, disait le prisonnier à Jean-Pierre, rentrez-y seul, votre senau est assez rapide pour échapper à nos lourds vaisseaux. Grosse comme est ma flûte et mal en point de surcroît, votre second ne parviendra jamais à exécuter des manœuvres assez rapides pour se sortir d'affaire.

Homme de paisible corpulence, il ne paraissait pas s'inquiéter sur son sort et mangeait de bon appétit à la table du Malouin. Les deux capitaines s'étaient vite pris de sympathie l'un pour l'autre, échangeaient des souvenirs qui leur étaient communs et choquaient leurs verres l'un à la santé du Roi, l'autre à celle du Stathouder. Jean-Pierre Carbec ne voulait ni abandonner sa prise ni risquer un autre combat. Connaissant par cœur les indentations de la côte bretonne où aucun pilote étranger n'aurait osé se risquer, il était parvenu à gagner l'une d'elles, s'y était caché tant qu'il faisait jour et, la nuit à peine tombée, en était sorti pour s'abriter dans une autre dès que l'aube blanchissait l'horizon, manœuvres dangereuses pendant lesquelles les matelots se relayaient à chaque demi-heure pour sonder les hauts-fonds. De criques en anses étroites, à travers les récifs, les deux navires s'étaient ainsi rapprochés du but, jusqu'au jour, où, débouquant de son dernier repaire, le *Capitaine Le Coz,* ayant hissé le grand pavois et tirant derrière soi son hollandais, était enfin arrivé à Saint-Malo. Il y avait six mois que Jean-Pierre avait quitté Nantes.

Surpris de ne pas voir Mme Carbec sur le quai de Mer-Bonne, il se hâta vers la maison familiale, répondant à peine aux clameurs dont on le saluait en se disant pour se rassurer que personne n'eût osé lui faire pareille fête de retour si sa mère... Non, il ne pouvait le croire, elle était si vaillante, si vive, si solide quand il l'avait quittée ! Solène l'attendait sur le pas de la porte. Elle dit aussitôt, sur le ton apitoyé des gens simples :

— Mon pauvre Jean-Pierre, un grand malheur est arrivé !

— Maman ?

— Non, pas votre mère. Votre femme...

Elle dit le reste en cachant sa figure dans son tablier :

— Mais vous avez un autre gars !

— Bon Dieu ! jura le corsaire.

La colère plus que le chagrin bouleversait le visage de Jean-Pierre et lui redonnait cet aspect violent que Solène connaissait si bien pour l'avoir vu souvent apparaître au temps des bourrasques de sa jeunesse.

— Où est ma mère ?

— À Nantes. Dame ! elle est partie aussitôt.

— Quand donc ?

— Il y a quinze jours.

— Ne m'attends pas. Je pars moi aussi.

Le capitaine Carbec devait régler d'abord des questions urgentes : déposer son rapport au greffe du tribunal des prises et assurer la paye de l'équipage. En le félicitant, le Commissaire de l'Amirauté lui dit, la mine réjouie :

— Toutes les bonnes nouvelles arrivent donc en même temps !

— Quoi donc ?

— Vous ne le savez pas ? Le maréchal de Saxe vient de remporter une grande victoire à Fontenoy. Nous allons porter une santé aux vainqueurs !

Jean-Pierre Carbec lampa son verre d'un seul trait. Il lui semblait entendre encore M. Renaudard lui dire : « Vous voyez bien, mon gendre, qu'un bonheur n'arrive jamais seul. »

Le lendemain, comme sa chaise de poste allait s'engager sur le pont de Pirmil, elle fut arrêtée par deux sergents de la maréchaussée qui tendirent au voyageur un bol de vinaigre, lui recommandant de s'en laver le visage et les mains avant d'entrer dans Nantes. Depuis plusieurs jours, une sorte d'épidémie dont on ignorait autant la cause que le nom, typhus, diarrhée, fièvre rouge, inquiétait le Bureau de la santé.

— Ça n'est pas la maladie noire, au moins ?

— On ne le pense pas. Avec tous ces navires qui arrivent par ici allez savoir ! Après l'affaire de Marseille, il vaut mieux prendre des précautions.

— Y aurait-il des morts ?

— Beaucoup, dit l'un des deux sergents.

D'habitude si bruyants, les chantiers de l'île Feydeau étaient silencieux et déserts. Sa voiture à peine arrêtée devant l'hôtel Renaudard, Jean-Pierre sauta à terre et se jeta dans le grand escalier de pierre. Ses jambes le portaient à peine, il dut s'arrêter un instant sur le palier de l'entresol où son cabinet, celui de son beau-père et la bibliothèque étaient distribués, pour retrouver son souffle et parvenir au premier étage, là où sa famille habitait. Les chambres, les salons, la salle à manger étaient vides. Il appela, personne ne lui répondit. Le cœur lui cognait dans la poitrine. Il grimpa au second étage, là où logeait M. Renaudard quand il ne résidait pas dans sa maison des bords de l'Erdre. Là aussi, les appartements étaient vides. Jean-Pierre redescendit à l'entresol : un gros registre de mise hors était resté ouvert sur le bureau de son beau-père. Au rez-de-chaussée où devaient se tenir les six commis de l'armement Renaudard et Carbec, il aperçut enfin, penché sur un scriban et occupé à grossoyer, le plus ancien d'entre eux, un Nantais qui avait déjà servi sous Renaudard Ier et qu'on gardait là comme une vieillerie dont on a pris l'habitude au cours des années. Émergeant de sa calligraphie, le vieux commis avait l'air d'un noyé sorti de l'eau à temps.

— C'est donc vous, monsieur Carbec ! Votre retour est une bénédiction, tout est en désordre ici. Ils sont tous partis, ils ont peur.

— Mes enfants, ma mère ? Savez-vous où ils sont ?

— On ne m'a rien dit, mais je crois que tout le monde est allé au château.

Il sembla à Jean-Pierre que la bête qui lui crochait la poitrine depuis tout à l'heure desserrait un peu ses griffes.

— Sur les bords de l'Erdre, il fait meilleur qu'ici, dit encore le commis avec un rire minuscule.

— Pour sûr ! Là-bas, je les sais en sûreté avec M. Renaudard.

— Oh ! pour ce qui est de M. Alphonse, c'est bien fini !

— Comment cela ?

— Vous ne savez donc point qu'il est mort lui aussi ? Tenez, regardez donc, j'étais en train de préparer vos nouveaux registres.

Le vieillard montrait le résultat du travail auquel il était occupé. Jean-Pierre lut tracé d'une belle écriture bouclée, à peine tremblée, *Armement Carbec*. Le nom de son beau-père avait déjà disparu.

— Vous me garderez bien encore quelques années avec vous ? demanda le vieux Nantais.

Quelques semaines après son arrivée à Pondichéry, à peine avait-il eu le temps de se reposer des fatigues d'un long voyage et de s'acclimater à cet étrange pays où il n'était pas venu de si bon gré, le lieutenant Jean-Luc Carbec fut désigné pour servir au Bengale. Vêtu d'un nouvel uniforme bleu foncé à parements rouges, il ne faisait plus partie des troupes réglées mais appartenait à l'armée particulière de la Compagnie des Indes. Le major Bury, vieux soldat usé par vingt ans de présence aux Indes, lui signifia son affectation :

— C'est donc vous le lieutenant Carbec ? Vous êtes très recommandé par les Directeurs. Je vais vous envoyer à Chandernagor chez M. Dupleix. Beaucoup d'officiers voudraient bien se trouver à votre place.

— Ce doit être un honneur que de servir sous M. Dupleix.

Le major Bury ricana :

— Peuh ! Nous en reparlerons si la fièvre ne vous tue pas avant. M. Dupleix est un bon marchand qui s'entend au négoce, surtout quand il s'agit de ses affaires personnelles. Malheureusement il veut toujours s'occuper des choses militaires auxquelles il n'entend rien. Le plus important pour nous autres, monsieur Carbec, c'est la solde. Au Bengale, vous toucherez la double.

Jean-Luc avait fait un geste qui disait son insouciance quant à cette question.

— Je ne suis pas venu ici pour gagner plus, protesta-t-il.

— Je sais que vous ne manquez point, monsieur Carbec. Ne le proclamez pas. Ici, voyez-vous, le climat abîme les hommes. Personne n'y échappe, les Capucins autant que les autres. À force de vivre ensemble nos officiers deviennent vite envieux, surveillent leurs promotions et se livrent aux pires calomnies. Le pays colonial tropical convient à la médisance. Ne confiez jamais à l'un de vos futurs camarades que vous n'êtes pas venu en Inde pour gagner de l'argent, il le prendrait pour une insulte personnelle. Eh oui ! monsieur Carbec, nous ne venons pas ici pour autre chose. Vous considérerez qu'il ne s'agit pas seulement des militaires mais de tous les commis, petits ou grands, de la Compagnie. Je ne pense pas qu'un seul d'entre nous ait débarqué à Pondichéry sans avoir l'intention d'y faire fortune ou de la restaurer.

Tandis qu'il parlait, le major mastiquait des feuilles de bétel et lançait, de temps à autre, avec une sûreté infaillible, des jets de salive rouge dans un crachoir de bronze posé à ses pieds.

— Cela n'interdit pas le courage, monsieur Carbec, ni le goût du service, ni même la compétence. Il y a ici de fort bons officiers, MM. Auteuil, Paradis, La Tour, Mainville, d'autres plus jeunes et de grande valeur, tels MM. Bussy et Latouche. J'espère que vous vous entendrez bien avec eux. Ce sont des gens de bonne compagnie. Bien sûr, il leur arrive parfois d'inscrire au compte de l'armée leurs dépenses personnelles, nourriture, chevaux, logement, domestiques : simple négligence dans les écritures comptables ! Étant lieutenant en premier, votre solde atteindra au Bengale sept cent cinquante roupies par mois, soit neuf mille par an, donc vingt-deux mille cinq cents livres, c'est-à-dire dix fois plus qu'en France. Même en vivant comme un nabab, vous pourrez vous livrer comme nous tous à des opérations commerciales.

À Pondichéry, l'apparition d'un nouveau visage était toujours un objet de curiosité, souvent une occasion de fête. Pendant les quelques semaines de son séjour, Jean-Luc fut invité par la société qui gravitait autour du gouverneur général Dumas : conseillers, magistrats, inspecteurs, commis principaux de la Compagnie des Indes. Quelques-uns d'entre eux avaient été rejoints par leurs épouses. Tous ces Français habitaient maintenant des maisons spacieuses et construites sur le même plan inspiré de la première occupation portugaise : au centre, un grand patio autour duquel s'ouvraient les salles de réception et les chambres d'hôte, celles des maîtres étant distribuées à l'étage. Chacun d'eux avait à cœur de s'occuper de son jardin, autant pour les fleurs et les fruits que pour les légumes et d'entretenir dans les environs de la ville, sa maison de campagne, une *chauderie,* où l'on se rendait en palanquin pour y chercher le frais à l'ombre des tamariniers. On aimait beaucoup danser, se déguiser, jouer la comédie. Tout cela ne convenait guère au lieutenant Carbec qui demeuré un peu balourd, en était resté aux brefs plaisirs d'une vie de garnison. Quelques jours avant son départ pour Chandernagor, il avait été invité à un souper offert par quelques femmes de la société où, à l'exclusion des maris, les seuls célibataires étaient conviés. Ceux-ci, tous en grand uniforme et portant à l'épaule un nœud de soie aux couleurs d'une dame tirée au sort, assuraient le service de table. La soirée avait été très animée, fort gaie, quelques intrigues s'y étaient nouées. Seul, Jean-Luc s'y était senti mal à l'aise. Ces sortes de jeux-là ne lui convenaient pas. Il n'était venu aux Indes ni pour faire le galant ni pour faire fortune. Il lui tardait de partir pour le Bengale.

Le *Forban,* à bord duquel le lieutenant Carbec s'était embarqué avec une vingtaine de soldats européens recrutés sur le Pont-Neuf, parvint au terme de son voyage après dix jours de navigation. De la grand-hune où un enseigne l'avait entraîné, Jean-Luc découvrit un paysage fabuleux : le Gange n'était pas un fleuve mais une sorte de géant dont les innombrables membres projetaient dans la mer indienne les boues de l'Himalaya. Le spectacle le frappa de stupeur. Pour atteindre Chandernagor, il fallait maintenant franchir le delta monstrueux, labyrinthe aux multiples ramifications à travers lesquelles un pilote conduirait le *Forban* jusque dans les eaux de l'Hougly, bras de cette pieuvre liquide sur les rives duquel des comptoirs européens s'étaient installés. Le navire passa devant Calcutta, siège de *l'East India Company,* Serampore qui apparte nait à la *Compagnie Danoise d'Altona,* et Chimsarah à l'*Oost Indische Co,* avant de mouiller à Chandernagor où un drapeau français flottait au-dessus de chacun des quatre bastions du fort d'Orléans.

Jean-Luc fut reçu le jour même de son arrivée par le gouverneur du Bengale. M. Dupleix était assis derrière une grande table où s'amoncelaient des papiers et des cartes. Tête massive, cou de taureau, épaules de forgeron, de cet homme rayonnait une impression de volonté dominatrice.

— Êtes-vous parent du Carbec de Nantes, qui est l'associé de l'armateur Renaudard ? demanda le gouverneur.

— C'est mon frère.

— Je suis en affaires avec lui depuis dix ans. J'espère qu'il n'a pas eu lieu de s'en plaindre ?

— Monsieur le Gouverneur, je n'entends pas grand-chose au négoce.

— Tous vos collègues ne disent pas la même chose, dit M. Dupleix d'un ton bourru. Quel diable vous a donc poussé à venir ici, vous, un Carbec ?

Jean-Luc sortit de sa poche une enveloppe.

— Ma mère m'a chargé de vous remettre cette lettre. Elle vous expliquera l'aventure qui m'a conduit ici.

M. Dupleix lut lentement, le regard parfois éclairé d'un sourire, parfois assombri de gravité.

— J'ai été reçu deux fois dans la maison de vos parents, dit-il d'une voix plus aimable, je m'en souviens très bien. La première fois, c'était en 1715, j'avais dix-huit ans. Votre oncle le capitaine Hervé Le Coz, sur le navire duquel j'embarquais pour Pondichéry, m'avait présenté à votre père. J'avais emporté ma viole de gambe pour faire de la musique avec votre mère. Nous avons appris ce soir-là la mort du Roi et notre concert ne put avoir lieu. Quel âge aviez-vous donc alors ?

— Neuf ans, monsieur le Gouverneur.

— La deuxième fois, fit-il songeur, c'était à mon retour des Indes, trois ou quatre ans plus tard. Il y avait là plusieurs personnes à souper. Je me souviens surtout d'une femme assez étrange, encore belle à regarder et qui s'entendait à la finance comme un traitant.

— Tante Clacla ?

— C'est cela. Clacla ! Clacla ! Votre présence me rajeunit de vingt années et plus. Ce sont pour moi des souvenirs inappréciables. Je me trouvais alors en difficulté avec mon père, et j'ai reçu dans votre famille un accueil que je n'oublierai pas. Pour ce qui est de votre affaire avec votre ancien colonel, passez-la, comme disent les comptables, par profits et pertes. Il ne faut jamais regarder derrière soi quand on a pris une décision. Moi aussi, j'ai connu de sérieux embarras dans ma carrière, j'ai même failli quitter la Compagnie à cause d'un coquin. Finalement, j'en ai tiré le meilleur parti. Depuis ce jour-là je n'hésite jamais à écarter ceux qui se dressent sur mon passage. Avez-vous de l'ambition, monsieur Carbec ?

— J'en ai eu, monsieur le Gouverneur.

— Vous avez reçu la croix de Saint-Louis. À votre âge, cela doit être rare. Je vous dois la vérité. Elle sera brutale, c'est dans ma manière et je n'en connais pas d'autre. Vous n'avez aucun avenir militaire à la Compagnie des Indes, les promotions ne s'y prononcent qu'à l'ancienneté, et le grade le plus élevé ne dépasse pas celui de capitaine. Il y a bien le major général mais c'est une sorte de comptable en uniforme. Je vais tout de même vous donner le commandement d'une de mes deux compagnies, la deuxième, celle qui assure la protection du fort. Son capitaine est mort à l'hôpital il y a six mois. Il vous faudra reprendre en main tous vos hommes. Vous aurez sous vos ordres un sous-lieutenant, une enseigne, quatre sergents, cent fusiliers blancs et cinquante *topas*[1]. Dans dix jours vous me présenterez votre compagnie sous les armes. Vous devrez vous tenir à ma disposition le jour comme la nuit. Au Bengale, votre colonel c'est moi.

M. Dupleix s'était levé. Il fixa droit dans les yeux Jean-Luc : le maintien, le regard clair, la tête ronde de l'officier lui convenaient. Voilà un homme, pensa-t-il, qui n'a été formé ni dans les alcôves ni dans les antichambres, et qui n'est pas venu ici pour se refaire. S'approchant, il lui mit la main sur l'épaule et dit d'un air inspiré :

— Lieutenant Carbec, il y a de grandes choses à faire dans l'Inde !

Puis brusquement :

— Que pense-t-on de moi à Paris ? à Pondichéry ?

Interdit, Jean-Luc ne savait quoi répondre.

— Ils ne m'aiment pas ! dit M. Dupleix sur un ton véhément. Je leur fais peur. Cependant ils ne pourront pas se passer de moi, même si La Bourdonnais intrigue pour se faire nommer gouverneur général à Pondichéry. Moi aussi, j'ai des protecteurs à Paris et à Versailles.

Le gouverneur du Bengale arpentait son cabinet, le visage enflammé de colère. S'arrêtant, il pointa l'index sur Jean-Luc :

— La Bourdonnais, c'est un Malouin. Il est peut-être de vos amis, non ?

Avant même que l'autre ait eu le temps de répondre, M. Dupleix continuait :

— Il vous faudra choisir entre lui et moi. Ici, il n'y a pas de place pour deux personnes de notre trempe. Nous sommes aussi obstinés l'un que l'autre.

Dix jours plus tard, le lieutenant Carbec présentait sa compagnie. Il avait dû en effet la reprendre en main. Du jour où son capitaine avait été emmené à l'hôpital, la discipline s'était relâchée à ce point que les soldats ne faisaient plus guère l'exercice, les bas-off passant le plus clair de leur temps chez les métisses portugaises. Brusquement les commis et leur famille qui habitaient dans l'enceinte du fort d'Orléans reprirent l'habitude d'être réveillés chaque matin au son du fifre et du tambour précédant les commandements lancés à pleine gueule par les sergents. La compagnie une fois rassemblée, Jean-Luc qui avait été à bonne école arrivait à son tour pour recevoir le salut du sous-lieutenant. L'enseigne faisait présenter les armes. Alors, le lieutenant Carbec

1. Troupes noires.

passait lentement devant chaque homme, s'arrêtant devant celui-ci ou celui-là pour mieux regarder son fusil, sa baïonnette, son équipement. La revue terminée, il allait inspecter les pièces d'artillerie, bastion par bastion, ne laissant rien au hasard et examinant de près l'état des embrasures, des escarpes et des flancs, de la barbette et de la courtine. Au jour fixé, le gouverneur du Bengale entra d'un pas solennel dans la cour du fort et y fut salué par une batterie de tambours réservée, selon le règlement en vigueur, aux lieutenants généraux. Un rapide coup d'œil lui ayant suffi pour reconnaître que ces gens-là se tenaient bien sous les armes, il le montra à Jean-Luc par un petit signe de la main avant de se retirer dans ses bureaux. La parade n'avait pas duré cinq minutes.

Le lendemain, M. Dupleix dit à Jean-Luc.

— Je vous félicite pour la belle allure de votre compagnie. Un léger détail cependant m'a déplu : le cinquième fusilier en partant de la droite portait une veste à laquelle manquait un bouton. Vous supprimerez un jour de paye au caporal responsable. Pour le reste, c'est bien. La discipline militaire, monsieur Carbec, exige qu'on prenne le plus grand soin, tous les jours, des plus petits détails. Une troupe doit être toujours occupée. En ce moment, ceux de la première compagnie servent surtout à escorter nos convois qui remontent le fleuve jusqu'à Patna pour y chercher de l'opium et du salpêtre. Mais tout le pays peut être mis à feu et à sang, un jour ou l'autre. Nous l'avons bien vu l'année dernière avec cette invasion perse qui a tout rasé sur son passage jusqu'à Delhi et s'en est retournée moins rapidement qu'elle n'avait surgi parce qu'il fallait ramener à Téhéran tout le butin pillé. Si Nadir Chah avait poussé jusqu'au Bengale, nos deux compagnies et nos batteries n'auraient sans doute pas pesé lourd. Il convient cependant de les entretenir avec le plus grand soin. Avez-vous étudié de près une carte de l'Inde, monsieur Carbec ?

A l'hôtel Tubeuf, répondit Jean-Luc, les Directeurs lui avaient indiqué sur un planisphère la localisation de tous les établissements et comptoirs français, anglais, hollandais et portugais. M. Dupleix haussa les épaules :

— Des nains ! Ce sont tous des nains. Des marchands ? Pas même, ce sont des regrattiers. L'Inde, monsieur Carbec, ça n'est pas quelques comptoirs de commerce, c'est un immense empire où tout est à prendre. Oui, tout est à prendre, monsieur Carbec ! Les Anglais y songent depuis longtemps. Moi, je suis seul de cet avis. Tous les gens de la Compagnie, civils ou militaires qui sont venus dans ce pays ne pensent qu'à leur fortune personnelle alors que nous pourrions bâtir ensemble de si grandes choses ! J'espère que vous ne vous contenterez pas de faire faire l'exercice à vos fusiliers et à vos topas. C'est une mission très importante, je vous le répète, mais il y a tout le reste qui est immense. Vous me feriez plaisir en lisant ce rapport que j'envoyai l'an dernier à Paris. Il vous aidera à comprendre ce pays où tout est compliqué. Voici bientôt dix années que je suis arrivé à Chandernagor, j'y ai beaucoup pratiqué le commerce d'Inde en Inde, aussi vers Malacca, le golfe Persique, la mer Rouge, ou Manille, parfois en association avec les gouverneurs anglais et hollandais. Il y a quelques années, j'étais déjà propriétaire de neuf navires. Moins que votre ami La Bourdonnais, j'ai quand même gagné beaucoup d'argent. Eh bien, monsieur Carbec, tout cela n'était que broutille de boutiquier. Cela ne me suffit plus. Il faut me comprendre. Le Bengale ? C'est trop petit pour moi.

Dès leur première rencontre, Jean-Luc Carbec avait été séduit par le personnage hors du commun que représentait M. Dupleix. Il se plongea dans le mémoire remis par le Gouverneur et découvrit la situation politique de cet immense pays qui, dans son enfance malouine, n'avait jamais signifié autre chose que toiles peintes, mousselines, gomme laque, sirkasas, canadaris et autres étoffes brochées d'or et d'argent. Il y apprit que l'empire du Grand Moghol fondé au début du seizième siècle par des hordes musulmanes se trouvait aujourd'hui en pleine décomposition. Là où hier le maître de Delhi régnait sur l'Inde entière, de l'Himalaya au cap Comorin, une féodalité asiatique de soubabs, nababs et rajahs était impatiente de secouer une suzeraineté comparable à celle de ces rois fainéants qu'avaient été en Occident les successeurs de Charlemagne. Certaines provinces, telles le Dekkan, le Penjab et le Bengale s'étaient déjà séparées de l'empire, tandis que de puissantes tribus regroupées sous le nom des mahrates ne faisaient pas mystère de vouloir s'emparer du pouvoir pour délivrer les lieux saints de l'hindouisme et d'en finir avec l'islam imposé par le sabre. Qui hériterait demain des débris de ce pouvoir si redouté naguère ? Assisterait-on à un morcellement de l'Inde au profit des nababs, ou bien le chef des mahrates s'installerait-il à Dehli ? M. Dupleix estimait qu'en jouant sur les rivalités des princes indigènes, en armant ceux-ci contre ceux-là, la France pourrait se tailler à bon compte un empire. Tout dépendrait de l'issue de la guerre qui allait inévitablement s'engager en Europe et ailleurs contre Londres. Les Anglais chassés de l'Inde, la création d'un royaume franco-indien ne demanderait plus que de la volonté, du temps, de l'argent et quelques canons.

— Mon cher Jean-François, dites-nous donc ce que vous pensez de cette paix ? demanda Marie-Léone.

La nouvelle venait d'arriver à Nantes : les ambassadeurs et chargés d'affaires réunis en congrès à Aix-la-Chapelle depuis près d'un an avaient enfin signé les derniers documents diplomatiques mettant fin à une guerre déclenchée huit ans auparavant par Frédéric II en envahissant la Silésie.

Sauf Jean-Luc dont on était sans nouvelles depuis deux années, la famille Carbec se trouvait réunie au Bernier à l'occasion du remariage de Jean-Pierre. Celui-ci avait estimé que la présence d'une épouse était aussi indispensable à sa position que nécessaire à l'éducation de ses enfants. La mort de Catherine survenant dans le même moment que celle de M. Renaudard, peu de temps après celle de Guillaume, l'avait accablé davantage de stupeur que de chagrin. La pensée de plaindre le sort des disparus ne lui était pas même venue à l'esprit. Il imagina plutôt que Dieu avait voulu l'atteindre, lui. Pourquoi lui ? N'avait-il pas été un bon époux, un bon gendre, un bon père ? Et voilà qu'au retour d'une course victorieuse qu'il aurait été si fier d'offrir en hommage à Catherine Carbec et à M. Renaudard, voilà qu'on lui tuait sa femme et son beau-père, d'un coup, qu'on le laissait seul avec quatre enfants dont un nourrisson de quelques jours, au milieu de cette grande maison de l'île Feydeau et de ce domaine du Bernier où sa mère avait apporté la nichée pour la mettre à l'abri de la fièvre qui brûlait Nantes. Comment ces Renaudard avaient-ils pu être ainsi effacés du monde des vivants, d'une façon si soudaine ? Cela surprenait sa raison, dérangeait ses habitudes, bouleversait sa façon de vivre, de se mettre à table et au lit. Pour la Catherine, c'est vrai qu'il s'était fait du souci chaque fois qu'elle était grosse, même qu'elle avait fait deux fausses couches. Mais le père Renaudard, toujours solide comme un chêne ? Lorsque Jean-Pierre avait interrogé le vieux commis demeuré seul dans la maison sur les circonstances de la mort de son beau-père, l'autre avait répondu : « La colique l'a pris au ventre, ça n'a pas fait long feu, il est mort quasiment dans sa brenne, sauf votre respect, monsieur Carbec ! » Il y avait trois ans et six mois de cela. Marie-Léone, demeurée auprès de ses petits-enfants, et partageant son temps entre le Bernier et Nantes, avait dû renoncer à s'occuper de ses affaires malouines. Tant que la guerre durerait, il ne fallait guère songer à l'armement, sauf à la course pour laquelle elle ne se sentait plus de goût. Savait-on seulement pourquoi et comment toute la mécanique s'était enclenchée ? Qu'est-ce que cette Pragmatique Sanction voulait bien dire ? Il y a belle lurette qu'on ne faisait plus la guerre à l'Autriche. On se battait contre les Anglais.

— Cette paix, dit Jean-François, profitera surtout au roi de Prusse, car les puissances reconnaissent officiellement l'annexion de la Silésie. L'Espagne ne s'en tire pas mal en enlevant aux Habsbourg les duchés de Parme et de Plaisance. Quant à la France, elle se retire avec les mains vides : malgré nos victoires remportées dans les Flandres et aux Pays-Bas, le traité prévoit la restitution mutuelle des conquêtes faites pendant la guerre. Entre nous, je crains fort que cette paix d'Aix-la-Chapelle ne laisse derrière elle beaucoup de ressentiments.

Jean-François Carbec parlait volontiers sur un ton sentencieux, bien qu'il eût perdu son poste depuis un an. Le départ de M. d'Argenson, jugé trop antiautrichien au moment où la reine Marie-Thérèse faisait des ouvertures à Versailles, avait provoqué un véritable remue-ménage dans les bureaux des Affaires étrangères. Le Premier Commis avait dû céder la place à un autre en échange de la promesse d'une prochaine ambassade.

— Quoi qu'il en soit, conclut-il plus gaiement, la paix est le plus précieux des biens. Buvons donc à la santé de la jeune Mme. Carbec que nous sommes tous heureux de recevoir dans notre famille.

Jane Mac Harry était une jeune femme dont la famille irlandaise venue se fixer à Nantes sous Louis XIV avait rapidement marqué sa place dans le milieu du négoce lointain et obtenu ses lettres de naturalité. Depuis des temps immémoriaux, Bretons et Irlandais s'étaient toujours bien entendus : jadis avec les saints venus leur porter le message du Christ, plus tard avec leurs marchands de bœuf salé et de harengs dont quelques-uns figu-

raient parmi les importants messieurs du quai de la Fosse : les
Clarck, O'Sheil, Stapleton, White, Walsh, O'Riordan, et ces Mac
Harry, tous intégrés à la cité. Après trois ans de veuvage, où Jean-
Pierre Carbec aurait-il pu trouver un milieu familial mieux
accordé à sa position sociale et à sa situation financière ? De solide
tradition catholique, fille unique d'un père aussi habile négrier
qu'attaché à la restauration des Stuarts sur le trône d'Angleterre,
Jane avait vingt-cinq ans et la croupe poulinière. Elle savait
gouverner une maison, s'entendait à diriger des enfants, n'était
point désagréable à regarder. Ils s'étaient mariés la semaine
précédente avec autant de simplicité que naguère M. Renaudard
avait déployé de magnificence pour les noces de sa fille. Cette fois,
les circonstances ne s'y prêtaient pas. Jean-Pierre avait seulement
demandé à son frère Jean-François, à sa sœur Marie-Thérèse et à
Louis de Kerelen d'être présents.

— Permettez-moi de porter une santé à Jean-Luc que je ne
connais point encore. Que Dieu le protège ! dit Jane.

Ils levèrent leur verre et burent en silence, quelques-uns se
rappelant le conseil de famille tenu à Saint-Malo au cours duquel
ils avaient poussé le plus jeune des frères Carbec à s'engager dans
l'armée privée de la Compagnie des Indes. Marie-Léone parla la
première :

— Oui, que Dieu le protège ! Merci, Jane. Deux ans sans
nouvelles, c'est bien long. Le dernier billet que je reçus de mon fils
m'annonçait que M. Dupleix nommé Gouverneur général à
Pondichéry, l'avait promu capitaine et pris pour aide de camp.
Dieu sait ce qui a pu se passer là-bas depuis ces longs mois !

— Je comprends votre inquiétude, dit Louis de Kerelen. Je
crois cependant que Jean-Luc craignait moins aux Indes que dans
les Flandres. Les batailles de Fontenoy, de Raucourt et de
Laufeldt ont été meurtrières ! Dieu sait ce qu'il lui fût advenu s'il
était demeuré au Berry-Infanterie...

— Je suis sûr que nous le reverrons bientôt, affirma Marie-
Thérèse. Mes garçons seront fiers de leur oncle. Comme ils sont
déjà fiers des deux autres et de leur père ! ajouta-t-elle aussitôt
avec le sourire qu'ils connaissaient tous.

Elle venait d'avoir trente-six ans. Ce qu'il y avait d'un peu aigu
dans son visage autant que dans sa voix s'était à peine adouci avec
les années. À cette femme toujours belle et le sachant, on faisait la
réputation de reprendre sans pitié les faveurs qu'elle accordait
mais de ne jamais pardonner à ceux qui y renonçaient les
premiers. Marie-Thérèse avait ouvert un salon, se piquait de
littérature, tenait ses comptes comme une marchande, et se

félicitait chaque jour d'être devenue comtesse de Kerelen. Pour autant d'efforts, elle n'avait pas atteint le but dont elle avait rêvé en s'installant à Paris : être de celles qui font les élections à l'Académie française, interviennent dans les promotions et vous font inscrire sur la liste des pensions. Toujours sceptique, ne pensant pas un seul instant que le front d'un gentilhomme puisse être vraiment offensé par les sottises de son épouse, Louis de Kerelen avait dit à Marie-Thérèse, un jour que le salon était demeuré désert au profit de celui de Mme du Deffand : « Paris, lui aussi, ma chère, reprend vite ce qu'il a donné. N'oubliez pas que nous sommes des provinciaux. À Nantes, vous seriez la première ! » Lancée à la volée, comme font les Hollandais planteurs de tulipes en jetant les oignons par-dessus l'épaule sans se soucier du point de leur chute, la réflexion avait germé lorsque d'autres salons, plus brillants que le sien, s'étaient ouverts et lui avaient dérobé quelques-uns de ses meilleurs ornements. Marie-Thérèse en avait éprouvé une assez grande déconvenue pour se demander si le ton volontiers railleur de son mari n'exprimait pas une grande vérité : à Nantes vous seriez la première ! La signature de la paix, le prochain départ de Jean-François pour une ambassade, le mariage de son frère aîné avec Jane Mac Harry, n'étaient-ce pas là autant de bons prétextes pour revenir habiter quai de la Fosse, dans cette ville où le nom des Carbec brillait maintenant de l'éclat conféré par la richesse, les alliances, la gloire, même la mort ?

Tous les Carbec avaient été heureux d'apprendre le retour de Marie-Thérèse à Nantes, sauf Jean-François qui s'était lié d'amitié avec Louis de Kerelen, le fréquentait à Paris, et, bien qu'il s'en défendît, ne laissait pas d'être séduit par les manières et la désinvolture apparente avec laquelle son beau-frère jugeait les hommes. Un jour que Jean-François retenu à souper chez sa sœur admirait quelques fines porcelaines récemment acquises et exposées sur un dressoir, Louis de Kerelen lui avait dit avec un air enjoué :

— Vous aimez toutes ces babioles ? Je vous accorde qu'il en est d'assez précieuses. Ce sont d'ailleurs les plus fragiles, ainsi qu'il convient. Je les ai achetées à Londres dans les magasins de l'*Honorable East India Company*. Il y a là des scènes libertines qui m'enchantent. J'adore la porcelaine. Dans ma jeunesse, on préférait l'argenterie, il y en avait partout : couverts et vaisselle qu'on frottait dur. C'était à la fois un témoignage de respectabilité et une réserve susceptible d'être monnayée en cas de besoin. Bien que les Kerelen fussent nobles depuis une dizaine de générations, ni mon père ni ma mère n'échappaient au besoin d'étaler quelques objets qui leur étaient parvenus par héritage, comme le font toujours les bourgeois soucieux autant que satisfaits d'exposer le résultat de leur travail, et de leur lésine, bref de leur réussite. Je pense que ce goût que les nobles éprouvent aujourd'hui pour la porcelaine dépasse le fait qu'ils n'ont plus à désirer la possession de la vaisselle plate. Nous n'en manquerons pas, nous n'avons pas tout donné au Roi, mais nous la laissons désormais dans nos placards. En revanche, nous exposons volontiers nos porcelaines, alors que les bourgeois continueront longtemps à étaler leur argenterie. Avez-vous jamais pensé à cela, mon cher Jean-François ? Je me demande parfois si je n'appartiens pas à une génération de gentilhommes qui, inconsciemment, s'intéressent surtout à ce qu'il y a de précieux et de fragile dans la vie quotidienne ? Nous voilà bien loin des vertus solides de nos parents !

Louis de Kerelen avait ouvert une armoire et en avait sorti un drageoir en argent :

— Regardez cette pièce ! Rien n'est plus éclatant, plus grossier, plus solide. Si je la laisse tomber à terre... Je vous en prie, ne la ramassez pas. Il n'a même pas une bosse. Mais si je prends cette bonbonnière en forme de soulier de bal, oui c'est du Kien Long...

— Vous n'allez pas... ?

La bonbonnière avait déjà volé en éclats sur le parquet.

— Mon cher, voilà tout ce qui différencie la porcelaine de l'argenterie, et la noblesse de la bourgeoisie, dit encore Louis de Kerelen d'un air détaché. Lorsque vous aurez mon âge, il se sera passé sans doute de graves événements. Vous penserez alors à cette petite scène dont vous venez d'être témoin.

Puis, appelant un valet :

— Emporte ces débris ! dit-il.

Il ajouta :

— Vous autres les Carbec, vous survivrez parce que vous êtes indestructibles.

Comme ils venaient d'achever leur souper, Marie-Thérèse prit à part sa nouvelle belle-sœur :

— Vous savez sans doute que Catherine Renaudard fut ma meilleure amie, je voudrais devenir la vôtre. L'éducation des quatre enfants de mon frère ne vous effraie-t-elle pas ? Les petits Malouins ont la tête dure.

— Les Irlandais aussi, répondit Jane en riant.

— Quel âge ont donc à présent mes neveux et nièces ? Je ne me le rappelle même pas.

— Odile a treize ans, Louise onze, Mathieu huit et le petit Jean-Marie trois.

— Mes deux garçons ont donc à peu près le même âge que les deux filles : Laurent a quatorze ans, Yves douze.

— Je suppose que tous ces cousins doivent être ravis de se rencontrer ? dit Jane.

— Ils se connaissent à peine. J'ai dû les réunir trois ou quatre fois à la Couesnière.

— Quel dommage ! Je serais si heureuse de les avoir tous autour de moi au Bernier. Je crois que M. Renaudard l'avait agrandi pour y recevoir une nombreuse famille.

— Savez-vous que ce domaine a appartenu naguère à mon mari ?

— Non ! fit Jane surprise. Eh bien, c'est une raison supplémentaire pour nous y trouver rassemblés le plus souvent possible.

— J'y penserai, je vous le promets.

Dans la bibliothèque du Bernier, Marie-Léone Carbec, ses deux fils et son gendre faisaient des projets d'avenir. Semblable aux autres armateurs nantais, Jean-Pierre n'avait pas attendu la signature définitive de la paix pour envoyer des navires en Afrique ou aux Isles. Dès que les négociations préliminaires avaient été entamées, bénéficiant de quelques indiscrétions fournies par Jean-François, il avait aussitôt armé une frégate pour les Antilles, qui étaient demeurées coupées de la métropole pendant trois années. Le navire était rentré à Nantes avec une longue lettre d'Hervé Le Coz assurant que tout allait bien aux Trois Goyaves, qu'il avait augmenté ses surfaces d'indigo et de canne, et demandant qu'on lui expédie d'urgence trois moulins à sucre, puisque la navigation était redevenue libre.

— Après toutes les guerres, dit Jean-Pierre, le volume des affaires se développe toujours au-delà des prévisions. Je pense que Nantes va connaître une très grande prospérité. Il faut que Saint-Malo suive le train. Pendant que vous vous étiez astreinte à rester ici pour veiller sur Jean-Marie et mes autres enfants, dit-il à sa mère, il a bien fallu que je m'occupe de nos affaires : celles de la rue du Tambour-Défoncé et celles de L'Orient. Cette guerre aura coûté à notre armement deux navires mais nos assureurs de Londres m'ont déjà remboursé. Je n'ai jamais été aussi confiant dans l'avenir.

Assis dans un fauteuil, près du feu, Louis de Kerelen ne disait rien. Au retour de chaque automne, ses vieilles blessures le faisaient souffrir. Entendant d'une oreille distraite son beau-frère pérorer, il songeait au destin étrange qui le ramenait au Bernier.

Lorsque le père Renaudard voulait fonder une sorte de dynastie bourgeoise, qui aurait dit alors que son nom serait effacé en si peu de temps, alors que celui des Kerelen était désormais assuré par la venue de deux garçons ? Ces gaillards, pensa-t-il tout bas, il serait temps de les faire inscrire au collège des Oratoriens.

— Vous avez raison d'être confiant dans l'avenir, dit Marie-Léone en souriant à sa belle-fille, il se présente sous un aspect bien charmant. Je vois que plus personne n'a besoin de moi. À Nantes, Jane s'occupera fort bien de tout. À Saint-Malo, l'armement Carbec est maintenant dirigé par vous. À mon âge, j'ai soixante-six ans, il est convenable de se retirer de toutes les affaires. Je puis partir la conscience en paix.

Comme chacun se récriait, maman, solide comme vous êtes, vous en avez au moins pour dix ans avant de nous quitter ! elle dit de son air malicieux :

— Qui vous dit que je veuille mourir ?

— Avez-vous fait quelque projet ? demanda Louis de Kerelen.

— Peut-être.

— Auriez-vous l'intention de vous retirer au couvent, comme notre grand-mère Le Coz ? dit Marie-Thérèse.

— N'en ayez pas le souci.

— Je pense que vous aimeriez habiter la Couesnière, dit Jean-Pierre.

— J'ai trouvé ! dit Jean-François. Vous voulez passer le prochain carnaval à Venise.

— Plus tard, je ne dis pas non si vous m'y accompagnez. En attendant, dit lentement Mme Carbec, j'ai décidé d'aller aux Indes voir comment se porte notre Jean-Luc.

Ayant mouillé ses ancres et hissé le grand pavois, l'*Apollon* salua Pondichéry de six coups de canon. C'était le premier vaisseau lourd envoyé aux Indes depuis la signature du traité d'Aix-la-Chapelle. Passagère privilégiée, Mme Carbec se tenait sur la dunette à côté du capitaine. Le voyage avait duré cinq mois, le temps minimum qu'on pouvait espérer pour relier L'Orient à Pondichéry, immense parcours à travers les tempêtes et les typhons qui terrifiaient les mieux amarinés des équipages.

— Me suis-je assez bien conduite, monsieur Talbot ?

C'était le capitaine de l'*Apollon,* un Malouin que Marie-Léone avait toujours connu. Compagnon de Jean-Pierre Carbec à l'École d'hydrographie, il était entré à la Compagnie en même temps que lui et y avait fait carrière.

— De tous ceux qui ont pris passage à bord, madame Carbec, vous avez été la seule à vous présenter tous les jours à table. Si cela vous agrée, je vous nomme gabier d'honneur !

— J'en suis ravie, dit-elle en riant. À ne vous rien cacher je n'étais pas très rassurée le jour du départ. Au dernier moment, j'ai bien failli me rendre aux raisons de Jean-Pierre.

Lorsque Mme Carbec avait annoncé son intention d'entreprendre un tel voyage, sa famille avait cru d'abord à une sorte de caprice exprimé par une vieille dame peut-être un peu dépitée qu'on puisse désormais se passer d'elle. « Vous n'avez plus besoin de ma présence, je m'en vais ! » Son intention devenue résolution, chacun avait tenté de l'en dissuader : à votre âge vous ne supporterez pas la traversée ! Le climat est trop pénible ! sans savoir que c'était le plus sûr moyen de la conforter dans son projet. À son fils aîné qui lui disait : « Croyez-en mon expérience, moi j'y suis allé, l'oncle Frédéric aussi, ce pays-là n'est point fait pour nous autres Malouins », elle avait répondu : « Nous autres, quand l'envie nous tient d'aller ailleurs rien ne nous empêche d'y partir aussitôt. Savez-vous que je suis aussi entêtée que vous tous ? » Elle avait toutefois accepté de ne pas précipiter son départ et de profiter de la première frégate rapide que la Compagnie enverrait aux Indes pour écrire à Jean-Luc une lettre lui annonçant son arrivée par le prochain navire. Entre-temps, elle avait reçu quelques lignes de son fils : il se portait bien, les Anglais avaient manqué leur tentative de prendre Pondichéry, M. Dupleix était un grand homme. Dès lors, Mme Carbec n'avait eu de cesse qu'on lui retînt un passage à bord de l'*Apollon* en cours d'armement et avait commencé ses malles. Que vais-je emporter ? Là-bas, il fait très chaud mais on m'a assez dit qu'il fait toujours frais en mer. Ses armoires et ses coffres avaient toujours été remplis de robes dont elle ne voulait pas se séparer. Elle les ouvrit, y plongea les mains, les sortit une à une, prit du plaisir à regarder leurs couleurs, sentir l'odeur du camphre qui les gardait intactes, les toucher. Elle reconnut le taffetas flambé orné de petits rubans vert pâle de la nuit ensorcelée dont le souvenir ne s'était jamais effacé, la toile imprimée qu'elle avait revêtue pour prendre le commandement des Malouines rebelles, la robe ballante semée de fleurs portée à la Chipaudière, le lamé rose et or du bal vénitien chez le comte Toscarini, la soie bleue commandée à l'occasion du mariage de Jean-Pierre avec cette pauvre Catherine Renaudard, et le velours plus sage taillé à Nantes, il y avait quelques mois, pour les secondes noces de son fils aîné avec Jane Mac Harry. Il n'y a guère que cette robe que je puisse emporter, les autres sont démodées. À mon âge, j'aurais l'air d'une vieille coquette. Je dois pourtant faire honneur à mon petit capitaine. Comment s'habille-t-on à Pondichéry ? Jean-Luc m'a bien dit que M. Dupleix s'était marié mais non à quoi ressemble sa femme. Finalement Marie-Léone avait commandé à sa couturière de Saint-Malo six nouvelles robes qui lui paraissaient le mieux convenir à son âge et à ce voyage. Au fur et à mesure que les jours passaient, l'attente de son départ se faisait plus impatiente. Qui et quoi la retenaient ici ? Jean-Pierre avait liquidé les derniers comptes de la rue du Tambour-Défoncé, et Joseph Biniac était mort pendant qu'elle se trouvait au Bernier, occupée de ses petits-enfants. Ce bon Biniac il éprouvait du sentiment pour moi, Clacla qui avait l'œil sur ces choses s'en était aperçue. S'il avait vécu, il m'aurait sûrement dit que d'aller aux Indes est une folie et je lui aurais sans doute répondu : « Vous savez bien que tous les Malouins sont un peu fous ! » Le grand jour enfin arrivé, Mme Carbec avait visité sa maison, pièce par pièce, où les volets étaient fermés, les rideaux tirés, les tableaux voilés, les meubles recouverts de housses. Traversant le salon, elle s'était arrêtée un instant devant la cage de Cacadou et il lui avait semblé voir une lueur briller dans les yeux de verre du mainate empaillé. Dans d'autres circonstances, qu'elle était seule à connaître, l'oiseau rapporté naguère par l'oncle Frédéric lui avait fait des signes mystérieux. Cette fois, Marie-Léone n'avait pas balancé longtemps. Je t'emmène avec moi dans ton pays. Deux jours plus tard, l'*Apollon* levait l'ancre vers les Indes ayant à son bord Mme Carbec et Cacadou.

— Pour tout vous avouer, dit M. Talbot, moi non plus je n'étais pas très rassuré lorsque j'ai lu votre nom sur la liste de mes passagers. Ces sortes de voyages sont longs et pénibles. Nous avons eu cinq morts depuis notre départ de L'Orient. J'espère que vous n'êtes pas trop mécontente de la Compagnie.

— Le gabier d'honneur remercie le capitaine de l'*Apollon*, et la passagère le félicite de l'avoir conduite à bon port.

— Aujourd'hui, dit modestement M. Talbot, la navigation n'est plus si difficile. Nous disposons d'instruments nouveaux qui nous permettent de garder le bon cap. Lorsque mon grand-père est venu par ici, son voyage a duré un an et demi !

Autour de l'*Apollon*, la mer s'était couverte de barques et de radeaux étranges faits de deux ou trois troncs d'arbres liés ensemble où vibrait une toile de natte en forme de triangle. Ils étaient tous chargés de fruits et de légumes aux couleurs éclatantes et menés par de grands diables enturbannés, presque nus, trempés d'eau ensoleillée. Sa longue-vue bien vissée sous l'arcade sourcilière droite, l'œil gauche fermé pour y voir plus clair, M. Talbot dit :

— Voici la chaloupe de la Compagnie. Votre fils pourrait bien s'y trouver. La dernière fois que je l'ai vu c'était encore un enfant, je ne le reconnaîtrais point. Voulez-vous donner un coup de lorgnette, madame Carbec ?

— Non, je n'y verrais rien. Je n'ai jamais su me servir de ces instruments.

Marie-Léone n'avait pas avoué qu'elle était trop émue mais elle s'appuya sur la rambarde. Ses jambes ne la portaient plus, comme si elle était devenue brusquement une vieille femme. Sous le soleil dur, tout se brouillait, une plage de sable gris, des arbres qui ressemblaient à d'immenses plumeaux, des maisons blanches, une sorte de château fort. C'était Pondichéry. M. Talbot la laissa seule pour se tenir à la coupée où il recevrait les visiteurs.

— Mon Dieu ! gémit Marie-Léone en voyant son fils.

Une large estafilade lui coupait la figure en deux. Jean-Luc eut juste le temps de se précipiter vers sa mère pour l'empêcher de tomber.

— Eh bien ! Eh bien ! dit M. Talbot en faisant boire à sa passagère un coup de raide qui eût réveillé Lazare, voilà mon gabier d'honneur redevenu mousse.

Mme Carbec revint à elle, regarda Jean-Luc et l'embrassa comme jamais elle ne l'avait fait avec ses garçons. Y mettant cet emportement qui quelquefois la submergeait, elle lui posa cent questions. Où avait-il pris cela ? Quand ? Il lui avait donc menti en lui écrivant qu'il se portait bien ? Était-ce le rôle des aides de camp de se faire ainsi défigurer ?

— Je vous expliquerai ce qui est arrivé, répondait le capitaine Carbec comme un jeune garçon pris en faute. Je me porte fort bien. Dans six mois, on ne verra plus qu'une mince cicatrice. En voilà une surprise de vous voir ici ! Vous me l'aviez bien annoncé mais je ne voulais pas y croire. C'est mon tour de vous embrasser.

— Laissez-moi arranger un peu mon bonnet, je dois être toute décoiffée.

Ils montèrent tous les deux à bord de la chaloupe où des matelots avaient déjà porté les bagages de Mme Carbec.

— Mais ? C'est Cacadou ! s'exclama Jean-Luc. Quelle idée vous a donc prise de voyager avec un oiseau empaillé ?

— Je n'en sais rien moi-même. Cela m'est venu tout d'un coup juste au moment de quitter la maison. Cacadou, c'est un peu le porte-bonheur de la famille. On ne peut pas le laisser seul.

Portée sur les épaules de deux esclaves noirs coiffés de mousseline blanche, et entourée de dix hommes à la peau safranée, poignard à la ceinture et lance à la main, une sorte de litière surmontée d'un dais de soie galonné d'or les attendait sur la plage.

— Voici votre palanquin et votre garde. M. Dupleix les met à votre service pendant tout le temps que vous voudrez bien demeurer parmi nous.

Ce soir-là, Marie-Léone se prit à penser que les contes entendus pendant son enfance et relatant l'aventure de ces Malouins devenus rois quelque part en Asie, n'étaient pas seulement des fables. Étendue sur un grand lit à colonnes torsadées dans le goût espagnol, sous une moustiquaire si fine qu'elle eût pu en faire une boule et la tenir dans le creux de sa main, elle se revoyait descendre du palanquin devant la maison de son fils, accueillie par de nombreux serviteurs au sourire doux. C'était une maison blanche, aux lignes géométriques, située au milieu d'un jardin qui ressemblait à ces toiles peintes dans lesquelles les femmes se taillent des robes. Toutes les fenêtres s'ouvraient sur une cour intérieure pavée de marbre où coulait une fontaine. Jean-Luc lui avait donné sa chambre, une pièce tout en longueur, meublée de fauteuils cannés, de paravents chinois, et d'un grand coffre à tiroirs orné de coins en cuivre. Mme Carbec ne s'y sentait pas à l'aise. À bord de l'*Apollon* dans la chambre aux parois lambrissées qu'elle avait occupée pendant cinq mois, elle n'avait jamais éprouvé ce sentiment difficile à définir, inquiétude de tout et de rien, qui l'empêchait de s'endormir. C'était sans doute cette fenêtre ouverte sur le patio, peut-être ces vols mous d'insectes qui tournaient autour de son lit, certainement tout ce que son fils lui avait raconté : la prise de Madras aux Anglais, la terrible querelle qui avait alors opposé M. Dupleix à M. La Bourdonnais, le premier accusant le second d'avoir touché un énorme pot-de-vin de l'ennemi, le siège de Pondichéry par l'amiral Boscaven au moment où se négociait la paix d'Aix-la-Chapelle.

— Racontez-moi plutôt comment vous avez été blessé. Ce sont encore ces maudits goddons ?

— Non, ce sont les Mores. Tout cela n'est pas simple. M. Dupleix vous l'expliquera mieux que moi. Il rêve de conquérir un empire pour la France. Nous nous sommes déjà fait des alliés parmi les chefs de ce pays et nous nous battons à côté d'eux contre leurs ennemis. C'est tout ce que je puis vous dire.

Comme Mme Carbec avait insisté, Jean-Luc avait poursuivi, gêné.

— Un jour, il y a six mois de cela, une vilaine affaire est arrivée. La veille d'un combat, treize officiers de la Compagnie ont refusé de se battre et ont regagné Pondichéry. M. Dupleix les a mis aussitôt en prison. Il n'était plus question pour nous autres de passer à l'attaque. Avec les quelques officiers demeurés à leur poste, nous avons dû former un carré et faire retraite en nous défendant comme nous pouvions. J'y ai reçu ce mauvais coup de sabre. Vous voyez que cela n'est point glorieux.

— Treize officiers déserteurs ?

— Ah ! ça n'est pas au Berry-Infanterie qu'une telle affaire se serait produite, dame non !

— Vous regrettez encore votre régiment, Jean-Luc ?

— Je suis très heureux et très fier de servir sous les ordres de M. Dupleix.

— Vous êtes-vous fait quelques amis ?

— Oui, ils sont demeurés à mes côtés pendant cette retraite et ils se sont fort bien conduits. Je vous les ferai connaître, ils s'appellent d'Harambure, Villéon, Saint-Romain.

— Qu'alliez-vous faire là, vous qui êtes aide de camp du Gouverneur général ?

Baissant la tête, Jean-Luc avait répondu :

— On voit bien que vous ne connaissez pas les militaires ! M. Dupleix qui ne se soucie guère des règlements m'avait nommé capitaine en arrivant à Pondichéry. Cela a provoqué un beau tapage. Ma situation n'était pas facile. C'est pourquoi j'ai été volontaire pour partir en campagne. Il m'est plus aisé de jouer aujourd'hui à l'aide de camp.

Marie-Léone s'était enfin endormie. Elle se réveilla en sursaut, étouffée de peur. Le sentiment aigu d'une présence l'avait tirée de son sommeil. S'étant enfin décidée à ouvrir un œil, elle vit qu'il faisait jour. Derrière la moustiquaire, vêtu de blanc, enturbanné, pieds nus, immobile et souriant, se dressait un serviteur portant un plateau de cuivre avec une théière et des fruits inconnus.

Mme Carbec dut attendre une semaine avant de rendre visite à M. Dupleix. Deux jours après son arrivée à Pondichéry, prise de vomissements et tremblant de fièvre elle avait dû garder la chambre. Jean-Luc ne s'en était pas fait trop de soucis, tous les nouveaux venus payaient le même tribut aux divinités hindoues. N'ayant jamais été malade, Marie-Léone s'inquiéta davantage. Quelle sottise ai-je commise de partir si loin pour rester enfermée entre les murs d'une chambre où je n'aperçois mon fils que de temps en temps ? Le capitaine Carbec se levait tôt le matin, faisait une promenade à cheval, revenait prendre des nouvelles de sa mère et se rendait au Gouvernement général où M. Dupleix se trouvait être déjà au travail. À partir de ce moment, il se devait tout entier au service d'un chef exigeant, imaginatif et tatillon, accordant une égale importance aux grands devoirs et aux futilités, dressant un plan de table avec la même gravité qu'un plan de bataille. Le soir venu, dînant à côté de sa mère, il était arrivé plus d'une fois à Jean-Luc d'être rappelé par le Gouverneur général. Demeurée seule avec ses esclaves aux pieds nus dont la silencieuse apparition la faisait toujours sursauter, il ne restait plus à Mme Carbec que de s'adresser à Cacadou dont les petits yeux de verre n'avaient jamais paru aussi pétillants. Toi qui as bonne mémoire, tu dois certainement te rappeler ce souper pendant lequel M. Dupleix nous expliquait ses théories sur la meilleure façon de faire du commerce avec les Indes. Il parlait de *country trade* et disait qu'il fallait faire payer les dépenses de la

Compagnie par les nababs en utilisant, voire en provoquant leurs divisions. Le bon Biniac n'avait pas aimé ce jeune homme qui parlait avec un peu trop d'assurance. Je crois même qu'il lui avait répondu que la Compagnie ne lui confierait jamais quelques-uns de ses intérêts aux Indes. Pauvre Biniac, il était toujours un peu jaloux lorsqu'il voyait que je m'intéressais à un homme. Il y a au moins trente ans de cela ! Et voilà que ce M. Dupleix est devenu Gouverneur général à Pondichéry et que je m'y trouve moi-même avec toi et mon pauvre Jean-Luc. Comment toutes ces choses se sont-elles donc nouées ?

Avant de partir avec sa mère pour le Gouvernement général, le capitaine Carbec crut nécessaire de faire quelques recommandations.

— Il me faut vous prévenir. Le jeune homme qui est venu autrefois à Saint-Malo est aujourd'hui un très grand personnage. Il convient de le traiter comme tel et respecter l'étiquette...

— Quelle étiquette ? répliqua Marie-Léone sur un ton un peu vif. Pondichéry n'est pas Versailles, non ? Et votre M. Dupleix n'est pas le roi !

— C'est le vice-roi.

— Parlez-moi plutôt de sa femme.

Pesant ses mots, prenant la mine de quelqu'un qui en sait bien davantage et parlant à voix basse, Jean-Luc avait raconté : c'est la veuve d'un ancien agent de la Compagnie, elle s'était mariée à treize ans et a eu onze enfants dont beaucoup sont morts. Il y a neuf ans qu'elle a épousé M. Dupleix en secondes noces. Elle est née ici et n'est jamais allée en France. Ses manières vous surprendront peut-être un peu. Elle est très belle, parle couramment l'indoustani, le tamoul, le bengali, le portugais, l'espagnol et l'anglais. M. Dupleix est très amoureux d'elle. À Pondichéry où l'on n'aime personne, on dit que c'est l'élève du diable et qu'elle est trop avide. On l'appelle la bégum Johanna. Il y a aussi Mlle Chonchon, sa dernière fille qui a seize ans et est fort jolie. Les mauvaises langues assurent que c'est la fille de M. Dupleix. Je l'aime beaucoup.

Marie-Léone, si intéressée qu'elle fût par ce roman, avait surtout retenu la dernière phrase prononcée par Jean-Luc avec un léger tremblement dans la voix, et son cœur s'était serré en regardant le visage de son fils zébré de cette affreuse cicatrice aux boursouflures encore enflammées. Au moment de monter en palanquin, le capitaine Carbec dit encore :

— Je vous en supplie, ma mère, ne prononcez jamais devant M. Dupleix le nom de M. La Bourdonnais.

Avec son fronton triangulaire, son toit de tuiles vertes vernis-
sées, ses hautes fenêtres derrière une colonnade qui rappelait celle
du Louvre, le palais du Gouvernement général des établissements
français aux Indes avait très grande allure. M. Dupleix y avait
apporté tous ses soins, discutant et modifiant sans cesse les plans
des architectes, visitant les chantiers, pressant les maçons,
donnant des leçons de peinture aux peintres et de tapisserie aux
tapissiers, tandis que la bégum Johanna s'occupait des meubles et
des bibelots. Accueillis par un majordome porteur d'un turban
orné d'une aigrette, Mme Carbec et son fils traversèrent un
immense vestibule où se dressaient quatre statues censées représenter la Justice, la Vérité, la Prudence et le Commerce. Le
Gouverneur général les attendait en haut d'un escalier dont la
rampe avait été forgée par un bon ferronnier. Massif, le visage
coloré, les épaules et le ventre un peu serrés dans une veste
cramoisie à boutons d'or, M. Dupleix n'avait plus rien de commun
avec l'image du jeune homme que Marie-Léone avait retenue
naguère.

— Voilà enfin madame Carbec ! dit-il. Je vous aurais reconnue
entre mille.

— À mon âge, figurez-vous, monsieur le Gouverneur général,
qu'on est beaucoup plus sensible aux compliments que lorsqu'on
est jeune. Moi aussi, je vous aurais reconnu.

— À quoi donc ?

— Parce que vous ressemblez à vous-même. J'ai toujours pensé
que vous deviendriez un personnage très important.

— Il y a tous les soucis, madame Carbec !

— Nous savons tous que vous les assumez parfaitement,
monsieur le Gouverneur général.

— Je vous en prie, lorsque nous sommes entre nous appelez-
moi monsieur Dupleix. Vous me donnerez mon titre devant les
autres. Ce soir, nous vous recevons en famille avec ma femme et
Chonchon.

Ils entrèrent dans un salon meublé et décoré comme si l'on se fût
trouvé en France. Mme Dupleix vint au-devant d'eux et dit,
aimable :

— Me permettez-vous de vous embrasser pour vous souhaiter
la bienvenue ?

Jean-Luc ne s'était pas trompé. Elle était vraiment très belle en
dépit de ses nombreuses maternités et de son âge sans doute guère
éloigné de la cinquantaine : une silhouette demeurée mince, des
yeux admirables, l'ovale parfait du visage, un teint mat auquel

une goutte de sang jaune venue d'une grand-mère indienne ajoutait une pâleur étrange. Vêtue d'une robe rose brodée de fils d'or, largement échancrée, elle portait un collier de diamants noirs et plusieurs bracelets. Marie-Léone rendit le baiser qu'on lui donnait avec tant de grâce, mais n'en éprouva aucun plaisir. Elle avait deviné, du premier coup d'œil, quelque chose de dominateur et d'implacable qui la mettait mal à l'aise, et elle avait compris du même coup toutes les sortes de liens par lesquels M. Dupleix devait être attaché à cette femme. L'arrivée de Mlle Chonchon la rassura. Autant chaque geste de la mère paraissait être étudié, autant les manières de la jeune fille lui semblèrent simples et franches. Là non plus, Jean-Luc ne s'était pas trompé. À la fois familière et bien élevée, elle fit la révérence à Mme Carbec, s'inquiéta de sa santé :

— Jean-Luc m'a dit que vous aviez attrapé les fièvres, je n'ai pas osé venir vous déranger. Maintenant que nous nous connaissons, n'hésitez pas à me faire appeler.

C'est vrai qu'elle était assez charmante, cette Mlle Chonchon de vouloir bien s'occuper d'une vieille dame. Marie-Léone n'en pensa pas moins que pour son goût, elle se comportait trop librement. Ne venait-elle pas d'appeler le capitaine par son prénom, alors qu'elle avait seize ans et Jean-Luc quarante-quatre ? Qu'en auraient dit les dames Magon, voire Marie-Thérèse qui pourtant avait pris les habitudes de Paris ?

Tandis que Mme Dupleix s'entretenait de quelque prochaine réception avec sa fille et l'aide de camp, le Gouverneur général parlait à voix basse à Mme Carbec.

— Votre fils est vite devenu un de mes meilleurs collaborateurs. À part quelques gentilshommes qui ont épousé les sœurs ou les filles de ma femme, ici personne ne me comprend. Je dois me méfier de tout le monde. De Pondichéry on envoie des lettres aux Directeurs de Paris pour combattre ma politique. Jean-Luc a dû vous expliquer mes projets.

— J'ai bonne mémoire, monsieur Dupleix, vous nous les aviez déjà exposés, il y a plus de trente ans, à Saint-Malo.

— Les résultats obtenus me donnent raison. En ce moment, nous entreprenons la conquête de la région qui se trouve placée derrière Pondichéry et Madras. Si les opérations en cours se terminent comme je l'espère, nous aurons obtenu d'ici quelques mois tout ce pays qu'on appelle le Carnatic. Il faut que je me dépêche de mettre devant le fait accompli tous ces messieurs du commerce qui n'y entendent rien. Des nains ! madame Carbec, des nains qui refusent un empire par peur de perdre un sac de café ! Ils me reprochent d'être fastueux, de dépenser trop d'argent, de donner de trop grandes fêtes. Ils ne comprennent donc rien ! Ici, comme ailleurs, madame Carbec, encore plus qu'à Versailles, il faut paraître. Sinon, vous n'êtes rien. Un jour, ils vont me rappeler en France. Vous qui avez la tête solide, si ! si ! vous étiez la seule à me suivre, je m'en souviens très bien, quand j'exposais mes idées, il y a bien longtemps ! Vous ne voulez pas me répondre ? Si je n'avais pas Johanna à côté de moi, j'aurais déjà demandé à être relevé de mes fonctions. Savez-vous ce que l'*Apollon* m'a apporté ? Une mise en demeure de ne plus engager un seul homme de troupe. Eh bien, je ne réponds pas, je fais le mort, parce qu'avant trois mois, vous m'entendez bien, madame Carbec, nous serons les maîtres du Carnatic qui est assez riche pour couvrir toutes les dépenses de la Compagnie des Indes.

Mme Carbec écoutait sans interrompre. L'aurait-elle osé qu'elle n'y serait pas parvenue. Elle préféra se laisser entraîner par le torrent, les certitudes et la colère de M. Dupleix. Elle avait toujours été un peu attirée par ce genre d'hommes dont il n'est pas si aisé de connaître s'ils sont menés par un grand dessein ou une plus grande ambition. Dans le moment qu'elle embarquait à bord de l'*Apollon,* son fils Jean-Pierre lui avait dit : « Saluez pour moi M. Dupleix, nous sommes en affaires avec lui, mais ne vous laissez pas séduire par ses abracadabras. Nous sommes nombreux à penser qu'il construit là-bas un château de cartes. »

— Nous aurons bien l'occasion de reparler de tout cela, dit-elle prudemment. Mlle Chonchon est une délicieuse jeune fille.

— N'est-ce pas ? dit le gouverneur général, le visage épanoui. Je l'ai vue naître et je l'aime comme si elle était ma propre enfant. Savez-vous que le Grand Moghol l'a déjà demandée en mariage ?

Mme Dupleix s'approchait d'eux.

— Pardonnez-moi de troubler vos souvenirs, fit-elle sur un ton de légère moquerie. Dites-moi plutôt, madame Carbec, ce que vous pensez de cette merveille que m'apportait tout à l'heure un de nos artisans.

Elle avait posé dans la main de Marie-Léone une tabatière d'or finement ciselée.

— Ouvrez-la donc pour voir ce qu'elle contient.

Marie-Léone ouvrit la boîte et en retira un mouchoir minuscule qui, une fois déplié devint une chemise à peine transparente.

— C'est un cadeau pour Mme de Pompadour, dit Mme Dupleix.

Trois mois après son arrivée aux Indes, l'*Apollon* repartit pour L'Orient. Sans trop se l'avouer, Marie-Léone avait éprouvé un serrement de cœur en remettant au capitaine Talbot venu lui dire au revoir un paquet de lettres destinées à sa famille. Elle voulait rester une année entière auprès de son fils, certaine que sa présence le protégerait des sortilèges et des pièges, cachés ou trop visibles, qu'elle pressentait chaque jour, chaque nuit, et dont le soldat ne se doutait même pas. À Pondichéry, la vie lui paraissait plus monotone qu'à Saint-Malo. Sauf dans le jardin qui entourait sa maison et où elle aimait découvrir des fleurs inconnues, il lui était interdit de sortir à pied. Quand elle voulait se promener, le palanquin, les porteurs et les gardes se trouvaient toujours là à l'attendre. Même à l'intérieur de sa maison elle se savait surveillée, peut-être épiée : quand elle se baissait pour ramasser un objet tombé à terre, une main plus rapide que la sienne l'avait déjà précédée. Dès qu'elles avaient su que Mme Carbec avait été reçue au Gouvernement général quelques personnes lui avaient rendu visite, posant mille questions insidieuses pour savoir ce qu'elle pensait de la bégum Johanna et déjà impatientes d'aller le rapporter. Jamais Marie-Léone n'avait rencontré pareilles pétasses, aussi insignifiantes et aussi gourmandes, ne parlant que de robes, de domestiques, de festins, de réceptions, s'empiffrant de sucreries roses et connaissant exactement la valeur de la roupie par rapport à la livre. Il lui avait bien fallu rendre ces visites, entendre les mêmes commérages et faire l'aimable avec les dames d'Auteuil, d'Arboulin, Barneval, Saint-Paul, Espréménil et Schonamille, alors qu'elle aurait préféré monter dans un de ces paniers d'osier traînés par un bœuf qu'on voyait déambuler par les longues avenues bordées de tamariniers, s'en aller au hasard droit devant elle. Mais la chaleur l'étouffait. Il y avait aussi cette crainte qu'elle ne parvenait pas à surmonter et qu'elle n'aurait jamais confiée à qui que ce soit, surtout à son fils. Elle avait peur, peur de tout et de rien à la fois, du visible et de l'invisible, des insectes, des tambours dans la nuit, des mendiants si maigres qu'ils traînaient derrière eux une ombre plus mince qu'un fil. Un jour, qu'on lui faisait visiter une pagode, elle s'était enfuie devant ces pyramides où s'entassaient pêle-mêle, enchevêtrés les uns aux autres, des dieux et des déesses, des héros et des démons. Mme Dupleix avait essayé de lui expliquer ce que pouvait être la religion hindoue, le culte d'une force éternelle qui se manifeste à travers les vivants et les morts, et qui fait de l'homme noyé dans la nature l'égal et le compagnon des singes ou des crocodiles, des oiseaux et des serpents, des insectes ou des plantes.

— Cette force, madame Carbec, je la sens en moi parce que je suis née ici. Vous autres, qui vous contentez de l'Évangile, vous n'y comprendrez jamais rien, avait encore dit Mme Dupleix avec un léger rire.

Marie-Léone n'avait pas aimé ce rire, mais elle s'était alors rappelé une phrase de Jean-Pierre qui lui déconseillait d'entreprendre ce voyage aux Indes : « Croyez-en mon expérience et celle de l'oncle Frédéric, ce pays-là n'est point fait pour nous autres Malouins. »

Les meilleurs moments de Mme Carbec furent ceux que M. Dupleix voulut bien consacrer à quelques séances de musique. C'était le passe-temps favori du Gouverneur général. Habile à manier l'archet, il ne s'était jamais séparé de sa viole de gambe et se faisait envoyer de Paris, de Milan et de Vienne, les airs à la mode avec accompagnement de clavecin. Certains soirs, las d'avoir noué pendant la journée les plus savantes combinaisons politiques pour unir les princes Chanda et Muzaffer contre le nabab Mohamet Ali protégé des Anglais, il envoyait quérir Marie-Léone comme s'il se fût agi d'un de ses commis, mais la recevait toujours avec la plus amicale courtoisie, n'oubliez pas madame Carbec que nous avons trente années de musique à rattraper ! Appliqué à tout ce qu'il entreprenait, M. Dupleix s'installait avec gravité sur un haut tabouret, s'y prenait à plusieurs reprises pour bien fixer la viole entre ses genoux, immobilisait son archet à l'aplomb du chevalet et, d'un signe impérieux de la tête, donnait l'ordre à Marie-Léone de lui donner le *la*. Elle s'y prêtait de bonne grâce bien que son oreille fine se fût aperçue dès le premier jour que son clavecin était désaccordé. Leur répertoire suivait un ordre immuable fixé une fois pour toutes par M. Dupleix : un concerto de Vivaldi, un adagio de Corelli, un rondeau de Couperin, une sonate de Jean-Marie Leclair, et pour finir une suite de Bach. Quand Mlle Chonchon était présente, elle ne manquait jamais de réclamer le menuet du *Bourgeois gentilhomme* qu'elle dansait avec le capitaine Carbec, un peu lourd, rouge de confusion et de bonheur maladroit. Ces nuits-là, Marie-Léone dormait mieux : la clarté et l'équilibre de ces musiques avaient mis en fuite les dieux et les démons.

Un grand événement survint qui donna raison aux espérances de M. Dupleix. Grâce aux troupes mises à la disposition des princes qu'il protégeait, ceux-ci avaient remporté coup sur coup d'éclatantes victoires, occupé toute la province du Carnatic, et remis aussitôt d'importantes concessions au Gouverneur général de la Compagnie des Indes proclamé nabab.

— Vous allez assister à des fêtes comme personne d'autre que M. Dupleix ne pourrait imaginer, dit joyeusement Jean-Luc à sa mère. Les vainqueurs nous couvrent d'or et de bijoux! Nous allons les recevoir en grande pompe à Pondichéry. Le soir, il y aura un souper d'apparat offert au Gouvernement général. Nous avons déjà dressé les plans de tables. Non seulement vous serez placée à une table d'honneur mais à la droite de M. Dupleix. J'espère que vous êtes heureuse! Il vous faut mettre une très belle robe. Mlle Chonchon m'a dit qu'elle vous aiderait.

Marie-Léone se revit à Venise, mon Dieu il y avait combien d'années! tenant tête à son petit secrétaire d'ambassade qui ne trouvait pas à son goût la robe taillée par la meilleure couturière de Saint-Malo. Ils sont donc tous les mêmes! pensa-t-elle, en sortant de leur coffre les toilettes apportées de France. Cette fois, non, je ne me laisserai pas entraîner par Jean-Luc. Faire honneur à son fils, c'est d'abord ne pas être ridicule. Essayons celle-là qui me paraît devoir convenir. Mme Carbec s'aperçut que la robe était beaucoup trop large. Elle flottait dans cette étoffe. Aurais-je donc tellement maigri? Se regardant dans un miroir, elle vit des traits tirés, un visage jauni, des cernes violets, fut prise de terreur, s'appuya sur un petit fauteuil de rotin pour ne pas tomber. Une brève lumière venait de la frapper aux yeux, comme un coup d'épée. Ça n'était pas la première fois que des vertiges soudains l'éblouissaient. Cela la prenait même couchée. Il lui semblait alors que les murs de la chambre basculaient et que son lit s'enfonçait dans un soleil noir dont elle parvenait à émerger quelques instants plus tard, respirant à peine et couverte de sueur. Cette fois, sentant que le malaise risquait de durer plus longtemps, elle demeura assise un long moment et se traîna jusqu'à son lit où elle s'allongea. C'est ce climat auquel je ne m'habitue guère. Je suis venue ici trop vieille. À croire qu'on est toujours jeune, voilà ce qui vous arrive. Je devrais faire la sieste comme tout le monde fait ici. A-t-on jamais vu une Malouine faire la sieste? Lorsque je raconterai cela à Solène, elle rira bien. Il faut que je me repose pour pouvoir profiter de cette fameuse fête, dans trois jours. Trois jours ce sera suffisant pour faire réajuster ma robe. Peut-être bien que Mlle Chonchon voudra m'aider si elle n'est pas trop occupée en ce moment. Mon pauvre Jean-Luc me paraît bien mal parti. Comment peut-on être capitaine, avoir reçu deux graves blessures, être chevalier de l'ordre de Saint-Louis et si benêt à la fois? Il faut que je le tire de là. Demain, je serai d'aplomb.

Le lendemain, une frégate de la Compagnie des Indes arriva à

Pondichéry. Dans les paquets de lettres, il s'en trouvait une de la comtesse de Kerelen adressée à sa mère.

« Vous voudrez bien m'excuser, maman, si je ne vous écris pas aujourd'hui de longues pages, lorsque vous saurez que nous avons été amenés, M. de Kerelen et moi-même, à prendre la décision de quitter Paris pour nous installer de nouveau à Nantes. Nous voici donc en plein déménagement, occupés à défaire tout ce que nous avions entrepris il y a quelques années. Après en avoir longtemps débattu, nous avons pensé que l'éducation de nos deux garçons devait diriger nos comportements. Laurent et Yves sont donc entrés au collège des Oratoriens où leur père fut lui-même élevé comme tous les fils de la bonne société nantaise. Ils n'y resteront d'ailleurs pas longtemps. Nous avons appris en effet que le Roi avait l'intention d'ouvrir une grande école militaire réservée aux jeunes gens dont les parents pourraient justifier de quatre quartiers au moins. Les Kerelen et les Carbec de la Bargelière en réunissent, Dieu merci, cinq à six fois plus ! Nous avions pensé nous établir dans votre maison du quai de la Fosse, mais mon frère Jean-Pierre a beaucoup insisté pour nous offrir le second étage de l'hôtel Renaudard dans l'île de la Sauzaie. Vous n'ignorez pas que c'est une tradition nantaise que d'occuper en famille ces sortes de grandes maisons. Nous y aurons plus d'aises pour recevoir la société, donner des concerts, y jouer la comédie. M. de Kerelen retrouvera les vieux amis de sa jeunesse et ira, au moment de la passée, tirer quelques oiseaux à Grandlieu. De vous à moi, il aurait préféré demeurer à Paris où il fréquentait les philosophes, mais je suis parvenue à lui faire entendre raison, d'autant que, la paix enfin signée, Nantes connaît une grande prospérité. En une seule année, m'a dit mon frère, cent vingt navires ont été armés, dont quatre-vingts pour les Isles et quarante pour la Guinée ! Jamais Jean-Pierre ne me parut si gai. A ce sujet, je dois vous dire en confidence qu'un heureux événement pourrait bien être en route de ce côté-là. Vous ne savez rien ! Il faut laisser à votre fils la joie de vous annoncer lui-même cette bonne nouvelle si elle se confirme. Tous vos Carbec se portent à merveille. Les enfants semblent avoir bien accepté Jane Mac Harry. Odile et Louise viennent d'entrer chez les dames ursulines là même où vous m'aviez accompagnée il y a tant d'années ! Mes deux garçons ont été acceptés par la commission de la nouvelle École militaire dont on dit qu'on y apprendra davantage la guerre que la parade. Cela ne me convient pas beaucoup, mais Laurent et Yves paraissent ravis : ils sont si beaux ! Quant à leur père, après avoir si longtemps raillé la condition militaire, voilà qu'il se mire maintenant dans l'uniforme flambant neuf de ses fils comme s'il se contemplait soi-même dans sa jeunesse. De votre dernier petit-fils Jean-Marie qui eut trois ans la semaine dernière, je vous dirai seulement qu'il n'a peur de rien : c'est déjà un vrai Carbec. Quant à mon frère Jean-François, il vient d'éprouver une déception, d'ailleurs vite apaisée. En effet, il ne recevra pas l'ambassade qu'on lui avait sinon promise, du moins fait espérer, peut-être miroiter, mais le Roi vient de signer un décret le faisant Conseiller d'État. Je ne sais pas très bien ce qu'un tel titre recouvre, je pense qu'il s'agit d'une très haute fonction à en juger par l'air important pris soudain par votre fils préféré. J'espère qu'il voudra bien condescendre à être des nôtres lors des prochaines fêtes de Noël, car j'ai l'intention de renouer avec la tradition de tante Clacla en réunissant à la Couesnière notre famille. Vous savez que ma marraine n'y manquait jamais. Ayant hérité de ce domaine, je voudrais demeurer fidèle à ses coutumes et les transmettre un jour à mes fils pour qu'ils n'oublient jamais leur ascendance Carbec. M. de Kerelen n'y est pas opposé, bien au contraire. Il me paraît même qu'il soit beaucoup plus attaché à ses souvenirs de la Couesnière qu'à ceux du Bernier. N'est-ce pas là qu'il me vit la première fois, alors que je n'étais encore qu'une petite fille occupée de sa poupée et que vous chantiez tous les deux. M. de Kerelen étant le mari le plus libéral qui soit au monde, n'aurais-je pas eu mauvaise grâce à refuser de devenir une épouse accommodante ? Combien de temps entendez-vous demeurer aux Indes ? Vos enfants, vos petits-enfants, tout le monde vous réclame et vous attend déjà. Le soir de Noël, notre pensée sera près de vous et près de notre frère Jean-Luc. Il paraît, à ce qu'on dit, que M. Dupleix offre à Pondichéry des fêtes aussi fastueuses qu'on en donne à Versailles. Nous ne doutons pas que vous y soyez reine... »

Marie-Léone lut plusieurs fois la lettre de sa fille, s'en trouva toute ragaillardie, s'installa devant son miroir, se farda pour effacer sa mauvaise mine sinon son âge, et se rendit en palanquin là où elle savait qu'on pouvait lui faire une robe somptueuse en quelques heures. A Pondichéry ou ailleurs, il convenait qu'elle fût digne de tous ses Carbec, comme disait Marie-Thérèse.

Deux jours plus tard, Marie-Léone figurait parmi les invités d'honneur réunis sur une estrade bâtie aux portes de la ville pour qu'ils puissent assister à l'entrée solennelle des vainqueurs, et au triomphe du Gouverneur général de la Compagnie des Indes. Le cortège de M. Dupleix arriva le premier : en tête, un éléphant portant un grand drapeau blanc timbré de cinq soleils d'or, suivi de six cents cipayes à cheval sabre nu à la main, et de soixante dragons français flanquant le palanquin du Gouverneur. Parvenus devant une grande tente entourée de porteurs de lance, ils s'arrêtèrent sur l'ordre du capitaine Carbec. M. Dupleix apparut, vêtu d'une robe de soie tissée d'or. Il portait à la ceinture un sabre courbe clouté de diamants, et était coiffé d'une toque rouge ornée d'un bouquet en forme d'aigrette d'or. Stupéfaite, Mme Carbec ne put s'empêcher de s'exclamer :

— Mais c'est un mamamouchi !

— Chut ! dit son voisin. Surtout, ne riez pas ! M. Dupleix est nabab, il doit se conformer aux usages, sinon toute sa politique s'effondrerait.

Déjà, en sens inverse, le cortège du prince Muzaffer approchait au son des timbaliers. Marie-Léone, devant la magnificence du spectacle, comprit mieux la parade de M. Dupleix. Elle vit cinq mille sabres passer dans la poussière soulevée par le trot des chevaux, mille lanciers, huit cents chameaux chargés de fusées offensives, vingt-quatre éléphants porteurs de dignitaires, cinq cents archers, enfin, le prince Muzaffer juché sur un éléphant énorme, gardé par cent serviteurs armés de longues cannes d'ivoire à pommeau d'or, suivi de dix mille cavaliers. Descendu de sa bête géante, le prince Muzaffer se présenta devant la tente où l'attendait M. Dupleix. Les deux hommes s'embrassèrent longtemps, prirent place ensemble dans un palanquin et entrèrent dans la ville au son du canon.

— Eh bien, que pensez-vous de ma fête, madame Carbec ?

On arrivait à la fin du grand souper offert par le Gouverneur général. Deux services avaient été présentés à la suite, l'un à la manière more, l'autre à la manière française.

— Voilà quelle est la réponse que je vais envoyer à Paris : un bulletin de victoire et l'assurance de quelques millions de roupies. Doutez-vous encore de ma politique ?

— Je suis éblouie par tout ce que je vois, répondit doucement Marie-Léone.

— Croyez-vous enfin à ma politique ? insista M. Dupleix.

— Sans doute, mais méfiez-vous des Anglais. Croyez-en une Malouine.

Depuis le matin qu'elle était sur la brèche, voyait tant de monde, entendait tant de bruit, tous ces feux d'artifice qui n'en finissaient pas de pétarader dans le ciel frappé d'éclairs, Marie-Léone était épuisée. Plusieurs fois, elle avait manqué s'évanouir, s'était raidie et avait retrouvé son sourire de vieille dame demeurée coquette et vaillante, assez fière au fond d'elle-même que le héros du jour l'ait priée de s'asseoir à sa droite.

— Vous n'avez pas tout vu, dit M. Dupleix. Tout à l'heure dans le parc éclairé par deux mille porteurs de flambeaux, des bayadères vont danser au son des tambours.

En face d'elle, présidant une deuxième table d'honneur, Mme Dupleix parlait avec animation au prince Muzaffer. Vêtue d'un lamé or sous lequel on la devinait nue, elle portait un collier de perles à trois rangs et, au creux de l'échancrure de la robe un nœud fait de six gros brillants. A d'autres tables, elle reconnut des visages de femmes, de grands commis, d'officiers. Tout ce monde qui lui paraissait si loin de ce qu'elle avait été et de ce qu'elle avait connu, parlait fort, buvait beaucoup, s'interpellait, riait. Au milieu d'eux, elle aperçut Jean-Luc. Il paraissait s'amuser avec l'entrain d'un jeune garçon. Mlle Chonchon était assise à côté de lui. Elle les fixa tous les deux jusqu'au moment de croiser leur regard et leur adressa un sourire, à peine crispé, qui voulait leur dire : amusez-vous, le temps passe si vite et c'est si long d'être vieux, il y a des jours où l'on n'en finit pas de vivre.

Comme le souper était achevé, Marie-Léone pria M. Dupleix d'avoir la bonté de l'excuser si elle n'assistait pas au ballet des bayadères, et demanda l'autorisation de rentrer chez elle. Ne dérangez surtout pas mon fils, je crois qu'il est très occupé à protéger Mlle Chonchon.

— N'est-ce pas le rôle d'un aide de camp ? dit le Gouverneur général avec bonne humeur. Je vais vous faire raccompagner jusqu'à votre palanquin par un officier. Reposez-vous. Rendez-vous demain avec Corelli, Couperin, Vivaldi, Leclair et Bach ?

— Et avec *Le Bourgeois gentilhomme,* répondit Mme Carbec d'un air un peu futé.

En entrant dans sa chambre qu'un clair de lune d'opéra éclairait davantage que le bougeoir posé sur sa table de nuit, elle vit tout de suite que la cage de Cacadou était ouverte. L'oiseau avait disparu. Marie-Léone posa sa main sur son cœur et se retint de crier. Elle ne pensa pas un seul instant qu'un domestique avait pu le dérober pour faire marcher sa mécanique, peut-être pour le vendre et en tirer un bon prix. Elle savait bien qu'il était parti tout seul, de son plein gré, dans la nuit pleine de lune et de tambours, de cavaliers et de bayadères, pour rejoindre les siens. Incapable de se déshabiller, elle s'étendit sur son lit et se prit à rêver en attendant le sommeil. Cacadou, c'était son enfance, les abracadabras laissés en héritage par l'oncle Frédéric, la rue du Tambour-Défoncé, le premier baiser qu'elle avait donné à Jean-Marie avant d'être elle-même embrassée, c'était maman Paramé, les enfants, Clacla, le bon Joseph Biniac, la nuit ensorcelée. Cacadou n'était jamais mort. Elle était seule à le savoir. C'était un secret entre eux deux. Dans son pays, il allait retrouver les jardins, les oiseaux, les singes, les pierres, peut-être se fondre dans cette force éternelle dont parlait Mme Dupleix, qui est à la fois la vie et la mort. C'était bien ainsi. Maintenant que le temps des Carbec était arrivé, on n'avait plus besoin de Cacadou. Il pouvait bien s'envoler et emporter avec lui le charme qui avait veillé sur eux tous pendant tant d'années. Elle-même, la grand-mère, en avait-on encore besoin ? Besoin ? Un fils armateur et juge-consul à Nantes, un autre Conseiller d'État, un troisième capitaine à la Compagnie des Indes, une fille comtesse de Kerelen, cette fois le temps des Carbec était bien arrivé ! Comme elle entendait au loin des cadences sourdes frappées parfois de cymbales et de grelots, Marie-Léone se revit au côté de M. Dupleix, plus paré de soies, de bijoux et d'aigrettes que ne l'était le prince Muzaffer, et recevant l'hommage d'une cour de commis flagorneurs et avides. Au cours de cette journée, elle s'était parfois demandé si elle n'assistait pas à une étrange comédie-ballet où tout était pipé, argument, personnages, décors et machinerie ? Les certitudes du Gouverneur général l'avaient inquiétée. Elle se demandait maintenant si son fils aîné n'avait pas raison de se méfier de la fragilité de ce château de cartes. Combien de temps cela durerait-il ? Il faut que je cause demain avec Jean-Luc et que je parvienne à lui faire comprendre qu'il est temps pour lui de songer à rentrer en France où je lui trouverai une jolie Malouinette à épouser et où nous en ferons le capitaine de la milice. Plus tard, il pourrait devenir connétable de la ville. Oui, mais Chonchon. C'est vrai qu'il y a Mlle Chonchon. Eh bien, voilà une bonne raison de souffler à Jean-Luc qu'il a autre chose à faire que de servir d'aide de camp à la fille du Gouverneur général ? Tous grands personnages qu'ils s'imaginent être parvenus, je crois bien, ah dame oui ! que mes gars ont encore besoin de moi, même lorsque Louis de Kerelen prétend que les Carbec sont indestructibles. Pour sûr que nous sommes des gens solides, nous autres les Carbec, pensa-t-elle encore au moment de sentir une immense lassitude monter lentement et l'envahir, semblable à une grande marée par beau temps calme. Comme tant d'autres fois avant de s'endormir, croyant que le sommeil était venu, elle récita tous les noms du paysage familier vers lequel elle avait hâte de revenir : le Grand-Bé, le Petit-Bé, Cézembre, la Conchée, les Pointus... Ce fut sa dernière prière.

Étendue sur son lit, toujours vêtue de la robe de fête qu'elle avait tenu à se faire tailler au dernier moment pour faire honneur à son petit capitaine, on la trouva morte le lendemain matin. Lorsque le marbrier demanda à Jean-Luc ce qu'il fallait graver sur la pierre tombale, l'officier répondit, tout roide dans son uniforme bleu à parements rouges de la Compagnie des Indes :

— Tu écriras simplement son nom : Marie-Léone Carbec 1680-1750. Et en dessous, en lettres majuscules : MALOUINE.

*La composition de ce livre
a été effectuée par Bussière à Saint-Amand,
l'impression et le brochage ont été effectués
sur presse CAMERON
dans les ateliers de la S.E.P.C. à Saint-Amand-Montrond (Cher
pour les Éditions Albin Michel*

*Achevé d'imprimer en avril 1986
N° d'édition : 9277. N° d'impression : 633
Dépôt légal : avril 1986.*

Imprimé en France

Length   6 1/2 inches   1 cm = 2,5

Width   5/16

105,9 grammes

13 500 $

Montre or ancienne van cleef Arpels

BELADORA site américain.

13 500 00 | 1,23
01 2 00 | 10975
0 9 3 0
0.6 90
0 7 5

254   2
  6   3
15 24
      6,5
      2,54
      26
    32 5
  13 0
      6 5
        6

10.030000 | 1 23
@ 1 60 | 8 13
03 70
0 010